BASTEI LÜBBE

Von Heinz G. Konsalik sind folgende
BASTEI LÜBBE TASCHENBÜCHER erschienen:

10 519 Und dennoch war das Leben schön
10 893 Gold in den Roten Bergen
11 107 Natalia, ein Mädchen aus der Taiga
11 214 Nächte am Nil
12 166 Die Blut-Mafia
12 330 Mayday ... Mayday ... Eastern Wings 610
12 595 Die Liebesverschwörung
12 670 Der Herr der zerstörten Seelen
12 847 Die Ecstasy-Affäre
14 251 Sibirisches Roulette
14 549 Der Hypnosearzt
14 684 Frauenbataillon
14 718 Die Fahrt nach Feuerland
14 914 Wer stirbt schon gerne unter Palmen
15 140 Die Ecstasy-Affäre/Die Blut-Mafia
15 180 Liebe am Don
15 460 Heiß wie der Steppenwind

Über den Autor

Heinz G. Konsalik wurde am 28. Mai 1921 in Köln geboren. Bereits als 10-jähriger Schüler schrieb er seinen ersten Roman, und als 16-jähriger publizierte er kurze Erzählungen. Nach dem Abitur studierte er zunächst Medizin, dann Theaterwissenschaft, Germanistik und Literaturgeschichte in Köln, München und Wien. Den Zweiten Weltkrieg erlebte Konsalik in Frankreich und an der Ostfront als Kriegsberichterstatter. Nach Kriegsende war er Dramaturg und Redakteur; aber schon 1951 hatte er als freier Schriftsteller großen Erfolg.
Im Oktober 1999 starb Heinz G. Konsalik 78-jährig in Salzburg.

KONSALIK

Kosakenliebe

Das Lied der schwarzen Berge

Zwei Romane in einem Band

BASTEI LÜBBE

BASTEI LÜBBE TASCHENBUCH
Band 15 508

1. Auflage: Juni 2006

Vollständige Taschenbuchausgabe

Bastei Lübbe Taschenbücher in der Verlagsgruppe Lübbe

Umschlaggestaltung: Gisela Kullowatz
Titelbild: Mauritius-Images/age fotostock
Satz: hanseatenSatz-bremen, Bremen
Druck und Verarbeitung: Nørhaven Paperback A.S., Viborg
Printed in Denmark
ISBN-13: 978-3-404-15508-8 (ab 01.01.2007)
ISBN-10: 3-404-15508-4

Sie finden uns im Internet unter
www.luebbe.de

Der Preis dieses Bandes versteht sich einschließlich
der gesetzlichen Mehrwertsteuer.

KONSALIK

Kosakenliebe

Roman

BASTEI
LÜBBE

1

Die Glocken läuteten, als sie in Moskau einfuhren.

Sie waren das gewöhnt, denn in Moskau läuteten meistens die Glocken. Entweder betete der Zar um die Gnade Gottes oder er ließ vor dem Kreml Spione, Aufsässige, lästige Adlige, Verräter und Denunzierte hinrichten. Und immer läuteten dabei die Glocken, als bestünde der Moskauer Alltag nur aus Festen.

Und auch das wiederholte sich, wenn sie durch Moskau fuhren: Die Menschen an den Straßenrändern gafften sie ungläubig an, als sähen sie ein Wunder oder als gäbe es so etwas nur in einer anderen Welt zu sehen. Sie zogen die Hüte und Mützen, verbeugten sich und steckten dann die Köpfe zusammen. Hast du das gesehen, Brüderchen? Sie haben ihre Schlitten mit Zobel ausgeschlagen, ihre Pferdchen tragen silbernes Geschirr, die Glöckchen an der Troika sind aus purem Gold, und die hohen Mützen sind mit Edelsteinen besetzt. Welch ein Reichtum! Welch ein Stolz! Aber wie lange wird das gut gehen? Darf man reicher sein als der Zar? Darf man es auch noch zeigen?

Gott stehe ihnen bei, den reichen Herrchen aus dem Permer Land …

Die Kremlwache ließ die Schlitten ungehindert passieren. Wer da dick vermummt in den flauschigen Blaufuchspelzen hockte, hatte immer freie Durchfahrt.

Hinter der Kremlmauer scholl ihnen schon der Gesang der

Mönche aus der Auferstehungskirche entgegen, aber der Weg von der Kirche zum Palast war mit Soldaten bespickt. Fürst Schuisky trat gerade aus der Tür, als die Schlitten hielten. Diener griffen nach den dampfenden Pferden und schlugen die dicken Fuchsdecken in den Schlitten zurück. Drei Männer in langen, mit Zobel besetzten Gewändern stiegen aus und reckten sich in der eisigen Luft.

Die Gebrüder Stroganow waren angekommen.

»Fürst Schuisky!«, rief Jakob, der älteste. »Dass wir dich als Ersten sehen, ist ein gutes Omen! Wie geht es dem Zaren?«

»Er betet.« Fürst Schuisky zeigte auf die Kirche. »Wir hatten gestern vierundneunzig Hinrichtungen. Der Zar betet, dass er recht daran getan hat.«

Der Gesang der Mönche schwoll an. Die Stroganows schwiegen und blickten hinüber zu den vergoldeten Zwiebeltürmen. Aber es war kein ehrfürchtiges Schweigen ... Während der Chor Gott lobte, rechneten die Brüder still nach, wie hoch der Zar bei ihnen verschuldet war. Wie viel Gold, Silber und Kupfer, wie viel Pelze und Seiden, Brokate und harte Rubel hatten sie als Gegenleistung gezahlt, damit niemand sagen könnte: »Seht euch doch die Stroganows an! Ihr Reichtum wächst von Tag zu Tag, so, wie ein Hefeteig im Ofen quillt. Eines Tages werden sie vor Überfluss und Macht platzen! Was gehört dem Zaren und was den Stroganows ... Man kann es schwer unterscheiden!«

»Wollt ihr in die Kirche gehen?«, fragte Fürst Schuisky. Er kam die Treppenstufen hinunter und schlug den Pelzkragen hoch.

Die Brüder zögerten, dann schüttelten sie die Köpfe. Der Gesang der Priester und Mönche verebbte, die Glocken dröhnten. Zar Iwan IV., den man den Schrecklichen nannte, ließ sich jetzt segnen. Der Metropolit von Moskau tat es selbst, denn auch der oberste Kirchenfürst hat nur einen Kopf auf den Schultern. Seinen Vorgänger hatte man gefoltert, entmannt und geblendet – ein Vorbild, dem nachzueifern mit keinem Bibelwort befohlen wird.

»Eure Boten sind vorgestern eingetroffen«, sagte Fürst Schuisky zu Jakob, Gregor und Semjon Stroganow. Sie tauschten die obligaten Bruderküsse. »Es schien so, als habe sich der Zar gefreut.«

»Er braucht Geld.« Gregor Stroganow lachte unbekümmert. »Wir bringen ihm hunderttausend Rubel in Gold.«

»Er wird euch an seine Brust ziehen.« Fürst Schuisky schob die drei Brüder zur Tür, die vom Palast über einen kurzen Weg zur Kirche führte und die der Zar mindestens dreimal am Tag aufstieß, um dem Gesang seiner Priester und Mönche zu lauschen. Bisher war noch jeder Zar, je älter er wurde, in den Schoß der Kirche zurückgekrochen ... Nur war es seltsam, dass auch jeder Zar mit zunehmendem Alter immer grausamer wurde. Sie schlossen sich von der Welt ab und vernichteten die Welt ...

»Schnell hinein!«, sagte Schuisky. »Das Gebet ist zu Ende. Wenn euch der Zar draußen sieht und nicht in der Kirche, wird er ungnädig sein.«

Sie durcheilten einige große Zimmer und lange Gänge, gewölbeartige Säle mit gedrehten Säulen und bespannten Wänden, und stellten sich dann im Vorraum des Audienzsaales auf. Eine Gruppe Bojaren wartete bereits und begrüßte die Stroganows höflich, aber mit deutlichem Abstand. Seit der erste große Stroganow – Anika – mit Salzsieden so reich geworden war, dass er sich einen Palast bauen und sich sogar einen deutschen Hausarzt halten konnte, seit Anika Stroganow zum Hauslieferanten des Zaren ernannt worden war, dem deutschen Kaiser Maximilian einen kostbaren Pelz lieferte, der englischen Königin Elisabeth ein riesiges Zobelcape und weiche, fast gewichtslose Daunenfedern für die Betten der Zarinnen, seitdem wusste man nicht so recht, wie viel Macht nun Anikas Söhnen von Iwan IV. zugestanden wurde.

Auch lieferten die Brüder alles, was man verlangte: Lachse, Salme, Hechte und Kaviar, Rentierfelle aus der Tundra, Pelze von Zobeln, Eichhörnchen, Hermelinen, Bibern und Füchsen; sogar Perlen hatten sie im Fluss Iksa gefunden, was rätselhaft war, aber sie zeigten sie vor! Und italienischen Wein führten sie in Russland ein, auf der Handelsmesse in Kola tauschten sie Felle gegen Fässer. Wein war im rauen Russland, im Reich der Moskowiter, eine Rarität, und so zahlte sich der Weinverkauf an den Zaren und die Bojaren aus …

Keine Neider schaffen! Das war vonseiten der Stroganows eine wichtige Regel. Vorsicht – mit Blick auf die Zukunft –, das war die große Sorge aller Fürsten und Bojaren. Und so ging es hin und her mit kleinen Geschenken, mit Wohltaten – Freunde schaffen, Rückendeckung!

Der Zar war alt geworden, ein Schatten seiner selbst, ein krummer, gebeugter Mensch, der nie überwand, dass er seinen ältesten Sohn im Jähzorn erschlagen hatte. Der neue Zarewitsch war ein Weichling und Halbidiot. Wer kam nach Iwan, wenn der plötzlich starb? Wer übernahm das große, heilige Russland? Der bullige Boris Godunow? Der kluge Schuisky? Dimitri, der Säugling …?

Was hatte Anika Stroganow seinen Söhnen als Leitbild mit auf den Weg gegeben? Einnahmen messen – Ausgaben vergessen! Das hieß nichts anderes als sich die Macht kaufen, ganz gleich, wer im Kreml herrschte. Geld brauchen sie alle – die Zaren! Und ohne die Stroganows war die Zarenkasse halb leer. Der Glanz Russlands stammte aus dem fernen Permer Land, aus der Zentrale einer Handelsdynastie, wie sie die Welt noch nicht gesehen hatte, gegen die die deutschen Fugger in Augsburg nur kleine Krämer waren!

Durch die Wartenden lief Unruhe. Die Palastwache, riesige Weißrussen in hohen Mützen, die sie noch riesiger machten, besetzte die Eingänge. Der Zar war aus der Kirche zurück. Eine Schar Frauen, verhüllt wie büßende Nonnen, flatterte den Gang entlang wie blaue Nachtvögel: die Zarin mit ihren Hofdamen.

Die Bojaren steckten die Köpfe zusammen, die Brüder sahen sich an. Die Tür zum Audienzsaal sprang auf. Boris Godunow erschien in einem langen, mit Gold bestickten Mantel, aus dem noch der Geruch des Weihrauchs wehte. Er ging den Stroganows entgegen und gab ihnen die Hand. Sie vor den Augen der Bojaren zu umarmen, würde zu weit gehen, sie waren nicht von Adel, sie blieben Kaufleute. Sie waren Aufgestiegene aus der grauen ›Masse Volk‹, geachtet zwar, aber nicht gleichgestellt.

Später erst, in den eigenen Räumen, würde Godunow sie auch umarmen, wie es Schuisky getan hatte. Den Stroganows war es gleichgültig, sie kannten ihren Wert besser ab Boris Godunow den seinen.

»Der Zar ist so gnädig, euch anzuhören«, sagte Godunow so laut, dass es alle Herumstehenden hören mussten. »Gott segne den Zaren!«

»Gott segne ihn!«, murmelten im Chor die Brüder Stroganow. Genug der äußerlichen Formalitäten, dachten sie und gingen an Godunow vorbei in den Audienzsaal. Sie senkten die Köpfe. Hinter ihnen fielen die großen Türen zu. Sie waren allein mit Iwan dem Schrecklichen, wie es dieser befohlen hatte. Godunow und Schuisky blieben draußen zurück; ein neuer Beweis, wie hoch der Zar die Brüder Stroganow schätzte! Mit dem Zaren allein zu sein, war wie eine Segnung …

Was man sich im fernen Permer Land, in Orjol am Fluss Kama, der Residenz der Stroganows, erzählte, sahen sie jetzt vor sich: einen Zaren, der mit ausgezehrtem Gesicht, bleich und verkrümmt, auf seinem Sessel saß, der Kopf beherrscht durch eine Hakennase, die wie der scharfe Schnabel eines Adlers zum Zuhacken bereit war. Das eisgraue Haupt bedeckte eine spitz zulaufende Zobelmütze, der pelzgefütterte Überrock war aus französischem Brokat – aus dem Hause Stroganow. Der Bart des Zaren war ausgefranst, als habe man ihn daran quer durch Moskau gezogen. Iwan stützte sich selbst im Sitzen auf seinen Possoch, den langen geschnitzten, mit Gold und Silber verzierten Stab mit der Eisenspitze, diesen verfluchten Stab, mit dem Iwan geprügelt und getötet hatte, erstochen und aufgespießt. Das Symbol seiner unumschränkten Macht, die sich nur vor einem beugte: vor Gott.

Das war das Fürchterliche an Iwan dem Schrecklichen: Er mordete und betete dabei.

Die Brüder Stroganow hielten die Köpfe gesenkt und schielten von unten auf den Zaren. Sie waren betroffen über sein Aussehen und dachten alle drei das gleiche: Heute muss gelingen, was nicht nur die Stroganows, nein, was ganz Russland zur führenden Macht der Welt machen wird. Heute ist der Tag, an dem das reichste, herrlichste Volk der Erde geboren wird: Groß-Russland!

»Meine Krämer!«, sagte Iwan laut.

Die Brüder Stroganow hoben die Köpfe. Die Begrüßung deutete auf gute Laune hin. Wenn Iwan sie ›Krämer‹ nannte, war er zu Scherzen aufgelegt. Sonst titulierte er sie »Wölfe, die vor meiner Hütte heulen, die ich füttere und die mir als Dank Kot vor die Tür setzen …« Es war schwer, mit dem Zaren zu sprechen, das hatte schon Vater Anika gemerkt. Der Erfolg allein zählte. Einnahmen messen – Ausgaben vergessen!

»Ihr seid der Atem Russlands, Gossudar«, sagte Jakob, der älteste der Stroganows. »Gott möge vergessen, dass ein Atem sterblich ist …«

»Was wollt ihr?« Der Zar zeigte auf eine gepolsterte Sitzbank. Die Brüder Stroganow setzten sich artig wie Schulkinder und falteten die Hände. Dann sprach Gregor, denn er hatte das meiste diplomatische Geschick:

»Wir bringen, großer Zar! Hunderttausend in Gold geprägte Rubel, zweitausend Eichhörnchen, neunhundert blausilberne Füchse ...«

Iwan musterte die Brüder. Sein von jeher stechender Blick war im letzten Jahr noch unerträglicher geworden. Wen diese Augen trafen, der verstummte, denn ihm war die Gnadenlosigkeit begegnet.

»Das alles holt ihr aus eurem Permer Land?«

»Nein.« Semjon Stroganow, der Stratege in der Familie, versuchte, dem Blick des Zaren standzuhalten. Es gelang ihm, aber das Herz klopfte ihm dabei bis in den Hals hinauf.

»Gossudar, Ihr wisst, dass fremde Jäger die Felle zu uns bringen. Über die Felsen und durch die Schluchten des großen Uralgebirges, aus dem Land, das sie Mangaseja nennen ...«

»Mangaseja!« Iwan beugte sich vor und stützte sich schwerer auf den Possoch. »Immer dieses Mangaseja! Schon euer Vater hat mir davon erzählt.«

»Wir wissen es, Gossudar.« Jakob, der kühle Rechner, sagte es. »Und wir wissen, dass du den Plan hattest, mit Waffengewalt in dieses Land einzudringen, um es für Russland zu erobern. Das ist unmöglich. Ein Heer muss einen Aufmarschweg haben. Es muss Nachschub erhalten. Menschen und Tiere kann man nicht in eine Wildnis schicken, die noch niemand außer ein paar Waldläufern und Pelzjägern kennt. Die unüberwindliche Felsenkette des hohen Ural liegt dazwischen. Kein Weg führt hindurch, nur schmale Pfade durch Schluchten und über schwindelnde Höhen. Und dahinter ...«

»Mangaseja«, fuhr Semjon fort, »ist ein Land, das man nicht beschreiben kann, dessen Reichtum unvorstellbar für einen Menschen ist.«

Der Zar stieß den Possoch hart auf den steinernen, mit Fellen bedeckten Boden. »Reden! Reden!«, sagte er hart. »Wo bleiben die Taten?«

Gregor Stroganow, der Diplomat, beugte sich vor. »Wir haben die neuesten Nachrichten aus Mangaseja gesammelt, o Zar. Verschiedene Völkerstämme leben dort, schlitzäugig wie die Chinesen oder Tataren. Im Sommer ist es dort so heiß, dass die Menschen nur in den Flüssen leben, weil ihnen sonst vor Hitze die Haut aufplatzt. Im Winter aber ist es so kalt, dass sie kaum Nahrung finden, und wenn sie kein Rentier erlegen können oder durch das dicke Eis nicht an die Fische in den Flüssen kommen, fressen sie sich gegenseitig auf. Man nennt sie deshalb auch Samojeden, was so viel wie ›Selbstfresser‹ heißt. Andere Völker in diesem Land haben den Mund oben auf dem Kopf und können nicht sprechen. Ein Volk lässt sich im Winter einfrieren, braucht dann keine Nahrung und lässt sich von der Frühlingssonne wieder auftauen.«

»Das sind Märchen«, sagte Iwan zurückhaltend, »so etwas gibt es nicht, Krämer.« Aber die Brüder Stroganow sahen, dass der abgeschossene Pfeil im Herzen des Zaren gelandet war.

»In Mangaseja gibt es noch anderes, o Zar: Völker, die sich riesige Herden schwarzer Zobel halten – als Schlachtvieh! Wertvolle schwarze Zobel, nur um sie zu essen! Blaufüchse melken sie wie Kühe, und sie haben Eisbären abgerichtet, die für sie in den Flüssen die Fische fangen. Das ganze Land quillt über von Pelztieren, Fischen der edelsten Art, Gold und Silber, Salz und Kupfer, Blei und Edelsteinen!«

»Und warum liegt dieses Land vor meiner Tür und keiner erobert es?«, schrie der Zar. Er sprang auf und stieß mit dem Possoch nach Jakob Stroganow, aber der saß so weit von Iwan entfernt, dass ihn der Zar nicht treffen konnte. »Krämer, du bist mit deinen Brüdern doch nicht nach Moskau gekommen, um mir von Menschen zu erzählen, die Blaufüchse melken!«

»Jenseits des Ural gibt es einen Zaren …«, begann Semjon, der Stratege, ungerührt. Es war ein so ungeheuerlicher Satz, dass die beiden anderen Brüder zusammenzuckten. Auch wenn es die Wahrheit war – sie hatten die Absicht gehabt, sie

Iwan schonender beizubringen. Aber Semjon schien die Lage anders einzuschätzen.

Iwan der Schreckliche starrte die drei schweigend an. Sein Adlergesicht unter der spitzen Zobelmütze zuckte kaum merklich. »Einen Zaren …«, krächzte er dann heiser. »Einen Zaren außer mir? Er nennt sich wirklich Zar?«

»Er nennt sich ›Herrscher der Erde‹«, entgegnete Gregor, der Diplomat. »Sein wirklicher Name ist Kutschum. Er ist ein Nachfolger des Dschingis-Khan. Kutschum ließ verbreiten: ›Ich bin der erste Zar über ganz Sibirien!‹ Seit Monaten kommen seine Krieger unter der Führung seines Neffen Mametkul ins Permer Land, überfallen unsere Siedlungen, zerstören die Salzpfannen, versenken unsere Boote auf der Kama, und wenn wir unsere eigene Wachttruppe in Marsch setzen, verschwinden sie wieder spurlos in der für uns noch undurchdringlichen Wildnis des Urals. Sie verschleppen unsere Frauen und Kinder, brennen die Siedlungen nieder, hetzen die anderen Völker, die mit uns Handel treiben, gegen uns auf und veranstalten Reiterspiele, bei denen sie die Gefangenen an Pfähle binden und ihnen im Vorbeigaloppieren die Köpfe abschlagen! Wir haben begonnen, überall kleine Festungen zu bauen, wohin wir unsere Siedler in Sicherheit bringen. Kutschum ist dabei, in dein Reich einzudringen, Gossudar …«

Iwan der Schreckliche sah die Stroganows schweigend an. Es waren Sekunden, die sich zu Ewigkeiten dehnten; aber es waren Sekunden, die über Russlands Zukunft – die Eroberung Sibiriens oder Mangasejas, wie das riesige unerforschte Land auch genannt wurde – entschieden.

Sie sind mächtig, diese Krämer, dachte Iwan IV. Sie werden immer mächtiger, von Jahr zu Jahr. Einmal werden sie, diese heimlichen Herrscher Russlands, größer sein als der Zar. Kann man das zulassen? Soll man jetzt wieder – wie so oft in den vergangenen Jahrzehnten – den Stroganows Sonderrechte einräumen, ihnen mit kaiserlicher Huld den Weg nach Osten freigeben, ihnen dieses Sibirien überlassen, das sie zwar für Russland entdecken werden, aber dessen Schätze in ihre Taschen wandern? Ist dieses sagenhafte Mangaseja es wirklich wert, dass ein Krämer – wenn auch heimlich – auf den Zaren herabsehen kann? Sind alle diese Berichte von jenseits des Ural nicht übertrieben?

»Ihr wollt das Recht haben, das in meinem Namen eroberte Neuland auszubeuten …«, sagte Iwan hart.

»Wir bitten um die Gnade, Mangaseja für Russland zu erschließen«, antwortete Jakob Stroganow. »Mehr nicht, erhabener Zar.«

»Das ist genug, wenn man die Stroganows kennt!« Iwan winkte, und die Brüder sprangen von der Polsterbank auf. »Ich lasse euch wieder rufen, wenn mein Ratschluss und Gottes Wille übereinstimmen.«

»Es eilt, o Zar!« Semjon Stroganow verbeugte sich tief. »Jeden Tag brennt eine Siedlung im Permer Land.«

»In Russland brennt jeden Tag irgendwo irgendetwas …«, antwortete der Zar ungerührt. »Ich verspreche euch, an Mangaseja zu denken.«

Die Konferenz war zu Ende. Die Stroganows verließen den Audienzsaal, nicht sehr zufrieden, aber auch nicht enttäuscht. Sie wussten von ihrem Vater Anika, dass Iwan immer zögerte, ehe er Rechte vergab.

Mit den Salzrechten war das so gewesen, mit der Erschließung des Permer Landes und der Kama, mit der Gründung von Siedlungen, die aus dem Hause Stroganow einen Staat im Staate werden ließen. Letzten Endes hatte Iwan dann immer nachgegeben; Russland würde ewig bestehen, die Stroganows nicht, das war wichtig. Und Russland konnte durch die Stroganows nur größer werden …

»Wir bleiben in Moskau und warten«, sagten die Brüder zum Fürsten Schuisky, als sie im Gästeflügel des Kremls bei gebratenem Huhn und italienischem Wein saßen. »Der Zar, der einmal nach Iwan kommen wird, kann sich Herrscher der halben Welt nennen!«

Fürst Schuisky behielt diesen Satz im Ohr. Wie Boris Godunow glaubte er an die Stunde, in der man ihn zum Zaren krönen würde. Die Erben aus Iwans Sippe hatten kein langes Leben auf dem Thron – das war ganz sicher nach Iwans Tod …

Die Brüder Stroganow blieben bis zum Frühjahr in Moskau, knüpften dabei neue Geschäftsverbindungen, beschenkten die ihnen wohlgesinnten Bojaren und Fürsten oder kauften sich diejenigen, die noch nicht auf ihrer Seite standen. Sie erfuhren von Boris Godunow, dass Iwan einen Gesandten zu dem sibirischen Zaren Kutschum geschickt habe, um diesen aufzufordern, an ihn, den einzigen wahren Zaren, Tribut zu zahlen. Sie feierten die Antwort Kutschums, der frech zurückschrieb, er, der sibirische Zar, der freie Herrscher Kutschum, lasse dem Großfürsten, dem Weißen Zaren, sagen: Wer Frieden will, könne mit ihm Frieden schließen. Aber wer Krieg wolle, könne ihn haben! Außerdem wurde der Gesandte, der die Botschaft zurückbrachte, von Mametkul, dem Neffen Kutschums, an der russischen Grenze aus dem Land geprügelt.

»Es wird gelingen –«, sagte Jakob Stroganow zufrieden. »Ein Iwan beugt sich nicht vor einem Halbwilden …«

Am 30. Mai des Jahres 1574 empfing Iwan IV. noch einmal die Brüder Stroganow. In feierlicher Kleidung schritten Jakob und Gregor durch den Kreml; Semjon war nach Orjol zurückgefahren, um dort die Geschäfte nicht völlig zu vernachlässigen. Jetzt, im Frühjahr, kamen die Pelztierjäger mit ihrer ganzen Winterbeute zu den Handelsstationen …

»Ich habe lange nachgedacht«, sagte der Zar milde. Nur das Glühen seiner Vogelaugen bewies, dass er innerlich um Beherrschung rang. »Ich erteile euch die Erlaubnis, das Land bis zum Tobolfluss zu erobern, dort nach eigenen Plänen Befestigungen anzulegen und die von diesem so genannten sibirischen Zaren Kutschum unterdrückten Völker zu befreien! Als Lohn für eure großen Dienste überschreibe ich euch für ewige Zeiten das Recht, Eisen-, Blei- und Kupferminen anzulegen, freien Handel mit den Kirgisen und Bucharen zu treiben und das Land durch Siedlungen zu festigen.«

Die Stroganows verbeugten sich tief, fast bis auf die Erde. Das Wichtigste hat er vergessen, dachten sie. Wie ist es mit einer militärischen Unterstützung durch die zaristische Armee? Sollen wir allein Sibirien erobern, wir Stroganows?

Der Zar winkte. Boris Godunow führte die Brüder hinaus und wartete, bis sich die Tür wieder schloss. Dann sagte er leise:

»Vergesst nicht, welchen Anteil ich an dieser Stunde habe.«

Für die Stroganows stand damit fest, wer einmal der neue Zar sein würde …

2

Fünf Jahre gingen dahin. Die Stroganows unternahmen trotz der einmaligen Schenkungsurkunde nichts. Zaristische Truppen bekamen sie nicht, und allein gegen die Streitmacht Kutschums zu ziehen, war Wahnsinn. Außerdem hatte Mametkul seine Raubzüge eingestellt, der Handel lief reibungslos. Wozu also erobern, wenn es auch friedlich ging?

Es starben in diesen fünf Jahren Jakob und Gregor Stroganow und ließen ihren Bruder Semjon und ihre Söhne Nikita und Maxim zurück. Und mit dieser neuen Generation kam auch neues Leben in den Plan, Mangaseja zu erobern. Iwan der Schreckliche lebte noch immer – blutiger als vorher. Die Stroganows schickten brav ihre Abgaben nach Moskau, aber über Sibirien sprach man von keiner Seite mehr. Den Zaren beschäftigten die litauischen und polnischen Probleme stärker – die waren greifbar! Mangaseja war … Fantasie!

Nicht so für die jungen Stroganows, die Vettern Nikita und Maxim. Sie horchten herum, und sie hörten – wer in Russland konnte das überhören? – von einem seltsamen Völkchen, das da unten am Don lebte und dessen Männer sich Kosaken nannten. Aus ihnen wurde niemand klug. Einmal kämpften sie auf Seiten des Zaren, als die tapfersten aller Krieger, das andere Mal zogen sie als Räuber übers Land, brannten und plünderten, schändeten und schlugen sich mit ihren ehemaligen zaristischen Kampfkameraden herum. Das Volk liebte sie, weil sie freie Männer waren. In den Akten des Kremls nannte man sie Diebe, Räuber, Mörder, Banditen und Deserteure. Sie kämpften am Asowschen Meer gegen die Türken – das gefiel dem Zaren –, aber sie plünderten auch die Schiffe auf der Wolga und verschwanden dann auf ihren kleinen, blitzschnellen Pferdchen in den Weiten der Steppe …

»Die Kosaken sind die Einzigen, die es mit Kutschums Reitern aufnehmen können«, sagte Nikita Stroganow, nachdem er genug Material über die Leute vom Don und den Steppen am Kaspischen Meer gesammelt hatte. »Erschlagen, gehenkt oder gejagt zu werden, das ist ihr Leben! Wenn wir Mangaseja erobern wollen, dann nur mit diesen Leuten. Wir sollten mit ihnen reden …«

Semjon, der letzte Überlebende der drei Brüder, bewunderte den Scharfblick seiner Neffen und war stolz auf sie. Seit fünf Jahren lag Iwans Urkunde, die die Stroganows zu den reichsten Männern der Erde machen konnte, ungenutzt im Schrank. Es war ein Zustand des Dahinstaubens, der Semjon körperlich wehtat. Aber bis zu dieser Stunde hatte er nicht einen Ausweg gesehen, ohne die Truppen des Zaren in Sibirien einzufallen.

»Ich schreibe den Kosaken einen Brief«, sagte er zu Nikita und Maxim. »Wer ist ihr Anführer?«

»Der berühmteste ist Jermak Timofejewitsch, vom Gouverneur der Provinz zum Tode verurteilt, aber nie gefangen …« Maxim Stroganow blickte in seine Papiere. »Für die Völker an der Wolga eine wahre Gottesplage, aber die Menschen am Don nennen ihn ›Das mutige Brüderchen‹. Was willst du ihm schreiben, Onkel?«

»Dass Gott sie braucht!«, sagte Semjon Stroganow milde.

»Das liest sich immer gut.« Nikita lehnte sich auf seinem Fellstuhl zurück und lachte. Er war von Natur aus ein fröhlicher Mensch. »Für Gott haben sie noch nie geraubt und geplündert.«

»Aber wir müssen sie bezahlen.« Semjon klingelte. Ein Sekretär kam mit einem aus Silber getriebenen Tintenfass und einigen Federkielen herein. »Wenn euer Großvater Anika das erlebt hätte …«, sagte Semjon leise und gerührt. »Sibirien war der große Traum seines Lebens – wir werden ihn erfüllen!«

Das Dorf Blagodornje liegt irgendwo am Don, umgeben von Steppen und Birkenhainen, Kirschgärten und wilden Rosen. Ein paar Häuser aus roh behauenem Holz stehen da; eine festgestampfte Straße, mit Zäunen eingefasste Beete und sogar eine winzige Kirche gibt es.

Vor sich die trägen Wasser des Don, hinter sich die unendliche Steppe, über sich den weiten blauen Himmel … Es hätten hier Menschen leben müssen, denen der Begriff »Ewigkeit« bewusst geworden war.

Aber das Gegenteil war der Fall: Blagodornje hatte schon alles erlebt, was Vergänglichkeit bedeutete, war dreimal von zaristischen Truppen verbrannt und zum vierten Mal wieder aufgebaut worden, hatte die Strafexpeditionen des Zaren überstanden, hatte Hinrichtungen seiner Männer, die man fassen konnte, überlebt, und Racheschwüre der Zurückgekommenen gehört, wenn die Gefahr vorbei war.

Zur Zeit herrschte Frieden. Die Männer, die sich stolz Kosaken nannten, hatten ihre Raubzüge nach dem Süden verlegt und plünderten die Nomaden aus, die vom Asowschen Meer aus nach neuen Weidegründen suchten. Das störte den Zaren in Moskau wenig, brachte aber auch wenig ein. Erneut mit Moskau Streit anzufangen, war Jermak noch zu gefährlich; der Nachwuchs war noch nicht so weit gediehen, um die stark gelichteten Reihen der Reiterhorden aufzufüllen. Was aus den vergangenen Kriegen übrig war, sehnte sich nach etwas Ruhe und Entspannung. Ab und zu ein Überfall, das war gewissermaßen eine Art Übung, um nicht völlig zu verbauern. Denn das war das Schrecklichste, was einem echten Kosaken geschehen konnte.

Es war an einem Apriltag des Jahres 1579, als drei staubbedeckte Reiter in Blagodornje erschienen und nach dem Haus Jermak Timofejewitschs fragten. Da solche Fragen von Fremden immer Unheil bedeutet hatten, riss man die drei zunächst von den Pferden, leerte ihnen die Taschen, was ein guter Kosak nie vergisst, und verhörte sie auf dem Festplatz zwischen Don und Kirche.

Die Aussage, dass sie von den Kaufleuten Stroganow kämen und eine Botschaft an Jermak hätten, sagte den Kosaken zunächst nichts. Am Don war das Haus Stroganow unbekannt.

Aber das sollte sich an diesem Apriltag ändern.

Man schleifte die drei Männer in Jermaks Haus, warf sie in eine Ecke und schickte Reiter aus, um Jermak zu suchen. Er saß friedlich am Don, angelte und unterhielt sich mit seinem Freund Iwan Matwejewitsch Muschkow, der auf dem Rücken lag, an einem Stück Holz schnitzte und an die vergangenen großen Tage dachte.

»Ein Brief?«, fragte Jermak, als die Reiter ihn gefunden hatten. »An mich? Von einem Stroganow? Es gibt noch jemanden, der mir einen Brief schreibt? Die Zeiten ändern sich wirklich, Iwan Matwejewitsch. Früher schickte man mir den Henker ins Haus!«

»Die Welt verödet, Jermak Timofejewitsch«, antwortete Muschkow trübsinnig und warf sein geschnitztes Holz in den Fluss. »Man verkehrt schon mit uns, als seien wir die gleichen Idioten wie die Stadtmenschen!«

In Jermaks Hütte hatte sich unterdessen der Pope über den Brief hergemacht. Er war der Einzige, der lesen konnte; man hatte es ihn im Kloster gelehrt, aus dem er aber vor siebzehn Jahren ausgebrochen war, um als Kosak an einigen der berühmt-berüchtigten Raubzüge Jermaks am Schwarzen Meer teilzunehmen. Trotzdem blieb er, sehr zur Verblüffung Jermaks, ein Pope, baute diese kleine Kirche in Blagodornje und schloss sich neuen Raubzügen an, aber nur, um sich aus anderen Kirchen die fehlenden Ikonen und Heiligenfiguren zu beschaffen, die Segnungskreuze und die Messgefäße. So kam es, dass das Kirchlein von Biagodornje eine der schönsten Ikonostasen besaß, mit Edelsteinen besetzte Gefäße und reiche Priestergewänder von Patriarchen.

»Tatsächlich ein Brief!«, rief Jermak, als der Pope das Schreiben hochhielt und mit ihm über die Köpfe der anderen wedelte. Was an Männern im Dorf war, drängte sich in Jermaks Haus, um diese Sensation mitzuerleben: Jemand, irgendwo dort oben im Norden, schreibt nach Blagodornje! Es war ein Jahrhunderttag, und er wurde es, für Russlands Geschichte und für die Weltgeschichte, wirklich!

»Ruhe, ihr Eisentöpfe!«, brüllte Oleg Wassiljewitsch Kulakow, der Pope, mit seinem dröhnenden Bass. »Ich lese vor! Jermak Timofejewitsch, der Brief kommt von einem Semjon Stroganow aus Orjol an der Kama …«

»Er kann vom Mond kommen, der ist genauso unbekannt!«, sagte Jermak und setzte sich. Er musterte die drei Boten, die noch immer in der Ecke des Zimmers lagen, verschüchtert, Angst in den Augen, bleich wie ein Leintuch. »Was will dieser Semjon an der Kama?«

»Er schreibt: ›An den Kosaken-Hetman Jermak Timofejewitsch, gegeben am 6. April 1579 zu Orjol. Lieber, in Christus vereinter Bruder Jermak …‹«

»Ein Idiot!«, sagte Jermak laut.

»Der Anfang klingt aber gut!« Der Pope sah Jermak strafend an. »Ich lese weiter: ›Wir haben von dir und deinen Taten gehört, von Heldentum, von Verfolgung und Strafe, und wir haben im Vertrauen auf Gott die Hoffnung, dich davon überzeugen zu können, dass es besser ist, das eines christlichen Kriegers unwürdige Handwerk aufzugeben, kein Räuber mehr, sondern Krieger des Weißen Zaren zu sein, keine unrühmlichen Gefahren mehr zu suchen, sondern sich mit Gott und Russland auszusöhnen.‹«

»Doch ein Idiot!«, sagte Jermak noch lauter. Er sah die drei Boten an und beugte sich vor. »Wer ist dieser Semjon Stroganow, he?«

»Der reichste Mann Russlands«, antwortete einer der Boten zögernd.

»Das klingt wieder gut. Lies weiter, Pope!«

»›Wir haben Festungen und Ländereien, aber wenig Mannschaft. Kommt und helft uns, Groß-Perm und die östliche Grenze der Christenheit zu schützen …‹«

»Festungen und Ländereien …«, wiederholte Jermak nachdenklich. »Und hinter der Grenze liegt ein unbekanntes Land. Man sollte sich dieses Angebot überlegen. Was wir da oben auch tun, wir tun's für den Zaren. Und für die Christenheit!« Er streckte die etwas krummen Reiterbeine aus und blickte hinüber zu seinem Freund Muschkow.

Dessen Augen strahlten. Ob Kama oder Schwarzes Meer, ob Ural oder Wolga – die Stille war vorbei, das Herumsitzen, das Bravsein, die Langeweile, die einen durchbohrte wie ein Wurm. Man konnte wieder auf dem Rücken der Pferde sitzen und mit Schreien, die das Blut erstarren ließen, in die Dörfer und Siedlungen stürmen … Unbekanntes, reiches Land … Denn es musste reich sein, weil noch keine Kosaken da gewesen waren.

»Wir stimmen ab!«, sagte Jermak laut, nachdem er Muschkows leuchtenden Blick verstanden hatte. »Keiner soll gezwungen werden, Blagodornje zu verlassen. Aber wer mit mir ziehen will, kommt am Abend auf den Festplatz!« Er sprang auf, ging durch eine Gasse begeistert klatschender Hände und drehte sich an der Tür noch einmal um. »Schickt Werber den Don hinauf und hinab. Trommelt die Leute an der Wolga zusammen. Ich nehme jeden mit, der Mut hat!«

Das war ein perfider Satz. Welcher Kosak hat keinen Mut? Wer würde es wagen, nach diesem Satz in seinem Dorf zu bleiben und Kohl anzubauen?

»Brüder, auf zur Kama!«, schrie Muschkow aus dem Hintergrund.

»Und die Garantie?«, rief der Pope dazwischen und schwenkte den Brief.

»Welche Garantie?«

»Dass man uns braucht! Dass wir für die Christenheit kämpfen können!«

Dass wir uns die Taschen füllen können, dachten sie alle im Stillen. Ja, wer garantiert das? Ein kluger Kopf, der Pope! Ist so ein dummer Brief eine Garantie?

»Wir reiten zu Semjon Stroganow. Und seine drei Boten sind unsere Führer.« Jermak lachte und zeigte auf die drei immer noch ängstlichen Gestalten in der Ecke. »Hat er uns betrogen, ziehen wir ihnen die Haut vom Leib und seinem Semjon Stroganow dazu! Man ruft keinen Jermak Timofejewitsch zum Spaß!«

»Es lebe die Freiheit!«, schrie Muschkow und warf die Arme empor. »Brüder, auf die Pferde! Die Kosaken kommen wieder …«

Mitte Mai stand Jermaks Streitmacht fest. Aus allen Winden waren die Kosaken herbeigeritten, hatten Haus und Frauen,

Kinder und Eltern verlassen, um Jermaks Ruf zu folgen. Zu neuen Abenteuern in die unbekannten Zauberländer!

540 Reiter versammelten sich auf dem Festplatz von Blagodornje, Pferdekopf neben Pferdekopf. Bis hinunter zum Ufer des Don standen sie, weil der Platz an der Kirche zu klein war. Der Pope Oleg Wassiljewitsch Kulakow, über Stiefel und Kosakenhose das schwarze Priestergewand, ritt durch die schmalen Gassen, die man gelassen hatte, und segnete Mann und Ross, bespritzte sie mit Weihwasser und sang dabei das Kyrie eleison. Es war ein feierlicher Akt, vielen standen die Tränen in den Augen, und sie beteten mit wirklicher Inbrunst. Erst danach schwang sich Jermak in den Sattel und hob den Arm.

»Kosaken!«, schrie er. »Nach Norden!«

Dann galoppierte er los, vorbei an den drei Boten der Stroganows und an Muschkow, der die erste Abteilung befehligte.

»Nach Norden!«, brüllte es aus 540 Kehlen zurück. Dann versank Blagodornje in einer riesigen Staubwolke.

Als Letzter ritt der Pope aus dem Dorf. Er hatte seine Kirche abgeschlossen und ein Schild an die Tür gehängt: »Geschlossen nach Gottes Willen!« Aber das konnte keiner lesen im Dorf.

Ein Kosakenzug, der mehrere Wochen dauert, ist etwas anderes als ein normaler Transport von Männern und Pferden in andere Gegenden. Der Weg vom Don zur Kama war weit, und kein echter Kosak legte so eine Strecke zurück, ohne unterwegs zu rauben und zu plündern. ›Sich aus dem Land ernähren …‹, nannte es Jermak.

Die Dörfer, die sie durchzogen, stöhnten denn auch hinterher in bitterer Qual, leer gefressen und voller geschwängerter Frauen und Mädchen. Es war sinnlos, sich zu wehren; tödlich, etwas zu verstecken, vergebens, wegzulaufen. 540 Kosaken auf einen Schlag – das war ein Naturereignis, das man ertragen musste wie eine Heuschreckenplage oder den Kartoffelkäfer. Man konnte nur warnen.

Und so ritten Jermaks kleiner Armee immer ein paar Bauern voraus, im großen Bogen die Kosaken umgehend, und alarmierten die am Wege liegenden Dörfer.

Bis zu dem Ort Nowo Orpotschkow. Er lag am Oberlauf der Wolga und besaß einen Dorfältesten, der Alexander Grigorjewitsch Lupin hieß.

Lupin, der Starost, war kein starker, aber er war ein mutiger Mann. Als die Reiter des zuletzt von Jermak durchzogenen Dorfes bei ihm eintrafen, ließ er mit eisernen Kesseln Alarm geben, besetzte die Straße mit seinen Männern und bewaffnete sogar die Frauen mit Knüppeln, Eisenstangen, Mistgabeln und allem, was sich zum Schlagen und Stoßen eignete. Außerdem baute er eine Falle: Die Hälfte seiner Leute versteckte er am Wolgaufer. Sie sollten von hinten kommen, wenn vorn der Kampflärm begann. Auch ein Kosak kann so schnell kein Pferd wenden, wenn er eingekeilt ist.

Nowo Orpotschkow.

Wenn man später Iwan Matwejewitsch Muschkow reden hörte, war das der Name eines Ortes, den der Teufel geschaffen, dem aber Gott ein Mäntelchen umgehängt haben musste. »Wir hätten einen Bogen darum machen sollen«, sagte er später immer wieder. »Schon als ich den Bauernklumpen auf der Straße sah, ahnte ich nichts Gutes.«

Und so war es. Jermak und Muschkow, die an der Spitze ritten, blickten mehr belustigt als betroffen auf die Menschen, die sich ihnen in den Weg stellten.

»Auch das gibt es!«, rief Muschkow fröhlich und hielt sein Pferd an. Die Kosaken blieben stehen und lachten. Aus 540 Kehlen flog diese brüllende Wolke über das stille Land und senkte sich auf die mutigen Bauern nieder.

»Macht euch nicht in die Hosen!«, knirschte Lupin. »Jetzt lachen sie noch, Brüder, aber in ein paar Minuten werden sie stöhnen …«

»So viel Dummheit sollte man schonen«, meinte Muschkow und wischte sich die Lachtränen aus den Augen. »Was hältst du davon, Jermak?«

»Nichts!« Jermak schob das Kinn vor. Dann zog er seinen Säbel aus der Sattelschlaufe und hob ihn hoch empor.

»Jetzt!«, sagte der Dorfälteste Lupin auf der anderen Seite dumpf zu seinen Bauern. »Brüder, wir gehen nicht wehrlos unter!«

Die Kosaken setzten zum Sturm an. Ein gewaltiger Aufschrei erfüllte die Luft. Was 540 Pferde und Männer mit geschwungenen Säbeln nicht vollbrachten, das bewirkte dieser Schrei. Die Männer von Nowo Orpotschkow warfen ihre Waffen weg und rannten nach allen Seiten auseinander.

Nur Lupin blieb stehen, allein auf der Straße, und Jermak, der an ihm vorbeipreschte, gab ihm nur einen Stoß. Der Starost rollte über die Erde, fiel in einen Graben und überlebte nur dadurch die zweitausend Pferdebeine, die über ihn hinwegrasten.

Eine halbe Stunde später brannte das Dorf. Die Kosaken schleppten Felle und Getreidesäcke, billigen Schmuck und Räucherfleisch, Gurkenfässer und gesalzenen Kohl aus den Häusern, ehe sie brennende Büschel aus trockenem Gras hineinwarfen. Wer Lust dazu hatte, machte Jagd auf die Frauen. Die Kosaken warfen sie auf die nackte Erde vor den brennenden Häusern oder in den Gärten und schändeten sie.

Auch Muschkow streunte durch das Dorf und suchte ein Mädchen nach seinem Geschmack. Vor einem Haus mit geschnitzter Tür fand er es endlich ... ein noch etwas mageres, blondhaariges Geschöpf, das ihm mit einem dicken Knüppel entgegenkam und ihm, ohne etwas zu sagen, einen kräftigen Hieb auf den Kopf versetzte. Muschkow war so verblüfft, dass er selbst dem zweiten Schlag nicht auswich; dem dritten aber entging er. Er packte die kleine wilde Katze am Hals, schleifte sie in einen Garten und schüttelte sie. Das Mädchen kratzte und biss, es trat gegen seinen Unterleib und stieß mit dem Kopf gegen seine Brust. Es riss sich tatsächlich los und flüchtete, aber mit drei Sätzen holte Muschkow es ein und warf sich darüber, wie man in seinem Dorf ein wegrennendes Huhn einfängt.

Sie rollten aneinander geklammert über den Boden, stießen gegen einen Gartenzaun und blieben dort liegen. Muschkow lag oben, er drückte sie mit beiden Händen nieder und spürte unter seinen Fingern ihre junge, noch nicht ausgereifte Brust. Die großen blauen Augen des Mädchens starrten ihn an. Es war keine Angst in ihnen, nur eine wilde Entschlossenheit.

»Töte mich!«, sagte sie leise. »Töte mich vorher. Wenn du's nicht tust, mache ich es hinterher selbst … Ihr Teufel, ihr verfluchten Teufel!«

»Ich heiße Iwan Matwejewitsch Muschkow …«, sagte er. Bis an das Ende seiner Tage konnte er nicht erklären, warum er das damals gesagt hatte. Er musste es einfach tun, als er in ihre Augen sah.

Und sie antwortete: »Ich bin Marina Alexandrowna Lupin …«

»Marina …« Muschkow lockerte den Griff. Um sie herum tobten die Brände, gellten die Schreie der Frauen und das siegesbewusste Lachen der Kosaken. Dazwischen wieherten die kaum noch zu haltenden Pferde. »Ich nehme dich mit!«, sagte er plötzlich.

»Das wird dir nie gelingen!«, schrie sie.

»Du bist meine Beute!«

»Dann halt sie fest, du Satan!«

Wieder rangen sie miteinander und rollten über die Erde. Marina biss in Iwans Schulter und gab erst auf, als sich ihr langes Haar in einem Busch verfing und sie fesselte. Sich loszureißen war unmöglich. Durch ihr Haar wehrlos geworden, lag sie vor ihm. Sie hatte die Augen geschlossen.

»Worauf wartest du noch?«, fragte sie mit dünner Stimme. »Nimm es dir …«

Und Muschkow antwortete mit einer ihm selbst fremden Stimme: »Hab keine Angst, Marina.« Er löste ihr Haar, langsam und beinahe zärtlich. »Wie alt bist du?«, fragte er.

»Vierzehn«, antwortete sie.

»Deine Heimat verbrennt«, sagte er. »Ich nehme dich mit, Marina.«

»Nein!«, schrie sie. Aber sie blieb liegen und rührte sich nicht.

3

Nowo Orpotschkow brannte völlig aus.

Nachdem man die Frauen und Kinder, die Greise und Kranken mit Peitschenhieben weggetrieben hatte, nisteten sich Jermaks Kosaken rund um das Dorf ein. Sie sangen und grölten und wärmten sich an den Flammen der brennenden Häuser, ihrem besten Lagerfeuer. Ihre Pferde hatten sie zusammengebunden, über einigen glühenden Balken brieten Schweine und Kälber, Holzbecher mit Birkenwein machten die Runde. Es war das Leben, für das ein Kosak auch bereit ist, zu sterben: Die Freiheit, wie er sie versteht! Die Welt gehört uns, wenn wir sie erobert haben! Und vor ihnen lag eine neue Welt, die auf sie wartete. Den ungeheuren Reichtum der Stroganows hatte man ihnen versprochen, das Land Mangaseja, von dem die drei Boten erzählten. Die drei Boten, die diesen Zug nach Norden zur Kama nur voll maßlosen Entsetzens miterlebten …

»Ein Gebirge«, hatte Jermak gesagt, als man über das beriet, was vielleicht in einigen Wochen auf sie zukommen würde, »schlitzäugige fremde Völker – was ist das schon? Gelbe kennen wir zur Genüge und haben sie aufs Haupt geschlagen.

Und ein Stein bleibt ein Stein, auch wenn er tausend Werst hoch ist. Haben wir Angst vor Steinen, Brüder?«

Der Untergang von Nowo Orpotschkow hatte keine Folgen. Die Bauern der umliegenden Dörfer nannten die Leute des Starosten Lupin einen Haufen von Idioten. Wer stellt sich schon 540 Kosaken entgegen? Sie ungehindert durchziehen lassen, ihre Pferde tränken, ihnen die Vorräte schenken, mit Bitterkeit im Herzen hinnehmen, dass diese oder jene Frau geschwängert wurde ... Das konnte man alles überleben, und Überleben allein war wichtig. Mit den Kosaken kämpfen? Beim heiligen Stephanus, was hatte diesen Alexander Grigorjewitsch Lupin bloß geritten, einen solchen wahnsinigen Gedanken zu haben?

Die Männer von Nowo Orpotschkow saßen am Wolgaufer und starrten auf ihr brennendes Dorf. Die Frauen kamen einzeln zurück, stützten die Kranken und Alten oder schleppten die weinenden Kinder auf dem Rücken. Die meisten der Weiber waren blutig geschlagen, ihre Kleider waren zerrissen. Wie bei ihren Reiterspielen von Pferd zu Pferd, so waren die Kosaken von Frau zu Frau gesprungen – eine höllische Orgie. Begleitet vom Prasseln des Feuers und dem Krachen der zusammenstürzenden Hütten.

Nur die kleine Kirche von Nowo Orpotschkow war verschont geblieben. Hier erschien der Pope von Blagodornje, Oleg Wassiljewitsch Kulakow, und stellte sich seinem Amtskollegen vor. »Gott hat den Menschen geschaffen, also auch die Kosaken«, sagte er mit seltsamer Logik und bekreuzigte sich. Sein Priesterrock stank nach Rauch, seine Kosakenstiefel waren dreckig bis zu den Knien, in seinem Bart hing Ruß. »Bruder im Herrn, lass uns beten, dass die sündigen Seelen auch einen liebenden Blick im Himmel erhaschen.«

Und so knieten die beiden Popen vor der Ikonostase und beteten, während draußen das Dorf abbrannte und die gejagten Weiber kreischten.

»Siehst du, Brüderchen«, sagte der Kosaken-Pope später, als Jermaks Leute singend um das untergehende Dorf saßen und alles friedlich wurde, »deine Kirche haben wir dir erhalten. Lobe Gott! Und gib mir für den langen Weg ins Unbekannte dein Osterkreuz mit ...«

Der Pope von Nowo Orpotschkow stöhnte, holte das mit billigen Perlen besetzte Kreuz – es war eine schöne Bauernhandarbeit – und warf es seinem Kollegen vor die Füße.

»Der Satan sei bei jedem deiner Segen mit dir!«, schrie er.

»Amen!«, antwortete Oleg Wassiljewitsch Kulakow fromm und demütig.

Am Wolgaufer rannte der gerettete Lupin von Frau zu Frau und rang die Hände. »Habt ihr Marina gesehen?«, schrie er voller Qual. »Was ist aus meinem Töchterchen geworden? Mein Sonnenschein! Meine goldene Wolke! Habt ihr sie gesehen? Warum kommt sie nicht zurück? Warum bringt sie keine von euch mit? Ist sie tot? Sagt es mir doch, haltet nicht zurück mit der Wahrheit, ich bin ein starker Mann, ich kann's ertragen! Wer hat Marina gesehen? Wer ...?«

Er fragte herum, aber keine der zurückkehrenden Frauen wusste etwas von Marina Alexandrowna. Man wusste nur, dass auch das Haus des Starosten brannte. Man fand das übrigens gerecht, denn Lupin hatte ja schließlich die verrückte Idee gehabt, Widerstand zu leisten. Die Männer sprachen nicht mehr mit ihm, und eigentlich konnte Lupin froh sein, dass er nicht von seinen Freunden in der Wolga ertränkt wurde. Mitleid hatte niemand mit ihm. Der eine verlor Marina, der andere Olga oder Jelisaweta. Und es war abzusehen, dass in neun Monaten eine Menge Bastarde geboren wurde – auch das würde man überleben und ertragen. Ein Leben in Russland war schon immer schwer, man hatte Übung im Ertragen.

So ließ man Lupin wie einen angestochenen Eber herumlaufen und brüllen und hoffte nur, dass endlich jemand auftauchte, der sagte: »Ja, sie ist tot, deine Marinuschka! Die Kosaken haben dein Blondchen zu Tode geritten …«

Aber niemand kam, der das sagte. Man hatte Marina nicht mehr gesehen, aber so, wie man von weitem Nowo Orpotschkow sah, ein Flammenmeer mit einer unversehrten Kirche darin, glaubte niemand mehr, dass Lupin noch etwas von seinem Töchterchen hören würde …

»Ich gehe und suche sie«, sagte Lupin plötzlich, als es Nacht geworden war. »Haltet mich nicht zurück!«

Keiner dachte daran, das zu tun. Es gibt zwei Dinge, die einen Mann zum Narren machen können: Heldentum und Vaterliebe. Das Erste hatte Lupin schon hinter sich … Warum soll man ihn aufhalten, wenn er das Zweite auch noch probieren will? Die Männer glotzten ihn an, vorerst zufrieden, dass sie lebten und ihre Frauen wiederhatten. Man würde ein neues Orpotschkow bauen und es wieder »Nowo« nennen – das neunte Mal, wie man aus der Chronik wusste, die in der kleinen Kirche aufbewahrt wurde. So betrachtet, war die Kosakenplage nur eine Abwechslung im Einerlei des Lebens an der Wolga. Ein Sturm, der vorüberbrauste. Und die Kirche stand noch … War das etwa kein Fingerzeig Gottes?

In der Nacht, als das Dorf nur noch ein großer, glühender Aschenhaufen mit gespenstisch hochragenden Balken war, schlich Alexander Grigorjewitsch Lupin tatsächlich zurück, um sein Töchterchen Marina zu suchen.

Die Kosaken schliefen, nur die Wachen bei den Pferden saßen herum und vergnügten sich mit einigen Weibern, die sie zurückgehalten hatten. Lupin, der lautlos herangekrochen kam, erkannte sie im Widerschein der Lagerfeuer … Marina war nicht darunter, ihr Blondhaar hätte schon aus der Ferne geleuchtet.

An die Erde gepresst, verdeckt von höckrigen Grasbüscheln, lag Lupin eine Weile bei den Pferden und beobachtete, was von seinem Dorf übrig geblieben war. Sein Herz krampfte sich zusammen. Dort, in dem riesigen glühenden Aschehaufen wird sie liegen, dachte er. Sie wird sich gewehrt haben, sie wird ihre Ehre verteidigt haben, bis man sie umbrachte. Eine echte Lupin ist sie gewesen ... Nicht weichen, und wenn man den Schädel gespalten kriegt! Ich bin Stolz auf sie, auch wenn mein Herz verblutet.

Er legte den Kopf ins Gras, atmete den Geruch der Erde und gab sich ganz dem verzweifelten Gefühl hin, seine Tochter verloren zu haben.

»Du kannst nicht mehr weglaufen«, sagte Muschkow und kniete vor Marina. »Die anderen Frauen sind schon aus dem Dorf, und wenn du jetzt allein hinterherläufst – du kennst meine Kameraden nicht! Wenn sie ein Mädchen wie dich sehen, erschlagen sie selbst mich! Du bist nur sicher, wenn du jetzt bei mir bleibst.«

Sie lagen in einem Graben neben dem Gartenzaun. Um sie herum war es stiller geworden, aber die Hitze des brennenden Dorfes versengte sie fast. Die Kosaken sammelten sich, die Arme voller Beute. Sie bildeten Gruppen, zeigten sich kleine Kostbarkeiten und lagerten sich dann um die Feuer. Jermak Timofejewitsch ging herum, fragte nach seinem Freund und Stellvertreter Muschkow und erhielt überall nur ein Schulterzucken zur Antwort.

»Wie viel Tote haben wir?«, fragte er.

»Keinen!«, entgegnete der Pope, der aus der Kirche herausgetreten war.

»Verletzte?«

»Wenige. Die meisten sind von den Weibern gekratzt, gebissen und geschlagen worden. Einem ist ein Balken auf den Kopf gefallen, aber er sitzt schon wieder da und isst Räucherfleisch!«

»Dann fehlt nur noch Iwan Matwejewitsch!« Jermak schob die Daumen unter den breiten Gürtel, an dem sein Krummdolch und eine Reiterpistole hingen. »Durchsucht die Trümmer! Wenn Muschkow etwas zugestoßen ist, werden fünfzig Bauern für ihn aufgehängt!«

»Ich kann dich nur retten«, sagte Muschkow im gleichen Augenblick zu Marina Alexandrowna, »wenn ich dich als Beute mitnehme! Verschnürt in einen Sack und auf einem Gepäckpferd. Nur so geht es. Sie bringen dich sonst um, Marina. Wie ausgehungerte Wölfe zerreißen sie dich ...«

»Warum willst du mich retten?«, fragte sie zurück.

»Ich weiß es nicht.«

Muschkow starrte in die Flammen. Er wusste es wirklich nicht – es war eine ehrliche Antwort. Das machte ihn unsicher und nachdenklich zugleich. Ich habe sie nicht angerührt, dachte er. Ich habe sie nicht aus ihren Kleidern gerissen und bin über sie hergefallen, wie bei so vielen Weibern vorher. Was ist los mit mir? Warum liege ich hier in einem Gartengraben neben ihr, statt mich mit ihr zu amüsieren und sie dann wegzujagen? Ich liege hier, spreche mit ihr und mache mir Sorgen, dass meine Freunde sie nicht sehen ... Es scheint, als sei ich krank im Kopf geworden.

»Wer dreimal fragt, hat schon zweimal seinen Kopf verloren, sagt man bei uns«, antwortete er. »Es ist eben so: Ich nehme dich mit, und du wirst überleben. Nimm es so, wie es ist.«

»Du bist doch ein Räuber und Mörder wie die anderen ...«

»Ich bin ein Kosak!«

»Wo ist da der Unterschied?«

Muschkow streckte sich aus. Die Hitze um sie herum war fast unerträglich, sie war aber auch gleichzeitig ihr Schutz. Hier suchte sie niemand ... Ihr Graben war wie eine Höhle, umgeben von einer Flammenwand. »Für diese Bemerkung würde dich jeder Kosak an den nächsten Baum hängen«, sagte er rau.

»Dann tu es, Iwan Matwejewitsch!«

»He! Du hast meinen Namen behalten?«

»Wie kann ich den Namen eines Teufels vergessen!«

In einiger Entfernung hörten sie Stimmen, und Muschkow war es, als riefe man seinen Namen. Doch das Prasseln der Flammen und das Krachen der von der Hitze berstenden Balken deckten alle anderen Geräusche zu. Wenn sie mich rufen, dann suchen sie mich, dachte Muschkow. Und wenn sie mich finden, kann ich Marina nicht mehr schützen. Warum begreift sie das nicht?

Er legte die Hand auf ihre Schulter und drückte sie tiefer in den Graben zurück. Plötzlich empfand er etwas, was er nie gekannt hatte, in all den Jahren nicht, in denen er mit Jermak und den anderen kreuz und quer durch das Land geritten war und blutige Schlachten geschlagen hatte: Angst!

Angst um ein Mädchen, das fast noch ein Kind war.

Die Stimmen wurden lauter. Jetzt verstand er deutlich seinen Namen und sah umherrennende Gestalten, die in den verkohlten Trümmern suchten. Muschkow presste sich flach neben Marina auf die Erde und legte den Finger auf seine Lippen. Ruhe! Sie verstand ihn, sah ihn ungläubig und dankbar zugleich an und verbarg dann das Gesicht zwischen ihren Armen.

Die Kosaken rannten weiter. Ihr »Iwan Matwejewitsch! Iwan Matwejewitsch!« verhallte …

»Danke –«, sagte Marina Alexandrowna nach einer Weile und hob den Kopf. Muschkow kaute an der Unterlippe und kam sich wie ein Narr vor.

»Das Schlimmste kommt noch«, sagte er. »Ob Beute oder nicht – Jermak hat befohlen, dass nie eine Frau mit uns reiten darf!«

»Dann lass mich hier liegen.« Sie drehte sich auf den Rücken, und wieder sah Muschkow ihre kleinen Brüste und die schmalen Schenkel, die vollen Lippen und das lange blonde Haar, das jetzt mit hässlichen Rußflocken durchsetzt war. Vierzehn Jahre alt ist sie, dachte Muschkow. In einem Jahr wird sie wie eine goldene Rose sein, und ein Jahr geht so schnell herum. Zum Teufel, Iwan Matwejewitsch – du nimmst sie mit!

»Kein Kosak gibt die Beute wieder her, die er einmal hat!«, sagte er grob. »Er müsste sich sonst selbst anspucken!«

»Dann spuck, Iwan Matwejewitsch!«

»Du wirst mitkommen – als Junge verkleidet. Das ist es! Ich werde Jermak sagen: ›Sieh dir den Burschen an! Ich habe ihn aufgelesen im Feuer, bevor er röstete. Soll ich ihm den Schädel spalten? Ha, ich war dabei, es zu tun. Und was schreit das Bürschchen? Nimm mich mit, Kosak! Ich wollte schon immer ein Kosak werden, ich bin nicht zum Bauern geboren. Das Leben in Nowo Orpotschkow ist zum Kotzen langweilig. Nimm mich mit! Das schreit der Kleine, und ich stecke die Waffe weg und denke mir: Kein übler Ton. Aus dem kann was werden! Ja, und nun kommt er mit!‹ Genauso werde ich mit Jermak reden. Er wird dich mustern, für sehr jung finden, aber wenn du ihm etwas vorreitest …« Muschkow schwieg betroffen. Hier war er möglicherweise mit seinem Latein am Ende. »Kannst du überhaupt reiten?«, fragte er kleinlaut.

»Wie ein Kosak«, antwortete Marina leise. »Wir hatten einmal vier Pferde, bevor ihr kamt – nach Nowo Orpotschkow!«

»Du reitest ihm also vor, und er wird brüllen: ›Das nennt das Bürschchen reiten? So klemmt sich ein Hahn auf die Henne! Iwan Matwejewitsch, bring ihm bei, wie ein richtiger Mann im Sattel sitzt!‹ Ha, und schon haben wir gewonnen, und niemand fragt danach, was unter der Kleidung steckt!«

»Und wenn ich mich weigere, das alles zu tun?«, fragte Marina hart.

»Dann bist du verloren.« Er sah sie erschrocken an. Ihre großen Augen in dem schönen Gesicht waren voller Entschlossenheit. »Willst du denn sterben?«

»Es gibt keinen Jungen mit so langen Haaren …«

»Wir schneiden sie ab.«

»Meine Haare!«

»Sind die Haare wichtig oder das Leben, he?«

»Es wäre einfacher, du würdest allein weggehen …«

»Warum reden wir so viel?« Muschkow umfasste Marinas Kopf, riss seinen scharfen Dolch aus dem Gürtel und Schnitt ihr mit einem Ruck die Hälfte des langen Blondhaars ab. Er ließ die Strähnen über ihr Gesicht rieseln wie Goldfäden und machte sich dann daran, die andere Hälfte abzuschneiden. Eine Schande ist es, dachte er dabei, aber sie wachsen einmal nach. Und das ist ein Trost. So vieles auf der Welt ist endgültig, nur die Haare wachsen immer wieder nach. Ein Rätsel, wo sie herkommen. Ein Kopf ist doch nicht voller Erde, damit das Haar wachsen kann wie Gras auf einer Wiese …

Er schnitt weiter an den blonden Haaren herum, stutzte sie, bis man glauben konnte, es sei ein Jungenkopf, und Marina Alexandrowna hielt merkwürdigerweise ganz still. Sie hockte in dem Gartengraben, umlodert von den letzten Feuern ihres verbrennenden Dorfes, und nur ihre Augen sprachen mit Muschkow. Sie fragten ihn: Warum lässt du mich leben? Glaubst du wirklich, ich könnte mit euch nach Norden reiten? Ich soll ein Kosak werden, ein Räuber und Brenner, ein Schänder und Dieb, Wegelagerer und Zerstörer? Ich soll deinem Jermak zeigen, wie ich reiten kann? Ich soll einen Jungen spielen? Iwan Matwejewitsch Muschkow, glaubst du, nur Kosaken hätten ihren Stolz?

»So«, sagte Muschkow, als die Arbeit beendet war. Marina jetzt anzublicken, war für ihn fast eine Qual. Wie verstümmelt sieht sie aus, dachte er. Aber wie würde sie erst aussehen, wenn sie in die Hände meiner Freunde fällt? Er atmete tief auf, wie ein Seufzen war's; dann schüttelte er die letzte blonde Strähne von seinen Fingern. »Welch ein hübscher Junge …« Es klang heiser und nachdenklich. »Wir müssen etwas Ruß in das Gesicht reiben …«

»Ich wollte schon immer ein Junge sein«, erwiderte Marina

und fuhr sich mit beiden Händen durch das gestutzte Haar. »Ein Junge darf so vieles.«

»Zum Teufel, fang nicht an und werde es tatsächlich!«, sagte Iwan. »Vielleicht wird alles anders, wenn wir erst bei diesem Semjon Stroganow sind.«

Sie warteten noch eine Weile, krochen herum und suchten unter den vielen Dingen, die die Kosaken aus den Schränken und Truhen gerissen und aus den Häusern geschleppt hatten: einen Männeranzug, Stiefel und eine speckige Kulakenmütze.

»Zieh dich um!«, sagte Muschkow, als sie alles beisammen hatten.

Marina rührte sich nicht. Mit der Kleidung auf den Armen stand sie an einer Stallwand, die das Feuer überdauert hatte, weil sie aus massivem Flussstein gebaut worden war.

»Hier? Vor dir?«

»Wenn du versprichst, nicht wegzulaufen, drehe ich mich um!«

Ich habe kein Hirn mehr, dachte Muschkow, über sich selbst erschrocken. Ein Kosak, der wegsieht, wenn sich ein Mädchen auszieht, der muss erst noch geboren werden! Nein – plötzlich gibt es ihn! Und der Kretin heißt Iwan Matwejewitsch Muschkow! Satan in der Hölle, was ist bloß los mit mir …

Er drehte sich tatsächlich um, steckte die linke Hand in den Mund und kaute verzweifelt an seinen Fingernägeln. So kann es nicht weitergehen, dachte er. Ich werde sie einmal kräftig durchprügeln müssen, um mein Selbstbewusstsein zu stärken. Sie macht eine Maus aus mir, aber sie soll wissen, dass ich ein Bär bin!

»Fertig?«, fragte er rau.

»Noch nicht! Die Stiefel sind zu groß … Man kann in ihnen schwimmen, aber nicht reiten.«

»Wir haben keine Zeit, sie nach Maß machen zu lassen!«, knirschte Muschkow. »Wie geht es sonst mit den Sachen?«

»Sieh es dir an.«

Er fuhr herum und stand einem dreckigen Kulakenjungen gegenüber. Die Mütze auf dem Kopf war das Einzige, was halbwegs passte, aber der Anzug war zu weit und zu groß, und die Hose steckte in Stiefeln, die irgendeinem Riesen gehört haben mussten. Es sah lächerlich aus, und trotzdem klopfte Muschkow das Herz bis unters Kinn. So nehme ich sie mit, durchfuhr es ihn glühend. So wird niemand erkennen, was darunter steckt. So und nicht anders wird sie mit uns reiten – ein fades schmales Bürschchen, das erst zum Kosaken heranwachsen muss. Selbst Jermak wird lachen, und wenn er lacht, so heißt das Leben oder Tod ... Auf den Klang dieses Lachens kommt es an!

»Du bleibst so«, sagte er laut. »Und wenn ich dich nachher in den Hintern trete – nicht zu fest, aber doch so, dass man es sieht –, dann wundere dich nicht! Man ist es gewöhnt, dass ich einen Gefangenen mit der Peitsche vor mir hertreibe, aber nicht Arm in Arm mit ihm daherkomme.«

»So einer also bist du?«, fragte sie und rückte die Mütze tiefer in die Stirn. »Mit Peitschen gegen die Gefangenen? Du wirst wenig Freude an mir haben, Iwan Matwejewitsch!«

»Gehen wir!«, sagte Muschkow laut.

»Und wann lässt du mich wieder frei?«

»Bei einer guten Gelegenheit.«

Sie sah ihn von neuem mit ihren großen Augen an, und er blickte zu Boden und nannte sich einen Windpisser, dass er dieses Mädchen nicht einfach überwältigt und dann weggeworfen hatte, wie so oft, von der Wolga bis zum Kaspischen Meer. »Glotz nicht so!«, brüllte er plötzlich unbeherrscht.

»Wie du willst.« Sie hob die schmalen Schultern unter dem viel zu weiten Anzug. »Dann sehe ich dich überhaupt nicht mehr an.«

Sie ging voraus, und der Feuerschein umloderte ihre Gestalt, um die der Anzug schlotterte – eine rührend zarte Gestalt, die in den großen Stiefeln steckte wie eine einsame Blume in einer Vase.

Was habe ich mir da auf den Hals geladen, dachte Muschkow und trabte hinterher. War das nötig, Iwan Matwejewitsch? Es wird – verdammt sei alles! – doch noch darauf hinauskommen, dass ich sie schände und dann wegjage! Ich bin ein freier Kosak! Hoho, ein freier …

»Jetzt kommt der erste Tritt, Marina«, sagte er dicht hinter ihr. »Verzeih, aber es muss sein. Die ersten Kameraden sehen zu uns hin.«

Er blieb einen Schritt zurück und trat zu. Er dämpfte die Wucht, so gut er konnte, aber sie reichte noch aus, um Marina hinfallen zu lassen. Sie blieb einen Augenblick liegen. Muschkows Herz blieb beinahe stehen, und er dachte: Ich habe ihr das Kreuz entzweigetreten. Aber dann rappelte sie sich auf und stand wieder in ihren Riesenstiefeln.

»Darüber sprechen wir noch!«, zischte sie über die Schulter hinweg.

Muschkow nickte. Gut, gut, dachte er, reden wir darüber. Gelobt sei Jesus Christus, sie lebt! Nun geh weiter, Marinuschka … Mit den nächsten Tritten will ich dich streicheln …

Es war genauso, wie Iwan Matwejewitsch Muschkow es erwartet hatte: Jermak lachte über das Bürschchen, das so gern ein Kosak werden wollte, und die Kosaken lachten mit. Sie umringten Muschkow und seinen Fang, brüllten über die riesigen Stiefel, in denen ein so kleiner Kerl steckte, und nur, weil es noch ein Junge war, stimmte man nicht darüber ab, ob man ihn ins Wasser oder zurück in die Glut des verbrannten Dorfes werfen sollte.

»Zum Kosaken muss man geboren sein!«, rief Jermak, gut gelaunt, und stieß seinen Freund in die Rippen. »Ein Kosak kann man nicht werden!«

»Ich kann reiten wie ihr!«, sagte Marina. Ihre helle Stimme

konnte gut eine Jungenstimme sein. »Mein Vater war Reiter beim Zaren!«

»Und wo ist dein Väterchen jetzt?«, brüllte Kolka, einer der Unterführer des Haufens.

»Ich weiß es nicht.«

»Er sitzt am Fluss und macht sich vor Angst in die Hosen!«, schrie Muschkow, um auch etwas beizutragen und um alles echter zu machen. »Los, holt ein Pferd! Er soll uns zeigen, was er von seinem Vater gelernt hat. Reiter beim Zaren! Welch ein Spaß, Brüder! Wir werden sehen, wie ein Bock auf einem Esel reitet!«

Jermak pfiff und winkte. Aus der Schar der wartenden Pferde brachte man einen Gaul und stellte ihn vor Marina auf. Die Kosaken lachten immer noch und stießen sich an. Man hat ihm Ljuba gebracht, Jermaks Pferd! Wenn die Stute etwas anderes spürt als die festen Schenkel ihres Herrn, wird sie tückisch wie das Frühjahrseis. Dann ist's, als krachten bei ihr alle Knochen …

»Steig auf!«, grölte Muschkow bewusst grob und gab Marina einen sanften Tritt. Sie fiel mit dem Gesicht gegen Ljuba, und die Kosaken brüllten begeistert. O je, dachte Muschkow, das war nur ein Windhauch von Tritt, und trotzdem flog sie fast in den Sattel. Wie soll man sie bloß anfassen, ohne sie zu verletzen? Wie nimmt man ein zartes Vögelchen in die Hand? Er hatte es noch nie versucht, wo seine Hand bisher im Spiele war, hatte sie alles nur zerschlagen …

Marina zog sich in den Sattel. Das war noch nicht schwer, viel schwerer war es, die Stiefel dabei anzubehalten. Sie machte die Füße krumm und behielt die Ungetüme so an den Beinen.

Jermak schob das Kinn vor. Jetzt musste Ljuba wild werden! Zuerst stieg sie hinten hoch, dann vorn, und wer das überstand, der konnte erleben, wie sie sich mit allen vieren hoch in die Luft schleuderte. Noch keiner war auf ihr sitzen geblieben, selbst Muschkow nicht, und der war ein Reiter, unter dem jedes Pferd seinen eigenen Willen verlor. Nur Ljuba nicht!

Marina saß im Sattel und blickte sich um. Die Kosaken starrten zu ihr hinauf, und plötzlich war es ganz still in der riesigen Runde. Muschkow allein schnaufte hörbar durch die Nase.

»Was soll ich jetzt tun?«, fragte Marina zu Jermak hinunter, der sein Pferd nicht mehr verstand. Ljuba rührte sich nicht, sie wackelte nur mit den Ohren. »Wer gibt mir eine Lanze und hält ein Stück Fleisch hoch? Ich steche es ihm im Galopp aus der Hand!«

»Reit los!«, brüllte Jermak unbeherrscht, hob das Bein und trat seiner geliebten Ljuba in die Weichen. Das Pferd zuckte zusammen, blickte sich um und rührte sich nicht.

»Komm, mein Pferdchen«, sagte Marina zärtlich und legte ihre Hand zwischen Ljubas Ohren. Dann galoppierte sie aus dem Stand heraus an. Ljuba machte einen mächtigen Satz, und dann trommelten ihre Beine über den Steppenboden, als gelte es, in einem Tag Moskau zu erreichen.

Jetzt ist sie weg, dachte Muschkow erschrocken, als er Marina in der Nacht verschwinden sah. Iwan Matwejewitsch, du Hornvieh, darauf hat sie nur gewartet: Sie reitet in die Freiheit, und wer auf Ljuba sitzt, der wird nicht wieder eingeholt! Verloren, alles verloren! Sie hat mich überlistet, das kleine blonde Teufelchen …

Aber plötzlich tauchten aus der Nacht wieder die Schatten von Reiter und Pferd auf, galoppierten in den Feuerschein des brennenden Dorfes und ritten einen so engen Kreis vor Jermak, dass jeder der Kosaken den Atem anhielt und darauf wartete, dass Ljuba sich zu Tode stürzte. Aber sie schafften es, und nach einer neuen Runde, an allen Kosaken vorbei, hielt Marina die Stute vor dem finster blickenden Jermak an.

»Kann er reiten?«, schrie Muschkow begeistert. »Habe ich

nicht einen guten Fang gemacht? Jermak Timofejewitsch, so habe ich in diesem Alter noch nicht geritten, und ich bin ein geborener Kosak!«

Sie ist zurückgekommen, dachte er glücklich. Gott, ihr Heiligen und sämtliche Teufel, habt Dank! Sie ist nicht weggeritten. Da sitzt dieses Mädchen im Sattel von Jermaks Stute und lacht – die Mütze schief im verschwitzten rußgeschwärzten Gesicht. O Himmel, wenn sie wüssten, dass dieser Mordsbengel ein Mädchen ist! Warum bist du zurückgekommen, Marina Alexandrowna …

»Steig ab!«, sagte Jermak rau. Er zog seine Pistole aus dem Gürtel, spannte den Hahn und griff nach dem Pulverbeutel. Dabei musterte er Ljuba, die zitternd vor Erregung unter dem jungen Burschen herumtänzelte. »Steig ab, sag ich!«

Über die Schar der Kosaken legte sich entsetztes Schweigen. Er kann es nicht tun, dachten die Männer. Nein, Jermak tut nicht, was ein Kosak sonst nur in der Not täte: Er erschießt nicht sein Pferd!

Auch Marina verstand, was Jermak vorhatte. Sie blieb im Sattel, ritt nahe an ihn heran und blickte ihn voll an.

»Erschieß mich mit!«, sagte sie laut. »Dieses Pferd ist ein Wunder. Wunder vernichtet man nicht!«

»Es hat mich verraten!« Jermak atmete tief auf. »Verraten!«, brüllte er. »Mein Pferd! Das ist das Erste, was du lernen musst: Verrat ist Tod!«

Er legte die Pistole an und sah sich kurz um. Seine Kosaken starrten ihn schweigend an. Muschkow, gleich neben ihm, hob die Hände.

»Wagt es einer, mich daran zu hindern?«, schrie Jermak. »Dieses Pferdevieh ist nicht sein Heu wert!«

»So mancher Mensch ist keinen Tropfen Wasser wert, trotzdem lebt er weiter!«, entgegnete Marina ruhig. »Schieß, Jermak, wenn dir danach wohler ist!«

Es waren ein paar entsetzliche Sekunden aus Schweigen

und Warten. Dann blies Jermak das Pulver von der Pfanne und ließ den Hahn zuschnappen.

»Steig ab, Bursche!«, sagte er. »Wie heißt du?«

Mein Gott, wie heißt sie?, durchfuhr es Muschkow kalt. An alles haben wir gedacht, nur nicht an einen Männernamen …

»Boris Stepanowitsch«, erwiderte Marina ruhig und glitt vom Pferd. »Darf ich mit euch reiten?«

»Lass dir ein Pferd geben.« Jermak sah seine Ljuba mit geneigtem Kopf an. »Sie ist wie alle Weiber«, sagte er dann rau. »Sie verlieren den Charakter, wenn ein junger Bursche sie reitet.« Dann sagte er zu Marina: »Iwan Matwejewitsch wird dich anlernen. Er hat dich gefunden, du gehörst ihm! Wann du ein Kosak bist, werde ich bestimmen.«

Er drehte sich um und ging davon. Einen Augenblick zögerte Ljuba, dann trottete sie ihm nach, holte ihn ein und stapfte neben ihm her. Jermak blickte zur Seite, verzog den Mund, und dann legte er den Arm um den gesenkten Pferdehals und ging weiter.

»Du gehörst mir«, sagte Muschkow leise zu Marina. »Hast du es gehört? Du bist mein Eigentum …«

»Ich habe noch zwei Tritte zurückzugeben, Iwan Matwejewitsch!«, sagte sie ebenso leise. »Und nun gib mir ein Pferd.«

»Morgen, wenn wir weiterreiten.«

Sie hob die Schultern in dem schlotternden Anzug, ging zu einem der Lagerfeuer und legte sich ins Gras. Muschkow legte sich dicht neben sie, und plötzlich griff sie blitzschnell zu, zog ihm den Krummdolch aus dem Gürtel und drückte ihn gegen ihre Brust.

»Er wird mein Liebhaber sein, wo ich auch liege!«, sagte sie hart, aber so leise, dass es nur Muschkow hören konnte. »Ein eifersüchtiger Liebhaber, Iwan Matwejewitsch!«

Muschkow seufzte und drehte sich weg. Einen neuen Dolch zu besorgen war einfach. Es ritten vierzig Packpferde mit, beladen mit Waffen, Munition und Verpflegung. Man litt keinen Mangel. Nur, dass Marina begann, ihn Stück für Stück zu erobern und zum Narren zu machen, das bohrte in ihm und raubte ihm die Ruhe. Ein paar Stunden erst kenne ich sie, und was ist aus mir geworden?, dachte er immer wieder. Dieses Nowo Orpotschkow hat der Teufel gebaut!

Er horchte auf Marinas Atemzüge und war plötzlich nur noch glücklich, dass er neben ihr lag.

Alexander Grigorjewitsch Lupin erkannte sein Töchterchen sofort, als es in Männerkleidern von einem Kosaken aus dem rauchenden Dorf getrieben wurde. Welcher Vater erkennt nicht sein Fleisch und Blut, auch wenn es sich noch so sehr verändert hat?

Sie lebt, dachte er, aber das ist nur ein Aufschub. Gleich wird man sie hängen, und ich muss zusehen, ohne es verhindern zu können. Doch sie wird wie eine echte Lupin sterben. Gott segne dich, mein Töchterchen. Der Himmel ist dir offen …

Und so lag er in der Dunkelheit im Gras, starrte hinüber zu den Kosaken und wartete, dass man Marina an einem der Kirschbäume aufknüpfte. Und so, auf die Erde gepresst, erlebte Lupin mit maßlosem Staunen, wie sein Töchterchen auf einem Kosakenpferd davongaloppierte, aber kurz darauf zurückkam und offensichtlich einen Streit mit dem Anführer begann.

Sie ist verrückt geworden, dachte Lupin. Gott im Himmel, das brennende Dorf hat ihr das Gehirn ausgetrocknet. Sie hat ein Pferd, galoppiert los – und kommt zu den Kosaken zurück! Ich armer Vater!

Lupin blieb liegen. Es gab keine Möglichkeit, an seine Tochter heranzukommen. Später lag sie an einem der Feuer mitten unter den Kosaken, und er lag weit entfernt im Schatten der Nacht und zerquälte sich den Kopf.

Erst gegen Morgen, als alle Kosaken tief schliefen, kroch er in einem Bogen in das vernichtete Nowo Orpotschkow, und es gelang ihm, bis in die Kirche zu kommen.

Hier schnarchte vor der Ikonostase ein fremder Pope in Kosakenhosen und Stiefeln, und es roch bestialisch nach Schnaps in dem heiligen Raum. Der einheimische Pope saß erschüttert auf den Stufen zum Altar und stierte vor sich hin. Als er Lupin durch die Tür kriechen sah, hob er die rechte Hand und segnete ihn.

»Väterchen, ich weiß mir keinen Rat!«, flüsterte Lupin und betrachtete den Kosakenpopen ängstlich.

»Ich auch nicht«, antwortete der Pope. »Das Firmament beginnt zu schwanken. Die Ordnung des Himmels löst sich auf.« Er zeigte auf den schnarchenden Kollegen und schüttelte dann stumm den Kopf.

»Der Himmel ist weit weg«, sagte Lupin. »Aber meine Tochter Marina ist nah. Es scheint so, als wollten die Kosaken sie mitnehmen.«

»Gott sei bei ihr«, meinte der Pope schlicht.

»Sicherer ist, ich bin bei ihr«, entgegnete Lupin, der Vater. »Gott wäre überlastet damit. Ich werde den Kosaken nachreiten und Marina irgendwo, irgendwann und irgendwie herausholen. Es wird sich eine Gelegenheit ergeben. Wie lange es dauert, weiß ich nicht. Ihr werdet Nowo Orpotschkow ohne mich wieder aufbauen müssen.«

»Ich verspreche es dir, Alexander Grigorjewitsch«, sagte der Pope feierlich.

»Dann segne mich, Väterchen …« Lupin kniete nieder, und während der betrunkene Kosakenpope wie hundert Ochsen schnarchte und ab und zu einen lauten Wind streichen ließ, sprach der Priester das Gebet des großen Abschieds und schlug dreimal das Kreuz über Lupins gesenktes Haupt.

Beim Morgengrauen ritten die Kosaken weiter. Es waren jetzt 541 Mann.

Die Bauern, die Weiber, Kinder, Greise und Kranke sahen es

vom Ufer der Wolga aus. Sie hatten es nicht verlassen, und es war kein Kosak dorthin gekommen, obgleich es nur ein paar hundert Meter entfernt war. Die Bewohner von Nowo Orpotschkow falteten die Hände und bedankten sich bei Gott, dass alles so gnädig verlaufen war.

Als die Kosaken in einer Staubwolke verschwunden waren, löste sich von der allein noch aufragenden Kirche ein einzelner Reiter und folgte ihnen. Der Pope stand in der Kirchentür und hob die Hand. Sie war leer, denn das dazugehörige Kreuz hatte ihm sein Kollege abgenommen.

Mein Töchterchen ist das Einzige, was ich auf der Welt noch habe, dachte Lupin und starrte auf die Staubwolke am Horizont. Larissa, mein Weib, ist vor zwei Jahren am Fieber gestorben, mein Haus, mein Dorf ist niedergebrannt ... Die Welt besteht nur noch aus meinem Töchterchen Marina. Ich werde ihr folgen bis an den Rand der Erde ...

Das war leicht gesagt, aber verdammt schwer geritten! Die Kosaken legten ein Tempo vor, dass Alexander Grigorjewitsch kaum folgen konnte.

Außerdem hatte ihm der Pope nur einen halb lahmen Gaul geben können. Alle anderen Pferde von Nowo Orpotschkow waren vor den Bränden wie eine wilde Herde in die Wolgasteppe geflüchtet, und die Bauern hatten nach dem Abrücken der Jermak-Bande mehrere Tage lang große Mühe, ihre Hengste, Stuten und Fohlen wieder einzufangen.

Der Klepper, den Lupin jetzt ritt, hatte sich nicht entschließen können, der Herde zu folgen, vielleicht weil er einsah, dass er die wahnsinnige Jagd in die Steppe nicht durchhalten würde. So hatte er sich hinter der Kirche versteckt, und dort fand ihn der Pope, als Lupin um ein Pferd bat.

»Er suchte den Schutz des heiligen Hauses«, sagte der fromme Pope und legte seine Hand dem Pferd zwischen die Ohren. »Und das, obgleich die arme Kreatur nicht weiß, was die heilige Taufe ist. Gott ist allmächtig ...«

Aber davon hatte Lupin nur wenig. Ein paarmal verlor er die Kosaken aus dem Blick, aber ihr Weg war nicht zu verfehlen. Die niedergestampfte Steppe oder die wehklagenden Dörfler, die Lupin erreichte, waren Wegweiser genug. »Was schreit und jammert ihr?«, rief Lupin jedes Mal, wenn die Weiber heulten und die Männer in ohnmächtigem Grimm die Fäuste zum staubumwölkten Himmel reckten. »Euch hat man nur bestohlen oder verprügelt. Uns haben sie das ganze Dorf verbrannt und mein Töchterchen Marina geraubt! Brüder, ich brauche ein neues Pferd! Seht euch mein Gäulchen an! Es stolpert über seine eignen Beine, und wenn ich es in die Seiten trete und ›Hoi! Hoi!‹ rufe, verdreht es die Augen und beginnt zu zittern! Kann man damit Kosaken verfolgen? Gebt mir ein gutes Pferd, Brüder!«

Aber erst am zweiten Tag gelang es Lupin, einen Gaul zu bekommen, der zwar keine Schönheit war, sondern ein grobes, knochiges Tier und ziemlich groß dazu, aber man sah ihm an, dass er stark und ausdauernd war. Lupin hatte dafür einige gute Rubelchen hinlegen müssen.

Und siehe da, von nun an wurde es besser. Lupin holte auf, kam wieder in Reichweite der fürchterlichen Staubwolke, die wie eine Strafe Gottes über dem Land hing, und manchmal sah er sogar ein paar Nachzügler von Jermaks Kosaken, die auf eigene Faust umherstreiften und stahlen, was sie nur gebrauchen konnten. Und das war eigentlich alles, denn was kann ein Kosak nicht gebrauchen?

Am vierten Abend wagte es Lupin, so nahe heranzureiten, dass er die Lagerfeuer deutlich erkennen konnte. Er band sein Pferd in einem Birkenwäldchen an einen Baum, wartete bis zur völligen Dunkelheit und schlich sich dann an das Lager heran.

Die Kosaken verhielten sich wie auf ihren üblichen Kriegszügen. Pferde und Männer schliefen nicht mehr getrennt, sondern neben jedem Kosaken stand oder lag jetzt auch sein

Gaul. Alle waren immer bereit, sofort aufzuspringen und zu kämpfen.

Fast drei Wochen waren sie jetzt von Blagodornje unterwegs, und es gab kaum eine zaristische Garnison, die nicht alarmiert worden war. Überall versammelten sich jammernde Bauern, um ihre geschändeten Frauen den Kommandanten vorzustellen. Der General in Saratow war sofort bereit, den Kosaken eine Strafexpedition nachzuschicken, aber dann hörte er aus den Gesprächen heraus, dass Jermak und seine wilde Bande zu einem Stroganow reiten wollten, um sich dort zu verdingen.

»Warten wir es ab, seien wir vorsichtig«, sagte er deshalb zu seinen Offizieren. »Das Volk ist ein ungebildeter Haufen Dreck – aber wir, wir wissen, wer die Stroganows sind! Ein Stroganow könnte im geheimen Auftrag des Zaren handeln; es ist besser, Augen und Ohren zunächst zu verschließen …«

Wer soll das alles ahnen! Selbst Jermak wusste nicht einmal, wer Stroganow war. Für ihn war der Zug nach Norden zunächst eine der üblichen Kosakenreisen, bei der man früher oder später auf zaristische Truppen stoßen würde. Dann konnte es ernst werden: mit Toten im Sattel, was als Ehre angesehen wurde, oder mit Toten am Galgen, was man als Berufsrisiko bezeichnen konnte. So oder so – auf jeden Fall ging es ums Leben.

Jermak rief das Kriegsrecht aus, und die Kosaken verhielten sich wie auf allen Kriegszügen: Pferd und Mann zusammen. Wachen um den inneren Kreis, Vorposten, Reiterpatrouillen in die Umgebung! Noch nie war Jermak überrascht worden.

Das bekam auch Lupin zu spüren. Er musste manchmal zu einem Wurm werden, der sich in den Boden bohrt. Überall streiften die Kosaken herum, und ein paarmal ritt einer von ihnen so nahe an Lupin vorbei, dass er die Beine des Pferdes hätte festhalten können.

Marina lebte noch, dachte Lupin. In keinem der Dörfer hat

man sie zurückgelassen, und am Wegrand lag sie auch nicht. Also ist sie noch bei den Kosaken – in Männerkleidung! Eine gute, aber gefährliche Idee … Was macht sie, wenn die Kosaken einen Fluss durchschwimmen und sich dabei ausziehen? Und warum flüchtet sie nicht? In jedem Dorf hätte sie zurückbleiben können – es wäre erst aufgefallen, wenn man sich am Abend versammelt hätte.

Rätsel über Rätsel! Lupin blieb auf der Erde liegen, presste sich hinter kleine Bodenerhebungen und beobachtete die Lagerfeuer. Vergeblich suchte er in dem Gewimmel von Mensch und Tier sein Töchterchen Marina. Wie nah ich ihr bin, dachte er glücklich. Und wenn die Welt nur noch aus Kosaken bestünde – ich hole sie heraus!

4

Man darf es Iwan Matwejewitsch Muschkow glauben: Er hatte schon zehnmal den Tag verflucht, an dem er Marina Alexandrowna begegnet war. Nicht dass sich zwischen ihnen etwas geändert hätte, das wäre ein Grund zum Jubeln gewesen.

Nein, es geschah nun, dass Muschkows Herz von Tag zu Tag schwerer wurde, wenn er Marina ansah. Und er musste sie immer ansehen, zwangsläufig, denn sie ritt neben ihm. Jermak hatte sie ihm geschenkt, sie war seine Beute, aber zum ersten Mal etwas Erobertes, was er nicht benutzen konnte.

Nur Muschkow sah ihre schönen Brüste, wenn der Wind ihnen entgegenwehte und das Hemd an ihren Körper drückte; nur er wusste, wie ihr goldenes Haar wirklich aussah, wenn es lang und wie Seide über ihr Gesicht wehte; nur er kannte ihre schlanken Beine, die niemand in den klobigen Stiefeln vermutete. Wenn er an all das dachte, an das Unerreichbare, begann er tief zu seufzen und missmutig in die Gegend zu starren.

Nachts legte Marina den Dolch auf ihren Leib, bis Muschkow sagte: »Was soll das noch? Ich weiß es ja nun!«

»Wissen kann man vergessen, Iwan Matwejewitsch.«

»Ich verspreche es dir hoch und heilig ...«

»Was ist euch Kosaken denn heilig?«, fragte sie. »Euer Pope betet und bestiehlt die Kirchen in einem Atem. Ich schlafe mit dem Dolch besser, Brüderchen.«

Und wieder musste Muschkow seufzen, lag lange wach neben ihr unter der nach Pferdeschweiß stinkenden Decke und rang mit seinem Herzen, in dem Marina schon so fest saß wie ein Kosak im Sattel.

Er rang auch mit seiner Kosakenehre, die überall – dem Himmel sei Dank, unsichtbar – durch Marina angekratzt war. In solchen Stunden begann Muschkow, Nowo Orpotschkow, dieses Dorf an der Wolga, zu verfluchen. Hineingeritten war er als ein freier Mann – aus den brennenden Trümmern heraus kam er als ein Trottel, den ein Mädchen mit einem Fingerschnippen dirigieren konnte. Welche Entwicklung – und noch dazu unter den Augen des ahnungslosen Jermak!

Überhaupt Jermak Timofejewitsch! Er beobachtete den Bauernjungen Boris Stepanowitsch genau, erkannte in ihm große Fähigkeiten und sagte sogar einmal zu dem erschütterten Muschkow: »Iwan Matwejewitsch, der Bengel reitet wirklich wie ein Teufel! Und zäh ist er!«

»Das vor allem, Jermak«, antwortete Muschkow und dachte an ganz etwas anderes.

»Und klug!«, rief Jermak.

»Und mutig und tapfer!«

»Und gehorsam!«

Wie man's nimmt, dachte Muschkow, nickte aber stumm.

Ein Dolch in der Nacht zwischen Mann und Frau ist nicht gerade ein Beweis von Gehorsam …

»Wenn wir bei den Stroganows sind und er ist immer noch so«, fuhr Jermak fort, »und wenn wir eine Armee aufstellen, um dieses Mangaseja zu erobern, dann kann er ein guter Unterführer werden. Was ist deine Meinung, Iwan Matwejewitsch?«

»Man sollte die Entwicklung abwarten, Jermak«, antwortete Muschkow vorsichtig. »Es soll schon vorgekommen sein, dass ein Schwan eine Krähe ausbrütete.«

»Manchmal sieht Boris Stepanowitsch wie ein Mädchen aus«, sagte Jermak sinnend. Muschkow blieb fast das Herz stehen. Er fror plötzlich vor Entsetzen.

»Der … ein Mädchen? Haha!«, lachte Muschkow dumpf.

»Manchmal, sagte ich!« Jermak schüttelte den Kopf. »Aber wenn er dann reitet … Ein noch unfertiges Bürschchen, Iwan Matwejewitsch. Fast sieht man ihm noch die Mutterbrust an. Aber in einem oder in zwei Jahren wird er ein Mann sein, wie wir ihn brauchen …«

»Wenn der Teufel dabei hilft, kann's gelingen«, meinte Muschkow. Er steckte heute voller Philosophie. »Warten wir es ab …«

In zwei Jahren – dann ist sie sechzehn. Was sind zwei Jahre für einen Russen! Wer viel Zeit besitzt, kann mit ihr großzügig sein, wie die Bojaren mit ihrem Reichtum. So gesehen, ist jeder Kosak ein reicher Mann …

Derartige Gespräche mit Jermak waren zum Glück selten. Sie zerrten an Muschkows Nerven. Die ständige Sorge, man könnte entdecken, dass Marina ein Mädchen war, zermürbte ihn.

»Es hilft nichts«, sagte er zu Marina am neunten Tag ihres gemeinsamen Rittes nach Norden, »ich muss dich ab und zu vor den anderen schlagen und treten. Das gehört zur Ausbildung.«

»Halt dich nicht zurück, Iwan Matwejewitsch«, antwortete Marina ruhig. »Wenn es die Sicherheit verlangt ...«

»Aber ich kann es nicht!«, stöhnte Muschkow. »Wenn ich einmal zuschlage, breche ich dir das Genick.«

»Kannst du es nicht etwas sanfter?«

»Ich hab's noch nicht probiert. Aber auf jeden Fall wird jeder Tritt blaue Flecken hinterlassen.«

»Wenn es weiter nichts ist, Iwan Matwejewitsch«, sagte sie und sah ihn mit ihren großen blauen Augen an.

Muschkow trollte sich mürrisch. Wie sie meinen Namen ausspricht! Streicheln und Ohrfeige in einem! Und dieser Blick ... Man kann in ihm ertrinken. Wer soll das aushalten, zwei Jahre lang?

Er ging zu dem Popen, fing mit ihm Streit an und tobte sich mit Worten aus, bis er allen Druck von sich geschrien hatte. »Danke«, sagte der dann und wandte sich zum Gehen. »Das war's.«

Der Kosakenpope Oleg Wassiljewitsch Kulakow hielt Muschkow fest und klopfte ihm mit der Faust gegen die Stirn. »Fehlt da etwas, Iwan Matwejewitsch?«

»Da nicht, Väterchen«, knirschte Muschkow. »Es sitzt tiefer. Aber das versteht ein Priester nicht ...«

Die Lagerfeuer prasselten, eine wohlige Wärme überdeckte die noch kühle Juninacht, die Pferde schnaubten und scharrten, und die Kosaken lagen, bis auf ein paar Unentwegte, die ein tatarisches Brettspiel spielten, unter ihren Decken und schnarchten.

»Warum flüchtest du nicht?«, fragte Muschkow plötzlich Marina. Der Gedanke beschäftigte ihn schon seit Tagen. Gelegenheiten hatte es genug gegeben. Zum Beispiel gestern, als sie die kleine Stadt Ugunowsk durchritten, von einigen Idioten beschossen wurden und dann im Galopp durch die Straßen jagten, weil sie diesmal keine Zeit hatten, das Städtchen niederzubrennen. Da hätte sie fliehen können, denn als die Schüsse fielen und Jermaks Hand zum Angriff hochschnellte, hatte keiner mehr auf den Bauernlümmel Boris Stepanowitsch geachtet. Aber nein! Hinter Muschkows Pferd klebte ihr Gaul, und es war ihm, als hätte sie sogar den Kosakenschrei ausgestoßen; jenen Schrei, der jedem das Blut gerinnen machte, so grausam hört er sich an.

»Ich habe eine Aufgabe übernommen«, sagte Marina und zog die Decke über sich.

»Eine Aufgabe? Hoho! Welche denn?«

»Aus einem gewissen Iwan Matwejewitsch einen anständigen Menschen zu machen.«

»Was willst du?«, fragte er entgeistert. »Willst du mich umbringen, Marina?« Muschkow knirschte schauerlich mit den Zähnen. »Welcher Mann hält das aus, zum Teufel?«

»Im Grunde bist du ein guter Mensch, Muschkow.«

»Wenn der Teufel mit dem Schwanz wedelt, sieht er auch friedlich aus.«

»Ich hoffe auf kein Wedeln von dir, Iwan Matwejewitsch!« Sie dehnte sich unter der warmen Decke, und Muschkow sah im Geist, wie sich ihre jungen Brüste spannten. »Du bist ein Mensch aus zwei Teilen, die man schief zusammengeleimt hat.«

»Was ist an mir schief?«, fragte Muschkow heiser.

»Du verstehst das nicht …«

»Aber du, he?«

»Ja!«

Er starrte sie an, erkannte unter der Decke die Form des Dolches, der auf ihrem Leib lag, griffbereit, und warf sich auf die andere Seite.

Ich muss sie fortjagen, dachte er grimmig. Oder ich muss sie wirklich schlagen – nach guter alter Hausherrenart: Die Augen nieder, Weib! Ach was, ich werde sie einfach wegprügeln …

Es war schön, an so etwas zu denken, wenn man wusste, dass man es nie tun würde.

In der Nacht, Muschkow konnte nicht schlafen, ging er von neuem zu dem Popen. Väterchen hatte wieder getrunken und putzte die verschiedenen, auf diesem Kriegszug von seinen Kollegen »verschenkten« heiligen Geräte. Morgen war Sonntag ... Es sollte einen Feldgottesdienst geben, bevor man weiterritt.

»Geh weg, Iwan Matwejewitsch!«, sagte der Pope und winkte mit einem Osterkreuz. »Deine säuischen Schimpfworte kenne ich jetzt alle! Aber ich beherrsche noch mehr!«

»Einen Rat nur, Väterchen.« Muschkow stand so demütig da, dass der Pope resignierend die Schultern hob.

»Ich höre ...«

»Bestehe ich aus zwei Teilen, Väterchen, schief zusammengeleimt?«

Der Kosakenpope Oleg Wassiljewitsch starrte Muschkow zuerst entgeistert an. Dann erinnerte er sich, dass sich Iwan Matwejewitsch seit dem Aufbruch aus Blagodornje sehr verändert hatte. Es war, als wenn sein Hirn verdunstete.

»Der Leim ist gut«, sagte der Pope väterlich. »Das allein ist wichtig.«

»Und das Schiefe?«

»Solange du kein Stuhl bist, von dem man dauernd herunterrutscht, lässt es sich damit leben.«

»Ich bin kein Stuhl, Väterchen.«

»Dann sei von Gott gesegnet!« Der Pope trat Muschkow gegen das Schienbein, und Iwan Matwejewitsch ging, nur zum Teil getröstet, ins Lager zurück.

Marina schlief fest. Muschkow beugte sich vorsichtig und leise über sie und betrachtete sie liebevoll. Ihre Lippen waren ein wenig geöffnet, und der Atem pfiff leise durch ihre weiß schimmernden Zähne. Wie schön sie ist, dachte er, wie zart!

Verflucht, ich muss sie morgen verprügeln, um auf andere Gedanken zu kommen.

Am großen Kama-Bogen bei Tschjelny gelang es Lupin endlich, seine Tochter zu sehen. Und nicht nur zu sehen, sondern auch zu sprechen!

Es war der 14. Juni 1579, und wenn Lupin einen Kalender gehabt hätte, würde er dieses Datum bestimmt mit roter Farbe – und sei's mit seinem eigenen Blut geschrieben – umrahmt haben. So konnte er nur vor Glück weinen, was nach dem höllischen Zug, den er hinter sich hatte, auch schon ein Wunder war.

Die Kosaken lagerten an der Kama. Jermak und seine Unterführer berieten seit Stunden über die Zukunft. Zum ersten Mal hatten sie jetzt genaue Vorstellungen, wer die Stroganows waren. Was die drei Boten ihnen erzählt hatten, klang zu fantastisch, um es zu glauben. Nun aber hörten die Kosaken die Bauern an, und die kannten die Stroganows genau. Wer an der Kama, wer weiter hinauf im Permer Land wusste nicht, wer die Stroganows waren?

Der Zar ist weit, aber ein Stroganow ist überall ... Das war eine Weisheit, mit der man leben musste, und man lebte gut dabei. Die Udmuten und Baschkiren, die diese Gebiete besiedelten, hatten zuerst mit den Waffen gerasselt, als Großväterchen Anika Stroganow das Land vom Zaren geschenkt bekam. Es war ein Geschenk, das leicht zu machen war, denn Iwan IV. gehörte es nicht. Es gehörte ihm erst, als Anika Stroganow an der Kama auftauchte und allen erzählte, der große Weiße Zar im fernen Moskau schütze jetzt alle Menschen durch ihn, den Stroganow. Und damit begann Anika, das Land und die Wälder auszubeuten. Er schloss Verträge mit den Bewohnern, die nicht lesen und schreiben konnten. In den Verträgen stand, dass das Permer Land und alles, was links und rechts der Kama liegt, nun zu Moskau gehöre und Stroganow alle Rechte darin habe.

Zuerst war man nachdenklich, dann griff man, wie gesagt, zu den Waffen. Aber Anika Stroganow war kein Mensch, der ein Land mit der Keule in der Hand erobert. Er bevorzugte die friedliche und damit erfolgreichere Aussprache: Er ließ die Stammesfürsten zu sich kommen, zeigte ihnen sein neues, prächtiges Haus, das nach Moskauer Vorbild gebaut und eingerichtet war. Beeindruckt von dem Prunk und den Worten: »So werdet ihr auch einmal leben!«, ließen sie sich allerlei Geschenke geben und sagten nachher zu den Leuten: »Dieser Stroganow ist ein feines Herrchen, und er besitzt viel Geist. Er wird uns alle glücklicher machen!«

Im Prinzip stimmte das, und es hatte sich in den vergangenen Jahren auch gezeigt, dass man mit den Stroganows ideenreiche Köpfe im Land hatte. Sie bauten Privatkreml, in die man sich bei Überfällen von Räubern oder anderen umherstreunenden Völkern flüchten konnte; sie hatten eine kleine, aber gut ausgerüstete Privatarmee, die manchmal nur zu spät kam; und sie zahlten vor allem gute Preise für die Felle, Tiere und Fische. Sie errichteten Handelsstationen und führten einen festen Fahrplan für die Aufkäuferkolonne ein. Man konnte sich darauf verlassen wie auf den Mond: Stroganows Beamte – Anika nannte sie tatsächlich Beamte! – erschienen pünktlich. Was das im riesigen weglosen Russland bedeutete, begriff jeder, denn man lebte auf diesem Boden und kannte alle Tücken der Natur.

So waren eigentlich auch jetzt, unter Semjon Stroganow und seinen beiden Neffen Nikita und Maxim, alle zufrieden. Gott segne noch lange die feinen Herren Stroganow …

»Das ist wie ein Märchen«, sagte Jermak bei der Beratung mit seinen Unterführern, nachdem sie alle Berichte gesammelt hatten. Die Erzählungen der drei Boten waren wirklich nur als harmlos zu bezeichnen. Die Tatsachen übertrafen alles, was man sonst in Russland hören konnte – und Russland war nie arm an Wundern wie an Entsetzen. »Brüder, wir kommen in ein Land, wo Milch und Honig fließen – nur die Milch aus Zobelpelz und der Honig aus Gold!«

»Halleluja in der Höhe!«, sagte der Pope fromm.

Jermak sah ihn kritisch an. »Nein! Das ist die neue Lage, Brüder! Kein Überfall mehr; kein Plündern, keine Weiber mit Gewalt! Wir sind in dieses Land gerufen worden, um für den Zaren das Reich gegen die gelben Horden des Ostens zu schützen. Wir haben einen heiligen Auftrag! Benehmt euch also nicht wie Teufel, sondern wie Menschen!«

»Das wäre furchtbar, Jermak«, sagte der Pope ernsthaft, »wenn wir uns plötzlich wie Menschen benähmen. Gegen einen echten Kosakenmenschen ist der Teufel ein Klosterschüler!«

»Dann benehmt euch wie die Auserwählten, die wir ja auch sind. Ab heute nur noch Siege für den Zaren!«

»Wie lange?«, fragte einer aus der Mitte.

Jermak kratzte sich den Kopf. »Die Bauern sagen, in zehn Tagen könnten wir bei Semjon Stroganow in Orjol sein.«

»Und die Dörfer, die am Wege liegen?«

»Unantastbar! Das ist ein Befehl!«

Die Kosaken-Unterführer schwiegen betroffen. Jermak befiehlt, nun gut. Aber wir müssen es den anderen erklären. Und was geschieht, wenn ein Kosak ungehorsam ist? Darüber spricht man lieber nicht. Es gibt Strafen, die nie mehr aus den Knochen gehen.

»Und später?«, fragte ein anderer aus dem Gedränge.

»Das wird man sehen. Ich werde mit den Stroganows aushandeln, was wir dürfen oder nicht. Eines dürfen sie nicht, das verspreche ich euch: aus uns Kettenhunde machen!« Jermak richtete sich auf. Seine Augen blitzten. Er war schon eine Persönlichkeit, man musste das anerkennen. »Wir werden die berühmtesten Kosaken Russlands sein!«, rief er, von dem eigenen Gedanken hingerissen. »Und nie mehr wird ein Zar sagen: Die Kosaken sind Räuber und Mörder!«

Es war ein historischer Augenblick. Aus einem Traum sollte Wirklichkeit werden …

Während also die Kosakenführer zusammengekommen waren und Jermaks Befehle hörten, die anderen ihr Biwak errichteten, gingen drei Trupps zu je zehn Mann zum Fluss, um Wasser in Ledereimer zu schöpfen. Andere Trupps trieben die Pferde zu einer seichten Uferstelle, wo sie trinken konnten, und bei denen, die diese große Herde zur Tränke führten, war auch Marina Alexandrowna.

Lupin hatte es diesmal einfacher. Schon durch einen Vorbefehl Jermaks wurden die Bauern nicht mehr von den Kosaken in dem Maße belästigt wie vorher, man stahl nicht mehr so unverschämt, und nur die besonders schönen Frauen wurden noch ins Gras gelegt – ein für Lupin begreiflicher Sinneswandel –, denn man kam ja jetzt in das Land der Stroganows, in diesen Staat im Staate des Zaren. Lupin war nicht dumm, und er sagte sich, wenn sogar ein Jermak höflich wird, ist die Zeit nicht mehr fern, wo er sein Töchterchen wiederhaben würde …

Er mischte sich unter die udmurtischen Siedler, zog die Mütze tief in sein Gesicht und beobachtete die Kosaken, wie sie ihre Pferde zum Fluss führten. Ein imposantes Bild: Es waren jetzt fast sechshundert Gäule, gesattelt und mit prallen Säcken voller Beute behangen. Pferde, die keine Entfernungen kannten, die fauliges Stroh von den Hausdächern ebenso fraßen wie saftiges Gras; Pferde, die nie müde wurden und nie krank und die so mutig waren wie ihre Reiter.

Lupin entdeckte Marina Alexandrowna sofort. Sie war die Letzte in einer Kosakenreihe, die zur Tränke zog, saß auf einem Falben und trug nicht mehr den viel zu großen Anzug und die lächerlich weiten Stiefel. Sie hatte jetzt echte Kosakenkleidung, immer noch ein wenig weit über der Brust, einen breiten Ledergurt um den Leib und eine dunkelrote Mütze auf den kurz gestutzten blonden Haaren. Wie bei einem richtigen Kosaken hing ein Dolch an ihrem Gürtel, und wenn sie die Peitsche schwang und »Hoi-hoi-hoi!« schrie, unterschied sie sich in nichts von den anderen.

Eine gute Tarnung, dachte Lupin. Er war zufrieden, ja, er war sogar stolz. So hat sie alles überlebt! Ein kluges Töchterchen, wahrhaftig! Aber bald wird es mit dem Versteckspielen vorbei sein … Dann reiten wir zurück nach dem neuen Nowo Orpotschkow.

Er drängte sich zur Tränke, bezwang sich, bei so naher Begegnung mit den Kosaken nicht auszuspucken, und wartete dann etwas abseits am Kama-Ufer. Marina stand nun mitten in der Pferdeherde im seichten Wasser. Ein Trampeln, Schnaufen und Schmatzen war das, ein Wiehern und Prusten, dass man einen Kanonenschuss kaum gehört hätte. Sechshundert fröhliche Pferde können wohl einen Höllenlärm veranstalten.

Trotzdem versuchte es Lupin mit dem schrillen Pfiff, den man in ganz Nowo Orpotschkow kannte und den niemand überhört hätte. Er steckte dazu zwei Finger in den Mund und hui – flog der Ton heraus! Viele hatten das schon versucht, aber es war immer nur ein klägliches Pfeifen geworden. Nur dem Popen gelang es einmal, als er heimlich hinter der Ikonostase übte … ein gellender Ton, vor dem ein altes Mütterchen, das gerade vor dem heiligen Josef betete, ohnmächtig umfiel, weil es glaubte, der Heilige hätte gepfiffen. Von da ab stellte der Pope seine Übungen ein.

Lupin pfiff also, und ob es ein Wunder war oder ob der Wind günstig stand, ob es so etwas wie das Finden zweier Seelen gibt – jedenfalls drehte sich Marina Alexandrowna herum und sah den Mann auf dem Ufer an.

Lupin winkte verstohlen und nahm seine Mütze ab. Er zeigte seine eisgrauen stoppeligen Haare.

Er sah, wie Marina zusammenzuckte, wie ihre kleine Hand zum Herzen fuhr, wie sie sich mehrmals umblickte und sich dann langsam, damit es nicht auffiel, mit ihrem Pferd durch die Masse der anderen Pferdeleiber drängte und zu ihm hinüberkam.

Ein paar Meter vor Lupin sprang sie ab, ließ das Pferd stehen und lief ihm entgegen.

Lupin atmete rasselnd. Mein Gott, betete er, lass mein Herz nicht stillstehen vor Freude! Gönn mir noch diese eine Stunde des Wiedersehens. Marina, mein Töchterchen! Aber er war wie gelähmt, stand da und sah Marinas kindliches, aber doch schon fraulich werdendes Gesicht wie aus einem Nebel auftauchen. So lange bin ich geritten, Gott, dachte er, so lange … und jetzt muss ich sterben. Hundertmal habe ich auf dieses Wiedersehen gehofft, und jetzt falle ich gleich um wie ein Ochse, den der Schlachthieb getroffen hat. Marina, mein Töchterchen!

»Väterchen …«, sagte sie, als sie vor ihm stand. Sie konnte ihn nicht umarmen, nicht einmal anfassen; sie war ja ein Kosak.

»Mein Herzchen …«, stammelte Lupin. Nach diesen zwei Worten lichteten sich die Nebel, er sah Marina klar vor sich und lebte weiter. Wunder über Wunder! »Mein Töchterchen! Gut siehst du aus als Kosak.«

»Mein Gott, wo kommst du her, Vater?«

»Ich bin mit euch gezogen, die ganze Zeit«, stammelte Lupin. »Ich war immer bei dir, Marinuschka. Du warst nie allein. Dein Väterchen war ständig um dich.« Er rührte sich nicht, und wer die beiden von weitem sah, musste annehmen, dass dieses Kosakenbürschchen sich den Alten gegriffen hatte und streng verhörte. Muschkow war noch bei Jermak zur Besprechung, die anderen kümmerten sich nicht weiter umeinander, sie hatten ihre Pferde.

»Den ganzen Weg. O Väterchen!« Ihre Augen wurden feucht. Sie senkte den Kopf und nagte an der Unterlippe. »Sie haben mir gesagt, du seist tot.«

»Wer hat das gesagt?«

»Die Kosaken. Ich habe nach dem Dorfältesten gefragt, und sie haben gelacht und geschrien: ›Der? Den haben wir in seinem Dorf gebraten!‹ Warum sollte ich das nicht glauben? Unser Dorf verbrannte, und ich war sicher, dass du in den Flammen warst. Ich wäre auch verbrannt, wenn er nicht auf den Gedanken mit den Männerkleidern gekommen wäre …«

»Wer?«

»Iwan Matwejewitsch Muschkow.«

»Ein Kosak?«

»Jermaks Freund und Stellvertreter.«

»Einer dieser Blutsäufer hat dich gerettet?« Lupin fuhr sich mit beiden Händen durch die Haare. »Was hat er dir angetan, mein Töchterchen? O Herr im Himmel, was hat sie gelitten?«

»Er hat mir nichts getan. Er hat mir das Leben gerettet.«

»Ohne …«, fragte Lupin gedehnt.

»Ohne, Väterchen.«

»Sicherlich ein Kosak, dem sie es bei einer Strafexpedition abgehackt haben …«

»Ich weiß es nicht, Väterchen, aber ich nehme es nicht an.«

»Wie es auch sein mag …« Lupin sah sich um. Anscheinend beachtete sie niemand. »Wenn wir uns jetzt blitzschnell ins Gras fallen lassen und die Böschung hinabrollen zu den Büschen dort, wird es keiner sehen. Dort verstecken wir uns bis zur völligen Dunkelheit.« Er blickte über die Kama. Der Tag verglomm mit einem milden Abendrot. Das Land wurde weich und schattenlos, von einem Licht überzogen wie am ersten Schöpfungstag, als Gott die Sonne ausprobierte.

»Jetzt geht es schnell«, sagte Lupin.

»Was, Väterchen?«

»Die Flucht. Wir werden die ganze Nacht hindurch reiten … Jermak muss weiter, er wird niemanden hinter uns herschicken. Unsere Flucht ist bereits gelungen, Marinuschka.«

Marina Alexandrowna blickte an ihrem Vater vorbei auf

die dampfende Pferdeherde und zu den aufleuchtenden Biwakfeuern. Wie schwer ist es, einem Vater zu sagen, dass er so viel Kraft und Glauben umsonst aufgewendet hat! Wie schwer, ihm begreiflich zu machen, dass es mehr gibt als Nowo Orpotschkow und dass das Leben voller Sehnsucht nach der Weite des Unbekannten sein kann!

Wir sind keine Bäume, Väterchen, keine Pflanzen, die in der Erde wurzeln ... Wir sind junge Menschen, und die Welt ist so groß außerhalb von Nowo Orpotschkow. Und Iwan Matwejewitsch ist da ... Du kennst ihn nicht, aber weil er mir das Leben rettete, sollte er für dich wie ein Sohn sein ...

»Ich will nicht flüchten, Väterchen«, sagte sie leise. »Ich muss die Pferde tränken.«

Lupin streckte den Schädel vor, als habe er nicht richtig gehört. »Du willst nicht ...«, sagte er tonlos.

»Nein, Väterchen.«

»Freiwillig bist du bei ...« Es war so ungeheuerlich, dass Lupin verstummte.

»Ja, Väterchen.«

»Du willst nicht zurückkommen in unser neues Dorf?«

»Nicht jetzt. Später bestimmt ...«

»Marinuschka ...« Lupins Gesicht zuckte. Tränen rollten ihm über die Wangen, und er wusste nicht mehr, was er sagen und tun sollte. Er kraulte verzweifelt mit beiden Händen seine eisgrauen Haare. Sie bleibt bei den Kosaken! Mein Töchterchen, mein einziges Hab und Gut, mein ganzes Leben!

»Was soll aus mir werden?«, fragte er schließlich.

»Wir sehen uns wieder, Väterchen.«

»Das ist alles? Alles, was mir von dir übrig bleibt? Warten ... warten auf mein Töchterchen. Immer nur warten, ob du wirklich wiederkommst ... Ist das ein Leben?«

»Ist es ein Leben in Nowo Orpotschkow?«

»Ja!«

»Ich sage Nein, Väterchen.« Marina lehnte sich gegen ihr

Kosakenpferd. Es war daran gewöhnt, es stand still und steif wie ein Denkmal. Nur die Ohren bewegten sich, und durch die Nüstern dampfte der Atem. »Was hätte ich im Dorf getan? Den Garten bestellt, einen Bauern geheiratet, Kinder geboren, am Herd gestanden, und irgendwann wäre ich gestorben. Hat man dafür sein Leben geschenkt bekommen?«

»Was hat deine Mutter denn anderes getan?«, stammelte Lupin. Ist sie noch meine Tochter?, dachte er. Ist sie das noch? Ihre Augen, ihre Nase, ihr Mund, ihr engelsgleiches Gesicht – das ist geblieben. Aber welch ein Geist haust jetzt hinter dieser schönen Stirn! Marinuschka, ich weine ...

Lupin schluchzte, legte beide Hände vor das Gesicht und wartete auf weitere Erklärungen.

»Meine Mutter?«, wiederholte Marina. »Was war sie denn schon? Ein Tier auf zwei Beinen ... Draußen arbeiteten die Ochsen und Pferde, drinnen im Haus arbeitete sie. Wo war da ein Unterschied? Selbst denken wollte sie nicht, das war deine Aufgabe, Väterchen. Ich will nicht so werden.«

»Du willst mordend und brennend mit den Kosaken durch das Land reiten?«, sagte Lupin mit bleierner Zunge. »Meine Tochter will ...« Er ließ die Hände fallen und starrte sie an. »Warum habe ich nicht die Kraft, dich jetzt zu töten und mich dazu? Wie kann man so weiterleben ...«

»Ich werde nicht rauben und brennen!«

»Aber sie!« Lupin streckte den Arm aus. »Sie!«

»Was kümmern mich die anderen? Es geht um mich und Iwan Matwejewitsch.«

»Dieser Kosak!« Lupin keuchte, als stemme er einen Wagen durch knietiefen Schlamm. »Du bist in ihn verliebt? In diesen Kosaken?«

»Ich weiß nicht, was Liebe ist.« Sie rückte die rote Mütze tiefer in ihr Gesicht. »Aber wenn es das ist, was ich tue ... dann hast du Recht.«

»Und was tust du?«

»Ich mache aus Iwan Matwejewitsch einen Menschen!«

»Aus einem Kosaken?«

»Ja!«

»Der Himmel verzeih mir, aber ich habe keine Tochter mehr, sondern ein leer geblasenes Ei. Ein Kosak – ein Mensch? Eher machst du aus einem Wolf einen Schoßhund!«

»Sicherlich!« Sie lächelte leicht. »Muschkow ist schon zahmer geworden. Jeder Baum braucht seine Zeit zum Wachsen – warum nicht ein Mensch? Du verstehst mich nicht, Väterchen.«

»Nein, ich verstehe dich nicht mehr, Marinuschka.« Lupin wandte sich zum Fluss. Die Nacht deckte langsam das Land zu, die Sonne war nur noch zu ahnen. »Vielleicht bin ich zu alt dazu.« Er hob die Schultern und zog den Kopf ein, als friere er an diesem warmen Juniabend. »Was soll nun werden?«

»Reite nach Hause, Väterchen. Ich komme zurück.«

»Wann, Töchterchen?«

»In zwei, drei Jahren. Ich weiß nicht, wie lange es dauern wird, Muschkow zu ändern. Aber ich komme nur mit ihm zurück. Ich bringe ihn mit.«

Lupin nickte mehrmals. Wen soll man anklagen?, dachte er. Gott? Das Schicksal? Den Zaren, weil er nicht alle Kosaken aufgehängt hat? Mich selbst, weil ich Widerstand leisten wollte und erst dadurch dieser Muschkow zu Marina kam? Was soll man machen? Ist es nützlich, sich in den Fluss zu stürzen und sich selbst zu ersäufen?

»Es ist gut, Töchterchen«, sagte Lupin mühsam. Er brauchte mehr Kraft dazu, als zwei Bullen festzuhalten. »Ich verstehe es nicht – aber zieh mit Gott.«

»Ich danke dir, Väterchen.« Ihre Stimme schwankte plötzlich. »Ich kann dich nicht umarmen und küssen ... Es geht jetzt nicht.«

»Natürlich nicht. Du bist ja ein Kosak ...«

Sie nickte, drehte sich um, nahm die Zügel ihres Pferdes

und ging zurück zu der Herde. Langsam drehte sich Lupin um und blickte seiner Tochter nach. Sie ging in das letzte Tageslicht hinein, das sich noch im Fluss spiegelte. Ein kleiner, schmaler Kosak mit lustiger roter Mütze auf dem blonden Haar. Marinuschka …

»Ich bleibe bei dir!«, sagte Lupin laut. Niemand hörte ihn, die sechshundert Pferde tranken noch immer im Fluss. »Was soll ich in Nowo Orpotschkow? Du läufst mir davon, Töchterchen, aber ich laufe dir nach. Dein alter Vater läuft dir nach. Was soll er ohne dich auf der Welt? Außerdem wirst du mich einmal brauchen, das weiß ich.«

Er blickte ihr nach, wie sie mit der ersten Gruppe zum Lager davonritt. Sie saß wie angewachsen im Sattel. Das machte ihn stolz, und er sagte zu sich: Das hat sie von mir gelernt!

Er sah ihr nach, bis sie in der fahlen Dunkelheit und zwischen den Pferden unkenntlich wurde. Dann erst ging er zurück zu den udmurtischen Bauern an der Kama und hörte zu, was sie zu berichten hatten.

Jermak und seine Kosaken zogen zu einem Stroganow, der sie im Namen des Zaren gerufen hatte.

Kosaken – im Namen des Zaren?

Lupin verstand die Welt nicht mehr. Irgendwie, dachte er, scheint die Zeit über mich hinweggerollt zu sein. Nur meine Tochter hat es begriffen: Es gibt keine anständigen Menschen mehr. Schwer, sich daran zu gewöhnen …

Er hockte sich ans Flussufer, und jetzt erst kam die volle Freude über ihn, dass seine Tochter alles lebend überstanden hatte.

Aus dem Lager klang der Gesang der Kosaken herüber. Es roch nach gebratenem Ochsenfleisch …

Muschkow saß neben Marina am Feuer und freute sich auf das Essen.

»Wie alt bist du?«, fragte sie plötzlich.

»Ich glaube, achtundzwanzig Jahre.«

»Doppelt so alt wie ich!«

Muschkow sah sie von der Seite an. Was ist denn das nun wieder, dachte er. Wenn sie so fragt, dann bedeutet das immer Gefahr.

»Warum?«, fragte er rau zurück.

Sie lachte und legte sich zurück in das vom Feuer gewärmte Gras. »Eigentlich bist du schon ein alter Mann ...«, sagte sie. »Mach dir aber nichts draus ...«

Die ganze Nacht über lag Muschkow wach und dachte darüber nach, was Marina so leichthin und mit so verfluchter Fröhlichkeit gesagt hatte. Ein alter Mann ... das stak in ihm wie ein Dorn mit Widerhaken. Überhaupt, diese schlaflosen Nächte ... Sie waren so zahlreich, dass Iwan Matwejewitsch abmagerte, ein blasses Gesicht bekam und herumging wie ein Mensch, den man dauernd gegen den Hinterkopf geschlagen hat.

Selbst Jermak fiel das auf. Muschkow hockte auf dem langen Ritt nach Norden oft neben ihm auf seinem Pferd, als schliefe er im Sattel, stierte in die Gegend mit einem geradezu blöden Blick, und wenn man ihn unverhofft ansprach, fuhr er zusammen, grinste verlegen und hatte nichts von dem verstanden, was man zu ihm gesagt hatte. Ein rätselhafter Zustand ...

»Du bist krank«, sagte Jermak zu ihm, als sie am nächsten Tag weiterritten und Muschkow auf seinem Pferd hing wie ein Hirsesack. »Ist's der Magen, Brüderchen? Überfressen hast du dich, nicht wahr? Oder fehlt dir ein kräftiges Weib, du Gauner?« Jermak lachte laut, gesund, kräftig, geradezu provozierend.

Muschkow grinste bitter. »Ein Weib!«, sagte er müde. »Jermak Timofejewitsch, erinnere mich nicht an ein weißes, warmes Körperchen! Man könnte weinen!«

»Also doch! Nimm dir eine ... Wir kommen noch durch genügend Dörfer, ehe wir bei den Stroganows sind. Keine Plünderungen mehr, habe ich befohlen! Wer jetzt noch plündert, wird gehängt! Aber ein Weibchen ins Gras legen, das ist eine Sache der Natur. Und Natur kann man nicht verbieten. Außerdem haben sie es gern, die zitternden Täubchen. Ob Muschik oder Kosak, nur ein richtiger Mann muss es sein! Iwan Matwejewitsch, du hast dich doch früher nicht so angestellt!«

»Früher! Wenn ich an früher denke, kommen mir die Tränen!« Er richtete sich im Sattel auf, blickte schnell über die Schulter zurück und sah Marina Alexandrowna in der dritten Reihe reiten. Ihre rote Mütze leuchtete in der Sonne. Im Gegenwind drückte sich die zu weite Uniform gegen ihren Körper und ließ ihre festen Brüste unter der Bluse ahnen. Muschkow erschrak bis ins Herz. Wenn jetzt einer dieser Halunken, die meine Kameraden sind, sie genauer betrachtet, ist es um sie geschehen! Aber zum Glück sieht sie keiner an, diesen schmächtigen Jungen, der nur durch die Großmut Jermaks bei den Kosaken mitreiten darf. Warum ihn genauer betrachten?

»Boris Stepanowitsch liegt mir im Magen«, sagte Muschkow. »Es war ein Fehler, ihn mitzunehmen.«

»Deine Idee, Iwan Matwejewitsch!« Jermak hob die breiten Schultern. »Nun werde mit ihm fertig. Prügele ihn durch, diese Sprache verstehen die Bauernburschen immer! Ich glaube, er wird einmal ein guter Kosak!«

»Wenn es mit Prügeln ginge …« Muschkow blieb zurück, drängte sich in die Reihe neben Marina und starrte sie aus müden Augen an. Sie war voller Fröhlichkeit, ihre Augen blitzten, und sie saß im Sattel, als sei sie mit dem Lederzeug zwischen den Beinen geboren worden.

»Warum sagst du so etwas?«, fragte er.

»Was, mein Bärchen?«

Sein Herz begann zu zucken. Zum ersten Mal nannte sie ihn so, und er wusste jetzt nicht, war es echte Zärtlichkeit oder nur dicker Spott, der ihn erneut treffen sollte. Der Satan kenne sich bei den Weibern aus! Sie werden mit Gift und Galle auf der Zunge geboren.

»Dass ich ein alter Mann bin! Mit achtundzwanzig! Man sollte dich dafür eine Stunde lang in den Fluss hängen und aufweichen!«

Sie lachte hell, trat ihrem Pferd in die Seiten und ritt nach vorn zu Jermak. Muschkow folgte ihr mit finsterer Miene und zerschmelzendem Herzen. Wie kann ich sie prügeln oder wegjagen, wo ich sie streicheln möchte? Es ist immer der alte Konflikt! Sie gehört nicht zu den Frauen, die man schlägt und die dies als einen Beweis der Zusammengehörigkeit betrachten, so wie es auf dem Lande bei den Bauern üblich ist. Da prügelt man sein Weib wie eine Kuh, und es denkt sich: Sieh an, er hat mich lieb! Marina Alexandrowna ist anders, sie würde zurückschlagen oder mit dem Dolch zustechen, wenn er wirklich ernsthaft die Hand gegen sie erheben würde …

Jermak war bester Laune. Sie näherten sich den Besitzungen der Stroganows. Überall sah man jetzt ihre winkende Hand: saubere Dörfer mit kleinen Festungen gegen die Überfälle der immer noch unruhigen Wogulen und Ostjaken, gepflegte Felder und Gärten, einige Silbergruben, bewacht von Stroganows eigener Truppe und umgeben von dicken, zugespitzten Rundstämmen, Palisaden, die zu erstürmen selbst für einen Kosaken recht problematisch war.

Am Fluss gab es große Fischereistationen; die Wege waren ausgebaut. Flache breite Holzschiffe transportierten Waren, stromaufwärts zogen lange Kolonnen von Schleppern die Kähne vom Ufer aus durch die träge Strömung, dabei dumpf und rhythmisch singend, jeder Schritt ein Ton, eine nach vorn gebeugte, in den Seilen hängende Kette von Menschen mit ledernem Schulterschutzzeug.

»Warum beschwert sich Iwan Matwejewitsch über dich?«, fragte Jermak, als Marina an seiner Seite auftauchte. »Er klagt, als wenn der Mond vom Himmel fiele.«

»Ich weiß es nicht, Jermak Timofejewitsch«, erwiderte sie und blieb an Jermaks Seite, eigentlich ein Platz, der nur Muschkow als Stellvertreter gebührte. Dass Jermak es duldete, war für alle, die es sahen, ein Beweis, dass der blonde Bengel eine große Zukunft bei den Kosaken hatte. »Er hat nun einmal so merkwürdige Ansichten.«

»Muschkow? Wieso?«

»Er will, dass ich bei ihm schlafe ...«

Muschkow, der inzwischen wieder hinter ihnen ritt und alles genau hörte, knirschte laut mit den Zähnen und wunderte sich, dass er nicht vor Entsetzen vom Pferd fiel. Ein Teufel, dieses Weib, dachte er. Jermak drehte sich nach ihm um und blickte ihn strafend an.

»Man sollte dich mit Wasser begießen!«, sagte er hart. »Im nächsten Dorf nimmst du dir eine Frau. Ich will es sehen! Und auch Boris Stepanowitsch wird dabei sein!«

Muschkow verdrehte die Augen, blieb zurück und wartete, bis auch Marina von der Spitze der Truppe zurückkam. »Ich werde es tun«, knirschte er, als sie wieder nebeneinander ritten. »Vor deinen Augen werde ich ein schönes Weib zerstampfen. Wie ein Hengst werde ich sie bespringen, und du wirst daneben stehen und in die Hände klatschen! Jermak zu sagen, ich wolle mit einem Jungen schlafen! Das ist erniedrigender, als sich bei einem Angriff vor Angst in die Hose zu machen. Ha, ich schwöre es dir, ich werde im nächsten Dorf ...«

»Schwöre nichts, mein Bärchen«, sagte Marina Alexandrowna mild. »Du wirst den Schwur brechen müssen. Wenn du ein anderes Mädchen anfasst, reite ich zurück nach Nowo Orpotschkow.«

»Jermak hat es befohlen!«, schrie Muschkow außer sich. Mein Bärchen nannte sie ihn ... Es war zum Verzweifeln! »Jermaks Befehle muss man ausführen ...«

»Dann überleg dir einen Ausweg, Iwan Matwejewitsch. Ein alter Mann wie du hat doch Erfahrungen!«

Sie lachte glockenhell, warf den herrlichen Kopf in den Nacken und galoppierte von neuem an die Spitze. Muschkow ballte die Fäuste um die Zügel, spuckte seinem unschuldigen Pferd in die Mähne und stöhnte leise. Sie vernichtet mich, dachte er, aber das Gefühl, das er dabei hatte, war wundervoll. Wenn das so weitergeht, werde ich zum stammelnden Idioten. Ich, der große Muschkow, Stellvertreter des Helden Jermak! Ihr Heiligen im Himmel, beschützt mich vor diesem Weib!

Am 24. Juni 1579 erreichten Jermaks Reiter die Siedlung Orjol an der Kama, die Stadt, die sich die Stroganows gebaut hatten, die im fernen Permer Land liegende, fast schon sagenumwobene Stadt, in der Russlands größter Reichtum versammelt war.

Die Ankunft der Kosaken war durch Meldereiter längst bekannt geworden. Semjon Stroganow hatte ihnen vier in prächtige gestickte Gewänder gekleidete Abgesandte entgegengeschickt, um – wie sie sagten – die »zukünftigen Befreier des Landes von den Antichristen« zu begrüßen.

Das Land, was sie sahen, unterschied sich völlig von Gegenden, die Jermaks wilde Gesellen kannten. Es war ein Kulturland, nach genauen Plänen bearbeitet und bepflanzt. Stroganows Kreml, eine dicke Steinburg, lag im hochwasserfreien Uferstreifen des Flusses und wirkte von außen düster und verschlossen. Aber die eigene Kirche trug vier Doppelkreuze, und, wie man sagte, waren sie nicht vergoldet, sondern sollten aus purem Gold sein.

Die Stadt Orjol selbst, teils aus Holz, teils aus Steinen erbaut, hatte breite Straßen, große Plätze, zwei Kirchen und hinter jedem Haus einen Garten. Die Einwohner standen jetzt vor ihren Häusern, neugierig und ein wenig schaudernd, denn was ein Kosak ist, das war auch bis ins Permer Land gedrungen.

Aus diesem Grund standen auch nur die Männer auf der Straße. Die Frauen blieben hinter den Fenstern. Nur ab und zu bemerkte man ein Kopftuch oder einen Haarschopf in der Dämmerung des Hauses. Einige wagten ein paar neugierige Blicke auf diese Kerle, die ebenso schnell, wie sie aufs Pferd sprangen, auch ihre Hosen herunterreißen konnten. So erzählte man es sich hinter der Hand …

»Sie verstecken ihre Weiber!« Jermak lachte und wandte sich zu den brokatbekleideten Abgesandten um. Sie blickten von einem Hügel über die Stadt Orjol; Jermaks raue Stimme dröhnte: »Sind wir eine Armee von Heiligen, he? Hier sind fünfhundertvierzig starke Männer! Männer, sage ich, keine kastrierten Rinder! Jeder von uns will eine Frau haben, muss eine Frau haben, sonst decken wir euch die Dächer ab!«

»Der Herr hat an alles gedacht. Ihr sollt euch wohl fühlen in Orjol«, sagte einer der Abgesandten. Der Herr – das war Semjon Stroganow. Der Herr über alles Leben hier.

Jermak stand in seinen Steigbügeln und betrachtete den Kreml und den Fluss, die Stadt und die auf den Straßen wartenden Männer. Neben ihm saßen Muschkow und Marina auf ihren Pferden; dahinter, Kopf an Kopf, eine bewegte, schnaufende, unruhige, dunkle Masse Tier und Mensch, die Armee der Kosaken. Und ganz weit hinten, ein Punkt nur gegen den weiten Himmel, ein einzelner Reiter mit offenem Hemd und weißen Haaren, die sich im Sommerwind aufblähten wie ein Helm: Alexander Grigorjewitsch Lupin, das Väterchen, das dem Sinn seines Lebens nachritt …

»Frauen, genug zu essen, gute Unterkünfte für meine Männer und unsere Pferde, die Taschen voller Kopeken … ich will das zugesagt bekommen, sonst reiten wir nicht in die Stadt, sondern stürmen sie!«, schrie Jermak. Die Kosaken heulten begeistert auf … ein Ton, so wild und urgewaltig, dass er sich über die Stadt legte wie ein Unwetter. Manch einer auf den Straßen wiegte den Kopf oder erschauerte. Dieser Aufschrei sagte genug. Hatte man nicht erzählt, Kosaken könne man nicht mit anderen Menschen vergleichen?

»Der Herr sichert es zu.« Der Abgesandte, der das Wort führte, ritt an, aber Jermak folgte ihm noch nicht. Er blickte zur Seite auf Muschkow.

Mit Iwan Matwejewitsch war in den letzten zwei Wochen nicht viel los gewesen. Natürlich hatte er nicht in Gegenwart von Marina im nächsten Dorf ein strammes Weib ins Gras geworfen, wie Jermak es befohlen hatte. Am Morgen nach jenem denkwürdigen Befehl humpelte Iwan Matwejewitsch herum. Er hatte seinen Kopf mit einem breiten Leinenstreifen umwickelt und sich mit Wasser aus einem Ledereimer dauernd den Schädel gekühlt. Sein Pferd hätte ihn in der Nacht getreten, unglücklich, ungewollt natürlich, sicherlich hätte es geträumt, aber da ein Kosak immer bei seinem Pferd schläft, hätte es ihn beim Auskeilen getroffen.

»Ein Mistvieh!«, brüllte Muschkow. »Durch die Luft bin ich geflogen, so hat es getreten! Ich habe nie gewusst, dass Pferde träumen können!«

Das hatte keiner gewusst, und so bestaunte man Muschkow und sein seelenvolles Gäulchen und besänftigte den Tobenden. Selbst Jermak musste einsehen, dass ein solcherart misshandelter Kosak wenig Interesse für eine dralle Bauerndirne haben kann.

So hatte sich Muschkow um Jermaks Befehl gedrückt, den Getretenen gespielt und dafür ein liebes »Wie listig doch so ein alter Mann ist, Bärchen« geerntet, wobei ihn nur wieder »alter Mann« maßlos störte. Er nahm seinen Verband erst ab, als man Orjol von ferne liegen sah.

»Hast du noch Forderungen, Iwan Matwejewitsch? Habe ich etwas vergessen? Jetzt können wir es noch sagen! Überlege gut, Brüderchen!« Jermak setzte sich im Sattel zurück. »Wir brauchen den großen Stroganow nicht, aber er braucht uns!«

»Warten wir auf das sagenhafte Land Mangaseja«, erwiderte Muschkow müde. »Wenn dort das Gold an den Bäumen hängt, hat sich der Weg gelohnt.«

Dabei wagte er nicht, Marina anzusehen. Er war ein armer Kerl, wert, dass man ihn bedauerte. Seine Freunde hatten die Satteltaschen voller Rubel und geraubtem Schmuck ... Es kommt eine schöne Summe zusammen, wenn man zwei Monate unterwegs ist. Jermak hatte zwei Packpferde voll Beute in der Nachhut – und was der Pope war, dieser Vertreter des Himmels, alle Achtung, man konnte von ihm lernen! Er schleppte Ikonen mit sich, goldene Kreuze, goldgestickte Messgewänder, handgetriebene silberne Opferschalen, alles »Geschenke« von lieben Kollegen, die er auf dem Zug nach Perm »besucht« hatte.

Nur Muschkow hatte leere Satteltaschen, eine wahre Schande für einen Kosaken. »Du raubst nichts mehr!«, hatte Marina Alexandrowna zu ihm gesagt, sobald sie eines Dorfes ansichtig wurden. »Sonst reite ich zurück.«

»Geh!«, hatte Iwan Matwejewitsch einmal gebrüllt. »Zum Satan, verflüchtige dich! Wozu lebt man denn, wenn man nicht mehr rauben darf?«

Aber als sie in der Nacht zu ihrem Pferd ging, war er ihr nachgelaufen und hatte kleinlaut gesagt: »Marinotschka, Marinja, mein Täubchen, brich mir nicht völlig das Herz.« Da war sie geblieben, und Muschkow ließ das Rauben sein. Er sah nur zu, wenn es die anderen taten, zähneknirschend, an die Liebe gebunden wie ein Kettenhund, der zwar bellen darf, aber dem man das Beißen übel nimmt.

Nun ritten sie durch Orjol, grinsten die finster zu ihnen hochblickenden Männer an, suchten hinter den Fenstern die Weibchen und begannen laut zu singen, um zu zeigen, wie frei Kosaken waren.

Vor dem Kreml der Stroganows kamen ihnen die beiden Neffen des Semjon entgegen, Nikita und Maxim, auf feurigen, glänzenden Pferden tatarischen Blutes. Von Sattel zu Sattel umarmten sich Jermak und die beiden Stroganows, küssten sich dreimal auf die Wangen und wussten sofort, dass man sich im Laufe der Jahre mit aller List gegenseitig betrügen würde.

»Ein reiches, friedliches Land«, sagte Jermak fröhlich. »Man kennt so etwas kaum noch im Moskowiterreich.«

»Wir halten Ordnung, das ist alles.« Maxim Stroganow musterte die dampfende Woge aus Pferdeleibern und Kosakenköpfen. »Der Zar hat uns die eigene Gerichtsbarkeit in allen von uns erschlossenen Gebieten übertragen.«

Jermak Timofejewitsch verstand. Das war die erste versteckte Drohung, der erste heimliche Tritt in den Hintern. Er lächelte breit, aber seine dunklen, harten Augen funkelten. Die Augen eines Bären, dem Mitleid unbekannt ist.

»Wir sind dem Ruf gefolgt, das Christentum zu verteidigen«, sagte er. »Der Herr im Himmel wird es uns lohnen – und Semjon Stroganow!«

5

Der große Herr erwartete Jermak und Muschkow in dem gewaltigen Audienzsaal, der mindestens ebenso prunkvoll und erdrückend weiträumig war wie der Saal Iwans IV. im Moskauer Kreml. An den mit Seide bespannten Wänden standen Bänke, bezogen mit Blaufuchsfellen und Eichhörnchenbalgen, mongolische Teppiche lagen auf den Steinplatten des Bodens, die Öllampen waren von tatarischen Künstlern aus Gold getrieben und mit Edelsteinen verziert.

Semjon Stroganow trug trotz des Sommers einen Umhang aus feinstem Zobel. Ihm war es zu warm darin, aber es war nötig, dem wilden Jermak zu zeigen, dass nicht der Zar im fernen Moskau, sondern der Stroganow in Orjol an der Kama der mächtigste Mann in Russland war.

Und wieder verstand Jermak gut, was gemeint war, und machte zum ersten Mal in seinem Leben eine Art Verbeugung. Ganz leicht senkte er das Haupt und ganz kurz nur, aber für Muschkow war es geradezu ungeheuerlich.

»Ich heiße dich willkommen, Bruder Jermak«, sagte Semjon Stroganow und küsste den größten Räuber und Halunken, den Russland je hervorgebracht hatte. Der Satz floss ihm leicht über die Lippen ... Wer ein Land wie Mangaseja erobern will, der sollte sich mit Kleinigkeiten wie Moral nicht aufhalten. »Für dich und deine Brüder ist gesorgt. Wir haben eine eigene Stadt für euch gebaut, ein schönes Stück Land an der Kama, denn wir werden noch viel zu arbeiten haben, ehe uns Gottes Ruf über den Ural führt.«

Eine eigene Kosakenstadt ... Jermak war zufrieden. Heute würde man sagen, Stroganow habe einen riesigen Kasernenkomplex gebaut, von Orjol und der übrigen Umwelt abgeschlossen. Ein Ghetto, das gleichzeitig Schutz war für die Frauen, die außerhalb dieser Kaserne lebten.

»Und wie ist es mit den Weibern, Semjon Stroganow?«, fragte Muschkow. Marina war nicht da, und er fühlte sich verpflichtet, zur Hebung seines Ansehens diese Frage zu stellen. Jermak nickte ihm beifällig zu.

»Es gibt genug.« Semjon Stroganow lächelte weise. »Ich weiß, was ein Soldat braucht, meine Brüder. Ich bin unter Soldaten aufgewachsen.«

Unterdessen besuchte der Kosakenpope Oleg Wassiljewitsch Kulakow seinen Amts- und Glaubensbruder in der Privatkirche der Stroganows. Die Kosaken waren abgesessen, standen in dem großen Hof des Kremls neben ihren Pferden und ließen sich von der Dienerschaft bestaunen wie wilde Bären. Ein paar Mägde kicherten in sicherer Entfernung. Die ersten schweinischen Rufe hallten über den Hof.

»Kyrie eleison«, sagte der Kosakenpope in der Kirche. Er bestaunte die Pracht der Ikonostase, den herrlichen goldenen

Hauptaltar, die wertvollen Messgefäße, die mit kostbaren Perlen und Edelsteinen bestickten Kamilawkas, die Kopfbedeckungen der Priester, auf einem Tisch aufgereiht wie hohe Kuchen. Oleg Wassiljewitsch Kulakow bedauerte es sehr, nicht auch hier um ein »Geschenk« bitten zu können, so aufreizend der Anblick auch war.

»Gott mit uns!«, antwortete der Stroganowpope fromm und schlug ein großes Kreuz über sich. »Wir werden es nötig haben.«

»Bruder im Herrn, wir sind gekommen, um die Grenze des Christentums zu verschieben und ihm Lob zu singen.«

»Amen«, sagte der Bruder dumpf. »Wir haben dir in der Kosakenstadt eine Kirche gebaut.«

»So schön wie diese?«

»Nicht ganz, meine Brüder.«

»Gott wird weinen. Alle Menschen sind Brüder, du sagst es!« Der Kosakenpope trat näher, fasste seinen Kollegen an den langen Bart und zog ihn nahe zu sich. »Es darf nicht herrschen Ungleichheit in der Welt des Glaubens. Versprich mir ein paar Ikonen, Brüderchen. Auch ein Kosak erfreut sich am Abbild der Heiligen ...«

Nach einer halben Stunde einigte man sich, dass auch die Kosakenkirche ein wenig Glanz erhielt und nicht bloß ein kahler Holzschuppen sein würde.

Zur gleichen Zeit ritt Alexander Grigorjewitsch Lupin auf seinem müden, halb lahmen Pferd in den Kreml der Stroganows ein und suchte nach dem Stallmeister des großen Herrn. Marina sah ihren Vater, wie er vom Pferd glitt und mit staksigen Beinen in den lang gestreckten Ställen verschwand. Ihr Herz begann schmerzhaft zu klopfen. Sie lehnte den Kopf gegen die Mähne von Jermaks Pferd und spürte, wie ihre Augen nass wurden. Gutes, armes Väterchen! Es ist so schön, dass du da bist ...

Mit dem Stallmeister hatte Lupin seine liebe Not. Man

brauchte keinen Pferdeknecht, als der er sich bewarb, und wenn, dann gab es in Orjol Männer genug; man wartete nicht auf einen Fremden aus dem fernen Süden.

»Ich bin auch ein Pferdearzt«, sagte Lupin mutig. »Das ist bei uns vererbt worden vom Vater auf den Sohn, solange wir denken können. Habt ihr schon einen Pferdearzt hier, na? Wie erkennt man, ob es das Gäulchen an der Galle hat?«

»Indem es grün scheißt!«, brüllte der Stallmeister.

»Das kann auch der Klee sein, Hochwohlgeboren. Nein, im Auge sieht man es! Ich sehe einem Pferd in die Augen und weiß, wo die Krankheit sitzt. Wer kann das hier, ha? Solches Wissen kann man nur ererben!«

»Komm mit, du Schwätzer!«, sagte der Stallmeister. Er führte Lupin zu einem Pferd, das mit hängendem Kopf im Stroh stand und sie traurig anglotzte. »Was hat es denn, na? Sieh es dir an! Wenn du mir keine Antwort gibst, peitsche ich dich aus!«

»Scheißt das Gäulchen grün?«, fragte Lupin vorsichtig.

»Nein!«, schrie der Stallmeister. »Blick ihm in die Augen.«

Lupin trat näher. Aber statt dem Pferd in die Augen zu blicken, hob er den Schwanz hoch und blickte dem Gaul in den Darm.

»Ist das ein Auge?«, brüllte der Stallmeister und lief rot an.

»Wie man's nimmt, Hochwohlgeboren.« Lupin ließ den Schweif fallen. »Jedes Wesen ist wie eine Röhre mit verschiedenen Löchern. Das muss man kennen!« Er ging um das Pferd herum und klopfte ihm den Hals. Das Tier glotzte ihn wehmütig an. »Es hat eine Krankheit, die wir ›Das große Sausen‹ nennen! Hat das Gäulchen kräftig aus dem Darm geblasen?«

»Ja«, antwortete der Stallmeister verblüfft. »Ja, das hat es! Und seitdem wird es immer dünner!«

»Ihr Barbaren!« Lupin küsste das Pferd auf die Stirn. »Wenn ich hier bleibe, heile ich es.«

Es war eine denkwürdige Stunde. Alexander Grigorjewitsch Lupin wurde von Nikita Stroganow höchstpersönlich als Pferdearzt angestellt, nachdem der Stallmeister den jungen Herrn gerufen hatte, um sich das anzuhören. Lupin bekam eine Kammer neben dem Stall, freies Essen und Trinken und jeden Sonntag einen Rubel als Lohn. Außerdem verpflichtete er sich, im Kirchenchor mitzusingen. Eine hervorragende Stellung, die ihn fast mit dem Stallmeister gleichsetzte. Ein Pferdearzt!

Zufrieden und mit der Absicht, gleich Gott in der Kirche zu danken, verließ Lupin die Stallungen. Der weite Platz vor dem Herrenhaus war leer, die Kosaken waren schon in ihre eigens für sie erbaute neue Stadt abgezogen. Einige Knechte kehrten den Pferdemist zusammen. In der warmen Sommerluft hing noch der beizende Geruch von schwitzenden Pferdeleibern und ungewaschenen Menschen.

Ein Junge kam zögernd auf Lupin zu und starrte ihn fragend an.

»Bist du Alexander Grigorjewitsch?«, fragte er dann.

»Ja.« Lupin wunderte sich. »Du kennst mich?«

»Nein, aber ich soll dir etwas geben. Von einem der Kosaken, der Teufel hole sie alle, die Banditen!« Der Junge öffnete die Finger. Auf der schmutzigen Handfläche schimmerte eine goldblonde, schmale Haarlocke.

Lupin atmete tief. »Ich danke dir«, sagte er heiser, nahm die Locke und wandte sich ab. Dann rannte er zurück in den Stall, drückte sich in eine Ecke, wo ihn niemand sehen konnte, und presste die goldenen Haare an seine Lippen.

»Marinuschka …«, stammelte er. »Mein Engelchen! Mein Seelchen!«

Er weinte und küsste immer und immer wieder die schmale, armselige Locke.

Die »Kosakenstadt« erwies sich als eine Ansammlung von Holzhütten, umgeben von einem hohen Holzzaun. Es gab

Straßen darin, einen weiten Platz, Stallungen, Lagerhäuser, die Kirche – im Augenblick noch ein kahler Schuppen, was dem Kosakenpopen fast das Herz abwürgte –, ein Schlachthaus und eine Küche, ein Magazin, in dem drei Stroganowsche Beamte mit bleichen Gesichtern saßen. Sie hatten die böse Aufgabe übertragen bekommen, hier mit den Kosaken Handel zu treiben. Das war typisch für die Stroganows und ihre Berechnungen: Die Rubel, die man als Sold zahlte, sollten von hier aus wieder zurückfließen.

Ja, und dann gab es noch das so genannte Frauenhaus, ein großes, besonders massives Gebäude aus Rundstämmen und mit einem Steinfundament. Die Bewohnerinnen standen auf der Straße, als die Kosaken in mustergültiger Ordnung einritten, und winkten. Es waren Mädchen aller Rassen, meistens jedoch zartgliedrige Wogulinnen und Udmurtinnen. Sie trugen weite Blusen und weite Röcke, auf den schwarzen Haaren saßen gestickte bunte Käppchen.

»Mein Herz geht auf wie eine Schweinsblase!«, schrie Muschkow, um Marina zu ärgern. »Da! Diese Hübsche mit dem blauen Käppchen! Sie ist reserviert für Iwan Matwejewitsch!«

»Es sind zu wenige«, sagte Jermak böse. »Was schätzt du? Fünfundvierzig, mehr nicht. Was sollen fünfhundertvierzig Kosaken mit fünfundvierzig Mädchen? Sie werden sich gegenseitig umbringen, die Kerle, nur um einmal ranzukönnen!«

Er ritt zur Seite und ließ wie auf einer Parade seine Truppe an sich vorbeiziehen. »Wer zu den Mädchen geht, den hänge ich auf!«, schrie er über seine Kosaken hinweg. Die wilden Gesellen stierten ihn voller Unverständnis an. Ihnen wurde schon vom Zusehen der Sattel zu rau. »Ich hänge jeden auf!«, wiederholte Jermak. »Morgen sind dreimal so viel Mädchen hier, oder wir holen sie uns aus der Stadt!«

»Hoi! Hoi!«, brüllten die Kosaken. Ihre Arme flogen hoch. Der Schrei gellte bis zur Stadt und bis zum Kreml der Stroganows. Die Mädchen vor dem großen Haus scharten sich zusammen wie verschreckte Hühner, die Beamten im Magazin bekreuzigten sich mit leinenweißen Gesichtern.

»Ist das ein Leben, he?«, schrie Muschkow und hieb Marina auf die Schulter. Sie zuckte zusammen und biss die Lippen aufeinander. »Sind das Weiberchen? Such dir eine aus, Milchgesicht, und lass dich anlernen!« Er lachte meckernd und dachte zufrieden: Jetzt habe ich es ihr gegeben! Was kann sie antworten ... Sie ist doch Boris Stepanowitsch, haha!

Marina ritt ganz nahe an Muschkow heran und beugte sich zu ihm hinüber. »Nimm dein Hürchen mit dem blauen Käppchen«, sagte sie scharf. »Ich habe im Kremlhof einen Jungen gesehen, der mir gefällt. Stark – und vor allem jung! Ich werde ihn morgen treffen ...«

»Ich werde ihn umbringen!«, knirschte Muschkow und umkrallte seine Zügel. »Mit meinen Händen erwürgen werde ich ihn – wie eine Taube! Und dich nagele ich in der Uniform an die Wand! Du kommst hier nicht raus!«

Er gab seinem Pferd einen bösen Tritt, es machte einen Satz nach vorn und raste an die Spitze der Kosaken. Jermak ritt nun am Ende des Zuges, ein unerbittlicher Wächter. Es war unmöglich, sich heimlich zu den Weiberchen zu stehlen.

Der Einzige, der zurückblieb, war der Pope Oleg Wassiljewitsch Kulakow. Er durfte das, denn er bezog seine Kirche. Genau betrachtet machte er einen Umweg, umkreiste das Gotteshaus und stand plötzlich vor den bunt geschmückten Mädchen. Die Kosaken waren hinter den Ställen verschwunden, saßen ab und warteten darauf, dass Jermak und Muschkow die Quartiere zuteilten.

»Wer ist von euch voller Sünde?«, fragte der Pope Kulakow und musterte freundlich die kichernden Mädchen. »Nur die Sündigste von euch komme zu mir und hole sich Kraft!«

Es war ein stämmiges Mädchen vom Fluss, es hieß Lejla und war so sündig, dass das bärtige Väterchen ganz außer

Atem kam. Alles verstehend, und daher verzeihend, muss man anmerken, dass die Kirche noch nicht eingerichtet war …

In der Nacht, die darauf folgte, schlief kaum einer von Jermaks Männern.

Sie hatten ihre Häuser bezogen, die Sättel hereingeschleppt, ausgepackt und die Decken über die hölzernen Liegen gebreitet. Vier Schlächter fanden im Schlachthaus zwei Rinder vor, die sie sofort töteten. Die Köche der Gruppe standen vor angeheizten Kesseln. Es war eine gut eingerichtete Küche mit Fässern voller Sauerkohl, Bohnen, sauren Gurken, einem Brett voller frischer Brotlaibe, Gewürze in jeder Menge, die meisten unbekannt, mannshohe Tonkrüge voller Bauernbier … Die Stroganows hatten gut für ihre Söldner gesorgt.

Aber als sie später alle satt waren und rülpsend herumlagen, sich von dem langen Ritt ausruhten und die Müdigkeit in allen Knochen spürten … da schuf die Nähe der Mädchen Unruhe im Blut.

Ein paar Kosaken wagten es, sich wegzuschleichen, aber bereits bei den Ställen wurden sie von Jermaks Wachen aufgehalten, verprügelt und zurückgejagt.

Es war ein schwerer Dienst für die Wachen. Auch sie waren Männer und nicht anders als die, die sie zurücktrieben. Wenn sie die Nasen hoben und in den warmen Sommerwind steckten, war es ihnen, als könne man die Weiber schnuppern, so wie ein Hund eine läufige Hündin um sieben Ecken herum riecht.

Eine verdammte Nacht, das muss man sagen.

Jermak war bei den Stroganows, um sich über den Mangel an Mädchen zu beschweren; Muschkow, als sein Stellvertreter, musste die Abwehraktionen leiten; und der einzige Kosak, der wirklich schlief, jenseits alles heißen Dranges, war Boris Stepanowitsch. Marina lag auf ihrem Bett in dem Haus, das Jermak, Muschkow und sie allein bewohnten, dem einzigen Steinhaus. Semjon Stroganow hatte es für Jermak errichten lassen. Die Wiege eines neuen Sibiriens … wenn sich die Pläne der Stroganows verwirklichten.

Eine verdammte Nacht war es, man muss das wiederholen. Warm, samtig, still, so still, dass man das eigene Blut rauschen hörte, und es rauschte wie ein Strom nach der Eisschmelze, wenn man nur an die Mädchen dachte. So war es auch nur zu erklären, dass Iwan Matwejewitsch eine Fessel um sein Herz zerriss und er sich nach einer stummen Betrachtung der mit angezogenen Beinen schlafenden Marina mit einem tiefen Seufzer auf sie stürzte.

Es gibt Schrecksekunden, die wirklich nur Sekunden dauern. Und wer Marina Alexandrowna kennt, der weiß, dass sie schnell war in ihren Handlungen, auch wenn man sie aus dem tiefsten Schlaf riss … Jetzt aber schien alles in ihr zu versagen, sie lag still, wehrte sich nicht und hielt die Augen geschlossen. Muschkow wusste nicht einmal, ob sie überhaupt wach war. Ihr schmales Gesicht unter dem struppigen Haar wirkte ganz gelöst.

Iwan Matwejewitsch seufzte von neuem, sein Atem flötete fast vor Erregung in seiner Kehle, mit zitternden Händen riss er Marinas Bluse auf und umfasste ihre Brüste, sank in die Knie und verfluchte die Kosakenhose und die Stiefel, Hindernisse, die eigentlich nur mit Marinas Willen zu überwinden waren, es sei denn, man würgte und betäubte sie.

»Marinuschka …«, stammelte Iwan. »Und wenn der Teufel hineinspuckt – ich liebe dich … Ich schwöre dir, alles zu tun, was du willst! Habe ich nun nicht genug getan? Bin ich nicht der ärmste Kosak – und das als Jermaks Stellvertreter? Siehst du denn nicht, was du aus mir gemacht hast?«

Er küsste ihre jungen, festen Brüste und zerrte dabei an ihren Stiefeln. Er war wie toll vor Sehnsucht nach ihrem Leib.

Bis dahin, wie gesagt, lag Marina Alexandrowna still, mit

geschlossenen Augen, schweigend, und wenn man behauptet, in jeder Frau stecke ein Stück Satan, so bekam Muschkow das jetzt zu spüren. Unverhofft, schnell wie ein Blitz, unsichtbar für den sowieso in den Nebeln seiner Leidenschaft eingehüllten Iwan Matwejewitsch, zuckte ihre rechte Hand hoch, der Krummdolch beschrieb einen Bogen … und dann schrie Muschkow unterdrückt auf, ließ die Stiefel und die Brüstchen los, zuckte hoch und presste beide Hände gegen seinen Hintern. Ein warmer, klebriger Fleck breitete sich unter seinen Fingern über dem Hosenstoff aus.

»Du hast mich gestochen …«, stammelte er. »Du hast mich wirklich gestochen. Marinuschka, du hast …«

Er konnte es nicht begreifen, presste seinen Hintern gegen die Holzwand und verbiss den Schmerz, der über seine Lenden zog. Ein Kosak mit einem Stich im Hintern – das ist die letzte Stufe der Lächerlichkeit. Schon der angebliche Pferdetritt des träumenden Pferdes gegen seinen Schädel hatte breites Grinsen ausgelöst. Wie sollte er nun diese neue Verletzung an einer Stelle, die für einen Reiter die wichtigste war, erklären?

»Ich bringe dich um!«, stöhnte Muschkow und klapperte mit den Zähnen. »Gott kann mich dafür nicht strafen, ich muss dich umbringen!«

»Dann tue es.« Marina Alexandrowna setzte sich im Bett auf, zog ihre Bluse über den Brüsten zusammen, schloss die Gürtelschnalle, die Muschkow aufgezogen hatte, und wischte die Klinge des Krummdolches an der Decke ab. Nur an der Spitze war ein wenig Blut … Marina hatte nur leicht zugestoßen, gewissermaßen als Erinnerung, dass sie kein Hürchen wie die anderen war, kein den Kosaken gefälliges Mädchen. »Los! Ziere dich nicht, Iwan Matwejewitsch! Ich halte still! Aus dir wird doch nie ein Mensch. Dann will ich lieber sterben …«

Es gibt Konflikte, die tief in der Seele ausgetragen werden

und die man nicht beherrschen kann. Eine total verrückte Liebe zum Beispiel gehört dazu, eine Liebe, die einen hin und her beutelt, die einem keine Ruhe lässt, die mit Hämmern auf einen einschlägt ... eine Liebe, die aus dem Klügsten einen Idioten macht und trotzdem immer wieder geschlürft wird wie süßer Honigschnaps ...

Iwan Matwejewitsch Muschkow erging es nicht anders. Warum auch? Tausende von Männern vor ihm, wenn sie in die Fänge eines solchen langhaarigen, betörenden Satans geraten waren, hatten es ihm vorgemacht: Muschkow brachte Marina Alexandrowna natürlich nicht um. Er lief vielmehr, die Hände gegen sein Gesäß gedrückt, aus dem Zimmer und wusch sich draußen das Blut von den Schenkeln. Es war ein Segen, dass Jermak sich noch mit den Stroganows herumstritt und nicht im Hause war. So gelang es Muschkow, ein Stück Leinen um seinen Hintern zu wickeln und ungehindert laut zu fluchen, Marina zu verwünschen und sie gleichzeitig – heimlich – um Verzeihung für seine rohen Redensarten zu bitten.

Ein total gespaltener Mensch war er, dieser Iwan Matwejewitsch.

Wir bitten um Mitleid für einen verliebten Mann ...

Fünfhundertvierzig Kosaken ruhig zu halten, wenn vor ihnen die Weite eines unbekannten Landes und der Rausch neuer Abenteuer liegen, ist eine ungeheuer schwere Aufgabe. Man mochte Jermak Timofejewitsch einen Halunken und den größten Gauner Russlands nennen, eines konnte man ihm nicht absprechen: Er hielt Disziplin unter seinen Leuten und ließ sie in der Kosakenstadt ein gesittetes Leben führen – so weit das bei Kosaken überhaupt möglich ist.

Nach zwei Wochen hatten die Stroganows einhundertneunzig Mädchen beschafft – woher, war ihr Geheimnis. Ein großer Stall wurde geräumt und in Kabinen abgeteilt, und hier geschah nun das, was ein Kosak außer Reiten und Stehlen am liebsten tut, vor allem, wenn ihm die Langeweile die Lenden schwellen lässt.

Und langweilig wurde es den ganzen Sommer hindurch. Die Stroganows ließen Jermak und seine Gesellen nicht blindlings über den Ural ziehen, sie gingen kein Wagnis ein, denn das hätte ja ihr Geld gekostet. Der Zar in Moskau legte keine Kopeke dazu. Er wartete nur auf den Reichtum, der aus dem sagenhaften Mangaseja, dem Goldland des sibirischen Zaren Kutschum, ins Moskowiterreich fließen sollte.

Mit der Gründlichkeit von Feldherren bereiteten die Stroganows den Eroberungszug ins unbekannte Sibirien vor. Dazu gehörte der Ausbau der Privatarmee, deren Befehlshaber Jermak werden sollte, die Erkundung der Nachschubwege, die Planung von Stationen – immer einen Tagesritt voneinander entfernt, damit man ungehindert die vordringende Truppe erreichen konnte – und das Anlegen von befestigten Lagern, die die Grundstöcke neuer Siedlungen darstellten.

»Erst, wenn der Bauer im Neuland seine erste Ernte einbringt, gehört uns das Land!«, sagte Semjon Stroganow, der Weise. »Wir wollen Sibirien nicht durchziehen, wir wollen es dem großen russischen Reich einverleiben.«

Werber ritten aus, von Orjol nach allen Himmelsrichtungen, um Soldaten zu suchen. Man fand sie bei den Kirgisen: Litauer und Deutsche, Kriegsgefangene dieses Volkes, die man ins Permer Land geschleppt hatte und die dort in den Kirgisendörfern die dreckigste Arbeit tun mussten. Für sie war der Ruf: »Kommt in die Armee der Stroganows!« nicht nur die Befreiung aus der Sklaverei, sondern die Summe aller Sehnsüchte überhaupt. Irgendwo hinter dem Ural ein neues Leben anfangen, ein freier Mensch sein auf einem eigenen Stück Land, geschützt von den mächtigen Stroganows und in Ruhe gelassen werden von Zar Iwan in Moskau – das war ein Leben, das niemand sonst in dieser Zeit zu bieten hatte. Ein Leben, von dem man geträumt hatte …

Mit den Deutschen und Litauern kamen aber auch die Konflikte. Nicht dass sie die Kosaken nicht mochten; sie wurden gute Kameraden. Und was den Deutschen an reiterlichem Können fehlte – wer kann schon wie ein Kosak reiten? –, das glichen sie aus durch technisches Wissen. Sie wurden die besten Kanoniere, erfanden ein höllisches Geschoss – eine Eisenbüchse mit hunderten von Kugeln, die durch die Gegend spritzten –, und sie entdeckten die psychologische Kriegführung: Wenn man singend in eine Schlacht marschiert und singend stürmt, entnervt das den Gegner völlig.

Die Zusammenstöße mit den Kosaken jedoch erfolgten bei den Mädchen – konnte es anders sein? Ein Kosak kommt herein, zeigt auf eines der Weibchen, grinst breit und greift zu. Die Deutschen und Litauer dagegen behandelten auch die Hürchen wie Damen, machten schöne Worte, streichelten die verführerischen Körperchen und verliehen den Mädchen damit das Empfinden, nicht einfach genommen, sondern irgendwie geliebt zu werden. Das sprach sich bald herum. »Die Deutschen nisten sich bei den Weibern ein«, hieß es, »und ein Kosak wird bedient wie einer, der einen Löffel Sirup haben will.«

Die Schlägereien nahmen überhand, und als man eines Tages einen Deutschen mit aufgeschlitztem Unterleib an der Kama fand, ließ Jermak die beiden Schuldigen suchen und, als man sie gefunden hatte, mit Stricken umwickeln und in einen Sack stecken.

Was dann geschah, machte selbst den wildesten Kosaken stumm.

Schon seit zwei Tagen schaukelten am Ufer der Kama zwei Flöße mit dicken Tauen an Holzpflöcken festgebunden. Ganz einfache Flöße aus Rundhölzern waren es, keine handwerklichen Kunstwerke, nicht einmal für eine Flussfahrt geeignet, denn die Stämme waren nur lose miteinander verschnürt. Jede größere Welle musste sie auseinander reißen. Jermak, der den Bau angeordnet hatte, sagte zu seinen Zimmerleuten, die den Bau ausführten: »Ich will auf den Flößen nicht wegschwimmen! Sie haben andere Aufgaben.«

Die ahnte man, als auf den Flößen eine Art Galgen errichtet wurde, ein Balken mit einem Querholz und einem dicken Strick daran. Muschkow zog ein nachdenkliches Gesicht, und als Marina ihn fragte, antwortete er dunkel: »Seit Jahren kenne ich Jermak. Er wird seinen Grund haben! Er tut nichts ohne Überlegung.«

Am Morgen nach dem Urteilsspruch des Kosakengerichts, dem auch der Pope Oleg Wassiljewitsch Kulakow angehörte – er segnete die beiden Verurteilten erst, dann spuckte er sie an –, ließ Jermak alle Kosaken sich am Ufer der Kama versammeln. Auch aus Orjol war eine Menge Menschen herübergekommen, Bauern und Handwerker, Angestellte der Stroganows, und als Semjon Stroganow dann selbst erschien, begleitet von seinen Neffen Nikita und Maxim, wusste man, dass sich am Ufer der Kama Großes vollziehen würde.

Auf einem Karren wurden die beiden Mörder herangeschafft. Sie steckten schon in viel zu großen Säcken, bloßhäuptig, die Schädel kahl rasiert, bewegungslos verschnürt wie zwei Bündel. Mit entsetzten Augen starrten sie auf ihre Kameraden und die beiden Flöße, die träge im Wasser schaukelten.

Maxim Stroganow ritt an Jermaks Seite und beugte sich zu ihm hinüber. Seine Lippen bebten. Man war in Russland nicht kleinlich, wenn es galt, Bestrafungen durchzuführen. Wer sein Leben verlieren sollte, dem wurde es genommen. Niemand empfand etwas dabei, dass man jemanden aufhängte, enthauptete, vierteilte, blendete, entmannte, die Zunge und die Ohren abschnitt oder, an ein rasendes Pferd gebunden, zu Tode schleifte. Man sah dem allem zu und lobte Gott, dass man selbst nicht an Stelle des Delinquenten war. Verurteilt zu werden, war einfach – es gab tausend und mehr Möglichkeiten, den Mächtigen zu missfallen. Aber was jetzt am Ufer der Kama stattfinden sollte, betrachtete selbst ein Stroganow mit Schaudern.

»Du brauchst eine harte Hand, das ist mir klar«, sagte Maxim Stroganow zu Jermak Timofejewitsch. »Aber es genügt, wenn du die beiden Männer aufknüpfst.«

»Ich töte keinen Freund.« Jermak blickte mit zusammengekniffenen Augen auf die Verurteilten. »Wir Kosaken sind alle Freunde und Brüder. Aber auch du weißt, was es heißt, über fünfhundert verschiedenen Köpfen das gleiche Denken beizubringen. Nein, ich töte keinen Freund.«

Muschkow und vier andere Kosaken standen mit auf dem Karren, der die in den Säcken steckenden Mörder bis zum Ufer brachte. Dort wurden die Verurteilten gepackt und hinabgehoben. Dann begannen Muschkow und seine Helfer zum maßlosen Erstaunen aller Zuschauer die Säcke mit trockenem Ufersand zu füllen. Bis an die Hälse der Gebundenen wurden die Säcke voll gestopft. Danach trugen je vier Kosaken, ächzend unter der Schwere der Last, die Verurteilten auf die Flöße und banden sie an den Stricken der Galgen fest.

»Macht die Flöße los!«, schrie Jermak.

Der Kosakenpope begann laut zu singen, seine tiefe Stimme war überall hörbar, denn lähmendes Schweigen lag über den tausend Zuschauern. Nur ein leise rauschender Wind über allem war zu vernehmen, aber es war kein Wind sondern der schwere Atem der Männer.

Die Seile wurden von den Pflöcken gerissen, und langsam trieben die Flöße vom Ufer weg in die Kama hinein. Dort, fast in der Mitte des Flusses, kamen die Flöße zum Halten, weil man Leinen mit schweren Steinen in die Kama warf und die Flöße so verankerte. Muschkow, der sich auf dem ersten Floß am Galgen festhielt und sich durchaus nicht wohl fühlte auf dem schwankenden Holzboden, durch dessen breite Spalten das Wasser quoll, sah wieder hinüber zu Jermak.

»Hinein mit ihnen!«, brüllte Jermak Timofejewitsch und richtete sich in den Steigbügeln zu voller Größe auf. Sein Blick flog über die gesenkten Köpfe der Kosaken. »Sie sind die Ersten! Und ich schwöre euch, jeden auf den Fluss zu schicken, der nicht die Ordnung hält, die ich befohlen habe! Hinein!«

Langsam senkten sich die sandgefüllten Säcke mit den beiden Verurteilten in die Kama. Bis knapp zum Hals ließ man sie in das Wasser, untersuchte noch einmal die Festigkeit der Stricke und stieg dann hinüber in den Kahn, der hinter den Flößen hergefahren war. Als Letzter verließ Muschkow sein Floß, hockte sich in das Boot und stierte bleich in den Fluss.

Die zwei Verurteilten schwiegen. Sie schienen zu staunen: Man henkte sie nicht, man köpfte sie nicht, man tat ihnen eigentlich gar nichts. Man füllte ihre Säcke nur mit Sand auf und hängte sie ins Wasser. Es war zwar kalt und ein unangenehmes Gefühl, aber nicht vergleichbar mit demjenigen, seinen Hals in einer Schlinge zu haben ... Jermak, du bist ein wahrer Freund ... wir baden nur.

Nur war das ein Irrtum, den der Satan selbst erfunden hatte. Schon nach einer halben Stunde merkten es die Verurteilten. Der Sand sog sich mit Wasser voll und quoll auf wie Grießbrei in heißer Milch. Die Schwere erdrückte die Männer fast; überall, vom Hals bis zu den Zehen, begann ein unheimliches Pressen, wurde der Brustkorb eingeschnürt, das Atmen eng, zerquetschte der nasse Sand den Rücken und würgte an der Kehle.

Nach einer Stunde begannen die beiden Männer zu schreien. Schweigend standen die Kosaken am Flussufer und rührten sich nicht. Jermak ritt durch ihre Reihen; und wenn sich einer bewegte, fragte er laut: »Willst du der Nächste sein?«

Die Leute von Orjol schlichen stumm, einer nach dem anderen, nach Hause. Das wilde, verzweifelte, heulende Schreien der beiden Männer in der Kama verfolgte sie und blieb ihnen im Ohr haften wie ein Geschwür.

Semjon und Nikita Stroganow waren schon weggeritten, als man die Verurteilten in den Fluss hinabließ; nur Maxim war noch am Ufer geblieben und überlegte, ob er mit seinen Leuten nicht in zwei Booten zu den Flößen hinüberrudern sollte, um diesen Jammer zu beenden.

»Lass das sein, feines Herrchen!«, sagte Jermak, als er bei seinem Rundritt durch die Kosakenhorde auch zu Maxim Stroganow kam. Er ahnte, was der andere dachte. »Sie werden nicht getötet …«

»Aber sie werden wahnsinnig«, erwiderte Maxim dumpf.

Jermak schwieg und ritt weiter.

Bis gegen Mittag brüllten die beiden Mörder, dann wurde ihr Schreien leiser, verebbte schließlich in einem Wimmern, das keiner mehr hören konnte, weil der Fluss lauter rauschte. Sie lebten noch, der Sand hatte sie nicht erdrückt, aber die Kälte des Wassers fraß sich in die Knochen, und auf die kahlen Schädel brannte unbarmherzig die Sonne.

Etwas abseits von den noch immer schweigend am Ufer stehenden Kosaken saß Alexander Grigorjewitsch Lupin, der neue Pferdearzt der Stroganows, und schielte zu seinem Töchterchen hinüber. Sie stand in der ersten Reihe am Fluss, breitbeinig, auf dem blonden struppigen Kopf die rote Mütze, ein kleiner, wilder Kerl, wenn man nicht wüsste, was sich wirklich unter der Uniform verbarg. Neben ihr stand Muschkow, bedrückt, mit einem fahlen Gesicht, und Lupin dachte: Das muss er sein! Dieses Kerls wegen läuft mir meine Marinuschka davon! Ein sauberes Früchtchen, dieser Kosak! War's nicht der, der die Verurteilten auf die Flöße brachte und die Henker anführte? Und so etwas liebt sie? Hat sie noch ein Gehirn, mein Töchterchen? Was denkt sich wohl so ein Mädchen, wenn es beschließt, das ist der Mann, für den es sich lohnt, aus seiner geborgenen Welt auszubrechen und Dummheiten zu machen? Was geht in einem solchen Herzchen vor?

Das Väterchen Lupin seufzte, steckte sich ein Stück harte Wurst in den Mund und kaute nachdenklich. Er wartete. Er wusste nicht, ob Marina ihn auch sah, aber einmal musste dieser schreckliche Jermak den Befehl geben, in die Kosakenstadt zurückzukehren, und dann war es möglich, dass sie an ihm vorbeikam.

Am Ufer rührte sich noch niemand. Jermak saß als Einziger auf einem Pferd. Er wartete, ob jemand um Gnade für die beiden Kameraden im Fluss bat. Doch alle schwiegen, Jermak hörte nichts. Wer allein sprach, leise, mit beinahe geschlossenen Lippen, aber für Muschkow trotzdem gut verständlich, war Marina Alexandrowna.

»Ich ziehe in ein anderes Haus!«, sagte sie. »Ich werde nicht mehr mit einem Henker zusammenwohnen! Sieh mich nicht an! Jeder Blick ist Schmutz, den du auf mich wirfst!«

»Marinuschka!«, stöhnte Muschkow. »Es war ein Befehl! Man kann keinen Befehl verweigern!«

»Man kann!«

»Nicht bei Jermak!«

»Auch bei ihm!«

»Ich wäre jetzt der dritte Mann in einem Sack!«

»Dafür würde ich mit Jermak in das nächste Bett fallen!«

»Marinuschka ...« Muschkow verdrehte die Augen, als falle er gleich in Ohnmacht. »Was hätte ich tun sollen? Es sind Mörder!«

»Hast du keinen Dolch?«

»Was soll ich mit einem Dolch?«

»Ich hätte sie auf dem Floß, als ich allein mit ihnen war, durch den Sack hindurch erstochen, um ihnen das hier zu ersparen.«

»So etwas sagst du?«, stammelte Muschkow.

»Du hörst es.«

Muschkow schnaufte durch die Nase. »Man muss Angst vor dir haben!«, sagte er dann tonlos.

Und Marina antwortete aus den Mundwinkeln: »Es ist gut, wenn du das begreifst, alter Bär!«

In der starken Mittagshitze ließ Jermak seine Kosaken zurück in ihre Stadt gehen. Sie trotteten wie geprügelte Hunde davon, in Gruppen, einzeln, auf schwankenden Beinen. Nur Jermak, der Pope und Muschkow blieben am Ufer zurück und ein paar Beobachter, die von den Stroganows zurückgelassen worden waren und denen es allein unter den Kosaken recht unbehaglich zumute war.

»Wann holen wir sie zurück?«, fragte der Pope.

»Überhaupt nicht.« Jermak stieß Muschkow an. »Rudere hinaus und schneide die Leinen mit den Steinen durch. Sie sollen den Fluss hinabtreiben. Wenn Gott für sie sorgt, überleben sie.«

Und so ruderte Muschkow noch einmal hinüber zu den Flößen, betrat die schwankenden Holzinseln und starrte auf die kahlen Köpfe der Verurteilten. Sie hatten die Augen offen, aber aus ihren aufgerissenen Mündern kam kein Ton mehr. Sie lebten, aber sie waren dem Wahnsinn nahe. Die Zerstörung ihrer Gehirne hatte begonnen …

Iwan Matwejewitsch Muschkow kappte die Leinen, und träge setzten die Flöße sich in Bewegung, von der Strömung des Flusses getragen. Die Säcke mit den Verurteilten schwammen im Wasser, tauchten unter, kamen wieder hoch, ganz so, wie die Flöße schwankten.

Plötzlich zuckte Muschkow zusammen und klammerte sich am Rand seines Bootes fest. Ein Verurteilter, der Kosak Andrej Petrowitsch, begann laut, schrill und irr zu lachen. Er lachte, bis ihm eine Welle in den aufgerissenen Mund schwappte und ihn fast erstickte.

»Es musste sein!«, sagte Jermak später, als Muschkow, bleich und am ganzen Körper zitternd, wieder landete. »Iwan Matwejewitsch, wie willst du tausend Mann im Zaum halten? Und nächstes Jahr werden wir tausend sein, das ist sicher. Und an diesen Morgen wird man noch lange denken!«

Unter den Letzten, die vom Ufer weggingen, war auch Marina. Sie kam an dem am Wegrand sitzenden alten Mann vorbei und beachtete ihn nicht. Erst als er leise pfiff – den berühmten Lupin-Pfiff, den man in ganz Nowo Orpotschkow gekannt hatte –, zuckte ihr Kopf herum. Sie blieb stehen, schob die rote Mütze keck in den Nacken und tat so, als verhöhne sie den alten Mann – ein übermütiger junger Kosak, der mit jedem Streit sucht. Aber sie sagte, und ihre Stimme war dünn und zerbrechlich:

»Väterchen … O Gott, du hast alles gesehen?«

»Bis in die letzte Einzelheit, Töchterchen.« Lupin putzte das Messer, mit dem er die Wurst geschnitten hatte, an seiner Hose ab. »Ein verteufeltes Kerlchen hast du dir ausgesucht, das muss man sagen!«

»Jermak hat es ihm befohlen!« Marina Alexandrowna spuckte ihrem Vater vor die Füße. Sie musste es tun, weil drei Kosaken nahe an ihnen vorbeigingen und ihr zuriefen:

»Hat der Alte eine Tochter, die er dir verkaufen will? Boris Stepanowitsch, lass dich nicht betrügen! Leuchte ihr erst untern Rock, ob auch alles vorhanden ist!« Lachend gingen sie weiter.

»Iwan Matwejewitsch hat es nicht gern getan, Väterchen«, sagte sie stockend. »Und er wird es nie wieder tun! Dafür werde ich sorgen!«

»Du?« Lupin starrte seine Tochter an. »Auch du kannst aus einem Kosaken keinen fühlenden Menschen machen.«

»Man braucht Zeit.« Sie nahm ihre Mütze ab und schlug ihrem Vater damit in das faltige Gesicht, nicht fest, aber von weitem sah es doch so aus, als treffe sie den Alten und habe noch ihre Freude daran. Man musste dieses Spiel treiben, denn Jermak sah gerade zu ihm herüber. »Wie lange braucht ein Bär, bis er nach der Fiedel im Kreise tanzt? Und Muschkow ist schwieriger als ein Bär!« Sie setzte die rote Mütze wieder auf. »Wie geht es deinen Pferden, Väterchen?«

»Gut, gut! Keines ist krank.« Lupin seufzte. Sein Vaterherz war schwer wie ein Mühlstein. »Wie kann man nur einen Menschen wie diesen Muschkow lieben!«

»Ich weiß es doch nicht, Väterchen. Es war plötzlich da!« Sie hob die schmalen Schultern, und als sich dabei ihre Kosakenbluse etwas spannte, sah Väterchen Lupin, dass sein Töchterchen ganz deutlich zu einer Frau wurde – ihre Brüste rundeten sich geradezu wundervoll.

»Wer kann erklären, woher die Sterne kommen?«, fragte Marina.

»Gott hat sie gemacht, Marinuschka.«

»Und derselbe Gott hat auch die Liebe gemacht! Kann man mit Gott streiten?«

Sie ging weiter, nicht ohne dem Alten vorher einen Tritt gegeben zu haben, nur angedeutet zwar, aber für Zuschauer doch recht gemein. Lupin ließ sich auf den Rücken fallen – er war ein guter Schauspieler, wenn's drauf ankam – und blieb wie ein Käfer liegen.

Ich habe ein verdammt kluges Töchterchen, dachte er stolz. Auf alles hat sie eine Antwort. Nur eines wird sie nicht wissen: Wie sie auf dem langen Marsch nach dem sagenhaften Mangaseja verbergen soll, dass sie ein Mädchen ist.

Und die heiße Angst kroch wieder in Alexander Grigorjewitsch Lupin hoch.

Man kann über Muschkow denken, wie man will: Von Mann zu Mann betrachtet verdiente er Mitleid.

Der große Stall mit abgeteilten Kabinen war um einige Anbauten vergrößert worden, die fröhlichen Mädchen darin verdienten gut, und mit ihnen die Stroganows, die am Umsatz beteiligt waren.

Die Kosaken benahmen sich inzwischen auch wie menschliche Liebhaber und nicht wie gemästete Bullen, die sich schnaubend auf eine Kuh stürzen. Einige Dichter unter ihnen besangen bereits die Glutaugen der Olga Maxinowna oder die weißen Schenkelchen von Irina Grigorjewna – es entstanden Rundgesänge, die man allerdings kaum erwähnen kann, weil sie nicht druckreif sind. Kurzum, tiefe Zufriedenheit herrschte unter Jermaks Leuten, sie hatten zu essen und zu trinken, sie hatten williges Weiberfleisch zur Verfügung … mit einer Ausnahme!

Muschkow lebte als Einziger wie ein Mönch. Er betrachtete Marina mit schmachtenden Augen, dachte an den Messerstich, den sie ihm versetzt hatte, und hütete sich, ein zweites Mal zu versuchen, ihr die Stiefel und die Kosakenhose von den Schenkeln zu ziehen, um in seinen ganz privaten Himmel zu kommen.

Wenn Jermak und die anderen zu den Mädchen gingen, wenn sogar der Pope voller seelsorgerischer Mühe sich den Neuankommenden widmete – denn die Stroganows sorgten für ständigen Nachwuchs und stramme Auffüllung –, saß Muschkow missgelaunt herum und verfluchte den Tag, an dem er Nowo Orpotschkow gesehen hatte. Er pöbelte sein Schicksal an: »Ich bin ein Mann!«, schrie er einmal eines Abends, als Jermak und der Pope Arm in Arm und ziemlich betrunken zu den Mädchen gezogen waren. »Weißt du Luder eigentlich, was ein Mann ist?«

»Da du sagst, du seist einer, muss er wohl so aussehen wie du!«, antwortete Marina. Das waren solche Sätze, die Muschkow aus dem Gleichgewicht brachten. Er brauchte dann immer eine gewisse Zeit der Überlegung, um Marinas Geist zu bewundern.

Auch jetzt überlegte er, kam aber zu dem Entschluss, dass alles nur so dahergeredet sei, und so brüllte er los:

»Ich platze!«

»Das möchte ich sehen, Iwan Matwejewitsch!«

»Dir werden die Augen noch überquellen! Verdammt, du sollst es sehen, ich brauche nur die Hose herunterzulassen.«

Marina Alexandrowna lächelte mild. Sie griff nach dem Krummdolch in ihrem Gürtel und legte ihn auf die zusammengepressten Schenkel. »Störende Äste schlägt man ab«, sagte sie ruhig. »Sieh dich vor, Iwan Matwejewitsch!«

»Das würdest du tun?«, stotterte er und wich zurück.

»Ohne zu zögern.«

»Ich armer, armer Mensch!«, schrie Muschkow und knirschte mit den Zähnen. »Wie lange soll das noch so gehen? Ich liebe dich! Hörst du, ich liebe dich! Im Traum reiße ich dich auseinander wie zwei Hühnerbeinchen! Marinuschka, wenn du wüsstest, was ein Mann ist, könntest du mich nicht so teuflisch quälen!« Er kam in die Mitte des Raumes, hielt sich aber in vorsichtiger Entfernung von ihrem Krummdolch. »Du liebst mich doch auch!«

»Ja!«, antwortete sie. Es war das erste Mal, dass sie es so klar aussprach. Muschkow zuckte zusammen, fuhr sich mit beiden Händen durch die struppigen Haare und seufzte ganz tief.

»Du ... du hast es gesagt«, stammelte er. »Du liebst mich wirklich?«

»Warum wäre ich sonst bei dir?«

»Und wie soll es weitergehen? Sollen wir uns bei aller Liebe nur ansehen und nur im Traum ... Marinotschka, kann eine Frau das denn aushalten? Ich weiß es nicht, ich weiß es nicht. Seid ihr Frauen denn anders als wir?«

»Nicht ein Tüpfelchen anders, Iwan Matwejewitsch.«

»Dann komm zu mir!« Er breitete die Arme aus, aber der Krummdolch, den sie umklammert hielt, warnte ihn, einen Schritt nach vorn zu tun.

»Noch bist du ein Kosak!«, sagte Marina langsam.

»Ich werde niemals etwas anderes sein!«, brüllte er.

»Dann wird es nichts mit uns, Bärchen«, sagte sie ruhig. »Dann musst du platzen! Geh hinaus und tu's draußen ...«

Muschkow verließ laut fluchend und durch die Gegend schreiend, er werde jetzt fünf Mädchen auf einmal nehmen, das Zimmer. Aber draußen, vor dem Haus, setzte er sich auf eine Bank, streckte die Beine von sich und hieb mit den Absätzen seiner Stiefel blindwütig in die Erde. Es nutzte nicht viel, aber ein wenig von dem Überdruck aus Zorn, Sehnsucht und Verzweiflung blieb doch in der aufgewühlten Erde hängen.

6

Man soll nicht glauben, wie schnell ein Jahr vergeht. Kaum war es Sommer und man konnte in einer saftigen Wiese liegen, schon fegte von Norden ein kalter Wind die ganze Sommerwohligkeit davon, es regnete eine Woche lang, das Land weichte auf, die Wege wurden unpassierbar, und der Himmel hing so tief, dass man beinahe in ihn hineingreifen konnte … Und dann war der Schnee da, der Frost, die Kama fror zu, die Leute von Orjol hackten Löcher in das Eis, um darin zu fischen. Über das weiße Land legte sich tiefes Schweigen.

Jetzt waren die Jäger unterwegs – mit Schlitten, auf Schneeschuhen aus geflochtenen Ästen und mit abgerichteten Rentieren. Sie lauerten den Luchsen und Mardern auf, den Hermelinen und Zobeln, den Nerzen und den weißen Füchsen. Der Reichtum floss den Stroganows von vielen Seiten ins Haus.

Die Kosaken langweilten sich. War man ins Permer Land gekommen, um zu dösen und ab und zu mit willigen Weibchen zu schäkern? Hatten die Stroganows nicht reiche Beute versprochen in einem Land, das Mangaseja heißen sollte? Man war zum Erobern gekommen – oder, wie es vor dem Zaren hieß: zum Schutze des Christentums gegen den heidnischen Kutschum jenseits des Felsenriegels des Ural – man hatte von Gold und Edelsteinen geträumt, und was blieb nun übrig? Ein – mit Verlaub gesagt – zum Kotzen langweiliger Dienst, ein paar Reiterspiele, um nicht aus der Übung zu kommen, Schlägereien mit den Männern von Orjol, immer wegen irgendwelcher Kleinigkeiten, wozu selbstredend auch die Frauen gehörten, ja, und dann Jermaks verdammtes Exerzieren, eine Neuerung, die von seinen Kosaken mit sprachlosem Erstaunen ertragen wurde.

Es begann damit, dass die gesamte Truppe umgestellt wurde. Das Privatheer der Stroganows zählte jetzt 840 Mann, die Jermak in Reitergruppen einteilte, jede Gruppe von einem Hetman befehligt. Nach ihnen kamen die Jesaulen, was so viel wie Hauptmann hieß, dann die Hundertmänner und die Fünfzigmänner ... Die alte Kosakenordnung, in den zurückliegenden wilden Jahren längst vergessen, lebte wieder auf. Oberbefehlshaber, Hetman aller Hetmane, war Jermak Timofejewitsch, sein Stellvertreter Iwan Muschkow, daran änderte sich nichts.

Neu war nur die Stellung eines Adjutanten von Jermak, der die Befehle zu den Jesaulen brachte, der überall sein musste und der – wenn es in die Schlacht ging – auf dem schnellsten und besten Pferd die Verbindung zwischen den einzelnen Abteilungen und dem Befehlshaber aufrechterhielt.

Jermak wählte für diesen wichtigen Posten den jungen Boris Stepanowitsch. Muschkow fielen bald die Augen aus dem Kopf, als Jermak Marina Alexandrowna beglückwünschend umarmte.

Sie war nun über sechzehn Jahre alt, und es gab nichts, was sich noch zur Frau hätte entwickeln müssen. Ihre Brüste waren hart und stramm, ihre Schenkel wohl gerundet, die schlanken Beine staken wie Rosen in einer Vase in den Kosakenstiefeln ... So poetisch konnte Muschkow werden, wenn er Marina betrachtete!

Das Gesicht hatte die kindliche Rundlichkeit verloren und wuchs in die Schönheit einer eigenwilligen, aparten Persönlichkeit hinein, mit lustigen blauen Augen, weich geschwungenen Lippen und zwei Grübchen in den Wangen, wenn sie lächelte. Dann leuchteten auch ihre Zähne, die Zunge strich schlangenschnell über die Lippen, und Iwan Matwejewitsch verlegte sich wieder aufs Träumen. Er träumte davon, diesen Mund zu küssen. Ich werde an ihr kleben bleiben wie eine Fliege am Leim, dachte er. Nicht mehr loskommen werde ich von diesen Lippen, ich werde unter ihrem Kuss ersticken. Heiliger Andrej, mir wird das Herz stillstehen, wenn ich sie endlich umarmen kann …

Und nun zog Jermak Marina an sich, und Muschkow spürte das Entsetzen bis in seine Därme hinein. Wenn er nicht gefühllos ist, wird er jetzt merken, dass Boris ein Mädchen ist, durchfuhr es ihn. Er presste sie an seine Brust – er muss doch den Druck ihrer Brüste spüren! Welcher Mann merkt das nicht, und Jermak ist ein Baum von einem Mann!

Doch nichts geschah. Jermak ließ Boris Stepanowitsch los, und dann drängten die neuen Jesaulen und die Hundertmänner heran, um den Kleinen – wie sie ihn nannten – ebenfalls zu beglückwünschen. Welch ein Erfolg! Vor einem Jahr noch Beute des Iwan Matwejewitsch und jeden Tag verprügelt, was ja zur Ausbildung gehörte, so fanden sie alle. Keiner konnte so reiten wie Boris Stepanowitsch, der selbst Jermaks Pferd zu einem Lämmchen gemacht hatte.

»Weißt du, wie nahe du dem Tode warst?«, fragte Muschkow heiser vor angestautem Entsetzen, als er endlich mit Marina allein war. »Hätte Jermak dich als Mädchen erkannt …«

»Was hättest du dann getan, Iwan Matwejewitsch?«, fragte sie zurück und stemmte die Arme in die Seiten. Die rote Mütze saß schief auf ihren blonden Haaren, die sie jetzt etwas länger trug, was ihrem Gesicht jene fromme Weichheit gab, vor der Muschkow hätte niederknien können.

»Nichts! Was hätte ich tun können?«

»Jermak töten!« Sie lächelte milde. »Muss man dir alles vorsagen?«

»Du bist verrückt!«, stotterte Muschkow. »Marinotschka, du bist verrückt. Das ist doch vollkommen unmöglich …«

»Wenn man einen Menschen liebt, gibt es das Wort unmöglich nicht mehr.«

»Würdest du denn für mich sterben, wenn mir etwas geschieht?«, fragte Muschkow. Sein Atem ging schwer.

»Jederzeit, Iwan Matwejewitsch. Immer! Wer dich tötet, wird von mir getötet.«

»So liebst du mich?«

»Das weißt du doch.«

»Ich weiß es nicht!«, schrie Muschkow und raufte sich die Haare. »Ich darf dich nicht einmal anfassen!«

»Wer weiß …«, sagte Marina und drehte sich weg. Sie warf den Kopf keck in den Nacken und ging davon mit einem wiegenden Gang, der Muschkow das Blut heiß in den Kopf und in andere Stellen seines Körpers trieb.

»Langsam wirst du ein Mensch«, rief sie über die Schulter zurück. »Nur überleg dir, wie wir unsere Liebe verbergen sollen! Du kannst doch nicht mit Jermaks Adjutanten in einem Bett liegen! Jermak Timofejewitsch würde dich sofort in einem Sandsack in den Fluss hängen …«

Sprachlos, mit aufgerissenem Mund, einem Riesenfrosch nicht unähnlich, starrte Muschkow ihr nach.

Der Frühling kam; man schrieb nun das Jahr 1581, und die Bäume blühten; auf den Feldern stand noch das Schmelzwasser, denn unter der aufgeweichten Erdschicht klammerte sich der Frost noch tief in den Boden. Auf der Kama fischten wieder die Leute aus Orjol, und die Stroganows machten ihren Geschäftsbericht fertig über einen fetten Winter …

Das war aber auch alles, was sich tat.

Nichts von dem Wunderland Mangaseja, nichts von einem Kriegszug, nichts von Reichtum für die Kosaken. Das Heer aus nunmehr tausend Mann stand erwartungsvoll bereit, gut ausgebildet, in eiserner Disziplin, nachdem Jermak noch viermal gezwungen worden war, Übeltäter in den Fluss zu hängen oder – in einem besonderen Fall – einen Kosaken, der einen Kameraden ermordet hatte, lebendig zu begraben.

Das Furchtbare dabei war, dass Marina Alexandrowna als Adjutant die Urteile im Namen Jermaks verlesen musste. Jedes Mal nach dieser schrecklichen Pflicht gab sie dem unschuldigen Muschkow laut weinend ein paar kräftige Ohrfeigen, und er ertrug sie stumm, wohl wissend, dass sie ihre ganze innere Qual damit aus sich herausschlagen musste. Wen sollte sie auch anders schlagen als ihn? Er gehörte zu ihr, und ihr Kummer war auch sein Kummer.

Dann rannte Marina zum Kreml der Stroganows, suchte ihr Väterchen und weinte dort weiter. Der weise Lupin aber, dieses einmalige Vaterherz, fasste sie unter, ging mit ihr in die Stroganow-Kirche, stiftete dort eine geweihte Kerze und bat den Popen um Vergebung der Sünden dieses jungen Kosaken und um seinen Segen.

»So geht es nicht weiter«, sagte Jermak endlich im Mai zu Maxim und Nikita Stroganow. Ihr Onkel Semjon, der Letzte einer Generation, die dem Zaren Iwan dem Schrecklichen noch in die Augen blicken konnte, während Jüngere nur auf dem Gesicht lagen, hatte sich in ein Kloster zurückgezogen und starb dahin.

Das übrigens war Tradition bei den Stroganows: Am Ende ihrer Tage, und sie fühlten genau, wann das war, verließen sie allen ihren ungeheuren Reichtum und lebten in einer armseligen Klosterzelle, um Gott in Demut nahe zu sein, wenn er sie rief. So hatte es auch Anika Stroganow getan, der große weise Mann, der aus einer einfachen Handelsfamilie eine russische Großmacht werden ließ: Als er den Tod nahen fühlte, trat er in das Kloster bei Solwytschegodsk ein und nannte sich »Mönch Joasaph«.

»So geht es auch nicht weiter, Jermak Timofejewitsch«, antwortete Nikita Stroganow. Er war der militärische Führer der Sippe; Maxim kümmerte sich mehr um den Handel und die Vermehrung des Vermögens. »Du hast ganz Recht, aber bedenke: Sibirien zu erobern und Kutschums Heer zu vernichten, ist ein Vorhaben, das selbst der Zar nicht wagt.«

»Der Zar ist ein alter Schwätzer«, rief Jermak stolz. »Er soll sich um seine Huren kümmern und uns Sibirien überlassen.«

»Aber die Schlagkraft unserer Truppe …«

Jermak unterbrach Nikita: »Ein Furchtloser zählt mehr als hundert Wankelmütige! Wir sind tausend Männer – hat Kutschum hunderttausend Krieger?«

»Wir werden es sehen.« Nikita Stroganow ging zu einem breiten Tisch. Eine große Karte, gezeichnet auf einem riesigen Pergament, bedeckte die Tischplatte: das Permer Land mit allen Flüssen und Hügeln, mit Bergen und Seen, Siedlungen und befestigten Plätzen, Wegen und Sümpfen.

»Wir haben Sorgen, Jermak«, sagte Maxim Stroganow, der bisher geschwiegen hatte.

»Sorgen? Bei tausend Kosaken?«

»Hier …« Nikita Stroganow deutete mit dem Zeigefinger auf ein Gebiet der riesigen Landkarte. »Die Flüsse Sylwa und Tschussowaja. An ihren Ufern befinden sich gute Siedlungen, Boden, den wir einmal urbar gemacht haben, mit reichen Pelzjägereien. Seit vier Tagen brennen dort neun Ortschaften! Mit etwa siebenhundert Wogulen und Ostjaken ist Mursa Beguly darüber hergefallen und hat alle Siedlungen geplündert.«

»Wer ist Mursa Beguly?«, fragte Jermak ruhig. Er betrachtete die Karte.

»Ein Gebietsfürst, der bisher Tribut zahlte und ruhig war. Und plötzlich steht er auf, erkennt den Zaren nicht mehr an und zieht durchs Land.«

»Er kommt wie gerufen!«, sagte Jermak und lächelte breit. »Nikita Stroganow, die Kosaken werden beweisen, was sie unter einem Sieg verstehen!«

»Ich verlasse mich darauf.« Nikita Stroganow faltete die Hände über der Karte, sodass die Fingerspitzen über den Ural zeigten. »Wenn du siegst, Jermak, ist der Weg frei nach Sibirien …«

Der 22. Juli war ein Tag voller Sonne und Licht. Das Land glänzte wie poliert, aber es staubte, wenn man darüber ritt. Welch eine Wolke von Staub aber steigt in den Himmel, wenn tausend Kosaken auf ihren schnellen Pferdchen daherreiten, vorweg die Lanzenträger mit den Wimpeln, dahinter die Hornisten und dann die wogende Menge der Männer und Pferdeköpfe! Es ist, als wenn die Erde aufbräche und jedes Staubkorn Gestalt annähme – das Herz bleibt einem stehen beim Anblick von so viel wilder, geballter Kraft.

Auf einem steppenähnlichen Gelände an der Sylva begegneten sie sich zum ersten Mal, die kleinen, schlitzäugigen Ostjaken und Wogulen und die Kosaken des Jermak, die sich vor Freude nicht zu lassen wussten, dass es wieder ans Kämpfen ging!

Sie standen sich gegenüber, zwei kleine Heere, und es gab zwischen ihnen für beide nur die Vernichtung.

Mursa Beguly, wie Jermak an der Spitze seiner Truppe, hob die Hand vor die Augen, um besser gegen den Sonnenglast sehen zu können. Er wusste nicht, was ein Kosak ist … Für ihn waren das da drüben berittene Bauern, die sich wehren wollten, Männer der Stroganows, wie man schon viele aufs Haupt geschlagen hatte.

»Wir reiten sie nieder!«, schrie Mursa Beguly. »Vorwärts!«

Im gleichen Augenblick rief Jermak mit zusammengezogenen Augenbrauen: »Zum Angriff schwärmt auseinander! Hornisten, blast das Signal!« Er stellte sich in die Steigbügel und streckte die Faust hoch in den heißen Himmel. »Boris Stepanowitsch, hinüber zur dritten und vierten Hundertschaft! Wir machen den Fächer! Kosaken – los!«

Ein greller Aufschrei zerfetzte den Sonnentag. Von gegenüber antwortete ihnen das helle Geheul der Ostjaken und Wogulen. Marina riss ihr Pferd herum und sah im gleichen Augenblick, wie Muschkow die Beherrschung verlor. Die Angst um Marina schien ihm alles zu rauben, was er in langen Kosakenjahren gelernt hatte. Statt an der Seite Jermaks zu bleiben, der vorwärts galoppierte, lenkte er sein Pferd zur Seite, um Marina nachzureiten.

Um sie herum brauste schreiend die Attacke, wehten die Pferdemähnen, jagten die brüllenden Kosaken mit gefällten Lanzen, standen die Gewehrschützen in den Steigbügeln und schossen im vollsten Galopp auf die ihnen entgegenstürmenden Krieger Begulys.

Auch ohne Marinas Befehlsübermittlung entfaltete sich der berühmte Kosakenfächer. Die Hundertschaften ritten weit auseinander gezogen und gestaffelt wie rasende Teufel gegen den Feind. Hufe donnerten über den staubenden Boden, Hörner klangen, die Klingen der Säbel und die Lanzenspitzen blitzten.

»Marina!«, brüllte Muschkow. Er vergaß alle Vorsicht und schrie sein ganzes Herz aus sich heraus. »Bleib stehen!«

»Iwan!«, rief sie hell zurück. »Bleib bei mir!«

Dann wurden sie mitgerissen und galoppierten vorwärts. Ihre Pferde überholten die anderen, und, da sie die besten und schnellsten Gäule neben Jermak hatten, ritten sie plötzlich wieder an der Spitze der Kosaken, ohne es zu wollen.

Ihnen entgegen, in einer gelben Staubwolke, kreischend wie eine Horde von Affen, jagten die Ostjaken und Wogulen heran.

»Du sollst nicht sterben!«, schrie Marina. »Iwan, ich liebe dich!«

Und dann geschah etwas, das im allgemeinen Trubel unterging, was niemand sah, weil Staub alles einhüllte und weil die Augen nur nach vorn blickten, begierig, den Mann zu sehen, den man töten wollte …

Muschkow wurde durch einen heftigen Ruck aus dem Sattel gerissen, kugelte über den Boden und lag dann ganz ruhig, die Arme über dem Kopf verschränkt und darauf wartend, dass hundert Pferdebeine ihn tottrampelten. Aber er überlebte es. Er bekam zwar einige heftige Tritte, einige Püffe mit, doch dann war nur noch Staub um ihn, der ihn völlig einhüllte. Er hörte deutlich, wie in einiger Entfernung die Heere aufeinander prallten und wie die ersten Todesschreie gellend durch die Staubwolken drangen.

Er setzte sich auf, sah sein Pferd hinter sich stehen, daneben Marinas Pferd, und sie selbst stand mit gespreizten Beinen auf der Erde, eine Pistole in der Hand, die rote Mütze weit im Nacken, und starrte auf die Kämpfenden.

Iwan Matwejewitsch Muschkow stand mühsam auf und humpelte auf sie zu. »Ich bin vom Pferd gefallen …«, sagte er und spuckte Staub aus. »Zum ersten Mal in meinem Leben falle ich bei einer Attacke vom Pferd! Ich begreife es nicht …«

»Man hat dich heruntergestoßen!«, sagte Marina ruhig. Ein Wogule, der allein den Kosakenfächer durchbrochen hatte, jagte schreiend auf sie zu. Marina hob die Pistole, zielte kurz und schoss den kleinen gelben Mann aus dem Sattel. Muschkow riss ihr die Waffe aus der Hand und starrte sie fassungslos an.

»Heruntergestoßen?«, wiederholte er.

»Ja. Ich habe dich vom Pferd geworfen! Du sollst weiterleben – und du lebst! Ich liebe einen Mann, aber kein Kreuz auf einem Hügel. Iwan Matwejewitsch, ich bin so glücklich, dass mir das gelungen ist …«

Sie stellte sich auf die Zehenspitzen und küsste ihn.

»Ich bin vernichtet!«, sagte Muschkow dumpf. »Bei allen Heiligen – ich bin kein Kosak mehr ...«

Das kleine Heer des Mursa Beguly, diese schnellen, schrägäugigen Ostjaken und Wogulen, wurde vernichtend geschlagen. Jermaks Kosaken räumten unter dem Gegner auf als gälte es, einen Schwarm Ratten zu vertilgen. Im vollsten Galopp feuerten sie in die feindlichen Reiterscharen, fällten dann die Lanzen oder schwangen die gebogenen Säbel – und das alles mit sieghaftem Gebrüll, mit einer wahrhaft teuflischen Lust am Töten.

Über ein Jahr hatten die Kosaken gerostet, hatten nur diesen langweiligen Exerzierdienst getan, hatten für diesen Fall geprobt, bis ihnen das Attackereiten gegen Holzpfähle und Strohpuppen zum Halse heraushing. Jetzt mähten sie mit ihren Säbeln die kleinen Ostjaken aus den Sätteln, wie ein Bauer das reife Korn mäht; sie spalteten ihnen die Köpfe, zerhieben ihre Schultern, spießten sie auf und schrien dabei: »Hoi! Hoi!«

So etwas hatten die Männer von Mursa Beguly noch nicht erlebt. Widerstand der überfallenen Siedler – das war selbstverständlich. Wilde Kämpfe mit den Schutztruppen der Stroganows an den befestigten Plätzen – es waren ehrliche Schlachten. Aber was hier geschah, was da brüllend und lachend und voller unaufhaltsamem Vernichtungswillen herangaloppiert kam, das war nicht mehr menschlich, das konnte nicht von dieser Welt sein! Da gab es nur noch eins: sich retten, auch wenn es feige war. Ist der feige, der vor einem Kosaken davonläuft? Darf man nicht auch vor dem Satan flüchten?

Das Reiterheer des Mursa Beguly zerfiel, nach allen Seiten ritten die Männer weg, über den Hals ihrer kleinen Pferde gebeugt, sich in den Sätteln verkriechend, auch wenn das unmöglich war. Die Kosaken begannen, die Flüchtenden einzeln zu jagen wie Schnepfen. Sie stachen die kleinen Männer von ihren Pferdchen.

Auch Muschkow und Marina saßen wieder auf ihren Gäulen, und sie mussten schießen und mit den Säbeln zuschlagen, wenn einige von Mursa Begulys Reitern an ihnen vorbeiwollten und in panischer Angst die Weite der Steppe suchten. Dann deckte Muschkow Marina mit seinem Leib, und sie benutzte diesen Schutz, um die Pistolen nachzuladen und über seine Schulter hinweg zu schießen.

Jeder Schuss traf, aber eine Reiterpistole, neben dem Ohr abgefeuert, das gibt einen Knall, dem kein Trommelfell standhält. Nach vier Schüssen hörte Muschkow nichts mehr vom Schlachtenlärm. Fast lautlos zog vor seinen Augen die Vernichtung wie ein stummer Traum ab, und selbst als Marina ihm in einer Pause ins Ohr brüllte: »Ich liebe dich, alter Mann!«, verstand er nur »alter Mann« und fragte sich, was er nun wieder falsch gemacht habe.

Umgeben von schreienden Verwundeten und einigen Toten des gegnerischen Heeres traf Jermak die beiden an. Er ritt herum und suchte seinen Stellvertreter und seinen Adjutanten.

»Die Truppe ist ohne Führung!«, brüllte er. »Was steht ihr hier herum?«

Muschkow hörte wieder nichts und grinste Jermak dämlich an. Er glaubte, Jermak habe ein Lob ausgesprochen. Dafür antwortete Marina, und zwar ebenso laut: »Wir haben uns nicht hinter einem Busch verkrochen und uns aus Angst die Hosen voll gemacht, sondern gekämpft wie du!« Sie zeigte auf die Toten und Verwundeten. »Glaubst du, die haben sich freiwillig hier hingelegt?«

»Mein Adjutant hat neben mir zu sein!«, brüllte Jermak.

»Ist der Fächer nicht entfaltet worden?«, rief Marina zurück.

»Ich habe neue Befehle gegeben – aber wer war nicht da, um sie weiterzuleiten? Boris Stepanowitsch!« Jermak ritt nahe an sie heran, seine dunklen Augen waren kalt und mitleidslos. »Willst du auch im Fluss hängen, Bürschchen?«

»Man hat Iwan Matwejewitsch aus dem Sattel gestoßen!«, sagte sie ruhig. »Ich habe ihm geholfen, und als wir wieder im Sattel saßen, wart ihr schon weg! Sollte er zertrampelt werden, he? Ist das deine Freundschaft, Jermak Timofejewitsch?«

Dieser starrte sie entgeistert an. Solange er Kosakenhetman war, hatte niemand gewagt, so mit ihm zu reden. Sein Wort allein galt – es gab keinen Widerspruch. Einen König der Kosaken hatte es nie gegeben – aber Jermak herrschte wie ein König.

»Lass die Hornisten zum Sammeln blasen!«, befahl Jermak hart. »Wer von Mursa Begulys Leuten noch lebt, soll flüchten und verkünden, dass eine neue Zeit angebrochen ist. Wir werden diese neue Zeit schaffen, nicht wahr, Boris Stepanowitsch?«

»Vielleicht«, antwortete Marina und versetzte damit Jermak wieder einmal in Staunen. »Aber eine neue Zeit braucht nicht nur starke, sondern auch kluge Männer!«

Damit riss sie ihr schnelles Pferd herum und galoppierte davon. Jermak starrte ihr nach, dann hieb er dem grinsenden Muschkow auf die breite Schulter.

»Das Kerlchen wird frech«, sagte Jermak. »Wir müssen auf ihn aufpassen, Iwan Matwejewitsch.«

»Ich höre nichts mehr, Brüderchen!«, entgegnete Muschkow und lächelte entschuldigend. Er vernahm in beiden Ohren nur ein Rauschen, als läge sein Kopf in den Wellen des Schwarzen Meeres. Sicherlich sagte Jermak etwas Gutes, denn der Schulterhieb drückte pure Freundschaft aus – er kannte das.

»Lach nicht so dämlich!«, schrie Jermak. »Wie konntest du aus dem Sattel fallen?«

»Ja, ja!«, antwortete Muschkow, der wieder nichts verstanden hatte, und grinste weiter.

»Bist du blöde geworden?«, brüllte Jermak.

»Ich kann wirklich nichts mehr hören!«, schrie Muschkow zurück. Er hatte eine gewaltige Stimme, die Jermak wanken machte, aber wer nichts hört, der hat auch seine eigene Stimme nicht mehr unter Kontrolle. »Feuert Schuss um Schuss neben meinen Ohren ab, dieser Boris Stepanowitsch! Welches Gehör hält das aus?«

Jermak verzichtete darauf, Muschkow einen speicheltropfenden Idioten zu nennen, riss sein Pferd herum und sprengte Marina nach, die an den Hornisten den Befehl »Blast zum Sammeln!« weitergab.

Er erreichte sie, als sie gerade mitten im Getümmel von über fünfzig Pferden, um sich schlagenden Kosaken und flüchtenden Wogulen einem Fahnenträger den Lanzenwimpel entriss, weil dieser, von einem Pfeil getroffen, im Sattel schwankte.

»Angst kennst du wohl nicht, Bürschchen?«, schrie Jermak. »Und töten ist für dich eine Lust, was?«

»Töten ist furchtbar, Jermak Timofejewitsch!«, sagte Marina Alexandrowna und stellte die Lanze mit dem Wimpel in den Steigbügel. Jetzt glich sie einer Johanna von Orleans der Kosaken … aber wer kannte schon in Russland das in den Flammen lodernde Mädchen aus Domrémy? »Ich habe es nur getan, um Muschkow und mich zu schützen! Ich hasse den Krieg!«

»Wir kämpfen für das Christentum!«, sagte Jermak dunkel.

»Ich weiß.« Sie lachte ihn an, und einen Augenblick lang dachte Jermak: Das könnte ein Mädchen sein! Dieser Boris Stepanowitsch ist fast zu schön für einen Mann … Kein Wunder, wenn ihn manche ansehen und merkwürdige Gedanken bekommen. Die Grübchen in den Wangen funkelten. »Es gibt keinen Kosaken, der nicht schamlos lügt …«

Da lachte auch Jermak, schrie »Hoi! Hoi!« und galoppierte einem Trupp nach, der noch einige Ostjaken verfolgte.

Es war ein vollkommener Sieg, und die Stroganows waren sehr zufrieden.

Sie zahlten Jermak als Prämie fünftausend Goldrubel – ein Vermögen im Jahre 1581.

Nikita und Maxim Stroganow konnten feststellen, dass die Probe gelungen war, die Schlagkraft der kleinen Armee war bewiesen. Gut ausgerüstet, konnte man es wagen, den Ural zu überqueren und in das sagenhafte Land Mangaseja einzubrechen. Sibirien war reif für die Eroberung.

Alles, was man über das unendliche Land wusste – von Pelztierjägern, von wandernden Mönchen, aus den Erinnerungen des heiligen Stephanus, der als erster Priester allein in die Wildnis gezogen war, wurde noch einmal zusammengestellt. Man zeichnete Karten nach diesen Angaben, man wusste, dass es die großen Flüsse Tobol und Irtysch gab, die sanfte Tura und die steinige Tunguska. Man wusste von den unübersehbaren Wäldern und Sümpfen, von dem unfassbaren Reichtum an Bibern, Zobeln und Füchsen. Man munkelte von Goldfunden an den Flüssen … dort sollte der Reichtum einfach im Sand liegen – und niemand nahm ihn auf!

Dieses Land für das Christentum zu erobern – so lautete die offizielle Begründung –, in Wahrheit aber unermesslichen Reichtum zu sammeln für den Zaren in Moskau, für die Stroganows, für Jermak und seine wilde Bande … das war eine Aufgabe, wie sie noch keinem Menschen gestellt worden war.

Sogar der alte, weise Semjon Stroganow kam aus seinem Kloster Solwytschegodsk zurück an die Kama, so wichtig erschien ihm dieser geschichtliche Moment – die Verwirklichung dieses Vorhabens. Was Zar Iwan mit seinem Dekret im Jahre 1574 den Stroganows zugesagt hatte – freie Hand bei der Eroberung Sibiriens –, das sollte nun endlich Früchte tragen. Die reichsten Männer der Welt – das würden die Stroganows sein, wenn Jermaks Sibirienzug erfolgreich war.

Eines Abends kam ein Bote aus dem Kreml von Orjol und bat Jermak Timofejewitsch als Gast zu den Stroganows.

»Ihr kommt mit!«, sagte Jermak zu Muschkow und Marina Alexandrowna. »Und lasst eine Hundertschaft vor dem Kremltor warten. Es gibt keinen, der Jermak überlisten könnte!«

Im Audienzsaal der Stroganows war ein riesiger Tisch gedeckt. Es gab Wein aus Frankreich, ein ganzes gebratenes Schwein, Hühner und Platten voller Gemüse und Obst. Zierliche blonde Mädchen aus Livland versahen statt der Diener den Dienst an der Tafel. Eine kleine Kapelle – Holzbläser, Gitarristen und Zimbelschläger – saß hinter einem großen Vorhang aus chinesischer Seide und begleitete das Essen mit leiser Musik.

Jermak war auf der Hut. Wie ein in einem goldenen Käfig gefangenes Wild lauerte er, wog jedes Wort ab und wartete auf die große Enthüllung. Gastfreundschaft allein bestimmte diesen Abend nicht, so gut kannte er die Stroganows bereits. Und die Anwesenheit des alten Semjon bewies ihm vollends, dass heute noch eine große Entscheidung getroffen werden sollte.

Maxim, der Kaufmann, begann das Vorgeplänkel, nachdem man sich zum wiederholten Mal mit Wein in geschliffenen französischen Pokalen zugeprostet hatte. Nikita hatte abseits, noch durch einen Gobelin verdeckt, einen Tisch mit Karten aufgebaut. Semjon, der alte Fuchs, saß in Mönchskleidung am Tisch, scheinbar weltentrückt – und doch der große Geist, der alles bestimmte und dirigierte. Er hatte die Verträge entworfen und fertig geschrieben, nur die Unterschriften fehlten noch. Was ein Stroganow auch tat – es war immer durch Verträge abgesichert.

»Jermak Timofejewitsch«, begann also Maxim Stroganow, »heute ist ein großer Tag!«

»Ich habe schon manches Schwein gegessen«, entgegnete Jermak schlagfertig.

»Du wirst einmal essen können wie ein Bojar!«

»Ein Bojar ist ein Nichts!«, sagte Jermak stolz. »Wenn es heißen würde: Jemand kann leben wie Jermak, dann hat er den Himmel in der Hand!«

»Richtig!«, sagte Muschkow laut und warf einen Schweineknochen hinter sich auf den Boden. Marina trat ihn gegen das Schienbein. Er verzog das Gesicht, schielte zu ihr und begriff sofort, dass man sich so an der Tafel vornehmer Herren nicht benimmt.

»Wann ziehen wir nach Sibirien?«, fragte Marina mit ihrer hellen, kräftigen Stimme, die jeder für eine Jungenstimme hielt.

Maxim Stroganow nickte ihr lächelnd zu. »Sofort, wenn die Ausrüstung ausgegeben worden ist.«

»Es liegt alles bereit, Jermak Timofejewitsch. Wir haben in den vergangenen Wochen vor allem aus der livländischen Provinz die besten Waffen herangeholt.«

»Die Deutschen, Livländer und Schweden verstehen zu kämpfen«, bestätigte Jermak. »Ich war selbst ein paar Jahre als Jüngling im Norden, habe Lasten geschleppt, Kähne beladen und mich als Flussmatrose verdingt. Damals war es an der Wolga sehr unruhig.«

Damals jagten dich die Soldaten des Zaren, dachte Semjon Stroganow und lächelte breit. Was sie an Kosaken greifen konnten, wurde aufgeknüpft. War das nicht die Zeit, als ihr die Nogaier überfallen habt? Saraitschik hieß die Hauptstadt des Nogaier-Khans, und ihr habt sie geplündert, die Moscheen zerstört, die Läden aufgebrochen, die schönen Mädchen geschändet, ihr habt sogar die Toten aus ihren Gräbern gescharrt und ihnen den Schmuck entrissen. Damals küsste man sich, wenn man einen Kosaken getötet hatte … Ein Teufelchen weniger auf der Welt, hieß es damals! Aber du konntest nach Livland entkommen, Jermak Timofejewitsch. Wir kennen deine Geschichte genau.

»Nikita wird euch nachher den Plan im Einzelnen erläutern«, sagte Semjon, der Alte, laut. »Wir werden jetzt darüber verhandeln, was jeder Mann, der nach Sibirien zieht, von uns bekommt.«

»Einen gerechten Anteil an der gesamten Beute!«, verlangte Jermak sofort und legte beide Fäuste auf den Tisch. Und Muschkow ergänzte laut und klar:

»Versprechungen gelten nicht. Wir wollen es vertraglich haben, nicht wahr, Boris Stepanowitsch?«

Marina schwieg. Jermak sah sie aus den Augenwinkeln an, und es war besser, als Jüngster in dieser Runde den Mund zu halten.

»Die Verträge sind ausgestellt.« Semjon, im Mönchsgewand, zeigte auf eine dicke Ledermappe mit goldenen Schlössern und dem Wappen der Stroganows auf dem Deckel. »Zuerst aber die Ausrüstung. Ich lese vor.« Er nahm das Blatt Pergament, das ihm Maxim reichte, führte es nahe an die Augen und begann:

»Für die ganze Truppe drei Kanonen neuester Bauart, von deutschen Kanonenbauern entworfen. Die besten Flinten, die es gibt. Für jeden Mann: drei Pfund Pulver und genügend Blei. Dann drei Pud Roggenmehl, ein Pud Zwieback, Salz, zwei Pud Buchweizen und zwei Pud Tolokno.«

Semjon schwieg und sah Jermak über den Rand des Pergaments an. Tolokno, das war für jeden Soldaten eine Kostbarkeit vom Ural bis zum Adriatischen Meer. Tolokno, das ist gerösteter und gemahlener Hafer, aus dem die herrlichsten Dinge gebacken und gekocht werden können. Mit Tolokno in den Vorratsbeuteln hatten die Russen ihr Riesenreich erobert. Auch Sibirien würde da keine Ausnahme machen …

»Das ist wenig«, sagte Jermak nach einer Weile des Nachdenkens.

»Viel zu wenig!«, bestätigte Muschkow, einem Echo gleich.

»Ein Kosak frisst wie drei Ochsen!«, ergänzte Marina Alexandrowna.

Das war nicht gerade höflich, und Jermak überlegte sich, ob er den Jungen nicht vom Tisch prügeln sollte. Muschkow erbleichte und blickte starr zu der getäfelten und bemalten Decke empor. Madonna, heiliger Stephan, sie redet sich um ihren Hals, dachte er voller Panik.

»Es geht weiter.« Semjon Stroganow beugte sich wieder über die Liste. »Für jeden Mann außerdem noch Butter und ein halbes Schwein.«

»Johei!«, brüllte Muschkow. »Das ist gut!«

»Und für die Pferde?«, fragte Jermak.

Die Stroganows sahen sich an. Nikita, der Stratege, erhob sich schließlich und zog den Gobelin zur Seite. Der große Tisch mit den Karten wurde sichtbar. »Wir haben die besten Boote konstruiert, die je auf einem Fluss gefahren sind«, sagte Nikita Stroganow. »Wir haben alle Erfahrungen gesammelt und daraus etwas Neues gemacht. Breite, aber leichte Boote, die viel an Mann und Material aufnehmen, aber selbst ohne Schwierigkeiten getragen werden können …«

»Boote?« Jermak stand langsam auf und stützte sich auf seine Fäuste. »Sollen wir etwa Boote tragen?«

»Es gibt nur einen sicheren Weg über den Ural, und der ist, die Tschusowaja hinaufzufahren bis zur Wasserscheide im Ural. Dann müsst ihr die Boote auf den Rücken nehmen und hinübertragen auf die andere Seite des Gebirges, bis ihr die Tura erreicht. Dort schifft ihr euch wieder ein, fahrt die Tura hinunter und erreicht den Tobol. Dann seid ihr schon mitten im Gebiet des sibirischen Zaren Kutschum.« Nikita schwieg, fügte aber dann schnell hinzu: »Des Gottlosen!«

»In Ewigkeit, Amen!«, antwortete Jermak sarkastisch. Er starrte die Stroganows an, als seien es Geister. »Und unsere Pferde?«, fragte er schließlich.

»Nach Sibirien kommt man nur über die Flüsse. Die Pferde müsst ihr hier lassen!«

Man kann einem Kosaken erzählen, dass die Sonne mit dem Mond zusammenstößt, dass die Wolga statt ins Schwarze Meer nach Norden fließt, dass man Weizen aussät, aber Kohl erntet … Er nimmt es hin und zuckt nur mit den Schultern. Einem Kosaken aber zu sagen, er dürfe nicht mehr auf dem Rücken eines Pferdes sitzen, ist der Untergang der Welt.

»Ohne Pferde?«, fragte Jermak heiser.

»Ich kann nicht nach Sibirien reiten?«, stotterte Muschkow.

Und selbst Marina sagte leise: »Ohne Pferde? Unmöglich!«

»Gehen wir!«, sagte Jermak nun laut. »Die Herren Stroganow brauchen Leute, die mit dem Wind pissen! Wir aber pissen gegen den Wind und besiegen ihn! Die Herren brauchen andere Leute!«

»Sieh dir die Karten an, Jermak Timofejewitsch!«, erwiderte Nikita Stroganow. »Wenn du einen anderen Weg weißt, sag ihn uns! Wir sind bereit, alles umzustellen!«

Jermak ging zu dem großen Tisch. Lange studierte er die Karten, beugte sich über die Zeichnungen, überlegte, kaute an den Nägeln, schloss die Augen und dachte nach. Niemand störte ihn …

Maxim Stroganow las in den Materiallisten, Nikita stand abseits an dem Gobelin, Semjon, der Alte, trank genussvoll von dem französischen Wein. Muschkow kaute an der Unterlippe, er hätte zu gern Marina berührt, das beruhigte ihn immer, glättete auf seltsame Weise seine erregten Nerven. Nachts tat er es heimlich, wenn Marina schlief. Dann legte er seine Hand ganz vorsichtig auf ihre feste Brust, und aller Kummer glitt von ihm. Es war ein herrliches, mit nichts zu beschreibendes Gefühl …

»Die Tschusowaja hinauf, mit den Booten durch den Ural und dann die Tura hinunter zum Tobol, das ist der einfachste Weg«, sagte Nikita, als Jermak immer noch schwieg. »Weiter südlich sind die Gebirge höher, die Schluchten tiefer, die Pfade unpassierbar, weder mit Booten noch mit Pferden. Bis man da einen guten Weg entdeckt hat, ist Sibirien nur zu Fuß oder über die Flüsse zu erobern. Kutschums Leute haben es einfacher. Es ist ihr Land, sie kennen es. Wo ihre Reiter hinüberkommen in unser Gebiet, weiß niemand. Auch der heilige Stephan hat zu Fuß ...«

»Ich bin kein Heiliger!«, sagte Jermak grob. »Ich brauche Pferde, um meine Beute wegzubringen! Sollen wir alles auf dem Rücken schleppen? Sollen wir Sibirien auf den Schultern wegtragen? Ein Kosak ohne Pferd ...«

»Drüben, in Mangaseja, wird es wieder Pferde geben.« Semjon Stroganow, der Alte, erhob sich ächzend. Seit einem Jahr plagte ihn die Gicht. »Aber du wirst so klug sein, auf den Flüssen zu bleiben, Jermak Timofejewitsch. Ein Pferd kann verrecken, aber ein Fluss fließt ewig!«

»Ich muss es überlegen.« Jermak wandte sich von dem Kartentisch ab. »Selbst ich habe nicht den Mut, meinen Männern zu sagen, dass sie nicht nach Sibirien reiten dürfen.«

»Dann erkläre ich es ihnen«, sagte Nikita Stroganow.

»Versuch es, feines Herrchen.« Jermak lächelte böse. »Sie werden dich in Stücke zerreißen wie Bröckchen für eine Suppe! Ein Kosak ohne Pferd ist kein Mensch.«

Muschkows Gesicht glänzte. »Hörst du«, flüsterte er Marina zu, die vor ihm stand, »wir sind doch Menschen.«

»Man kann darüber streiten«, flüsterte sie zurück. »Und das werden wir nachher, Bärchen.«

Muschkow seufzte, ging zu Jermak und sagte recht laut: »Jermak Timofejewitsch, ich bin dafür, dass wir zum Don zurückreiten, aber erst Orjol zerstören. Man hat uns betrogen!«

Die Stroganows hielten den Atem an. Jetzt fiel die Entscheidung ... Sie wussten genau, dass gegen tausend gut ausgebildete Kosaken ihr Reich aus Handel und Geld verloren war.

»Nikita Stroganow hat Recht«, sagte Jermak mit langsamer,

schwerer Zunge. Es war doch sehr schwer, die Wahrheit einzusehen. »Sibirien erreichen wir nur über die Flüsse! Mit unseren Pferden kommen wir nie durchs Gebirge, nicht über den Ural ... Das ist ein Felsriegel des Satans!«

»Gott wird helfen!«, sagte der greise Semjon fromm. »Ihr werdet hinter gestickten Fahnen mit den Bildern der Mutter Gottes und der Heiligen ins Unbekannte ziehen.«

»Und unsere Beute?«, fragte Muschkow hartnäckig.

»Alles, was ihr wegtragen könnt!« Semjon Stroganow faltete die Hände über seinem Mönchsgewand. »Eure Ausrüstung hat uns zwanzigtausend Goldrubel gekostet, die hat nicht einmal der Zar zur Verfügung für seine Truppen! Ihr seid die beste Armee der Welt!«

7

Es dauerte zwei Wochen, bis sich Jermaks Leute damit abgefunden hatten, dass sie nicht nach Sibirien reiten sollten. Sie standen am Ufer der Kama, betrachteten die breiten, flachen und leichten Boote, eine geniale Konstruktion deutscher Bootsbauer, fluchten und verwünschten die Stroganows. Und dann setzte Jermak sogar Übungen an, exerzierte das Tragen der Boote auf Rundhölzern, die man über die Schulter legte, und fand dabei heraus, dass es am besten war, wenn alle Bootsträger gleich groß waren und den gleichen Schritt hatten. Es schwankte dann am wenigsten. Das Geschrei war groß, als Jermak begann, den »deutschen Schritt« einzuüben.

Auch Alexander Grigorjewitsch Lupin, der Pferdearzt der Stroganows, rüstete sich zum Aufbruch. Er hatte die schwere Aufgabe, den Kosaken zu erklären, er müsse mit der Truppe ziehen, weil es nötig sei. Ein Pferdearzt, wo es keine Pferde gibt! Schließlich gelang ihm sein Vorhaben aber doch, indem er darauf hinwies, dass er auch Menschen behandeln und kurieren könne. Und auf welchem Kriegszug wurden keine Feldschere mitgenommen?

Der Mann, der am meisten beschäftigt war und dabei abnahm an Fleisch und Kraft, als zerstöre ihn die Auszehrung, war Oleg Wassiljewitsch Kulakow, der Kosakenpope. Bei ihm lieferten die fleißigen Stroganowschen Näherinnen die Fahnen mit den Heiligenbildern, der Mutter Gottes und dem Christuskopf ab. Meisterwerke der Stickkunst, unter vielen Tränen Stich für Stich entstanden … Aber man weinte nicht um die schwere Arbeit, sondern um die Kosaken, die heimlich nun auch in die Scheunen und Häuser schlichen und ihre eigenen Kunstfertigkeiten den Näherinnen beibrachten. In einundeinhalb Jahren kennt man hundert verschwiegene Wege, die zu einem Ziel führen. Und sonntags fand ja die Aussegnung statt …

Der Kosakenpope nahm die fertigen Fahnen ab, begutachtete sie und die dazugehörigen Weißnäherinnen mit strengem Blick, und gefiel ihm eine Fahne besonders gut – oder auch die Näherin –, beschloss er, sie sofort zu segnen. Das hält auch ein Pope nicht aus, und Kulakow beklagte sich bei Jermak, dass die Stroganows mehr Fahnen sticken ließen, als vielleicht Männer da waren, um sie zu tragen.

»Für jede Fünfzigschaft eine Fahne!«, befahl Jermak. »Wir kämpfen im Namen der Christenheit, Väterchen.«

»O Gott!« Der Pope schlug die Hände zusammen, zerwühlte seinen Bart und verließ Jermaks Haus. Einen Tag lang segnete er keine Fahnen, sondern saß am Ufer der Kama und erholte sich. Als er am nächsten Tag die Kirchentür öffnete und sieben Fahnen mit sieben hübschen, jungen Näherinnen ehrfürchtig in den heiligen Raum traten, hob er den Blick gen Himmel. »Herr …«, sagte er. »Es muss Märtyrer geben, ich weiß es! Mache mein Herz und alles andere stark …«

Auch für Muschkow und Marina Alexandrowna gab es einige Schwierigkeiten. Obwohl – oder gerade weil er Marina liebte, sagte Muschkow entgegen aller Vernunft: »Du bleibst hier! Du wartest, bis ich zurückkomme! Du ziehst nicht mit nach Sibirien! Ich lasse es nicht zu!«

Und sie antwortete ebenso fest: »Ich bin Jermaks Adjutant. Außerdem – du gehst doch auch?«

»Ich bin ein Mann!«, rief Iwan Matwejewitsch.

Das hätte er nicht sagen dürfen. Sie lachte ihn an, ihre Grübdien tanzten auf den Wangen, ihre blauen Augen blitzten. Muschkow wusste genau, warum sie lachte, und knirschte mit den Zähnen.

»Du bist gegen das Töten!«, schrie er. »Aber wir ziehen aus, um zu töten!«

»Ich weiß es, Iwan Matwejewitsch. Deshalb komme ich mit. Ich will verhindern, dass du tötest!«

»Willst du mich jedes Mal aus dem Sattel stoßen?«

»Wenn es keine andere Möglichkeit gibt, muss ich es tun, Alterchen.«

»Und Beute soll ich auch nicht machen?«

»Nicht einen geflickten Schuh, der nicht dir gehört!«

»Gott verfluche Nowo Orpotschkow!«, brüllte Muschkow unbeherrscht und schüttelte die Fäuste.

»Zu spät! Ihr habt es niedergebrannt, und du hast mich dabei erobert. Du hast mich zu deiner Beute gemacht!« Marina lachte hell und drehte sich um sich selbst, so zierlich und grazil, dass sich Iwans Herz zusammenkrampfte. »Nun musst du deine Beute herumschleppen, Iwan, mein Liebling! Es gibt Krankheiten, die heilen nie. Die Liebe gehört dazu.«

»Einmal zerreiße ich dich im Bett«, sagte er dumpf. »Ich werde dein Körperchen einstampfen wie sauren Kohl! Oh, wird das eine Freude sein!«

»Du wirst mich küssen und weich wie Butter in der Sommersonne sein«, sagte sie und reckte sich. Ihre Brust zeichnete sich durch die Kosakenbluse deutlich ab. Er sah die Brustwarzen und schluckte krampfhaft.

»Wann?«, stammelte Iwan. »Wann, meine goldene Rose? Wann, du herrliches Teufelchen?«

»Vielleicht ...«, sie sah ihn mit schief geneigtem Kopf an, »wenn du aus einer eroberten Stadt mit leeren Händen zu mir kommst.«

Dann ließ sie ihn stehen.

Am 25. August 1581 lagen die Boote am Ufer der Tschusowaja.

Das Stroganowsche Heer war bester Laune, trotz der Aussicht, diesen verdammten reißenden und steinigen Fluss mit seinen Stromschnellen hinaufzurudern, statt auf den schnellen Pferdchen nach Osten zu reiten. Wenn hier auch noch Steppe war, bei klarem Wetter sah man doch schon in der Ferne das drohende Gebirgsmassiv des Ural, eine Felswand, die sich hoch in den Himmel schob.

Alexander Grigorjewitsch Lupins Anwesenheit bei der Truppe fiel nicht auf, denn außer den Männern des Jermak war noch eine kleine Heerschar anderer Menschen am Ufer der Tschusowaja versammelt: Abenteurer, Jäger, Beamte der Stroganows, die überall Niederlassungen gründen sollten. Dolmetscher, die die merkwürdigen Idiome der Ostjaken, Wogulen, Tataren, Tagilen und anderer asiatischer Völker beherrschten, Flusslotsen, die jede Biegung des Stromes kannten, und ... Priester!

Sie kamen vor allem aus dem Kloster Uspensk zu Jermaks Armee, und der Kosakenpope Kulakow betrachtete sie nachdenklichen Blickes und mit zusammengekniffenen Augen. Die Kollegen zogen heran mit goldenen Fahnen, Vorsängern und Messdienern, als handele es sich nicht darum, ein wildes unbekanntes Land zu erobern, sondern eine Osterprozession durchzuführen. Sogar der Bischof von Uspensk war mitgekommen

– nicht, um nach Sibirien zu ziehen, sondern um die Boote, die tapferen Männer und die weinenden Frauen und Mädchen zu segnen und eine Rede zu halten, dass es bei diesem Kriegszug nur darum ginge, den gottlosen sibirischen Zaren Kutschum zu vertreiben und den Heiden das Kreuz zu bringen. Von den Zobeln, Silberfüchsen, Nerzen, Bibern und Eichhörnchen sprach niemand. Jede Eroberung hat einen gewissen Abfall …

Es ist schon ein großes Unterfangen, ein Heer von tausend Mann auf Booten unterzubringen, mit Waffen, drei Kanonen, aller Ausrüstung und Verpflegung, und vor allem mit den von den Stroganows bewilligten halben Schweinen pro Kopf. Das waren fünfhundert ganze Schweine, die man unmöglich transportieren konnte. Die Stroganows hatten das im Voraus gewusst, und ihr hochherziges Angebot war deshalb von Anfang an ein Windei gewesen.

Muschkow fluchte gottserbärmlich, raufte sich die Haare und rechnete aus, dass man ja allein zehn Boote für die Schweine gebraucht hätte.

»Auch wenn wir sie salzen und in Stücke schneiden«, sagte Marina Alexandrowna, »nützt das gar nichts. Wir haben genug zu schleppen … wir müssen ja auch noch die Boote über den Ural tragen!«

»Gauner! Alles Gauner!«, schimpfte Muschkow und blickte auf die quiekende Schweineherde am Ufer. Das Herz zerbrach ihm fast. Einige Kosaken waren dabei, ein paar der Tiere zu schlachten, aber das reichte nur als Verpflegung für die ersten zwei Tage. »Du bist doch ein kluges Mädchen, Marinuschka. Fällt dir nichts ein?«

»Nein.« Sie rückte die rote Mütze in die Stirn. »Es sei denn, wir reiten heute Nacht heimlich nach Süden.«

Vom Ufer her winkte ihr Jermak, er brauchte wohl seinen Adjutanten.

»Jermak verlassen? Meine Kameraden betrügen? Nie!«, schrie Muschkow.

»Dann wirst du eines Tages Äste fressen wie die Biber ...«, sagte Marina und ließ Muschkow stehen.

Am 1. September legten endlich die Boote unter dem Gesang aus tausend rauen Kehlen vom Ufer der Kama ab. Der Bischof von Uspensk segnete, seine Diener schwenkten die Weihrauchkessel, die Kirchenfahnen knatterten im Wind, die Weiber heulten laut und die Männer waren froh, dass diese wilde Horde endlich verschwand. Wenn Gott ein gütiger Vater war, wie es immer hieß, ließ er sie für immer verschwinden! Sibirien möge sie verschlucken – das waren die frommen Wünsche, die den Booten nachfolgten.

»Ziehe hin in Frieden!«, hatte Nikita Stroganow beim Abschied zu Jermak gesagt, hatte ihn wie einen Bruder umarmt und dreimal auf die Wange geküsst. Er übersah die Lage klarer als der Kosakenhetman. Für die Stroganows blieb das alles ein ungeheures Abenteuer mit einer geringen Chance. So siegessicher Jermak war, so unsicher waren sich die Stroganows. Sie spielten va banque ... schon oft im Laufe der Jahrzehnte hatte ein Stroganow mit höchsten Einsätzen gespielt – und hatte immer gewonnen!

Aber diesmal war es ein Spiel mit lauter Unbekannten. Man hatte nur einen Trumpf in der Hand: Jermak Timofejewitsch, der sich vor keinem Teufel fürchtete.

Aber war das genug, um Sibirien zu erobern?

Der Abschied der Kosaken von ihren Pferden war herzzerreißend gewesen. Alle Gäule standen, wie zur Parade aufgestellt, in Zehnerreihen am Ufer des Flusses, und jeder Kosak war zu seinem Pferd gegangen, hatte es umarmt und geweint. Noch nie hatte man tausend Männer auf einmal gesehen, die so laut schluchzten und sich die Bärte rauften, während sie Pferdenüstern streichelten und zärtliche Worte in die Pferdeohren flüsterten, Worte, die sie zu keiner Frau gesagt hätten, und wenn sie noch so hübsch gewesen wäre.

Dann hatte Jermak zum Aufbruch blasen lassen, und als

die Männer alle in den Booten saßen und die Priester fromme Lieder sangen, waren sie wieder die alten wilden Kerle und übertönten die Kirchengesänge mit schweinischen Reiterliedern. Die großen Ruder tauchten in die rauschenden Wasser der Tschusowaja. Als erstes Boot legte das von Jermak ab, dann folgten Muschkow und Marina … in jedem Boot danach zwanzig Mann und das Material. Es war schon eine riesige Flotte, die dem Ural entgegenfuhr, die bis dahin größte Invasion in ein unbekanntes Land.

Ein kalter Wind wehte ihnen entgegen, auch wenn die Sonne blank am Himmel stand und der Herbst gerade erst begonnen hatte. Der Ural schickte seinen ersten Gruß …

Im ersten Boot neben Jermak saßen die Flusslotsen und der Pope Oleg Wassiljewitsch Kulakow. Der rhythmische Gesang aus tausend Kehlen, mit dem jeder Ruderschlag begleitet wurde, erfüllte die Luft. Noch war die allgemeine Begeisterung mitreißend …

»Wie lange werden wir auf diesem elenden Fluss sein?«, fragte Jermak einen Lotsen.

»In vier Tagen müssten wir den Rand des Gebirges erreicht haben.« Der Lotse, ein alter vollbärtiger Schiffer und Fischer, blickte zurück auf die riesige Flotte. »Wir haben zu viel mitgenommen, Jermak Timofejewitsch.«

»Das weiß ich, Alter«, antwortete Jermak und starrte in das rauschende Wasser. »Aber nur so habe ich sie in die Boote bekommen, meine Männer. Nachher, im Ural, werden sie aufwachen. Es ist gut, dass es keine Umkehr gibt …«

Dem Blickfeld der Stroganows entkommen, wurden aus den bisher kasernierten Kriegern bald wieder die alten wilden Kosaken. Um zu räubern, brauchten sie keine Pferde, und um Frauen zu jagen, waren ihre eigenen Beine schnell genug.

Allerdings hatten sie dazu in den ersten drei Tagen keine Gelegenheit. Die Tschusowaja erwies sich als ein recht gefährlicher Fluss, voller Untiefen und Steine. Ein paarmal saßen einige Boote fest. Dann musste man in das kalte Wasser steigen und mit den Schultern den Kahn aus der Umklammerung von Steinen und Sand drücken. Bei Einbruch der Dunkelheit schlug man am Ufer das Lager auf, die Feuer loderten, der Geruch von Fleisch und Kohl lag wie eine schwere Wolke über dem Heer. Kleine Trupps schwärmten aus, erkundeten das Land, stießen auf freundliche Eingeborene, die ahnungslos die Fremden begrüßten und dafür verprügelt wurden.

Am vierten Tag – der Fluss wurde immer schmaler und steiniger – hatte man das Uralgebirge erreicht. Die Felsen waren nicht so hoch, wie man geglaubt hatte, die mächtigen Berge begannen erst weiter südlich. Hier, am Oberlauf der Tschusowaja, türmten sich Geröllhalden auf, kahle, bizarr geformte Berge, unwegsam, eine steinerne Wüste, über die man nun die Boote tragen musste. Die Fahrt war zu Ende … der große lange Marsch sollte beginnen. Das einmalige Ereignis, dass Kosaken zu Fuß ein Land eroberten …

Jermak, Muschkow, Marina, die Hundertmänner und die Priester brüteten über den Karten, die ihnen die Stroganows mitgegeben hatten. Sie waren von den besten Kartografen gezeichnet und doch so unvollkommen, wie eben die Kenntnis von diesem Land war. Man wusste nur eins: Hier gab es den alten Sibirischen Weg, den die Mönche und Jäger schon gegangen waren, die »Serebrjanka«. Es war ein Pfad, der sich um Felsnasen herumwand, durch kleine Schluchten führte, unter überhängenden Felsen, an Abgründen vorbei … der Weg nach Norden, wo irgendwo ein Felsentor in die Weite Sibiriens führen sollte.

Und das alles musste man überwinden, mit den Booten auf dem Rücken!

An diesem Abend, als Jermaks Truppen ein neues Lager bauten, und sie bauten es so aus, dass es schon fast eine kleine

Festung war, trafen sich Iwan Matwejewitsch Muschkow und Alexander Grigorjewitsch Lupin beim Schleppen von dicken Felsbrocken. Sie gingen nebeneinander, jeder einen riesigen Stein auf der Schulter, und ächzten unter der Last.

»Sag mal, Alterchen!«, keuchte Muschkow und schielte Lupin an. »Bist du nicht der Vater unseres Adjutanten Boris Stepanowitsch?«

»Der bin ich«, erwiderte Lupin.

»Dachte ich mir's doch! Steht immer bei dir, und einmal bin ich euch nachgeschlichen und habe euch belauscht. Die Eifersucht hat mich zerfressen. Und was höre ich da? ›Väterchen‹, sagt sie zu dir. Das will zwar nichts bedeuten, denn mich nennt sie Alterchen – mich, einen Mann von dreißig Jahren … Aber es beruhigt mich, dass du ihr Vater bist.«

»Und du bist ihr Geliebter«, sagte Lupin. Es kam ihm schwer über die Lippen, man kann's glauben.

»Wäre ich das!«, seufzte Muschkow sehnsuchtsvoll, warf den Felsstein weg und ging zur Seite. »Lass uns miteinander reden, Väterchen. Du hast ein Töchterchen, das zwischen den Beinen wie mit Eisenplatten beschlagen ist! Ich bin verzweifelt!«

Sie setzten sich auf einen Hügel aus Geröll, wischten sich den Schweiß von der Stirn und atmeten rasselnd.

»Wir sollten zusammenhalten, Alter«, sagte Muschkow nach einer Weile. »Ich liebe Marinuschka, und deshalb muss etwas geschehen, bevor wir den Ural hinter uns haben. Ich habe Angst, dass sie in Sibirien getötet wird.«

Es war ein dunkler Abend, der Himmel hing wolkenschwer über dem Ural, das steinige Land war in der dumpfen Schwärze versunken. Fernab, dort, wo das Lager der Kosaken war, loderten zwar die Flammen und breitete sich der Widerschein der Feuer über die Felsen aus, aber hier, wo Muschkow und Lupin hockten, war es still. Man sah die beiden nicht, weil sie sich hinter eine kleine Felsnase gesetzt hatten. Es war ein Plätzchen so richtig zum Schwatzen und Überlegen.

Marina Alexandrowna, die Muschkow vermisste, denn jede Bootsmannschaft bildete auch eine Lagerfeuergruppe, war unterdessen auf der Suche nach ihm, fragte vergeblich bei den Steineschleppern nach ihm und fand ihn auch nicht bei den Bautrupps, die auf Befehl Jermaks einen steinernen Ringwall auftürmten, einen befestigten Platz, wie man es bei den Stroganows geplant hatte: Stationen auf dem Weg nach Sibirien, die man später zu Kolonien, Handelsplätzen und Wehrburgen ausbauen wollte. Ein genialer Plan: ein gesicherter Nachschubweg, eine Handelsstraße durch den Ural. Ruheplätze und Zufluchtsstätten zugleich!

»Ich liebe Marinuschka«, wiederholte Muschkow. »Und ich brauche nicht zu fragen, ob das Väterchen sie auch liebt. Bleib zurück, Alexander Grigorjewitsch, und halt sie fest. Das ist alles. Wir müssen sie retten.«

»Halt sie fest!« Lupin hob die Schultern. »Du sagst das so daher, als wäre es die leichteste Sache der Welt! Kannst du sie festhalten, he?«

»Du bist der Vater.«

»Und dich liebt sie!«

»Es ist wirklich alles sehr kompliziert.« Muschkow seufzte tief, holte ein Stück Fladenbrot aus der Tasche und teilte es mit dem Alten. Stumm kauten sie, vom Lager her ertönte trauriger Gitarrenklang. »Man müsste sie betäuben. Du bleibst mit ihr zurück, und wenn sie aufwacht, sind wir weg …«

»Sie wird euch nachlaufen wie der Wolf einer Spur.« Lupin wischte sich den Mund ab. »Sie liebt dich, gut. Aber sie liebt dich mehr, als ein Mensch normalerweise einen anderen Menschen lieben kann! Warum? Ich weiß es nicht. Gibt es Erklärungen für die Seele einer Frau?«

»Dabei behandelt sie mich wie einen stinkenden Hund.«

Muschkow lehnte sich gegen den Felsen und starrte in den Nachthimmel. »Väterchen, was hältst du von mir?«

»Muss ich das sagen?«, fragte Lupin vorsichtig zurück.

»Ich habe Marina das Leben gerettet.«

»Das wäre ein Grund, dich zu umarmen! Aber wie viele hast du schon getötet und geschändet?«

»Genau betrachtet – niemanden!«

»Du lügst, Iwan Matwejewitsch!«

»Ich habe nie eine Frau getötet! Oder ist an der Liebe schon einmal eine Frau gestorben?«

»Was ihr Kosaken Liebe nennt, ist Mord!«, versetzte Lupin ruhig.

»Ich bin nicht solch einer, Väterchen! Beim Kampf … muss man da nicht töten, um nicht selbst umgebracht zu werden? Aber wenn ich ein Weibchen eroberte, ich schwöre es dir, Alter, ich habe es behandelt wie ein Täubchen!«

»Man dreht auch Tauben den Hals herum!«, sagte Lupin mutig.

»Nicht ein Muschkow! Ach, Alexander Grigorjewitsch …« Iwan seufzte und biss wieder in ein Stück Brot. »Wenn ich eine Frau unter den Händen habe, schäme ich mich selbst vor meiner Zärtlichkeit. Das alles ist aber nichts gegen das, was ich empfinde, wenn ich Marinuschka nur ansehe! – Wir müssen einen Ausweg finden. Es ist Wahnsinn, sie mit nach Sibirien zu nehmen.«

Sie redeten noch eine Weile über ihren gemeinsamen Kummer und merkten nicht, dass hinter ihnen im Geröll Marina Alexandrowna lag und alles mithörte. Sie rührte sich auch nicht, als die beiden aufstanden, ihre dicken Steine wieder auf die Schultern wuchteten und zu der Ringmauer weitertrotteten. Erst als sie außer Sichtweite waren und die Dunkelheit sie verschluckt hatte, stand auch Marina auf und kehrte in einem Bogen zu den Lagerfeuern zurück.

Dort setzte sie sich neben Jermak, der an einem Stück Braten kaute, und schnitt sich auch ein Stück aus dem gepökelten Schweinebauch.

»Ich glaube, Muschkow ist neidisch!«, sagte sie plötzlich.

Jermak zuckte zusammen. Man hört nicht gern so plötzlich über seinen besten Freund etwas Schlechtes.

»Wieso?«, fragte er. Der Bratensaft lief ihm an den Mundwinkeln hinunter.

»Seit ich dein Adjutant geworden bin, sieht er mich manchmal an, als wollte er mich erdolchen.«

»Er hat dich nie leiden können«, sagte Jermak und lachte.

»Ist das wahr?« Marina starrte Jermak an. Ihr Herz zuckte plötzlich, und in ihrem Kopf begann das Blut zu hämmern. Eine unendliche Wehmut breitete sich in ihr aus …

»Er hat es selbst gesagt! ›Ich hätte das Kerlchen in Nowo Orpotschkow in das Feuer werfen sollen!‹, sagte er einmal zu mir. ›Herrje, wie belasten mich die Sorgen um den Burschen!‹ Und ich habe ihm geantwortet: ›Ich weiß und sehe es. Iwan Matwejewitsch. Das Bürschchen hat dreimal so viel Gehirn wie du. Das regt dich auf!‹ Und was antwortet er mir, mein bester Freund Muschkow: ›Ha, wenn's ein Mädchen wäre, kriegte ich es klein! Aber es ist ein Teufelchen, verdammt!‹«

Jermak blickte Marina an und lachte wieder mit fettigen Lippen. »Er ist nicht neidisch, Boris Stepanowitsch. Aber sieh dich vor! Du bist so hübsch, dass er doch eines Tages vergessen könnte, dass du ein Junge bist! Er wird tatsächlich immer sonderbarer. Warten wir es ab, aber wenn wir die Tura oder den Tobol erreicht haben, fangen wir für ihn ein Tatarenmädchen und zwingen ihn, sie vor unseren Augen zu lieben! Das wird ihn heilen …«

»Bestimmt, Jermak Timofejewitsch!«

Nachdenklich aß Marina Alexandrowna weiter. Ihre so klug ausgedachte weibliche List, Muschkow bei Jermak anzuschwärzen und ihm dadurch die Gelegenheit zu nehmen, sich mit Väterchen Lupin weitere Möglichkeiten zu überlegen, wie man Marina zurücklassen könne, schien sich ins Gegenteil zu verkehren. Wenn Jermak sagte, er wolle für Muschkow ein Tatarenmädchen fangen, dann tat er es auch ... und sie sollte zusehen! Dann würde es keinen Ausweg geben – sie musste es ertragen!

Zum ersten Mal spürte sie, dass sie Iwan Matwejewitsch keiner anderen Frau gönnte, auch wenn sie selbst noch nicht die Seine geworden war. Warum liebe ich ihn nur, warum? So einen Klotz, so einen Kerl, so einen Frauenjäger? Warum?

Wer in der Liebe nach dem Warum fragt, bekommt wohl nie eine Antwort ...

Am dritten Tag, nachdem sie die Tschusowaja verlassen und den alten Sibirischen Weg eingeschlagen hatten, diesen Höllenpfad, den nach der Legende nur Priester gehen durften, weil sie gegen den Teufel gefeit waren, sahen sie das Flüsschen Scharawlja vor sich. Um sie herum war steinige Wüste, und die paar Eingeborenen, die sie trafen, harmlose Wogulen, wurden von den Kosaken begrüßt, indem sie sie ausplünderten, die Hütten zerstörten und die wenigen Frauen untereinander auswürfelten. Dann schleppten sie sie weg und taten mit ihnen das, was man in der Kosakensprache »Hochzeit unter der Birke« nennt – ein poetischer Name für eine widerliche Sache. Dann zogen sie weiter.

Der Marsch war grausam. Jede Bootsmannschaft musste ihren Kahn auf den Schultern schleppen, über weglose Felsen, durch Schluchten, an Abgründen vorbei ... ächzend, aber im gleichen Schritt, denn jedes Schwanken war gefährlich. So wuchteten sie die breiten Boote durch den Ural, stundenlang, tagelang, in zwei Gruppen, klaglos und gebadet im eigenen Schweiß. Auch Jermak schleppte mit; er war das Vorbild, das alle mitriss. Solange er durch die Felsen ging, gab es auch für die anderen kein Anhalten. Sogar die Priester keuchten unter ihren Kähnen; Jermak duldete keine Ausnahme. Wer mit nach Sibirien wollte, musste schleppen. Das Beten war für die Erholung am Abend oder während der Rastpausen.

Trotz aller Beschwernisse ging alles gut. Es gab keine Toten, denn was man an Eingeborenen traf, wehrte sich nicht. Verletzungen, meistens Quetschungen, Hautabschürfungen oder blutig gelaufene Füße, heilten am Abend die Feldschere mit Salben und kühlendem Pflanzenbrei. Hier tat sich wiederum der alte Lupin hervor. Er kannte gute Mittel aus der Pferdepflege, und jeder Kosak sah ein, dass alles, was einem Pferd gut tut, auch einem Menschen zum Nutzen gereicht.

Und so kochte Lupin Breie und Salben, die fürchterlich stanken, aber halfen. Er verwendete dafür alles, was grün war, vom Moos bis zum fauligen Tümpelgewächs. Dass niemand der Behandelten an Blutvergiftung starb, beweist die gesunde Natur der Kosaken, dieser wilden Kerle.

Es ging langsam voran. Man baute Höhlen aus und legte neue Befestigungen an, und als man endlich den Fluss Tagil erreichte, war es, als hätte sich das Wunder des Moses an Jermak und seiner Schar wiederholt: Vor ihnen lag das ersehnte, erträumte, unbekannte, unermesslich reiche, gelobte Land!

Sie hatten die steinerne Barriere des Ural durchbrochen, rund tausend Männer mit Booten auf den Schultern. Am Ufer des Tagil sanken sie alle auf die Knie, und die Popen gingen durch die Reihen, segneten die Männer und besprengten sie mit Weihwasser. Dann sangen sie, um die flatternden Fahnen mit den Madonnen- und Heiligenbildern geschart, und blickten über das riesige Land, das vor ihnen lag, über Steinwüsten und Steppen, Sümpfe und Wälder … Darüber wölbte sich ein Himmel, wie es ihn so weit und so unendlich nur in Sibirien gibt. Ein Himmel, in den man hineinblicken kann und mitten in Gottes Auge sieht …

Muschkow kniete neben Marina Alexandrowna, als der Gottesdienst am Fluss Tagil begann. Sie hielt eine der Fahnenlanzen fest, und der Wind riss an ihren blonden Haaren, die auf dem Marsch gewachsen waren und sich zu kleinen Locken kringelten. Am Abend musste man sie wieder einmal mit dem Messer stutzen, um einen Jungen, den Boris Stepanowitsch, zu behalten …

»Nun, alter Bär?«, fragte sie leise, Kopf an Kopf knieten sie, die Stirn zur Erde gesenkt. »Diesen Tag wolltest du mir nicht gönnen?«

»Marinuschka …«, stammelte Muschkow und tastete nach ihrer linken freien Hand.

»Lass das, du Rindvieh!«, zischte sie. »Wenn das Jermak steht …«

»Kutschums Heer wird uns angreifen. Irgendwo dort hinten.«

»Hast du Angst, Alterchen?«

»Denk daran, was man sich erzählt. In Mangaseja leben Menschen, die ihren Mund auf dem Kopf haben. Sie fressen sich gegenseitig auf. Samojeden nennt man sie deshalb. Selbstfresser. Marinuschka, ich will nicht, dass man dich auffrisst!«

»Gelobt sei Jesus Christus!«, rief der Kosakenpope Oleg Wassiljewitsch Kulakow. Er hatte die lauteste Stimme von allen Popen und zelebrierte deshalb die Messe. »In seinem Namen werden wir die Heiden dieses Landes auf den rechten Weg führen oder vernichten. Lasset uns beten …«

»Die Samojeden fressen die Menschen roh«, flüsterte Muschkow. »Marinuschka, kehre um! Folge deinem Väterchen!«

»Wenn es um das Gefressenwerden geht, bin ich beruhigt«, sagte sie sanft. »Sie werden dich nicht anrühren, du stinkst zu sehr!«

Darauf badete Muschkow nach dem Gottesdienst im eiskalten Wasser des Tagil, tauchte prustend unter und kroch dann, zitternd vor Kälte, wieder ans Ufer. Der alte Lupin rieb ihn mit einer rauen Decke ab, bis seine Haut glühte.

»Gott im Himmel, was hast du für eine Tochter!«, sagte

Muschkow, als er sich wieder angezogen hatte. »Sie könnte selbst dem Teufel beibringen, auf einer Engelsharfe einen Choral zu spielen!«

Sie blieben drei Tage am Tagil, reparierten die vom Transport beschädigten Boote, bauten wieder ein befestigtes Lager und ein Haus aus Steinen – bei zweihundert Männern, die zum Bau abkommandiert wurden, geht so etwas schnell –, ließen einen Teil der Vorräte, einen Popen mit sieben Jägern und drei kranke Kosaken dort. Die drei wackeren Gesellen klagten zwar jämmerlich, bissen die Zähne zusammen und schwankten einher, um zu beweisen, dass sie marschieren könnten – aber Jermak ließ sich nicht täuschen und befahl, sie hätten zurückzubleiben.

Die erste Kolonie war gegründet, nach guter, alter russischer Sitte mit einem Priester als Mittelpunkt, dem die ganze Last zufiel, hier in der Einsamkeit für das Christentum und den Zaren auszuharren und notfalls auch ein harter Kämpfer gegen die Eingeborenen zu sein.

»Von jetzt an werden wir wieder auf den Flüssen bleiben«, sagte Jermak zu seinen Hundertmännern und Hetmanen. Über die Sitze in seinem Boot hatte er die Stroganowschen Karten ausgebreitet; es war die letzte große Besprechung aller Kosakenführer vor der Besetzung des fremden Landes. Man ahnte, dass es später keine langen Überlegungen mehr geben würde. Vor ihnen lagen nicht nur Reichtum und Ruhm, sondern auch die Truppen des sibirischen Zaren Kutschum, der es gewagt hatte, den Zaren Iwan IV. mit Spott zu beleidigen. So mächtig dünkte sich Kutschum, so unangreifbar, geschützt durch ein Heer von tausenden von Reitern. Was sind dagegen knapp tausend Kosaken zu Fuß, in breiten, plumpen Booten?

»Wer Angst hat, kann umkehren!«, sagte Jermak hart. »Ich halte keinen!«

Die Hundertmänner schwiegen. Umkehren, dachten sie. Ein paar hatten es auf dem Zug durch den Ural gewagt, hatten sich weggeschlichen, einzeln oder zu zweit, im ganzen zwanzig Mann. Jermak hatte sie alle wieder einfangen lassen und lebendig in den nächsten Fluss – es war die Scharwlja – versenken lassen. Ein Kosak rettet seine Haut in der Not – das Herzklopfen vor einem unbekannten Land gehört nicht dazu!

Wieder wurden die Boote zu Wasser gelassen, aber diesmal war es kein Freudenfest wie beim Aufbruch von der Kama. Die Verpflegung wurde knapp. Was die Stroganows der Truppe mitgegeben hatten, wäre genug gewesen, aber man hatte ja nicht alles tragen können und deshalb einen Großteil zurückgelassen. Und die Kosakengruppen, die jetzt ausschwärmten, um die Siedlungen der Eingeborenen heimzusuchen, fanden die armseligen Dörfer verlassen, die Vorratshäuser leer, das Vieh weggetrieben in Verstecke. Aber tausend Mann wollen essen!

»Wir müssen so schnell wie möglich den Fluss hinunter zum Tobol!«, sagte der Kosakenpope. »Dort gibt es große Dörfer des Kutschum. Der Herr strafe die Heiden … wir brauchen endlich wieder eine richtige fette Plünderung!«

Die Fahrt den Tagil hinab verlief ruhig. Ab und zu sahen die Kosaken am Ufer einige berittene Tataren, die eine Weile den Booten folgten, die Menge der Kähne bestaunten und dann in der Steppe verschwanden. Da hob bei den Kosaken ein großes Seufzen an. Sie zogen die Ruder ein und starrten die schnellen, kleinen gelben Reitersleute an.

Pferde! O heiliger Stephan, sie haben Pferde! Sie dürfen in einem Sattel sitzen und über das Land galoppieren! Lass uns anlegen, Jermak, und sie aus dem Sattel holen! Ein rudernder Kosak – das ist wie eine geschwärzte Sonne!

An einem Abend – sie lagen mit den Booten am Ufer des Tagil, kurz vor der Einmündung in die Tura – hielt Jermak eine Rede.

»Weint nicht, Brüder!«, sagte er ernst. »Auch wir werden wieder auf Pferden sitzen. Wenn wir den Tobol erreicht, wenn wir Kutschums Hauptstadt Sibir erobert haben, werden wir die schönsten und schnellsten Pferde der Welt haben! Was nützen uns hundert Pferde für tausend Mann? Mit unseren guten Booten schwimmen wir mitten hinein in Kutschums Reich, und keiner kann uns daran hindern! Das ist eine Kriegslist, die unser Leben rettet! Weint nicht mehr, Kosaken …«

»Amen!«, brüllte Oleg Wassiljewitsch Kulakow, der Pope.

Dann sang man wieder ein frommes Lied und träumte von der Plünderung Sibirs, der Goldenen Stadt des Zaren Kutschum.

Anfang Oktober schwammen sie auf der Tura, dem breiten Fluss, der in den Tobol mündet. Währenddessen ritten durch das ganze Reich des sibirischen Zaren die Boten und riefen die Männer zu den Waffen. Die Dörfer und Städte wurden mit dreifachen Erd- und Steinwällen befestigt, Fallgruben, mit mörderisch zugespitzten Hölzern gespickt, wurden angelegt, zehntausend Reiter standen unter dem Kronprinzen Mametkul bereit, Jermaks Kosaken am Tobol aufzuhalten. Das Hauptheer befehligte Kutschum selbst und hielt es zunächst am Irtysch zurück, zum Schutze der Hauptstadt Sibir. Der Gebietsfürst der Region Tura, Jepantscha, erhielt den Befehl, die Boote aufzuhalten.

Und plötzlich waren sie da … Das hohe Ufer der Tura wimmelte von Menschen, als sei es von Ameisen überkrochen, ein Regen von Pfeilen flog den Kosaken entgegen, und schrilles Geschrei begleitete das Schwirren in der Luft.

»Ein Idiot, der dort drüben befiehlt!«, sagte Jermak spöttisch. Seine Boote schwammen in der Mitte des breiten Flusses, und die Pfeile erreichten nur selten ihr Ziel, und wenn, dann so müde, dass die Kosaken sie lachend mit den Händen auffingen.

»Die Scharfschützen bereit!«, brüllte Jermak. Der Ruf flog von Boot zu Boot, und überall, wo die deutschen und livländischen Söldner mit ihren Gewehren hockten, kam Bewegung in die Männer, die Schützen drängten sich an den Bootsrand, schütteten das Pulver in die Pfannen und spannten die Hähne.

»Feuer!«, befahl Jermak.

Drei Gewehrsalven zerrissen die Stille des klaren, schönen Herbsttages. Die Kugeln trafen auf diese Entfernung nur vereinzelt, aber die Wirkung war ungeheuer. Die kleinen, schlitzäugigen Männer am Ufer der Tura fielen auf den Rücken, als habe ein gewaltiger Windstoß sie umgeblasen. Dann rollten sie auf den Bauch, vergruben das Gesicht im Steppengras und rührten sich nicht mehr.

Sie begriffen nicht, was da geschah. Der Himmel war blank, die Sonne schien hell, und trotzdem fiel der »Donner des Himmels« auf sie nieder. Ein Donner, wie sie ihn vorher noch nie gehört hatten, und ein paar Hagelkörner aus diesem klaren Himmel durchschlugen mit solcher Wucht die Körper von einigen ihrer Kameraden, dass sie bluteten und schrien, sich im Gras wälzten und starben.

Selbst Jermak war von der Wirkung verblüfft. Bis heute hatte er nicht gewusst, dass Kutschums Männer weder Pulver noch Blei kannten. Wie in alten Zeiten kämpften sie ausschließlich mit Pfeilen und Speeren, Krummschwertern und Äxten.

»Wir haben Sibirien bereits erobert, Brüderchen«, sagte Jermak zu seinen Hetmanen und Hundertmännern. Sie waren inzwischen gelandet, hatten das Ufer der Tura besetzt und sahen in der Ferne eine große Siedlung liegen. Es war Tschinga-Tura, das heutige Tjumen. Vor der Stadt warteten die tatarischen Krieger, zuerst die Bogenschützen, dahinter die Reiter. Von den Materialbooten schleppten die deutschen Kanoniere die drei kleinen Kanonen an Land und brachten sie in Stellung. »Bevor sie sich an den Knall des Pulvers gewöhnt haben, marschieren wir in Sibir ein! Das Land ist unser!«

Muschkow hatte unterdessen Lupin gesucht, der im letzten Boot bei den Kranken und Verletzten saß. Marina war mit Befehlen Jermaks unterwegs und gab die Aufstellung der Schlachtordnung weiter, wie Jermak sie sich ausgedacht hatte.

»Jetzt ist es so weit, Väterchen!«, sagte Muschkow. »Du musst Marina zurückhalten! Die Tataren sind Meister im Bogenschießen, ich kenne sie aus vielen Feldzügen. Sollen wir Marinuschka gemeinsam überwältigen?«

»Jermak wird sie suchen.«

»Man muss ihr den Fuß ausrenken, damit sie nicht mehr laufen kann!«

»Barbar!«, fuhr Lupin auf. »Willst du mein Töchterchen verstümmeln?«

»Soll ich Witwer werden, bevor ich sie geheiratet habe?«

»Und du?«, fragte Lupin. »Wo willst du dich verstecken? Ist eine Witwe etwas anderes als ein Witwer?«

»Alexander Grigorjewitsch«, sagte Muschkow beinahe feierlich, »ich passe auf mich auf. Aber ich will endlich, endlich …«, jetzt brüllte er, »auch einmal wieder Beute machen! Überlege dir, was wir mit Marina tun können, oder ich bringe dir dein Töchterchen verschnürt wie ein Deckenbündel!«

Bei Jermak, der auf einem umgestülpten Boot saß und darauf wartete, dass seine Männer sich formierten, lagen drei Tataren im Gras, mit zerfetzten Kleidern und blutigen Striemen auf der Haut. Man hatte sie durch Zufall in einer kleinen Höhle in der Uferböschung entdeckt und wie Dachse herausgeholt. Ein Dolmetscher verhörte sie gerade, und sie gaben zögernd Antwort.

»Der Anführer der Tataren, der Idiot vor uns, heißt Jepantscha«, berichtete Jermak, als Muschkow sich neben ihn auf das Boot setzte.

Marina kam ebenfalls zurück, erhitzt vom Laufen. Die deutschen Kanoniere hatten ihre Eisenkugeln gestapelt, die Rohre geladen, die Zündstöcke griffbereit. Neben den Kanonen flackerten kleine Feuer, in die man die Lunten tauchen würde. »Es sollen dreitausend Mann sein, die uns gegenüberstehen.«

»Wir werden sie wegblasen, Jermak«, sagte Muschkow großzügig. »Sie kennen unsere Kanonen noch nicht.«

»Es wird ein wichtiger Kampf werden!« Jermak legte die Hand über die Augen und blickte hinüber zu den Tataren. »Ich habe mich entschlossen, alle Gefangenen, die wir machen werden, wieder freizulassen, damit sie im ganzen Land verbreiten, wie unbesiegbar wir sind.« Er streckte den Arm aus, so plötzlich, als schleudere er einen Speer von sich. »Außerdem werden wir in dieser Stadt überwintern! In zwei Wochen wird es schneien, und die Tura friert zu. Boris Stepanowitsch!«

»Jermak?«, Marina trat vor ihn.

»Heb die Fahne hoch! Wir marschieren!«

Muschkow durchfuhr es eiskalt. »Lass mich die Fahne tragen!«, schrie er. »Jermak Timofejewitsch, ich bin dein Stellvertreter!«

Er stieß Marina Alexandrowna zur Seite, sie stolperte, fiel und schlug mit der Stirn gegen das umgestülpte Boot. Ein wenig benommen blieb sie liegen und starrte Muschkow an. Plötzlich war auch Lupin da, kniete neben seinem Töchterchen nieder, tat so, als wollte er es aufrichten, aber stattdessen drückte er Marina auf den Boden zurück. Es war die einzige Möglichkeit, sie festzuhalten, ohne dass Jermak Verdacht schöpfte.

»Zum Kampf!«, brüllte Muschkow, riss die Fahne mit der heiligen Mutter Gottes hoch und stürmte nach vorn. In breiter Front entfalteten sich jetzt die anderen Fahnen der Hundertschaften, und die Priester sangen laut. Dann donnerten die Kanonen los, und die Gewehrschützen feuerten die erste

Salve. Durch den Nebel des Pulverdampfes marschierten die Kosaken vorwärts, ein imponierendes Bild, das den Tataren in die Knochen fuhr. Noch bevor ihre Bogenschützen abziehen konnten, lagen hundert von ihnen sterbend im Gras.

Mitten unter seinen Truppen lag Jepantscha auf den Knien und betete. »Allah«, sagte er, »o Herr im Himmel, breite deine Hand über uns. Mohammed, du Sieger in allen Schlachten, steh uns bei ...«

Aus Tschinga-Tura flüchteten unterdessen die Frauen und Kinder. Auf Karren und wannenartigen Schlitten, die man gut über das Steppengras ziehen konnte, brachten sie ihre Habe in Sicherheit. Sie zogen den Fluss hinab zum Tobol, wo Mametkul mit seinen zehntausend Reitern wartete. Mochten die Fremden auch Tschinga-Tura erobern – nach Sibir kamen sie nie! Kutschum war unbesiegbar!

Sie wussten nicht, dass Jermak das Gleiche von sich behauptete.

Keiner kümmerte sich während des Angriffs um Marina Alexandrowna und den alten Lupin. Nach wenigen Minuten waren sie allein an dem Boot. Die Reservetruppen warteten am Fluss, die Priester standen zusammen, beobachteten die Schlacht und wunderten sich über ihren Bruder, den Kosakenpopen, der die schwarze Priesterkappe mit einer Kosakenmütze vertauscht hatte, statt des Kreuzes plötzlich einen gebogenen Säbel in der Hand schwang und in der ersten Reihe mitstürmte. Kulakow brüllte neben Muschkow am lautesten. Sein Blick hing an der Kuppel der kleinen Moschee und dem armseligen Minarett, das in den blauen Himmel ragte. Muschkow kannte den Popen zu gut, um diesen Blick nicht richtig zu deuten.

»Was gibt es dort?«, keuchte er im Laufen. »Silberne und goldene Lampen?«

»Und Teppiche, Seidenstoffe und mit Edelsteinen verzierte

Gefäße!«, schnaufte der Pope. Um sie herum krachte die zweite Salve, dazwischen dröhnten die Kanonenschläge.

»Denk auch an mich, Väterchen!«, brüllte Muschkow begeistert.

»Halt dich an meiner Seite, mein guter Sohn!« Oleg Kulakow beschleunigte seinen Lauf. »Der Gläubige hungert und durstet nicht!«

Dann fiel der Regen der Pfeile über sie, Verwundete sanken in die Knie, und die ersten Toten lagen verkrümmt im Steppengras.

Nur zwei Stunden dauerte der Kampf, zuletzt Mann gegen Mann, und auch hier waren die Kosaken den kleineren Tataren überlegen. Jermaks Truppen ergossen sich wie eine Woge in die alte Stadt, stürmten die Häuser und begannen mit dem, was ein Kosak den Sinn seines Lebens nennt: Sie plünderten.

Unterdessen saßen Lupin und sein Töchterchen Marina noch an dem umgestülpten Boot, allein und verlassen. Am Ufer wurden die Gefangenen gesammelt und die Reserve kümmerte sich darum, die wie die gehetzten Hühner herumlaufenden Tataren einzufangen. Sie wurden, wie immer, zu zweit, Rücken an Rücken, zusammengebunden und dann auf die Erde geworfen.

»Wenn Iwan Matwejewitsch getötet worden ist, siehst du mich nicht mehr wieder, Vater«, sagte Marina Alexandrowna tonlos. Lupin hatte ihr mit einem Tuch die Füße zusammengebunden. Wer nicht genau hinsah, konnte glauben, der Adjutant Boris Stepanowitsch sei verletzt und eine Wunde am Fuß umwickelt worden. Außerdem war ja der alte Lupin bei ihm – ein Beweis also, dass er ärztlichen Rates bedurfte!

»Er kommt wieder, Marinuschka, beruhige dich«, sagte Lupin und beobachtete mit gerunzelter Stirn, wie aus der fernen Stadt die ersten Rauchwolken aufstiegen. Hohlköpfe alle, dachte er grimmig. Der Winter naht, sie suchen feste Quartiere, und was machen sie? Sie brennen die Häuser nieder, in denen sie den Frost gut überstehen könnten! Wenn das so weitergeht, werden sie unter die umgestülpten Boote kriechen müssen, um überhaupt ein Dach über dem Kopf zu haben. Aber so sind sie, die Kosaken! Berauschen sich am Zerstören und wundern sich hinterher, dass es ihnen trotz aller Siege so dreckig geht.

Gott im Himmel, womit habe ich einen solchen Schwiegersohn verdient!

»Du hast mich festgehalten«, sagte Marina verbissen. »Ein Vater, der seine Tochter zu Boden drückt!«

»Es war Notwehr, mein Täubchen. Jetzt lebst du aber ... Wer weiß, was dir im Hagel der Pfeile geschehen wäre!« Lupin strich ihr über die kurz geschnittenen blonden Haare, die Muschkow wieder mit dem Messer gestutzt hatte. Eine besonders lange, gekräuselte Locke hatte Iwan heimlich behalten, in ein Ledersäckchen gesteckt und um den Hals gehangen. Er war nicht abergläubisch, o nein, aber irgendwie hatte er die Hoffnung, dass ihn diese goldene Locke vor allen Gefahren bewahren würde wie jener Zauberstein, von dem die Märchen berichteten.

»Ein Vater darf alles, um seine Tochter zu retten!«, sagte Lupin, und vor Rührung schossen ihm dabei die Tränen in die Augen. »Bin ich den ganzen Weg mitgezogen, um dich den Tataren zu überlassen?«

»Es ist, als wenn du gegen den Sturm kämpfen wolltest, Väterchen.« Sie richtete sich auf und starrte den Trupps entgegen, die zurückkamen. Verwundete, darunter Kosaken, die ihre toten Kameraden trugen. Eine Schar von etwa dreihundert Tataren wurde zum Fluss getrieben. Sie waren durch den Kampf entnervt, verschüchtert und hatten mit dem Leben abgeschlossen. Sie rechneten damit, noch vor Sonnenuntergang enthauptet zu werden, wie es mongolische Sitte war.

»Hilf mir jetzt auf die Beine«, sagte Marina Alexandrowna.

»Töchterchen …«, bettelte Lupin. »Du bist verwundet …«

»Hilf mir hoch!«, schrie sie hell. »Oder ich schreie es hinaus: Dieser Lupin, dieser hinterlistige Hund, hat mich festgebunden!«

Da knüpfte Lupin das Tuch von ihren Füßen, und sie stand auf. Er kämpfte noch mit seinem Vaterherzen, ob er Marina verstoßen oder züchtigen sollte.

»Wo ist Iwan Matwejewitsch?«, rief sie den Zurückkehrenden zu. »Hat ihn einer gesehen? Lebt er noch? Weiß jemand, wo er jetzt steckt?«

Die Verwundeten zuckten mit den Schultern. Nur einer, ein Kosak mit einem Pfeil in der Schulter, den er stecken gelassen hatte, weil die Widerhaken sonst ein großes Loch gerissen hätten und nur ein geschickter Feldscher den Pfeil herausschneiden konnte, blieb stehen und zeigte auf die Frage des Adjutanten mit dem Daumen zur Stadt.

»Muschkow stürmt mit dem Popen die Moschee! Ich habe sie gesehen, wie sie einen Mullah, der ihnen entgegentrat, durch die Luft warfen, als sei er ein Steinchen.«

Er zeigte auf den Pfeil in seiner Schulter, blickte Lupin wehmütig an und taumelte näher.

»Kannst du ihn herausholen, Alterchen?«

»Mit oder ohne Betäubung?«

»Bin ich ein Weib, he?«

»Setz dich!« Lupin holte aus dem Gürtel seinen Dolch, wetzte ihn an einem Stein und prüfte mit dem Finger die Schneide. Dann steckte er dem Kosaken ein Stück Holz zwischen die Zähne und nickte ihm zu. »Beiß drauf und halt das Maul!«

Er riss die Bluse des Kosaken herunter, betastete den Pfeil und sah, dass er nicht sehr tief zu schneiden brauchte. Darüber vergaß Lupin einen Augenblick sein Töchterchen, und als er sich wieder umdrehte, sah er sie weglaufen – der brennenden Stadt entgegen!

»Boris Stepanowitsch!«, brüllte er verzweifelt. »Dein Fuß! Du bist verletzt!«

»Jermak sucht nach ihm!«, sagte der Kosak mit dem Pfeil. »Es ist schon das zweite Mal, dass sein Adjutant bei einem Kampf nicht an seiner Seite war.«

Lupin schwieg. Er erkannte die Gefahr, in der Marina schwebte, und spürte die Angst in sich hochsteigen. Wie viele Tage und Wochen lagen noch vor ihnen, und es war unmöglich, jedes Mal, wenn es ans Kämpfen ging, den Adjutanten zurückzuhalten.

Dann schnitt er zu, schälte die Pfeilspitze aus der Schulter des Kosaken, und dieser biss knirschend auf das Holz zwischen seinen Zähnen.

8

Iwan Matwejewitsch Muschkow war zufrieden.

In der Moschee lagen die Schätze zu Haufen. Goldene Lampen, edelsteinverzierte Ölgefäße, silberne Kästen und Teppiche, aus Seide geknüpft. Man brauchte so einen Teppich nur an den vier Enden zusammenzuraffen, dann konnte man die Schätze darin wegbringen.

Muschkow entschied sich für einen goldenen Leuchter, einen silbernen Schrein und einen Dolch mit einer Scheide, die von Edelsteinen funkelte. Es kam dabei leider zu einer Meinungsverschiedenheit mit dem Kosakenpopen Kulakow, die Muschkow gewann, indem er das heilige Väterchen einfach gegen den Bauch trat.

»Gut!«, sagte Oleg Wassiljewitsch, nachdem er Luft geholt hatte. »Behalte den Dolch! Aber ich prophezeie dir: Du wirst ihn bald der heiligen Kirche opfern!«

»Den Hintern ritze ich dir damit ein!«, rief Muschkow fröhlich. Dann rannte er aus der Moschee.

Man sollte einen Popen nie gegen den Bauch treten! So etwas gehört sich nicht, ein geweihter Mann hat das Recht auf bessere Behandlung – und auch Gott missfällt solche profane Methode.

Muschkow sah es deshalb als eine Strafe des Himmels an, dass Marina Alexandrowna ihn aufspürte, bevor er seinen Raub verstecken konnte. An einer Hausecke prallten sie zusammen. Sie mussten sich anschreien, denn der Lärm der Plünderung war so stark – aus allen Häusern scholl das Krachen der Vernichtung –, dass ein normaler Ton vollkommen unterging.

»Was hast du da?«, fragte Marina und zeigte auf den Teppichsack, den Muschkow über die Schulter geworfen hatte.

Ihr Herz schmerzte vor Erleichterung, dass Iwan lebte, doch ihre blauen Augen blitzten gefährlich.

»Ich soll es wegbringen!«, erwiderte Muschkow.

»Mach den Teppich auf, Iwan Matwejewitsch!«

»Marinuschka, ich wollte es doch nur vor der Vernichtung retten!«

»Leg es auf den Boden!«

Sie standen sich gegenüber, der große, breite Kosak und das zierliche Mädchen in Männerkleidern. Sie starrten sich an wie zwei hungrige Wölfe, die sich um ein Kaninchen balgen wollen …

»Wir haben Krieg!«, brüllte Muschkow verzweifelt und umklammerte die Teppichzipfel.

»Dreh dich um und geh zur Moschee zurück!«, befahl Marina kalt.

»Was sagst du da?«

»Zur Moschee zurück!«

»Ich war nicht in der Moschee. Mein Täubchen, meine Rose, hör mich an …«

»Es hat keinen Sinn mit uns, Iwan Matwejewitsch«, unterbrach ihn Marina. »Ich gehe jetzt zu Jermak, reiße meine Bluse auf und zeige ihm, dass ich ein Mädchen bin.« Sie wehrte ihn ab, als er sie festhalten wollte, und ging an ihm vorbei. »Bleib, was du bist!«, rief sie. »Ich will dich nicht mehr!«

»Ich gehe zur Moschee!«, brüllte Muschkow mit letzter Kraft. »Sieh es dir an ... ich gehe zurück. Marinuschka, bleib stehen! Mein Engelchen ...«

In der Moschee trafen sie den Kosakenpopen noch an. Er hatte inzwischen die mohammedanischen Kollegen aus ihren Kammern geholt, vor sich aufgestellt und sie mit Genuss geohrfeigt, um weitere Verstecke des Kirchenschatzes zu erfahren. Dabei brüllte er sie mit seiner mächtigen Baßstimme an, was beinahe noch eine größere Wirkung hatte als seine breite Hand.

»Mein lieber Sohn ...«, sagte er milde zu Muschkow, der den Teppich vor ihm ausbreitete und die Schätze mit saurer Miene enthüllte. »Ein wahrer Christ opfert der Kirche sein Bestes!«

Er umarmte Muschkow zum Dank und biss ihn dabei ins Ohr. Iwan Matwejewitsch klapperte mit den Zähnen vor Wut und stieß Kulakow von sich.

Dann sah der Pope Marina an und schlug das Kreuz über sie. »Boris Stepanowitsch«, sagte er dunkel, »du wirst eine große Zukunft haben, wenn du weiterhin so an mich denkst.«

Am Abend war jeder Kosak zufrieden. Die Beute war gut, die Stadt Tschinga-Tura ein guter Platz zum Überwintern. In der Umgebung, das hatte man aus den Gefangenen herausgequetscht, gab es eine Kette von Lagerplätzen mit Lebensmitteln und Pelzen. Mametkul mit seinen zehntausend Reitern würde vermutlich erst im Frühjahr angreifen, man konnte sich also ausruhen von dem Marsch über den Ural und nach der Schneeschmelze mit frischer Kraft den sibirischen Zaren Kutschum vernichten und seine goldene Stadt Sibir erobern.

Der Eingang nach Sibirien, nach Mangaseja, war jedenfalls aufgerissen …

»Ich habe alles getan, was du wolltest«, sagte Muschkow an diesem Abend zu Marina. Sie hatten zusammen mit Jermak das Haus des geflüchteten Fürsten Jepantscha besetzt und saßen nebeneinander auf einem Diwan, der mit chinesischer Seide bezogen war. Aus einem Nebenzimmer klangen Kichern und zwitscherndes Lachen, tiefes Seufzen und leise, piepsende Schreie. Jermak belustigte sich mit einer jungen, eingefangenen Tatarin. Muschkow beneidete ihn maßlos.

»Wann tust du endlich das, was ich will?«, fragte er heiser.

»Was willst du, alter Bär?«

»Hör nach nebenan«, seufzte Muschkow.

»Ich höre ein Vögelchen zwitschern«, sagte Marina leichthin. »Was ist dabei?«

»Sei auch ein Vögelchen«, stammelte er. »Ein Tierchen, das sein Nest in meinen Armen hat …«

Sie beugte sich vor, umfasste plötzlich mit beiden Händen sein Gesicht und küsste ihn auf den Mund. Muschkow schloss selig die Augen, hielt ganz still, und als sich Marina an ihn schmiegte und ihre feste Brust gegen die seine drückte, vergaß er fast das Atmen vor Glück.

Eine Minute unsagbaren Glücks kann ein ganzes Jahr aufwiegen … Für Muschkow war Marinas erster wirklicher Kuss mehr als hundert Segnungen des Popen. Nur als er glaubte, nun sei das Eis um ihr Herz endlich gebrochen, als er begann, mit seiner Hand unter ihre Bluse zu tasten, und als seine bebenden Finger ihre Brust umfassen wollten … da stieß sie ihn wieder von sich und schüttelte den Kopf.

»Das nicht, Iwanuschka«, sagte sie leise, zärtlich, aber sehr bestimmt. Aus dem Nebenraum ertönte noch immer das Kichern des Tatarenmädchens, dazwischen Jermaks schnaufende Stimme und ein Gemisch von anderen Geräuschen, das jeden Zuhörer zu wilden Fantasien anregte.

»Du quälst mich zu Tode!«, stöhnte Muschkow. »Überall feiern sie den Sieg, sitzen auf Bergen von Beute – und was habe ich? Der Pope, der Halunke, sammelt alles ein!«

»Willst du auch ein Halunke sein, Iwan Matwejewitsch?«

Muschkow schwieg. Marina ordnete ihre verrutschte Bluse, stopfte sie wieder in den Gürtel der Kosakenhose und stülpte die kecke rote Mütze auf das gestutzte blonde Haar. Nebenan kreischte jetzt die kleine Tatarin, und Jermak grölte laut, als säße er im Sattel seines Pferdes und jage Füchse in der Steppe. Muschkow verdrehte die Augen, rang die Hände und starrte gegen die mit Lehm beworfene Decke. Wer kann das aushalten, dachte er. Wenn ich sie nicht so liebte, risse ich ihr jetzt einfach die Uniform vom Leibe. Es wäre leicht, sie zu besiegen, aber das wäre auch das Ende aller Zukunftsträume.

Durch die Straßen von Tschinga-Tura zogen singend die Kosaken. Die Nachhut war jetzt eingetroffen, dieser Haufe aus Abenteurern, Mönchen und Stroganowschen Beamten, die sich bei allen Kämpfen im Hintergrund hielten, aber umso aktiver wurden, wenn alle Gefahren vorbei waren. Die Überquerung des Ural hatte der Nachhut gewaltig zugesetzt.

Auch sie hatte ihre Boote durch die Felsstiegen schleppen müssen, über Abgründe und durch Schluchten, über Felsspalten und reißende Wildwasser, auch sie hatte kleine Felsenburgen erbaut, um einen Rückzug, wenn er nötig werden sollte, zu sichern. Gerade für die Priester, die nur gewohnt waren, einen Weihrauchkessel oder ein Kreuz zum Segnen zu heben, war diese Bezwingung des Gebirges eine Tat, die kaum ihresgleichen fand.

Wer kann es ihnen daher verübeln, dass sie jetzt in der eroberten Stadt als Erstes zu einem Dankgottesdienst aufriefen? Die Kirchenfahnen wurden entfaltet, die besten Kosakensänger, die den Kirchenchor bildeten, wurden zusammengerufen, und im mohammedanischen Tempel, den Oleg Wassiljewitsch Kulakow besetzt hielt, versammelten sich die Mönche und bestätigten zunächst, dass sie keinen Anspruch auf die wertvollen Geräte von Allahs Haus erhoben, sonst hätte wohl auch das stämmige streitbare Väterchen um sich geschlagen.

»Von hier aus wird Christus durch Sibirien ziehen ...«, sagte der Abgesandte des Bischofs von Uspensk. »Gott erbarme sich der Heiden und führe sie in die Arme des wirklichen Glaubens.«

Jermaks Kosaken verstanden diesen heiligen Auftrag anders. Sie erbarmten sich der Vorräte der Tataren und Wogulen, streiften durch die Umgebung, schleppten aus den Verstecken Haufen von Pelzen und Esswaren heran, und wo sie Frauen fanden, nahmen sie das bischöfliche Wort von »in-die-Arme-führen« wörtlich und vermittelten den zierlichen, schlitzäugigen Weibchen einen neuen Begriff von ungestümer Männlichkeit. Das sprach sich herum bis in die Hauptstadt Sibir und bis zu Kutschum.

»Wir werden sie vernichten!«, sprach der sibirische Zar. »Lasst den Winter vorbei sein. Am Tobol werden wir sie jagen wie die Schneehasen!«

Das winterliche Leben in der eroberten Stadt wurde langweilig. Schnee fiel in Massen, dann ließ der Frost alles erstarren. Die Tura fror zu, überall hackte man Löcher in die Eisdecke, um an die Fischschwärme heranzukommen, die so dicht waren, dass man ein Netz nur einzutauchen brauchte und dann hunderte von Fischen herauszog, als schöpfe man aus einem Kessel. Die Jäger zogen die Tura hinunter bis zum Zusammenfluss mit dem Tobol und stießen hier auf die Truppen des Mametkul, die den Sperrriegel zum Land Mangaseja bilden sollten. Es kam zu kleinen Scharmützeln, und auch zum Ural hin blieb es nicht ruhig. Hier hatten sich Gruppen von Ostjaken und Wogulen gebildet, die alle überfielen, die ahnungslos durch die Ausläufer des Gebirges streiften.

Jermak ordnete an, nur noch in Kosakenbegleitung zu jagen. Gefangene, die man machte, köpfte man nicht, sondern ließ sie laufen, was sich schnell herumsprach.

»Wir haben nichts gegen euch!«, sagte Jermak nach einem Verhör zu ihnen. Die Gefangenen hatten mit dem Leben abgeschlossen und warteten auf den Henker. »Ihr seid für uns liebe Brüder! Aber wir wollen Kutschum verjagen, diesen gottlosen Tyrannen, der selbst in goldenen Räumen lebt, euch aber behandelt, als wäret ihr Ratten! Unter unserem Zaren Iwan seid ihr alle freie Bauern! Bekennt euch zum Kreuz und ziehet hin in Frieden …«

Selten wurde so schamlos gelogen. Die Untertanen Kutschums behielten zwar ihr Leben, und sie ließen sich taufen, sie standen in langen Reihen vor den Popen, bestaunten die prunkvollen Priestergewänder und hörten mit Erstaunen die Kirchenchöre. Fassungslos starrten sie die Kruzifixe mit dem nackten Mann an, der da anscheinend auf ein paar Balken festgenagelt war; die Dolmetscher erzählten ihnen von Jesus, der aus lauter Liebe zu den Menschen sich hatte töten lassen … was sie als ausgesprochenen Unsinn empfanden, denn bevor man sich töten lässt, schlägt man erst um sich, das ist doch das Selbstverständlichste im Leben … Jedoch bemühten sie sich, dieses Ereignis gebührend zu bewundern und zu glauben und empfingen dann Taufe und Segen.

Die große Überraschung kam erst hinterher: Ihre neue Kirche, ihre neuen Priester verlangten ein Zehntel von allem, was sie besaßen. An den Mann am Kreuz zu glauben, war eben ziemlich kostspielig – das hat sich ja bis zum heutigen Tag nicht geändert.

Aber dafür durften sie weiterleben, zeigten den Kosaken die reichen Jagdgebiete und bauten ihnen die leichten, schnellen Schlitten aus Flechtholz, mit denen man über Schnee und Eis so mühelos gleiten konnte, so wie ein Schwarzfuchs rennt.

Die zur Hälfte zerstörte Stadt Tschinga-Tura wurde wieder aufgebaut. Über tausend Mann wollten warm wohnen, und als die Schneestürme aus dem Osten heulten, als aus Tundra und Taiga die Kälte herbeikroch und sich bis in die Knochen fraß, als das Land unpassierbar wurde und selbst die Ostjaken ihre Jagd einstellten und sich in ihren Hütten unter dem Schnee begraben ließen wie Murmeltiere ... da nahte eine schlimme Zeit für die Kosaken.

Alexander Grigorjewitsch Lupin brachte das Kunststück fertig, bei dem Kosakenpopen Oleg Wassiljewitsch Kulakow angestellt zu werden. Es war die einzige Möglichkeit, in der Nähe Marinas zu bleiben, denn das große Haus des Fürsten Jepantscha lag neben der Moschee, und Jermak, Muschkow und der Pope bildeten so etwas wie eine Kumpanei oder – um es höflicher zu sagen – einen Generalstab der Kosaken. Zwischen diesen dreien wurde besprochen, wie man den grausamen Winter überstehen könnte, und da der Adjutant Boris Stepanowitsch auch immer bei den Besprechungen saß, konnte Lupin sein Töchterchen oft sehen und ab und zu auch sprechen.

Lupin hatte, das wissen wir, eine laute Stimme. Außerdem konnte er hervorragend pfeifen, eine Kunstfertigkeit der Lippen und der Finger, die seinerzeit auch dazu beigetragen hatte, ihn zum Starosten von Nowo Orpotschkow zu machen. Man wundere sich darüber nicht ... es gibt viele Bürgermeister, die mit weit weniger Fähigkeiten diesen wichtigen Posten bekleiden! Für Lupin war es blankes Kapital: Er ließ sich bei dem Kosakenpopen melden und baute sich vor ihm auf, direkt vor der neu errichteten Ikonostase. Es waren Bilder, die der Pope zusammengeklaut hatte; jetzt jedoch zeigte es sich, dass alles wirklich nur zum Lobe Gottes geschehen war. Die erste Ikonostase in Sibirien flößte allen Gläubigen tiefste Ehrfurcht ein.

»Ich habe keine Pferde, Rossdoktor!«, sagte der Pope, der

Lupin nur als Arzt der Stroganows kannte. »Und krank bin ich auch nicht.«

»Gelobt sei der Herr!«, erwiderte Lupin, stemmte dann die Arme in die Seiten, bog den Kopf in den Nacken, riss den Mund auf und donnerte ein Kyrie eleison in den Raum, dass dem Popen der Bart zitterte. Um keinerlei Diskussion aufkommen zu lassen, setzte Lupin sogleich einen Ostergesang hinterher, brüllte: »Christ ist auferstanden! Wahrhaftig, er ist auferstanden!«, und schloss seine Darbietung mit einem Lobgesang, den man bis auf die Straße hörte.

Oleg Wassiljewitsch Kulakow starrte Lupin entgeistert an, kämmte mit gespreizten Fingern seinen Bart und sagte dann: »Zum Satan, hast du drei Lungen?«

»Vier, ehrwürdiges Väterchen«, antwortete Lupin mutig. »Pass einmal auf.« Er steckte nun zwei Finger zwischen die Zähne und stieß einen Pfiff aus, der den Popen wirklich zusammenschrecken ließ. Dann spitzte Lupin die Lippen und pfiff ein Lied von der Amsel, die im Kirschbaum sitzt und ein verliebtes Mädchen tröstet. Jeder Kosak vom Don kennt dieses Lied, und dem Popen, Lupin bemerkte es mit zitternder Freude, stiegen die Tränen in die Augen vor Heimweh. Der Don! Die bunt bemalte Kirche von Blagodornje, die fröhlichen Weibchen dort, die zur Beichte in das kleine Hinterzimmer kamen … Wie weit ist das weg! Sieht man es wohl jemals wieder?

Die Amsel auf dem Kirschbaum …

»Was willst du, Alexander Grigorjewitsch?«, fragte der Pope wehmütig. »Einen besonderen Segen?«

»Ich möchte Kirchendiener werden, ehrwürdiger Vater«, sagte Lupin und senkte demütig den Kopf. »Vorsänger und dein Gehilfe. Ich beherrsche noch mehr als Singen und Pfeifen, Krankheiten heilen und Pferde pflegen. Es wird ein langer Winter kommen …«

»Du bist ein gläubiger Mensch, nicht wahr?«, fragte Oleg

Wassiljewitsch vorsichtig. Lupin hörte den besorgten Unterton und lächelte fast freundschaftlich zurück.

»Man muss zwischen Gebet und Menschlichkeit unterscheiden, ehrwürdiger Vater.«

»Das ist ein kluges Wort, Alexander Grigorjewitsch.« Der Pope schlug Lupin so kräftig auf die Schulter, dass dieser in die Knie knickte und heftig nach Atem rang. »Und ein kluger Mensch ist immer für die Kirche zu gebrauchen.«

So wurde Lupin also der Gehilfe des Kosakenpopen Oleg Wassiljewitsch Kulakow. Keine leichte Aufgabe, wie man sich vorstellen kann, denn die Messgeräte zu putzen, die Kleidung des Popen in Ordnung zu halten, die Ikonen abzustauben, den Tempel, der zur Kirche umbenannt worden war, zu säubern, denn welcher Kosak tritt sich schon die Stiefelsohlen ab, wenn er eine Kirche betritt ... das alles waren Aufgaben, die Lupin am Rande erledigen musste. Seine vordringlichste Aufgabe bestand darin, für den Popen eine ganz besondere Sorte Weibchen herbeizuschaffen: schlanke, ranke, weißhäutige Tatarinnen, eng in der Taille, aber doch wohl gewölbt in den Brüsten, nach Rosenöl duftend und nicht nach ranzigem Fett, wie die meisten der wogulischen Bäuerinnen.

Den Kosaken war das gleichgültig, sie liebten nicht mit der Nase, aber Väterchen Oleg Wassiljewitsch war ein Ästhet, und sein Bedarf an weiblicher Schönheit war enorm. Es mochte daher kommen, dass gerade der Pope immer das beste und meiste Essen erhielt; die Kosaken brachten ihm am Sonntag Eier, Fleisch, Kuchen, Käse und Milch – alles Dinge, die wohltätig in die Knochen gehen.

Außerdem hatte der Pope den berühmten Erlass der Zehntabgabe an die Kirche sofort im ganzen Umkreis von Tschinga-Tura verkündet und schickte jede Woche seine Einsammler auf den Schlitten herum.

Ein anderer Schlitten, dick mit Pelzen und Felldecken bestückt, war immer unterwegs, mit Lupin auf dem Fahrersitz, um tatarische Mädchen einzufangen. Hatte er eine nach Olegs Geschmack aufgetrieben, packte er sie in die Felle, und so kamen sie alle gut gewärmt und gewissermaßen vorbereitet in der Kirche an.

»Du bist ein guter Geselle!«, sagte Väterchen Oleg Wassiljewitsch lobend zu Lupin und beschenkte ihn mit mongolischen Armreifen aus gehämmertem Silber, besetzt mit bunten Steinen, deren Namen keiner wusste. »Wenn du so weitermachst, ernenne ich dich noch zum Diakon. Ich habe ein gutes Herz, Brüderchen.«

So war es möglich, dass Lupin jeden Tag sein Töchterchen Marina sah und ab und zu auch sprechen konnte ... neben der Kirche, im Kirchengarten und im Hause des Fürsten Jepantscha.

»Es ist eine schreckliche Arbeit«, stöhnte Lupin einmal. Er saß mit Marina um einen warmen Steinofen, dessen Steine glühten und eine solche Hitze verbreiteten, dass Jermak halb nackt herumlief und jedem Besucher seine dicken Muskeln zeigte. »Wie andere Füchse und Zobel, so fange ich Tatarinnen ein. Welch ein Niedergang der Familie Lupin! Immer ehrliche Menschen, immer gottesfürchtig, arm – aber mit Ehre in der Brust ... und was mache ich jetzt? Trage einem schändlichen Popen, der täglich hundertmal Gott beleidigt, Weiber ins Bett! Manchmal weine ich, Marinuschka.«

Dann umarmten sie sich und gaben sich ganz dem seligen Gefühl hin, in dieser fremden, feindlichen Welt zusammen zu sein und sich sagen zu können, woran man sonst erstickt wäre. Die Liebe zu Muschkow war für Marina etwas Herrliches, aber ebenso viel Glück bedeutete es für sie, mit ihrem Väterchen am heißen Ofen sitzen zu können und zu wissen, dass man nicht allein ist mit seinem Glauben an einen einzigen, wilden Mann, den man zähmen will ...

Ein Winter voller Schnee und eisigem Frost, mit dick zugefrorenen Flüssen und unpassierbaren Wäldern, deren Bäume im Eis erstarrt waren und manchmal mit lautem Krachen auseinander sprangen, wenn der Frost von innen heraus die Stämme spaltete ... ein solcher Winter ist für jeden Kosaken etwas Fürchterliches, auch wenn er in festen Häusern wohnen und seinen Hintern an einem heißen Ofen wärmen kann. Die Langeweile regte zu Schlägereien an. Man stritt, betrog sich beim Spiel, raufte sich um die wenigen Frauen, die man aufgreifen konnte ... Tausend wilde Gesellen in einer toten Stadt, monatelang dazu verurteilt, auf engstem Raum miteinander zu leben – das war ein Problem, über dessen Lösung Jermak Timofejewitsch vergeblich nachdachte.

In Orjol war das anders gewesen. Da hatte man seine eigene Kosakenstadt gehabt, das große Steinhaus mit den fast zweihundert Mädchen, dann gab es einmal Tänze in der Stadt, Magazine, in denen man kaufen konnte, Jagdausflüge ins Permer Land, die Möglichkeit, zu exerzieren.

Und früher am Don? O Brüder, lasst uns nicht an den Don oder an die Wolga denken, nicht an den Donez oder das Kaspische Meer, nicht an die Steppen im Süden und die herrlichen Mädchen der Nogaier! Die Tränen schießen einem in die Augen, und man könnte heulen wie ein Wolf vor Heimweh.

Jermak, Muschkow und Marina erkundeten in den nächsten drei Wochen die Umgebung von Tschinga-Tura. In einem großen Schlitten, gezogen von drei Renhirschen und gelenkt von einem Ostjaken, den sie gefangen hatten und der bei ihnen geblieben war, glitten sie an den sturmfreien Tagen über das weiße, gestorbene Land und stießen, die Tura weiter hinunter, bis zum Tobol vor, dem Ziel des nächsten Frühjahrs. Auf dem Tobol wollten sie dann zum Irtysch und Kutschums goldene Stadt Sibir vernichten.

Lupin rang jedes Mal die Hände, wenn er von solchen Ausflügen erfuhr. Gefährlich waren sie schon, diese Fahrten, denn man traf öfter mit Mametkuls Reitern zusammen. Späher waren es, die im Land umherritten und Kosaken, die sich zu weit vorwagten, mit ihren lautlosen Pfeilen abschossen wie Hasen. Das war ihnen bisher dreimal gelungen, bis Jermak verbot, mit weniger als fünfzig Mann und fünf Gewehrschützen die Bauern zu »besuchen«. Fünfzig Mann aber wollten fünfzig Pferde haben oder mindestens zehn Schlitten – das aber war unmöglich, also blieben die Kosaken in der Stadt und prügelten sich untereinander weiter, wurden mit Dunkelhaft bestraft oder – in schlimmen Fällen – mit Wasser übergossen und eine Stunde lang in den klirrenden Frost gestellt.

Die meisten überlebten solche Abkühlungen nur mit Mühe ... dann mussten Lupin und die Feldschere kommen. Sie amputierten erfrorene Zehen und Finger, zweimal sogar ein Ohr, und es zeugt von der geradezu unwahrscheinlichen Robustheit der Behandelten, dass sie das überlebten.

Auch die Schlittenfahrten Jermaks, bei denen ihn nur ein zweiter Schlitten mit Gewehrschützen aus Deutschland und Livland begleitete, hätten eines Tages, bald zehn Werst unterhalb von Tschinga-Tura, am Tobol geendet.

Es war ein klarer, sonniger, aber eisklirrender Tag. Der Schnee gleißte, der Himmel war eisblau und so unendlich klar im Glanz der kalten Sonne, dass Jermak und Muschkow sich einen Streifen Tuch aus grobem Leinen vor die Augen banden, durch den man zwar noch hindurchsehen konnte, der aber das grelle Licht filterte. Marina hatte sich ganz in die Felle gewühlt und die Pelzkappe tief über ihr Gesicht gezogen. Die Renhirsche trabten über den hart gefrorenen Schnee, jeder Tritt knackte, und die Kufen des Schlittens knirschten im Eis, als schreie der Boden auf wie ein Wesen, in das man Wunden schneidet ...

So kam es, dass weder Jermak noch Muschkow merkten, wie der kleine ostjakische Schlittenlenker plötzlich mit einem Satz in den Schnee sprang, sich ein paarmal überschlug und dann liegenblieb. Die Renhirsche, nun ohne die lenkende

Kraft an den ledergeflochtenen Zügeln, hoben erstaunt die Köpfe, streckten sich dann und galoppierten schnaubend über das flache, eisige Land. Der nachfolgende Schlitten mit den Schützen fiel zurück, Geschrei erfüllte die Luft, aber Jermak, Muschkow und Marina, eingemummt in ihre Pelze, hörten es nicht. Sie wunderten sich nur, dass die Hirsche sich so ins Geschirr legten und ihr Schlitten dahinsauste, als flöge er.

»Ein schöner Tag!«, rief Jermak seinem Freund Muschkow ins Ohr, indem er seinen Kopf heranzog. »Diese herrliche Sonne!«

»Und wie die Tierchen laufen!«, schrie Muschkow zurück. »Das macht auch unserem kleinen Schlittenlenker Freude!«

Das war allerdings ein Irrtum. Der Ostjake hatte sich aufgerichtet, nachdem auch der zweite Schlitten an ihm vorbeigerast war, stand nun im Schnee, hatte die Hände zum Schutz gegen die Sonne über die Augen gelegt und starrte in die Ferne. Dort war ein dicker schwarzer Punkt auf dem sonst makellosen Weiß der Landschaft zu sehen.

Ein Punkt, der jetzt zerfloss und zu lauter kleinen Punkten wurde, die sich schnell vergrößerten und Gestalt annahmen.

Reiter in dicken, gesteppten Fellkleidern und Pelzmützen, nach oben spitz zusammenlaufend, waren es; Bogen, Pfeile und Lanzen vor sich über die Nacken der Pferde gelegt, mit Eiszapfen verhangen, aber innerlich glühend vor Hass und Vernichtungswillen.

Und genau auf diese Reiter jagte der führerlose Schlitten Jermaks zu.

Es war die Stunde, vor der Lupin immer Angst gehabt hatte und wegen der er immer zu Gott betete, dass sie nie kommen möge ... Aber Gott – kann man's ihm verübeln – hatte kein Ohr für Gebete aus der Kirche des Popen Oleg Wassiljewitsch Kulakow.

Hinter Jermak begannen jetzt schon die deutschen und livländischen Schützen zu feuern. Aber das war sinnlos, denn ihr Schlitten schwankte und hüpfte, sie mussten sich festklammern, und die Rentiere, die sie zogen und bisher brav dem ersten Leitschlitten nachgetrottet waren, galoppierten nun genauso schnell wie die vorderen.

»Die Idioten schießen!«, brüllte Muschkow in Jermaks Ohr. »Hier gibt es doch gar keine Füchse!«

Sie schälten sich aus den Pelzen, rissen die Leinenbinden von den Augen und blinzelten in die grelle Sonne und den glitzernden Schnee. Die Renhirsche vor ihnen hatten die Köpfe mit den Geweihen weit vorgestreckt, und ihre schlanken Beine trommelten über das gefrorene Land.

»Der Kutscher!«, schrie Muschkow plötzlich und rüttelte Jermak an den Schultern. »Jermak Timofejewitsch, unser Gelber sitzt nicht mehr da! Er muss vom Schlitten gefallen sein! Die Hirsche sind toll geworden!«

»Tataren!«, rief hinter ihnen jetzt Marina mit heller Stimme. Sie hockte noch in einem Berg von Fellen und starrte auf die Linie der Reiter, die ihnen entgegengaloppierten. »Überall Tataren! Eine Falle, Jermak!«

Hinter ihnen feuerten wieder die Schützen, allerdings mehr, um sich selbst Mut zu machen oder die Tataren mit dem »Donner des Himmels« zu erschrecken, als mit der Aussicht, auf diese Entfernung etwas zu treffen. Nun sahen auch Jermak und Muschkow die auseinander gezogene Linie der kleinen, vermummten Reiter, die einen Halbkreis bildeten, in den die Schlitten unweigerlich hineinrasen mussten.

»Halt die Hirsche an!«, brüllte Jermak. Er warf die Felle von sich, versuchte, die Lederzügel zu ergreifen, aber sie rutschten ihm weg. Als die Rentiere nun, von den Schüssen noch erregter geworden, mit den Köpfen in die Luft stießen, fielen die Zügel sogar ganz vom Schlitten und schleiften über den Boden.

»Die Schlitten müssen halten!«, schrie Jermak. »Iwan Matwejewitsch, wir müssen an die Hirsche heran!«

»Ich kann sie nicht zurückpfeifen!«, brüllte Muschkow und warf den Kopf herum. Hinter ihm hockte Marina auf dem Fellstapel und klammerte sich an der Schlittenwand fest. »Abspringen!«, schrie Muschkow. »Jermak, wir müssen abspringen …«

»Die Tataren reiten uns nieder!«, brüllte Jermak zurück.

Er kroch nach vorn, beugte sich über die hohen, gebogenen Kufen und kam immer noch nicht an die schleifenden Zügel heran. Schon hörten sie das Triumphgeheul der Tataren, der Schlitten mit den fünf Gewehrschützen raste jetzt auf gleicher Höhe mit Jermaks Schlitten dahin, aber die Männer lagen hilflos in den Pelzen, klammerten sich fest und schienen ihre letzten Gebete zu stammeln.

»Ich werde auf einen Hirsch springen!«, schrie Muschkow jetzt. Die Angst um Marina ließ ihn an Unmögliches denken. Er kroch nach vorn, wo der Ostjake gesessen hatte, duckte sich und schätzte die Entfernung bis zum Rücken des mittleren Rentieres.

Aber er kam nicht mehr zum Sprung. Neben ihm stand plötzlich Marina, ohne Pelz und Kappe, nur in Bluse und Hose.

Jermak schrie: »Muschkow! Halt den Idioten fest! Er hat doch keine Kraft!« – doch Muschkow griff schon ins Leere. Er erhielt noch einen Faustschlag auf die Nase, der ihn einen Augenblick lang fassungslos machte … und dann sah er, wie Marina sich abstieß. Sie flog durch die sonnenglänzende, kalte Luft, die Arme weit vorgestreckt, die Beine in den Stiefeln gespreizt.

»Gott im Himmel!«, brüllte Muschkow auf. Tränen stürzten aus seinen Augen und gefroren sofort zu kleinen Eiskristallen.

Genau auf dem Rücken des mittleren Hirsches landete Marina Alexandrowna, krallte sich in dem Nackenhaar des Tieres fest, schlug ihre Beine gegen die Seiten des Tieres und saß auf dem Geschirr aus Lederriemen so sicher wie im Sattel eines Pferdes.

Der Renhirsch warf den Kopf weit in den Nacken, stieß ein dumpfes, röhrendes Brüllen aus und buckelte im Galopp. Aber das half ihm nichts. Marina hieb ihm die Absätze ihrer Stiefel in die Weichen, beugte sich dann weit vor und umklammerte mit beiden Händen die breit ausladenden Stangen des Gehörns, fasste in die Endsprossen und zerrte den Kopf des Tieres nach hinten.

Es war ein aussichtsloser Kampf, ein Mädchen gegen einen ausgewachsenen Hirsch. Die Nackenmuskeln des Tieres spannten sich, es brüllte wieder, aus dem Geäse quoll dichter Dampf, ein heißer Atem, der in der eisigen Luft sofort zu einer Dunstwolke wurde.

»Iwan!«, schrie Marina schrill. »Iwan, hilf mir!«

Sie zog an dem Geweih, versuchte, den Widerstand der armdicken Nackenmuskeln des Hirsches zu brechen und den Kopf nach hinten zu biegen. Die Führungszügel nützten gar nichts mehr, die Tiere reagierten nicht, sie jagten über den Schnee, den jubelnden Tataren entgegen, die sich in den Sätteln hoben, die Bogen spannten, die Pfeile auf die Sehnen legten und die Lanzen fällten.

»Iwan! Ich kann ihn nicht halten!«, schrie Marina wieder. »Iwan!«

Die Angst um Marina verlieh Iwan Matwejewitsch so etwas wie Flügel. Das behauptete er später jedenfalls, denn ohne Flügel, das war klar, hätte es ein so schwerer Mann nie geschafft, auf einen Renhirschrücken zu springen.

Er stieß sich ab, fast gleichzeitig mit Jermak, der es auch versuchte. Beide Körper flogen durch die Luft, und während Muschkow neben Marina auf dem linken Hirschrücken landete, verfehlte Jermak sein Ziel und stürzte schwer auf die harte, gefrorene Erde. Halb betäubt blieb er liegen, zugespritzt mit Schnee und Eisbrocken von dem Schlitten der Gewehrschützen, der nur um Zentimeter neben seinem Kopf vorbeiraste und ihn fast zermalmt hätte.

Muschkow hieb die Fäuste um das Geweih des Hirsches, brüllte: »Hoi! Hoi!« und riss den Kopf des Tieres mit einem ungeheuren Ruck nach hinten. Der Hirsch wehrte sich, Dampfwolken umnebelten Muschkow, das Tier stieg vorn hoch, aber Muschkow hielt eisern fest. Er knirschte mit den Zähnen, und seine Armmuskeln waren wie Dreschflegel, die man unter die Haut geschoben hatte.

»Bleib stehen, du Rabenaas!«, heulte er. »Ha! Ich reiße dir den Kopf ab, du Luder! Stoj! Stoj! Du kennst Muschkow noch nicht!«

Der Hirsch gab nach einem dumpfen Brüllen auf, verlangsamte seinen Lauf, mit ihm die anderen Tiere, und stand dann tatsächlich still. Es war wie ein Signal ... auch die anderen Hirsche gehorchten, und Marina gelang es jetzt mühelos, den Kopf ihres Rens zurückzubiegen und das Geweih an sich zu ziehen. Neben ihnen hielt der Schlitten der Gewehrträger. Alles war eingehüllt in Wolken, die aus den Geäsen der Rentiere dampften.

Jermak lag noch immer im Schnee. Der Kopf zersprang ihm fast. Ein paarmal versuchte er, sich aufzurichten, aber da war etwas in seinem Schädel, das ihn sofort wieder zu Boden warf.

Die tatarischen Reiter heulten jetzt wütend auf. Ihre gebogene Kette schloss sich wieder, und dann galoppierten sie als lanzenstarrender Block auf die beiden Schlitten zu, einen Hagel von Pfeilen abschießend.

»Marinuschka ...«, stammelte Muschkow. Er saß schwitzend auf seinem Hirsch und starrte sie aus Augen an, aus denen noch immer die Tränen liefen und zu Eiskügelchen gefroren. Auch sein Schweiß erstarrte sofort und wurde zu einer weißlichen Schicht auf seinem Gesicht.

»Sei kein altes Weib, dem die Suppe überkocht!«, schrie sie ihn an. »Hol lieber die Waffen! Ich halte die Hirsche fest!«

»Marinanka, versteck dich …«, keuchte er.

»Geh!«, rief sie streng zurück.

Neben ihnen begannen die Deutschen und Livländer endlich zu schießen. Jetzt saßen sie wieder gut und warm, vor den Pfeilen durch dicke Pelze geschützt, im Schlitten und konnten zielen. Die ersten Tataren fielen von den Pferden, der Schnee unter ihnen färbte sich rot.

Die Hirsche wurden von neuem unruhig. Marina sprang von ihrem Ren, stellte sich zwischen die Tiere und riss ihre Köpfe an den Nasenriemen herunter. Muschkow ließ sich einfach in den Schnee fallen und versuchte, Marinas Stiefel zu fassen und sie so zu Boden zu ziehen. Sie trat nach ihm, traf ihn an der Stirn, Muschkow grunzte und ließ ihre Stiefel los.

»Lass mich endlich!«, schrie sie hell. »Kümmere dich um Jermak!«

»Die Tataren werden dich aufspießen!«, brüllte Muschkow und erhob sich. Er rannte zum Schlitten, raffte einen Haufen Felldecken zusammen, lief zu Marina zurück und warf die Decken über Marinas vor Frost schlotternden Körper.

Dann stürzte er zurück, holte seine Reiterpistole und seinen Krummdolch, rannte zu Jermak, der jetzt im Schnee kniete und mit benommenem Kopf vor sich hinstarrte. Mit seinem Körper schützte Iwan den Freund, hob die Pistole und feuerte auf einen Tataren, der kreischend auf ihn zugaloppierte.

Ruhig, wie sie es gelernt hatten, schossen die Deutschen und Livländer. Die Pfeile machten ihnen nichts aus, und bis auf Lanzennähe, um zuzustechen, kam kein Reiter Mametkuls an sie heran.

Marina stand zwischen den Hirschen, geschützt durch deren Körper und die Felldecken, und hielt die Köpfe der Tiere fest. Es waren jetzt die bravsten Hirsche, glotzten auf den Wirrwarr von Pferden und Reitern, wackelten mit den Lauschern, erstaunt über den Lärm, und bliesen Dampfwolken von sich.

Der Überfall war gescheitert, das sahen die Tataren ein, als die Hälfte ihrer Männer verblutend im Schnee lag. Sie stießen noch einmal ihre grellen Kampfrufe aus, wendeten dann die Pferde und preschten davon.

Schnee, Sonne und die Blendung, die der Himmel verursachte, verschluckten rasch die Reiter. Die Pferde ihrer erschossenen Brüder hatten sie mitgenommen, die Toten ließen sie liegen, genauso wie die Verletzten. Es waren nur vier Reiter, die auf dem gefrorenen Boden umherkrochen, klaglos, stumm, mit jener Ergebenheit in das Schicksal, wie nur ein Asiate sie kennt.

Die livländischen Gewehrträger, zwei Männer, stiegen aus dem Schlitten, gingen zu ihnen hin und schossen sie durch den Kopf. Das war humaner, als sie im Schnee sterben zu lassen; es war auch besser, als sie in Tschinga-Tura gesund zu pflegen und dann aufzuhängen. Man kannte Jermak ... Diesen Überfall, diese gemeine Falle, vergaß er nie!

Während die Schützen die Toten untersuchten, ihnen die Ringe von den Fingern zogen und sonst alles wegnahmen, was ein Kosak – und sie nannten sich jetzt alle so! – gebrauchen kann, humpelte Jermak, auf Muschkow gestützt, zu den Schlitten.

Er schwankte, sein Gleichgewichtssinn schien gestört, irgendetwas in seinem Hirn musste zersprungen sein, als er auf die hart gefrorene Erde geprallt war. Vielleicht erklärt das auch manche spätere Tat Jermaks, der zwar immer ein Räuber gewesen war, aber nie eine Bestie.

»Sie haben goldene Ringe!«, rief einer der Livländer, der gerade einen Tataren auszog. »Dicke, goldene Ringe!«

Muschkow seufzte, dachte an Marina, die noch zwischen den Hirschen stand, und beneidete die anderen, die keinen um sich hatten, der ihnen das Plündern verbot.

Es war eine beinahe historische Stunde, als Jermak gerührt Marina Alexandrowna umarmte, an sich zog und dreimal küsste. »Von heute ab bist du mein Bruder, Boris Stepanowitsch!«, sagte er. Muschkow musste heftig husten, denn er dachte an Marinas Brüste, die rund und fest waren und die Jermak anstoßen mussten … Aber dieser war viel zu sehr in feierlicher Stimmung, um das zu merken. »Wir verdanken deinem Mut unser Leben. Iwan Matwejewitsch, es war der beste Einfall in deinem verdammten Leben, als du Boris aus dem brennenden Dorf mitbrachtest.«

»Ich sage es ja immer!«, rief Muschkow und wollte Marina auch küssen, und diesmal mit Billigung Jermaks. Aber sie stieß ihn grob weg und blitzte ihn aus ihren blauen Augen böse an. »Ein Feiertag war's! Er wird mir immer im Magen liegen, als hätte ich mich überfressen!« Er versuchte noch einmal, Marinas Kopf zu umfassen, aber sie schlug ihm die Hände weg. »Ich bin ihm unsympathisch, Jermak …«, sagte er. »Vielleicht habe ich ihn nicht genug geprügelt. Ein Bürschchen wie er wird erst durch blaue Flecken vernünftig.«

»Kehren wir um.« Jermak blickte über das glitzernde Land. »Und wer mir den Kopf meines Schlittenführers bringt, bekommt zehn Rubel!« Er stieg in den Schlitten und fasste nach den Lederzügeln. »Weiß jemand, wie man Renhirsche lenkt?«

»Ich setze mich auf den Leithirsch und reite ihn!«, sagte Marina. »Ich glaube, ich weiß, wie man das macht.«

»Das übernehme ich!«, widersprach Muschkow. »Jermak Timofejewitsch, das Kerlchen ist ja fast erfroren. Es wird den Ritt nicht aushalten, sondern ein Eisklotz sein, wenn wir es herunterheben! Boris Stepanowitsch soll sich in die Pelze rollen und sich wärmen! Was nützt dir ein erfrorenes Brüderchen, Jermak?«

»Ich reite!«, beharrte Marina und schwang sich auf den Renhirschrücken. »Iwan Matwejewitsch ist zu dumm dazu! Er soll das Maul zuklappen, sonst zieht ihm der Frost noch in die Därme!«

Jermak lachte schallend. Er ging zum Schlitten, holte die

dicksten Pelze und legte sie um Marinas Körper. Muschkow trottete grunzend um die Hirsche herum, blickte Marina mit flehenden Hundeaugen an und forschte in sich, was er falsch gemacht hatte, dass sie so wütend auf ihn war.

Er wusste es nicht, und so setzte er sich schließlich neben Jermak in den Schlitten und starrte Marina an, die mit heller Stimme das Kommando zum Aufbruch gab. Die Hirsche legten sich ins Geschirr, und die Schlitten glitten knirschend durch den verharschten Schnee.

Der zweite Schlitten mit den Schützen folgte ihnen. Die Männer lachten, zeigten sich ihre Beute und riefen Marina zu:

»Du bekommst deinen Anteil! Du kannst dir aussuchen, was dir gefällt! Ringe, Armspangen, verzierte Dolche, Schwarzfuchsmäntel, Mützen aus Zobelfell ...«

»Das ist gut!«, schrie Muschkow zurück. Die Schadenfreude kitzelte ihn. Jetzt muss sie einen Teil der Beute annehmen, dachte er und rieb sich die Hände. Wenn sie es ablehnt, wird sie nicht nur als Idiot gelten, sondern wird die anderen beleidigen. Haha, sie macht Beute, mein zartes Schwänchen! Wie will sie sich da herauswinden?

»Und vergesst Iwan Matwejewitsch nicht!«, rief Muschkow fröhlich. »Wer hat dem Hirsch den Kopf in den Nacken gebogen, he?« Und dann sang er mit seiner gewaltigen Stimme das Lied von der goldenen Nachtigall, die ein Kosak beim chinesischen Kaiser erobert hatte.

Marina Alexandrowna blickte sich einmal kurz um. Ihr Blick traf Iwan wie ein Musketenschuss. Muschkow stellte das Singen ein und bereitete sich auf eine böse Nacht neben dem warmen Ofen vor.

Man soll nicht sagen, Iwan Matwejewitsch Muschkow sei ein Feigling. Nein, er war einer der tapfersten unter Jermaks Kosaken. Aber als sie Tschunga-Tura im Glanz der Abendsonne auftauchen sahen und die ersten Patrouillen ihnen entgegenkamen, hatte Muschkow beschlossen, Marina aus dem Weg zu gehen.

Gleich nach der Ankunft vor dem Haus des Fürsten Jepantscha verzog er sich in die jetzt als Kirche dienende Moschee, wo sich Lupin auf ihn stürzte, ihn beschimpfte und sich die Haare raufte wegen der Gefahr, in die man sein Töchterchen gebracht hatte. Wie immer war der Pope als Erster unterrichtet worden, und nun war Oleg Wassiljewitsch auf dem Weg zum Quartier der Deutschen und Livländer, um im Namen Christi einen Anteil der Beute für die Kirche zu sammeln.

»Kann ich bei euch bleiben?«, fragte Muschkow müde und setzte sich hinter die Ikonostase auf einen Hocker.

»Warum bleibst du nicht bei Marinuschka?«, brüllte Lupin. »Wo ist sie? Warum kommt sie nicht? Ist sie verwundet? O ihr Teufel! Ich lasse sie nie wieder mit euch fahren! Nie mehr! Ich werfe mich vor den Schlitten!«

»Sie sucht sich ihre Beute aus«, sagte Muschkow. Dabei schnaufte er tief.

»Was tut sie?«, stotterte Lupin.

»Sie bekommt ihren Anteil. Wir haben die Toten ausgeraubt, Väterchen. Was soll ein Toter mit goldenen Ringen und Armreifen?« Er lauschte zur Tür, ob jemand hereinkam, und stemmte die Beine gegen den Boden. »Hier bleibe ich sitzen, und keiner kann mich hinausjagen! Ich brauche den Schutz der Kirche!«

Nach einer Stunde kam Oleg Wassiljewitsch, der Pope, zurück. Sein Bart war zerzaust. Es hatte Mühe gekostet, die Deutschen davon zu überzeugen, dass wahrer Glaube in erster Linie Opfer ist. »Aha!«, sagte Oleg beim Anblick Muschkows. »Unser Iwan Matwejewitsch! Was hast du anzubieten?«

»Nichts! Man hat mich übergangen.«

»Lüge nicht!«, donnerte der Pope. »Ein Muschkow klaut immer was!«

»Ein Muschkow! O Väterchen, wo ist er geblieben?« Iwan

verdrehte die Augen und zuckte dann zusammen, als er vor der Ikonostase Marinas Stimme hörte.

»Ehrwürdiger Vater!«, rief sie.

»Das Kerlchen!«, sagte der Pope zufrieden. »Das ist ein guter Bursche, er bringt der Kirche, was sie erfreut.«

Während Oleg und Lupin um die Altarwand herumgingen, schielte Muschkow durch eine Ritze der Ikonostase, Marina Alexandrowna hatte ihren Anteil bekommen und auf die Altarstufen gelegt. Zwei mit Perlen besetzte Armreifen, einen Dolch mit goldener Scheide und herrlichen Ornamenten …

»Mein Sohn«, sagte der Pope gerührt, »ich segne dich!«

Und Lupin weinte vor Glück, machte Marina hinter dem Rücken des Popen Zeichen und faltete dann die Hände.

»Das ist mein Anteil.« Marina zeigte auf den schönen Dolch. »Und das hier …«, sie wies auf die perlenbesetzten Armreifen, »ist Muschkows Spende für die Seligkeit.«

»Halleluja!«, jubelte Oleg Wassiljewitsch Kulakow.

Iwan sank zurück und schloss erschüttert die Augen. Ich werde sie heiraten und als Bauer leben müssen, dachte er. Ein Kosak hält so etwas nicht aus!

»Wo ist Muschkow?«, hörte er mit heller Stimme Marina fragen. »Hinter der Ikonostase? Gib ihn heraus, Väterchen! Ich brauche ihn für einen Auftrag.«

Seufzend stand Muschkow auf und kam um die Ikonenwand herum. Der Pope betrachtete gerade die Armreifen und schnalzte mit der Zunge.

»Komm mit!«, sagte Marina Alexandrowna und griff nach Muschkows schlaffer Hand. Sie zerrte ihn durch das Kirchenschiff zur Tür. Lupin lief neben ihnen her, rief, wie glücklich er sei, dass nichts Schlimmes geschehen war … aber sie schien ihn gar nicht mehr zu hören.

Draußen, in der eisigen Nacht, nachdem die Kirchentür hinter ihnen zugefallen war, stellte sie sich vor Muschkow hin. Sie war ganz nahe bei ihm, und ihre Augen blitzten.

»Was willst du, Marina?«

»Ich liebe dich, du großer Bär«, sagte sie leise. »Ich liebe dich und weiß jetzt, dass ich bald deine Frau sein werde …«

Dann lief sie weg und verschwand in der Nacht. Sie ließ einen Iwan Matwejewitsch Muschkow zurück, der innerlich verbrannte …

Die ganze Nacht wartete Muschkow, dass Marina Alexandrowna zurückkam, aber sie blieb verschwunden. Von Liebe und Angst gemartert, rannte Iwan Matwejewitsch in dem großen Haus des Fürsten Jepantscha herum, stürzte, wenn er draußen einen Laut hörte, an die Tür, aber es waren nur Kosaken, die durch die Stadt strolchten und die Nachtruhe störten.

Mit Jermak konnte er nicht darüber sprechen. Die kleine süße Tatarin war wieder bei ihm und quietschte vergnügt, obgleich Jermak Timofejewitsch noch der Kopf brummte von dem Sturz aus dem Schlitten. Auch seine Glieder schmerzten, und jede Anstrengung, auch in der Liebe, schlug sich wie ein Bleigewicht auf seinen Körper nieder. Ihn jetzt zu stören mit der Frage, wo Boris Stepanowitsch geblieben sei, hätte selbst Muschkow Prügel eingebracht.

Irgendwo muss Marina doch untergekrochen sein, dachte Muschkow. Schläft sie jetzt in einem anderen Haus, vielleicht bei einem der Hundertmänner, oder liegt sie, in ein Fell gerollt, in einer verlassenen Hütte wie ein Hund, der keine Heimat mehr hat?

Aber warum nur ist sie weggelaufen? Heiliger Andrej, warum lässt sie mich jetzt allein?

Es war schon tief in der Nacht, als Muschkow hinüber zur Kirche ging, um seinen Kummer mit Väterchen Oleg Wassiljewitsch zu besprechen. Der Pope lag auf dem Diwan, auf dem einmal der mohammedanische Mullah geruht hatte, und schnarchte zum Erbarmen. Neben ihm lag ein vollbrüstiges Weib, das Muschkow müde und träge anblinzelte, sich dann umdrehte und ebenfalls weiterschlief.

»Wie allein ich bin!«, sagte Muschkow erschüttert. »Niemand hilft mir. Nicht einmal sein Leid kann man mit einem vernünftigen Menschen besprechen.«

Er irrte durch die weitläufige ehemalige Tempelanlage, kam in Kammern und leere Gewölbe und fand endlich Alexander Grigorjewitsch Lupin, der sein Lager in der Schatzkammer aufgeschlagen hatte und merkwürdigerweise noch munter war. Muschkow überflog mit einem langen Blick die hier angehäufte Beute, schätzte die Gold- und Silberwaren, die Pelze und Stoffe auf einige tausend Rubel und setzte sich seufzend neben Lupin auf das Bett.

»Ich bin ein armer Mensch, Väterchen«, sagte er. »Deine Tochter zerstückelt mein Herz.«

»Das sagst du nun schon seit fast zwei Jahren, Iwan Matwejewitsch.« Lupin zupfte eine große Decke aus Wolfsfell zurecht, zog sie über das Bett bis auf den Boden und setzte sich vorsichtig neben Muschkow, so vorsichtig, als lasse er sich auf Eiern nieder, die er ausbrüten wollte.

»Marina ist weg!«, stöhnte Muschkow. »Sagt zu mir: ›Ich werde bald deine Frau‹, rennt davon und in die Nacht hinaus. Soll ich Haus für Haus durchsuchen, um sie zu finden?«

»Es würde wenig nützen. Du findest sie nie.«

»Sie hat nie richtig gesagt, dass sie mich liebt. Es war heute zum ersten Mal.«

»Eine Stunde der Verwirrung, Iwan Matwejewitsch.«

»Was hast du nur für eine Tochter, Väterchen! Springt auf den Rücken eines Hirsches und rettet uns allen das Leben. Jermak hat sie zu seinem Bruder gemacht. O Alexander Grigorjewitsch!« Muschkow schlug die Hände zusammen. »Wenn er entdeckt, dass Boris Stepanowitsch ein Mädchen ist … ich werde mich tatsächlich entscheiden müssen, ob ich Jermak töte oder Marinuschka ihm überlasse.«

»Und was würdest du tun, Iwan Matwejewitsch?«

»Ich glaube, ich müsste Jermak töten!«, entgegnete Muschkow dumpf. »Das weiß ich jetzt. Mein Gott, bin ich ein armer Mensch!«

»Ich rate dir noch immer: Flüchtet zurück in die Heimat!«, sagte Lupin nach einer Weile des Schweigens, in der Muschkow sich selbst zutiefst bedauerte. »Der Weg über den Ural ist doch jetzt leichter geworden. Ihr könntet von Station zu Station reiten, die wir angelegt haben …«

»Ein Kosak verlässt seine Truppe nicht!«, sagte Muschkow fest.

»Dann vergiss endlich, dass du ein Kosak bist!«

»Und was bin ich sonst?«

»Marinas Mann …«

»Das Herz zerbricht mir, Väterchen.« Muschkow sprang auf.

Schnell nahm Lupin die Gelegenheit wahr, um die Wolfsdecke ganz über das Bett zu ziehen, damit man nichts mehr vom Bettgestell sehen konnte. Vor allem konnte man nicht mehr unter das Bett blicken, aber wer wirft schon in Muschkows seelischer Verfassung einen Blick in diese Gegend?

Er rannte also im Zimmer hin und her, raufte sich das Haar und benahm sich wie einer der heiligen Idioten, denen man in Russland alles verzeiht, weil sie zwar wie ein Mensch aussehen, aber denken und reden, als seien sie gerade von einem anderen Stern gefallen …

»Ich muss mit Marina sprechen – sofort!«, brachte Muschkow endlich hervor.

»Sie wird morgen wieder bei dir sein«, meinte Lupin hellseherisch.

»Im nächsten Frühjahr wird es zu einer großen Schlacht kommen …«

»Dann müsst ihr beide längst wieder hinter dem Ural sein, Iwan Matwejewitsch!« Lupin beugte sich vor. »Zehntausend Reiter soll Kutschum am Tobol stehen haben. Und Marina soll dann mit der Fahne neben Jermak an der Spitze reiten! Mein Atem steht still, wenn ich nur daran denke.«

»Du sprichst es aus, Väterchen.« Muschkow lehnte sich an die Wand. »Ich zittere wie ein Greis bei dem Gedanken.«

»Ohne dich wird sie aber nicht zurück nach Russland gehen. Wenn du mit Jermak reitest, wird sie an deiner Seite sein, und wenn euch zehntausend Teufel gegenüberstehen. Wie kann man einen Mann nur so lieben? Unbegreiflich!«

Man kam zu keiner Einigung, und sie war tatsächlich unmöglich. Den Popen konnte man nicht fragen, er schnarchte neben seinem Weibchen und hätte vielleicht, wenn man ihn jetzt geweckt hätte, geantwortet: »Iwan Matwejewitsch, du schielendes Ferkel! Liebt einen Jungen! Hinaus mit dir, und Gottes Fluch fahre dir in die Lenden!«

»Es gibt keinen Rat!«, sagte Muschkow traurig, küsste Lupin auf die Stirn und ging zur Tür. »Vielleicht ist Marina inzwischen zurückgekommen. Ich muss wieder hinüber ins Haus.«

Er hatte kaum das Zimmer verlassen, als sich die Felldecke bewegte und Marina unter dem Bett hervorkroch. Sie hatte ihre Stiefel ausgezogen und trug nur eine dünne, bestickte Bluse, denn im Zimmer war es heiß. Der Ofen strömte eine gewaltige Hitze aus, die Steine knackten leise, so fraß sich von innen die Glut des Holzes in sie hinein.

Wo auch immer Lupin war, stets hatte er einen Ledersack mit Marinas Mädchenkleidern bei sich; und wenn sie, wie jetzt, allein waren, zog sie ihre raue Kosakenuniform aus und streifte die weiche Bluse und einen weiten Rock über. Die Blusen hatte noch ihre Mutter Larissa bestickt – mit den uralten russischen Motiven, von denen heute keiner mehr wusste, wer sie vor Jahrhunderten einmal entworfen hatte …

Wie schön ist sie doch!, dachte Lupin voller Vaterstolz. Wie groß und erwachsen in diesen einundeinhalb Jahren! Eine richtige Frau ist sie geworden, und wenn man als Vater überhaupt so etwas denken darf: Sie hat die Brüste ihrer Mutter, die schlanken Hüften und die langen, geraden Beine. Jetzt, ohne Stiefelchen, geht sie herum wie ein Reh ... Eine Wonne ist es, sie anzusehen!

»Bis das Eis auf der Tura schmilzt, ist Iwan Matwejewitsch ein anderer Mensch geworden«, sagte Marina und setzte sich auf das Bett. »Hast du's gehört, Väterchen? Er würde sogar meinetwegen seinen Freund Jermak töten!« Sie faltete die Hände zwischen ihren Beinen und blickte glücklich in die beiden Tranlampen, die dem Zimmer Licht gaben. »Ich habe es gewusst. Er kann ein guter Mensch werden. Es wird alles gut. Du wirst dich auch an Iwan gewöhnen, Väterchen.«

»Nie, mein Täubchen, nie!« Lupin lehnte sich gegen die Tür. Es war möglich, dass Muschkow zurückkam, wenn er sein leeres Zimmer sah. So konnte er hier nicht gleich hereinkommen, und Marina hätte Zeit, wieder unters Bett zu flüchten. »Er hat unser Dorf angezündet! Das kann ich nie vergessen!«

»Er hat nicht eine einzige Brandfackel geworfen!«, rief sie. »Er war damit beschäftigt, mich zu beschützen!«

»Er wollte dich nach Kosakenart schänden!«

»Hat er's getan?«

Lupin schwieg. Über Muschkow mit Marina zu streiten, brachte keinen Gewinn. Man kann aus einem Bullen einen Ochsen machen – er bleibt trotzdem ein Rindvieh. Lupin hütete sich, das laut zu sagen.

»Warum versteckst du dich vor ihm?«, fragte Alexander Grigorjewitsch nach einer Weile.

Marina starrte zuerst stumm vor sich hin. Dann antwortete sie langsam: »Ich verstecke mich vor mir ...«

»Das verstehe ich nicht.«

»Ich liebe ihn, und wäre ich vorhin nicht weggerannt, hättest du keine jungfräuliche Tochter mehr ...« Sie legte sich zurück auf das Wolfsfell und zog die schönen Beine an sich. »Du hast ihn nicht gesehen, wie er auf den Hirsch sprang und seinen Kopf zurückbog.«

»Ich denke, du bist gesprungen, Marinuschka?«

»Zuerst, aber ich hatte nicht genug Kraft gegen einen Hirsch. Doch Iwan packte in das Geweih, und man hörte es richtig knacken, als er den Nacken des Tieres zurückbog. Und dann saß Iwan auf dem Hirsch und weinte. Er weinte aus Liebe und Angst um mich. Und seine Tränen froren zu Kügelchen, die über seine Wangen rollten ... Ein Muschkow weint aus Liebe! Väterchen, ich hätte sterben können – vor Glück!«

»Und trotzdem hast du ihn angeschrien und geohrfeigt! Er hat es mir erzählt. Behandelt man so einen Menschen, der aus Liebe weint?«

»Ich konnte nicht anders.« Sie streckte sich aus und breitete die Hände über ihre Brust. Lupin setzte sich neben sie und streichelte zärtlich ihr stoppeliges, von Muschkows Messer misshandeltes blondes Haar. »Ich habe ihn geschlagen und habe ... mich gemeint! Sollte ich ihn küssen, vor Jermaks Augen? Ihm in die Arme fallen? Ich hätte alles getan in diesem Augenblick ... und um es nicht zu tun, habe ich ihn geschlagen. Da wurde mir wohler. Verstehst du das wohl, Väterchen?«

»Nein!«, sagte Lupin ehrlich. »Die Liebe zwischen deiner Mutter und mir war einfacher. Ihr jungen Menschen seid ein Rätsel! Wo soll das noch hinführen, frage ich Gott ...?«

Beim Morgengrauen schlich sich Marina Alexandrowna zurück in das Haus des Fürsten Jepantscha. Jermak schlief mit seiner süßen Tatarin den tiefen Schlaf des restlos Erschöpften.

Drei Zimmer weiter lag Muschkow vor dem Ofen auf der Erde, hatte einen Pelz unter sich geschoben und so umarmt und an sich gedrückt, als halte er ein Weibchen im Arm. Er lächelte im Schlaf und grunzte ab und zu aus tiefer Brust. Sein Traum musste ein wirklicher Genuss sein ...

Marina beugte sich über ihn, küsste ihn vorsichtig auf die Stirn und legte sich dann auf den seidenen Diwan. Sie trug wieder ihre Kosakenkleidung und legte den Krummdolch, wie immer, quer über ihren Unterleib. Die ständige Warnung an Muschkow, ein braver Mensch zu sein …

9

Tags darauf erschien Muschkow in der Kirche, mit starren Augen, schweißverklebten Haaren und einer fast nicht mehr menschlichen Stimme:

»Ehrwürdiger Vater Oleg Wassiljewitsch!«, klang es recht unheilig durch den Kirchenraum. »Alexander Grigorjewitsch! Hilfe! Boris Stepanowitsch hat das Fieber! Er erkennt mich nicht mehr! Er fühlt sich an wie ein glühender Ofen! Helft mir!«

Der Kosakenpope erschien mit bloßem Oberkörper, nur mit einer Hose bekleidet, hinter der Ikonostase und gab der Frau, die ihm folgte, eine so kräftige Ohrfeige, dass sie sofort wieder hinter den Heiligenbildern verschwand. Von der anderen Seite stürzte Lupin in den Kirchenraum, die weißen Haare noch vom Schlaf zerwühlt.

»Boris Stepanowitsch stirbt mir unter den Händen!«, schrie Muschkow. »Er redet schon irre!«

»Bete!«, befahl der Pope kategorisch. »Er hat gestern zu lange schutzlos im Frost gestanden! Ohne Pelz auf einem Renhirschrücken! Das hat ihm die Lunge vereist! Lasst uns die Totenklage singen, Brüder!«

»Er darf nicht sterben!«, brüllte Muschkow. »Jermak hat schon die besten Feldschere kommen lassen, aber sie wissen keinen Rat. Wunden können sie flicken, aber gegen das Fieber haben sie nichts! Alexander Grigorjewitsch, was gibt man Pferden, wenn sie Fieber haben?«

»Ich hole die Medizin!«, rief Lupin und rannte in seine Kammer. Das Fieber, dachte er und spürte, wie ihn die Sorge taumeln ließ. So schweinisch der Pope auch ist … in einem hat er Recht: Wenn sich die Kälte in die Lungen gefressen hat, wenn die Lunge entzündet ist, werden wir hilflos zusehen müssen, wie Marina uns unter den Händen stirbt. Marinuschka, sie werden uns zusammen begraben … Was soll ich noch auf der Welt ohne dich?

Im Hause des Fürsten Jepantscha saß Jermak mit düsterer Miene neben Marinas Bett und starrte ins Leere. Zwei Feldschere standen an der Wand, und ihre Hilflosigkeit hatte ihren sichtbaren Ausdruck in zwei Beulen, die auf der Stirn prangten. Jermak hatte sie mit einem Knüppel geschlagen, als sie sagten: »Wir können nichts mehr tun.«

»Hat ihn jemand berührt?«, schrie Muschkow, als er ins Zimmer stürzte. Das war seine zweite große Sorge, als er Lupin zu Hilfe holte: Wenn die Feldschere die Uniform aufgeknöpft hatten, um das Herz abzuhorchen, wusste man jetzt, dass Boris ein Mädchen war. Aber so, wie Jermak vor dem Bett hockte und die Feldschere mit ihren Beulen an der Wand standen, hatte es nicht den Anschein, als ob das Geheimnis gelüftet worden wäre.

Muschkow atmete tief auf und betrachtete Marina, die mit starren, offenen Augen dalag und vor sich hinmurmelte. Der Atem pfiff aus ihrem Mund als habe sie einen Schneesturm verschluckt.

»Die Lunge …«, sagte Lupin tonlos. »Mein Gott, es ist tatsächlich die Lunge! Gott habe Erbarmen mit uns allen!«

Er stellte seine Ledertasche mit der Pferdemedizin auf den Boden, beugte sich über seine Tochter und sah sie an. Sie erkannte ihn nicht … ihre glasigen Augen blickten in eine andere Welt.

»Hinaus!«, befahl Lupin heiser. »Alle hinaus!«

»Warum?«, stotterte Muschkow.

»Hinaus!«, schrie Lupin. »Ich muss allein sein!«

Jermak stand wortlos auf, packte Muschkow am Ärmel und zerrte ihn zur Tür. Die beiden Feldschere folgten ihnen fluchtartig, ihre Beulen wuchsen zusehends. Die Lunge, dachten sie. Boris Stepanowitsch wird den morgigen Tag nicht mehr sehen. Das Fieber wird sein Herz und seine Lungen zersprengen. Man kann doch nichts mehr machen, wenn die Lungen entzündet sind! Jermak Timofejewitsch, suche dir einen neuen Adjutanten ...

Die Tür klappte zu. Lupin schob eine Truhe davor und begann, sein Töchterchen auszuziehen. Er knöpfte die Kosakenbluse auf, entblößte ihre Brust ... Er sah ergriffen, wie viel Schönheit er gezeugt hatte, was aus seinem Blut geworden war ...

Er legte sein Ohr auf Marinas Herz und hörte es wie toll hämmern. Ihre weiße Haut war heiß, als sei sie in einem Ofen gebacken worden, und wenn sie atmete, schnell und zuckend, rasselte und pfiff es in ihrem Inneren.

Es klopfte an die Tür. Lupin fuhr hoch und zog schnell die Decke über Marina.

»Was machst du mit ihm?«, schrie Muschkow verzweifelt von draußen. »Ich höre nichts ...«

»Soll ich die Krankheit wegsingen, du Idiot?«, schrie Lupin zurück.

»Hast du ihn untersucht?«

»Nein, ich spiele Schach mit ihm!«, brüllte Lupin.

Muschkow fluchte, er gebrauchte Ausdrücke, die einen Christenmenschen ohne Umwege in die Hölle führen mussten, und hämmerte mit den Fäusten gegen die Tür. »Wenn er stirbt, bringe ich dich um!«

»Damit kämst du zu spät, Iwan Matwejewitsch!«, sagte Lupin mit feierlichem Ernst. »Das würde ich selbst tun!«

Es war, als hätten die Stimmen Muschkows und ihres Vaters Marina aus ihrer Bewusstlosigkeit zurückgeholt. Sie wandte den Kopf zur Seite, die leblose Starrheit ihrer Augen wich, und ein Erkennen erfüllte sie.

»Ihr streitet ja schon wieder …«, sagte sie schwach.

Lupin zuckte zusammen, fiel vor dem Bett auf die Knie und umarmte seine Tochter. Bis er das erste Wort hervorbringen konnte, verging eine Zeit … Er presste stumm den glühenden Körper Marinas an sich und wünschte, er könne das Fieber aus ihr in sich selbst saugen …

»Hast du Schmerzen?«, fragte er heiser. Er wunderte sich, dass er überhaupt einen Laut von sich geben konnte.

»Nein …« Sie versuchte zu lächeln, aber ihr Atem pfiff. »Ich habe Durst, Väterchen. Ich könnte einen See leer trinken.«

»Warum bist du ohne Pelz geritten? Marinuschka, bei dieser Kälte nur in Hemd und Bluse …«

»Ich hätte sonst den Hirsch nicht erreicht. Ich musste leicht sein, um zu springen.«

Er sah sie an, dann klappte er seine Ledertasche auf und suchte unter den Fläschchen und Salbendosen, Pudern und stinkenden Fetten eine Medizin, die man Pferden gibt, wenn sie erkältet sind. Aber da gab es kein Medikament … Man ließ das Pferd stehen, wickelte vielleicht heiße Tücher um seinen Leib und wartete ab, ob es krepierte oder ob der Körper stärker war als die Krankheit.

»Väterchen, ich friere so …«, sagte Marina Alexandrowna plötzlich. Dabei glühte sie, aber ihr Körper zitterte. Lupin deckte sie zu, dachte wieder an die Pferde und die Wickel, und ging zur Tür.

»Ich brauche heißes und kaltes Wasser!«, schrie er nach draußen. »Und große Tücher, in die man einen Menschen wickeln kann. Beeilt euch!«

»Sie fliegen schon!« Lupin hörte, wie Muschkow den beiden Feldscheren anscheinend gewaltig in die Hintern trat, denn es klatschte laut. Dann hörte man davontrampelnde Stiefel; laute Geschäftigkeit herrschte vor der Tür.

»Ich komme herein!«, rief Muschkow.

»Wenn du dich blicken lässt, steche ich dich ab!«, antwortete Lupin, das besorgte Väterchen. »Macht schnell!«

Wohl noch nie hat man so eilig heißes Wasser beschafft wie an diesem Tag. Kaum hatte Lupin es bestellt, hämmerte Muschkow schon wieder gegen die Tür.

»Wir haben es! Alexander Grigorjewitsch, nur einen Blick auf den Kleinen ...«

»Weg von der Tür!« Lupin schob die Truhe zur Seite, öffnete die Tür und holte die beiden Ledereimer ins Zimmer. In dem einen dampfte das Wasser. Jermak selbst reichte einen Haufen Tücher an, grobe Gewebe, aus denen die Tataren ihre Unterkleider schnitten.

»Wie sieht es aus?«, fragte Jermak ruhig. Im Gegensatz zu Muschkow, der sich wie ein Irrer aufführte, war er besonnen und voll kühler Überlegung.

Für den Kosakenhetman Jermak Timofejewitsch war Schicksal etwas, das der Mensch nicht bestimmen konnte. Man kann ein Leben führen, frei wie ein Adler ... Einmal aber hat man es nicht mehr in der Hand, und wie es zu Ende geht, kann man nicht steuern.

»Man kann nichts sagen«, meinte Lupin und schloss rasch die Tür. »Es wird ein Kampf werden, bei dem mir niemand helfen kann!«

Den ganzen Tag und die ganze folgende Nacht hindurch saß Lupin an Marinas Bett, wickelte sie in die heißen Tücher ein, vom Bauch bis zum Hals, und schlang um die Waden und die Füße eiskalte Tücher, um das Fieber herunterzudrücken.

Muschkow und Jermak sorgten für neues Wasser, und zwischendurch, am Abend des Tages, verurteilte Jermak noch den Ostjaken zum Tode, den Schlittenführer, der sie den Tataren entgegengefahren hatte und den nun eine Patrouille in einer Erdhöhle am Ufer der Tura entdeckt hatte.

Unermüdlich trugen sie die Eimer hin und her und ließen auf großen Feuern die eisernen Kessel, in denen man sonst Suppen kochte, mit Wasser sieden. In der Nacht erschien Oleg Wassiljewitsch Kulakow, der Pope.

»Ist er schon tot?«, fragte er Muschkow, der vor der geschlossenen Tür auf einem Hocker saß und Lupins weitere Befehle erwartete. »Kann man ihn schon segnen?«

»Ich reiße dir den Kopf an deinem Bart ab!«, brüllte Muschkow. »Geh ins Bett – aber einmal allein!«

Der Pope hob bedauernd die Hand, schlug ein Kreuz über Muschkows Kopf und verabreichte ihm dann einen Faustschlag gegen die Stirn. »Lerne Ehrfurcht, mein Sohn!«, sagte er, als Muschkow sich wieder vom Boden erhob. »Ich brauche Alexander Grigorjewitsch.«

»Er pflegt Boris Stepanowitsch.«

»Trotzdem brauche ich ihn!« Oleg Wassiljewitsch ballte die Fäuste. »Ist er mein Kirchengehilfe oder nicht? Hat er mir zu gehorchen oder dir? Boris Stepanowitsch hat es in der Lunge, da wäre es weit besser, ihm die Luft abzudrücken, als es hinauszuzögern!«

Was Muschkow dann tat, war – wenn man es vom Kirchlichen aus betrachtet – nicht mit tausend Gebeten und zehntausend Jahren Fegefeuer zu sühnen: Er hieb dem Popen auf die Nase, trieb ihn mit hammerartigen Schlägen aus dem Haus, jagte ihn durch die eisige Nacht, über den gefrorenen Schnee hinüber in die Kirche ... Zum Schluss gab er ihm, als Oleg Wassiljewitsch durch die Tür in sein Heiligtum flüchtete, noch einen gewaltigen Tritt.

Am frühen Morgen des nächsten Tages wankte Lupin aus dem Zimmer. Wie ein Gespenst sah er aus und klammerte sich an Muschkow. Seine Augen waren rot und tränten vor Übermüdung und Erschöpfung.

»Das Fieber ist herunter ...«, stammelte er und lehnte den Kopf an Muschkows breite Brust. »Und der Atem pfeift nicht mehr so. Jetzt müssen wir beten ...«

»Geh du, Väterchen«, sagte Muschkow bedrückt. »Mich hört der Pope nicht mehr an.«

»Nein! Du gehst hinüber! Ich bleibe bei Marinuschka.« Lupin stieß sich von Muschkow ab. »Komm nachher zurück und bringe uns den Segen mit ...«

Mit zwiespältigen Gefühlen betrat Muschkow die Kirche. Oleg Wassiljewitsch kam um die Ikonostase herum, als er Schritte hörte, und starrte Muschkow an.

Der fiel auf die Knie und senkte den Kopf. »Wir könnten siegen, ehrwürdiger Vater!«, begann er mit schwerer Zunge. »Lupin hat das Fieber herunter. Nun muss Gott helfen ... Ich soll den Segen mitbringen.«

»Der Erlöser ist auch bei dir, Iwan Matwejewitsch!«, sagte der Kosakenpope mit seiner tiefen Stimme. Er kam näher, stellte sich vor dem knienden Muschkow auf und spreizte die Beine. Muschkow schielte ahnungsvoll zu ihm hinauf.

Und dann hagelten die Schläge auf Iwan herunter. Er wehrte sich nicht ... Er musste ja den Segen mitbringen. Er rollte drei Stufen hinab in die Kirche, und bei jedem Schlag, bei jedem Tritt dachte er innig: Marinuschka, ich ertrage es für dich! Ha, das ging in die Rippen ... Marina, werde gesund! Hoi, nun tritt er mich in den Nacken ... Marina, ich liebe dich ...

Als Oleg sich müde geprügelt hatte, erteilte er den Segen und stützte Muschkow sogar, damit er aufrecht die Kirche verlassen konnte. Mit einem blauen Auge, geschwollenen Lippen und Flecken am ganzen Körper erschien Muschkow dann wieder im Haus des Fürsten Jepantscha und klopfte an die Tür des Krankenzimmers.

»Ich habe den Segen, Väterchen!«, sagte er mühsam.

»Komm herein ...«

Wankend betrat Muschkow das Zimmer. Marina schlief, bis zum Hals in Tücher gewickelt. Sie sah jetzt so aus, fand Iwan, dass sie nicht sterben müsse …

Lupin starrte ihn entsetzt an und nahm sich vor, Rache an Oleg Wassiljewitsch zu nehmen.

»Darf … darf ich sie küssen?«, stammelte Muschkow und fiel vor dem Bett auf die Knie.

»Du darfst.«

»Danke, Väterchen.« Muschkow beugte sich vor und küsste Marina Alexandrowna auf die geschlossenen Augen. Als er sich wieder aufrichtete, war es ihm, als lächelte sie im Schlaf.

Es geschehen noch Wunder. Eines davon war, dass Marina überlebte und nach sechs Wochen das Bett verlassen konnte. Gestützt, ja, mehr getragen von Muschkow, machte sie die ersten Gehversuche, und Jermak ließ ein Festessen vorbereiten. In den ganzen Wochen hatte Lupin am Bett seiner Tochter gesessen, und nur so war es möglich, dass niemand entdeckte, wer der junge Adjutant Boris Stepanowitsch wirklich war.

Bevor Marina wieder aufstehen durfte, schnitt Muschkow ihr erneut die Haare, und so hatte sich eigentlich nichts verändert bis auf die Kleinigkeit, dass Marina zehn Pfund abgenommen hatte, was sie noch zierlicher werden ließ.

Und noch eine Veränderung gab es: Oleg Wassiljewitsch Kulakow, unser Kosakenpope, lag seit drei Wochen auch im Bett und litt an einer Krankheit, über die er selbst die abenteuerlichsten Symptome erzählte. Die Wahrheit war, dass irgendjemand ihn nachts überfallen hatte, in seinem eigenen Bett, und ihm wie einer Kuh ein Brandzeichen auf den Hintern gesetzt hatte. Gesehen hatte der Pope nichts, weil er betrunken gewesen war. Und als er den Schmerz fühlte, war es schon zu spät gewesen und der Übeltäter fort.

Muschkow, das stellte der Pope sofort fest, konnte es nicht gewesen sein. Er hatte in jener Nacht bei Jermak gesessen und den Einsatz verstärkter Patrouillen besprochen. Immer zahlreicher und frecher tauchten Mametkuls schnelle Reiter auf und überfielen den Nachschub, den die Stroganows über die von Jermak klug befestigten Stationen durch den Ural leiteten. Sie vernichteten sogar eine neue Kirchensiedlung am Sibirischen Pfad und hängten die Priester an ihren Bärten auf, bis ihnen das Genick brach.

Lupin behandelte das Brandzeichen, wie man es bei Pferden macht. Aber der Kosakenpope war kein Ross; die Stelle entzündete sich, und so musste er auf dem Bauch liegen, wurde mit übel riechenden Salben eingeschmiert und ahnte nicht, dass sein wohltätiger Samariter, Lupin, auch sein Brenner war.

»Wenn ich dich nicht hätte ...«, sagte er sogar zu Alexander Grigorjewitsch. »Ich mache dich doch noch zum Diakon ...«

Das Frühjahr kam, das Eis auf der Tura krachte und türmte sich auf, der Schnee schmolz, das Land versank in Nässe und wurde ein einziger Sumpf. Die Jäger, die nun von neuem herumstreiften, berichteten von einem Heer, das am Tobol bereitstünde ... Und von den Stroganows kam die Kunde, dass man in diesem Jahr die völlige Eroberung von Mangaseja erwarte. Man schrieb 1582 ...

Die Kosaken besserten ihre Boote aus, bauten neue Flöße, lagerten Salzfleisch ein, warteten auf die Säcke mit geröstetem Hafer, die die Stroganows schickten, fingen Fische zu tausenden und trockneten sie in der Sonne, was einen fürchterlichen Gestank verbreitete.

Aber dann, im Mai, erschien ein Abgesandter des Bischofs von Uspensk, hielt einen feierlichen Feldgottesdienst, ernannte Lupin zum Diakon und besprengte jedes Boot und jedes Floß mit Weihwasser.

Die neue Fahrt begann. Die Tura hinab, in den Tobol sollte es gehen, und dann weiter zum Irtysch und schließlich zum Ob, wo Mangasejas Herz war, das unbekannte Paradies, wo man einen Silberfuchs mit der Hand fangen und erwürgen konnte, so wimmelte es von ihnen.

Am Tobol aber wartete Mametkul mit seinen zehntausend Reitern.

Am Irtysch stand Kutschums Armee aus den besten tatarischen Kriegern. Um Sibir herum, der Hauptstadt des sibirischen Zaren, waren Gräben und hohe Wälle gezogen worden. Aus der Weite des Landes kamen immer neue Männer, herbeigerufen durch Kutschums Boten. Nicht einen Gebietsfürsten gab es, der Kutschum nicht zu Hilfe eilte: die Tataren aus der Baraba-Steppe, der Khan Gulei Mursa, die Fürsten Janbysch, Bardak und Nemtscha, Binei und Obak. Als Letzter erschien am Irtysch Fürst Umak mit seinen Lanzenreitern.

Gulei Mursa, ein Nogaier, kam weit aus dem Süden, um eine alte Rechnung mit Jermak zu begleichen. Vom Fürsten Janbysch kamen die berüchtigten Bogenschützen, und die Truppen Umaks besaßen Feuerpfeile …

Ein Riesenreich versammelte sich, um tausend einsame, pferdelose Kosaken zu vernichten. An den Ufern der Tura tauchten die Beobachter auf und folgten der Flotte aus Booten und Flößen ein Stück, dann verschwanden sie wieder. Ein paarmal ließ Jermak die deutschen Gewehrträger nahe ans Ufer fahren und einige Salven abfeuern … Die gelben Reiter jagten wie in Panik zum Tobol zurück.

Kutschum, der Zar, inmitten seines Heeres und der ihm treu ergebenen Fürsten, hörte sich die Meldungen der Reiter an. Sie klangen seltsam.

»Ein zahlloses russisches Heer schwimmt den Fluss hinab!«, sagten die Männer. »Man sieht kein Wasser mehr, nur noch Boote und Flöße. Und an der Spitze fährt ein Boot mit blutroten Segeln! Ein großer Held steht darauf und bläst auf einem goldenen Horn! Mit silbernen Bogen schießen die Männer feurige Pfeile ab, und wenn ein Pfeil abgeschossen ist, wird alles in dichten Rauch gehüllt, und vom Himmel fällt ein Donner, der Menschen und Bäume umreißt. Was sollen wir tun, erhabener Zar?«

Kutschum dachte nach. Er glaubte den Berichten. Die freigelassenen Gefangenen des Fürsten Jepantscha aus Tschinga-Tura hatten das Gleiche erzählt. Die Russen besaßen die Fähigkeit, Donnerschläge zu erwecken, man musste sich daran gewöhnen. Was wusste Kutschum, was Kanonen sind? Und die den Donner vom Himmel holten, waren die deutschen Kanoniere, ausgebildet in den livländischen Provinzen des Zaren Iwan IV.

Mitte Mai, die Tage waren warm geworden und die Wälder am Ufer wichen grünen Steppen, fuhren die Kosaken in den Tobol hinein. Sie starrten über das ebene Grasland und dachten voller Wehmut an die Steppen von Don und Wolga …

Sie erreichten den Tobol mit wehenden Fahnen, im ersten Boot das Banner mit dem segnenden Christus, gestickt von den Weißnäherinnen der Stroganows.

Am Ufer folgten ihnen – lang gezogen – die Reitertrupps der Tataren, ein schon gewohnter Anblick, der niemand mehr aufregte mit Ausnahme von Muschkow und Lupin, die um Marina ihre alte Angst hatten.

Ab und zu legten ein paar Boote an, meist nachts. Ein Trupp Kosaken schwärmte aus und machte einige Gefangene. Dolmetscher verhörten sie, und so erfuhr Jermak immer das Neueste und ließ die Gefangenen dann laufen. »Nach uns kommt ein vierzigmal größeres Heer«, sagte er zu den Gefangenen. »Meldet Kutschum, wir Russen sind unbesiegbar!«

Am Tobol war die Fahrt zunächst zu Ende. Ein Hagel von Pfeilen und Lanzen empfing sie vom Ufer aus, Stromschnellen verhinderten die Weiterfahrt. Man musste die Boote und Flöße an Land an den Katarakten vorbeitragen und sie im ruhigen Wasser wieder in den Fluss lassen. Das aber hieß: den Kampf mit dem Tatarenheer aufnehmen, das am Ufer auf die Kosaken lauerte …

Es war nur ein Teil der Mametkul-Armee, unter dem Befehl des Fürsten Tausan.

»An Land!«, befahl Jermak, nachdem die russische Flotte einen Tag lang auf dem Tobol geankert hatte. Die Hundertmänner saßen in Jermaks großem Boot und nahmen die Weisungen entgegen. Nach einem genauen Plan sollte sich die Landung vollziehen – in verschiedenen Wellen. Die erste Gruppe war am schlimmsten dran, sie würde die meisten Verluste haben.

»Das ist eine Aufgabe für einen ganzen Mann!«, sagte Jermak, als der Landungsplan besprochen wurde. »Iwan Matwejewitsch, du übernimmst die erste Gruppe!«

»Wenn wir an Land sind, können die anderen spazieren gehen!«, rief Muschkow stolz. Er schielte dabei zu Marina … Sie stand hinter Jermak, sah ihn mit ihren großen blauen Augen an und hatte die Lippen zusammengepresst. Im Boot neben ihnen – dem Kirchenboot mit einem Altar – probte Oleg Wassiljewitsch mit seinem neuen Diakon Lupin einen aufrüttelnden Wechselgesang. Es war offensichtlich, dass der Kosakenpope sich der ersten Gruppe anschloss. Man konnte über ihn denken, was man wollte – ein Feigling war er nicht!

»Heute Nacht setzen vier Boote leise über und werden an Land geschoben«, befahl Jermak. »Baut aus den Booten eine Burg, und während die Tataren euch angreifen, stürmen wir weiter unten am Ufer.«

Ein Todeskommando also, ein Brückenkopf, der den Feind auf sich ziehen sollte, damit die Verluste der Angreifer umso niedriger wurden.

»Wir werden es überstehen«, sagte Oleg, der Pope, zu Muschkow, als sie bei Beginn der Nacht fast lautlos zum Ufer ruderten. »Gott hat mir ein Zeichen gegeben … nur du weißt jetzt davon.«

»Wo?«, fragte Muschkow ungläubig.

»Auf der linken Arschbacke!« Oleg Wassiljewitsch nickte

feierlich. »Lupin hat es mir in einer Spiegelscherbe gezeigt. Man kann es deutlich lesen – MIR steht auf meinem Hintern. Und das heißt FRIEDEN! Wir werden siegen, Brüderchen.«

Leise stießen sie ans Ufer, vier Boote mit achtzig Kosaken und einem Popen. Muschkow dachte an Marina, die bei Jermak zurückgeblieben war, und bekreuzigte sich. Sie schleppten die Boote an Land, fanden keinen Widerstand, sahen keinen Tataren und bildeten aus den Booten einen hölzernen Ringwall. Dann stellten sie Wachen auf, gaben zu Jermak Blinkzeichen mit einer kleinen Fackel und legten sich schlafen. Muschkow rollte sich in eine Decke und war glücklich, dass Marina nicht mitgekommen war.

Er war gerade in dem Zustand, in dem man hinabgleitet in den Schlaf, als er wieder geweckt wurde. Jemand zerrte an seiner Decke, fand einen Einschlupf und kroch an ihm entlang in die Wärme. Muschkow war so verblüfft, dass er vergaß, aufzuschreien. Er griff bloß zu, um dem Verrückten die Kehle zuzudrücken, fühlte weiche, samtige Haut, zwei Brüste und ein nacktes Bein, das sich über seinen Leib legte.

»Marinuschka ...«, stotterte er. »Gott im Himmel, mir steht das Herz still!«

»Ich bin deine Frau ...«, sagte sie leise, und es war, als weine sie dabei. »Morgen kann ich es vielleicht nicht mehr sein. Gibt es für uns noch einen neuen Tag?«

Man sollte eine Liebe, wie sie in dieser Nacht zwischen Marina Alexandrowna und Iwan Matwejewitsch Muschkow aufblühte und sich erfüllte, nicht mit neugierigen Augen begaffen.

Ihr Glück war vollkommen, und doch lag tiefe Traurigkeit über allen seligen Empfindungen. Um sie herum warteten die schnellen, grausamen Reiter des sibirischen Zaren Kutschum, ein Heer von zehntausend Mann, gegen das sich die tausend Kosaken Jermaks geradezu erbärmlich ausnahmen. Der nächste Morgen würde entscheiden, ob hier am Tobol die

Eroberung Sibiriens zu Ende war – und mit ihr die Liebe zwischen Marina und Iwan.

Sie liebten sich mit einer Zärtlichkeit, die niemand dem wilden Muschkow zugetraut hätte. Wovon er fast zwei Jahre lang geträumt hatte – es wurde jetzt Wirklichkeit. Sie klammerten sich aneinander fest und wünschten sich, so, eng umschlungen, von einer Lanze gemeinsam durchbohrt zu werden, wenn es schon ans Sterben gehen musste und es sonst keinen Ausweg mehr gab.

Lupins ständiges Drängen, zurück über den Ural zu flüchten und im weiten Russland unterzutauchen, war unausführbar geworden. Die vier Boote, hinter denen sie lagen, waren kaum ein Schutz, wenn die schnellen gelben Reiter wie eine Woge über ihnen zusammenschlagen würden. Achtzig Kosaken und ein Pope gegen vielleicht viertausend Tataren – man durfte nicht daran denken!

Und so lagen sie, sich umarmend, nebeneinander, wurden Mann und Frau und waren dem Heulen nahe.

Die Wachen der Kosaken, außerhalb des Bootswalls, streiften durch die Nacht, um Alarm zu geben, wenn die Tataren angreifen würden. Innerhalb des Bootskreises schliefen sie jetzt alle, auch Marina und Muschkow. Oleg Wassiljewitsch, der Pope, hatte sich mit dem Kopf auf die Kirchenfahne gelegt, sein dicker Schädel mit dem langen Bart ruhte neben dem gestickten Christuskopf, und Gott ließ es in dieser Nacht zu, so beleidigend für den Herrn auch diese Vertrautheit war, gerade weil es sich um diesen Kulakow handelte …

In dieser Nacht wachte Jermak in seinem Boot auf dem Tobol. Er starrte hinüber auf die Steppe und die fernen Lagerfeuer der Tataren, und je länger er über seinen Schlachtplan nachdachte, umso weher wurde ihm ums Herz, besonders, wenn er an seinen Freund Muschkow dachte.

Was soll man tun?, fragte er sich immer wieder. Achtzig Männer opfern, um hunderten das Leben zu retten? Oder sofort in breiter Front die Ufer stürmen und starke Verluste auf sich nehmen?

Alexander Grigorjewitsch Lupin, der im Kirchenboot neben Jermaks großem Kahn ankerte, kletterte zu ihm hinüber. Er setzte sich neben ihn. Um sie herum lagen die Kosaken auf den Flößen und in den Booten, schliefen oder blickten wie Jermak ruhelos auf das Ufer. Ein Kosak ist nicht feige, aber das Nachdenken kann man auch ihm nicht verbieten. Und wer rechnen konnte, dem musste sich doch eine eiserne Klammer um das Herz legen: zehntausend Reiter gegen eintausend Kosaken zu Fuß! Da nützt auch der Segen der Popen nichts, die behaupten, man stehe hier im Namen des Christentums …

Trägt Gott ein Schwert, um die Tataren aufs Haupt zu schlagen?

Väter denken immer, sie tun das Beste für ihre Kinder. Und so dachte auch Lupin, als er ahnungslos fragte: »Wo steckt Boris Stepanowitsch, Jermak?«

»Ich weiß es nicht«, antwortete Jermak dunkel. »Als ich mit den Hundertmännern sprach, saß er am Segel. Jetzt ist er fort!«

»Er ist mit Muschkow ans Ufer gerudert …«, stammelte Lupin entsetzt. »Jermak Timofejewitsch, er ist mit drüben …«

»Unmöglich! Ich war noch auf den Booten und habe jedem die Hand gedrückt. Boris Stepanowitsch ist nicht dabei gewesen.«

»Dann ist er ihnen nachgefahren!«

»Es fehlt kein Boot.«

Lupin drückte die Fäuste gegen sein hämmerndes Herz. »Er ist durch den Tobol geschwommen. Jermak Timofejewitsch, Boris ist ein guter Schwimmer. Er … er hat es mir einmal erzählt. In Nowo Orpotschkow ist er oft bis zu den Sandbänken geschwommen und hat die Lachse aus dem Fluss geholt … mit den Händen!«

»Ich werde ihn auspeitschen lassen!«, sagte Jermak und atmete tief. »Er hatte den Befehl, bei mir zu bleiben! Ich dulde keinen Ungehorsam.«

»Du wirst morgen seinen verstümmelten Körper peitschen können«, sagte Lupin, und Schluchzen lag in seiner Stimme. »Was wird von ihnen übrig bleiben? Sag es selbst!«

Jermak schwieg. Seine Kinnladen mahlten aufeinander. Muschkow und Boris Stepanowitsch – ich werde sie beide verlieren, dachte er. Als er seine Hände ineinander legte, knackten die Fingergelenke, so fest presste er sie aufeinander. Lupin hat richtig geraten: Das Kerlchen ist durch den Tobol geschwommen, um bei seinem Freund Muschkow zu sein. Das ist Ungehorsam und Mut zugleich – was soll man dazu sagen?

»Geh hinüber in dein Boot, Alter«, sagte Jermak langsam und nachdenklich. »Morgen früh musst du das Gebet singen. Es kann sein, dass ich meinen Plan ändere. Sage den deutschen Kanonieren, sie sollen sich bereithalten. Vielleicht müssen sie in dieser Nacht noch an Land. Wenn wir siegen, dann nur mit dem ›Donner des Himmels‹, wie ihn die Tataren nennen.«

Lupin nickte und hatte einen Augenblick lang das Bedürfnis, Jermak zu umarmen und voll väterlicher Dankbarkeit zu küssen ... aber dann bezwang er sich, kletterte hinüber in das Kirchenboot und schickte Boten aus, um die deutschen und livländischen Kanoniere zu wecken.

Jermak aber ruderte allein in einem kleinen Kahn an Land und stieg das Ufer hinauf zu den achtzig Todeskandidaten. Er wollte noch einmal vor Morgengrauen mit Muschkow reden.

Zunächst wurde er, kaum am Ufer, von zwei Kosakenwachen angefallen und zu Boden gerissen. Als sie ihren Irrtum merkten, rauften sie sich die Haare, aber Jermak lobte sie und ging dann allein weiter zu der kleinen Burg aus den hochgestellten Booten.

Es war nicht schwer, Muschkow zu finden. Jermak ging nur

dem gewaltigen Schnarchen des Popen Oleg Wassiljewitsch nach, betrachtete das frevlerische Bild – Kulakows Kopf auf dem Fahnen-Antlitz des Erlösers – mit einem Grinsen und entdeckte dann, ein paar Schritte weiter, Iwan Matwejewitsch in seiner Decke.

Jermak blieb stehen und starrte den Freund fassungslos an. Neben Iwan, unter der Decke, lag Boris Stepanowitsch, und beide waren nackt. Sie lagen eng beieinander. Jermak sah keine besonderen Einzelheiten, er sah nur Muschkows entblößten Oberkörper, und, an ihn gepresst wie ein schlafendes Hündchen, den blonden Boris in seiner Schulterbeuge. Auch von ihm erkannte Jermak nur den hell schimmernden nackten Rücken.

Stumm, geradezu betäubt von diesem Anblick, starrte Jermak die beiden an. Er brüllte nicht auf, er riss nicht die Decke von den nackten Leibern, griff nicht nach seiner Lederpeitsche, die er stets in seinem Gürtel trug und in deren Enden Eisenspitzen geknotet waren, nur eine maßlose Enttäuschung, ja Trauer überfiel ihn über einen Freund, der sich so verirren konnte. Ein Kosak liebt einen Knaben ... das schien so unbegreiflich, dass Jermak sogar seine Grausamkeit vergaß.

Ich lasse sie sterben, dachte er nur, ehrenvoll in der Schlacht sterben. Es würde mir schwer fallen, Muschkow und Boris aufzuhängen. Ich werde ihnen nicht helfen, wenn die Tataren sie überrennen. Iwan Matwejewitsch, wie konntest du das tun?

Er wandte sich ab, ging zurück zu Oleg Wassiljewitsch und hielt ihm die Nase zu. Der Pope, seines Atems beraubt, zuckte hoch, erinnerte sich sofort hellwach an den Überfall, der ihm das Brandmal MIR auf der linken Hinterbacke eingebracht hatte, und schlug um sich. Aber Jermak sah das kommen und hielt seine Fäuste fest und stieß den Popen zurück auf den Boden.

»Ich bin es, Oleg Wassiljewitsch«, sagte er leise.

»Jermak!« Der Pope beruhigte sich. Das Wunder eines Brandmals kann man nicht zweimal ertragen, zumal man mit diesem Wunder wenig anfangen konnte, denn es vor den Gläubigen auszustellen, war schier unmöglich. »Was gibt es? Ist der Plan geändert?«

»Ich rate dir, zurück auf den Fluss zu kommen«, sagte Jermak leise. »Hier wirst du sterben.«

»Und die anderen?«

Jermak schwieg, und das war Antwort genug. Der Pope schüttelte den Kopf.

»Ich bin ihr Priester«, sagte er. »Und ich soll sie allein lassen? Unter der Fahne des Heilands kämpfen sie. Jermak Timofejewitsch, wofür hältst du mich?«

»Dann werde ich drei Freunde verlieren«, erwiderte Jermak. Es kam ihm schwer von der Zunge. »Ich weiß nicht, was ich tun soll.«

»Drei?«, fragte der Pope und reckte sich. Ganz fern im Osten glitt erstes Licht über den nachtschwarzen Himmel. Der neue Tag begann.

»Ich werde wie ein einsamer Wolf sein, Oleg Wassiljewitsch, mörderisch und grausam. Gott mit dir!« Jermak stand auf, blickte noch einmal hinüber zu Muschkow und Boris Stepanowitsch und nagte an der Unterlippe. Ganz schwach schimmerte die nackte Haut der beiden durch die Dunkelheit. Welch eine Verirrung, dachte er bitter. Sie müssen sterben. Die Ehre eines Kosaken ist mehr wert …«

Er ging zum Ufer zurück, setzte sich wieder in seinen Kahn und ruderte zu dem großen Kommandantenboot. Dort wartete schon Lupin auf ihn.

»Hast du Boris Stepanowitsch gesehen?«

»Er ist bei Muschkow!«, sagte Jermak hart. »Und er bleibt bei Muschkow!«

»So ist er tatsächlich durch den Fluss geschwommen?«

»Ja! So eilig hatte er es, zu seinem Freund Iwan Matwejewitsch zu kommen!« Jermaks Herz schlug jetzt stürmisch. Grenzenlose Wut überfiel ihn. Jetzt bereute er es, Muschkow und Boris nicht sofort erschossen zu haben.

»Und ... und du lässt sie einfach sterben?«, stammelte Lupin.

»Geh hinüber zu deinem Boot und deinem Altar!«, schrie Jermak voller Qual. »Was kümmert's dich? Du bist ein Diakon und ein Pferdedoktor, aber kein Kosak! Lass mich in Ruhe, Alter!«

Kurz darauf stießen die deutschen Kanoniere mit ihren drei Kanonen an Land, zogen sie das Ufer hinauf, bauten Kugeln und Pulverfässer neben sich auf und luden die Rohre. Dann entfachten sie die Feuer für die Lunten, setzten sich neben das Pulver und aßen kalten gebratenen Fisch.

Am Horizont löste sich die Nacht allmählich auf, helle Streifen erschienen am Himmel, der Tag glitt über die grüne Steppe, und das erste Licht gab den Blick frei auf das Lager der Tataren.

Zelt an Zelt aus gegerbten Fellen und langen Stangen, ein wogendes Meer von Pferdeleibern, Rauchfahnen aus hunderten von Feuern, ein Wald von Lanzen wurden sichtbar.

Fürst Tausan, der Befehlshaber dieses Heeres, ließ seine Reiter sammeln. Mametkul wartete weiter unten am Tobol. Und noch etwas sahen die Kosaken: Nicht nur ihnen gegenüber standen die Tataren, auch seitlich von ihnen schälten sich Zeltstädte aus dem Morgendunst.

Jermaks Plan, die Tataren abzulenken und dann woanders zu landen, war sinnlos geworden. So weit man blicken konnte, am ganzen Ufer des Tobols entlang, warteten Kutschums Reiter.

»Sollen wir umkehren?«, fragte einer der Hundertmänner. Auf den Booten, in denen die anderen Popen saßen, sang man jetzt Choräle. Lupin, der neue Diakon, stand vor dem Altar im Kirchenboot und sprach mit wirklicher Inbrunst ein Beistandsgebet in die Morgenluft. Dabei liefen ihm die Tränen über die zuckenden, zerfurchten Wangen.

Mein Töchterchen, dachte er. Das ist nun das Ende. Du hast es gewusst und bist Muschkows Frau geworden ... Gott segne euch!

»Umkehren?«, fragte Jermak und blickte seine Hundertmänner stolz an. »Gibt es dieses Wort, Brüder? Ich habe es nie gelesen! Vorwärts – das ist Kosakenart!«

Singend – und wenn tausend Mann singen, dann klingt es wie ein Orkan, der Bäume entwurzelt –, landeten die Kosaken am Ufer des Tobol. In breiter Linie stürmten ihnen die Reiter des Fürsten Tausan entgegen.

10

Muschkow erwachte zuerst, weil neben ihm der Pope Oleg Wassiljewitsch hustend die Christusfahne aufstellte, in den Boden rammte und dabei gewaltigen Krach machte.

Muschkow zog schnell die Decke über sich und über Marinas nackten Rücken. »Guten Morgen, ehrwürdiges Väterchen«, sagte er. »So früh schon so laut?«

»Der geröstete Hafer bringt mich um!«, rief der Kosakenpope. »Meine Därme sind wie ein Blasebalg! Auf die Beine, Kosaken! Der Tag des Sieges beginnt! Halleluja!«

In dem Durcheinander des Aufspringens merkte niemand, wie sich Marina unter Muschkows Decke rasch anzog. Als sie dann aufstand, war sie wieder der schlanke Adjutant Boris Stepanowitsch. Muschkow lief noch mit bloßem Oberkörper herum, sein Gesicht war ein einziges Strahlen. Das Glück der Nacht, die Erfüllung aller seiner Träume, die ganze Seligkeit seines Lebens waren stärker als die Todesnähe.

»Dort stehen sie, die Tataren!«, rief er. »Behaltet den Kopf klar, Brüder. Lasst sie nahe genug herankommen, und dann feuern wir, dass sie glauben, die Erde platze auf! Nur Ruhe, meine Freunde, nur Ruhe!«

Doch dann waren sie plötzlich nicht mehr allein. Überall am Ufer tauchten ihre Kameraden auf, schleppten Waffen an Land, schoben die Boote hinauf und verschanzten sich hinter den breiten hölzernen Kähnen, die – hochgestellt – zu einer Mauer wurden, die kein Reiter umreiten konnte. Die Stroganowsche Taktik, Sibirien nicht zu Pferde, sondern mit Booten zu erobern, war der Gedanke eines Genies.

So schleppten tausend Mann ihre hölzerne Festung durch Sibirien – welch eine einmalige Leistung!

Überall wurden jetzt Kommandos geschrien, die Hundertschaften mit ihren Booten bildeten kleine Burgen, die Gewehrschützen luden ihre Waffen, die Popen, bei jeder Hundertschaft einer, richteten ihre auf Lanzenschäften steckenden Kreuze auf, die Fahnenträger entfalteten die mit Heiligen bestickten Fahnen. Zwischen zwei hochgestellten Kähnen standen in aller Ruhe die deutschen und livländischen Kanoniere an ihren Geschützen, hielten die Lunten bereit und kauten dabei kleine Stücke getrocknetes Fleisch. Dazu tranken sie Kumyss, gegorene Stutenmilch, die sie bei den ostjakischen Bauern gesammelt und in großen Tonkrügen mitgenommen hatten. Diese säuerliche Milch löschte vorzüglich den Durst, den das gesalzene, getrocknete Fleisch erzeugte. Außerdem – so behaupteten die Mongolen, die Kumyss erfunden hatten – verleihe diese Milch ungeheure Kräfte.

Mit finsterer Miene erschien Jermak in der kleinen Bootsfestung, in der Muschkow und Marina die Nacht verbracht hatten. Oleg Wassiljewitsch, der Pope, hatte das Kreuz mit einer Reiterpistole und einem Krummdolch vertauscht, und neben der Fahnenstange hielt er auch noch eine lange Lanze fest.

Muschkow und Marina knieten hinter einem Boot und blickten den Tataren entgegen.

»Ich danke dir, Jermak Timofejewitsch«, sagte Muschkow, als Jermak ihn beiseite winkte, »dass du uns zu Hilfe gekommen bist.«

»Wo kommt Boris Stepanowitsch her?«, fragte Jermak finster, ohne auf den Dank einzugehen.

»Er war plötzlich da.«

»Wann?«

»Am Morgen. Als der Pope uns weckte, stand er schon im Lager«, log Muschkow unbefangen. »Ha, dachte ich, was hat Jermak vor? Warum schickt er seinen Adjutanten? Nun weiß ich es ... du hast den Plan geändert. Du lässt einen alten Freund nicht sterben ...«

Jermak schwieg. Was ist aus Iwan Matwejewitsch geworden, dachte er, fast traurig. Lügt mich an, verrät seinen besten Freund, liegt nackt mit einem Kerlchen unter der Decke. Wäre er nicht Muschkow, ich würde ihm jetzt den Säbel in den Hals schlagen! Zwölf Jahre sind wir zusammen kreuz und quer durch Russland geritten, von der Wolga bis zum Schwarzen Meer, von den Steppen der Nogaier bis zu den Feldern der Moskowiter. Der Zar hat uns zum Tode verurteilt, man hat uns gejagt wie Wölfe, und immer ist es uns gelungen, unseren Hals zu retten.

Iwan Matwejewitsch, flehe Gott an, dass du in der Schlacht fällst. Erspare es mir, meinen besten Freund zu töten ...

Es war ein sehr heller, wolkenloser Maitag. Ein Morgen mit allem Glanz des Frühjahrs. Das Steppengras leuchtete grün, aber hinter diesem Streifen, der immer schmaler wurde, gab es nur noch Pferde und schreiende, kreischende Köpfe.

Die Tataren stürmten.

Die deutschen Kanoniere steckten ihr Dörrfleisch weg, schlossen die Sauermilchkrüge mit wachsbestrichenen Holzpropfen, wischten sich noch einmal den Mund ab und stießen dann die Luntenstöcke in das Feuer.

Die Gewehrträger zielten, hinter und neben ihnen rammten die Kosaken die Lanzen schräg in die Erde und bildeten so einen eisernen Igel, an dem sich die gelben Reiter aufspießen sollten.

Fürst Tausan ritt in der ersten Reihe. »Für Allah und seinen Propheten!«, hatte er geschrien, als er das Zeichen zum Angriff gab. Wie Kutschum war er Mohammedaner, aber seine Reiter, die für den Propheten sterben sollten, dachten anders. Sie waren aus den Weiten Asiens gekommen, Nachfolger des großen Dschingis-Khan, Söhne der langen silbernen Flüsse und der einsamen Wüsten, der endlosen Steppen und der schweigenden Wälder. Was ging Allah sie an? Es galt, die Russen zu vernichten, ihnen die Köpfe abzuschlagen, ihre Waffen zu erbeuten ... nur das war wichtig. Was ist denn ein Prophet ...?

Genau bis auf Schussweite ließ Jermak die Reiter heranbrausen. Dann hob er seinen Krummsäbel hoch in die Luft, und die deutschen Kanoniere stießen die flammenden Luntenstöcke in die Pulverkammern.

Man kann einem Unwissenden, der einen blauen, wolkenlosen Himmel und eine strahlende Morgensonne sieht, nicht erklären, dass es aus diesem unendlichen Blau plötzlich donnern kann. Und doch war es so ... Ein ungeheures Donnern und Krachen erfüllte die Luft, Nebel wallten auf, und dann schlug die Faust des Himmels in die Reiterreihen. Sie riss drei gewaltige Löcher in das Heer ... Und es folgten viele kleine Donnerschläge, eiserne Hagelkörner regneten herunter und töteten Mensch und Pferd.

Die Gewehrschützen feuerten in vier Gruppen, und wenn die letzte Gruppe abgeschossen hatte, waren die Büchsen der ersten schon wieder geladen und spuckten Tod in die tatarischen Reihen.

Ein Sperrfeuer würde man heute sagen … im Jahre 1582 aber war es für die Tataren das Eingreifen einer überirdischen Macht in das Schlachtgeschehen!

»Für Allah und den Propheten!«, schrie Fürst Tausan abermals, aber der Donner und Eisenhagel aus blauem Himmel waren zu viel für die kleinen gelben Reiter. Sie rissen ihre Pferde herum und rasten in die Steppe zurück. Sie verzichteten darauf, die Burgen aus hölzernen Booten zu stürmen, sie wollten nur noch zu ihrem Lager, dessen lederne Spitzzelte der Tross bereits abgebaut hatte …

Eine kleine Gruppe von etwa zweihundert Reitern blieb mit Fürst Tausan allein. Es waren die Gardereiter Kutschums, die der sibirische Zar Mametkul als Leibwache mitgegeben und die Mametkul wiederum an Tausan ausgeliehen hatte.

Um sie herum wälzten sich schreiend die Pferde und die verletzten Menschen. Zwischen ihren Kähnen luden die deutschen Kanoniere schnell, aber so ruhig wie bei einer Übung, ihre Kanonen und richteten sie wieder aus.

Jermak, der neben Muschkow und Marina stand, stieß Marina die Faust in den Rücken. »Von jeder Hundertschaft die Hälfte zum Sturm!«, schrie er. »Die Gewehrträger vorweg! Lauf los, du Hurensohn!«

Marina duckte sich, um wegzulaufen und die Befehle weiterzutragen. Da hielt Muschkow sie fest.

»Ich überbringe es!«, sagte er.

»Ich habe es Boris Stepanowitsch befohlen!«, brüllte Jermak. »Er läuft …«

»Ich bin schneller, Jermak!«

»Lass ihn los!« Jermak hieb mit der Faust auf Muschkows Arm, ein gewaltiger Schlag, der Muschkows Finger lähmte. Er ließ Marina los, und sie rannte weg, umschwirrt von einem Pfeilhagel, den Tausans Reiter auf sie abschossen.

»Hast Angst um ihn, was?«, brüllte Jermak und umklammerte Muschkows Hals. »Ein Pfeilchen könnte ihn treffen, den Liebling? Lauf los – aber in die andere Richtung! Lauf zu den Tataren und lass dich töten!«

Aus vorquellenden Augen, gewürgt und entsetzt über Jermaks hassverzerrtes Gesicht, starrte Muschkow den Freund an und taumelte dann gegen die Bootswand. Instinktiv griff er nach seinem Krummdolch, aber auch Jermak riss ihn aus dem Gürtel – schneller als Muschkow.

»Wer überlebt es, Iwan Matwejewitsch?« Jermaks Augen glühten, und Muschkow dachte entsetzt: Der Sturz auf die vereiste Erde hat sein Gehirn verändert. Das ist nicht mehr Jermak, mein Freund. Das ist eine Bestie, die nur aussieht wie Jermak Timofejewitsch! Gott steh uns bei, wie wollen wir mit ihm Mangaseja erobern?

»Du bist verrückt, Jermak«, stammelte Muschkow. Die neue Salve der Kanonen riss ihm die Worte vom Mund. Jermak sah nur, wie sich Muschkows Lippen bewegten. Dann hatte auch Iwan Matwejewitsch seinen Dolch in der Faust und duckte sich, zum Sprung bereit.

Man soll nie sagen, ein Pope sei nur zum Beten und Segnen da. Oleg Wassiljewitsch Kulakow, Kummer mit seinen Kosaken gewöhnt, fragte nicht, was sich da zwischen Jermak und Muschkow tat. Er stand plötzlich neben ihnen, hieb Jermak mit der Fahnenstange über den Schädel, gab Muschkow einen gewaltigen Tritt gegen den Bauch, und als beide bewusstlos umfielen, grunzte er zufrieden, ging zurück zu den Schützen und rief mit seiner tiefen Stimme:

»Für den Sieg des Erlösers … vorwärts zum Sturm!«

Es war das Kommando, das eigentlich Jermak hatte geben wollen.

So gerieten Fürst Tausan und neunundsechzig seiner Reiter in die Gefangenschaft der Kosaken. Entnervt glitten sie aus dem Sattel und erwarteten den Todesstreich. Aber man tat ihnen nichts, was ganz neu für die Tataren war.

»Gefangene sind unsere Verbündete«, hatte Jermak vor der Schlacht gesagt. »Sie werden unseren Ruhm im ganzen Land verbreiten.«

Heute nennt man das psychologische Kriegführung.

An diesem Morgen eroberten die Kosaken den gesamten Tross des Fürsten Tausan, zwar wenig Pferde, auf die sie insgeheim gehofft hatten – im Ganzen sammelten sie neunzig Stück, und das für tausend Männer, die Nacht für Nacht von Pferden träumten! –, aber Zelte und Waffen, eine ganze Hammelherde, Honigfässer, Teeblätter – und einen kleinen Harem von siebzehn wunderschönen, glutäugigen jungen Mongolinnen.

»Beschlagnahmt!«, sagte der Pope Oleg Wassiljewitsch, der als Erster zur Stelle war, spontan. Sein Instinkt hatte ihn getrieben wie ein Kamel, das in der Wüste Wasser wittert. »Wer sie anrührt, den treffe der Blitz! Alexander Grigorjewitsch, pass auf sie auf!«

Lupin, der glücklichste Vater der Welt, als er Marina noch lebend umherlaufen sah, ließ zwei Wachen vor das Haremszelt stellen, setzte sich selbst unter die siebzehn verschüchterten, ängstlichen, aber dennoch recht neugierig blickenden Mongolinnen. Er überlegte, ob den Popen bei solch schwerer Arbeit nicht der Schlag treffen müsste …

Jermak und Muschkow erwachten, als die Schlacht bereits gewonnen war. Sie lagen, allein, nebeneinander an einem Boot, alle Kosaken stürmten die Lager der Tataren und kümmerten sich um die Beute. Nur Verwundete waren um sie herum, die schrien, durch das Steppengras krochen und um ihre Leben bettelten.

Die beiden Kontrahenten sahen sich schweigend an. Sie dachten beide das Gleiche: Wir haben einen großen Sieg errungen und waren nicht dabei! Wir, die Führer der Kosaken! Wenn andere das erfahren, werden sie sich schütteln vor Lachen.

»Jermak Timofejewitsch …«, brachte Muschkow zögernd hervor. »Den Popen bringe ich um!«

»Wir werden ganz still sein, Iwan Matwejewitsch«, antwortete Jermak heiser. »Wir haben schon anderes verschwiegen …«

Eine Stunde später empfing Jermak den gefangenen Fürsten Tausan. Die ersten Hammel brieten an den Spießen, die Priester hielten Dankgottesdienste ab, nur der Kosakenpope fehlte. Er lag im Haremszelt auf einem Diwan, und siebzehn zwitschernde, kleine, süße, schlanke Mongolinnen kümmerten sich um ihn.

Warum sagt man eigentlich immer, das Paradies erreiche man erst nach seinem Tode …

Am Abend – Muschkow war mit einem Trupp Kosaken weggeschickt worden, um die Stelle auszusuchen, an der man die Boote wieder zu Wasser lassen konnte – machte sich Jermak auf, um seinen Adjutanten Boris Stepanowitsch zu suchen. Seine Entscheidung war gefallen … Ihm war der langjährige Freund wichtiger als das schöne blonde Kerlchen von der Wolga.

Er traf Marina auf dem Schlachtfeld, auf dem noch immer die Verwundeten lagen. Niemand kümmerte sich um sie. Sie verbluteten, zuerst schreiend, dann jammernd, dann stumm in ihr Schicksal ergeben. Marina saß unter ihnen auf einem Pferdekadaver und verband einem kleinen Tataren sein zerfetztes Bein. Dankbar und fassungslos zugleich starrte der kleine Gelbe den hilfreichen Kosaken an.

»Suchst du dir neue Männer?«, fragte Jermak grob. »Genügt dir ein Kosake nicht mehr? Muss es jetzt ein Tatar sein?«

Er gab dem Verwundeten einen Tritt. Der schrie auf und rollte gegen ein totes Pferd hinter sich. Dort blieb er liegen und zog die Beine an. Marina schwieg. Sie legte die Streifen aus Baumwolltuch auf den Pferdekadaver, auf dem sie saß, nahm den Krummdolch aus dem Gürtel und legte ihn über ihre Knie. Jermaks Augen wurden schmal.

»Du willst es aufnehmen mit mir?«, fragte er, gefährlich leise. »Du Hurenkerl ziehst den Dolch vor mir?«

»Du hast mich einmal deinen Bruder genannt.« Marina blickte Jermak in die kalt funkelnden Augen. »Ich weiß nicht, wie Jermak mit seinen Brüdern redet. Man muss auf alles vorbereitet sein.«

»Dann sei es, Dreckskerl!«, fauchte Jermak. »Das Kosakengericht ist zusammengetreten – und das Gericht bin ich! Du bist zum Tode verurteilt!«

»Ich höre es. Darf man fragen, warum?« Marina war ganz ruhig.

Er hat keine Angst, dachte Jermak verblüfft. Er weiß, dass er gleich sterben wird, und sitzt da, als erwarte er ein Stück gebratenes Hammelfleisch. Welche Kaltblütigkeit! O Kerlchen, warum hast du mit Muschkow in sündiger Liebe gelebt? Was hätte aus dir werden können!

»Du liebst Muschkow?«, würgte Jermak hervor. Allein es auszusprechen, war eines Todes wert …

Und Marina antwortete klar: »Ja, ich liebe Iwan Matwejewitsch.«

»Das sagst du mir ins Gesicht?«, schrie Jermak. Er riss seinen Dolch heraus, aber auch Marina stellte ihre Klinge aufrecht. »Ich habe euch gesehen! Heute, in der Nacht! Nackt lagt ihr unter einer Decke!«

»Das ist wahr«, sagte Marina ohne Zögern. »Es war das erste Mal, aber es wird von jetzt an immer so sein …«

»Es war das letzte Mal!«, schrie Jermak unbeherrscht. »Ich lasse mir meinen Muschkow nicht verderben!«

Er stieß mit dem Krummdolch zu – das heißt, er wollte es. Aber in dem erhobenen Arm zitterte plötzlich ein Pfeil, hatte sich in den Oberarmmuskel gebohrt und krallte sich mit einem Widerhaken in das Fleisch. Der Dolch fiel aus Jermaks

Fingern; er wirbelte herum, aber der Schütze war nicht zu sehen ... Ringsum nur Verwundete, die ans Überleben, aber nicht mehr ans Pfeilschießen dachten.

»Das rettet dich nicht!«, knirschte Jermak. Er versuchte, den Pfeil aus dem Muskel zu reißen, aber der Schmerz wurde unerträglich. Nur ein Feldscher konnte den Pfeil herausschneiden ... und wenn die Spitze vergiftet war ... »Vor Muschkows Augen werde ich dich im Tobol ertränken lassen!«

»Nur, weil ich ihn liebe?«

»Du Hurenbastard!« Jermak bebte vor Wut. »Unter meinen Kosaken gibt es keine Männerliebe!«

Marina stand langsam von ihrem Pferdekadaver auf. Sie blickte auf den Pfeil in Jermaks Arm und wusste, dass irgendwo hinter einem Toten oder einem Tier ihr Vater lag und dass ihr nichts geschehen konnte. Nicht jetzt – und wenn Jermak wie jeder andere Mensch ein Herz in der Brust hatte, auch morgen nicht und nie in ihrem Leben.

Die Stunde ist gekommen, Väterchen, dachte sie und blickte sich um. Ich habe sie erwartet, zwar noch nicht heute ... Ich wollte es Jermak sagen, wenn wir Sibir erobert haben und Mangaseja vor uns liegt.

»Was redest du von Männerliebe, Jermak Timofejewitsch!«, sagte sie laut. »Was traust du Muschkow zu?«

»Du hast nackt bei ihm gelegen – unter einer Decke!«, schrie Jermak.

Er wollte sich bücken, um mit der linken Hand den Dolch von der Erde zu reißen, aber Marina trat gegen die Waffe und schleuderte sie weit weg.

»Nicht als Mann!«, sagte sie ruhig. »Sieh mich an, Jermak! Bin ich ein Mann?«

Sie riss die Kosakenbluse auf.

Hinter einem toten Pferd lag Lupin und unterdrückte einen Schrei. Was tust du, Töchterchen, jammerte er lautlos. Das geht doch nicht gut … Er atmete tief auf, legte einen neuen Pfeil auf die Bogensehne und zielte auf Jermaks Herz.

Dieser starrte seinen Adjutanten Boris Stepanowitsch aus weiten Augen an. Im letzten Licht des Tages, im Goldrot der untergehenden Sonne, die aus der Steppe einen purpurnen Teppich machte, so, wie am Abend die Steppen am Don vor dem Versinken in die Nacht noch einmal in solcher Schönheit aufblühten, dass einem das Herz schwer wurde vor Liebe zu diesem Land –, schimmerten ihm zwei volle Brüste entgegen, eine glatte, weiße, matt glänzende Haut, und zwischen den Brüsten hing ein Medaillon mit einem Kreuz aus Perlmutt.

»Wer bist du?«, fragte Jermak mit schwerer Zunge. Der Pfeil brannte in seinem Arm, aber der Anblick dieses Mädchenkörpers dämpfte alle Schmerzen.

»Marina Alexandrowna.« Sie raffte die Bluse über ihrer Brust zu und stopfte sie rasch wieder in die Hose. »Wenn wir Sibir erobert haben, werde ich Muschkowa heißen.« Sie griff nach hinten, fasste ihren Krummdolch und reichte ihn, auf beiden Handflächen liegend, Jermak dar.

»Und jetzt töte mich, wenn es sein muss …«

Wie kann man so viel Schönheit töten? Wer kann die Hand heben und den Krummdolch zwischen diese Brüste stoßen? Wer kann eine Kugel in einen solchen Körper feuern? Auch wenn man Jermak Timofejewitsch heißt und berühmt ist für seine Gnadenlosigkeit gegenüber allen, die sich seinen Befehlen widersetzen – Marina Alexandrowna zu bestrafen, weil sie ein Mädchen war und nicht der Bursche Boris Stepanowitsch, das war selbst Jermak unmöglich.

»Geh zurück ins Lager«, sagte er heiser und hielt mit der einen Hand seinen verwundeten Arm fest. Der Arm begann jetzt heftig zu zittern, die Nerven wehrten sich gegen den Pfeil.

»Und was geschieht mit Iwan Matwejewitsch?«, fragte Marina.

Sie steckte ihren Dolch in den Gürtel zurück, nahm von der Pferdeleiche ihre berühmte rote Kappe und setzte sie sich auf den blonden Kopf.

Eine Pferdeleiche weiter presste sich Lupin dicht in das Steppengras. Das Wimmern der Verwundeten verklang nach und nach. Sie starben, und keiner kümmerte sich um sie. Wer noch die Kraft hatte, sich zu bewegen, der kroch durch das Gras, hinüber zum Fluss oder zu ihrem Lager, in dem jetzt die Kosaken Hammel schlachteten und Feuer die Nacht erhellten.

Die vom Kloster Uspensk mitgereisten Popen hatten einen großen Altar errichtet, um am nächsten Morgen den Sieg zu feiern. Mit den Kirchenfahnen, in einem großen Viereck in den Boden gerammt, steckten sie eine Art heiligen Bezirks ab.

Wer bei dem Aufbau dieser Feldandachtsstätte fehlte, war natürlich Oleg Wassiljewitsch. Er feierte seinen Sieg auf eigene Weise ... Siebzehn Mongolinnen! Er war überwältigt von ihrer fremdländischen Zärtlichkeit und der berauschenden Kunst, ihre biegsamen Körperchen ihm in immer neuen Arten darzubieten.

»Welch ein Kerl, dieser Fürst Tausan!«, sagte der Kosakenpope laut zu sich selbst. »Hat solch einen Harem – und dann noch die Kraft, im Sattel zu bleiben! Man muss ihn bewundern!«

Jermak schwieg auf Marinas Frage. Er stützte sich auf ihre Schulter; bis in die Beine spürte er jetzt den Schmerz.

»Suchen wir Lupin!«, sagte er nach ein paar taumelnden Schritten. »Er kann den Pfeil am besten entfernen!«

»Was wird aus Iwan Matwejewitsch?«, wiederholte Marina ihre Frage.

»Darüber werde ich nachdenken ... beraten ...«

»Das ist keine Antwort, Jermak.«

»Was willst du hören?«

»Er ist dein Freund und bleibt es!«

»Er hat ein altes Kosakengesetz gebrochen, eine Frau auf einen Kriegszug mitzunehmen!«

»Ich war seine Beute, als ihr Nowo Orpotschkow verbranntet!«

»Er hat es verschwiegen. Er hat mich zwei Jahre lang belogen!« Jermak atmete schwer. Seine Schritte wurden langsamer, und die Füße schleiften über das Steppengras. Wenn Gift an der Pfeilspitze war, dachte er, erreiche ich das Lager nie. Und auch Lupin ist machtlos gegen das Gift. Was wird aus meinen Kosaken? Kann Muschkow sie weiterführen nach Mangaseja? Er ist ein rauer, tapferer Kerl, aber ist er auch ein Feldherr? Sibirien erobert man nicht nur mit Kraft, man muss auch ein Hirn dabei haben …

»Er hat gelogen, um mich zu beschützen!«, sagte Marina. Sie schob Jermaks Arm von ihrer Schulter und trat zwei Schritte zurück. Ohne Stütze begann Jermak zu wanken und hatte Mühe, nicht in die Knie zu brechen. »Ist das ein Verbrechen?«

»Ein Kosak …«

»Ein Kosak! Ein Kosak! Gibt es nur Gott und die Kosaken, und alles andere auf der Welt ist nur dazu da, dass man es vernichtet? Bist du nicht auch noch ein Mensch, Jermak Timofejewitsch?«

»Komm her und stütze mich …«, sagte Jermak und knirschte mit den Zähnen.

»Nein!«

Er starrte sie an, als könne er es nicht begreifen, dass jemand zu ihm Nein sagte. Marina stand vor ihm, die Beine gespreizt und die Hände in die Hüften gestemmt – ein richtiges Kosakenkerlchen, wie es Boris Stepanowitsch immer gewesen war.

»Es geht auch ohne dich, verdammt!«, schrie Jermak plötzlich. Er presste die Lippen zusammen und schwankte vorwärts; aber er wusste genau, dass er nur ein paar Schritte gehen konnte und dann seine Kraft zu Ende war. Die Lagerfeuer schienen ihm unerreichbar, die grölenden Stimmen seiner Kosaken waren wie ein fernes Rauschen, und der leichte abendliche Frühlingswind, der den Duft der bratenden Hammel mitnahm, riss an ihm wie ein Sturm und warf ihn fast um.

Wenn das vom Gift kommt, bin ich verloren, dachte Jermak. Und verloren sind meine tausend Kosaken, die Priester, die Jäger, die Dolmetscher, die Beamten der Stroganows. Verloren für immer ist Sibirien für den Zaren – denn wer sonst könnte es erobern?

Er blieb stehen, »Lass mich allein, Boris Stepanowitsch«, sagte er heiser. »Geh! Lass deinen Hetman sterben …«

»Ich habe dir schon einmal das Leben gerettet«, sagte Marina und rührte sich nicht. »Für das zweite Mal verlange ich einen Preis!«

»Geh weg!«, brüllte Jermak.

Vom Fluss her näherte sich ein kleiner Trupp Kosaken. Sie ritten auf eroberten Tatarenpferden und fühlten sich – endlich wieder auf dem geliebten Pferderücken – so wohl, dass sie laut sangen und ihre schrillen Schreie ausstießen, mit denen sie alle Feinde entnervten. An der Spitze galoppierte Muschkow. Jetzt wieder im Sattel zu sitzen, war ihm mehr wert, als auf einer Wolke im Himmel zu liegen, wie es die Popen als ewige Seligkeit versprachen …

»Da kommt Iwan Matwejewitsch!«, sagte Marina ruhig. Hinter seinem Pferdekadaver verkroch sich Lupin völlig in den Schatten und verwandelte sich in einen Toten, wie sie massenweise herumlagen. In der tiefen Dämmerung konnte ihn niemand erkennen.

Jermak nahm alle Kraft zusammen, um stehen zu bleiben. Er wandte sich langsam um und blickte seinen Kosaken entgegen. Muschkow war nicht zu übersehen … seine Stimme klang laut, und sein kräftiger Körper überragte alle anderen.

»Ich bleibe Boris Stepanowitsch …«, sagte Marina Alexandrowna laut, »und Iwan Matwejewitsch bleibt dein Freund und Stellvertreter. Es ändert sich nichts, bis wir Sibirien erobert haben und vor dem Popen Mann und Frau werden.«

»Ich nehme von einem Weib keine Befehle entgegen!«, schrie Jermak verbittert.

»Es ist eine Bitte, Jermak Timofejewitsch. Ich flehe dich an ... Auf die Knie würde ich vor dir fallen, wenn ich keine Kosakenuniform trüge! Denk an Sibirien ... Du hast den größten Auftrag erhalten, den je ein Mensch bekommen hat!«

War es das, was Jermak tief ins Herz ging? Er drehte sich wieder zu Marina um und streckte den gesunden Arm aus. »Stütze mich!«, bat er leise.

»Ich bleibe Boris Stepanowitsch?«

»Ja.«

»Und Muschkow?«

»Ich will versuchen, zu vergessen.«

Sie ging wieder auf ihn zu, legte ihren Arm um seinen Oberkörper und schleppte ihn über die Steppe. Sie glaubte Jermak, und es fiel ihr nicht auf, dass er gesagt hatte, er wolle versuchen, zu vergessen. Versuchen ... das war eine offene Tür, durch die man jederzeit entweichen konnte.

Muschkow ritt in der sich schnell ausbreitenden Dunkelheit in einiger Entfernung vorbei, ohne sie zu sehen. Er sang aus voller Brust, ließ sein Gäulchen die Beine werfen und trug so viel Glück in sich, dass ihn die Umwelt nicht interessierte.

Lupin folgte in einigem Abstand vorsichtig seiner Tochter und Jermak Timofejewitsch. Als sie sich dem Lager näherten und die Kosaken wild gestikulierend Jermak und Marina umringten, Jermak schließlich auf die Schultern hoben und wegtrugen, begann auch Lupin zu rennen, schlug einen Bogen und kam von der anderen Seite in das Lager zurück. Er stürzte in das prunkvolle Haremszelt und scheuchte den Popen Oleg Wassiljewitsch vom Seidenlager.

»Ich glaube, Jermak ist verletzt!«, schrie Lupin und raufte sich mit großem schauspielerischen Talent die Haare. »Sie tragen ihn ins Lager, ich hab's eben gesehen! Väterchen, steh auf, kleide dich an und spende ihm den Segen!«

Der Pope, der erschöpft und wie ein Eber grunzend auf dem Rücken lag und die zwitschernden Mongolinnen zum Teufel wünschte, stieß einen nicht sehr vornehmen Fluch aus, sprang vom Diwan und fuhr in seine Kleider. Er hatte gerade das Phelonion, den gestickten Schulterumhang, angelegt, als sechs Kosaken den Hetman hereintrugen. Die hübschen Mongolinnen flüchteten kreischend in eine Ecke des Zeltes.

»Sagte ich es nicht!«, schrie Lupin verzweifelt. Es war eine Meisterleistung von Verstellung. »Er ist verwundet!«

Muschkow und Marina drängten sich ebenfalls in das Zelt. »Ein Pfeil«, erklärte Iwan Matwejewitsch. »Ein sterbender Tatar muss ihn abgeschossen haben! Alexander Grigorjewitsch, hol ihn heraus!«

»Im Namen des Herrn«, verkündete Oleg Wassiljewitsch sogleich lautstark, »deine Seele wird braten im Fegefeuer, wenn du nicht Buße tust ...«

Die Kosaken legten Jermak auf den seidenen Diwan und beäugten die halb nackten, zierlichen Mongolinnen. Sie dachten: Pope müsste man sein!

Jermaks Arm zitterte unaufhörlich, der Pfeil musste einen Nerv durchbohrt haben. Lupin beugte sich über ihn, untersuchte den Oberarmmuskel und bewegte den Pfeil vorsichtig hin und her. Jermak knirschte mit den Zähnen.

»Kannst du es, Alexander Grigorjewitsch?«, fragte er mit mühsam fester Stimme.

»Der Pfeil hat einen Widerhaken. Ich werde schneiden.«

»Und das Gift?«

»Wenn die Spitze vergiftet gewesen wäre, lägst du jetzt nicht hier! Das Gift der Tataren lähmt zuerst die Lungen. Alles andere geht dann ganz schnell.«

Jermak war beruhigt. Er würde weiterleben. Eine Fleischwunde heilt schnell, die Narben auf seinem Körper bewiesen es. Der Zug durch Sibirien würde weitergehen – bis nach Sibir, Kutschums Hauptstadt ...

Er legte den Kopf zur Seite und blickte Marina an. Sie stand neben Muschkow in ihrer schmutzigen Kosakentracht, und er dachte an ihre weiße Haut unter diesem rauen Stoff, an ihre festen Brüste mit dem Medaillon dazwischen, und er stellte sich vor, wie sie aussah, wenn sie die viel zu weiten Kosakenhosen ablegen, die Stiefel ausziehen würde ... wenn sie nackt war!

»Soll ich dich betäuben?«, fragte Muschkow.

»Bin ich ein Weichling?«, knurrte Jermak.

»Lupin wird tief schneiden müssen, Jermak Timofejewitsch!«

»Ich habe genug Leid durchstanden ...«, meinte Jermak dunkel, und nur Marina verstand ihn jetzt. »Was ist dagegen ein Schnitt?«

Lupin arbeitete geschickt. Mit einem kleinen, scharf gewetzten Messer schnitt er die Pfeilspitze heraus und ließ die Wunde ausbluten. »So kommt aller Schmutz heraus«, sagte er. »Der Körper reinigt sich selbst ...«

Oleg Wassiljewitsch, der Jermak zur Festigung seiner Kraft ein Kreuz gereicht hatte und dafür einen Tritt erhielt, zog sich beleidigt in den Hintergrund zurück. Von draußen hörte man Stimmengewirr. Es hatte sich herumgesprochen, dass Jermak verwundet worden war – von einem sterbenden Tataren, so hieß es. Hundert Kosaken verteilten sich daraufhin über das Schlachtfeld und erschlugen jeden Verwundeten, auch den kleinen Gelben, dem Marina noch das Bein verbunden hatte.

Stumm vor Entsetzen saß Lupin neben Jermak auf dem Diwan. Es ist alles meine Schuld, dachte er. Zuerst habe ich Jermak an Land gejagt, um Marina zu suchen, und er fand sie in den Armen Muschkows. Damit begann es. Ich wollte sie in Sicherheit wissen und habe die Hölle heraufbeschworen. Was soll nun geschehen? Wie kommen wir wieder zu unserer Ruhe?

Nachdem genug Blut aus Jermaks Wunde geflossen war, legte Lupin einen Knebelverband an und schnürte den Oberarm ab. Nach einer halben Stunde löste er den Knebel und verband die Wunde so, wie man es von einem Feldscher gewöhnt war.

»Du bist ein Könner, Alexander Grigorjewitsch«, sagte Jermak, von dem Blutverlust geschwächt. »Diakon bist du schon ... du wirst einmal Bischof von Sibirien werden!«

»Halleluja!«, brummte der Kosakenpope im Hintergrund. »Und ich werde ein Kloster gründen ...«

»Für Mongolinnen!«

»Es steht geschrieben: Liebe deinen Nächsten! Jermak Timofejewitsch, ich halte mich genau an das Wort ...«

»Bringt Schnaps!«, rief Jermak und richtete sich auf. Er winkte Marina, und an ihr zog er sich langsam hoch. Dabei berührte er ihre Brüste ... Muschkow, der es sah, brach der Schweiß aus ...

Jermak sah ihn an, dann lächelte er ... Es war das grausamste Lächeln, das Muschkow je bei seinem Freund gesehen hatte.

Ein paar Tage ging das Leben so weiter, man lebte, wie Männer leben, die einen gewaltigen Sieg errungen haben. Man baute das Lager aus, Patrouillen ritten auf den erbeuteten Pferden den Tobol hinunter, bis sie auf die Vorhut von Mametkuls großer Streitmacht stießen. Diese aber rückte nicht weiter vor – sie wartete in befestigten Lagern auf die Kosaken.

Man begrub feierlich die eigenen Toten – es waren fünf Kosaken und ein Dolmetscher, ein Verlust, über den man gar nicht sprach. Die Hundertschaften trugen die Boote und Flöße zu den Ufern, wo man sie wieder in den Tobol lassen konnte, jenseits der steinigen Stromschnellen, an denen die Flotte zerschellt wäre.

Muschkow hatte eine gute Stelle gefunden, ein breites, sandiges Ufer, über das man die Boote bequem ins Wasser schleifen konnte.

Jermak empfing schon am nächsten Tag den gefangenen Fürsten Tausan und seine Reiter. Sie aßen miteinander Hammelbraten, tranken »Feuerwasser«, wie die Mongolen den russischen Schnaps nannten, mit Ausnahme des Fürsten selbst, der als Mohammedaner keinen Alkohol trinken durfte. Dafür bekam er fetten Kumyss, und Jermak erlaubte ihm sogar, sich aus den siebzehn Mongolinnen seines Harems ein Mädchen auszusuchen. Tausan nahm die fröhliche Monja mit und bedankte sich fassungslos, als Jermak ihm auch noch ein großes Lederzelt dazu schenkte.

»Wir sind Männer, Tausan«, sagte Jermak schmunzelnd. »Und ohne eine Frau ist das Leben eine Strafe. Außerdem bist du nicht mein Feind, warum sollte ich dich behandeln wie einen solchen? Ich kämpfe gegen Kutschum, gegen ihn allein! Und er missbraucht euch alle, um sein gottloses Leben weiterführen zu können! Er regiert mit eurem Blut!«

Es war die alte Taktik, schon bei Jepantscha erfolgreich angewendet: Kommt an die Brust der Russen, Freunde! Wir befreien euch! Doch wollt ihr nicht befreit werden, schlagen wir euch die Köpfe ab! Ist es da so schwer, sich zu entscheiden?

Jermak tat noch etwas anderes: Er ließ dreißig deutsche und livländische Gewehrträger sich in einer Reihe aufstellen, die Flinten laden und dreißig Hammel in einer Entfernung von ihnen festpflocken, wo ein Pfeil sie nie erreichen würde.

»Das ist unsere Macht, die nie jemand besiegen kann!«, erklärte Jermak dem erstaunten Tausan. »Wir haben die Kraft des Donners in unseren Händen – wir allein!«

Dann gab er den Befehl zum Feuern, die Deutschen schossen mit der bei ihnen gewohnten Exaktheit, und die dreißig Hammel fielen tot in das Steppengras. Fürst Tausan barg das Gesicht in den Händen.

Wir werden unser Land verlieren, dachte er, und sein Herz zersprang fast. Die Russen werden Sibirien an sich reißen. Wer kann sie aufhalten? Wir werden Sklaven werden in unseren eigenen Städten und Dörfern. Eine neue Zeit bricht an – mit Donner und heißem, tödlichem Eisen …

»Du kannst zu Kutschum reiten, wenn du willst, oder zu Mametkul«, sagte Jermak nach dieser Vorführung. »Wir sind nur ein Vortrupp! Nach uns kommen so viele Russen über den Ural, dass eure Flüsse unsere Boote nicht mehr aufnehmen können! Und sie alle haben den Donner in den Händen! Geh zu Kutschum und sage ihm, er möge sich unterwerfen! Ich will kein Blutvergießen, wenn er mich nicht dazu zwingt …«

Fürst Tausan war überwältigt von dem, was er hörte und sah.

Nach drei Tagen ritt er mit seinen Überlebenden davon, den Tobol hinab, besichtigte noch die Uferstelle, wo die Boote und Flöße auf die Weiterfahrt warteten, und kehrte dann zurück zu Mametkul.

»Du bist ein kluger Kopf!«, sagte Muschkow an diesem Tag zu Jermak. »Sie werden vor Angst ihr Herz in der Hose tragen …«

»Es werden noch andere Angst bekommen, Iwan Matwejewitsch«, erwiderte Jermak und blickte dabei Muschkow durchdringend an. »Habe ich dir nicht den Rat gegeben, in der Schlacht zu sterben?«

»Es war nicht möglich, bei aller Mühe nicht.« Muschkow grinste verlegen. »Wir wollten doch nicht mehr darüber sprechen, Jermak Timofejewitsch.«

»Nicht über Boris Stepanowitsch – aber über Marina Alexandrowna!«

Nun war es heraus, aber wenn Jermak erwartete, Muschkow würde vor Schreck erbleichen, hatte er sich geirrt. Er blickte den Freund ruhig an.

»Marina hat es mir erzählt«, sagte Muschkow endlich, nachdem das Schweigen unerträglich geworden war. »Aber ich wusste es schon, als du dich an ihr hochgezogen hast und dabei ihre Brüste berührtest – nachdem dir Lupin den Pfeil aus dem Arm geschnitten hatte, weißt du noch?« Er schnaufte durch die Nase und suchte in Jermaks Gesicht nach einer Regung. Aber der Blick blieb kalt und mörderisch. Wie der Blick einer Schlange, dachte Muschkow.

»Wir sollten in der Tat darüber sprechen …«

»Was ist da zu bereden?«, fragte Jermak dunkel.

»Sie kann nicht dein Adjutant bleiben.«

»Warum nicht? Was ändert sich? Mein tapferer und kluger Adjutant heißt Boris Stepanowitsch.«

»Auch für dich ist sie jetzt eine Frau, Jermak. Wir wollen uns doch nicht belügen.«

»Das sagst du mir? Wer hat denn zwei Jahre lang gelogen?«

»Ich wollte Marina hundertmal nach Hause schicken, aber sie ging nicht.«

»Vielleicht hatte sie sich schon zu sehr an mich gewöhnt, he?«, sagte Jermak hämisch. »Kann man einem Weib in den Kopf schauen? Sind es nicht die rätselhaftesten Wesen auf der Erde? Sie nennen zärtlich deinen Namen, streicheln dich und denken dabei an einen anderen! Bring mir ein Weib, das nicht zwei Seelen hat … eine von Gott, die andere vom Teufel!«

»Nicht Marinuschka!«

»Bist du sicher?« Jermak lachte rau. Er sah, wie Muschkow wütend wurde, und Wütende vergessen oft alle Vorsicht …

»Hat sie dir auch erzählt, wie sie sich mir zu erkennen gegeben hat? Die Bluse hat sie aufgerissen und hat gesagt: ›Fass mich an, überzeuge dich, dass ich kein Mann bin!‹ Und als ich sie anfasste, hat sie geseufzt und die Augen verdreht und gelächelt – und dabei nicht an dich gedacht!«

»Du hast sie angefasst?«, fragte Muschkow heiser und tonlos.

»Mit beiden Händen!« Jermak hob die Hände und formte sie wie Schalen. »Genau hinein passten sie – hart und zugleich wie Samt ...«

»Ich müsste dich erschlagen, Jermak«, sagte Muschkow atemlos. »Und wenn es wahr ist, werde ich es tun!«

»Ich lüge nicht!«, schrie Jermak. »Ich hatte Marinuschka umarmt, als mich der verdammte Pfeil traf! Überlege, du Ochse! Hätte mich der Pfeil in den Arm getroffen, wenn ich die Brust frei gehabt hätte? Es war nicht möglich, denn Marinuschka und ich standen Brust an Brust!«

»Nenne sie nicht Marinuschka!«, knirschte Muschkow. Unter seinem Haar brannte das Hirn, heiße Wellen durchrasten ihn. »Sie ist meine Frau!«

»Unter einer stinkenden Pferdedecke! Im Steppengras! So wie sich Wühlmäuse paaren! Sie hat einen Palast verdient ... und in Kutschums Palast in Sibir werde ich sie auf meinen Armen hineintragen und auf einen goldenen Diwan legen! Und Oleg Wassiljewitsch wird uns dann trauen ...«

»Eher wird sie sterben!«, sagte Muschkow und wunderte sich, dass er überhaupt noch sprechen konnte.

»Sie ist deine Beute, das hast du selbst gesagt. Du hast sie aus dem Feuer von Nowo Orpotschkow geholt!« Jermak sah sich um. Sie standen am Ufer des Tobol, unten am Fluss lagen die Boote und Flöße, bewacht von einer Hundertschaft. Ein paar Schritte von ihnen entfernt lag ein kleiner Kahn noch auf der Uferböschung, den Kiel nach oben. »Wie lange kennen wir uns, Iwan Matwejewitsch?«, fragte Jermak.

»Zwölf oder fünfzehn Jahre, ich weiß es nicht.«

Er folgte Jermak, der zu dem Kahn ging, in die Tasche

griff und drei Würfel aus geschnitzten Knochen herausholte. Muschkow zog die Schultern hoch.

»Wir waren immer Freunde, und wenn die Beute groß genug und für uns beide eine Freude war, was haben wir dann getan? Na, sag es, Iwan Matwejewitsch ...« Jermak warf die Würfel auf den fast ebenen Bootsboden. »Hat es jemals zwischen uns einen Streit um die Beute gegeben, mein Freund?«

»Marina ist kein goldener Becher oder ein Ballen Seidenstoff!« Muschkow fegte mit einer Handbewegung die Würfel beiseite.

»Wir haben dreimal um die Nogaierprinzessin gewürfelt, weißt du's nicht mehr, Iwan Matwejewitsch? Am Kaspischen Meer war's ... und du Hund hast immer gewonnen! Habe ich mich damals dagegen gewehrt? Eine ehrliche Beute – ein ehrlicher Gewinn! Muschkow, wo ist deine Kosakenehre geblieben?«

»Marina ist kein Würfeleinsatz!«, schrie Iwan. »Ich liebe sie! Sie ist mein Leben!«

»Darum hatte ich dir geraten, in der Schlacht zu sterben!«

Sie schwiegen, lehnten gegen den Kahn, blickten über den Tobol, in dem die Maisonne glitzerte und auf dem ein paar Boote schwammen mit Kosaken, die in selbst geknüpften Netzen Fische fingen. Es gab so viel Fische im Fluss, dass man sie beinahe herausschaufeln konnte wie Fleischstücke aus einer Suppe.

»Soll Sibirien nie erobert werden, nur weil wir uns gegenseitig umbringen, Muschkow?«, fragte Jermak endlich. »Soll ein Mädchen verhindern, dass Russland das reichste Land der Erde wird?«

»Warum fragst du mich? Wer will Marina an sich reißen?«

»Wer will sie unbedingt behalten, obgleich dem Hetman die beste Beute zusteht?«

»Sie ist schon längst keine Beute mehr!«, schrie Muschkow.

»Sie war es, und du hast mich um sie betrogen!«

Es war offensichtlich, dass man so nicht weiterkam. Die beste Lösung war, die Krummsäbel zu nehmen und aufeinander loszugehen. Der Stärkere hat immer Recht ... das ist eine fatale, aber unausrottbare Weisheit.

Doch davor scheuten Jermak und Muschkow zurück. Sie kannten sich zu gut, sie wussten von allen Tricks, mit denen man fechten kann, und ahnten jede List des anderen im voraus.

»Zehntausend Rubel!«, sagte Jermak nach einer Weile. Muschkow zuckte zusammen.

»Du bist verrückt, Jermak Timofejewitsch!«

»Zehntausend Rubel! Sie liegen verbrieft bei den Stroganows in Orjol!«

»Der Reichtum der ganzen Welt kann Marina nicht bezahlen«, antwortete Muschkow fest.

»Dazu tausend Zobelfelle und zweitausend Schwarzfüchse.«

»Du kannst mir ganz Mangaseja bieten, den Sternenhimmel und die Sonne ... ich verkaufe Marina nicht!«

»Und tausend Weißfüchse dazu! Fünfhundert Biber!«

»Wenn Gott mir die Seligkeit im Himmel verspräche, ich würde sie ablehnen für das kurze Leben mit Marina in einem Erdloch!«

»Ein kurzes Leben. Und ein Erdloch!« Jermak blickte Muschkow mit geneigtem Kopf an. Die kalten Augen einer Viper, dachte Muschkow wieder. »Beides kannst du haben, Iwan Matwejewitsch. Überleg es dir ...«

Jermak bückte sich, hob seine Würfel auf, steckte sie in die Tasche, klimperte mit ihnen und ging hinunter zum Fluss.

Es war der Kosakenpope Oleg Wassiljewitsch Kulakow, der Muschkow den richtigen Weg wies. Mochte der Pope auch in vielem ein unangenehmer Mensch sein, ein großes Ferkel, eine ständige Beleidigung Gottes – von Freundschaft hielt er viel. Und Muschkow war sein Freund, auch wenn man sich schon öfter geprügelt hatte. Das eine schließt das andere nicht aus …

Außerdem hatte sich mit unserem lieben Popen Kulakow eine innere Wandlung vollzogen. Seit dem Brandwunder, das ihm das Wort MIR eingebracht hatte – das er mithilfe Lupins und eines Spiegels immer wieder betrachtete –, war der Pope nachdenklicher geworden. Es war zwar wenig erbaulich, seinen Hintern zu bewundern, aber die Entstehung des Brandzeichens blieb ungeklärt, und alles Nachdenken half nichts. So begann in Kulakow die Überzeugung zu reifen, dass es wirklich ein Wunder sei.

Und das erschütterte ihn maßlos. Warum gerade er? Es gab tausende von Priestern in Russland – und gerade ihn erwählte man aus, um ein MIR – FRIEDE auf dem Hintern zu tragen! Und wenn man weiterdachte, dass dieses Zeichen vielleicht eine Vorstufe zum Heiligsein sein könnte, dann blieb Oleg Wassiljewitsch der Atem weg aus Ehrfurcht vor sich selbst!

Bei den Beichten, die er den Kosaken abnahm und die ohne Ausnahme schmutzige Berichte waren, über die man sich angeregt unterhielt, ließ er jetzt schon einmal einfließen, dass Sibirien einmal mit dem Namen des »heiligen Oleg« verbunden sein würde …

Aber bei einer dieser Beichten, am Vorabend des großen Aufbruchs, der die Kosaken dem Heer des Mametkul entgegenführen sollte, fragten zwei Kosaken den Popen, ob sie im Voraus um Vergebung bitten könnten, denn sie müssten einen Mann töten.

Oleg Wassiljewitsch wurde hellhörig und sagte feierlich: »Sprecht euch aus, liebe Brüder. Spuckt die Wahrheit in Gottes Mantel, er wird's schon abputzen!«

»Das ist so«, sagte der eine Kosak, »Jermak hat befohlen, dass wir jemanden umbringen sollen.«

»Auf welche Weise?«, fragte der Pope.

»Das ist uns überlassen. Nur tot muss er sein!«

»Es ist Krieg …«, meinte Kulakow und hob den Blick zur Decke.

»Aber es ist ein Kosak wie wir …«, stotterte der zweite Beichtende.

»Oha!« Oleg Wassiljewitsch beugte sich zu den Knienden hinunter. Sein Bart wischte über ihre Köpfe. Es kitzelte, was die Kosaken als frommen Schauder empfanden. »Jermak hat euch befohlen, heimlich einen Kameraden zu ermorden?«

»Ja.«

»Wer ist es?«

Hier blieben die beiden Kosaken stumm. Der Pope drohte ihnen mit Höllenqualen aller Art, er tobte, trat die Beichtjünger ins Kreuz und gegen die Schultern, riss ihnen schließlich Haarbüschel aus und schlug ihnen die Nasen blutig, aber sie sagten immer nur: »Väterchen, gib uns im Voraus die Absolution!«

»Nie!«, brüllte Oleg Wassiljewitsch. »Hinaus mit euch …«

»Wir bekommen von Jermak zweitausend Rubel …«

Der Kosakenpope ging in sich. Er ließ das Prügeln sein und zeigte auf den Boden. Die beiden Beichtenden fielen sofort wieder auf die Knie.

»Ist das wahr?«, fragte er milde.

»Können wir dich belügen, Väterchen? Für die Absolution würden wir fünfhundert Rubel geben …«

»Sind wir auf dem Markt? Kauft ihr Hammelfett?« Oleg Wassiljewitsch faltete die riesigen Hände. »Sechshundert Rubel.«

»Ihr seid ein gütiges Väterchen.«

»Wann soll es geschehen?«

»Heute Nacht.«

»Und Jermak zahlt wirklich?« Das war eine berechtigte Frage. Kulakow kannte Jermak lange genug und wurde wieder nachdenklich. Es war nicht Jermaks Art, sich Mitwissern in die Hand zu geben. Ein Mord – gut und schön; aber dann führt man ihn allein aus. Ein Mittäter ist auch immer ein neuer Feind für die Zukunft.

»Kommt wieder, wenn ihr die sechshundert Rubel habt«, sagte er schließlich weise. »Bis dahin will ich euch vergessen, ihr Hurenbastarde.«

Später sprach er mit Lupin darüber – es ließ ihm einfach keine Ruhe.

»Jermak will einen umbringen lassen«, sagte er, »und zahlt zweitausend Rubel dafür. Begreifst du das, Alexander Grigorjewitsch? Ich nicht! Zweitausend Rubel, für einen Kosaken! Dafür könnte man einen Fürsten umbringen lassen!«

»Jermak wird seine Gründe haben«, antwortete Lupin. Das Herz schmerzte ihm plötzlich vor Angst. »Manchmal ist ein Mensch ein Staubkorn und manchmal eine ganze Welt wert! Was sind zweitausend Rubelchen?«

Dann entschuldigte er sich, er müsse zum Kirchenboot, weil morgen die große Fahrt losgehe; griff sich ein Pferd und ritt wie der Teufel zum Tobol.

Lupin fand Muschkow am Fluss. Marina war bei ihm, hatte die Stiefel ausgezogen und ließ die nackten Füße ins strömende Wasser hängen.

»Es ist so weit!«, schrie Lupin und sprang vom Pferd, noch bevor es richtig stand. »Glotzt mich nicht an wie die Frösche, packt rasch das Nötigste zusammen, sucht euch die besten Pferde aus und flüchtet in den Ural!«

»Das schreit er nun jedes Mal, wenn er an die Tataren denkt«, sagte Muschkow gemütlich. »Väterchen, wir werden auch Mametkul davonjagen …«

»Mametkul! Bist du wirklich so ein Idiot, Iwan Matwejewitsch? Darum geht es doch nicht!« Lupin riss Marina an sich und drückte ihren Kopf gegen seine Brust. »Er will dich töten lassen, Muschkow.«

Muschkow sagte nichts. Er stierte Lupin an, und als er es

begriffen hatte, was das Väterchen aussprach, sagte Marina kurz:

»Jermak …«

»Zweitausend Rubel zahlt er für deinen Tod, Iwan! Noch in dieser Nacht!«

»Mein Freund Jermak Timofejewitsch?«, stammelte Muschkow. »Zwölf Jahre bin ich mit ihm geritten …«

»Deine Mörder haben es Oleg Wassiljewitsch gebeichtet …«, schrie Lupin in Verzweiflung. »Beeilt euch! Ihr müsst die besten Pferde aussuchen, schnell!«

»Ich habe an ihn geglaubt«, sagte Muschkow leise. »Er war für mich Bruder und Vater zugleich. Er war meine ganze Welt, in der ich glücklich war …« Plötzlich weinte Muschkow; er weinte wie ein kleines Kind. »Ich hatte nur ihn … Ich kenne meinen Vater nicht, meine Mutter habe ich nie gesehen. Man sagt, ich hätte in einer Ackerfurche gelegen, und ein Bauer habe mich großgezogen. Und dann kam Jermak und nahm mich mit zu den Kosaken … Er kann mich doch jetzt nicht …« Das Schluchzen schüttelte ihn.

»Ihr müsst die ganze Nacht durchreiten!«, sagte Lupin ungerührt. Er küsste Marina auf die geschlossenen Augen. »Ich folge euch, um euch den Rücken zu decken! Kümmert euch nicht um mich! Ich finde euch! Ein Vater findet immer sein Töchterchen … Los, beeilt euch! Geht nicht mehr ins Lager zurück. O Gott, mein Gott … beschütze sie, meine Tochter und meinen Sohn …«

»Danke, Vater«, sagte Muschkow. Es war, als spräche er ein Gebet. »Ich schwöre dir, ich werde Marinuschka zurück nach Russland bringen!«

Im ersten Abenddunkel schwammen sie mit vier Pferden unterhalb des Ablegeplatzes, an einer seichten, ruhigen Stelle, durch den Fluss. Drüben, am anderen Ufer, blickte Muschkow noch einmal zurück zu den Booten und Flößen, zu den Feuern und Zelten, den Pferden und Fahnen.

Eine Glocke läutete, der Abendgottesdienst begann.

Muschkow schloss die Augen und bekreuzigte sich. Dann riss er sein Pferd herum und galoppierte mit Marina in die dunkle Steppe.

Bis zur Beendigung des Gottesdienstes vermisste Jermak Timofejewitsch seinen Adjutanten Boris Stepanowitsch nicht. Dass Muschkow nicht an dem Gebet teilnahm, war selbstverständlich – er musste sich um die Bootsflotte kümmern, die abfahrbereit am Fluss lag. Große Mengen Verpflegung wurden eingeladen, Fürst Tausans Herden waren bis auf das letzte Schaf geschlachtet, gebraten und unter die Kosaken als Reiseproviant verteilt worden.

Um keinen Verdacht zu erregen, blieb Alexander Grigorjewitsch Lupin im Lager, half dem Kosakenpopen beim Zusammenpacken seiner Sachen, kümmerte sich dann um das breite Kirchenboot im Tobol und wusste ebenso wenig wie Oleg Wassiljewitsch einen Rat, wie man zwei oder drei der fröhlichen und liebestollen Mongolinnen aus Tausans Harem mitnehmen konnte. Mit düsterer Miene lief der Pope herum, versuchte, die Mädchen in den Kisten zu verstecken, in denen er die Messgeräte abtransportierte, aber dort wären sie erstickt, und das war ja nicht der Sinn der Sache.

»Entsagung steht dem Frommen wohl an!«, sagte schließlich der Pope traurig. »Es bleibt nichts anderes übrig …«

»In Sibir wird Kutschum einen hundertmal größeren Harem haben, Väterchen«, meinte Lupin. »Er wird sich die schönsten Mädchen aus allen Gegenden seines Reiches geholt haben. Hoffen wir darauf!«

»Erst müssen wir aber Kutschum besiegen, Alexander Grigorjewitsch.«

»Zweifelst du daran? Mit den Heiligen auf den Fahnen?«

»Ein gutes Wort!« Oleg Wassiljewitsch zog Lupin an sich, küsste ihn auf die Stirn und dachte plötzlich daran, dass in dieser Nacht zwei Mörder, die bereits gebeichtet hatten und an denen sechshundert Rubel hingen, unterwegs waren, um ihr Opfer zu suchen. »Gehen wir zum Gottesdienst!«

Die mitgeführte Glocke aus dem Kloster Uspensk läutete, ein Kosakenchor sang fromme Lieder, die anderen Priester gingen umher und schwenkten Weihrauchkessel oder besprengten die gesenkten Köpfe der Gläubigen mit Weihwasser. Morgen, bei Sonnenaufgang, würde man dem Heer Mametkuls entgegenschwimmen …

Die große Hoffnung war, dass Tausan und seine freigelassenen Männer überall erzählt hatten, dass es gegen die deutschen Gewehrträger und vor allem gegen die eisernen Rohre, aus denen urgewaltige Donner krachten, Nebel wallten und eiserne, kopfgroße Kugeln selbst Bäume umrissen, kein anderes Mittel gab als Flucht oder Ergebung.

In der ersten Reihe der Betenden kniete Jermak Timofejewitsch. Tief in Gottes Wort versunken, hielt er den Kopf gesenkt – aber was er tatsächlich dachte, war alles andere als ein Anruf der Heiligen …

Ob sie Muschkow schon getötet haben? Es wird nicht einfach sein, ihn zu überlisten – und einen Zeugen darf es nicht geben! Nur drei Menschen wissen davon, und zwei von ihnen – die Mörder – werden schweigen. Nicht wegen der zweitausend Rubel … Sie auszuzahlen, daran hatte Jermak nie gedacht. Die Mörder würden stumm sein, weil sie ihre Tat nur so lange überlebten, um sie Jermak zu berichten.

Während der Chor einen Choral sang, dachte Jermak an Marina Alexandrowna. Eine Weile wird sie trauern, aber ich werde sie mit Geschenken überhäufen, wie die Zarin sie nicht von Iwan bekommt. Auf Kosten der Stroganows natürlich … Und wenn sie sich den Geschenken nicht beugt, wird man sie überwältigen müssen. Wen Jermak einmal geliebt hat, die vergisst ihn nicht mehr! Auch Marina Alexandrowna wird da keine Ausnahme sein. Sie ist ein Weib, und jedes Weib bewundert einen Mann, der streicheln kann und mit denselben Händen zupacken wie mit Eisenklammern. Tierchen sind sie alle, die sich beherrschen lassen wollen …

Wie wenig kannte Jermak doch Marina!

Ein paarmal strich der Kosakenpope um Jermak herum, betrachtete den gebeugten Nacken und war versucht zu brüllen: »Du Verrufener, steh auf, lauf zum Fluss und rette deinen Freund!« Aber dann kitzelte ihn im schwarzen Teil seiner Seele der Anteil von sechshundert Rubel, er schwieg und tröstete sich mit dem Gedanken, dass Jermak, wenn man sein Geheimnis entdeckte, auch nicht zurückschrecken würde, ihn selbst, Oleg Wassiljewitsch, umbringen zu lassen. Der Rock des Priesters wäre in diesem Fall kein Eisenpanzer …

Eine Stunde nach dem Gottesdienst schwamm auch Lupin mit zwei kräftigen Pferden durch den Fluss und folgte seiner Tochter und Muschkow, dem immer noch nicht geliebten Schwiegersohn. Sie hatten die Strecke vorher genau besprochen: erst ein Bogen ins Land, dann zum Tobol zurück und hinauf zur Tura. Von dort wollten sie den alten Weg nehmen, den man nach Sibirien hineingekommen war, von Station zu Station, die Jermak angelegt hatte, von einer hölzernen Kirche zur anderen, wo man Priester zurückgelassen hatte, die zum Grundstock neuer Siedlungen wurden. Aus dem Permer Land schickten die Stroganows Bauern und Jäger, Beamte und Kolonnen von Arbeitern, die das Land rodeten, Felder anlegten und unter der Leitung studierter Männer die riesigen Bodenschätze abzubauen begannen.

Das war der einzige Weg in die Freiheit! Hinter dem Ural, im guten alten Russland, wollte man dann untertauchen, vielleicht sogar in Moskau, wo niemand fragte, woher man kam, wo man nur ein Sandkorn in der Masse war, das niemand beachtete.

»Was kannst du außer Reiten, Plündern und Frauen rauben?«, hatte Lupin einmal Muschkow gefragt, als sie von der Zukunft sprachen.

»Ich kann singen!«, hatte Muschkow geantwortet.

»Zu wenig! Wollt ihr durch das Land ziehen und auf den Dorfplätzen grölen? Dafür ist mir mein Töchterchen zu schade. Überlege, was kannst du noch?«

»Ich könnte Fuhrmann werden.«

»Nicht schlecht. Man braucht gute Fuhrleute. Aber dauernd unterwegs, immer auf den Wagen, monatelang auf einem Bock, sich herumbalgen mit Straßenräubern, mit Sonnenglut und Schneestürmen ... das ist auch nicht das Richtige, Iwan Matwejewitsch! Ein junges Frauchen, zu lange allein gelassen, ist wie eine schwelende Glut, in die man nur hineinzublasen braucht, und schon lodert das hellste Feuer! Marinuschka ist da keine Ausnahme, das sage sogar ich, der Vater!«

»Ich könnte Ofenbauer werden, Väterchen«, meinte dann Muschkow nach eifrigem Nachdenken.

»Kannst du denn das?«

»Ich habe schon viele Öfen gebaut!«

»Ein guter Ofen darf nicht qualmen! Ofenbauen ist eine Kunst, Iwan Matwejewitsch!« Lupin kratzte sich den weißhaarigen Kopf. »Aber das wäre etwas, das mir gefiele ...«

Man einigte sich also darauf, dass Muschkow später, wenn sie wieder in Russland wären, Ofenbauer würde. Iwan Matwejewitsch atmete hörbar auf und war froh, den bohrenden Fragen des Alten entkommen zu sein. Er suchte Marina.

»Welch ein Fall!«, klagte er, als er sie gefunden hatte. »Vom Kosaken zum Ofenbauer! Von der Steppe in eine Zimmerecke. Statt im Sattel mit dem Hintern auf einem warmen Stein!«

»Ich verstehe nichts!«, sagte Marina. »Wer will Öfen bauen?«

»Ich! Ich habe es deinem Väterchen versprechen müssen!«

»Erst müssen wir wieder in Russland sein«, hatte sie darauf

geantwortet. »Väter sind nun einmal so … Sie wollen immer wissen, was in vielen Jahren sein wird! Für uns ist es jetzt nur wichtig, das Leben zu retten.«

Nun war der Gottesdienst längst zu Ende. Der Kosakenpope rief nach seinem Diakon Lupin – vergeblich. Jermak wartete in seinem Zelt ungeduldig auf die beiden Mörder. Er hatte auch nach Boris Stepanowitsch suchen lassen, die Hundertmänner hatten das Kerlchen zuletzt gesehen, wie Boris die Verteilung der gebratenen Hammelstücke beaufsichtigte. Es gab Streit dabei – ein Hammel hat auch Knochen, und wer mehr Knochen als Fleisch erhielt, schrie sofort los.

Boris hatte die Aufregungen geschlichtet. Am Ufer standen unterdessen die Pferde, und Muschkow lief unruhig hin und her, rang die Hände und verfluchte die Idee, sich bis zuletzt zu zeigen, um das Verschwinden erst dann auffallen zu lassen, wenn man längst schon viele Werst nach Westen geritten war.

»Wo ist Boris?«, brüllte Jermak, nachdem er zwei Stunden gewartet hatte. »Ist er auch nicht am Fluss?«

Aber niemand hatte ihn mehr gesehen; auch die Mörder meldeten sich nicht …

Mit Jermak vollzog sich eine seltsame Veränderung. Bebende Unruhe erfüllte ihn, er rang die Hände, lief in seinem Zelt hin und her, schickte Boten aus, um Boris Stepanowitsch zu suchen, vermied es aber, gleichzeitig nach Muschkow zu fragen.

Was ist geschehen, wenn sie gerade bei ihm war?, dachte er und wischte sich mit beiden Händen über die Augen. Hat man sie etwa gemeinsam getötet? Werden die beiden Kosaken kommen und sagen: »Jermak Timofejewitsch, es ließ sich nicht anders machen – wir mussten sie beide umbringen! Niemand darf es sehen, hast du befohlen, aber der Adjutant war immer bei Muschkow. Wir haben nur getan, was du gesagt hast …«

Die Stunden verrannen, und weder Muschkow noch Marina noch die beiden Kerle ließen sich blicken. Dafür irrte der Pope Oleg Wassiljewitsch umher, stand am Flussufer und brüllte nach seinem Diakon Lupin, der eigentlich auf dem Kirchenboot sein müsste. Auch ihn hatten viele Kosaken vor Stunden gesehen, wie er fleißig den Altar auf dem großen Kahn aufbaute …

Das war wohl richtig, denn der Altar stand da in voller Pracht, bereit für den nächsten Morgen – für die Abfahrt. Aber Lupin selbst war unauffindbar.

Kurz vor Mitternacht – Muschkow und Marina ritten durch die Dunkelheit, jeder das Packpferd hinter sich an einem langen Zügel, die Waffen griffbereit, denn überall streiften noch versprengte Tataren oder Ostjaken herum, die jetzt lieber einen Russen töteten als hundert Zobel – trafen sich Jermak und der Kosakenpope am Fluss.

»Meinen Diakon haben sie entführt!«, sprach Oleg Wassiljewitsch mit seiner mächtigen Stimme. »Ich habe vieles als Kosak erlebt, aber dass man ein so liebes, kluges Väterchen wie Lupin einfach verschwinden lässt – das ist alle Höllenstrafen wert!«

»Ich suche Boris Stepanowitsch!«, sagte Jermak, heiser vor Erregung. »Auch ihn hat keiner gesehen!«

Der Pope schielte zu Jermak hinüber und strich seinen langen Bart. »Du bist unruhig, Jermak?«, fragte er lauernd.

»Ich brauche das Kerlchen!«, schrie Jermak.

»Den Wartenden peinigen manchmal die Teufel«, meinte Oleg Wassiljewitsch weise und seufzte. »Wo ist Lupin? Vielleicht bei Muschkow – aber auch Muschkow ist nirgends zu entdecken …«

»So, man vermisst auch Iwan Matwejewitsch?«, fragte Jermak leichthin. Dabei setzte sein Herzschlag aus. Dann ist es gelungen, dachte er. War Marina bei ihm?

»Eine böse Nacht jedenfalls«, sagte der Pope anzüglich. »Eine höllisch böse Nacht, Jermak Timofejewitsch! Die Menschen verschwinden, als seien sie Tautropfen in der Sonne. Suchen wir weiter …«

Gegen Morgen war es klar, dass Muschkow, Marina und Lupin weder am Fluss noch im Lager noch sonst wo in der Steppe am Tobol waren. Die beiden Kosaken mit dem Mordauftrag kamen in Jermaks Zelt und berichteten, sie hätten Muschkow nicht gefunden. Alles deutete darauf hin, dass er geflohen sei.

»Wer von euch hat geschwatzt?«, schrie Jermak. Seine Adern schwollen an den Stirnseiten an, er sah Furcht erregend aus, und seine Augen schimmerten in einem irren Glanz. »Wer hat ihn gewarnt, he?«

Die beiden Kosaken dachten an ihre Beichte, aber der Pope konnte nichts wissen, denn sie hatten ja keinen Namen genannt. So zuckten sie mit den Schultern und sagten: »Keiner weiß es, Jermak.«

»Und Boris Stepanowitsch?«, brüllte Jermak außer sich.

Das war eine Frage, die überhaupt nicht zu beantworten war. Wer hatte je von Jermaks Adjutanten gesprochen? Muschkow war weg … wer weiß, wo sich nun das Kerlchen herumtrieb. Hat sich vielleicht eine kleine Mongolin herangeholt, der hübsche Bengel, dachten sie und grinsten verlegen. Auch er muss ja mal ein richtiger Mann werden …

Jermak jagte die beiden hinaus und ging hinüber zu Tausans Haremszelt, wo Oleg Wassiljewitsch auf dem Diwan saß, lustlos mit zwei der zwitschernden Vögelchen spielte und seinen Diakon Lupin nicht mehr verstand.

»Ist Alexander Grigorjewitsch da?«, fragte Jermak hart. Der Pope schüttelte den Kopf.

»Man muss ihn umgebracht und dann verscharrt haben! Streunende Tataren! Und ich hatte mich so an ihn gewöhnt, Jermak. Eine edle Seele …« Er stieß die beiden entblößten Mongolinnen weg und wischte sich über die Augen. Er war wirklich erschüttert. »Und wo ist Muschkow?«

»Weg!«

»Und Boris Stepanowitsch?«

»Verschwunden!«

»Sie müssen irgendwo in eine Horde von Mametkuls Reitern geraten sein! Heiliger Stephan!« Der Kosakenpope sprang auf. Seine Stimme dröhnte: »Ich erschlage ab sofort jeden Tataren! Ich werde durch Sibirien ziehen und eine Schneise schlagen wie ein Wirbelsturm! Ich werde den Priesterrock dafür ablegen!«

»Nicht so eilig, Väterchen.« Jermak starrte vor sich hin, seine Hände verkrampften und öffneten sich wieder. »Könnten sie nicht zusammen ... geflohen sein?«

»Geflohen?« Oleg Wassiljewitsch riss die Augen auf. »Warum sollte mein Diakon Lupin fliehen? Vor wem? Warum sollte Muschkow ...«

»Ich hatte ihn zum Tode verurteilt ...«, brachte Jermak langsam heraus.

»Was? In Ewigkeit, amen!« Der Kosakenpope ließ sich auf den seidenen Diwan fallen. »Steht die Welt Kopf, Jermak?«

»Muschkow hat mich verraten!«

»Wer kann das glauben?«

»Jeder wird es glauben, weil ich es sage!«, brüllte Jermak selbstherrlich. »Genügt das nicht? Weißt du es besser, Hurenbock?«

Oleg Wassiljewitsch hielt es für klüger, den Zorn Jermaks zu schlucken und nicht darauf hinzuweisen, dass man einen Popen so nicht nennt. Er betrachtete ihn nur interessiert, als der Hetman wie ein Raubtier im Käfig in dem großen Zelt auf und ab lief, wie er die Fäuste gegeneinander schlug ...

»Gut, Muschkow ist ein Verräter«, sagte der Pope nach einer Weile. »Aber was macht Boris Stepanowitsch dabei?«

»Warst du blind, he?« Jermak blieb mit einem Ruck stehen. »Das Kerlchen war Muschkows Geliebte!«

Oleg Wassiljewitsch lachte meckernd. »So etwas gibt es bei Muschkow nicht!«

»Ich habe es mit eigenen Augen gesehen!« Jermak zog den Kopf ein. Die Wahrheit zu sagen, ist unmöglich, dachte er. Bleiben wir dabei, dass Iwan Matwejewitsch als Mann entgleiste. »Zweifelst du es an?«

»Wenn du es sagst – nie!« Der Pope hob den Blick zur Zeltdecke. »Ich bin sogar gefasst darauf, dass du behauptest, mein lieber Alexander Grigorjewitsch wäre ihr Kuppler gewesen.«

»Genau das war Lupin auch!«, schrie Jermak.

»Die Wege der Menschen sind verschlungen.« Der Pope faltete die dicken Hände. »Und nun sind sie weg! Wohin?«

»Zurück nach Russland! Oder glaubst du, sie seien uns vorausgeritten zu Kutschum?«

»Wie kann man nach so viel Enttäuschungen noch glauben?«, antwortete Oleg vorsichtig. »Du wirst sie wieder einfangen, Jermak Timofejewitsch?«

»Ich werde sie jagen wie goldene Füchse!«, sagte Jermak voller Hass. »Russland wird nicht groß genug sein, um sie zu verstecken.«

»Du willst umkehren?«, stotterte der Pope. »Du willst Sibirien aufgeben wegen Muschkow? Vor uns liegt Sibir, dahinter kommt Mangaseja ... und dann, weißt du denn, was dann die unbekannte Welt uns noch alles schenkt?«

»Nein! Wir ziehen weiter, aber ich werde ihnen meine besten Reiter nachschicken!«

»Und wenn die drei Flüchtlinge schneller sind?«

»Einmal komme ich aus Sibirien zurück!« Jermak atmete tief durch. »Ich finde sie! Eines Mannes Leben kann lang sein, wenn er einem Traum und einer Rache nachjagt. Den Traum – Sibirien – erfülle ich mir! Der Rest des Lebens ... wird für die Rache sein!«

Der Pope hob bedauernd die breiten Schultern. »Nur um

drei Menschen zu töten, willst du darauf verzichten, Herr über Sibirien zu sein?«

Das war ein Schwur, dachte der Pope. Ein tödlicher Schwur. Und wie man Jermak kennt, wird er's schaffen …

Nun sah Jermak Oleg Wassiljewitsch aus starren Augen an. »Töten!« Der Blick durchdrang den Popen wie Frost. »Ich werde sie bis zum Hals in Ameisenhaufen eingraben und dabeisitzen und zusehen, wie man sie Stück für Stück auffrisst. Und wenn sie brüllen und jammern, betteln und beten, werde ich eine Flöte nehmen und die Hirtenweisen des Don spielen … Wie glücklich werde ich sein!«

Er starrte den Popen an, wartete auf eine Antwort, aber Kulakow war wie gelähmt von dem Bild, das Jermak von seiner Rache gemalt hatte.

»Beim Morgengrauen ziehen wir weiter!«, sagte Jermak, ergriff einen Zipfel des Priestergewandes, küsste es und verließ das Zelt.

Es war Oleg Wassiljewitsch zumute, als habe er gerade mit dem Teufel gesprochen und nur das geheimnisvolle Brandzeichen MIR auf seinem Hinterteil habe seine Seele noch einmal gerettet …

Wenig später ritten sechs Kosaken mit zehn Packpferden den Tobol hinauf, um eine Furt zu suchen und dann Muschkow, Lupin und Marina Alexandrowna zu folgen.

Sie waren froh über diesen Auftrag und fühlten sich gerettet vor Mametkuls und Kutschums riesigem Tatarenheer.

Sie ritten die ganze Nacht, wechselten dann die Pferde, indem sie die Packpferde sattelten und die müden Reittiere mit leichten Gepäckstücken beluden, und lauschten bei dieser Rast in die Ferne, ob sie Lupin schon hörten.

»Er ist ein alter Mann«, sagte Marina, als Muschkow zum Aufbruch drängte. »Eine ganze Nacht zu reiten, das ist viel für ihn.«

»Vielleicht ist er gar nicht weggekommen.« Muschkow trat ungeduldig von einem Bein auf das andere. »Er hat mir gesagt: ›Reitet so schnell und so lange ihr könnt! Reitet durch die ganze Welt … ich komme irgendwann einmal hinterher!‹ Irgendwann … das braucht noch nicht heute zu sein, Marinuschka.«

»Er lässt uns nicht allein …«

»Oleg Wassiljewitsch wird ihn festgehalten haben …« Er beugte sich aus dem Sattel, griff nach Marinas Kopf, zog ihr Gesicht zu sich empor und küsste sie. »Erst bist du deinem Vater weggelaufen«, sagte er, »jetzt klebst du an ihm!«

»Ich habe dich bekommen, Iwanuschka«, antwortete sie zärtlich und hielt seine Hand fest. Sie küsste die Handfläche und schmiegte dann ihr Gesicht hinein. »Du bist ganz der geworden, den ich wollte! Jetzt ist ein Vater wieder nötig …« Sie lächelte ihn traurig an. »Weißt du, wie oft er mir in den zwei Jahren geholfen hat? Ich weiß nicht, wie alles gekommen wäre, wenn er uns nicht nachgeritten wäre. Und jetzt sollen wir ihm davonreiten?«

»Jermak hat längst seine Verfolger ausgeschickt!«

»Hast du Angst vor ihnen?«

»Ich habe immer nur Angst um dich.«

»Bitte, steig auf!«, sagte Muschkow, als sie seine Hand losließ und einen Schritt von den Pferden wegging. Die Nacht war ganz still, sogar die Steppenmäuse piepsten nicht, und Zikaden schien es hier auch nicht zu geben. »Wir haben einen Weg durch die Hölle vor uns. Wir müssen im Permer Land sein, bevor es Winter wird.«

Der Morgen graute, sie hatten den Fluss wieder erreicht und ritten nun am Ufer entlang. Sie kamen durch Siedlungen von Ostjaken, ein paar Kinder starrten sie an, die Frauen rissen sie an sich und flüchteten in armselige Zelte, und die Männer standen finster blickend herum und warteten, was die zwei einsamen Kosaken wohl hier wollten. Tribut eintreiben … Dazu waren sie zu wenige. Da erschienen sie immer in größeren Trupps, gegen die es dann keine Gegenwehr gab.

»Den Säbel heraus und mit Geschrei durch das Dorf!«, sagte Muschkow und riss seinen Kosakensäbel aus der Sattelschlinge. »Sie bleiben nur ruhig, wenn sie sehen, dass wir die Mutigeren sind!«

Sie schwangen also die Säbel, richteten sich im Sattel hoch, ließen die Gäule galoppieren und rasten mit schrillem Geschrei durch die Ostjakensiedlung.

Kein Speer folgte ihnen nach, kein Pfeil, nicht einmal die Fäuste hoben die schlitzäugigen Männer gegen die beiden Reiter. Sie waren froh, dass es beim Schreien blieb. Sie warteten noch, ob die beiden zurückkämen; und als das nicht geschah, nahmen sie ihre Arbeit wieder auf.

Vier Stunden später ritt ein dritter Fremder mit zwei Packpferden durch die gleiche Siedlung. Der Mann, ein Väterchen mit weißem Haar, hielt an und beugte sich müde aus dem Sattel. Es schien, als könne er sich kaum noch aufrecht halten.

»Zwei Männer?«, fragte er mit den wenigen Worten der jakutischen Sprache, die er auf dem Weg zum Tobol gelernt hatte.

»Ja!« Die Ostjaken zeigten nach Westen. »Zwei und noch zwei leere Pferde.«

Der Alte nickte dankbar, winkte und ritt weiter.

Ich bin auf ihrer Spur, dachte er glücklich. Man ist doch wirklich ein alter Wolf …

Wiederum fünf Stunden später ging es nicht so glimpflich ab.

Sechs Kosaken mit zehn Packpferden fielen in dieselbe Ostjakensiedlung ein, verprügelten die Bewohner, plünderten die armseligen Zelte, steckten sie in Brand und fragten dann erst: »Sind hier drei Männer durchgekommen?«

Die Ostjaken nickten eifrig. »Nach dort!«, sagten sie einmütig und zeigten in die Steppe, vom Fluss weg. Es war die falsche Richtung, eine Richtung, die in eine grenzenlose Weite führte. Dort gab es keine Menschen mehr, wenigstens wusste man von keinen, die dort leben konnten. Der Fluss und die Wälder waren dort alles Leben …

Die sechs Kosaken bedankten sich, indem sie noch einmal auf die Ostjaken einprügelten, berieten sich dann und fanden es merkwürdig, dass Muschkow nicht in gerader Richtung zum Ural geritten sein sollte. Aber es musste wohl so sein … Ein von den Kosaken geschlagener Mensch sagt doch immer die Wahrheit …

Als sie merkten, dass die Richtung doch falsch war, hatten sie vier Stunden verloren. Fluchend kehrten sie in einem Bogen zum Fluss zurück und schworen sich, jedem Schlitzäugigen die Augen rund zu schlagen.

Ein Tag lag zwischen Muschkow und Marina und den sechs Kosaken. Zwölf Stunden nur … und was ist das schon in der Weite Russlands und den Klüften des Ural?

Auf dem Tobol schwamm unterdessen die große Flotte Jermaks der Streitmacht Mametkuls entgegen. Um Sibir herum wartete Kutschum, der sibirische Zar, mit seiner Garde. Vierzehn Fürsten mit ihren Männern waren ihm zu Hilfe geeilt. Hinter ihnen lag das große Nichts, das unentdeckte, unbekannte Land, die riesige Weite aus Wald und Sümpfen, Tundra und Strömen, die so breit waren, dass man manchmal ihr gegenüberliegendes Ufer nicht mehr sah. Seen lagen in dieser unbekannten Welt, über die man tagelang rudern konnte, ohne Land zu finden, und es war Platz genug da, die halbe Menschheit anzusiedeln, und jeder Mensch hätte sein eigenes Stück Erde bekommen.

Kann man solch ein riesiges Land mit tausend Mann erobern? Mit ein paar Gewehren und drei Kanonen? Mit Heiligenfahnen und Priestern, die sofort in jedem eroberten Ort ein Kreuz aufstellten, und Kaufleuten, die sogleich mit dem

Handel begannen? War jemals zuvor eine neue Welt mit so viel Mut betreten worden?

Jermak Timofejewitsch blieb keine andere Wahl. Der Nachschub, den ihm die Stroganows über Tura und Tobol schickten, hatte auch die neuesten Botschaften mitgebracht. Vor ein paar Tagen hatte man von einem Erlass des Zaren erfahren.

»Ich befehle euch, Jermak und seine Gefährten sofort ins Permer Land zurückzuschicken, um ihre Untaten an Don und Wolga zu sühnen. Sie sollen samt und sonders aufgehängt werden!«

Oleg Wassiljewitsch hatte es vorgelesen, als die Nachricht der Stroganows die Rotte auf dem Tobol erreichte. »Also sind wir Ausgestoßene!«, sagte der Pope und gab den Brief an Jermak zurück. »Es wird nie anders sein! Der Zar verzeiht nie!«

»Er wird verzeihen!«, hatte Jermak hart erwidert. »Ich lege ihm Sibirien zu Füßen. Ein größeres Geschenk hat noch kein Räuber seinem Häscher gemacht. Vorwärts, Oleg Wassiljewitsch! In die neue Welt …«

Er stellte sich unter die aufgeblähten Segel und blickte mit zusammengekniffenen Augen zu den Ufern. Zu beiden Seiten begleiteten Mametkuls schnelle Reiter die Boote und schossen einen Hagel Pfeile ab, sobald ein Floß oder Boot nahe genug ans Ufer kam. »Ich muss zurück nach Russland, bevor ich ein Greis bin. Ich muss noch Muschkow töten!«

11

Am dritten Tag ihrer Flucht erreichte Lupin sein Töchterchen.

Er hatte nicht geglaubt, es jemals zu schaffen. Die letzten hundert Werst hing er nur noch im Sattel, klammerte sich irgendwo am Zaumzeug oder der Pferdemähne fest und ließ sich einfach tragen. Alle Knochen schmerzten ihn, sein Leib brannte innerlich, vor seinen Augen schwankte die Welt und verzerrte sich, aber er blieb auf dem Pferderücken, weil er wusste, dass er nie wieder aufsteigen konnte, wenn er erst einmal aus dem Sattel war.

Aber auch der Abstand zu den sie verfolgenden sechs Kosaken verringerte sich, denn die taten etwas, was weder Muschkow noch Lupin taten: Sie suchten sich in jeder Siedlung neue Pferde, erschlugen die Besitzer kurzerhand und kamen so schneller vorwärts als die anderen auf ihren müden, abgemagerten, stolpernden Gäulchen.

Inzwischen hatten Muschkow und Marina an der Tura eines der kleinen, befestigten Lager erreicht. Die Pferde taumelten wie Blinde hinein. Drei Holzhütten waren es, von dicken Rundpalisaden umgeben: eine Handelsstation, ein Jägerlager und – wie konnte es anders sein – eine Niederlassung der Kirche mit einem jungen Popen. Er hatte die Hauptarbeit in diesem Gebiet zu leisten, predigte den Ostjaken und Tataren von Christus, zeigte ihnen die bunten Bilder der Heiligen, versprach ihnen das ewige Leben – was sie anders auffassten als die Kirche – und taufte fleißig, sehr erstaunt über die Willigkeit der Menschen.

Dass die Ostjaken glaubten, mit dem Besprengen des geweihten Wassers werde man unsterblich, und sich deshalb zur Taufe drängten, ergründete der gute Pope nie. Und als dann noch in der Schneeschmelze neun Frauen und Männer starben, die nicht getauft waren, und alle überlebten, die der Pope mit Weihwasser besprengt hatte, wurde die neue Lehre als Zauberkraft überall anerkannt.

Muschkow ritt erst allein durch das Palisadentor, um zu erkunden, wer in der kleinen Station zugegen war. Die Jäger waren unterwegs, die Beamten der Stroganows kannten ihn nicht, aber da er ein Kosak war, war er für sie uninteressant, denn mit Kosaken kann man keinen Handel treiben. Bei denen kann man höchstens fürchten, das Erhandelte zu verlieren.

Umso freundlicher begrüßte der Pope den vorsichtigen Muschkow.

»Bist du nicht Iwan Matwejewitsch?«, rief er und breitete die Arme aus. »Jermaks bester Freund? Brüderchen, was machst du hier? Sag nur nicht, du seist der einzige Überlebende!«

»Draußen ist noch einer«, sagte Muschkow. »Boris Stepanowitsch.«

»Der Adjutant? Das fröhliche Bürschchen? Wie kommt denn das?«

»Wir sind in geheimer Mission auf dem Weg zu den Stroganows«, sagte Muschkow, der auch manchmal gute Einfälle hatte. »Jermak geht es gut. Wir haben einen großen Sieg errungen, und jetzt schwimmt die Armee auf dem Tobol zum Irtysch und dann nach Sibir! Ist das eine Nachricht, ehrwürdiger Vater?«

»Komm an meine Brust!« Der Pope war gerührt. »Auch hier geht es voran! Das Christentum ist Balsam für die Heiden.«

Muschkow ritt hinaus vor die Palisaden und winkte Marina heran. Sie war abgestiegen und führte die erschöpften Pferde an den Zügeln.

»Ein guter Ort!«, rief Muschkow. »Ich habe schöne Pferde gesehen. Sie gehören der Kirche, und da die Kirche den Menschen helfen soll, gehören sie folglich uns! Sollen wir sofort wechseln und weiterreiten?«

»Ich muss schlafen, Iwanuschka«, sagte Marina und lehnte sich gegen eines der zitternden Pferde. Die Augen fielen ihr zu. Ihr Gesicht war grau vom Staub der Steppe, klein und eingefallen wie ein Kindergesicht. »Zwei, drei Stunden Schlaf – mehr nicht! Können wir das?«

»Wir sind gut geritten, wir können es.« Muschkow legte den Arm um Marina und trug sie fast in das befestigte Lager. Der Pope lief ihnen entgegen, küsste Marina dreimal auf die staubigen Wangen, beteuerte, dass er sich freue, Jermaks beste Freunde als Gäste zu haben, und ahnte nicht, dass man ihm die Pferde stehlen wollte …

In der Hütte, die Wohnraum, Schlaf- und Kirchenraum zugleich war, stand eine Ostjakenfrau am gemauerten Herd und kochte eine Kohlsuppe. Sie war der erste Täufling gewesen, eine Witwe, deren Mann die Kosaken erschlagen hatten, als sie diese Station gründeten.

»Erzählt …«, sagte der Pope, als Muschkow und Marina gegessen und ein Maisbier getrunken hatten, das die Leute hier brauten und das sehr erfrischte. »Wie geht es Oleg Wassiljewitsch?«

»In zwanzig Jahren wird es in Sibirien eine eigene Armee aus Kulakows Kindern geben!«, rief Muschkow fröhlich. Das Bier, vorher auf nüchternen Magen getrunken, ließ ihn in alte, herrliche Kosakenzeiten zurückfallen. Einen Augenblick lang vergaß er Marina Alexandrowna und flocht eine Betrachtung an den Satz, die sich mit Oleg Wassiljewitschs unerhörter Männlichkeit beschäftigte, bei derem bloßen Anschauen jedem Weibchen die Augen tränten. Erst als Marina ihm unter dem Tisch einen Tritt gegen das Schienbein gab, grunzte er, schielte zu ihr hinüber und sagte mit verlegenem Grinsen: »Schweigen wir darüber, ehrwürdiger Vater. Wir haben einen noch unerfahrenen Burschen am Tisch. Hei, wie gut die Suppe schmeckt!«

Nach dem Abendgebet, zu dem einige Ostjaken in die Station kamen, dem Popen Lebensmittel brachten und sich segnen ließen – wegen des ewigen Lebens! –, wurde das Palisadentor geschlossen, und man legte sich nieder.

Marina schlief sofort ein. Muschkow legte sich neben sie und tastete unter der Decke nach ihrer Hand. Sie streckte sich noch einmal, aber schon als Muschkow sie beide zudeckte, atmete sie gleichmäßig und hatte die Welt vergessen. Als auch der Pope schnarchte, leise pfeifend, nicht so donnernd wie Oleg Wassiljewitsch, legte er vorsichtig eine Hand über ihre Brüste. Es war ein Stück Seligkeit, so einzuschlafen.

In der Nacht weckte sie ein Hämmern am Tor und eine brüchige Stimme, die immer wieder schrie: »Macht auf! Liegt ihr auf den Ohren? Macht auf!«

Der junge Pope erwachte als Erster, ging hinaus, blickte durch eine Ritze in der Palisade und erkannte in dem erschöpften alten Mann draußen Alexander Grigorjewitsch Lupin.

»Die Wunder hören nicht auf!«, rief der Pope und drückte das Tor auf. Er umarmte Lupin und zog ihn in das befestigte Lager. »Oleg Wassiljewitschs Schatten! Bist du auch in geheimer Mission unterwegs nach Russland? Vielleicht sogar zum Bischof von Uspensk?«

»Die anderen sind also bei dir, Brüderchen?« Lupin schwankte in die Kirchenhütte. Noch zehn Schritte, dachte er, und ich falle um. Ich habe keine Knochen mehr ... Bin ich noch ein Mensch? Unmöglich, ein Mensch konnte diesen Ritt nicht überleben!

»Sie schlafen.« Der Pope zeigte auf die beiden auf dem Boden liegenden Gestalten. »Soll ich sie wecken?«

»Nein, nein, lass sie ruhen.« Lupin wankte zu Muschkow und Marina, ließ sich neben ihnen nieder; nahm den Becher mit Maisbier und eine Schüssel mit kalter Kohlsuppe, trank und aß und sah dabei sein Töchterchen an. Wie ein Kind lag sie neben dem breiten Muschkow, Schutz suchend und Mitleid erregend. Und wie viel Kraft steckte doch in diesem zarten Körper!

Ich habe sie wieder, dachte Lupin glücklich, putzte sich die Augen und den Mund mit dem Ärmel ab und sah immer noch Marina an. Ich habe sie wieder ...

Kein Leben ist umsonst gelebt, viele wissen das nur nicht.

Dann sank auch er um, streckte sich, seufzte röchelnd und schlief fast sofort ein.

Die sechs Kosaken, die ihnen folgten, waren nur noch vier Stunden von ihnen entfernt.

Das Geläut der kleinen Glocke weckte sie am Morgen.

Der Pope riss an dem Lederriemen, mit dem er die Glocke bewegte, die auf dem Dach der Blockhütte in einem nur nach einer Seite offenen Kasten schwang.

Lupin richtete sich als Erster auf, stöhnte leise, denn auch der Schlaf hatte seine zerschundenen Knochen noch nicht erfrischt, humpelte zum gemauerten Herd und schöpfte sich heißen Tee in einen irdenen Becher. Die Ostjakenfrau war wieder da, rührte in einer Hafergrütze und starrte die Kosaken wie am Abend zuvor böse an.

Dann erwachte Muschkow, setzte sich auf und sagte laut: »Kann niemand den Glockenläuter in den Hintern treten?« Davon wurde wieder Marina Alexandrowna wach, und ihr Blick fiel zuerst auf Lupin, der am Herd saß und den Tee schlürfte.

»Väterchen ...«, stotterte sie. Und dann lauter, aufspringend und die Arme ausbreitend: »Väterchen! Du hast uns gefunden! Iwan Matwejewitsch, er hat uns eingeholt!«

»Wer?«, fragte Muschkow noch schlaftrunken. »Eingeholt?« Das Wort entzündete in ihm sofort den Kampfgeist. »Zu den Waffen!«, rief er und sprang auf. »Marinuschka, versteck dich! Ich halte sie allein auf!«

Erst als er schon seine Pistole im Anschlag hatte, erkannte er Lupin, der seelenruhig weiter seinen Tee trank. Die Ostjakin am Herd füllte den dicken Grützbrei in gebrannte flache Schüsseln. Es klatschte und dampfte und roch köstlich nach gezuckerter Milch.

»Alexander Grigorjewitsch!«, sagte Muschkow verblüfft.

Marina war stehen geblieben und hatte die ausgebreiteten Arme sinken lassen. Ich bin ja Boris Stepanowitsch, durchfuhr es sie. Ein Mann! Ich kann doch keinem anderen Mann um den Hals fallen!

»Wie … wie geht es dir, Väterchen?«, fragte sie und presste die Hand gegen ihr zitterndes Herz.

»Ich habe keine Knochen mehr.« Lupin tauchte den Holzlöffel in den Grützbrei. Die Ostjakin stellte drei weitere Schüsseln auf den Tisch und starrte die Kosaken voller Feindschaft an. In ihrem Blick konnte man lesen: Man sollte in den Brei hineinspucken, und diese Spucke müsste Gift sein! »Setzt euch und esst!«

Das Glöckchen läutete noch immer. Priester haben eine große Ausdauer. Aus dem Jägerblockhaus waren die Jäger längst hinausgezogen in den Wald, das Magazin der Stroganows mit den vier Beamten war noch geschlossen. Wer kommt so früh am Morgen schon zum Kauf?

Muschkow und Marina setzten sich an den Tisch, aber sie aßen nicht. Das Wiedersehen mit Lupin ließ sie jeden Hunger vergessen.

»Hat Jermak uns gesucht?«, fragte Muschkow leise. Der Pope in der hinteren Ecke hatte das Lederseil losgelassen, hustete dreimal, spuckte auf den Boden und blickte durch das Fenster auf das Palisadentor, ob jemand käme, um den Tag feierlich mit einem Gebet zu beginnen. Aber es erschien niemand.

»Als ich fortritt, war noch alles ruhig«, antwortete Lupin ebenso leise. »Wir müssen, wenn ich richtig rechne, einen Vorsprung von sieben Stunden haben.« Er löffelte seine Grütze und putzte sich den Schnauzbart am Ärmel ab. »Ich bin geritten, wie noch nie ein Mensch geritten ist. Aber jetzt brauchen wir neue Gäule. Bis zum Ural tragen uns die alten nicht mehr.«

»Sie sind schon da, die Gäulchen!«, flüsterte Muschkow. Der Pope stand vor dem kleinen Altar, der aus vier rührend naiv gemalten Ikonen bestand, und betete innig. »Sie gehören der Kirche

»Iwan Matwejewitsch!«, sagte Lupin warnend.

»Was ist besser, Väterchen: stehlen oder verrecken?«

»Das ist wieder einmal eine teuflische Kosakenfrage!«

»In unserer Lage, Lupin!«

»Man könnte mit dem Popen ein gutes Wort sprechen.«

»Gibt die Kirche etwas freiwillig her? Tauscht sie mit wachem Hirn Gutes gegen Schlechtes? Ich frage dich, Alexander Grigorjewitsch!«

Lupin seufzte, trank den Rest seines Tees und sah Marina liebevoll an. »Macht es allein …«, sagte er leise. »Ich sehe nichts. Schließlich bin ich jetzt ein Diakon. Wann reiten wir weiter?«

»Kein richtiger, Väterchen«, sagte Muschkow und lächelte breit.

»Vom Bischof selbst geweiht und gesalbt!«, sagte Lupin laut. An den Diakon hatte er sich inzwischen gewöhnt. Er war beleidigt, wenn man die außergewöhnlichen Umstände seiner Weihe zur Sprache brachte. Außerdem: Wer Oleg Wassiljewitsch, den Kosakenpopen, so erlebt hatte wie Lupin, der hat einen anderen Blick vom Wesen der Priester gewonnen als ein einfacher Mensch, der nur vor der Ikonostase kniet und alles glaubt, was da gesungen, gepredigt und beweihräuchert wird. »Wann reiten wir weiter?«

»Sofort«, antwortete Marina. »Ist das möglich?«

Lupin nickte. Sein ganzer Körper war ein einziger Schmerz, ein Muskelkrampf, ein Brennen entzündeter Knochen. Sie werden mich auf das Pferd heben müssen, dachte er. Einmal im Sattel, geht es wieder … Was bedeuten Schmerzen, wenn ich mein Töchterchen heil über den Ural bringen kann? Im Permer Land kann ich dann aus dem Sattel fallen, und ich werde, wenn ich auf der Erde liege, den Boden küssen. Willkommen, heiliges Russland!

Was kümmern uns dann noch die Kosaken? Der zaristische Gouverneur von Perm wird jeden aufhängen, den er bekommen kann. Das ist ein Ukas aus Moskau, und selten hat man einen Befehl des Zaren so freudig ausgeführt wie diesen, alle Kosaken wie Wölfe zu jagen.

»Ihr müsst die Kleider wechseln!«, sagte Lupin plötzlich.

»Wieso?« Muschkow rückte seinen Rock zurecht und steckte die Daumen in seinen Gürtel. »Noch bin ich kein Ofenbauer, sondern Muschkow, der Kosak!«

»Und als solcher werden sie dich im Permer Land sofort erschlagen!«, sagte Lupin laut. »Hast du das vergessen?«

»Welch eine Welt!« Muschkow seufzte und legte den Löffel hin. »Wir erobern dem Zaren Sibirien, wir machen ihn zum reichsten Herrscher der Welt, durch uns wird Russland unbesiegbar ... aber er verurteilt uns zum Tode! Ist das ein Dank?«

Der Pope hatte sein Morgengebet beendet. Er kam an den Tisch, setzte sich, blickte die drei etwas beleidigt an und tauchte seinen Holzlöffel in die Grütze. Er war so groß, dass er ihn kaum in den Mund bekam. Er musste den Mund weit aufreißen, um den Brei hineinzuschieben.

»Essen ohne zu beten!«, sagte er tadelnd. »Bruder Lupin, ich hatte auf deine Hilfe gehofft.«

»Ich hatte mit den Kosaken ein geistliches Gespräch.« Lupin räusperte sich, als Muschkow grinste. »Sie werden auch nach Uspensk kommen, ich nicht, und sie sollen dem Bischof einen Gruß überbringen.«

»In dulci jubilo!«, sagte der Pope ergriffen. Er ahnte nicht, dass es in wenigen Minuten keinen Anlass mehr geben würde, fröhlich zu sein ...

»So ist es!«, antwortete Lupin. Er blickte Muschkow an, dann seine Tochter und erkannte, dass sie bereit waren. Da erhob er sich und humpelte mit seinen wunden Knochen zur Tür. »Wie ist der Tag?«

»Sonnig und warm, Bruder.«

»Gott ist ein gütiger Vater ...«

Lupin machte, dass er schnell die Hütte verließ. Er warf die Tür hinter sich zu, schwankte zum Magazin, das gerade geöffnet wurde, und holte aus seiner Tasche einen goldenen Ring, den ihm der Pope Kulakow einmal geschenkt hatte.

»Gebt mir dafür eine Hose und ein Bauernhemd«, sagte er und legte den Ring auf den Tisch des Magazins. »Für einen schlanken Jungen ... nur etwas größer als ich ist er, aber nur die Hälfte in der Breite.«

»Für diesen Ring, Alter?«, sagte der Stroganow-Beamte. Er prüfte den Reif, hielt ihn gegen das Licht und blinzelte. »Er ist nicht viel wert ...«

»Er ist so viel wert, um euch den Schädel einzuschlagen, wenn ihr mich betrügt«, sagte Lupin ruhig. »Haben die Stroganows es nötig, einen alten Mann zu betrügen? Die Hose, das Bauernhemd und gute Schuhe dazu – sonst fahre euch der Teufel in den Hosenschlitz!«

Man soll mit groben Leuten nie lange verhandeln, vor allem nicht in dieser Einsamkeit, wo einem niemand hilft, wenn man verprügelt wird. Der Ring hatte seinen Wert, der Alte wusste es genau ... der Beamte begann also, ehrlich zu denken, und suchte in den Regalen und Kästen nach dem, was Lupin gefordert hatte.

Unterdessen ging es in der Kirchenhütte weniger ruhig zu.

Muschkow hatte seine Uniform ausgezogen und stand in einem leinenen Hemd im Zimmer. Es war ein sehr kurzes Hemd, sein Unterkörper blieb entblößt, das Ostjakenweib starrte ihn an, und der junge Pope vergaß das Löffeln seiner Grütze und ließ den Löffel in die irdene Schüssel fallen.

»Bist du verrückt?«, stotterte er. »Willst du über meine Küchenfrau herfallen? In der Kirche, vor meinen Augen! Muschkow!«

»Was kümmert mich dein schlitzäugiges Schaf?«, fragte Muschkow grob. »Ich brauche dich, Väterchen!«

»Iwan Matwejewitsch!«, stammelte der Pope entsetzt. Er sprang auf, wich zur Wand zurück und hielt das kleine Brustkreuz weit von sich, als müsse er den Teufel beschwören.

Muschkow betrachtete ihn nachdenklich und schätzte ab, dass ihm der Priesterrock an der Brust und über dem Gesäß etwas spannen würde, aber in der Länge könnte er passen. Nur die Schultern, Iwans breite Schultern, die standen im Wege …

»Zieh dich aus!«, befahl Muschkow laut.

Der junge Pope hob zitternd das Kreuz. »Satan, weiche!«, schrie er hell. »Rühre mich nicht an, du Schwein! Boris Stepanowitsch, du hast Waffen bei dir … bring ihn zur Vernunft!«

»Es ist so, Väterchen …«, sagte Marina Alexandrowna ruhig, »dass Muschkow deinen Rock braucht. Er drückt sich nur nicht deutlich aus.«

»Er kann doch keinen Priesterrock tragen! Nur ein geweihter Mann …«

»Gib her!«, brüllte nun Muschkow. Er riss dem Popen das Kreuz aus der Hand, schwenkte es über seinen Kopf und sang, an Oleg Wassiljewitsch denkend, der das auch bei allen Gelegenheiten tat, dreimal Halleluja. »Bin ich jetzt geweiht? Ich bin es, he! Sag nicht, es wäre nicht wahr! Den Rock aus, auch wenn er voller Läuse und Flöhe ist!«

Der Pope zitterte heftig. Aber als ihm Muschkow eine Ohrfeige gab, knöpfte er den Priesterrock auf, stieg mit Tränen in den Augen heraus und warf ihn Muschkow zu. »Was ist aus dir geworden, Iwan Matwejewitsch?«, jammerte er dabei. »O Gott! O Gott! Wie hat dieses Sibirien euch verändert! Seid ihr nicht mit den heiligen Fahnen nach Mangaseja gefahren?«

»Und in einem heiligen Rock kehren wir nach Russland zurück!«, schrie Muschkow. »Ist das nicht ein gutes Zeichen?« Er zerrte das Priesterkleid über sich und … es war, wie geahnt: Es passte knapp am Hintern und über die Brust, aber Muschkows Schultern waren zu breit. Am Hals klaffte der Rock weit auseinander.

»Konntest du nicht mehr fressen, um breiter zu werden?«, fragte Iwan böse. »Wie sehe ich jetzt aus!«

»Wie ein Verfluchter!«, kreischte der Pope.

»Man wird es überall erklären müssen«, meinte Marina und lachte. »Es ist nicht das erste Mal, dass Priester in einem eroberten Land dicker werden!«

Die Tür flog auf ... Lupin rannte herein, über dem Arm die Bauernsachen für Marina. Er erstarrte, als er Muschkow im Popenrock sah. Was machen wir mit ihm, hatte er die ganze Zeit gedacht. Wo bekommen wir für diesen Ochsen eine passende Kleidung her? Nun stand er da, grinste Lupin breit an, und der Pope drückte sich in Unterkleidung in die Ofenecke. Die Ostjakenfrau stand am Herd und atmete schwer. Zwei am Unterkörper nackte Russen – und keine Schändung –, das war ein Erlebnis besonderer Art!

»Unmöglich!«, sagte Lupin nach dem ersten Schreck. »Muschkow, zieh es sofort wieder aus! Es beleidigt mein geweihtes Herz!«

»Wenn du nicht das Väterchen von ... na, du weißt es ja ..., wärest, ich erschlüge dich jetzt!«, schnaubte Muschkow. »Der Rock bleibt an! Mit ihm reite ich durchs Permer Land! Und wer mich aufhält oder auslacht, dem spalte ich den Schädel mit Halleluja!« Muschkow zog an dem auseinander klaffenden Halsausschnitt, ging zur Tür und schielte zu Marina hin. Sie lachte, und das beruhigte ihn.

Sie hat mich zwar von den Kosaken weggeholt, dachte er, und sein Herz füllte sich mit Freude. Aber sie selbst ist eine Kosakenfrau geworden! Das wird ein Leben werden, Marinuschka! Wir werden es nicht nötig haben, als Ofenbauer vor den feinen Herren den Nacken zu beugen und die Hand offen zu halten!

»Ich kümmere mich um die Pferde!«, sagte er. »Alexander Grigorjewitsch, beruhige deinen Bruder in Christo …«

Da die Hütte nur aus einem Raum bestand, blieb es nicht aus, dass sowohl der Pope als auch die Ostjakenfrau an diesem Morgen einen Schock erlitten. Marina zog sich aus, um in die Bauernkleidung zu schlüpfen, und als sie die Uniform abwarf und zeigen musste, dass sie ein Mädchen war, mit allen Schönheiten gesegnet, die eine gütige Natur verschenken kann, verdrehte der junge Pope die Augen und sank in sich zusammen.

»Boris Stepanowitsch …«, stammelte er. »Mich trifft der Schlag!«

Die Ostjakenfrau stieß einen piepsenden Schrei aus und rannte aus dem Zimmer.

»Sibirien ist ein Zauberland!«, sagte Lupin fromm. »Bruder, hast du nicht gehört, dass in Mangaseja die Leute den Mund auf dem Kopf tragen? Sieh dir an, was man aus Boris Stepanowitsch gemacht hat! Darum müssen wir sofort zum Bischof von Uspensk …«

Er half Marina in die Kleider, nahm sie dann an der Hand und lief mit ihr aus der Hütte. Draußen hatte Muschkow die gut genährten Kirchenpferde gesattelt, und zwei Beamte Stroganows, die er aus dem Magazin geholt und in den Hintern getreten hatte, halfen ihm jetzt, die Packpferde zu beladen. Sie taten es stumm und mit verstörten Augen. Noch nie hatten sie einen so groben Priester erlebt … Selbst Oleg Wassiljewitsch sagte erst einen frommen Spruch, bevor er zuschlug!

Um neun Uhr morgens war alles erledigt. Auf schönen, kräftigen Pferden ritten Lupin, Marina und Muschkow aus der befestigten Stroganow-Station. Der junge Pope stand in der Tür seines Blockhauses und verfluchte sie; die Beamten beschlossen, einen genauen Bericht nach Orjol zu schreiben …

Sie kamen nicht gleich dazu.

Vier Stunden später – die Station war belebt durch tauschende Ostjaken und Tataren – sprengten die verfolgenden sechs Kosaken Jermaks durch das Tor. Sie ritten einfach die Menschen nieder, die ihnen im Weg standen, dann sprangen sie von den Gäulen, verteilten sich – je zwei Mann für jedes Haus – und stürmten in die Hütten.

»Gelobt sei Jesus Christus!«, brüllten die beiden, die bei dem Popen eindrangen. Der junge Priester kniete vor dem Altar in der Ecke und hatte Muschkows Hose angezogen.

»Sind hier Muschkow, Lupin und Boris Stepanowitsch durchgekommen?«

»Sie sind es!«, sagte der Pope düster. »Und die Hölle reitet mit ihnen!«

»Iwan Matwejewitschs Hose!«, rief einer der Kosaken und streckte die Hand aus. »Er hat sie an! Ich erkenne sie wieder!«

»Und da, auf dem Tisch, liegt Boris' rote Mütze! Ha!« Sie rissen den Priester vom Betschemel und schleiften ihn aus der Hütte. Der Pope schrie und zeterte, schließlich bettelte und weinte er.

Die anderen vier Kosaken hatten die Beamten Stroganows verhört, im Jägerhaus ein paar wertvolle Zobelfelle an sich genommen und aus dem Magazin ein Fässchen mit Schnaps mitgehen heißen.

»Halunke!«, brüllte der Anführer der Kosaken, ein Fünfzigmann, den Popen an. »Was hast du mit ihnen gemacht? Warum liegen ihre Uniformen hier?«

»Sie haben mich bestohlen!«, wimmerte der Priester. »Meinen Rock, meine Pferde, mein Brustkreuz … Der Himmel strafe sie!«

»Also ist Muschkow doch ein echter Kosak geblieben«, sagte der Fünfzigmann voll geheimen Stolzes. »Wie lange sind sie fort?«

»Vier Stunden …«

»Dann holen wir sie ein!« Die Kosaken rannten zu ihren dampfenden Pferden und sprangen in die Sättel. So kann nur ein Kosak seinen Gaul besteigen! »Vor dem Ural müssen wir sie bekommen! Hei! Hei!«

Sie schwangen die Peitschen, schrien hell und preschten aus dem Tor. Es war wie ein höllischer Spuk, der die Station heimgesucht hatte.

Bis zum Ural! Ins Permer Land durften sie nicht, das wussten die Kosaken genau von Jermak. Aber jeder von ihnen bekam tausend Rubel, wenn sie die Köpfe von Muschkow, Lupin und Boris Stepanowitsch zu Jermak Timofejewitsch brachten.

Und diesmal wollte Jermak wirklich bezahlen …

Sie ritten den ganzen Weg zurück, den sie auf der Tura hinabgeschwommen waren. Überall stießen sie auf Jermaks Spuren, auf zurückgelassene und zerstörte Boote, auf verrottende Flöße, auf die Steinwälle der Lager, die sie angelegt hatten, wenn sie am Ufer übernachtet hatten; sogar noch die Feuerstellen mit halb verkohlten Baumstämmen waren geblieben. Wehmütig hielt Muschkow ab und zu an und starrte auf die Zeugen ihres einmaligen Marsches nach Sibirien, auf dieses Abenteuer von tausend Kosaken, Priestern, Kaufleuten und Jägern, das in der Weltgeschichte einmalig bleiben würde …

Als sie die Tura verließen und an dem steinigen Tagil emporritten, als sie die Scharawlja erreichten, an der sie die schweren Boote tagelang entlanggeschleppt hatten … da übernachteten Lupin und seine beiden Kinder wieder in den Höhlen, die sie damals in den Felsen gefunden und erweitert hatten. Da lagen noch verstreute Werkzeuge und Gepäckstücke; und wo die Latrine gewesen war, summte es noch von Millionen Mücken und Schmeißfliegen.

Noch dreimal schliefen sie in befestigten Lagern, trafen auf die Kolonnen des Nachschubs, den die Stroganows jetzt über den Ural schickten, und Muschkow wuchs immer besser in die Aufgabe hinein, sich wie ein Pope zu benehmen – auch wenn der Priesterrock zu klein war.

Sehr zum Missfallen Lupins, der es eine Gotteslästerung nannte, segnete Muschkow die Fuhrleute der Stroganows, die mit gemischten Gefühlen und oft auch Angst im Herzen in das fremde Sibirien fahren mussten. Der Handel mit dem bereits eroberten Land wurde fleißig ausgebaut; für einen Stroganow gab es keinen Stillstand. Ehe die besetzten Gebiete noch Atem holen konnten und die Menschen sich darauf besannen, dass sie erobert worden waren, saßen schon die ersten Stroganow-Beamten in den Siedlungen und tauschten und kauften. Man hatte gar keine Zeit, sich über die neuen Herren aufzuregen …

Sie brachten Geld und neue Waren, und wenn man weiterleben kann und zu essen hat, ein Dach über dem Kopf behält und ungestört Kinder zeugen darf, ist es gleichgültig, ob der Herr über allem nun Kutschum oder Iwan heißt, Christus oder Allah. Dem Bauern, dem Fallensteller, dem Fischer, dem Jäger war das gleichgültig. Ein Volk will leben … Politik ist ein Spielzeug der Reichen oder derjenigen, die damit reich werden wollen …

Auf der Serebrjanka, der alten Sibirischen Straße, über die auch früher die Mönche gezogen waren, die man dann prompt jenseits des Urals erschlug, rasteten Muschkow, Marina und Lupin in einem Hohlweg, der von zwei Felswänden gebildet wurde. Hier hatten sie damals Höhlen erweitert, und Muschkow erinnerte sich an seine Behausung, in der er, müde des Tragens, ein Fässchen mit gesalzenem Schweinefleisch zurückgelassen hatte.

Das Fass war noch da, aber jemand hatte es aufgebrochen und leer gegessen.

»Was machen wir nun?«, fragte Lupin später. Ein Feuer brannte, es war eine helle Nacht, warm und still, eine Nacht für Verliebte, und Muschkow überlegte, wie man einem Vater klar machen kann, in einer anderen Höhle zu schlafen, weil man Sehnsucht nach seinem Töchterchen hat und es gern in einer solch milden Nacht in den Armen halten möchte. Lupin hatte einen leichten Schlaf, er wachte sofort auf, wenn er etwas rascheln hörte, und als Muschkow einmal auf diesem langen Weg mit Marina zärtlich werden wollte und unter der Decke tätig wurde, hatte sich Lupin aufgerichtet und strafend gesagt: »Iwan Matwejewitsch, denke daran, dass du jetzt einen Priesterrock trägst!«

Das war ein höflicher Hinweis, in Väterchens Gegenwart die Zähne zusammenzubeißen. Muschkow befolgte ihn, aber in dieser warmen Sommernacht regte sich mehr in ihm als Anstand und knirschende Selbstbezwingung …

»Was heißt, was machen wir nun?«, fragte Muschkow zurück. »Ist's dir zu warm, mein Väterchen? Nebenan ist eine Höhle, die kühler ist.«

Lupin sah ihn an, und Muschkow senkte den Kopf. »Ich meine, was machen wir, wenn wir die Tschusowaja erreichen? Bauen wir uns ein Floß und schwimmen sie hinunter? Das geht schneller und schont unsere Kraft.«

Muschkow dachte an die Schinderei, als sie diesen Fluss hinaufgerudert waren, und schüttelte den Kopf. »Ich habe ein Pferd! Ich will nie mehr im Leben von einem Floß oder einem Boot etwas wissen! Wir reiten!«

»Es wäre einfacher …«, sagte auch Marina.

»Nein!« Muschkow fiel es schwer, etwas gegen Marina zu sagen. Und er wunderte sich, dass sie es ohne Widerrede hinnahm. »Lasst mir wenigstens ein Andenken an mein Kosakenleben – mein Pferd!«

Wie fröhlich das Kosakenleben sein kann, erfuhren sie, als sie sich schon schlafen gelegt hatten. Vor der Höhle erschollen Poltern und Pferdegetrappel, Muschkow und Lupin fuhren hoch und griffen zu den Waffen. Einer der Fuhrleute, die Muschkow noch am Vortag mit Gottes Segen nach Sibirien hatte weiterziehen lassen, kam herein. Er blutete aus einer Stirnwunde.

»Kosaken!«, schrie er. »Keine zwei Werst von hier – auf dem Weg! Ich bin geflüchtet, nachdem sie mich halb totgeschlagen haben. Sie haben nach euch gefragt, nach einem Popen, der Muschkow heißen soll. Seid ihr das, Väterchen?«

»Ich bin's!«, rief Muschkow. »Gesegnet sei dein Wiederkommen! Ziehe zurück zu den Stroganows und sage ihnen, sie möchten drei große Kerzen nach Uspensk schaffen lassen!«

Der gläubige Fuhrmann bekreuzigte sich und machte dann, dass er wegkam, bevor ihn die Kosaken einholten.

»Ich wusste, dass Jermak uns verfolgen lässt!«, meinte Lupin. »Er kann hassen wie eine betrogene Frau!«

»Ich hätte nicht gedacht, dass sie uns einholen!« Muschkow holte aus den Satteltaschen Pulver und Blei und verteilte es. Er gab nur Lupin etwas, bis Marina sagte: »Und ich?«

»Du bleibst in der Höhle!«, sagte Muschkow.

»Warum redest du so dummes Zeug?«, rief sie.

»Ich befehle es dir!«, sagte nun auch Lupin.

Sie sah ihn an, und vor diesen großen, blauen Augen wurde es selbst Lupin ungemütlich. Plötzlich konnte er Muschkow verstehen, der immer geklagt hatte, Marina weiche sein Herz mit einem einzigen Blick auf.

Jetzt nahm sie die Pistole aus dem Gürtel und streckte Muschkow die Hand hin. »Es wird unser letzter Kampf sein«, sagte Marina fest. »Dort hinten liegt das Permer Land. Dort liegt unser neues Leben! Darf ich gar nichts dafür tun, dass wir leben dürfen? Muschkow!« Sie sagte tatsächlich Muschkow, und Iwan Matwejewitsch zuckte zusammen. »Du hast mich als Beute mitgenommen nach Sibirien, jetzt nehme ich dich als meine Beute mit nach Russland! Willst du noch etwas sagen?«

»Kein Wort, Marinuschka«, antwortete Muschkow, gab ihr Pulver und Blei und ging mit Lupin vor die Höhle. Marina trat unterdessen das Feuer aus.

»Feigling!«, knurrte Lupin draußen in der Nacht. »Du bist in ihrer Hand wie ein Esel am Zügel.«

Muschkow schwieg. Was soll man da antworten, dachte er. Der Alte hat's vergessen: Jeder verliebte Mann benimmt sich wie ein Esel ... das macht das Verliebtsein erst schön.

Der Kampf war kurz und schnell entschieden. Wenn es um das nackte Leben geht, darf man nicht mehr fragen, ob es nun ein ganz anständiger Kampf gewesen sei ...

Die sechs Kosaken jedenfalls ritten in den Hinterhalt, den Muschkow und Lupin gelegt hatten, und sie wurden von zwei Seiten in dem Hohlweg erschossen, ohne dass sie ihre Gegner zu Gesicht bekamen ... ohne sich wehren zu können ... ohne zur Überlegung zu kommen.

Die Schüsse krachten, die ersten drei Männer fielen aus dem Sattel. Es war ja eine helle Nacht, man sah gut, wohin man zielte. Und da Muschkow und Lupin zwei Pistolen bei sich hatten, fielen auch die beiden nächsten Kosaken auf den Felsenboden und schrien nicht einmal, so gut trafen die Kugeln.

Der Letzte hatte es schwerer. Sein Pferd scheute vor den Schüssen, stieg hoch und warf ihn ab. Zwar sprang er sofort auf und riss seinen Säbel heraus, aber da war Muschkow auch schon bei ihm, und diese Erscheinung im Priestergewand war ein Anblick, der den Kosaken für einen Augenblick überwältigte. Iwan Matwejewitsch Muschkow als Pope – Jermak hätte gebrüllt vor Lachen!

Es war ein Augenblick zu viel. »Du bist es, Pawel Iwanowitsch Chromow?«, schrie Muschkow. »Du jagst einen alten Freund vom Don?«

Dann schlug er zu und spaltete dem Kosaken den Schädel. Lupin kam hinter dem Felsen hervor, von der anderen Seite lief Marina herbei, den Krummdolch in der Hand.

»Vorbei!«, sagte Muschkow und lehnte sich gegen die Felsenwand. »Es war Chromow. Ich habe mit ihm als Kind am Don im Ufersand gespielt. Gott sei mir gnädig, aber was sollte ich anderes tun?«

Er ließ seinen Säbel fallen, schlug die Hände vor die Augen und weinte.

Später begruben sie die sechs Kosaken in einer der Höhlen, verschlossen sie mit Steinen, und sie brauchten dazu die ganze Nacht. Die Pferde behielten sie, und selbst Lupin sagte nun: »Es wäre eine Dummheit, mit einem Floß wegzuschwimmen. Außerdem, vor wem flüchten wir noch? Es ist zu Ende, meine Lieben. Wir sind freie Menschen, Gott sei gelobt!«

12

Die Freiheit ist ein seltsames Ding.

Jedermann bemüht sich, sie zu bekommen, zu behalten, zu verteidigen ... Aber hat man sie, zeigt sie sich spröde wie eine Nonne. Auch Lupin, Marina und Muschkow, die mit ihren Pferden durch den Ural ritten und Mühe hatten, sie heil durch alle Schluchten und über alle schwindelnden Saumpfade zu führen, hatten eine andere Meinung vom freien Leben als das, was sie bei ihrem Eintritt ins Permer Land zu spüren bekamen.

Sie hatten die verruchte Tschusowaja hinter sich, diesen Fluss, der das Tor nach Sibirien gewesen war, hatten die erste neue Stroganowsiedlung – von Westen aus gesehen – passiert –, einen aufblühenden Handelsplatz, den Jermak vor einem Jahr als steinernen Ringwall angelegt hatte und der noch immer vorhanden war –, als böse Nachrichten, wiederum über einen Fuhrmann, zu ihnen drangen.

Da man sich Zeit gelassen hatte, jetzt, ohne Jermaks Verfolger im Nacken, trafen sie den Fuhrmann wieder, der – ein armer Mensch muss immer leiden, weil er immer das tun muss, was die Reicheren verabscheuen – nach einer Tracht Prügel im Hauptlager III der Stroganows von neuem mit einem Pferdezug zurückgeschickt worden war, um an die Tura vorzudringen.

»Es weht ein kalter Wind im Sommer!«, sagte der ehrliche Mann zu Muschkow und betrachtete die mittlerweile recht zerschlissene Priesterkutte. »Ich weiß nicht, woher du kommst, Väterchen, wir sind uns nur im Ural begegnet. Was mich schon damals wunderte, ist, dass du als Pope keinen Bart trägst ...«

»Ich hatte ihn voller Läuse!«, sagte Muschkow, bevor Lupin eingreifen konnte. »Mongolische Läuse! Sollte ich sie mit nach Russland bringen und mein Vaterland verseuchen? Nein! So habe ich meine Zierde geopfert, um Russland sauber zu halten!«

»Erzähl das den Offizieren des Zaren!« Der Fuhrmann küsste Muschkows Brustkreuz und sah Iwan Matwejewitsch zweifelnd an. »Das Land ist überschwemmt von falschen Priestern, heißt es. Sie ziehen von Dorf zu Dorf, predigen und stehlen! Eine neue Sorte von Gaunern! Die Soldaten fangen jeden ein, und wer nicht gewisse religiöse Dinge beherrscht – ein echter Priester prüft sie alle! –, wird in den Kerker geworfen! Die ganz bösen Strolche blendet und entmannt man! Väterchen, pass gut auf dich auf!«

»Da sind wir schön dran«, meinte Muschkow, nachdem der Fuhrmann weitergezogen war. »Was hast du von Oleg Wassiljewitsch gelernt, Alexander Grigorjewitsch?«

»Fluchen, Saufen und Huren!«, sagte Lupin düster, »Das reicht für keine Prüfung!«

Muschkow sah an sich hinunter. Sein Priesterrock war schmutzig, fleckig, eingerissen und an der Rückseite vom ständigen Reiten durchgewetzt. Schien die Sonne darauf, erkannte man durch die dünnen Fäden die Haut. »Ich muss neue Kleidung haben!«

»Aber wie? Wenn wir sie kaufen oder tauschen, wird man die nächsten Soldaten alarmieren!«, sagte Marina Alexandrowna. »Ihr habt es gehört: Das ganze Land hilft mit, die falschen Popen zu verhaften!«

»Was bleibt also?«, rief Muschkow und breitete die Arme aus. »Wir werden uns neue Kleidung stehlen müssen! Habe ich es nicht immer gesagt: Nehmen ist besser als fragen …«

»Iwan Matwejewitsch …«, sagte Marina strafend. »Spricht so ein Ofenbauer?«

»Lupin, sie tritt wieder auf mein Herz!«, rief Muschkow klagend. »Weißt du einen besseren Rat?«

»Ich werde vorausreiten und mich umsehen«, antwortete Lupin. »Ich allein falle nicht auf. Im nächsten Ort werde ich für Kleider sorgen.« Er sah Muschkow nachdenklich an, dann wandte er den Blick auf Marina. »Eine schöne Freiheit!«, meinte er. »In Sibirien will dich Jermak töten, in Russland will dich der Zar töten, weil du ein Kosak bist, und im Permer Land werden sie dich aufhängen, weil du ein falscher Priester bist. Was du auch tust, Iwan Matwejewitsch, du bist immer dran! Wir werden es schwer haben, irgendwo ein ruhiges Plätzchen zum Leben zu finden!«

»In Moskau …«, sagte Marina Alexandrowna tonlos. Auch sie begriff, dass Muschkow ein Mensch war, freier als ein Vogel … Jeder konnte ihn abschießen und wurde noch dafür belohnt und gelobt. »In Moskau fragt uns keiner, wer wir sind.« Tapfer sagte sie es und blickte Muschkow dabei voll an.

»Moskau!« Lupin blickte in die Ferne. Wälder und steinige Ebene, dazwischen die Tschusowaja, die in die Kama floss, wo für jeden Menschen die Freiheit begann – nur nicht für Muschkow. »Weißt du, wo Moskau ist, Töchterchen? Wie viel Werst von hier entfernt? Tausende von Werst … Erst müssen wir Moskau erreichen!«

»Hast du Angst davor, Väterchen?« Marina legte den Arm um Muschkows Hüfte und lehnte sich an ihn, und er streichelte ihr Haar. Abwesend starrte er in die Ferne, und seine Mundwinkel zuckten. »Wir sind nach Sibirien gezogen und von Sibirien wieder zurück nach Russland. Wir werden auch Moskau erreichen … Wir werden alles erreichen, was auf dieser Welt liegt, denn wir lieben uns …«

Wenn sich die Menschheit nur nach der Liebe richten würde, brauchten wir nicht auf das himmlische Paradies zu warten. Aber leider ist es nicht so, und so wurde die Welt zu einem Irrenhaus, das sie wohl auch immer bleiben wird …

Alexander Grigorjewitsch Lupin ritt also, wie verabredet, zunächst allein von der Tschusowaja ins Permer Land und erkundete die Stimmung der Bevölkerung. Unter den Stroganows hatte man ruhig gelebt, zwar im politischen Sinne unfrei, denn dass das Land von den Russen erobert und besetzt war, konnte man nicht verleugnen. Aber man hatte genug zu essen, und die Landwirtschaft blühte auf. Die Stroganows legten Straßen an, die nicht zweimal im Jahr – im Frühling und im Herbst – als unpassierbar im Schlamm versanken, in den Handelsstationen zahlte man anständige Preise für die Felle, die Salzsiedereien gaben Arbeit auch für die, die sonst wegen ihrer Dummheit nur sinnlos durch ihr Leben getrottet wären, Wehrdörfer schützten vor den Überfällen der Wogulen und der noch immer national denkenden Gebietsfürsten … Kurzum, es war ein Leben im Permer Land, ein Leben, das man aushalten konnte!

Bis die Soldaten des Zaren kamen …

Die Stroganows hatten diese militärische Invasion so lange wie möglich hinausgezögert. Großvater Anika, der schlaue Fuchs, hatte Iwan IV. versprochen, allein für Ordnung zu sorgen, und auch den Brüdern Jakob, Gregor und Semjon gelang es, dem Zaren einzureden, dass Militär nur noch mehr Unruhe schaffen würde. Nun aber regierten die jungen Stroganows, Nikita und Maxim, an der Kama, und gegen jene Herrscher im eigenen Land war Iwan im fernen Moskau kritisch. Die Meldung, dass Jermak Timofejewitsch tatsächlich nach Sibirien eingedrungen war und zweimal die Truppen Kutschums schlagen konnte, war für den Zaren wie ein Signal!

»Sie werden zu mächtig, die Stroganows«, sagte er finster zu seinem Vertrauten Boris Godunow. Je älter Iwan wurde, umso grausamer wurde er. Er hatte keine Freunde mehr, und keiner drängte sich auch danach, sein Freund zu werden. Iwans Freund zu sein, hieß, unter dem Galgen zu stehen ... das Augenlicht zu verlieren – das Herausreißen der Zunge – die Entmannung –, es waren sozusagen noch königliche Gunstbeweise.

Nur noch zwei Bojaren lebten ständig in Iwans Nähe: der wuchtige Boris Godunow, der auf seine Stunde nach Iwans Tod wartete, und Fürst Schuisky, der Schöngeist, der elegante Intrigant, der Godunow in dem Glauben ließ, er könne der neue Zar werden, und währenddessen überall in der Stille seine eigene Macht ausbaute.

In Moskau herrschte die Angst. Nicht ein Tag verging ohne eine Hinrichtung, in den Kirchen sangen und beteten die Gläubigen im wahrsten Sinne um ihr Leben, und als der Zar sogar den Metropoliten von Moskau verbannen und dann ermorden ließ, wusste auch die Kirche, dass Gott weit war, aber Iwan IV. allgegenwärtig, und dass es besser war, dem Zaren zu huldigen als Christus, der zwar Märtyrer liebte, aber sie nicht zu schützen vermochte ...

»Wir werden Truppen ins Permer Land entsenden«, sagte Iwan, den man schon seit langem »den Schrecklichen« nannte. »Boris Godunow, wie begründen wir diese Besetzung?«

»Ich habe gehört«, antwortete Godunow sinnend, »dass gerade im Permer Land viele falsche Priester umherwandern, für Kirchen und Klöster sammeln, die es gar nicht gibt, und sich bereichern an dem Fleiß der Menschen. Die Stroganows sind gute Kaufleute, gläubige Christen, strenge Herren – aber um alles können sie sich nicht kümmern. Jetzt ist ihr Blick nach Sibirien gerichtet ... Darunter leidet natürlich das eigene Land. Gossudar, schickt die Truppen als Schutz der Stroganows an die Kama. Ein Geschenk des Zaren müssen sie annehmen.«

Iwan nickte. Er saß auf seinem mit Zobelfellen dick belegten Lehnsessel, den pelzgefütterten Mantel um die hagere Gestalt geschlungen, die spitze, gold- und perlenbestickte Mütze auf den weißen, schütteren Haaren. Der graue Bart hing strähnig auf der eingesunkenen Brust. Er fror immer, auch im heißen Sommer. Selbst die jungen Frauen, die ihm Fürst Schuisky ins Bett legte, konnten ihn nicht mehr wärmen ... Iwan warf sie am Morgen hinaus und war missgestimmter als zuvor. Ein alter, verbitterter, grausamer Mann, der sein Ende nahen fühlte, aber doch nicht sterben wollte. Ein Mann, der Angst vor dem himmlischen Gericht hatte, obwohl er in den letzten Jahren mehr betete als regierte, neue Kirchen bauen ließ und jeden Russen aufrief, bei jeder Tat daran zu denken, dass sie gottgefällig war ...

Ein schlauer Fuchs, dieser Godunow, dachte der Zar jetzt. Was wird er tun, wenn ich gestorben bin? Wird er den weichlichen Zarewitsch ermorden lassen und sich selbst auf den Zarenthron setzen? Oder wird Schuisky alle umbringen lassen, dieser schleimige Molch? Alles nur Ratten um mich herum! Gott, lass mich länger leben, um Russland groß und stark und unbesiegbar zu machen! Es kostet Blut und Leben, aber welches Große in Russland ist nicht mit Blut erbaut worden?

Und so ritten des Zaren Truppen nach Norden, fuhren mit Wagen oder marschierten wochenlang durch das Land, um angeblich den Stroganows beizustehen. Nikita und Maxim waren hilflos, und der alte Semjon in seinem Kloster war senil geworden und bereitete sich auf den großen Weg in den Himmel vor.

Noch während Jermak Timofejewitsch und seine tausend Mann am Tobol mit Mametkuls Reitern kämpften, besetzten die Soldaten das Permer Land, gründeten kleine Festungen und begannen die Jagd auf die falschen Priester, auf Räuber und Plünderer, Wegelagerer und Betrüger. Sie richteten ein paar hochgestellte Wogulen und Udmurten hin, und das sprach sich schnell herum und sorgte für Ruhe.

In den Kirchen begann man, heimlich für die Stroganows und nicht mehr für den Zaren zu beten. Die Gebietsfürsten kamen verkleidet an die Kama und verhandelten im Kreml der Stroganows um Beistand gegen die zaristischen Teufel.

»Sibirien …«, sagte Maxim Stroganow, der Kaufmann, und überließ es Nikita, dem Strategen, die Lage anhand der Karten zu erklären. »Unsere Zukunft liegt hinter dem Ural – auch die eure, Brüder! Die Macht des Zaren wird am Gebirge Halt machen. Sibirien aber wird unser Land sein! Vertraut uns!«

Muschkow und Marina, die an der Tschusowaja in einer Höhle hausten, hatten wenig von diesen Worten. Väterchen Lupin war seit zwei Tagen unterwegs, und man wusste nicht, ob er noch lebte oder längst erschlagen worden war.

Am dritten Tag wurden die beiden unruhig, standen stundenlang auf einer Felsspitze und blickten ins Tal, auf den Weg, den Lupin zurückkommen musste. Die Sorge war stärker als ihre Liebe. Nur in den ersten beiden Tagen und Nächten, in denen sie allein waren, schlug die Sehnsucht über ihnen zusammen. Sie genossen ihr Glück, und Muschkow, der bisher immer Nowo Orpotschkow verflucht hatte, weil dort sein Untergang als Kosak begonnen hatte, wäre jetzt bereit gewesen, dieses Dorf zu einem Heiligtum zu ernennen.

Ab und zu kroch er aus der Höhle, um die Pferde zu füttern, was gar nicht einfach war, denn das Gras war hart, und vom Wasser der Tschusowaja allein wurde kein Gaul satt. So machte sich Muschkow am vierten Tag allein auf, um Heu zu besorgen, nahm vier Pferde mit, überfiel nach Kosakenart kurzerhand einen Bauern im Tal, lud das Heu auf die Pferde, nachdem er den Bauern, seine Frau und einen Knecht im Stall an einem Balken festgebunden hatte, und ritt fröhlich pfeifend in die Wildnis der steinigen Tschusowaja zurück.

Im Tal musste es daraufhin einen großen Lärm gegeben haben. Ein Priester überfällt einen Bauern! Das war neu, auch wenn man die Eintreibungsmethoden der Kirche kannte, aber sie hatten sich immer im Rahmen einer gewissen Höflichkeit gehalten. Dass ein Priester auftauchte, Unschuldige festband, Heu, Fleisch und Hafer stahl und beim Weggang schrie: »Gott verfluche euch, wenn ihr ein Wort davon erzählt!« – das hatte man eigentlich nur erlebt, als die Kosaken Jermaks durch diese Gegend gezogen waren.

Am Abend des fünften Tages kam Lupin zurück, müde, auf seinem Pferd schwankend, von Staub überkrustet. Muschkow hob ihn wie ein Kind aus dem Sattel und trug den Alten in die Höhle. Marina flößte ihm kalten Tee ein, rieb seinen Kopf mit Wasser ab und massierte ihm die Brust. Es dauerte eine geraume Zeit, bis Lupin so weit hergestellt war, um ein paar Worte sagen zu können.

»Ich habe für dich ein Bauernkleid, Iwan Matwejewitsch«, keuchte er und verdrehte die Augen vor Erschöpfung. »Dem Himmel sei Dank, dass ich es geschafft habe. Die Zarentruppen durchsuchen das Land! Irgendein falscher Priester hat einen Hof überfallen, den Bauern halb erschlagen, die Frau und die Tochter geschändet! Welch eine Verrohung der Welt!«

»Ich erwürge sie alle!«, schrie Muschkow und sprang auf. »Gelogen ist alles! Ha! Was hängt man mir da an? Den Bauern habe ich gesegnet, die Frau nicht einmal angefasst, und von einer Tochter habe ich nie etwas gesehen! Marinuschka, bin ich ein Untier?«

»Nicht mehr«, sagte sie langsam. »Ich glaube dir, Iwanuschka.«

»Sie glaubt mir!«, rief Muschkow strahlend. »Hörst du es, Väterchen? Sie glaubt mir! Und du?«

»Du warst es also!«, sagte Lupin und schloss vor Erschöpfung die Augen. »Marina, wie konntest du den Idioten allein ziehen lassen?«

»Die Pferde hungerten, Vater. Wir mussten etwas besorgen.«

»Auf diese Art?«

»Sollte ich betteln gehen und mir die Hosentaschen voll Heu stopfen?«, schrie Muschkow. »Die Welt, Väterchen, ist schlecht, sie wird durch mich nicht schlechter!«

»So kann man es auch sehen, Iwan Matwejewitsch«, sagte Lupin müde und glitt hinab in den Schlaf. »Zieh deine Bauernkleider an, mein Sohn.«

In der Nacht verbrannten sie den Priesterrock und alles, was noch an die Kosaken erinnern konnte. Zuletzt die Stiefel … sie stanken fürchterlich, als sie in Flammen aufgingen.

»Wie viele Jahre bin ich mit ihnen geritten, wie viel Pferdeschweiß klebt an ihnen«, sagte Muschkow traurig und starrte in das Feuer. Die Stiefel bewegten sich in den Flammen, als wollten sie daraus flüchten. »Sie haben das Schwarze Meer gesehen, die Steppen der Nogaier, die Wälder Sibiriens. Nun verbrennen sie. Es gibt keinen Muschkow mehr …«

»Es gibt einen neuen Muschkow, Iwanuschka«, sagte Marina zärtlich und küsste seinen Nacken. »Einen besseren Muschkow.«

»Den Ofenbauer, der vor den Leuten katzbuckeln muss, um Arbeit zu bekommen! Marinuschka, ob ich das aushalten werde …«

»Ich bin bei dir, Iwan Matwejewitsch!«

»Und was soll ich einmal unseren Kindern erzählen? Euer Vater war ein Trottel, den die anderen immer in den Hintern treten durften und der dazu sagte: ›Habt Dank, Euer Hochwohlgeboren!‹ Sollen sie nie die Steppen am Don sehen? Nie die Pferdeherden an der Wolga? Nie die Kirschgärten in unseren Dörfern? Nie das Konzert der Haselmäuse im Frühling hören – nie? Meine Kinder!«

Muschkow stützte den Kopf in beide Hände, blickte in die Flammen, und Marina verstand ihn, schwieg und überließ ihn seinen traurigen, Abschied nehmenden Gedanken. Ich muss ihn lieben, wie nie eine Frau einen Mann geliebt hat, dachte sie und setzte sich neben ihn. Ich muss ihm eine neue Welt sein, sonst wird er unglücklich sein das ganze Leben lang ... Ich muss ihn lieben ... Iwan Matwejewitsch, meinen lieben, großen Bären ...

Am nächsten Morgen hoben sie Väterchen Lupin, der wundgeritten war, in den Sattel, banden die Pferde untereinander an langen Lederriemen fest und ritten langsam ins Tal hinab. In seiner Bauerntracht sah Muschkow seltsam fremd aus: Als Kosak in Uniform war er ein schmucker Bursche gewesen, jetzt, in einem weiten Hemd und mit einem gedrehten Hanfstrick um den Leib, war er ein üblicher Kulak, ein gut genährter Bauernbursche mit einem recht einfältigen Gesicht ...

»Ich könnte mich selbst anspucken!«, schrie er, als er sein Spiegelbild im klaren Wasser der Tschusowaja betrachtete. »Wie sehe ich nur aus! Jeder Idiot wird grüßend vor mir die Mütze ziehen und mich brüderlich umarmen!«

»Ich liebe dich ...«, sagte Marina und lächelte ihn an. Ihre großen, blauen Augen waren weich, und ihr Blick streichelte ihn. Er spürte es förmlich auf der Haut. »Alles andere ist nicht wichtig ...«

Bei dem Dorf Lassinewka trafen sie auf die ersten Soldaten des Zaren.

Sie sahen Muschkow an, den Alten und den jungen, blonden Burschen, zählten die hintereinander gebundenen Pferde und verhafteten alles im Namen des Zaren.

Am nächsten Morgen ließ man sie frei, gab ihnen alte, klapprige, halb blinde Gäule, und als Muschkow sich bei dem Offizier beschwerte, wurde er geohrfeigt. Zum ersten Mal in seinem Leben schlug er nicht zurück, zum ersten Mal in seinem Leben ließ er sich aus dem Zimmer prügeln, ohne sofort umzukehren und das Haus in Brand zu stecken.

Er stieg draußen auf seinen hustenden Gaul, seufzte tief, blickte Marina und Lupin an, die die Köpfe senkten, und fragte leise:

»Was ist das eigentlich, ein freies Leben? Das hier, Väterchen? Oh, wenn ich an die Freiheit am Don denke …«

»Wir haben das Leben gewonnen, mein Sohn«, antwortete Lupin. »Damit können wir etwas anfangen. Ich werde zufrieden sterben können, und ihr Jungen könnt ein neues Russland gründen.«

»Marina und ich allein?«

»Ihr seid nie allein. Es gibt tausende wie ihr. Muschkow, du hast noch viel zu tun, bis du so alt bist wie ich.«

Langsam ritten sie aus dem Dorf … Es war für einen Kosaken eine Schande, auf solch einem Gaul zu sitzen, und Muschkow nagte an der Unterlippe. »Wir müssen wieder eine Kirche mit strammen, fetten Gäulen finden …«, sagte er dumpf.

»Nie mehr, Iwan Matwejewitsch!«, antwortete Marina. »Das ist vorbei!«

»So kommen wir nie nach Moskau.«

»Dann werden wir unterwegs arbeiten, um uns gute Pferde kaufen zu können!«, schlug Lupin vor. »Der Herbst hängt schon in der Luft, und in ein paar Wochen kann man den Winter riechen. Man wird Öfen brauchen, in allen neuen Siedlungen der Stroganows. Jetzt haben wir Zeit.«

Sie ritten ins Permer Land, sie rasteten in den Dörfern, arbeiteten für das tägliche Essen, jagten Füchse und Eichhörnchen und verkauften die Felle an die Sammelstellen der Stroganows.

Der Herbst kam wie immer mit Regengüssen, das Land weichte auf, Muschkow ging auf Biberjagd an abgelegenen kleinen Flüssen. Als der erste Frostwind heulte und die Erde hart wurde, als der erste Schnee fiel und man überall im Land erzählte, dass im fernen Sibirien Jermak Timofejewitsch das Heer des Zaren Kutschum vernichtend geschlagen und die Hauptstadt Sibir erobert habe, als Muschkow vor Freude und Heimweh nach seinen Kosaken weinte und Marina ihn mit ihrem weißen, glatten, warmen Körper trösten musste, tauschte Väterchen Lupin bei den Stroganowschen Beamten nach zähem Ringen und Feilschen, nach Flüchen und Gebrüll von beiden Seiten die Felle von Bibern und Füchsen gegen drei Pferde und einen Schlitten ein.

Mit klingenden Glöckchen fuhr das Väterchen mit seiner Troika vor, umarmte und küsste Marina und stieß den griesgrämigen Muschkow mit beiden Fäusten gegen die Brust.

»Sieh dir das an, Iwan Matwejewitsch! Ein Gemälde von einer Troika. Pferdchen, so gut genährt wie ein Bischof, und ein Schlitten, fest gebaut und sogar mit eisernen Kufen! Das alles hast du verdient!«

»Ich?«, fragte Muschkow erstaunt.

»Wer hat die schönsten Biber gefangen? Wer hat die Füchse gejagt? Wer war Tag und Nacht in den Wäldern unterwegs, hat an den Flüssen auf die Tierchen gelauert? Wer hat gearbeitet wie ein Zugochse, na?«

»Meine erste Troika ...« Muschkow ging um den Schlitten herum, küsste die Pferde auf die Nüstern, umarmte ihre Hälse und liebkoste sie, als wären sie seine Geliebten. »Und alles durch Arbeit!«, rief er dann und setzte sich in den Schlitten. »Nichts ist gestohlen! Es ist nicht zu fassen ...«

Er ließ die Zügel schnellen, schnalzte mit der Zunge und fuhr mit der Troika einen großen Kreis um das Dorf. Die

Glöckchen an dem Bügel klingelten, über dem Kopfband der Gäulchen wippten Büschel bunter Federn, und die Pferde warfen die Beine, als seien sie früher in einer Parade gegangen. Muschkows Herz zersprang fast vor Freude, er wurde rot im Gesicht und sang laut, als er wieder vor Marina und Lupin hielt.

Sie standen Hand in Hand auf der Straße, und als er aus dem Schlitten sprang, dachte Muschkow: Es hat sich doch gelohnt, sich vor diesem verdammten Weibchen zu beugen.

13

Es war der 18. März 1584, ein warmer Vorfrühlingstag, viel zu warm für Moskau, als sich Zar Iwan IV. mit seinem Freund, dem Bojaren Bogdan Bjelski, an einen Tisch setzte, um Schach zu spielen.

Boris Godunow empfing einige Abgesandte; Fürst Schuisky verlebte ein paar ruhige Tag auf seinem Gut außerhalb Moskaus und knüpfte Kontakte zu anderen Bojaren, bestach sie und sammelte eine Hausmacht Godunow.

Das Leben in Moskau entfaltete sich nach diesem milden Winter wie eine Blüte im Morgentau. Der Frühlingstag lockte die Menschen auf die Straßen, an die Ufer der Moskwa, in die Wälder oder in die Klostergärten, wo man spazieren gehen und sich gleichzeitig segnen lassen konnte.

Der Zar starrte auf das Schachbrett, auf dem Bjelski gerade einen verwegenen Zug getan hatte. Die Partie war noch nicht verloren; sie konnte auch nicht verloren werden, denn Bjelski wusste es genau, wann er den Zaren besiegen durfte oder wann es klüger war, ihn gewinnen zu lassen. Heute musste man ihn gewinnen lassen …

Iwan sah bleich aus, sein Gesicht eingefallen, die brennenden Augen lagen in tiefen Höhlen, sein Mund war noch schmäler als sonst. Seine Hände zitterten leicht, als er sie neben das Schachbrett legte, um seinen Zug zu überdenken.

»Reize mich nicht, Bogdan«, sagte er heiser. »Mir macht der warme Wind zu schaffen …«

»Das Spiel ist noch offen, Gossudar«, antwortete Bjelski und verneigte sich. »Nur ein Bauer ist verloren! Was ist schon ein Bauer?«

Iwan blickte hoch, sein stechender Blick traf den Bojaren wie eine Eisenspitze.

»Ich habe viele Bauern verloren, nicht wahr?«, sagte er finster. »Und viele Bojaren, viele Soldaten, viele Offiziere, viele Freunde! Ich habe aufgeräumt in Russland! Ich habe es gesäubert! Aber die Ratten wachsen nach! Und die Seelen sind unsterblich – die guten wie die schlechten! Hast du schon Seelen gesehen, Bogdan?«

»Nein, Gossudar …«, antwortete Bjelski heiser. Er starrte den Zaren an. Iwan hatte sich verändert. Sein Gesicht verfiel, als falle das Fleisch von den Knochen.

»Aber ich!«, sagte er dumpf. »Jede Nacht sind sie um mich! Kommen an mein Bett, umschweben mich, rufen mir zu: ›Iwan! Iwan! Warum hast du uns getötet? Sieh uns an: Waren wir nicht deine Freunde? Die besten hast du verstoßen, und behalten hast du nur die Wölfe, die auf deinen Tod lauern!‹ Und dann sitzen sie an meinem Bett und weinen, und ich springe auf und bete und bete und rufe Gott an, mir zu verzeihen! Warum kennst du das alles nicht, du Hund?«

Iwan hieb mit der Faust die Schachfiguren vom Tisch. Auf seiner bleichen Stirn bildete sich kalter Schweiß, seine Brust hob und senkte sich in krampfartigen Atemzügen. »Bogdan!«, röchelte er plötzlich. »Bogdan, du hast mich auch verraten! Nur Hyänen sind um mich herum, nur Aasgeier, die meinen Leib zerfleischen wollen. Godunow, Schuisky, Romanow, du … Warum hilft Gott mir nicht? Bin ich nicht sein demütigster Diener?«

Der Zar wollte aufspringen, aber die Beine versagten ihm den Dienst. Er fiel mit dem Oberkörper über den Tisch, ein schauriges Röcheln brach aus seinem aufgerissenen Mund, die gesunkenen Augen quollen aus den Höhlen hervor …

»Einen Arzt!«, keuchte der Zar. »Bogdan, hol den Arzt! Ich ersticke! Ich ersticke! Gott erwürgt mich …«

Er fiel auf den Boden, riss sein Gewand über der Brust auf und starrte Bjelski hasserfüllt an. Noch jetzt, in seiner letzten Minute, war das Grausame stärker in ihm als das Menschliche. »Verflucht seid ihr alle!«, röchelte er. »O Gott, mein Gott, nimm diese Seelen von mir! Sie sind wieder um mich … Betet für mich …«

Fürst Bjelski rührte sich nicht. Er stand vor dem sterbenden Iwan IV. und wartete mit zusammengekniffenen Lippen auf das Ende.

Erst als der Zar sich streckte und die adlergleichen Augen brachen und alles innere Feuer verloren, lief Bjelski zur Tür und schrie nach dem Medikus.

Durch den Kreml flogen Entsetzen und Befreiung. Boris Godunow kniete neben dem toten Zaren und betete inbrünstig. Boten ritten, wie vom Satan gehetzt, zum Gut des Fürsten Schuisky, um ihm den Tod des Gossudars zu melden. Die letzte Zarin, Marja, die Tochter des Theodor Nagoj, die Iwan hasste, weil er sie nicht mehr richtig lieben konnte, warf den schon lange zurechtgelegten schwarzen Schleier über und ging hinüber zur Auferstehungskirche.

Die Glocken des Kremls begannen zu läuten und riefen die Glocken des ganzen Landes auf.

Der Zar ist tot! Gnade seiner Seele! Auf die Knie, Volk, und bete um sein Heil!

Über Moskau schwang der Klang von hunderten von Glocken. Die Menschen strömten auf die Straßen, füllten die

Plätze, zogen zum großen Kremlplatz und fielen dort zu Boden.

Der Zar ist tot! Der Grausamste aller Grausamen ist nicht mehr, aber wissen wir, wie grausam der nächste Zar sein wird? Er war ein schrecklicher Vater, aber er war Russlands Vater. Betet … betet … betet …

Unter den tausenden, die vor dem Kreml auf der Erde knieten, umrauscht vom Glockenklang und den Chören, die den Tod des Zaren beweinten, waren auch Alexander Grigorjewitsch Lupin, Iwan Matwejewitsch Muschkow und Marina Alexandrowna Muschkowa. Sie knieten eng nebeneinander auf dem festgestampften Boden, genau auf der Stelle, wo einmal Iwan IV. dreitausend Strelitzen an einem Tag hatte hinrichten lassen, und sie bekreuzigten sich und blickten auf die goldenen Kuppeln der Kirchen, die über der Kremlmauer in der Frühlingssonne glänzten.

»Der Zar ist tot«, sagte Muschkow leise. »Wird man die Kosaken jetzt begnadigen?«

»Was geht es dich an, Iwan Matwejewitsch?«, fragte Lupin. »Bist du nicht seit einem Jahr der beste Ofenbauer Moskaus?«

»Trotzdem, Väterchen, es würde mich freuen.« Muschkow wandte den Kopf zu Marina. Sie kniete neben ihm; es fiel ihr schwer, denn sie war schwanger, und ihr Leib wölbte sich. Aber ihr Gesicht war kindlich geblieben, umrahmt von langen blonden Haaren, die sie jetzt nach hinten zusammengebunden trug. Ihr und Iwans Blick trafen sich, und sie lächelte ihm zu, mit jener Zärtlichkeit, vor der es für Muschkow kein Entrinnen gab.

»Jetzt sind wir endlich wirklich frei!«, hörte er Lupin sagen.

»Ich möchte noch einmal zum Don.« Muschkow senkte den Blick. »Nur einmal noch. Ja, ich bin der beste Ofenbauer Moskaus, aber ich war auch ein Kosak. Jetzt bin ich der ärmste von ihnen …«

»Bereust du es?«, fragte Marina und legte die Hände über ihren gewölbten Leib.

»Du kannst zurück an den Don, Iwan Matwejewitsch.« Lupin stieß ihn an. »Das Kind wird auch ohne dich groß.«

»Zurück? Ohne Marinuschka an den Don? Väterchen, ich fühle mich wohl zwischen meinen Öfen.« Muschkow blickte wieder hinauf zu den goldenen Kuppeln der Kirchen. Die Glocken dröhnten, die Menschen sangen Choräle, aus den Toren des Kremls zogen Priester mit Fahnen und rauchenden Weihrauchkesseln.

»Was soll ich ohne meine Frau, Alter? Sie ist mir mehr wert als eine ganze Pferdeherde in der Steppe …«

Muschkow beugte sich zu Marina, legte seine Hand über ihre Hände an ihren Leib und spürte das neue Leben kraftvoll unter seinen Fingern.

»Gott segne die Liebe unter den Menschen«, sagte Lupin voller Inbrunst. »Was wären wir ohne Liebe …«

KONSALIK

Das Lied der schwarzen Berge

Roman

BASTEI LÜBBE

1

Über die Felsenstraße nach Zabljak keuchte ein kleiner Wagen. Er hüpfte über die im Wege liegenden Steine und quälte sich die Steigungen der Serpentinen hinauf, tuckernd, brummend, mit knatterndem Motor. Eigentlich war es gar keine Straße, sondern nur ein um die Felsen gelegter schmaler Pfad, den die Schafherden begingen, wenn sie im mühsamen Zug von Bergweide zu Bergweide kletterten; aber der Fahrer des kleinen Wagens zwang ihn den Berg hinauf und schaute nicht zur Seite, wo der Pfad an einen Abgrund grenzte, wo der Felsen hinabfiel ins Uferlose, in ein Gewirr von urweltlich aufgetürmten und aneinander gereihten Schluchten.

Es war ein heller, sonniger Tag. Über den Felsen stand der blaue Sommerhimmel, unterbrochen von dünnen, weißen Wolken; der Gipfel des Durmitor, des über 2534 m hohen Berges inmitten der schwarzen Berge Montenegros, glänzte mit seinem ewigen Schnee weiß und blendend in die ständig schattigen Schluchten. Auch der enge Pfad war dunkel trotz des sonnigen Tages, er war feuchtnass, schlüpfrig, die Steine, die im Wege lagen, waren überzogen mit einer fast moosigen Schicht. Selten – nur wenn die Sonne schräg zu den Felsen stand – traf hier ein warmer Strahl das Gestein und hob es heraus aus der Dumpfheit monatelanger Schatten.

Vor einer neuen Steigung hielt Ralf Meerholdt den Wagen an und blickte auf die Karte, die er neben sich auf dem freien Sitz liegen hatte. Es war eine Autokarte des Gebietes zwischen Foca, Plevlje und Niksic, ein Stückchen Erde inmitten des alten, bekannten Europa, das auf den Karten leer und weiß gezeichnet ist und von dem man nur weiß, dass es Felsen und raue Täler sind, durchschnitten von Wildbächen und Bergwassern, einigen wenigen sauren Wiesen und bewohnt von einer Hand voll Bergbauern, die hier, in völliger Einsamkeit, das karge Brot dem steinigen Boden abringen und nur im Jahre einmal auf den Märkten erscheinen, um gegen Lammfelle und schöne Wollknüpfarbeiten Geräte und Gewürze zu kaufen. Hier gibt es keine Straßen, nicht einmal Wege, die einen Wanderer reizen könnten ... Raue Pfade führen durch die Schluchten, und der Eindruck, ein Mondgebirge zu durchschreiten, wird verstärkt durch die völlige Einsamkeit, die den Suchenden umgibt.

Ralf Meerholdt legte die Autokarte resignierend zur Seite und steckte sich eine Zigarette an. Dann stieg er aus dem offenen Wagen und ging den Pfad ein Stück zu Fuß weiter, ehe er wieder umkehrte und die halb gerauchte Zigarette nervös den Hang hinabwarf. Er sah auf seine Armbanduhr und schüttelte den Kopf. Dann setzte er sich wieder hinter das Steuerrad, ließ den Motor an und versuchte, den Wagen wieder den Pfad hinaufzuzwingen. Aber so laut der Motor auch aufheulte und die Räder sich gegen den steinigen Boden stemmten – die hintere Achse des Wagens senkte sich, und mit einem lauten Knacks zersprang die Verbindung der beiden Räder. Ralf Meerholdt saß einen Augenblick wie erstarrt hinter dem Steuer, dann sprang er auf und rannte um den Wagen herum. Er brauchte nicht lange, um zu sehen, dass hier, in den unwegsamen, einsamen Felsen, seine Reise zu Ende gegangen war, und der Wagen auf dem schmalen Bergpfad stand wie ein Denkmal vor der Unüberwindbarkeit der schwarzen Berge.

»Achsenbruch!«, sagte Ralf laut und steckte die Hände in die Taschen seiner weiten Jacke. »Ein Mist! Ein regelrechter Mist! Was nun?«

Er sah den kleinen Wagen an, gab ihm einen Tritt und ging die Strecke noch einmal bergan, die er schon vorhin gegangen war. Der Pfad führte um eine Felsnase herum und endete auf einem Plateau, auf dem man hoch über einigen Schluchten stand und einen wundervollen Rundblick genoss. Aber dieser Blick verstärkte nur noch die völlige Trostlosigkeit der Gegend und die Gewissheit, im weiten Umkreis keinen Menschen zu finden.

»Ich kann hier doch nicht übernachten!«, sagte Ralf zu sich selbst. »Ich muss doch weiter!« Er blickte sich um und legte dann die Hände wie einen Trichter vor den Mund.

»Hallo!«, rief er laut. »Hallooo!«

Der Schall seiner Stimme flog durch die Felsen, er durchschnitt die Stille und schien sich ins Endlose fortzupflanzen. Verblüfft über diese Wirkung seiner Stimme lauschte Ralf einen Augenblick, aber keine andere Stimme antwortete.

Er setzte sich auf einen großen Stein am Rande des Plateaus und sah wütend auf die bizarre Landschaft zu seinen Füßen.

Da ist man nun Ingenieur, dachte er. Man ist in dieses Land gekommen, um Stauwerke zu bauen, um den armen Bauern Fruchtbarkeit aus ihrem Boden zu zaubern durch das Wunder des belebenden Wassers. Aus einem armen Land soll ein reiches werden, aus Felsen Gärten, aus wilden Weiden wogende Felder. Das hat man alles geplant, das steht alles so schön in den Plänen, das habe ich selbst gezeichnet, in einem weißen Kittel an einem großen Zeichenbrett stehend, Lineal und Zirkel vor mir, und auf dem weißen Transparentpapier entstanden die Dämme der Stauwerke, die Turbinenhäuser, die Staubecken …

Eine neue Welt wurde auf dem Papier geschaffen, Leben für eine neue Nation; Bergbäche wurden eingefangen, Wildwasser gebändigt, die Kraft, die durch die Schluchten Montenegros strömt, wurde eingepresst in ein Korsett aus Beton, Stahl und Stein …

Wie wunderbar das alles aussah in den Zeichnungen und auf den kolorierten Pausen, die auf den Mahagonitischen der Direktoren und der Ministerien lagen und begutachtet wurden.

»Dieser Staudamm wird jährlich soundso viel Millionen Kilowattstunden Strom bringen!«, sagte man.

»Und dieser Damm dort – eine Spezialidee von Herrn Meerholdt – wird neben Strom auch durch Überlaufbecken soundso viel Hektar Land, Ödland, in saftige Weiden verwandeln.«

Die Minister nickten, die Direktoren rechneten, die Pläne wurden ein Teil der Jahresplanung. Herr Meerholdt – suchen Sie selbst die Stellen, an denen Sie die Staudämme bauen wollen! Suchen Sie selbst ... und ein dummer, ein gemeiner Achsenbruch, ein kleiner Knacks zwischen den Hinterrädern, und der ganze Traum ist zunächst zerstört!

Ralf erhob sich von seinem Stein und rief noch einmal »Hallo!«, obgleich er wusste, dass niemand antworten würde. Er stieg den Pfad hinab zu seinem kleinen Wagen, warf ihm einen vernichtenden Blick zu und setzte sich wieder hinter das Steuer. Er schaltete die Zündung ein und legte die Hand auf die Hupe. Es war eine gute, eine laute Hupe, ein Doppelklanghorn, das grell und doch melodisch die Stille zerriss und einen Hauch von Leben in die kahlen Felsen brachte.

So saß Ralf eine Viertelstunde und ließ die Hand auf dem Hupenknopf. Schließlich ärgerte ihn der gleich bleibende Ton, und er drückte rhythmisch auf die Hupe. Lang-kurz-lang-kurz-kurz-kurz-lang-kurz-kurz ... er lächelte vor sich hin und versuchte, den Takt eines Foxtrotts nachzuahmen, eines Walzers, eines Tangos, einer Polka, bis er nach einer halben Stunde das Spiel aufgab und sich eine neue Zigarette anzündete. Dabei drehte er sich ein wenig im Sitz und erstarrte. Oberhalb von ihm, auf einem Felsvorsprung, stand ein Mensch! Ein Mensch! Ein richtiger Mensch mit einem Lammpelz um die Schultern und einer hohen Schafwollmütze auf dem dicken Schädel. Den runden Kopf mit der gebogenen Nase zierte ein langer Schnurrbart, der kraus über den Mund herabhing. Er sah zu Ralf herunter, ohne sich zu rühren, ohne ein Zeichen zu geben, dass er den kleinen Wagen auf dem engen Pfad überhaupt gesehen habe.

Ralf warf die Zigarette fort und drückte noch einmal auf die Hupe. Sie gellte auf – doch der Mann auf dem Felsen blieb stehen, unbeweglich, und sah hinab.

»He!«, schrie Ralf und winkte mit beiden Armen. »Sind Sie taub und blind?« Doch kaum, da er es gerufen hatte, schüttelte er den Kopf. Dummheit, dachte er. Wer versteht hier denn Deutsch? Hier spricht man Serbokroatisch, und das wenige, was ich davon kann, muss genügen.

»Komm runter!«, brüllte er zu dem Mann hinauf. »Mein Auto hat einen Bruch! Komm her, Kamerad!«

Der Mann auf dem Felsen antwortete nicht. Er trat zurück und entschwand den Blicken Ralfs. Aber nach etwa zehn Minuten hoffnungsvollen Wartens kam er um die Biegung des Pfades und blieb drei Schritte vor Ralf stehen. Er musterte ihn mit seinen tief liegenden Augen und nickte. Das soll guten Tag heißen, dachte Ralf und nickte freundlich zurück.

»Wagen kaputt!«, sagte er und zeigte auf die zerbrochene Hinterachse. »Führe mich ins nächste Dorf, Kamerad.«

»Ich bin Jossip, der Schäfer.« Der Mann hob die Hand, sie war dunkel und gegerbt von Wind und Sonne. »Jossip hat kein Dorf. Er zieht mit seiner Herde …«

»Ist denn ein Dorf in der Nähe?«

»Das Dorf Zabari, Herr.«

»Wie weit?«

Jossip hob die Schultern. »Sehr weit. Man geht bis zum Abend …«

»Auch das noch!« Ralf Meerholdt setzte sich auf den vorderen Kotflügel des Wagens und hielt dem Schäfer Jossip seine

Schachtel Zigaretten hin. Jossip trat näher, er betrachtete die Schachtel und schüttelte den Kopf.

»Was willst du hier?«, fragte er unvermittelt.

»Wenn ich das selbst wüsste, guter Jossip.« Ralf sah sich um. »Ich suche Wasser.«

»Wasser?«

»Ja.« Er machte eine weite Handbewegung. »Viel Wasser, Jossip. Ganz viel Wasser. Wenn man Wasser hat und ein wenig Boden, Mutterboden, dann kommt Leben in eure Einsamkeit. Dann habt ihr elektrisches Licht, könnt euch einen Eisschrank kaufen, ein Radio, aus dem ihr die neuesten Meldungen hört, einen Fernsehapparat, ein Bügeleisen, einen Rasierapparat …« Er lachte und schüttelte den Kopf. »Mit anderen Worten: Es kommt die Zivilisation zu euch. Ob das immer gut ist, davon wollen wir nicht sprechen, euer sorgenloses Leben hört dann auf – aber notwendig ist es, so sagt man in Belgrad!«

Jossip nickte, sein Gesicht war ernst und verschlossen. »Ich verstehe nichts, Herr. Aber es gibt hier Wasser.«

»Wirklich?« Ralf Meerholdt sah interessiert auf. Er nahm wieder die Karte vom Autositz und fuhr mit dem Finger über die weiße Gegend. »Hier ist der Durmitor, und dort der Ljubicna. Wir müssen genau zwischen diesen Bergen stecken, zwischen den Flüssen Piva und Tara.« Er sah auf und begegnete dem Blick Jossips, der ihn dunkel und abweisend musterte. »Eigentlich hast du Recht, Jossip. Wo zwei große Flüsse aus dem Gebirge treten, muss von den Felsen Wasser kommen, um sie zu speisen. Die Quellflüsse allein schaffen es nicht.« Er klappte die Karte zu und steckte sie in die Seitentasche des Anzuges. »Wo liegt dieses Dorf – wie heißt es doch?«

»Zabari, Herr.«

»Zabari! Ein Name wie aus einem Märchenbuch! Kannst du mich hinführen, Jossip?«

»Nein.« Jossip schüttelte den Kopf. »Ich muss bei meiner Herde bleiben. Jossip verlässt nie seine Herde! Aber ich werde Tanja schicken mit einem Zettel.«

»Wer ist Tanja?«

»Der Hund, Herr. Er findet den Weg allein nach Zabari.«

Ralf griff in die Tasche und reichte Jossip 100 Dinare hin. Jossip hob abwehrend die Hand.

»Ich will kein Geld«, sagte er langsam. »Ich werde Tanja ins Dorf schicken, und man wird dich holen. Und wenn der Wagen wieder fahren kann, wirst du schnell das Land verlassen – dafür nehme ich kein Geld.«

Er wandte sich ab und ging den Pfad zurück, den er gekommen war. Verblüfft sah ihm Ralf nach. Er steckte den 100-Dinar-Schein wieder ein und setzte sich zurück auf den Kotflügel. »Nicht gerade höflich, der gute Jossip«, meinte er leise und beobachtete, wie wenig später mit lautem Gebell ein großer Hund durch die Felsen rannte und in einer Schlucht verschwand. Von Jossip hörte und sah er nichts mehr – auch von seiner Herde vernahm er nichts. Es war, als gehe alles Leben in dieser grandiosen Stille und einmaligen Größe der Felsen zugrunde, als verschlucke die Landschaft alle Regungen und lasse alles um sich herum erstarren wie Lava, die den Berg hinabfließt und als neue, tötende Kruste die Erde umschließt.

Es wurde Abend, und die Schatten hatten den Pfad erreicht und in Nacht gehüllt, während der Himmel noch im Abendrot brannte, ehe Ralf aus seiner Einsamkeit erlöst wurde.

Erst war es Tanja, der um die Biegung des Pfades kam, misstrauisch, schnüffelnd, mit hochgestellten Rückenhaaren. Er schlich an den Wagen und Ralf heran, beäugte beide und wurde erst zutraulicher, als Ralf leise »Tanja« rief. Da trat er näher, wedelte leicht mit dem buschigen Schweif, aber er blieb außer Reichweite und wich zurück, als Ralf auf ihn zuging.

Wenig später hörte er Stimmen, und drei Bauern kamen den Pfad herab, bekleidet mit Lammfellmänteln und langen, weißen wollenen Hosen, um die sie Seile bis zu den Knien gewickelt hatten. Die Füße staken in geflochtenen Schuhen, die außerdem mit Lappen umgeben waren. Sie blieben wie Tanja einige Schritte vor dem Wagen stehen und betrachteten Ralf eine Weile stumm und eingehend. Dann trat einer der Bauern hervor, ein alter, mit einem weißen, buschigen Bart bewehrter Mann, und nickte.

»Jossip schickte Nachricht«, sagte er langsam. Seine Stimme war dunkel wie die Berge, in denen er aufwuchs. »Du hast dich verirrt, Herr?«

»Nein – mein Wagen hat die Hinterachse gebrochen.«

Er trat langsam auf die Männer zu, so wie man sich einem fremden, wilden Tier nähert, von dem man nicht weiß, wie es auf eine menschliche Bewegung reagiert. Verirrt, hat Jossip gesagt, durchfuhr es Ralf dabei. Verirrt – das heißt, dass ich hier nichts zu suchen habe. Sie alle sind feindlich gegen mich, sie sind misstrauisch gegen alles, was von draußen in ihre schwarzen Berge kommt.

»Wollt ihr mir helfen?«, fragte er langsam, als er vor den stummen Bauern stand. »Der Wagen muss in euer Dorf gezogen werden, dann müssen wir versuchen, einen Boten nach Foca zu schicken, damit er eine neue Achse mitbringt. Sonst kann ich nicht weiter.«

Die Bauern sahen sich um. Sie sprachen nicht, aber sie wussten, was sie dachten. Der Alte nickte.

»Du kannst bei mir wohnen, Herr, bis der Bote zurückkommt. Ich bin Fedor Suhaja.«

»Ich danke dir, Fedor.« Ralf reichte ihm die Hand hin. Zögernd nahm sie Fedor und drückte sie schnell, ehe er sie wieder losließ.

»Deinen Wagen werden wir morgen Früh mit zwei Ochsen holen«, sagte er. »Du kannst ihn stehen lassen. Hier stiehlt ihn keiner.« Er trat zurück und ließ zwischen sich und den beiden anderen Bauern eine Lücke. »Und nun komm mit, Herr.«

Ralf Meerholdt nahm aus dem Wagen seinen Mantel, die Karten, eine große Tasche mit Messgeräten und trat an Fedor heran. Stumm gingen sie den dunklen Pfad entlang ... Fedor voraus, ein Bauer neben ihm, ein Bauer hinter ihm. Wie ein Gefangener, durchfuhr es Ralf, als er sich einmal umblickte und den finsteren Blick des hinter ihm gehenden Bauern sah.

Die Sonne war versunken. Die Nacht stand über dem Gebirge, die Schritte wurden tastend, vorsichtig. Einmal blieb Fedor stehen und wartete auf Ralf, der seine schwere Tasche schleppte und langsamer ging als die berggewohnten Bauern.

»Habt ihr keine Lampe?«, fragte er und lehnte sich keuchend an die Felswand.

»Öl ist teuer, Herr. Nur an einem Fest können wir Öl brennen! Euer Kommen ist kein Fest ...«

Sie gingen weiter, langsamer, vorsichtiger. Ein lauter Flügelschlag über ihnen ließ Ralf aufblicken ... ein großer, dunkler Schatten huschte über sie hinweg. Gespenstisch, schnell.

Fedor Suhaja nickte. »Adler«, sagte er leise. »Wir haben hier noch Adler, Herr ...«

Spät in der Nacht kamen sie ins Dorf.

In einer Schlucht mit Ölbäumen und uralten Eichen, umgeben von einem über verschiedene Plateaus hinweg die Berge ansteigenden Wald und vor einer großen, fast senkrechten Felswand, die wie eine hochgestreckte Hand das Dorf zu schützen schien, lagen die aus Bruchsteinen, Stämmen und Flechtwerk erbauten Häuser von Zabari. Ein Weg führte durch das Tal, und an diesem Weg standen die Hütten, unregelmäßig, willkürlich hingesetzt, jedes Haus umgeben mit einem dicken Zaun, der wie eine Art Palisade aussah. In großen, offenen Ställen standen die Schafherden, während die Schweine und Kühe in festen Gebäuden untergebracht waren.

Ralf Meerholdt hatte keine Augen für dieses Dorf ... müde, kaum noch fähig weiterzugehen, schleppte er sich bis zum Hause Fedors und stolperte durch die Tür, die Fedor offenhielt, in den großen Raum. Er warf seine schwere Tasche in eine Ecke, ließ den Mantel auf eine Bank gleiten und setzte sich an das offene Feuer, das auf einer gemauerten Feuerstelle flackerte.

Hinter sich hörte er leise Stimmen. Fedor sprach mit einigen Frauen ... Ralf hörte es am Klang der Stimmen. Dann legte sich eine Hand auf seine Schulter.

»Willst du essen, Herr?«, fragte Fedor.

Ralf schüttelte müde den Kopf. »Nein, danke, Fedor. Ich bin müde, so müde. Ich möchte schlafen. Nichts als schlafen.«

»Ich kann dir nur ein Graslager geben, Herr. Ein Graslager mit einigen Fellen darüber.«

»Ich werde darin besser schlafen als in jeder Daunendecke. Nur schlafen will ich ...«

Er drehte sich herum. Fedor stand hinter ihm, in der Hand hielt er einen Holzbecher mit Milch und einen Fladen Weizenbrot. Er reichte es Ralf hin und nickte ihm ernst zu. »Willkommen als mein Gast«, sagte er langsam. »Wenn du diese Milch trinkst und das Brot isst, bist du mir wie ein Bruder, solange du unter meinem Dache lebst. Es wird dir nichts geschehen, was nicht auch mir geschieht ...«

Müde nahm Ralf den Becher Milch und trank ihn in einem Zug. Dann nahm er den Fladen und biss hinein. Aus der dunklen Ecke schälte sich eine kleine, rundliche Frauengestalt in langen Kleidern. Sie kam halb gebückt heran und begrüßte Ralf mit einer Verbeugung. Dabei legte sie nach orientalischer Sitte die Hand an die Stirn.

»Marina, mein Weib.« Fedor winkte. »Sie wird dir dein Lager zeigen, Herr.«

Ralf folgte Marina in eine Kammer, die neben dem großen Raum lag. Dort war auf dem Boden getrocknetes Gras hoch aufgeschichtet. Einige dickwollige Schaffelle beulten sich über dem Gras, eine handgewebte Decke lag aufgeschlagen daneben.

Aufseufzend ließ sich Ralf auf das Lager sinken. Er warf die Decke über sich und hörte schon nicht mehr, dass Marina die Tür schloss. Kaum, dass er lag, fiel er in einen bleiernen Schlaf und lag wie ein Toter auf dem weichen Gras.

Als Ralf Meerholdt am Morgen aus seiner Kammer in den großen Raum trat, waren Fedor und Marina schon in den Wald gegangen und schlugen Stämme für das Winterfeuer. Auf der Wiese hinter der Hütte, zu den Felsen hin, weideten zwei Kühe ... die Dorfschafherde war unterwegs zu den Weideplätzen oberhalb des Dorfes.

Ralf trat vor die Hütte und überblickte erstaunt das kleine Bergdorf. Die Ziehbrunnen, die vor jedem Haus standen, verrieten ihm, dass hier über Wassermangel nicht zu klagen war, und auch die Wiesen waren saftiger, als er es sich gedacht hatte. Das Vieh sah gut aus, wohl genährt, gepflegt. Außer den Brunnen lief entlang der Dorfstraße eine große Viehtränke – fließendes Wasser, das man durch halbe, ausgehöhlte Baumstämme leitete und das weiter hinten, am Ende des Dorfes, in einer kleinen Schlucht versickerte.

Interessiert trat Ralf an den Ziehbrunnen heran und beugte sich über den gemauerten Rand. Das klare Bergwasser stand etwa einen Meter unterhalb des Randes. Er nahm den hölzernen Eimer und ließ ihn an der Hanfschnur hinab, zog ihn gefüllt wieder empor und tauchte seinen Kopf hinein. Das Wasser war kalt, kristallklar und ungewöhnlich weich. Als er den Kopf wieder aus dem Eimer zog und sich wie ein nasser Hund schüttelte, hörte er hinter sich ein helles Lachen. Er ließ den Eimer fallen und drehte sich schnell herum. Ein Mädchen stand am Brunnen, und ihr Gesicht war eine einzige Fröhlichkeit.

Verlegen fuhr sich Ralf durch die wirren, nassen Haare und

verbeugte sich leicht. »Du hast Recht, wenn du lachst«, sagte er. »Ich muss aussehen wie eine nasse Katze.«

Er holte ein großes Taschentuch aus der Hose und trocknete sein Gesicht und die Hände ab. Das Mädchen hatte währenddessen den hingeworfenen Eimer genommen und wieder auf den Brunnenrand gestellt.

Sie war mittelgroß, hatte langes, lockiges schwarzes Haar, und ihr schmales Gesicht war braun von der Sonne. Ihre Augen, schwarz wie ihr Haar, hatten den tanzenden Glanz der Jugend, und ihr schlanker Körper mit den vollen Brüsten wirkte in dem geflickten und aus rohem Leinen gefertigten Kleid wie eine Demonstration des Schönen, das keine Armut besiegen kann und das durchbricht durch Einsamkeit und Rohheit der Natur.

Ralf strich sich die Haare glatt und setzte sich auf den Brunnenrand. »Wer bist du?«, fragte er.

»Rosa«, sagte sie und lächelte.

»Rosa. Ein schöner Name. Ein fast zu schöner Name für ein Mädchen, das inmitten rauer Felsen aufwächst. Du wohnst in Zabari?«

Sie nickte. »Und du wohnst bei uns«, sagte sie.

»Ich?« Ralf fühlte, wie sein Herz einen Sprung machte.

»Du bist die Tochter Fedors?«

»Ich bin Rosa Suhaja.« Sie trat an Ralf heran und nahm den Eimer. »Du warst gestern sehr müde ... zu müde, um mich zu sehen. Ich saß in der Ecke neben dem Fenster und webte. Aber du warst so müde, Herr.«

Sie beugte sich über den Brunnenrand und ließ den Eimer ins Wasser fallen. Als sie ihn emporziehen wollte, hielt Ralf ihren Arm fest. Erstaunt fuhr sie herum.

»Lass mich das machen, Rosa«, sagte Ralf und zog den Eimer empor. »Er ist zu schwer für dich.«

»Ich mache es am Tage hundertmal!«, lachte sie. Aber sie ließ Ralf den Eimer bis zum Haus tragen, wo sie auf eine hölzerne Wanne zeigte. Ralf schüttete das Wasser hinein und setzte sich dann auf die Bank vor der Tür. Er sah zu, wie Rosa ein Schaffell wusch und dann begann, mit einem Schabemesser über einem Holzklotz die noch an der Innenseite befindlichen Sehnenstückchen auszuschälen.

Sie sprachen kein Wort mehr, aber aus den Augenwinkeln sahen sie sich an. Rosas Kopf war tief über das Fell gebeugt, ihre langen schwarzen Haare fielen über ihr halbes Gesicht … unter diesem Vorhang hervor betrachtete sie Ralf und schabte oft an Stellen des Felles, an denen kein Stück Sehne zu sehen war.

Ralf blickte an sich herunter. Seine Hose war kraus und zerlegen, sein Hemd zerknittert, sein Rock faltig. Die Schuhe hatten eine dicke Staubschicht, unter den Fingernägeln waren breite schwarze Ränder.

»Ich sehe aus wie ein Vagabund, mein Mädchen«, sagte er auf Deutsch. »Wie alt bist du?«, fragte er auf Serbisch.

»Neunzehn Jahre, Herr.«

»Neunzehn. Aber warum nennst du mich immer ›Herr‹?«

»Bist du kein Herr?« Sie legte das Fell hin und blickte auf. Ihre Augen waren groß.

»Du kommst doch von jenseits der Berge, nicht wahr? Du kennst doch die große Welt! Die weite Welt, das Meer, die großen Weiden …« Sie legte die Hände in den Schoß und sah hinüber zu den Felsen. Sehnsucht lag in ihrem Blick und eine Traurigkeit, die ihr Gesicht wie ein Schleier überzog. »Sie muss schön sein, diese ferne Welt, nicht wahr, Herr?«

»Sie ist schön, Rosa … und gefährlich.«

»Gefährlich, Herr?« Sie schüttelte den Kopf.

»Doch, Rosa. Die Menschen sind nicht gut …«

»Die Menschen –« Sie hob abwehrend die Hand. »Wo die Welt schön ist, müssen auch die Menschen schön sein …«

Ralf lächelte. Er nahm Rosas Hand, er fühlte, wie sie leise zitterte, als er sie ergriff.

»Du bist ein Beispiel dafür, dass diese fromme Theorie nicht stimmt. Du könntest in der Welt deiner Sehnsucht viel erreichen, aber du würdest an ihrer Gier zerbrechen. Deshalb blühst du hier im Verborgenen, und der Ratschluss Gottes ist weise, dass er zwischen dich und die Welt eine Kette zweitausend Meter hoher Berge gelegt hat.«

Rosa lächelte schwach. »Ich habe nichts verstanden«, sagte sie leise. Sie entzog ihre Hand seinem Griff und nahm das Schaffell wieder auf. »Erzählst du mir heute Abend etwas von der Welt, Herr?«

»Ja. Aber nur, wenn du mich nicht mehr ›Herr‹ nennst. Sag Ralf, Rosa …«

»Ralf?« Sie lachte laut und bog sich zurück. Ihre Brüste spannten das Kleid. Ralf sah, dass sie außer dem Leinenkleid nichts weiter auf dem Körper trug. In seinen Schläfen spürte er plötzlich ein Klopfen. Dummheit, dachte er. Verrückte Dummheit! Ein montenegrinisches Bauernmädchen! Ich werde den Kopf noch einmal in das kalte Wasser stecken!

»Ralf«, lachte sie schallend. »Welch ein komischer Name. Ralf. Ich kann ihn kaum aussprechen.«

»Aber er klingt schön aus deinem Mund, Rosa. So ganz anders, als ich ihn bisher gehört habe. Er hat einen anderen Klang bekommen …«

Das ist doch alles dummes Zeug, was ich da rede, durchfuhr es ihn. Statt hier in der Sonne zu sitzen und mir Rosa anzusehen, sollte ich mich darum kümmern, dass mein Wagen eine neue Achse bekommt und dass ich endlich ein Tal finde, dessen Stauung einen ganzen Landstrich verändert.

Er erhob sich. »Ich muss nach meinem Wagen sehen, Rosa. Wo sind deine Eltern?«

»Im Wald … Ralf …«

Er zuckte bei dem Klang seines Namens aus ihrem Mund unwillkürlich zusammen. Ehe er zum Wald ging, fuhr er mit der Hand leicht über ihren nach vorn gebeugten Kopf und über die langen schwarzen Locken. Sie waren weich wie Seide und lagen in seiner Hand mit einer ihn durchrinnenden Zärtlichkeit.

Wortlos, mit dem Gefühl, seine Kehle sei zugeschnürt, ging Ralf dem Walde zu.

Oben, von der Bergwiese aus, sah ihm Jossip nach. Er stand mit seiner Herde am Fuße des großen Felsens über dem Dorf, gestützt auf seinen Stock. Als er die Hand Ralfs über das Haar Rosas streichen sah, lief ein Zittern über sein Gesicht.

Und er wandte sich erst ab, als Ralf im Walde verschwunden war und die Eltern Rosas suchte.

Am dritten Tag kam ein Materialwagen den Weg ins Dorf hinabgerasselt. Einer der Bauern, die Ralf nach Zabari geführt hatten, saß vorne auf dem Kühler und lenkte das Fahrzeug. An einem Kran, auf der Plattform des Wagens, hing das kleine Auto Meerholdts. Vor dem Hause Fedors hielten sie. Der Fahrer und ein Monteur sprangen heraus und kamen Meerholdt entgegen.

»Ein Saunest, Herr Ingenieur!«, rief der Monteur und wischte sich den Schweiß von der Stirn. »Die Fahrt über den Passpfad – mit unserer Spurweite –, Kinder, habe ich gesagt, wenn wir hier abschmieren, holt uns kein Kran mehr herauf, und wer uns unten aufsammelt, muss erst Medizin studieren, um zu entdecken, ob wir überhaupt Menschen sind!«

Der Fahrer nickte und drückte Meerholdts Hand. »Wir haben uns gleich gedacht, dass irgendetwas schief gegangen ist, als von Ihnen zwei Tage lang nichts zu hören war. Da sind wir einfach losgefahren und trafen vorige Nacht den Dreckspatz da.« Er zeigte auf den Bauern, der den Fahrer mit finsteren Blicken ansah. »Euer Herr ist bei uns, sagte er. Sein Wagen ist gebrochen.« Er knöpfte sich die Jacke auf. »Gebrochen, dachte ich. Wenn's bloß keine Achse ist – die haben wir nicht da. Die muss erst aus Titograd besorgt werden. Und was ist's? Die Achse!«

Meerholdt lachte und klopfte den beiden auf die Schulter. »Fort kommen wir schon! Wir können den Wagen hinten am Kran lassen und fahren so zurück.«

»Wieder über den Pfad?« Der Monteur sah Meerholdt schief an.

»Ich glaube nicht, dass es einen anderen Weg gibt. Morgen in aller Frühe ist Abmarsch, Jungs.«

»In Ordnung, Herr Ingenieur.«

Während die beiden Fahrer bei zwei anderen Bauern schliefen, saß Meerholdt am Abend mit Rosa an der Feuerstelle. Sie hatten gegessen ... Hammelbraten und Klöße aus weißem Mehl, ein Abschiedsessen, das Marina gekocht hatte und das es nur an hohen Feiertagen in Zabari gab. Dazu hatten sie einen Wein getrunken, den Fedor aus Hagebutten herstellte ... er schmeckte herb, aber sein Alkohol ging ins Blut und ließ die Männer der schwarzen Berge für eine Nacht trunken werden und selig wie beschenkte Kinder.

Nun saßen sie am Feuer. Rosa hielt einen Becher mit Wein in der Hand. Ralf hatte einen eisernen Stab und schürte die Glut. Die aufquellenden Flammen waren das einzige Licht, das den großen Raum flackernd erhellte. Öl ist knapp, Herr, hatte Fedor gesagt. Und selbst ein Abschied ist kein so hohes Fest, dass man die blakende Lampe mit Öl füllen könnte und der Raum in das Dämmerlicht der bläulich brennenden Flamme gehüllt würde.

Der Schein des Feuers glitt über das schwarze Haar Rosas und über das schmale Gesicht mit den großen Augen. Sie saß etwas nach vorn gebeugt, und aus dem Kleid sah man den Ansatz ihrer Brust, überzuckt von den Flammen des Herdes. Ihre langen, schmalen Finger glitten an dem hölzernen Becher auf und ab, als streichle sie ihn, bevor sie ihn zu Ralf hinüberreichte.

Wieder spürte er das Klopfen des Blutes in seinen Schläfen. Er hatte es in den vergangenen drei Tagen vermieden, länger als notwendig mit Rosa zusammen zu sein. Am Tage streifte er in den Felsen und durch die Wälder herum, untersuchte die Herkunft des vielen Wassers gerade in diesem Teil des Gebirges, maß und entnahm Bodenproben, spürte den Quellen nach und arbeitete eigentlich so, wie er es sich vorgenommen hatte, als er vor einigen Tagen mit seinem kleinen Wagen von Foca abfuhr und sich in den Gedanken verbissen hatte, diesen weitgehendst unbekannten Teil der montenegrinischen Berge zu durchstreifen.

Er war in diesen Tagen auf rätselhafte Dinge gestoßen. Einmal kam eine kleine Quelle aus einem Felsen und vereinigte sich mit einem Bach, der plötzlich aus einer Erdspalte hervorbrach, nicht quellartig, sondern in voller Breite, als sei er der Ausfluss eines unterirdischen Wasserbeckens. An einer anderen Stelle, seitlich des Waldes, entdeckte er ein fast kreisrundes Tal, dessen Ausgang man nur mit einer etwa 25 Meter hohen Mauer zu schließen brauchte, und ein natürliches Staubecken konnte geschaffen werden, dessen Wasserdruck an der Sohle für eine Turbinenanlage großen Stiles ausreichte.

Am letzten Tage hatte Ralf Meerholdt dieses Tal genau vermessen, in seine Karte eingezeichnet und von allen Seiten fotografiert. Nicht allein die Anwesenheit Rosas in Zabari begeisterte ihn, sondern der Zufall, ein von der Natur geschaffenes natürliches Staubecken entdeckt zu haben, das das Gesicht der ganzen Landschaft um Zabari herum verändern konnte, fesselte ihn und ließ seine Gedanken von den schwarzen Locken Rosas und ihren großen, dunklen Augen abschweifen. Nur wenn die Abende kamen, die langen Nächte inmitten der himmelhoch aufstrebenden Felsen, wenn er am Feuer saß und die Suppe mit Fedor und Marina aß, während Rosa sie bediente, stahl sich Angst in sein Herz vor den wenigen

Stunden, in denen er mit Rosa allein in dem großen Raum der Hütte sein würde.

Fedor und Marina gingen früh in ihre Kammer und legten sich auf ihre Felle. Sie ließen Rosa, die an einem Teppich knüpfte, mit Meerholdt allein, denn ein Gast achtet die Gastfreundschaft und das Haus … sie kannten es nicht anders seit Jahrhunderten und vertrauten auf das alte Sittengesetz ihrer Ahnen. Ralf ahnte es – und er zwang sich, in diesen Stunden Rosa nicht mehr anzusehen und nicht mehr Worte mit ihr zu wechseln, als es notwendig war. Nur, wenn er plötzlich aufblickte, wenn er sich umdrehte, wenn er nach etwas griff und hinüber zu Rosa sah, bemerkte er ihren Blick auf sich ruhen, groß, sehnsuchtsvoll, gemischt mit der Bewunderung, die ihre naturhafte Seele für alles empfand, was fremd war und den Hauch der großen unbekannten, erträumten Welt jenseits der Berge mit sich trug. Dann stand er meistens auf, ging in seine Kammer und ließ sich auf sein weiches Graslager fallen. In der Dunkelheit, die ihn umgab, besänftigten sich seine Gefühle.

Neunzehn Jahre ist sie alt, dachte er einmal. Ich bin fast doppelt so alt. Und sie ist nur ein armes, dummes Bauernmädchen, das weder richtig schreiben noch lesen kann. Aber woher soll sie es auch können? Gibt es hier Schulen? Wer sollte sie ein wenig Bildung lehren? Der Pfarrer? Die nächste Kirche war 30 km weit entfernt in Zabljak am Fuße des Durmitor. Und war sie überhaupt eine Christin? Konnte sie nicht eine Mohammedanerin sein? Aber weder sie noch die anderen Frauen trugen einen Schleier. War sie eine Koptin?

Er wälzte sich unruhig auf seinen Lammfellen hin und her und versuchte, seine Gedanken von Rosa auf den Staudamm zu lenken, der unterhalb Zabaris entstehen sollte. Wie viel Kubikmeter Wasser würde das Staubecken fassen? Er rechnete im Dunkeln … 35 Millionen … 35 … Und ich bin 35 Jahre alt … und Rosa 19 … Das ist ein Unterschied von 16 Jahren. Ein großer Unterschied …

Er erhob sich von seinem Lager und trat an das kleine Fenster. Vor ihm ragte die steile Wand des Felsens auf, blauschwarz in der tiefen Nacht. Aus einem Stall des Nebenhauses schrie eine Kuh. In der Ferne bellte ein Hund. Es könnte Tanja sein, dachte Ralf. Tanja, der Hund des finsteren Jossip.

Er wischte sich mit der Hand über die Augen und schüttelte den Kopf. Dumme Gedanken, durchfuhr es ihn. Was kümmert es dich, dass Rosa 16 Jahre jünger ist als du? In ein paar Tagen bist du fort aus Zabari. In Foca aber wartet Elena – richtig, sie saß ja seit Tagen allein an dem großen Schreibtisch ihm gegenüber und schrieb die Briefe. Elena, die verwöhnte Tochter von Stanis Osik, dem Direktor der staatlichen Baubehörde für Montenegro.

Sie war eines Tages zu ihm ins Büro gekommen, auf hochhackigen Schuhen und in einem Sommerkleid von pariserischem Schnitt, einen großen weißen Sonnenhut auf den blonden, sicherlich gefärbten Haaren, und sie hatte sich ihm gegenüber gesetzt, die schlanken Beine übereinander geschlagen und gesagt:

»Herr Meerholdt – mein Vater hat die altmodische Ansicht, dass Kinder etwas lernen müssen. Deshalb hat er mich hierher in dieses Nest geschickt, um bei Ihnen zu arbeiten. Ich soll Ihre Sekretärin spielen! Wie finden Sie das?«

Er hatte damals wenig gesagt. Sie trägt einen Nylonunterrock mit Spitzen, hatte er im Stillen festgestellt. Er kostet ein kleines Vermögen in diesem Land. Und sie hat lackierte Fingernägel, nicht grellrot, aber ein deutliches Rosé, und es ist Perlmuttlack … Er musste damals lächeln. Wie gut man sich in der Kosmetik der Frauen auskennt, dachte er.

Es ist merkwürdig, was alles von wenigen verträumten Stunden im Gehirn haften bleibt …

So wurde Elena Osik seine Sekretärin, und sie wurde besser, als er es zuerst geglaubt hatte. Sie arbeitete wirklich, sie tippte die umfangreiche Post, sie kochte ihm sogar seinen

Frühstückskaffee, und er bedankte sich bei ihr, indem er mit ihr nach Sarajewo fuhr und amerikanische Filme ansah.

Einmal rief Direktor Osik an: »Na, wie stellt sich meine Elena an, Herr Meerholdt?« Und als er sagte, sie sei besser, als ihr mondänes Aussehen erwarten lasse, lachte Stanis Osik laut und rief: »Umso besser! Dann behalten Sie sie da, Meerholdt!«

Das war Elena, die in Foca auf ihn wartete. Wenn er Rosa mit Elena verglich ... Er wischte sich wieder über die Augen. Rosa! Wie konnte er sie vergleichen?

So wurden die Nächte quälend und kurz, und sein Herz schlug schneller bei dem Gedanken, dass Rosa neben ihm schlief, nur getrennt durch eine geflochtene Wand ...

An diesem Abend, dem letzten in Zabari, saßen sie nun am Feuer. Fedor und Marina gingen in ihre Kammer. Rosa hielt den Wein gegen die Flammen, denn er muss warm getrunken werden, wenn er würzig schmecken soll.

»Du bist so still«, sagte Meerholdt, als Fedor und Marina gegangen waren.

Sie blickte kurz auf. »Du sagst nichts mehr, Ralf.«

»Ich werde morgen früh fortfahren.« Ralf Meerholdt schluckte. Er hatte das Gefühl, seine Kehle sei wie zugeschnürt. »Und ich werde so schnell nicht wiederkommen.«

Rosas Kopf zuckte empor, sie stellte den Wein auf die gemauerte Kante des Herdes.

»Du wirst wiederkommen?«, fragte sie. Ihre Stimme war plötzlich dunkel wie ihr Haar und ihre Augen.

»Ja.«

»Das ist schön. So schön ...« Sie legte die Hände an die Schläfen. »Dann ist es kein Abschied für immer ...«

»Nein, Rosa.«

»Und wann kommst du wieder?«

»Vielleicht in drei oder vier Monaten ... vielleicht früher oder auch später.« Er wollte ihr von den Plänen erzählen, aber er schwieg. Was versteht sie davon, dachte er. Was weiß sie, wie eine Talsperre aussieht, was Turbinen sind, warum man das Wasser staut? »Aber ich komme wieder, das ist sicher«, sagte er laut.

Sie nickte glücklich und reichte ihm den Becher Wein hinüber. »Trink, Ralf. Jetzt ist der Wein gut.«

Als er den Becher aus ihrer Hand nahm, berührte er ihre Finger. Ein Zittern lief durch ihren Körper, sie schloss die Augen und lehnte sich zurück. Über ihr Gesicht zuckten die Flammen des Herdes. Es war, als brenne das schwarze Haar, als stiege sie aus dem Feuer empor. Er starrte sie an, gebannt von der wilden Schönheit, die sie ausstrahlte. Ihre langen Wimpern, durchfuhr es ihn … wie sie Schatten auf ihre Wangen werfen … Und der Mund, dieser rote, volle Mund … und der Hals, der in diesem rohen Leinenkleid verschwindet, als schäme er sich, so schön zu sein. Ihre Schultern, ihre Brust, der schlanke, biegsame Körper, diese unberührte, wilde und doch gebändigte Natur, dieses Urhafte an ihr – er fühlte, wie er die Hände ineinander verkrampfte und sich zwingen musste, nicht vorzustürzen und sie an sich zu reißen. Ich bin Gast in diesem Hause, sagte er sich. Alles in diesem Hause steht unter dem Schutz des Gastrechtes! Alles ist unantastbar … rein … edel …

Ralf nahm den Becher, setzte ihn an den Mund und stürzte den Wein in einem Zug hinunter. Er durchfuhr ihn mit seiner warmen Schärfe und wühlte sein Inneres auf.

»Rosa …«, sagte er heiser.

»Ralf …?« Sie hielt die Augen geschlossen. Ihre Stimme war nur mehr ein Flüstern, das ihn durch die zuckenden Flammen erreichte wie ein Hauch.

»Der Wein ist gut.« Er stellte den Becher auf den Herdrand und beugte sich vor. Er ergriff ihre Hände und zog sie zu sich heran. Ihr Kopf folgte ihnen … in dem zuckenden Licht des Feuers waren ihre geschlossenen Augen plötzlich vor ihm, ihr Mund, ihre langen, schwarzen Haare, die wie ein Schleier über ihre Schultern flossen. Er umfasste ihren Kopf und zog ihn zu sich heran. Und ihre Lippen öffneten sich und waren feucht und zitterten.

»Erzähl mir von deiner Welt …«, sagte sie leise.

»Sie ist weit, Rosa … so weit in diesem Augenblick. Sie ist nicht schöner als deine, glaube das nicht. Sie ist böser, eifersüchtiger, schneller, herzloser und vergessender – es ist eine Welt der Hast und der Jagd nach dem Geld und dem Ruhm und dem billigen Ansehen.«

»Und das Meer …«

»Kennst du das Meer, Rosa?«

Sie schüttelte den Kopf in seiner Hand. »Nein – ich habe von ihm gehört … vor langen Jahren.«

Sie öffnete die Augen und sah ihn mit einem flackernden Blick an. Angst war in diesen Augen und eine Hingabe, die Ralf wie eine heiße Welle überspülte. »Du hast so schöne blonde Haare«, sagte sie leise. »Ich habe nur einmal solche blonden Haare gesehen – damals, als ich hörte, dass es ein Meer gab. Es war vor vielen Jahren, und fremde Soldaten zogen durch unsere Berge, Soldaten aus deinem Land. Sie kamen vom Meer, von Dubrovnik, so nannten sie die Stadt. Wie gut ich den Namen behalten habe. Einer der Soldaten mit blonden Haaren schenkte mir etwas Braunes, Süßes … es schmeckte so schön, dass ich die Tafel in ganz kleine Stücke brach und jeden Tag nur ein Stückchen aß … Ich war damals ein Kind, und als die Soldaten gingen, wusste ich, dass es auch andere Menschen gab und andere Länder hinter unseren schwarzen Bergen. Und nun bist du da … ein großer Herr aus dieser fernen Welt, und trinkst unseren Wein, sitzt an unserem Feuer und schläfst auf unseren Fellen. Und du hast blonde Haare, ganz blonde Haare …«

Ihre Finger tasteten über seinen Kopf und fuhren durch seine Haare, leicht, zart, wie ein Windhauch. Da ergriff er ihre Hand und presste sie an seine Lippen, er küsste ihre Finger und beugte sich zu ihr hinüber, umfing ihre Schulter und drückte sie an sich. Sie lag an seiner Brust und zitterte. Wie ein gefangener Vogel in der geschlossenen Hand duckte sie sich zusammen und schmiegte sich an ihn.

»Rosa«, sagte er heiser. »Rosa – was soll daraus werden …«

Er merkte nicht, dass er in diesem Augenblick deutsch sprach, und sie lächelte ihn an und hob ihr Gesicht zu ihm empor. Da küsste er sie, vorsichtig, als könne sie in seinen Armen zerbrechen. Ein Zucken durchjagte ihren Körper, sie warf die Arme um seinen Hals und drängte sich an ihn, sie umklammerte ihn und öffnete die Lippen unter seinem Kuss. Er spürte ihre Zähne, er fühlte den Druck ihrer Brust – das machte ihn wild und hemmungslos und überspülte den letzten Rest seiner inneren Abwehr …

»Du kommst wieder, du kommst bestimmt wieder?«, fragte sie später, als sie neues Holz auf das glimmende Feuer legte und die Flammen neu entfachte.

Meerholdt saß neben ihr und spielte mit ihrem langen Haar. Er nickte stumm auf ihre Frage und lehnte sich zurück an die raue Lehmwand. Etwas wie Scham hinderte ihn daran, Rosa anzusehen und mit ihr zu sprechen. Das Gefühl, das Gastrecht verletzt zu haben, schnürte ihm die Kehle zu.

»Wirst du mich mitnehmen in deine große Welt?«, fragte sie. Sie lehnte den Kopf an seine Schulter, ihr Atem glitt über sein Gesicht.

Er nickte wieder. Aber dieses Nicken war zögernd und steif. Mitnehmen?, durchfuhr es ihn. Mein Gott – wie kann ich Rosa mitnehmen nach Foca oder Sarajewo oder gar nach Köln? Einmal wird dieser Auftrag in Jugoslawien zu Ende sein, die Staudämme werden sich füllen, die Turbinen werden surren, durch die Leitungen wird der Strom knistern. Was wird dann aus Ralf Meerholdt werden? In Köln werden neue Aufträge warten … vielleicht Bauten in Indien oder Ägypten, in Saudiarabien oder Südamerika. Was wusste Rosa davon, wie wenig gehörte sie in diese Welt, die sie nie verstehen lernen würde! Sie war ein Geschöpf ihrer Berge, verwurzelt mit dem Feld, das ihren Hunger stillte. Er stellte sich Elena vor ... die elegante, pariserische Elena Osik, die einen Cocktail mischte und einen Boogie tanzte und die am Abend am Flügel saß und mit der gleichen Ausdauer, mit der sie tanzte, eine Sonate von Haydn spielte oder ein Rondo von Mozart. Und alles an ihr war vollendet ... ihr Charme, ihre Kleidung, ihr Körper, ihr Lächeln, ihr Tanz, ihre Sprache, ihre Bewegungen, ihr Spiel und ihr Wesen.

Ralf drückte Rosa an sich und blickte über ihren Kopf hinweg in die hohen Flammen des offenen Herdes.

Hier hielt er die Natur in seinen Armen, nichts weiter als die Natur. Sie war da wie das Wasser und die Sonne, die Felsen und die Wiesen, der Wald und der Regen, die Sterne und die Kälte der Nacht. Sie war nichts anderes als ein Teil der Urschöpfung, als ein Stück von Kosmos und Welt – sie war wie eine Pflanze oder wie ein Tier oder wie ein Stein oder wie ein Mensch. Ja, das war sie ... einfach nur ein Mensch. Nicht eine modifizierte Frau, ein gezüchtetes Geschöpf aus den Treibhäusern des Fortschritts, sondern nichts als ein Urstück dessen, was man Schöpfung nannte, ein Mensch, der wie die Natur empfand, der die Seele des »Werden und Vergehen« in sich trug, das einfache Gesetz des Reifens, Tragens und Sterbens. Und sie lag in seinen Armen, weil sie aufblühte und reif wurde unter seinen Küssen ... sie, der Mensch Rosa ...

»Du musst Geduld haben, Rosa«, sagte er leise. »Es kann lange dauern, bis ich wiederkomme.«

»Ich werde warten ...«

»Eines Tages wirst du einen anderen Mann sehen, einen Mann deines Volkes ...«

Er konnte nicht weitersprechen, denn sie legte ihm ihre schmale Hand auf den Mund und schüttelte heftig den Kopf.

»Ich liebe nur dich … nur dich …«, sagte sie.

Er war erschüttert über die Festigkeit ihrer Meinung und schwieg. Nur der Druck in seiner Seele verstärkte sich und legte sich auf sein Gewissen.

»Wir müssen schlafen gehen«, sagte er leise. »Morgen früh müssen wir zurück über die Berge.« Er nahm ihren schmalen Kopf noch einmal zwischen seine Hände und küsste ihren Mund, ihre geschlossenen Augen mit den langen Wimpern und die Stirn. Dann erhob er sich schnell und ging in seine Kammer. Als er die Tür hinter sich schloss, blieb er stehen und lauschte zurück.

Nichts rührte sich. Kein Laut drang aus dem großen Raum. Rosa schien noch am Feuer zu sitzen, so, wie er sie verlassen hatte. Er zog die Jacke aus und warf sich auf das Graslager. Die Wolldecke drückte er zur Seite … es war heiß in ihm, und er knöpfte das Hemd über der Brust auf.

Ein leichter Schritt, er hörte ihn deutlich in der vollkommenen Stille, die ihn umgab. Rosas Schritt … er kam auf die Tür zu. Ralf richtete sich auf, seine Hände krampften sich um die Schaffelle, auf denen er lag. Wenn sich jetzt die Tür öffnete … wenn sie ganz leise, Zentimeter um Zentimeter aufgedrückt würde … wenn Rosa in seine Kammer kam, zu ihm, getrieben von der Kraft ihres wilden Blutes … er wusste, dass es die Entscheidung war; er war sich plötzlich klar darüber, dass es kein Zurück mehr gab, wenn die Tür aufschwang und die Nacht heller wurde als unter tausend Sonnen …

Der Schritt, tappend, tastend, kam näher. An seiner Tür verhielt er … eine endlose Stille dehnte sich aus. Er starrte auf die Tür, er wartete auf den Augenblick, in dem sie sich bewegte, nach innen schwang und im Widerschein der Herdflammen die Gestalt Rosas erschien. Aber dann ging der Schritt weiter und verebbte in der Nebenkammer bei Fedor und Marina.

Aufatmend ließ sich Ralf auf seine Felle zurückgleiten. Eine Leere blieb in ihm zurück, eine unerfüllte Sehnsucht, trotz der

Befreiung, morgen früh Zabari verlassen zu können, ohne Fedor um das Liebste, was er besaß – sein Kind –, betrogen zu haben.

Aber er schlief nicht ein. Er legte das Ohr an die geflochtene und mit Lehm beworfene Wand und lauschte auf das Rascheln in der Nebenkammer.

Jetzt zieht sie das leinene Kleid aus, dachte er.

Jetzt steht sie nackt im Zimmer, in der Dunkelheit, in der ihr Körper wie eine weiße Flamme brennen muss.

Er hielt den Atem an und hörte ein Knirschen nahe der Wand.

Jetzt legt sie sich hin, deckt sich zu mit den rauen Decken aus selbst gesponnener Wolle, und ihr schwarzes Haar liegt um ihren weißen Leib, die langen lockigen Haare ... Sie hat die Augen geöffnet und starrt an die Decke des Zimmers. Sie denkt an mich, sie drückt die Hände gegen ihre Brust, und die Sehnsucht durchrieselt sie und macht sie zu einem Tier, das hinaus möchte in das Leben, aber den Käfig nicht sprengen kann.

Er presste die Stirn gegen die kalte Wand und seufzte. So schlief er nach einer Weile ein und sank in sich zusammen, halb sitzend und eingehüllt in die Decke, die Rosas Hände gewebt hatten.

Am Morgen war der Taumel vergessen. Der Fahrer und der Monteur standen schon mit dem Abschleppwagen vor der Tür und warteten. Ralf Meerholdt aß zum letzten Mal eine Suppe aus Milch und Weizenmehl. Rosa war nicht im Haus. Fedor sagte, sie sei schon ganz in der Frühe in die Berge gegangen. Ralf nickte. Es ist gut so, dachte er. Sie ist klüger als ich. Sie kürzt den Abschied ab, sie rennt wie ein sterbendes Tier in die Einsamkeit und kommt erst zurück, wenn das Herz sich in der Stille ausgeschrien hat.

Der Fahrer saß auf der Bank und rauchte eine Zigarette.

Einige Jungen und Mädchen umstanden den Wagen und bestaunten ihn wie ein Wunder. Josef Lukacz, ein junger Bauer, drückte sich durch den Kreis der Neugierigen und rückte an seiner Schaffellmütze, ehe er zu sprechen begann.

»Sag, Kamerad«, meinte er und zeigte auf den Wagen, »wenn dieses Auto den Wagen des Herrn trägt, dann kann es doch auch Stämme tragen.«

»Der trägt dir in einem Tag einen ganzen Wald weg!«, sagte der Fahrer.

»Und Steine auch?«

»Er schleppt alles weg! Mit dem Wagen könntet ihr alles machen!«

»Und er kann die steilen Wege hinauffahren?«

»Wären wir sonst hier? Steiler als bis zu euch kann's woanders auch nicht sein …«

Josef Lukacz kratzte sich den Kopf. In seine Augen trat eine gespannte Erwartung. »Warum ist der Herr denn hier?«, fragte er und rückte näher.

»Weiß ich es?« Der Fahrer warf die Zigarette fort und erhob sich. »Vielleicht soll bei euch in der Nähe gebaut werden! Wir sind eine Baukolonne aus Zagreb.«

»Aus Zagreb …«, staunte Lukacz. Er umging den Wagen, betastete die eisernen Kanten, das Blech der Verkleidungen und die silbern blitzenden Stoßstangen. »So ein Wagen wäre etwas für unser Dorf«, sagte er sinnend. Dann ging er durch den Kreis der Neugierigen zurück und verschwand hinter einem Haus. Der Fahrer sah ihm nach und tippte an seine Stirn. Der Monteur lachte.

»Verrückt!«, meinte er. »Die hätten den Motor in einer Stunde zu Bruch gefahren.«

Aus dem Hause trat Ralf Meerholdt. Marina trug ihm den Mantel und seine schwere Tasche nach, die ihr der Monteur abnahm. Stolz schritt Fedor neben Ralf zum Wagen und reichte ihm die Hand, als sie vor der Tür standen.

»Ich danke dir, Fedor Suhaja«, sagte Meerholdt. »Ich war sehr zufrieden mit deinem Haus.«

»Das freut mich, Herr. Vergiss uns nicht.«

Meerholdt sah den Alten erstaunt an. Vergiss uns nicht, durchfuhr es ihn. Sollte er wissen, dass ich Rosa küsste? Sollte er wachsamer gewesen sein, als ich glaubte?

»Ich werde wiederkommen«, sagte er vorsichtig.

»Das weiß ich, Herr.«

»Du weißt es? Woher?«

»Von Rosa, Herr. Sie ist ein braves Kind ...«

Ein unbekanntes, unangenehmes Gefühl klomm in Ralf empor, das Gefühl von Angst und Schrecken und einer plötzlichen Feigheit.

»Sie hat dir erzählt ...«, sagte er stockend. Fedor nickte.

»Sie hat gesagt, dass du wiederkommst.«

»Und was weiter?«

»Sonst nichts, Herr. Aber wir freuen uns, weil du Zabari noch einmal sehen willst.«

Aufatmend drückte Meerholdt Fedor die Hand. Dann stieg er in den Wagen und schloss mit festem Zug hinter sich die Tür. Der Monteur kletterte auf die Plattform und setzte sich neben den am Kran hängenden kleinen Wagen Ralfs, der Fahrer schob die Mütze in den Nacken und ließ den Motor an.

Er heulte auf, er durchrüttelte den ganzen Wagen, er füllte das Dorf mit unbekanntem Lärm. Noch einmal hob Ralf grüßend die Hand, dann zog der Wagen an und ratterte über die steinige Dorfstraße dem Pfad entgegen, der Zabari wie durch einen dünnen Faden mit der übrigen Welt verband.

Am Ausgang des Dorfes, dort, wo der Wald die Felsen hinaufkletterte und der Pfad nach einer Biegung begann, sich die schwarzen Felsen hinaufzuschlängeln, stand allein vor einem niedergestürzten großen Stein Rosa und sah dem Wagen entgegen. Als er deutlich zu sehen war, winkte sie mit beiden Armen, und die Tränen liefen ihr über die Wangen den Hals hinab. Sie wischte sie nicht ab … sie winkte, und ihre langen Haare umflatterten das nasse Gesicht.

Meerholdt fuhr von seinem Sitz empor, als er Rosa am Wege stehen sah. Er fasste die Hand des Fahrers und drückte sie hart. »Anhalten!«, rief er laut. Kreischend bremste der Wagen, er riss die Tür auf und sprang auf den Weg. Er wollte auf Rosa zugehen, aber sie wandte sich ab und rannte den Hang hinauf in den Wald.

»Rosa!«, schrie er. »Rosa! Bleib doch!« Er rannte ihr nach, aber sie war schneller, wie ein Reh sprang sie über die Felssteine den Hang hinauf und hetzte den rettenden Bäumen entgegen. »Rosa!«, schrie er noch einmal. »Warum läufst du denn fort? Rosa!!« Dann war sie zwischen den Stämmen untergetaucht, und sein Ruf zerflatterte zwischen den Felsen.

Langsam ging er zum Wagen zurück und kletterte auf den Sitz. Der Fahrer grinste ihn breit an.

»Will nichts wissen, was?«, sagte er und schaltete den Motor wieder ein. »Ist ein süßes Vögelchen …«

»Fahren Sie und halten Sie das Maul!«, schrie Meerholdt unbeherrscht. Der Fahrer stülpte die Unterlippe vor, duckte sich über das Steuer und lenkte den schweren Wagen über den schmalen Pfad. Vorsichtig fuhr er die Serpentinen hinauf und hinab, sich hart an den linken Felsen haltend.

Von einem Vorsprung aus beobachtete Jossip den Abzug der Kolonne. Tanja neben ihm schnupperte in der Luft und knurrte. Da beugte er sich nieder und strich ihm über den Rücken. »Ruhig, Tanja, ganz ruhig, Duscha … nun sind wir wieder allein … Der Fremde ist fort und wird nicht wiederkommen. Nicht wahr, Tanja – ihn soll der Teufel holen …«

Der Hund knurrte. Das Brummen des Motors durchschnitt die Stille der Landschaft … im Blau des Himmels kreisten wieder die Adler, die weiße Kuppe des Durmitor glänzte in der Sonne. Alles war wie vor vier Tagen … nichts hatte sich geändert, so, wie es sich nicht geändert hatte in den hundert

Jahren vorher und sich nicht ändern würde in den hundert Jahren nachher. Nur ein Herz war aufgebrochen in diesen Tagen, ein einsames, sehnsuchtsvolles, glutheißes Herz, und ein wildes Blut war aus dem Damm der Natur gesprungen und hatte die Seele überspült mit Lust und Begehren, mit heißen Träumen und stammelnden Wünschen. Doch wer wusste es? Wer sah in diesen Tälern auf ein Herz?

Fedor ging in den Wald und hackte Holz, Marina molk die Kühe und fütterte die Hühner, Rosa lief durch den Wald und weinte und schrie die Sonne an und breitete die Arme aus und rief: »Ich liebe ihn … ich liebe ihn …«

Doch niemand hörte sie, und es war gut so für den Frieden in Zabari.

Am Sonntag stieg Jossip hinab ins Tal nach Zabari. Er hatte sich den Schnurrbart abgenommen und sein nun glattes Gesicht nach der Art des »Herrn« gewaschen. Genau hatte er von seiner Felsenweide aus beobachtet, wie Meerholdt sich an dem Brunnen wusch und rasierte. Auch Jossip hatte nun sein störrisches Haar glatt gestrichen, und ohne seinen wilden Schnurrbart sah er weniger verwegen und so jung aus, wie er in Wahrheit war.

Er kam ins Tal, zwei fette Mutterlämmer hinter sich herziehend, vier edle Pelze über der Schulter und in weißen, eng anliegenden Hosen, umwickelt mit bunten Bändern. Von den Ärmeln seiner handgewebten Wolljacke hingen Troddeln herab, und die flache Mütze, die er auf dem krausen Haar trug, zierten breite, auf einem Teppichstuhl gewebte Bänder mit farbenprächtigen Mustern. Eine dicke Wollquaste fiel bis in den Nacken hinab und wippte beim Gehen lustig hin und her.

Vor dem Hause Suhajas band er die Lämmer an der Bank fest und trat dann ins Haus, hoch aufgerichtet, stolz, ein Sohn der schwarzen Berge mit dem Adel des freien Menschen.

Fedor und Marina saßen am Tisch und schnitten Speck,

den sie für den Winter einsalzen wollten. Rosa stand am Herd und reihte Tabakblätter auf eine lange Schnur. Sie sollten unter dem Hausdach aufgehängt werden und dort trocknen. Als die Tür aufging, blickte sie kurz auf und beugte sich dann wieder gleichgültig über den Stapel Blätter. Fedor legte das lange Messer hin und wischte die fettigen Finger an der Hose ab.

»Jossip?«, fragte er erstaunt. »Im Festkleid? Wo willst du hin?«

»Zu dir, Fedor.« Der Schäfer setzte sich an den Tisch und legte die vier Felle auf die Erde. »Es ist einsam in den Bergen«, sagte er langsam. »Zu einsam für einen jungen Mann.« Er sah kurz hinüber zu Rosa und fuhr fort zu sprechen. »Ich habe mir eine Hütte gebaut, Fedor. Eine schöne, feste Hütte aus dicken Stämmen. Und einen Ofen habe ich gemauert, einen großen, warmen Ofen. Ich habe Felle genug und eine eigene Herde von 30 Schafen. Sie können mich ernähren, sie geben mir Milch und Butter und Käse und Fleisch. Ich bin nicht arm, Fedor. Und doch bin ich arm, weil ich einsam bin. Das ist nicht gut, denn Jahr um Jahr vergeht, und die besten Jahre nahm die Einsamkeit.« Er stockte und beugte sich zu Fedor vor. »Ich möchte Rosa zu mir holen, Fedor.«

Am Herd war es still geworden. Das Rascheln der Blätter war verstummt. Rosa stand im Licht, das durch ein Fenster grell in den Raum fiel. Ihr schwarzes Haar glänzte wie Seide.

»Nein!«, sagte sie laut. Nur nein, sonst nichts, aber Jossip zuckte unter diesem Wort zusammen und kniff die Augen etwas zu.

»Sie weiß nicht, was sie sagt, Fedor«, sagte er entschuldigend. »Sie weiß nicht, dass du sie mir und meinen Eltern schon in der Wiege versprochen hast. Wir haben einen Pakt, Fedor, nicht wahr … es ist das Gesetz der Berge, dass ein Wort gilt bis zum Tod. Stimmt das, Fedor?«

»Ja, Jossip.«

»Du hast mir Rosa versprochen. Jetzt komme ich, sie zu

holen. Es wird eine große, eine lustige Hochzeit werden. Ich werde zehn Schafe schlachten und drei Schweine. Am Spieß wollen wir sie braten, und 30 Kannen Wein werde ich verschenken. So reich bin ich, Fedor!«

Suhaja sah hinüber zu Rosa. Sie hatte sich nicht wieder gerührt, es war, als sei sie versteinert. Marina lächelte glücklich vor sich hin. Er ist reich, dachte sie einfältig. Und er will Rosa haben. Rosa wird ein schönes Leben führen, schöner, als ich es bei Fedor hatte.

Sie zuckte auf, als sie Rosas Stimme hörte, laut, hell, eine Stimme, die sie bei ihrer Tochter noch nie vernommen hatte.

»Ich gehe nicht mit Jossip!«, sagte sie laut. »Ich liebe ihn nicht!«

»Du bist mir versprochen, Rosa«, entgegnete Jossip sanft.

»Ich wurde nicht darum gefragt.«

»Natürlich nicht. Du lagst noch in der Wiege, und ich hütete die Schafe und schnitzte Flöten. Dein Vater Fedor und mein Vater waren Freunde, und sie versprachen uns.«

»Man kann keinen Menschen verkaufen! Es ist ein altes und ein schlechtes Gesetz!« Und plötzlich stieß sie mit dem Fuß auf und schrie: »Und ich will nicht! Nein!«

Fedor war bleich geworden. Er hob die Hände und sah dabei auf die schönen Felle, die vor seinen Füßen lagen. Er dachte an die dreißig Lämmer, die Jossip in den Bergen hielt, gute, fette Lämmer mit dichtem Pelz. Und eine feste, aus dicken Stämmen gefügte Hütte hatte er sich gebaut, einen großen Herd – was wollte sie mehr? Er wischte mit der Hand herrisch durch die Luft und sagte laut:

»Es ist abgemacht, Rosa! Ein Wort ist ein Wort! Du wirst Jossip heiraten!« Er bückte sich, um die Felle vom Boden zu nehmen. Wenn er sie aufnahm und auf seinen Tisch legte, war dieses Wort besiegelt. Die Annahme des Werbegeschenkes bedeutete ein Versprechen, das fest und heilig ist wie das Wort des Popen.

»Heb sie nicht auf!«, schrie Rosa grell. Sie stürzte vom Herd zu ihrem Vater und riss ihm die Felle aus der Hand. Vor Jossip blieb sie stehen und warf das Bündel vor seine Füße. »Geh!«, sagte sie hart. »Ich heirate nie einen Schäfer …«

»Ach!« Jossip trat die Felle zur Seite. »Hat dir der feine Herr aus der Stadt den Kopf verdreht? Der schöne blonde Herr mit seinen weißen Hemden und blanken Schuhen, seinem glatten Gesicht und seinen weichen Händen, die so zart dein Haar streicheln konnten.«

»Schweig!«, schrie Rosa. Sie ballte die Fäuste und stand am ganzen Körper bebend vor Jossip. Ihr Gesicht war rot und im wilden Zorn schöner denn je.

»Ich habe es gesehen, droben von den Bergen aus!« Jossips Stimme wurde lauter. Hass schwang in ihr, Wut und Scham über die Abweisung seiner Werbung. »Dort droben bin ich gestanden, über dem Wald, und habe gesehen, wie er dich streichelte, wie du dich wie eine streunende Katze an ihn warfst.« Er fuhr herum und sah Fedor an, der bleich und krumm am Tisch stand. »Er hat das Gastrecht verletzt, der feine Herr! Er hat Rosa verführt … keiner in den Bergen wird sie mehr ansehen, wird ihr die Hand geben, wird mit ihr sprechen! Sie hat das Dorf verraten, Fedor! Deine Tochter ist eine Hure …«

Er sprach nicht weiter. Rosa hatte die Felle vom Boden genommen, die Tür geöffnet und das Bündel hinaus auf die Straße geworfen. Nun kam sie zurück, nicht schnell, sondern langsam, blieb vor Jossip stehen, hob die Hand und schlug ihn mitten ins Gesicht. Es war ein klatschender Schlag, den nur der Aufschrei Fedors unterbrach. Mit weit aufgerissenen Augen stand Jossip im Zimmer, seine Wange brannte. Seinen Körper durchzuckte es wie eine Explosion, die alles in ihm zerriss. Er sah nicht mehr den Herd, die Stube, die aufgereihten Tabaksblätter, das Fenster, durch das grell die Sonne fiel … Nebel war um ihn, roter, von Feuer erhitzter Nebel. Er steckte die Hände vor, gegen Rosa, seine Finger krallten sich um ihre Schulter – da schlug sie noch einmal zu, wortlos, mit aller Kraft, die in ihren Armen lag.

Schlaff fielen die Hände Jossips zurück.

»Ich werde ihn töten!«, sagte er leise. Fedor verstand ihn kaum, so zitterten seine Lippen. »Ich werde ihn töten, wenn er wiederkommt!«

An Marina vorbei, die weinend die Hände rang, ging er aus der Hütte, band seine beiden Schafe von der Bank und trat das Bündel Felle zur Seite in den Staub der Straße. Doch bevor er zurück in die Berge stieg, nahm er das große Messer aus dem Gürtel seiner Hose, beugte sich über die beiden Schafe und stach sie ab. Die blutenden, zuckenden Körper schleifte er vor die Tür des Hauses und legte sie an den Eingang.

Blut! Blut wird in diesem Hause sein. Blut von meinen Händen, sollte dies heißen.

Er nahm das Messer, wischte es an den noch zuckenden Tieren ab und ging dann die Dorfstraße entlang dem Walde zu, der hinaufstieg zu den Felsen, zwischen denen die Weiden Jossips lagen.

Bleich, mit verstörtem Blick schleifte Fedor die toten Körper von der Tür und deckte sie hinter dem Haus mit Stroh und Ästen zu. In der Nacht lud er sie auf eine Karre, fuhr sie in den Wald und vergrub sie unter einem Gebüsch.

Kein Bauer isst ein Schaf, das man aus Rache schlachtete.

In Foca lief Elena dem Wagen entgegen, als er um die Ecke des Hofes vor das Verwaltungsgebäude der Baufirma bog. Sie achtete nicht auf ihre hochhackigen Schuhe und die Nylonstrümpfe ... sie rannte dem Wagen entgegen durch den Staub und stürzte an die Tür. Als Ralf Meerholdt ausstieg, fiel sie in seine Arme und küsste ihn vor allen Arbeitern, die herumstanden und ihnen zusahen.

»Es ist dir nichts geschehen«, stammelte sie. Sie umfing

ihn, legte den Kopf an seine Brust und weinte plötzlich wie ein kleines Kind, erlöst, haltlos, Schutz suchend. »Du bist wieder da … mein Sascha … mein lieber, lieber Sascha …«

Sie gingen umschlungen ins Haus. Sie weinte noch immer, als sie schon längst in Ralfs Zimmer saßen.

Vor dem Verwaltungshaus kletterte der Fahrer aus dem schweren Wagen und schob die Mütze in den Nacken.

»Die Osik und in dem Nest die wilde Katze … wenn das gut geht«, sagte er zu dem Monteur, der steif von der Plattform klomm und den Staub von seinem Anzug klopfte.

»Soll das unsere ganze Sorge sein …« Er blickte auf den kleinen Wagen Meerholdts, der am Kran des Abschleppers hing.

»Mir ist wichtiger, woher ich für das verfluchte Ding die neue Achse bekomme. Ein Mist, dass es gerade die Achse sein muss …«

»Wir werden wohl nach Zagreb fahren müssen.«

Der Monteur nickte. »Überallhin fahre ich – nur nicht wieder in dieses Zabari! Man sollte solche Fuchsbauten verbieten und auflösen. Wem nützen sie denn was?«

Sie gingen steifbeinig von der langen Fahrt hinüber zur Kantine und bestellten einen Slibowitz. »Aber einen doppelten!«, schrie der Fahrer. »Und bis zum Rand, sonst bumst es!«

In seinem Zimmer packte Meerholdt seine Mappe aus und legte seine Papiere und Aufzeichnungen auf den breiten Tisch. Er vermied es, nach der ersten überschwänglichen Begrüßung Elena weiter anzusehen oder sie gar zu umarmen und zu küssen. Er ordnete mit einer ihm sonst fremden Gründlichkeit die Zeichnungen und Vermessungsrechnungen und beugte sich dann über die große Generalstabskarte des Gebietes, in dem die neuen Talsperren geplant waren. Sein Finger zeigte auf eine weiße Stelle inmitten der Berge.

»Hier war ich, Elena … Hier muss es sein.« Sie trat hinter ihn, legte den Arm um seinen Hals und beugte sich neben seinem Kopf über die Karte. Ihre blonden Haare kitzelten an seiner Wange. Sie sah seinem Finger nach, der einen kleinen Kreis auf der Karte beschrieb. Plötzlich nahm sie den Finger und küsste ihn.

»Ich liebe dich, Sascha«, flüsterte sie. »Ich habe es nie so gewusst wie in den Tagen, wo keiner sagen konnte, wo du warst und ob du noch lebst. Ich habe in den Nächten geschrien, ich habe gebetet, ich habe geweint, ich habe lauter dummes Zeug getan … ich weiß gar nicht mehr, was ich alles getan habe. Ich war so verzweifelt, Sascha … weil ich dich so liebe …«

Er legte den Arm um ihre Schulter und beugte sich wieder über die Karte. »Nun bist du wieder glücklich, Elena.«

»Und ich lasse dich nie wieder allein in die Berge!«

Meerholdts Gesicht wurde ernst. »Du wirst es müssen, Elena. Ich baue einen Damm … hier, wo mein Finger liegt! In diesen Felsenschluchten gibt es ein winziges Dorf … Zabari heißt es. Es liegt in einer ungewöhnlich wasserreichen Gegend, von dem keine Karte etwas sagt. Zufällig habe ich es entdeckt, weil mich ein Hirte – Jossip heißt er – in dieses Dorf führte. Ein kleines, rundes Tal kann ohne Schwierigkeiten als Staubecken gefüllt werden, wir brauchen nur den Ausgang mit einer 25 Meter hohen Mauer zu verschließen.« Er blickte auf und sah die hellen Augen Elenas nahe vor sich. Er küsste sie, ehe er weitersprach. »Ich habe selten eine so günstige Lage gesehen. Wenn dein Vater und der technische Beirat die Genehmigungen geben, muss ich wieder zurück in diese schwarzen Berge …«

Elena nickte. In ihrer Kopfbewegung lag eine Unabwendbarkeit. »Ich gehe mit!«, sagte sie fest.

»Das ist unmöglich!«

Ralf schob die Karte zur Seite. »Es ist eine Gegend, in der du nicht leben kannst.«

»Wenn du es kannst, kann ich es auch!«

»Du wirst auf Gras schlafen müssen. Es gibt nur Hammelfleisch und Milchsuppen. Der Boden ist Stein, die Umgebung nackte, kahle Felsen ...«

»Wenn du auf Gras schläfst und Hammelfleisch isst, kann ich es auch.«

»Du würdest unglücklich werden ... nach drei Tagen schon!«

Elena umarmte ihn stürmisch. »Nicht, wenn du bei mir bist, Sascha«, sagte sie heiß.

»Es ist keine Gegend für Frauen, Elena.« Er versuchte, neue Argumente zu finden, ihr die Trostlosigkeit von Zabari zu schildern, aber sie legte ihre schmale, nach Rosenparfüm duftende Hand auf seinen Mund und küsste ihn auf die Schläfe.

»Leben in Zabari keine Frauen, Sascha? Ist es ein Männerdorf?«

»Nein«, erwiderte er zögernd. »Natürlich leben Frauen dort. Aber sie sind dort geboren, sie sind ein Teil dieser rauen Natur, sie sind hart wie die Felsen, zwischen denen ihre Herden weiden. Du würdest unglücklich werden, Elena.«

Er dachte an Rosa, an ihre naturhafte Wildheit, die ausbrechen würde, wenn sie Elena an seiner Seite sah. Ihn schauderte innerlich bei dem Gedanken, wie elementar der Zusammenprall sein musste, wenn sich zwei Welten wie Rosa und Elena begegneten.

»Es geht nicht«, sagte er fest, so als ob er damit das Gespräch abbrechen wollte. »Wenn der Damm gebaut ist, Elena, wenn wir ihn einweihen, wenn wir neue Straßen gelegt und die Einsamkeit erschlossen haben, dann hole ich dich nach Zabari.« Und während er es sagte, wusste er, dass auch dies eine Lüge war.

Vier Monate später lagen die Pläne Ralf Meerholdts wieder auf seinem Tisch in Foca. Die Regierung in Belgrad, der Ausschuss für Talsperren, die Baudirektion in Zagreb und Sarajewo hatten die Pläne geprüft und den Auftrag zum Bau erteilt. Von Zagreb, Sarajewo, Titograd, Belgrad und Skopje rückten die Baukolonnen auf großen Lastwagen und Raupenschleppern nach Foca.

Sechshundert Arbeiter zogen singend in Foca ein; Räummaschinen, Planierraupen, Betonmischer, Betongießer, fahrbare Sägen, riesige Eisenträger rollten ratternd durch den stillen Ort und bildeten außerhalb der Häuser ein riesiges Heerlager. Einhundert italienische Arbeiter aus Triest fuhren in der Nacht ins Lager ein, mit ihnen kam Musik in den Lindwurm der Technik, Mandolinenklang und Gesang.

An der Spitze seiner Köche marschierte Pietro Bonelli ins Lager, Bonelli, der Kantinenwirt, der in Zabari für das Wohl der siebenhundert Menschen sorgen sollte.

Ralf Meerholdt arbeitete Tag und Nacht. In seiner »Befehlsbaracke«, wie man sie schnell bei den Arbeitern nannte, brannte in diesen Nächten das Licht bis zum Morgen. Elena arbeitete an seiner Seite, still, unermüdlich. Sie war blasser geworden, etwas dünner im Gesicht. Um die Augen lagen die Schatten der Schlaflosigkeit. Aber sie sagte kein Wort der Beschwerde, sie stand an seiner Seite, sie schrieb die langen Listen der Materialien und Geräte, der Personalien und Berichte, und sie kochte starken Kaffee, wenn es gegen den Morgen ging und die Müdigkeit sie übermannte.

»Noch drei Tage«, sagte Ralf, »dann bist du erlöst.« Er trank hastig den starken, würzigen Kaffee und aß eine Schnitte Weißbrot mit dicker Butter und Schinken. Aber noch während des Kauens diktierte er weiter, meldete ein Ferngespräch nach Zagreb zu Direktor Osik an und bestellte die einzelnen Schacht- und Straßenmeister für sieben Uhr morgens zur Besprechung in den Saal der Kantinenbaracke.

An einem Dienstag setzte sich die Armee der Bauarbeiter mit den Maschinen, Wagen und Kettenfahrzeugen in Bewegung.

Nach einem genauen Plan, wie der Aufmarsch eines Heeres, vollzog sich jede Bewegung der nun fast 1000 Männer.

Den Vortrupp bildeten drei Raupenschlepper und Planierraupen mit sechs Lastwagen, die den Weg über die schwarzen Berge sichern und festigen sollten, ehe die langen Reihen der Wagen mit den Baracken und Materialien folgten. Zuletzt kamen die Arbeiter auf großen Mannschaftswagen, die von der jugoslawischen Armee geliehen worden waren.

Meerholdt hatte es bei Direktor Osik durchgesetzt, dass Elena in Foca blieb und die »Verbindungsstelle« zwischen Zabari und Zagreb darstellte. So sehr sie bettelte und sogar nach Zagreb zu ihrem Vater fuhr, so sehr sie Ralf umschmeichelte und in der elterlichen Villa die Vasen an die Wand warf und einen kleinen Schreikrampf inszenierte, den Direktor Osik mit einem Eimer kalten Wassers schnell heilte ... sie blieb in Foca zurück und winkte weinend vor Enttäuschung und Zorn dem letzten Wagen nach, der aus dem Tor des Barackenlagers fuhr – der kleine Wagen Meerholdts, beladen mit einem Zelt und einigen Koffern voll Kleidung und Wäsche.

Dann war sie allein in dem großen Lager. Die Baracken starrten sie mit ihren leeren Fenstern an, der Platz, über den sonst das laute Leben der Arbeit flutete, war übersät mit Papier, das der Wind vor sich hertrieb. Ein Hund, den jemand vergessen hatte mitzunehmen, trottete durch die Lagergassen und schnüffelte an den Ecken. Nur aus der »Befehlsbaracke« tönte dünn das Klappern einer Schreibmaschine durch die plötzliche Stille. Zwei Stenotypistinnen hatte Meerholdt zur Unterstützung Elenas noch eingestellt, ehe er wegfuhr.

Wütend ging Elena durch die Lagergassen. Eine ausgestorbene Stadt, ein schreckliches Gefängnis, eine Verbannung, dachte sie. Sie blieb vor dem ehemaligen Materiallager stehen, das noch halb gefüllt war. Der Rest sollte in etwa zwei Monaten nachgeholt werden, wenn in Zabari das neue Barackenlager aufgebaut war und die wertvollen Ersatzteile ein sicheres Dach bekamen.

In zwei Monaten, dachte Elena. In zwei Monaten werde

ich mit diesem Material nach Zabari fahren. Und wenn ich mich in eine Kiste lege oder unter Drahtrollen verstecke. Ich komme mit! Ich will Ralf und Vater zeigen, dass ich keine Modepuppe bin, der man nicht zutraut, in einer Wildnis zu leben, wenn man einen Mann liebt! Ich werde es ihnen beweisen! In zwei Monaten.

Zufrieden ging sie zurück zur »Befehlsbaracke« und setzte sich an das Telefon. Sie rief Zagreb an und nickte, als sich Stanis Osik meldete.

»Meerholdt ist vor einer Stunde mit den Kolonnen abgerückt«, sagte sie. »Wir rechnen damit, dass die provisorische Telefonleitung von Zabari bis Foca in drei Tagen fertig ist. Du kannst dann gleich mit Meerholdt sprechen.«

»Sehr schön, mein Püppchen«, sagte Osik zufrieden.

»Nenn mich nicht immer Püppchen«, rief Elena wütend. »Ich bin keine Figur, die man unter Glas setzt!«

»Natürlich nicht.« Osik strich sich über seine Glatze und blickte auf seinen aufgeschlagenen Terminkalender. »Ich komme in zwei Wochen zu euch.«

»Das ist schön, Papa.«

»Siehst du. Und lass den Mut nicht sinken. Auf Wiedersehen, Püppchen.«

Wütend, ohne Antwort, warf Elena den Hörer auf die Gabel und verließ das Zimmer. Sie ging in ihren Schlafraum und warf sich auf das weiche Bett, das Osik für sie von Zagreb nach Foca hatte nachkommen lassen.

In zwei Monaten, grübelte sie. Zwei Monate, bis ich Ralf wiedersehe. Das ist eine lange Zeit, eine zu lange Zeit. Ich werde sie nicht durchstehen … ich werde ungeduldig werden, ich werde eine Dummheit machen! Und wenn ich mit meinem Wagen heimlich durch das Gebirge zu ihm fahre … ich werde keine zwei Monate auf seine Lippen, seine Arme, seine Augen, seine Zärtlichkeiten warten können. Ich kann es nicht …

Sie richtete sich auf und sah sich in dem großen Spiegel, der neben dem Fenster stand und bis zur Erde reichte.

Ihre Augen waren umrandet und müde, die Haare lagen unordentlich um den schmalen Kopf, das Rot der Lippen war verwischt. Da warf sie sich wieder zurück aufs Bett und drehte den Kopf zur Wand.

Sie weinte, und jetzt war es ein Weinen des Abschieds und der Sehnsucht.

2

Jossip stand oben auf den Bergen, Tanja an seiner Seite, als der Heerwurm der Arbeiter sich über die Passstraße aufwärts bewegte.

Ungläubig gegenüber dem, was er sah, erschrocken vor der Fülle Leben, die sich in seine Einsamkeit und Abgeschiedenheit ergoss, ließ er sich auf die Knie gleiten und kroch bis zum Rand des senkrecht abfallenden Felsens vor. Auf dem Bauch liegend sah er hinab auf den schmalen Felsenweg und betrachtete die langsam und vorsichtig sich vortastenden Raupenwagen und die Planierschaufler, die alles Gestein vom Wege wegdrückten und seitlich in die Schlucht warfen. So hatten die nachfolgenden Wagen einen freieren und nicht mehr so holprigen Weg. An einer etwas breiteren Stelle, eng an den Felsen gedrückt, stand ein einzelner Wagen und ließ die Kolonnen an sich vorbeiziehen.

Ein kleiner, zweisitziger Wagen.

Jossip kniff die Augen zusammen, als er Ralf Meerholdt am Wege stehen sah. Einen Augenblick war er versucht, eine Steinlawine auf ihn, auf alle diese fremden Menschen hinabregnen zu lassen und den Weg unbegehbar zu machen.

Aber er bezwang sich und lag flach auf dem Bauch, vor Hass und Erregung tief atmend.

Einer gegen tausend, dachte er. Das ist sinnlos, Jossip. Aber einer gegen einen – das ist ein Kampf, von dem die Ahnen sangen. Er ballte die Fäuste und schob sie vor sich her an den Rand des Felsens. Ich treffe dich, du feiner Herr! Deinetwegen hat mich Rosa geschlagen, zweimal geschlagen … du weißt nicht, was das bedeutet, Herr! Du kommst aus einem anderen Land, du bist nicht einmal aus unserem Volk. Was weißt du, was ein Schlag bei uns bedeutet?! Du wirst wiederkommen, hast du gesagt … und nun bist du gekommen, aber mit einem Heer! Doch ich werde dich aus diesem Heer herausholen, und dann wird die Sonne wegsehen und Gott die Augen schließen …

Er kroch zurück und richtete sich auf. Tanja stand mit gesträubtem Fell beim Leithammel der Herde und sah Jossip entgegen. Er knurrte leise, als er sich näherte und ihm das Halsband überwarf.

»Komm, Tanja«, sagte er leise. »Wir müssen zurück ins Dorf. Wir haben noch viel zu tun, Tanja … es kommt eine schlimme Zeit für uns …«

Er ging der Herde voraus, und der Leithammel folgte ihm mit der Herde. Jossip kannte die Felsen und Wege wie keiner in Zabari, und er führte die Herde zurück über raue Schluchten und durch dunkle Täler und erreichte Zabari eher als die ersten Raupenschlepper, die fauchend den Weg hinab ins Dorf ratterten.

Als die ersten Wagen ins Dorf kamen, standen am Eingang von Zabari kleine Mädchen mit Blumen und schmückten die ersten Fahrzeuge und die Fahrer. Später standen auch die Bauern und Bäuerinnen am Wege und winkten den einzelnen Autos zu, die durch das Dorf knatterten und außerhalb der Häuser, am Rande des kleinen Tales, anhielten und eine

Art Wagenburg bildeten. Sie fuhren zu einem großen Kreis zusammen und schlugen in der Mitte des so geschaffenen Platzes Zelte und eine Baracke auf.

Fedor stand in der Tür seiner Hütte, als die ersten Wagen ins Tal kamen. Er sagte nichts ... er starrte ihnen entgegen, entgeistert, verständnislos, von Staunen übermannt. Rosa, die hinter ihm aus der Tür sah, rannte zurück in ihre Kammer. »Sie kommen!«, schrie sie Marina entgegen. »Sie kommen!« Sie wirbelte die Mutter im Kreise herum, rannte dann aus dem Zimmer und begann, in einer Ecke des Schlafraumes die Kisten zu durchwühlen. Sie warf ihr Festkleid heraus, den bunten Bänderkopfschmuck, die weißen, aus weicher Wolle gewebten Röcke, die schmalen, mit buntem Leder bestickten Festpantoffeln aus reinem Ziegenleder. Mit zitternden Händen zog sie sich um, schlich aus der Stalltür ins Freie und ging in den Garten. Sie pflückte einen großen Strauß hellroter Lilien und rannte dann an dem sprachlosen Fedor vorbei über die lange Dorfstraße den Wagen entgegen, die vom Eingang des Tales aus den Bergen quollen.

An der Stelle, an der sie Ralf vor vier Monaten zuwinkte und vor seinem Abschied in den Bergwald flüchtete, stellte sie sich auf und starrte die Wagenreihen entlang, lächelte den winkenden Arbeitern zu und schüttelte den Kopf, wenn kecke Rufe und Bemerkungen sie umflatterten.

Auf dem Rand des Kantinenwagens saß Pietro Bonelli und schnalzte mit der Zunge, als er an Rosa vorbeifuhr. »Madonna mia!«, rief er enthusiastisch. »Das in solcher Wüste?! Mir wird wohler ums Herz, amici! Ich werde sogar schon heimisch! Cara carissima!«, schrie er zu Rosa hinüber und fuchtelte mit den Armen. »In zwei Tagen steht meine Kantine! Dann lade ich dich zum Tanz ein ...«

Lachend fuhren die Arbeiter an Rosa vorbei.

Als der kleine Wagen, mehr hüpfend als fahrend, über den Weg aus den Felsen hinausschoss, machte auch ihr Herz einen Sprung. Eine Welle von Glück überspülte sie … sie drückte den großen Blumenstrauß an ihre Brust, und durch die Blumen hindurch sah sie dem Wagen entgegen. Ihre langen schwarzen Haare glänzten in der Sonne … sie hatte sie mit den bunten Bändern durchflochten und über ihre Schulter wie einen kostbaren Schmuck gelegt. Es war ihr, als müsse sie zu Boden sinken und sterben vor Glück, als sie die blonden Haare Ralfs über der Windschutzscheibe des Wagens sah. Sie hob die Blumen noch höher an ihre Augen und zitterte vor Seligkeit.

Ralf Meerholdt hatte von der Höhe aus den Einzug der ersten Wagen beobachtet und war erfreut über den Empfang durch die Bauern von Zabari. Er sah nicht Jossip am Rand des Bergwaldes oberhalb des Dorfes stehen, gegen einen dunklen Stamm gelehnt, unsichtbar für das ungeübte Auge des Fremden. Jetzt fuhr er vor sich hinpfeifend den Weg hinab und malte sich aus, wie er Rosa wiedersehen würde. Sie saß bestimmt am Herd neben dem Feuer und webte, oder sie briet ein Stück Hammelfleisch an dem drehbaren Spieß und legte die Scheiben Brot auf den großen Holzteller, der bei jeder Mahlzeit mitten auf dem Tisch stand.

»Ich bin zurückgekommen!«, wollte er sagen. Aber dann verwarf er diesen Satz. Er verpflichtete zu sehr … er war die Einlösung eines Versprechens. Nein – er würde Rosa die Hand geben und Fedor eine Pfeife schenken und Marina einen Schal. Und dann würde er schnell zu den Arbeitern gehen und den Aufbau der ersten Baracke überwachen und keine Gelegenheit mehr finden, Rosa allein zu sehen. Er spürte, dass die Verpflichtung Elena gegenüber ihn seelisch verkrampft hatte, aber er hatte nicht die Absicht, sich von ihr zu lösen. Die elegante Elena mit der Zärtlichkeit einer schnurrenden Katze … sie war doch stärker, um so vieles stärker als das Naturkind Rosa, dessen Lippen beim Kusse zitterten und nicht aufblühten wie der heiße Mund Elenas.

Er fuhr ins Tal hinab, pfeifend, die Haare frei im Zugwind flattern lassend.

Am Wege stand Rosa, die Blumen hoch vor dem Gesicht.

Er hielt den Wagen mit einem Ruck an. Sein Herz zerriss bei ihrem Anblick.

»Rosa«, sagte er leise. »Rosa …« Aber sie hörte es nicht … das Tal war erfüllt vom Gedröhn der Motoren und den Rufen der Arbeiter.

Er sprang aus dem Wagen … er kam auf sie zu … er streckte die Hand aus. Sie sah ihn durch die Blumen an, ein Schrei, ein greller Schrei des Glückes würgte in ihrer Kehle, sie wollte ihn ausstoßen, so wie ein Tier aufschreit – aber sie schloss die Augen, sie ließ die Blumen aus den Händen vor die Füße Ralfs fallen und warf sich ihm entgegen. Ihre Arme umschlangen seinen Hals, ihr Mund war wie eine Wunde, die aufriss … und dann küsste sie ihn, wild, hemmungslos, stammelnd, mit den Händen seine blonden Haare durchwühlend. Sie fühlte sich so ganz eins mit ihm, dass sie die Beine einzog und an ihm hing wie ein Ertrinkender. Und dann weinte sie, vor Glück und vor Erlösung.

Umarmt, eng aneinander gedrückt gingen sie ins Tal hinab. Verlassen stand der kleine Wagen am Wege. An ihnen vorbei rasselten die schweren Raupenschlepper, die Transporter mit den Barackenwänden … sie sahen und hörten nichts, sie sahen nur ihre Augen und ihre Lippen, und sie fühlten einer nur den anderen und vergaßen, was gewesen war, was war und was werden würde. Es gab keine Zeiten mehr, keinen Ort und kein Leben als nur das eigene Leben in der Hand des anderen.

An seinem dunklen Stamm oberhalb Zabaris stand noch immer Jossip und starrte den beiden nach. Er hatte die Fäuste geballt. Sein Gesicht war eingefallen und fahl. Langsam trat er zurück in den Wald und stieg den Felsen hinauf, nach vorn gebückt wie ein Geschlagener, der Zuflucht in der Einsamkeit sucht, um die Wunden zu heilen und die Menschen zu hassen.

Vor der Tür von Suhajas Haus blieb Meerholdt stehen und streckte Fedor die Hand entgegen.

»Ich bin zurückgekommen, Fedor«, sagte er. »Ich will wieder dein Gast sein.«

Fedor sah die Hand an und blickte hinüber zu Rosa.

»Bringst du Glück oder Unglück, Herr?«, fragte er leise.

Meerholdt atmete tief auf. »Glück, Fedor.«

Da nahm der Alte die Hand und drückte sie. An der Hand zog er Ralf hinein ins Haus.

Die Barackenstadt wuchs.

Von Tag zu Tag dehnte sich das Lager aus, die Zelte, die in den ersten Tagen als Unterkunft dienten, verschwanden immer mehr. Schon saßen die ersten Bauern und Mädchen in Bonellis Kantine zusammen und tranken Bier und Slibowitz. Ein Mandolinenorchester der Italiener gab sein erstes Konzert am Rande des Waldes, umflackert von romantischen Lagerfeuern. Die Mädchen wiegten sich im Takt der fremden, heißen Melodien, die ersten Schimpfworte wurden gewechselt, weil ein Trupp von drei Arbeitern zwei Hühner organisiert hatte.

Pietro Bonelli hatte schon am zweiten Tag sein Glück als unwiderstehlicher Liebhaber versucht. Ihm war auf der Dorfstraße Katja begegnet, Katja Dobor. Sie war ein Bauernmädchen und wohnte drei Häuser weiter als Rosa. Sie war ein strammes Geschöpf mit kräftigen Armen, festem Busen und langen, schlanken Beinen. Bonelli war auf der Straße stehen geblieben, hatte seinen lockigen Schädel gerieben und vor sich hin gepfiffen. »Cara mia!«, hatte er gemurmelt. »Die Welt ist schön!« Und Katja Dobor war stehen geblieben wie er, hatte sich umgedreht und gesagt: »Josef wird dir die Knochen brechen …«

Diese Worte fand Bonelli recht unschön. Er sann auf Rache und bestürmte Meerholdt am nächsten Tag mit einem lauten Klagegesang.

»Ich brauche Hilfe!«, stöhnte er und hob beschwörend beide Hände. »Herr Ingenieur ... ich schaffe es nicht mehr! Die Küche, der Ausschank, das Spülen, das Einkaufen, das Disponieren, das Überwachen ... und alles mit vier Mann! Mit vier Dummköpfen, die zu blöd sind, auf ihre eigenen Sachen aufzupassen. Gestern wurde ein Sack Mehl gestohlen ... heute war es ein Karton mit Eiern! Es ist zum Verzweifeln! Ich brauche Personal, Herr Ingenieur ... vor allem weibliches Personal! Küchenmädchen, Spülmädchen, Mädchen, die Kartoffeln, Möhren und Rüben schälen, die backen können ... Mamma mia ... ich arbeite mich hier tot!«

Er trocknete den Schweiß von der Stirn und sah Ralf Meerholdt treuherzig an. »Ich bin ein gebrochener Mann, Herr Ingenieur ... meine Küche steht am Rande des Abgrundes!«

»Ich werde versuchen, Mädchen zu bekommen«, versprach Meerholdt. »Wenn sich keine melden, müssen wir schichtweise einen Küchenhilfsdienst einrichten.«

»Mit Männern? Unmöglich!«, schrie Bonelli. »Die klauen mir alles! Ich brauche Mädchen, ehrliche Mädchen.«

»Dann versuche, ob du welche bekommen kannst.«

Bonelli verdrehte die Augen. »Ich werde es versuchen, Herr Ingenieur.« Er rannte aus der Baracke und machte sich auf den Weg zu dem Hause der Dobors.

Katja stand neben dem Brunnen und mahlte zwischen zwei Steinen Hirse, als Pietro heranmarschierte. Sie sah ihm entgegen und drehte weiter die beiden schweren Mühlsteine. Bonelli sah ihr eine Zeit lang zu, indem er sich auf den Brunnenrand setzte und eine Zigarette rauchte. »Schwer, nicht wahr?«, fragte er dann.

Katja blickte wütend auf. »Wenn die Männer nicht alle Flegel wären, hättest du mir längst geholfen!«

»Jeijeijei ...« Bonelli warf die Zigarette weg. »Ich bin gekommen, um dich mitzunehmen.«

»Mich?!«

»Ja.«

»Wohin?«

»Zu mir.«

Katja richtete sich auf und stemmte die Arme in die Seiten. Ihre volle Brust spannte das Kleid, und Bonelli schnaubte durch die Nase vor Begeisterung. »Weg!«, rief sie. »Weg von hier! Wenn ich es Josef sage, erschlägt er dich!«

»Josef! Wer ist Josef? Um Bonelli zu schlagen, muss man Weltmeister sein! Ich trage einen ganzen Ochsen auf dem Rücken ins Haus.« Er spannte die Muskeln und zeigte Katja seinen Oberarm. Als er sah, dass dieses Schauspiel bei Katja keinen Eindruck hinterließ, senkte er den Arm. »Du sollst mir in der Küche helfen ... der Ingenieur sagt es.«

»Der Herr, der bei Rosa wohnt?«

»Ja.«

Sie nickte. Ein verstecktes Lächeln huschte durch ihre Augen. »Nur weil es der Herr sagt ...«

»Du kommst?!« Bonelli sprang vom Brunnen. Ich könnte die ganze Welt umarmen, dachte er.

»Weil es der Herr will ...«

»Morgen um 7 Uhr ... Nein, schon heute ... gleich!«

Sie nickte und ging ins Haus. Beschwingten Schrittes eilte Bonelli in seine Kantinenbaracke zurück und schmückte sein Zimmer mit frischen Blumen. Er vergaß nicht, sein Bett aufzudecken ... ein gutes, stabiles amerikanisches Feldbett, über dessen Bespannung er eine weiche Auflegematratze einladend gebreitet hatte. »Wenn das keinen Eindruck macht«, sagte er sinnend, »gehe ich zur Kolonne und mische Zement.«

Am Abend trat Katja mit sechs anderen Mädchen den Dienst in der Küche an. Da sie nicht allein kam, hatte Bonelli keine Gelegenheit, seine weiche Auflegematratze zu zeigen. Fluchend lief er herum, trat einen kleinen Lehrjungen in den Hintern, weil der Soße beim Auftragen verschüttete, und saß dann missmutig hinter seinen Flaschen und sah auf die Arbeiter, die ihr Abendessen holten.

Am nächsten Morgen lief Bonelli jammernd mit einem blauen Auge herum. Keiner wusste, wie er dazu gekommen war ... nicht einmal Bonelli selbst. Mit weinerlichem Gesicht erzählte er jedem, der es wissen wollte, wie er am Abend hinter die Baracke ging, um aus dem Vorratsschuppen noch eine Seite Speck zu holen. Dabei sei ihm eine Faust aus der Dunkelheit direkt ins Auge gefahren, und als er wieder vom Boden aufstand, war niemand mehr zu sehen.

»Ein Dieb!«, rief er immer wieder und schlug mit der Faust auf den Tisch. »Ein Dieb, den ich überraschte! Oh – wenn ich den Kerl erwische!«

Der Kerl saß unterdessen bei Katja am Brunnen und kühlte einen Riss in seiner Faust.

»Ich bringe ihn um!«, sagte er immer wieder. »Ich schlage ihn zusammen wie einen Stamm!«

Die Bohr- und Ausschachtungsarbeiten nahmen Meerholdts Zeit so in Anspruch, dass er wenig Zeit für Rosa hatte. Selbst in der Nacht setzte er die hektische Tätigkeit fort, die er schon in Foca gezeigt hatte ... mit starkem Kaffee, den ihm Bonelli selbst brachte, und Packungen starker amerikanischer Zigaretten hielt er sich wach und arbeitete mit zwei jungen Technikern an den Plänen.

Abwechslung brachte in dieses Einerlei nur Bonelli, der am fünften Tag, an dem das linke blaue Auge sich wieder normal färbte, mit einem rechten blauen Auge erschien.

»Ich habe ihn gesehen!«, schrie er dieses Mal. »Es war ein großer Kerl, ein Bulle von einem Kerl! Oh – ich könnte ihn in der Luft zerreißen!«

Dass die Verfärbung seiner Augen mit dem plötzlich erwachten Interesse Katja Dobors für seine Kantine in Zusammenhang zu bringen war, kam Pietro Bonelli nicht in den Sinn. Auch dass Katja endlich das schöne amerikanische Feldbett gesehen hatte und sich auf die weiche Unterlage setzte – zum Hinlegen war sie noch nicht bereit, was Bonelli sehr bedauerte – und hinterher bei Josef Lukacz davon schwärmerisch erzählte, trug nicht dazu bei, das Leben Bonellis ruhiger zu gestalten. Eigentlich war er bisher der Einzige, der in Zabari die Missachtung des Fremdartigen handgreiflich erfuhr, und nur der Gedanke, dass es ein überraschter Dieb gewesen sein könnte, der ihn überfiel, rettete dem Barackenlager die Anwesenheit des lamentierenden Italieners.

Jossip Petaki, der Schäfer, kam nicht mehr ins Tal zurück. Er verkroch sich in seiner Hütte inmitten der Felsen und beobachtete aus der Ferne das ameisenhafte Treiben außerhalb Zabaris an dem kleinen Talkessel. Dann flog ein finsteres Grinsen über seine Züge, und er schaute empor zu dem über Zabari hängenden Felsen, zu dem schützenden Hang, unter den sich das Dorf vor den Unbilden der Natur geduckt hatte. Ein Schein von Zufriedenheit überflog jedes Mal sein Gesicht, wenn er an die Quelle herantrat, die aus dem Felsen kam, und in ledernen Eimern Wasser in seine Holzhütte trug.

Er hatte Zeit, die Zeit arbeitete für ihn. Was wussten die kleinen Menschen dort unten, wie mächtig die schwarzen Berge waren! Sie wühlten die Erde auf, sie rodeten die Wälder, sie gruben Felsen aus, sie sprengten das Gestein und gossen zwischen Eisen und Holz dicke Mauern vor das Tal. Sie wollten die Natur bezwingen, sie wollten Gottes Schöpfung korrigieren. Jossip lachte darüber und stand über Zabari in den Felsen, ein einzelner Mensch, der daran glaubte, dass die Neuzeit nicht stärker war als das Gesetz der Berge.

Ralf Meerholdt blieb erstaunt vor dem langen Schanktisch Bonellis stehen, als er Rosa mit anderen Mädchen Gläser spülen sah. Er winkte Bonelli herbei und zeigte auf sie. »Was soll das?«

»Meine Mädchen!«, antwortete Bonelli stolz. Sein rechtes Auge war gelb geworden, und jeder im Lager wartete darauf, wann das linke wieder blau erglänzte.

»Was soll denn Rosa dort?«

»Rosa? Die Schwarze? Die kam vor drei Tagen zu mir und wollte Sie sprechen. ›Kind‹, habe ich zu ihr gesagt. ›Der Herr Ingenieur hat keine Zeit! Von morgens bis abends und in der Nacht arbeitet er. Was willst du von ihm?‹ – ›Nichts‹, sagte das Mädchen. Und plötzlich besann sie sich und meinte: ›Haben Sie keine Arbeit für mich?‹« Bonelli hob die Schultern. »Arbeit habe ich immer … und nun ist sie hier.«

Meerholdt nickte. »Es ist gut, Bonelli.« Er ließ den Kantinenwirt stehen und trat an den Tisch heran. Über die Gläser hinweg fasste er Rosas Hand und hielt sie fest, als sie ein Glas ins Wasser tauchen wollte.

Sie sah ruckartig auf. Ihr Blick war traurig.

»Sie kennen mich noch?«, fragte sie. Ihre Lippen zitterten.

»Sei nicht dumm, Rosa.« Er nahm ihr das Glas aus der Hand und stellte es zur Seite. »Wenn die Vorarbeiten fertig sind, habe ich mehr Zeit.«

»Ich glaube es nicht …«

»Aber Rosa!« Er versuchte, sie heranzuziehen, aber sie entriss ihm den Arm und trat zurück an die Hinterwand. »Du liebst mich nicht mehr!« In ihre Augen trat jene Dunkelheit, die Ralf schon erschreckte, als er sie zum ersten Mal küsste. »Du bist anders als damals … Und ich habe mich so gefreut auf dich …«

»Die Arbeit, Rosa … der Damm! Er ist wichtiger als wir …«

»Es gibt für mich nichts Wichtigeres als dich …«

Natürlich, dachte er. Was weiß sie von dem, was hier entsteht? Sie ist ein Kind der Natur, sie kennt nur Liebe und Hass, Leben und Vergehen, Geben und Nehmen. Alles in ihr ist einfach, so klar, so unabwendbar wie der Lauf der Sonne und die Schatten des Mondes, wie der Einbruch des Winters und die Trockenheit des Sommers.

Er beugte sich vor und nahm wieder ihre Hand. Sie entzog sie ihm nicht, aber sie rührte sich auch nicht von der Wand.

»Du hast Recht, Rosa«, sagte er versöhnlich. »Wir wollen heute Abend spazieren gehen. In den Wald oder dorthin, wo du am liebsten sitzt …«

»Wo ich immer an dich gedacht habe …«, sagte sie leise. In ihre Augen trat ein glücklicher Schimmer. »Ich warte auf dich. Wenn der Mond über der Spitze des Waldes steht, bin ich hinter dem Haus im Garten.«

Er drückte ihre Hand und ging.

Wenn der Mond über der Spitze des Waldes steht, dachte er. So etwas gibt es noch auf unserer nüchternen Welt! Keine Uhrzeit, kein Hasten, kein Sklave des schleichenden Zeigers auf einem phosphoreszierenden Zifferblatt. Der Mond ist es, der die Zeit sagt, der Mond über der Spitze des Waldes.

Er ging hinüber zu den Baustellen. Zwei Italiener schrien auf einen Bauern ein, der mit einem Ochsenkarren vom Feld kam und mit der Deichsel eine Tonne mit Kalk umgestoßen hatte. Auf der Sohle des Tales wuchs das Gerüst für den Betonguss empor. Mächtige Bretterwände, durchzogen mit Eisenträgern und riesigen Stahlgeflechten, schoben sich empor. Die Planierraupen zogen die von den Motorsägen gefällten Stämme über den Boden des Tales in eine Seitenschlucht, während an den hohen Kränen die Verschalungen und Träger in die Tiefe pendelten.

Die Schachtmeister und Vorarbeiter, an denen Ralf Meerholdt vorbeikam, meldeten ihm den Fortgang der Arbeit. Auf einem Gerüst, das in halsbrecherischer Art fast frei, nur auf einer Felsnase aufliegend, über das Tal ragte, stand einer der jungen Techniker und erklärte auf einem großen Bauplan einem Meister die weiteren Teile.

Meerholdt blieb am Rande des Tales stehen und überblickte das Werk. Es waren seine Pläne, seine Gedanken, seine Träume, die hier zu Stahl, Beton und Erde wurden. Er schuf hier eine neue Welt, von der keiner in Zabari ahnte, was sie für das stille, unbekannte Dorf bedeutete. Schon schoben sich die Straßenbaukolonnen meterweise an die Abgeschiedenheit heran … der schmale Weg wurde verbreitert, die Felsen wurden gesprengt, gekappt. Tunnels wurden gebohrt und Brücken – vorerst nur aus Holz – über kleinere Schluchten gelegt. Die Zivilisation fraß sich in die schwarzen Berge hinein, der Fortschritt kannte keine Hindernisse … ein Märchenreich wurde erobert, ein Dornröschen der Erde gewaltsam aus dem Schlaf gerissen. Es gab nicht mehr den zarten Kuss des Märchens … das Stampfen von Rammen und das Geheul von Dieselmotoren erschütterten die Berge und rissen Wunden in die Erde, damit sie schöner werde, fruchtbarer und schrecklicher.

In Belgrad saß man über den Karten und Plänen und verfolgte den Fortschritt der Arbeiten. Jeden Tag rief Direktor Osik aus Zagreb über die neue, provisorisch gelegte Leitung an. Jeden Tag auch sprach Elena mit Ralf und schickte ihm Küsse durch den Draht. »Ich habe solche Sehnsucht, Sascha«, sagte sie. »Wenn ich dich wiedersehe, erwürge ich dich vor Glück.«

Der Zwiespalt seines Inneren war vollkommen. Er wusste in seinem Hin- und Hergerissensein nur eins: Nie durfte Elena nach Zabari kommen, solange Rosa hier war. Und wenn sie kam, musste Rosa aus dem Dorfe fort. Er dachte einen Augenblick daran, sie nach Plewlja zu schicken. Dort lagen eine kleine Materialkolonne und ein Ersatzteillager aus Titograd. Rosa konnte dort in einem sauberen Zimmer wohnen, und er hatte manchmal Gelegenheit, sie unter dem Vorwand zu besuchen, die Teile selbst aussuchen zu müssen. Sie würde dann aus der Rauheit der Berge fortkommen, sie würde das Leben außerhalb der Schluchten kennen lernen, jenes Leben, das sie so liebte, ohne zu wissen, wie beschwerlich es war, mit ihm noch ein so herrlicher Mensch zu sein wie sie … ein Mensch ohne Lüge, ohne Intrige, ohne Falsch, ohne Missgunst und Neid.

Von den Baustellen ging Ralf Meerholdt hinüber zu den Baracken der Arbeiter, zu den Schlossereien, Schmieden, Tischlereien und Autowerkstätten. Der Fahrer des Abschleppwagens saß am Rande eines Baches, der außerhalb der Werkstatt vorbeifloss, und kühlte eine dicke Beule auf dem Kopf.

»Ist dir ein Motor auf den Kopf gefallen?«, fragte Meerholdt und lachte. Der Monteur, der an einem Getriebe arbeitete, richtete sich auf.

»Er hat den Motor zu sehr überdreht!«, sagte er und lachte meckernd. »Er wollte mit Vollgas an die kleinen Mädchen gehen. Aber leider lag was im Weg, nämlich der Bräutigam.«

Das Gesicht Meerholdts wurde ernst. Er winkte den Fahrer heran und nahm ihn bei den Rockaufschlägen. »Das ist eine Sauerei, Kerls, eine verfluchte Schweinerei! Wir sind hier in einem fremden Land. Ihr kennt die Ansichten der Montenegriner, ihr wisst, dass sie allem feindlich gegenüberstehen, was in die Ruhe ihres Lebens einbricht. Für sie sind wir Eroberer, und wir haben die verdammte Pflicht, uns so zu benehmen, dass sie Zutrauen fassen und uns helfen, statt uns das Leben noch schwerer zu machen, als es schon ist.«

»Ich habe eines von den Mädchen nur in den Hintern gekniffen.« Der Fahrer zog ein Gesicht und befühlte seine Beule. »Am Abend kommt so ein dreckiger Kerl in die Werkstatt, so ein richtiger Mistkerl, nach Kuh und Bock stinkend, sieht mich groß an, und ohne ein Wort zu sagen, nimmt er einen Knüppel und haut mir eins über den Schädel, dass ich eine halbe Stunde lang in der Ecke lag.« Er ballte die Fäuste und schüttelte sie vor Meerholdts Augen. »Und wenn Sie hundertmal von Freundschaft sprechen, Herr Ingenieur – ich habe mir diese Visage gemerkt, und wenn ich ihn treffe, schlage ich drauf wie auf kaltes Eisen …«

Kopfschüttelnd wandte sich Meerholdt ab und ging weiter, dem Ersatzteillager zu. Der unzulängliche Mensch, dachte er. Wohin er kommt, schafft er Unruhe und Streit.

Am nächsten Tag wurde der Fahrer versetzt. Er kam nach Niksic zu einer Kolonne, die Baubretter und Zement von Cetinje holte und in Niksic stapelte.

Als der Abend kam, verließ Meerholdt seine Ingenieurbaracke und schloss den Raum mit den Kartentischen, den Reißbrettern und den Pausapparaten ab. »Schluss für heute!«, meinte er zu den beiden jungen Technikern. »Ruht euch aus, sauft nicht zu viel, sondern geht ins Bett. Morgen raucht euch wieder der Kopf …« Er grüßte und ging langsam dem Wald zu, an dessen Rand ihn Rosa erwarten wollte. Wenn der Mond über der Spitze des Waldes steht … er schaute empor in den abendlichen Himmel und sah den Mond noch weit in den Felsen stehen. Eine gute Stunde noch, rechnete er sich aus. Eine Stunde Herzklopfen und Gewissensqual gegenüber Elena.

Während er sich auf einen gefällten Stamm setzte und die Nachtschicht beobachtete, die unter großen Flutlichtscheinwerfern, welche ihren Strom von riesigen Batterien empfingen, die auf Spezialwagen tagsüber aufgeladen wurden, Verschalungen für eine Stützmauer aus Beton zimmerte, hockte Bonelli auf einem Stuhl an der Tür des hinteren Küchenausganges, einen dicken Knüppel in der Hand und zitternd vor Erwartung und Wut. Sein linkes Auge war gut verheilt, und er erwartete den Angriff auf dieses beliebte Objekt seines unbekannten Gegners. Zur Sicherung hatte er am Tage in aller Heimlichkeit Fußangeln und Selbstschüsse rund um die Tür und auf den Weg zum Vorratsschuppen gelegt. Nun wagte er selbst nicht mehr, vor die Tür zu treten, da er in seinem Racheeifer vergessen hatte, wo die Selbstschüsse lagen und wo sich die gefahrlose Gasse zum Vorratsschuppen hinzog.

Die Beule des Fahrers hatte ihn nachdenklich gemacht. Sie war offensichtlich eine Beule der Eifersucht. Diese Erkenntnis nagte schwer am Herzen Bonellis, denn Katja Dobor hatte gestern Abend in der Küche Überstunden gemacht, und es war zufällig so, dass sie allein war und die anderen Mädchen von den Überstunden nichts wussten. Bonelli hatte eine Flasche Likör entkorkt, einen süßen Kakao mit Nuss, und ein Gläschen an Katja gegeben, zur Aufmunterung natürlich und damit sie nicht müde würde bei der schweren Arbeit.

Als Katja Dobor nach einer Stunde ging, hatte er sie geküsst. Weil sie stillhielt und seine Zärtlichkeiten mit einem süßen Lächeln duldete, schwoll der Mut in Bonellis Seele, und er beschloss, die Überstunden ab morgen auszudehnen und seine weiche Matratze vorausschauend frisch zu überziehen.

Das alles trug allerdings nicht zur Sicherheit seiner Person bei. Im Gegenteil erwartete er nach dem Überstundeneifer Katjas einen neuen Angriff des Gegners aus dem Dunkeln, der diesmal in ein Feld von Selbstschüssen und Fußangeln geraten würde. Bonelli rieb sich die Hände, wenn er sich ausmalte, wie der starke Josef auf dem Boden lag, umgeben von knallenden Feuerwerkskörpern, festgehalten von einer Schlinge um seine Knöchel, und Bonelli stand über ihm und gerbte ihm mit dem dicken Knüppel wortlos und grinsend das Fell.

Bonelli sah auf die Uhr, die an der Wand tickte, eine alte runde Küchenuhr, die überall auftauchte, wo Bonellis Kantine erschien. Sie war die einzige Erinnerung an sein Elternhaus ... sie tickte in der Küche über dem Tisch, an dem er als Kind seine Spaghetti aß. Madonna mia – Spaghetti!

Noch eine Viertelstunde, durchfuhr es Bonelli. Fast auf die Minute genau hatte der Unbekannte zugeschlagen.

Bonelli erhob sich, er klinkte die Tür auf und trat hinaus

auf den Hof. Die Dunkelheit umfing ihn schwarz und feindlich … er blinzelte ein wenig, um seine Augen an den Wechsel zu gewöhnen. Er schloss die Tür, fasste seinen Knüppel fester und drehte sich dann um, um vorsichtig zum Schuppen zu gehen.

Der Weg wurde ihm erspart. Als er sich von der Tür wegdrehte, machte es bumm, aus dem Dunkel sauste eine Faust hervor, bohrte sich in sein linkes Auge und erzeugte einen Himmel voller zuckender Sterne.

Bonelli brüllte auf, er schwang seinen Knüppel, im ungewissen Licht sah er einen Schatten zum Schuppen rennen. »Halt!«, schrie er. »Lump! Schuft! Dreckskerl!« Er rannte dem Schatten nach und fiel mit einem Schrei der Länge nach auf den Boden. Im gleichen Augenblick umkrachten ihn die Selbstschüsse, ein Feuerwerk umknatterte die liegende und sich windende Gestalt.

Der Schatten war längst in der Dunkelheit untergetaucht, als Bonelli endlich auf die Beine sprang und durch sein Minenfeld ins Haus wankte. Er griff nach der schon bekannten Flasche mit 90-prozentigem Alkohol, goss Wasser in eine Emailleschüssel, verdünnte den Alkohol und begann, sein sich schließendes linkes Auge mit knirschenden Zähnen zu kühlen.

Ein Blick in den Spiegel ließ ihn fast weinen. Sein Gesicht war aufgedunsen. Der letzte Schlag hatte nicht nur das Auge, sondern auch die Nase mitgetroffen. Es musste eine große Faust sein, die eine halbe Gesichtshälfte mit einem Schlag deformierte.

Bonelli schlurfte zu seinem amerikanischen Bett und sank auf die frisch bezogene Matratze. Morgen wird Katja hier bleiben, schwor er sich. Die ganze Nacht! Und wenn dieser Josef den Mond anheult wie ein Schakal … sie bleibt! Verdammt, ich liebe sie! Ich werde sie sogar heiraten! Pietro Bonelli ist ein anständiger Mann! Katja Bonelli – das war ein schöner

Name ... und dann die Reihe der Bambinos ... jedes Jahr ein Bambino ... Carissima – was sind dagegen drei blaue Augen und eine schiefe Nase ...

An diesem Abend war nicht nur Josef Lukacz unterwegs, sondern auch Jossip strich durch den Bergwald wie ein hungriger Wolf.

Er hatte gesehen, dass Ralf Meerholdt von den Baustellen empor zu den gefällten Stämmen stieg. Dass er allein ging, musste seinen Grund haben. Mit dem sicheren Instinkt des Naturmenschen dachte Jossip an Rosa. Sein Herz krampfte sich zusammen, und er schlich durch den Wald, lautlos, mit den Schatten des Mondes wandernd, bis er zwanzig Meter oberhalb des Stammes auf dem Boden lag, an den sich Ralf lehnte und auf Rosa wartete.

Vom Tal herauf zog der Widerschein der Flutlichtscheinwerfer an der Staumauer. Über diesem Teil der schwarzen Berge war der Himmel fahl wie über einer Großstadt, die sich mit ihrer nächtlichen Lichtglocke schon weit dem Ankommenden ankündigt. Das Hämmern und Stampfen der Betonmaschinen, das Motorengeräusch der Lastwagen und das Kreischen der Raupenschlepper tönte dünn durch die Stille.

Meerholdt sah empor. Der Mond war weitergewandert, jetzt stand er am Ausgang der Felsen und würde bald die Spitze des Waldes berühren. Er erhob sich und ging den Hang hinab, der Hütte Fedors zu. Im Garten hinter dem Haus wollte Rosa warten. Jossip glitt ihm nach, von Stamm zu Stamm, mit tierhafter Geschmeidigkeit und der Lautlosigkeit einer Katze.

Rosa stand schon zwischen den Blumenbeeten und wartete. Stumm umfing sie Ralf und drückte sich an ihn. So standen sie eine lange Zeit, jeder nur den Körper und die Wärme des anderen fühlend, den Herzschlag und den Atem, der schneller die Brust hob und senkte. Dann küssten sie sich, innig, mit der Hingabe völliger Versunkenheit.

Rosa hatte wieder ihr leinenes Kleid an, aus dessen weitem Ausschnitt die Schultern und der Hals weiß emporwuchsen, umrahmt von den langen schwarzen Haaren. Aber dieses Haar und die Haut ihres Gesichts, des Halses und der Schultern dufteten süß nach Rosen. Ralf legte den Kopf an ihre Brust, und ein Schauer durchfuhr ihn. Sie hat den ganzen Körper mit Rosenöl eingerieben, stellte er schwer atmend fest. Den ganzen Körper, wie es die Braut tut, wenn sie das Hochzeitsbett gerichtet hat und den Bräutigam erwartet. Der süße Hauch nahm ihm die Sinne, er vergrub das Gesicht in ihren Haaren und küsste die Beugung ihres Halses und die Schulter, die unter seiner Berührung erschauerte.

»Wir sind wahnsinnig, Rosa«, stieß er hervor. Wieder sprach er in seiner Erregung deutsch, und sie verstand ihn nicht und lächelte selig. »Wir verbrennen uns, und die Asche wird der Wind in die Berge wehen. Wir müssen vernünftig sein, wir dürfen es nicht, Rosa ... und wenn es noch so schwer für uns ist ...« Er schloss die Augen und atmete den süßen Hauch ihrer Haut ein.

Er wusste, wie sie das Öl hergestellt hatte. Frische Rosenblätter werden zerrieben und einige Tage in einem geschlossenen Behälter, mit Wasser und Wein vermengt, aufbewahrt. Dann filtert man die Flüssigkeit und lässt das meiste Wasser in der Sonne verdunsten, bis nur ein wenig Öl übrig bleibt – das wundervoll duftende, starke Rosenöl, das Brautöl der schwarzen Berge.

Er nahm ihre Arme von seinem Hals und führte sie aus dem Garten fort den Hang hinauf in den Wald. Umschlungen gingen sie durch die helle Mondnacht, schweigsam, denn was soll ein Mund sagen, der sich nach Küssen sehnt.

Sie sahen nicht den Schatten, der vor ihnen den Berg hinaufglitt. Jossip schlich zurück in die dunklen Tannen. Seine Hände bluteten ... er hatte die Nägel seiner Finger in die Innenflächen gegraben, zitternd, sich beherrschend, aufgelöst in einen Vulkan aus Rache und Eifersucht. Er rannte geduckt von Stamm zu Stamm, bis er in den Tannen stand, nahe dem Felsen, der Zabari schützte. Dort bückte er sich und ergriff einen großen Stein. Er wog ihn in der Hand. Das Blut seiner aufgerissenen Handflächen färbte ihn rot.

Ralf und Rosa hatten sich gesetzt. Die Köpfe aneinander gelehnt, sahen sie hinab ins Tal, über das dunkle, lichtlose Dorf, die erleuchteten Baracken und die Baustelle unter dem Flutlicht der Scheinwerfer.

»Wie lange wirst du bei uns bleiben?«, fragte Rosa und streichelte seine Hände, die auf ihren Knien lagen.

»Vielleicht zwei Jahre …«

»Zwei Jahre?« Sie hielt den Atem an. »Zwei ganze Jahre?«

»Ja.«

Auch ihm kam die Zeit unendlich vor … zwei Jahre, welch eine Fülle von Schicksal umschloss dieser Begriff. Welche Seligkeit von Liebe und Hingabe, welche Gefahren und welches Meer von Tränen, die geweint werden würden. Elena kam ihm in den Sinn – wirklich, er konnte an Elena denken, während er neben Rosa saß und ihre Schulter liebkoste. Das machte ihn verwirrt. Elena … sie hatte vor zwei Stunden wieder angerufen. »Ich bin krank«, hatte sie gesagt. »Ich bin krank vor Sehnsucht, Sascha. Ich sitze am Fenster und starre auf das schmutzige Wasser der Drina. Eine Brücke geht über sie, eine alte, gebogene Steinbrücke, und die Steine bröckeln ab und fallen ins Wasser. Eines Tages wird sie einstürzen, Sascha. So wie diese Brücke bin ich … jeder Tag ohne dich bricht ein Stück aus mir heraus. Ich schlafe nicht mehr – ich weine, ich esse nicht mehr –, ich sitze am Fenster und träume von dir. Sascha, wann kommst du … Wann darf ich zu dir … mein lieber, lieber Sascha …«

Rosa rührte sich an seiner Seite. Wie ein Reh lauschte sie in die Nacht. Sie hatte ein Geräusch gehört, ein Scharren, das Hinabrollen von losgelösten Steinen. Sie wollte aufspringen, aber der Anblick, den sie beim Herumdrehen hatte, lähmte sie. Eine dunkle Gestalt hob sich gegen den Nachthimmel ab. Sie hob einen Arm, der Arm schnellte vor – mit einem grellen Schrei warf sich Rosa über Meerholdt und riss ihn mit sich zu Boden. Klatschend fiel der schwere Stein neben ihnen auf den Waldboden und rollte dann den Hang hinab.

Meerholdt schleuderte Rosa zur Seite und sprang auf: Er sah eine Gestalt, die den Hang hinauflief. Keuchend lief er hinterher, stolpernd übersprang er die gefällten Baumstämme und hetzte dem Walde zu. Die Gestalt blieb einen Augenblick stehen und blickte zurück. Dann rannte sie weiter und tauchte im Walde unter.

Als Meerholdt den Waldrand erreichte, ausgepumpt und mit Schweiß bedeckt, umgab ihn die Stille der Einsamkeit. Er lehnte sich an einen Baum und atmete schwer.

»Komm hervor, wenn du kein Feigling bist!«, rief er laut. »Komm – wir sind allein! Wer seinen Gegner von hinten anfällt, ist ein erbärmlicher Schuft!«

Er lauschte. Nichts rührte sich zwischen den dunklen Stämmen. Zehn Schritte vor ihm, hinter einem Busch, kniete Jossip und hielt den Atem an. Seine Hände bluteten und schmerzten. Hätte ich ein Messer, dachte er. Mein Schurmesser, mein schönes, langes Schurmesser. Aber er war wehrlos, und mit seinen blutenden Händen wagte er nicht, dem Feind gegenüberzutreten. So kauerte er hinter einem Busch und sah zu, wie Meerholdt sich abwandte und hinabstieg zu Rosa.

Er traf sie im Garten hinter der Hütte Fedors wieder. Sie saß auf einer Bank und weinte. »Er wollte dich töten«, sagte sie leise. »Er hat den Stein nach dir geworfen.«

Ralf nickte. »Wenn ich nur wüsste, wer es war! Ich habe keine Feinde im Ort.«

Von der Seite her blickte Rosa in sein Gesicht. Es war bleich im Mondlicht, kantig und ernst. Die blonden Haare lagen um seinen Kopf, klebrig von Schweiß. Er weiß nichts von Jossip – woher sollte er es auch wissen? Niemand hatte ihm gesagt, dass sie Jossip seinetwegen abwies und ihn schlug, als er den fremden Herrn beleidigte. Sie schämte sich, es ihm zu sagen, und Fedor und Marina schwiegen aus Angst vor der Rache Jossips. Noch lagen die Felle hinter dem Haus. Niemand rührte sie an. Und immer, wenn Fedor an der Stelle vorbeikam, an der er die abgestochenen Lämmer Jossips in der Nacht vergraben hatte, durchschauerte ihn Angst, dass dieses Blut einmal über sein Haus käme wie ein Fluch, der sich von Geschlecht zu Geschlecht vererbt.

»Du hast keine Feinde«, sagte sie langsam.

Meerholdt setzte sich zu Rosa und nahm ihre Hände.

»Du musst von Zabari fort. Ich werde dich nach Plewlja bringen. Dort kannst du ruhig wohnen, und niemand verfolgt uns.«

»Und du? Du kommst mit …«

»Ich muss hier bei meiner Arbeit bleiben«, wich er aus.

»Ich soll allein in die fremde Stadt gehen?«

»Ja.«

Ihre Augen waren traurig, sie schüttelte den Kopf. In diesem Schütteln lag eine Festigkeit, die keine Widerrede duldete. »Ich gehe nicht ohne dich …«

»Ich komme dich jede Woche besuchen, Rosa. Ich muss oft nach Plewlja und neue Hölzer kaufen.«

»Ich gehe nicht ohne dich«, sagte sie starrköpfig. »Wer soll dich schützen, wenn er dich wieder angreift …«

»Er wird es nicht wieder wagen.« Er sah hinauf zu dem Wald, der dunkel im Schatten der Felsen lag, feindlich und fremd. »Hast du erkennen können, wer es war?«

Sie schloss die Augen und schüttelte den Kopf. »Nein«, sagte sie mühsam. »Nein … es war zu dunkel.« Dann weinte sie und barg den Kopf an seiner Brust. »Ich lasse dich nicht allein«, flüsterte sie. »Ich lasse dich nie mehr allein … Wer dich tötet, tötet auch mich! Es gibt kein Leben mehr ohne dich …«

Sie weinte und verbarg den Kopf aus Scham. Sie hatte gelogen, sie hatte den Unbekannten gesehen, sie wusste, dass es Jossip war. Und sie log, weil sie Angst hatte. Angst vor Jossip und Angst um das Leben Ralfs.

Es war die erste Lüge in ihrem Leben, und sie empfand sie wie eine ungeheure Sünde.

Bevor Ralf Meerholdt die Tür seiner Konstruktionsbaracke aufschloss, ging er noch einmal hinüber zur Kantine und klopfte an die Tür Pietro Bonellis.

Zunächst geschah nichts. Bonelli saß hellwach im Bett und tastete leise nach seinem Knüppel, der neben ihm auf der Erde lag. Auch als es ein zweites Mal klopfte, öffnete Bonelli nicht, sondern schlich aus seinem Bett zur Tür, sah kurz auf die Uhr und kämpfte mit seiner Feigheit, entweder nicht zu öffnen oder aus dem Fenster um Hilfe zu rufen. Wer sollte nachts um 1 Uhr an die Tür hämmern, wenn nicht der Beschützer Katjas?! Das linke, blaue Auge stach und klopfte, die Nase war geschwollen. Das genügte vollauf, ihn vorsichtig zu machen.

Es klopfte wieder. Bonelli seufzte auf. Die Liebe ist ein hartes Ding, stellte er fest und nickte weise zu diesem Gedanken.

»Wer da?«, stotterte er und hob den Knüppel, als könne der Unbekannte durch die Türfüllung kommen.

»Meerholdt«, sagte Ralf laut.

»Der Ingenieur?« Bonelli lachte leise. »Das ist ein dummer Witz, Freundchen. Der Herr Ingenieur liegt im Bett. Mach, dass du fortkommst, sonst schlage ich dir den Schädel ein!«

Es hebt das Selbstbewusstsein, solche Worte hinter einer sicheren und fest verschlossenen Tür zu sprechen. Auch Bonelli fand, dass er heldenhaft gesprochen hatte, und ließ den Knüppel in seiner Hand wippen.

Ralf schüttelte den Kopf und klopfte noch einmal an der

Tür. »Bonelli«, sagte er laut. »Machen Sie auf und geben Sie mir eine Flasche Kognak. Ich weiß, Sie haben einen Napoléon in Ihrer Geheimkiste.«

Bonelli riss die Augen auf, so gut er das noch vermochte, und ließ den Knüppel fallen. Napoléon, durchfuhr es ihn. Das kennt nur einer – der Ingenieur. Die anderen können das nicht einmal aussprechen. Aber der Ingenieur, ja, das ist ein gebildeter Mann. Er schloss die Tür auf und knipste das Licht an. Verblüfft betrachtete ihn Meerholdt und trat ins Zimmer.

»Wieder das linke, Pietro?«, sagte er. Was er früher als eine scherzhafte Abwechslung des täglichen Rhythmus betrachtet hatte, gewann jetzt, nach dem eigenen Erlebnis, eine andere Perspektive. Er zog Bonelli, der leicht widerstrebte, unter die grelle Lampe und betrachtete sein Gesicht. »Die Nase auch?«

»Er hat eine verdammt große Faust, Padrone«, jammerte Pietro.

»Und du weißt, wer es ist?«

»Ich ahne es.«

»Es geht also um ein Mädchen, Bonelli?«

»Ja.« Er stockte und sah Meerholdt treuherzig an. »Sie haben mir selbst erlaubt, Katja in die Küche zu nehmen.«

»In die Küche, ja!«, schrie Ralf. »Aber nicht ins Bett!«

»Es steht so nahe bei der Küche«, verteidigte sich Bonelli. »Sie hat ein solches Bett noch nicht gesehen.«

»Mein Gott, was seid ihr alles für Kerle?!« Meerholdt setzte sich auf einen Stuhl und schüttelte den Kopf. »Bonelli wechselt die Augenfarbe wie ein Chamäleon, der Fahrer vom Ersatzteillager lässt sich eine Beule schlagen, auf andere wird mit Steinen geworfen ... alles wegen der Weiber!«

Bonelli seufzte. »Es ist eine raue Gegend, Padrone. Aber man gewöhnt sich an sie.«

»Wer hat dich geschlagen?«, fuhr Meerholdt den Italiener an.

»Der Freund von Katja Dobor. Josef heißt er. Josef Lukacz.«

»Und warum zeigst du ihn nicht an? Warum bist du nicht längst zu mir gekommen? Sprich mit ihm am Tag, dann wird er dich in der Nacht in Ruhe lassen!«

»Mit ihm sprechen?« Bonelli schnaufte und betastete seine geschwollene Nase. »Bei dieser Faust sprechen …?«

Es war ein Argument, das Meerholdt überzeugte. Er ließ sich die Flasche Kognak geben und ging zurück in seine Baracke.

Das Erlebnis des Überfalls auf ihn beschäftigte ihn mehr, als er sich eingestehen wollte. Er hatte keine Feinde in Zabari, das wusste er. Fedor und Marina hatten ihm immer wieder bestätigt, dass der Bau der Talsperre das Dorf zwar aus seiner Einsamkeit gerissen hatte, in der es seit hunderten von Jahren verborgen war, aber es war Reichtum in die Hütten gekommen oder das, was die Bauern als Reichtum betrachteten. In Bonellis Kantine und Magazin gab es alles zu kaufen, was die Herzen der Zabarianer höher schlagen ließ … Stoffe, bunt bedruckt mit wundervollen Mustern, Seidenschals, merkwürdig leichte und feste Schuhe, Anzüge, wie sie die Männer noch nie gesehen hatten, Hüte aus Filz und Stroh, Hemden aus weißem, leichtem Stoff und Seide, und Slibowitz, herrlichen Slibowitz, der in der Kehle brannte wie hundert Lagerfeuer und nach vier Glas Gesang in die Kehlen der rauen Bauern zauberte. In vielen Hütten gab es jetzt anstatt der Graslager schon Feldbetten, teuer gekauft mit einigen Hammeln und einem Schwein, das Bonelli dringend brauchte, weil er Katja ein Eisbein mit Sauerkraut vorsetzen wollte, ein Gericht, das niemand in ganz Jugoslawien kannte und das Bonelli auf einer Baustelle in Deutschland kennen gelernt hatte.

Es lag also Freude über Zabari. Nur die italienischen Arbeiter waren nicht nach dem Geschmack der Bauern. Sie waren zu feurig und rannten jedem Weiberrock nach, der sich in der Nähe ihrer Baracken zeigte. Nicht Bonelli allein erlitt das Los verfolgter Kavaliere, auch einige Arbeiter schlugen sich nach der Arbeit mit den jungen Burschen von Zabari herum, wenn der Wein die Gemüter erhitzte und die Beine der Mädchen um die Lagerfeuer wirbelten, die von den Italienern außerhalb des Lagers angezündet wurden. Dort saßen sie dann in der Nacht mit ihren Gitarren und Mandolinen und sangen die melodischen Lieder ihrer Heimat, umstanden von den Bauern und angehimmelt von den Mädchen.

Aber diese kleinen Streitereien verdunkelten nicht die Freude an der Arbeit. Auch die Beule des Fahrers und das wechselnde Auge Bonellis waren kein Alarmsignal einer beginnenden Front der Bauern gegen die Sperrbauten. Man sah in Bonelli so etwas wie den zirkushaften Mittelpunkt des Lagers, sein Auge und neuerlich seine Nase wurden berühmt und waren bald bekannt in Foca und Niksic. Die Fahrer trugen seinen Liebesruhm von Ort zu Ort.

Gefährlich allein war der nächtliche Angriff auf Meerholdt, der schwere Steinwurf, der ihn töten sollte. Dieser Stein konnte eine Lawine auslösen, die das ganze Projekt unter sich begrub. Er konnte das Werk vernichten, noch ehe es zu leben begonnen hatte. Dieser Stein war ein Wurf des Hasses, des unbedingten Vernichtungswillens aus dem Dunkeln heraus. Das war es, was Meerholdt quälte. Wer konnte ein Interesse daran haben, ihn zu vernichten? Wer war der unbekannte Feind? Warum aber war er ein Feind?

Es gab Fanatiker, gerade in diesen Bergen, die jeden Fortschritt hassten. Stolze Bergbauern, die lieber ein Leben der schrecklichsten Not erduldeten, als die Neuzeit in ihre Hütten kommen zu lassen.

Einmal – es war vor vier Jahren – zog ein kleiner Trupp in die Berge von Sjenica. Landmesser, Geologen, Meteorologen. Sie sollten das Gebiet erforschen und eine Straße von Sjenica nach Budimlje am Lim planen. Ihre letzte Nachricht kam aus Stavaij, einem Dorf am Dugapass. Von diesem Tage an blieb der Trupp verschollen. Hubschrauber suchten das Gebiet ab, Militär und Polizei kämmten die Dörfer durch, die in der Einsamkeit vegetierten! Nichts! Es blieb ein Geheimnis der schwarzen Berge und der finsteren Bauern, die sich zurückzogen in die Höhlen, wenn das Militär kam.

Lebte in Zabari auch ein Fanatiker, der mit Meerholdt den Bau der Sperre vernichten wollte? Sollte der Stein nur eine Warnung sein vor einem Ereignis, das kommen würde?

Ralf saß am Tisch vor seinen Zeichnungen und grübelte.

Rosa kannte den Täter nicht. Das erschwerte eine Lösung der Probleme. Wenn es ein Bauer des Dorfes gewesen war, hätte ihn Rosa erkennen müssen. Er kam also von außerhalb Zabaris. Ein Sabotageakt? Eine fremde Macht, die kein Interesse daran hatte, dass in Jugoslawien große Elektrizitätswerke entstanden und das Wirtschaftspotenzial hoben? Ein politisches Attentat?

Meerholdt stand einer Fülle von Fragen und Rätseln gegenüber. Er sah auf die Uhr. Zwei Uhr nachts. Von der Baustelle herüber dröhnte Motorenlärm. Durch die Lagergassen tappten Schritte, Stimmen flogen durch die Dunkelheit. Die Verstärkung der Nachtschicht ging ins Tal zum Betonguss.

Nachdenklich nahm Meerholdt den Hörer ab und rief Zagreb an. Er musste lange warten, bis sich eine verschlafene Stimme meldete. Die Stimme eines Hausmädchens.

»Bei Direktor Osik.«

»Hier Meerholdt in Zabari. Ich muss sofort Herrn Osik sprechen!«

»Um diese Zeit?«

»Es ist dringend.« Es knackte im Apparat, er wartete wieder eine Zeit lang, bis das verschlafene Organ Stanis Osiks an sein Ohr klang.

»Verrückt, Meerholdt! Mitten in der Nacht! Was ist denn los? Ist der Bau zusammengefallen?« Es sollte ein billiger Scherz sein, aber Osik wurde hellwach, als die Stimme aus Zabari sagte:

»Noch nicht! Aber es kann sein ...«

»Reden Sie keinen Blödsinn!« Osik richtete sich im Bett auf und knipste das Licht an. Er blinzelte in die grelle Lampe und gähnte. »Die Berechnungen stimmen doch? Die besten Statiker haben sie geprüft!«

»Der Bau wird sabotiert!«

»Was?« Osik zuckte auf, die letzte Müdigkeit fiel von ihm ab. »Das ist doch nicht möglich!«

»Das habe ich auch gedacht.« Meerholdts Stimme war eindringlich. »Noch ist an dem Bau selbst nichts geschehen. Aber heute Nacht wollte man mich töten ... mit einem schweren Stein.«

Osik riss die Augen auf, Unglaube spiegelte sich in seinem dicken, fleischigen Gesicht mit den Tränensäcken unter den kleinen hellen Augen. »Sie?«, fragte er gedehnt. »Aber das ist doch ...« Er schluckte. »Mit einem Stein?«

»Er wurde auf mich geworfen. Mein Begleiter, der mich zu Boden riss, weil er den Täter werfen sah, rettete mich.«

»Und man hat ihn nicht erkannt?«

»Nein! Es muss ein Fremder sein! Das ist es, was mich so besorgt macht! Warum hat ein Fremder ein Interesse daran, mich umzubringen? Ich habe keine Feinde in Zabari, und außerhalb des Dorfes erst recht nicht! Ein persönliches Motiv scheidet also völlig aus! Es kann sich deshalb nur um ein gelenktes Attentat handeln, dem andere, und ich befürchte folgenschwerere, nachfolgen werden.«

Stanis Osik saß in seinem Bett. Er spürte, wie es ihn heiß überlief. Der Staudamm ... das ganze Werk ... die Millionen Dinare, die es kostet ... Sabotage ... das konnte er nicht zulassen ...

»Ich rufe sofort in Belgrad beim Ministerium an. Ich werde eine Kompanie Soldaten zur Bewachung der Anlagen beantragen! Bilden Sie sofort einen Werkschutz, Meerholdt! Haben Sie Waffen dort?«

»Nur drei Gewehre und einige Revolver.«

»Ich schicke Ihnen morgen Waffen und Munition. Ich werde sofort mit Belgrad sprechen ...«

Er hängte ein und sprang aus dem Bett. Sein Gesicht war in den wenigen Minuten fahl geworden. Es ist unmöglich, sagte er sich immer wieder, während er auf die Verbindung mit Belgrad wartete. Es kann gar nicht sein. So wichtig ist dieser Staudamm nicht, dass eine fremde Macht an seiner Zerstörung interessiert ist. Oder war es nur der Anfang einer Kette von Vernichtungen, die sich fortsetzen würde an den anderen großen Objekten im Süden des Landes und bei Sarajewo?

Das Gespräch mit Belgrad war kurz. Eine Kompanie Gebirgsjäger wurde nach Zabari verlegt. Am Morgen schon flogen sie mit Transportmaschinen nach Foca ab ... gegen Mittag würde die Kompanie in Zabari sein.

Befriedigt legte Osik den Hörer auf. Zabari wurde Sperrgebiet, abgeriegelt für alle, die keinen Ausweis besaßen. Ein Dorf, der Einsamkeit entrissen und der Einsamkeit zurückgegeben wie Los Alamos in Amerika, das geheimnisvolle Atomdorf nördlich der großen Sandwüste von New Mexico.

Gleich nach dem Weggang Meerholdts war Rosa wieder aus dem Garten geschlichen und stieg den Berg empor zum Wald. Sie brauchte nicht weit zu gehen, als ein Schatten aus den Stämmen trat und ihr entgegenkam. Das fahle Mondlicht hob die Gestalt gegen den schwarzen Wall der Bäume ab.

Rosa blieb stehen und sah der Gestalt entgegen. Kurz vor ihr blieb sie stehen ... ein gefällter Baum lag zwischen ihnen wie eine Grenze, die nicht zu überspringen war, wie ein Strom, über den ihre Stimmen schallten.

»Du warst es also, Jossip?«, sagte Rosa.

»Ja.« Er sah sie aus seinen brennenden Augen groß und leidenschaftlich an. »Geh jetzt ins Tal und sag es dem Herrn! Er hat Waffen, ich weiß es … er wird mich abschießen wie einen Adler.«

»Ich habe dich schon vorhin erkannt, Jossip. Ich sah dich den Stein werfen.« Ihre Stimme war sanft. Verwundert sah Jossip sie an. »Du wolltest ihn töten?«

»Ja!«, rief er wild. »Ich werde ihn töten!« Dann schien eine große Frage durch seinen Kopf zu gehen, er beugte sich über den Stamm vor. »Warum hast du mich nicht verraten, Rosa?«

»Ich will nicht, dass Blut zwischen uns ist. Ralf ist stärker als du …«

»Nie!«, schrie er grell. »Nie!« Er ballte die Fäuste und hob sie hoch empor. »Damit werde ich ihn vernichten, mit diesen Händen …«

»Ich liebe ihn, Jossip.« Rosas Stimme zitterte. »Wenn du ihn vernichtest, tötest du auch mich. Ich gehöre zu ihm wie das Wasser zu den Felsen und der Wald zum Berg und die Wiese zu den Hängen.«

»Du gehörst zu mir!«, schrie Jossip. Sein Atem war laut und keuchend. »Du bist mir in der Wiege versprochen worden! Ich verzichte nicht darauf!«

»Es ist doch sinnlos, ein solches Versprechen. Die Welt ist anders geworden, Jossip …«

»Nicht die Welt unserer Berge!«

»Aber der Mensch, Jossip, der Mensch! Versteh es doch! Wie kann ich mit dir kommen, wenn ich dich nicht liebe, nie lieben kann? Es wäre eine Qual, Jossip, für beide. Wir würden unglücklich werden wie ein Lamm, das sich verirrt und in eine Schlucht stürzt.«

»Du würdest mich nie fortgeschickt haben, wenn der Fremde nicht ins Dorf gekommen wäre …«

»Aber er ist gekommen, Jossip … Wir dürfen nicht daran denken, was gewesen wäre, sondern nur daran, was ist. Wenn im Frühjahr der Schnee schmilzt und die Bäche stürzen von den Bergen und reißen alles mit sich fort, den Wald, die

Wiesen, die Herden und die Häuser … kannst du sie aufhalten, Jossip? Nein, du flüchtest mit der Herde auf den höchsten Platz und wartest zitternd, bis Gott die Sonne schickt und die wilden Wasser im Tal versickern. Ist der Mensch anders als die Natur, Jossip? Kannst du die Liebe aufhalten, wenn sie wie ein reißender Strom unser Herz zerstört? Du willst gegen Gott kämpfen, Jossip …«

»Gegen Gott und die Welt!«, schrie Jossip wild.

»Du wirst daran zugrunde gehen.«

»Und ich werde euch mitreißen«, sagte er dumpf. »Dich und deinen blonden Wolf.«

Rosa wandte sich ab. Die Nutzlosigkeit ihrer Worte zeichnete ihr den Weg vor, den sie zu gehen hatte.

»Leb wohl, Jossip«, sagte sie traurig.

»Jetzt wirst du mich verraten!« Er stellte sich auf den Stamm. Einen Augenblick durchfuhr ihn der Gedanke, sich auf sie zu stürzen, sie zu überwältigen und dann zu töten. »Du wirst mich wie einen Bären hetzen lassen!«

»Nein!« Sie wandte noch einmal den Kopf und sah ihn groß an. In ihre Augen trat ein Schein von Mitleid und Verstehen. »Du tust mir Leid, Jossip. Lass uns in Ruhe, und niemand wird erfahren, wer den Stein geworfen hat.«

Sie ging den Hang hinab, mit schnellen kleinen Schritten. Ihr Haar flatterte im Nachtwind wie eine Fahne, wie eine schwarze Fahne der Trauer. Jossip stand auf dem Stamm und hatte die Fäuste auf den Mund gepresst. Er musste schreien, schreien vor Qual und Schmerz, und er drückte diesen Schrei in seinen Mund zurück und sah ihr nach. Jeder Schritt, der sie näher ins Tal brachte, war wie ein Hieb des Schicksals, er spürte es körperlich und krümmte sich unter den Schlägen.

»Rosa …«, keuchte er und presste die Fäuste gegen die Lippen. »Rosa …«

Ihre schmale Gestalt trat in den Mondschein … jetzt lief sie, ihre langen Haare wehten hinter ihr her. Wie eine Elfe, die auf einer Wiese tanzt, sah es vom Wald her aus. Wie ein Berggeist, ein Kobold ... Da warf Jossip die Hände vor das Gesicht und weinte.

Und jede Träne, die er vergoss, war ein Tropfen Hass gegen das Fremde.

Am frühen Nachmittag kreisten Flugzeuge über dem Tal von Zabari. Die Bauern standen vor den Hütten und auf den Weiden und starrten empor in den blauen Himmel, an dem die Riesenvögel entlangzogen. Sie hatten die Münder aufgerissen und verstanden nicht, was sie sahen.

Über den notdürftig ausgebauten Weg von Foca her rückten auf Lastwagen die Soldaten heran. Eine Kompanie Gebirgsjäger mit Maschinengewehren, Granatwerfern und 7,5-cm-Gebirgsgeschützen auf Spreizlafetten.

Josef Lukacz wurde blass, als er die Soldaten ins Dorf fahren sah. Er dachte, sie seien seinetwegen gekommen und wollten ihn erschießen. Er rannte in seine Hütte, packte ein Bündel Sachen zusammen und wollte in die Berge fliehen, als er hinter dem Haus Pietro Bonelli stehen sah. Er wurde weiß, ließ sein Bündel fallen und hob die Arme empor. Vielleicht sind sie gnädig, wenn ich mich ergebe, durchfuhr es ihn. Vielleicht komme ich nur in die Stadt in ein Gefängnis, und sie lassen mir das Leben.

Bonelli grinste, als er den großen, starken Lukacz mit in den Himmel gestreckten Armen hinter dem Haus stehen sah. Die Anwesenheit der Soldaten hatte sein Herz ungemein gestärkt. Sie hatte bewirkt, dass er dem Rate Meerholdts folgte und sich bereit fand, mit Josef zu sprechen. Die Wirkung seines Besuchs verblüffte ihn zunächst selbst, er sah sich um, ob jemand hinter ihm stand.

»Josef!«, sagte er laut. »Geh ins Haus! Ich habe mit dir zu reden.«

»Sofort, Herr!«

Josef drehte sich um und ging mit erhobenen Händen ins Haus zurück. Bonelli folgte ihm, ganz Sieger und bereit, gutmütig zu sein. Wenn es auch in seinen Händen zuckte und er daran dachte, die Schläge in einem Arbeitsgang zurückzugeben, er beherrschte sich und schloss hinter sich die Tür. Sie befanden sich in einem Vorraum des Stalles, in dem das Heu gestapelt war und eine Kiste mit Schweinefutter stand. Bonelli setzte sich auf den Deckel der Kiste und betrachtete Lukacz eingehend, der immer noch mit erhobenen Händen vor ihm stand.

»Du hast mich also dreimal überfallen!«, stellte Bonelli fest. Er sah die Angst in den Augen Lukacz' und beschloss, sie auszunutzen. Für Katja ist mir alles recht, rechtfertigte er sich innerlich. Auch ein wenig Betrug und Brutalität.

Lukacz nickte schwer. »Ja. Dreimal.«

»Mal das linke Auge, dann das rechte, jetzt wieder das linke mit der Nase zusammen! Ein bisschen viel, findest du nicht auch?«

Lukacz nickte schwer und seufzte.

»Was soll ich nun mit dir tun?«, fragte Bonelli leise und schüttelte den Kopf. »Die Soldaten sind da ...«

»Ich habe sie gesehen«, stöhnte Lukacz. Ein Zittern lief durch seinen Körper. Also doch erschießen, kein Gefängnis. »Du hast mir Katja weggenommen, Herr.«

»Katja? Bist du mit ihr verheiratet?«

»Nein.«

»Verlobt?«

»Nein.«

»Hat sie dir gesagt, dass sie dich mag?«

»Nein. Aber ich liebe sie.«

»Idiot!« Bonelli schüttelte den Kopf. »Ich liebe sie auch! Ich will sie sogar heiraten!«

»Und Katja will es auch?«

Bonelli wich der Frage aus. Er hatte darüber noch kein

Wort bei Katja verloren. Der Gedanke, sie zu heiraten, war ihm erst nach dem zweiten linken blauen Auge und der geschwollenen Nase gekommen, beim Anblick seines deformierten Gesichtes im Spiegel und der Ahnung, dass diese Leiden erst aufhörten, wenn seine Absichten reell wurden.

»Ich hätte genau das gleiche Recht, dich zu schlagen«, meinte er deshalb. In den Augen Lukacz' glomm ein Funken Hoffnung auf.

»Tue es, Herr. Dann sind wir quitt.«

»Und der ganze Tanz beginnt von neuem?! Nein!« Bonelli schlug sich auf die prallen Schenkel. »Es wird jetzt hier, an dieser Stelle, festgelegt, zu wem Katja gehört, verstanden? Und nimm die dämlichen Arme endlich runter«, sagte er irritiert. »Ich bin doch kein Henker.«

Josef Lukacz ließ die Arme sinken und lehnte sich gegen einen Stützbalken des Daches. Schweiß stand ihm auf der Stirn, er hatte das Gefühl, nahe an seinem Tod vorbeigegangen zu sein. Pietro Bonelli war ihm unheimlich. Ein Mann, für den hundert Soldaten über die Berge kommen, nur, weil er ein paarmal geschlagen wurde, musste mächtig sein. Der Mächtige aber, das war ein altes Gesetz Montenegros, hatte das Recht auf seiner Seite. Wer wollte einen Mächtigen schon stürzen …?

»Ich habe Katja vor dir gekannt«, versuchte er einen leisen Vorstoß des Widerspruchs. Aber eine Handbewegung Bonellis ließ ihn sofort verstummen.

»Natürlich! Ihr seid aus dem gleichen Dorf, ihr habt als Kinder zusammen gespielt, ihr habt die Kühe und Schafe gehütet, mein Gott – davon kann man doch nicht das Recht ableiten, einen Menschen zu besitzen! Wenn ich alle Mädchen heiraten wollte, mit denen ich als Kind gespielt habe …«

Bonelli hielt den Atem an und schüttelte den Kopf. Madre mia … die Gasse in Neapel, in der er aufwuchs. Wäsche von Wand zu Wand über die Straße gespannt, darunter ein Heer schmutziger Kinder, die im Unrat spielten und aus den fauligen Abfällen der Häuser Torten backten wie andere Kinder aus nassem Sand. Lucia Sergalla sah dann aus dem Fenster und schrie ihrem dreckigen Bambino zu: »Mach dir nicht in die Hosen, Giulio! Wir haben bis August keine Seife mehr!«

Und es war erst Juni. Und dann die kleine Theresa, der Dreckspatz der Via Solfino. Fünf Jahre war sie damals alt, und wenn sie ein Bedürfnis plagte, setzte sie sich an den Rand der Via Solfino, hob die Röcke hoch und verrichtete ihr Geschäft. Alle standen um sie herum und sahen ihr zu ... es war fast wie eine Vorstellung der herumziehenden Bärendompteure oder der Leierkastenmänner mit dem Geld sammelnden Äffchen. Und dann Enrico, der Sohn eines Matrosen, dem dauernd die Nase lief und der behauptete, es schmecke wie türkischer Honig. Und Marita, das freche Balg, das mit vierzehn Jahren ins Krankenhaus ging und einen achtpfündigen Jungen gebar ... O madonna – wenn man das alles hätte heiraten wollen oder müssen ...

Josef Jukacz deutete das Schweigen Bonellis falsch. Er hob die Arme über den Kopf. In seine Augen trat wieder der ängstliche, gehetzte Zug.

»Wenn du Katja heiraten willst, Herr, so will ich still sein«, sagte er leise. Man hörte, wie schwer ihm die Worte wurden. Bonelli nickte erfreut.

»Genau das wollte ich hören, mein Freund.« Er sprang von der Schweinefutterkiste und trat vor Lukacz hin. »Hast du schon eine Arbeit bei uns?«

»Nein.«

»Möchtest du gerne viel Geld verdienen?«

»Schon.« Josef Lukacz lächelte. »Wir sind arme Bauern und haben nichts als unser Leben.«

»Das ist ein winziges Kapital, mein Freund. Das ist fast gar nichts. Darauf bekommst du nirgendwo Kredit. Das Leben – das ist eine Wertsache, die nur von Sekunde zu Sekunde gilt. Ich will dir helfen«, meinte er gönnerhaft. »Ich habe einen Freund, der einen Wagen fährt. Von Zabari nach Niksic und zurück ... jeden zweiten Tag Material und Verpflegung holen. Er braucht einen Beifahrer – ich werde mit ihm sprechen.« Und mit einem Augenzwinkern fügte er hinzu: »In Niksic gibt es eine Menge hübscher Mädchen. Du wirst staunen, wie anders sie aussehen als eure Mädchen hier! Nach einer Woche denkst du nicht mehr an Katja Dobor.«

Josef Lukacz war angesichts der Soldaten bereit, daran zu glauben, und nickte.

»Na also«, meinte Bonelli zufrieden.

Als Sieger verließ er stolz das Haus.

Die Nachricht von dem Attentat auf Ralf Meerholdt war auch nach Foca gekommen. Elena hatte einen Schwächeanfall erlitten und war dann mit dem nächsten Wagen nach Zagreb gefahren.

Stanis Osik ahnte nichts Gutes, als er seine Tochter aus dem Auto springen und durch den Garten rennend auf sich zukommen sah. Er seufzte schwer und legte die Zeitung zur Seite. In den nächsten Stunden würde er nicht mehr dazu kommen, sie zu lesen.

Elena war in völliger Auflösung, als sie vor Osik stand und die Fäuste ballte. »Ist es wahr, Vater?«, schrie sie. »Man hat auf Ralf geschossen?«

»Wer ist Ralf?« Stanis Osik zog die Augenbrauen hoch. Diese neue Situation hatte er nicht berücksichtigt, sie überhaupt nicht in Erwägung gezogen. Sie überfiel ihn mit einer Plötzlichkeit, die ihn einen Augenblick hilflos machte.

»Meerholdt!« Elena Osik sank in den Korbsessel und riss das Kleid über dem Hals auf, als drücke es ihr die Luft ab. »Es ist also wahr!«

»Man hat nicht geschossen – man hat einen Stein auf ihn geworfen!«

»Ob geschossen oder Stein – man hat ihn töten wollen!«

Sie sprang wieder aus dem Sessel auf. Mit einem Satz war sie bei Osik und fasste ihn an der Brust. »Du rufst Ralf sofort zurück«, schrie sie wild. »Du lässt ihn nach Zagreb kommen! Ein anderer übernimmt die Bauleitung!« Plötzlich sank ihr Kopf an seine Schulter, es war, als sei ihre Glut ausgebrannt, als falle sie zusammen wie ein ausgebluteter Körper. »Ich liebe ihn, Vater … ich liebe ihn ja so sehr«, stammelte sie.

Stanis Osik schob die Unterlippe vor. Er sah aus wie ein kugelköpfiger Fisch.

»Ich war ein Rindvieh, dich nach Foca zu schicken«, antwortete er grob. »Bist du eine Katze, die jedem Kater jaulend nachläuft? Was soll der Unsinn: Ich liebe ihn?! Jetzt bin ich fast froh, dass er in Zabari ist und zweitausend Meter hohe Felsen zwischen dir und ihm liegen!«

»Sie sind kein Hindernis! Ich komme auch über sie zu Ralf!« Ihre Augen sprühten Wut und Entschlossenheit. »Du rufst ihn nicht zurück?« Und da Osik sinnend schwieg, stampfte sie mit den Füßen auf. »Gut! Dann gehe ich zu ihm!«

»Verrückt! Du gehst nicht!«, schrie Osik. »Ich habe dich erzogen wie eine Prinzessin …«

»Das war ein Fehler«, unterbrach sie ihn schroff.

»Ich habe dich in der Schweiz erziehen lassen, du hattest ein Reitpferd, die schönsten Kleider, den besten Schmuck und die teuersten Pelze, du erbst einmal eine Villa und ein Bankkonto von heute fast einer Million Dinare.«

»Aber ich erbe kein Herz! Ich will nicht der Sklave deines Reichtums werden und ein juwelenbehängter Schatz, den man nur hinter Glas bewundern darf! Ich liebe Ralf, und niemand, niemand, niemand hält mich ab, zu ihm zu gehen!«

»Ich!« Stanis Osik ging auf der Terrasse hin und her und schnaufte. »Ich werde dich nach Rom schicken!«

»Und ich werde nicht fahren!«, antwortete sie trotzig.

»Willst du einen Skandal? Ich werde dich bis an den Zug prügeln!«

Elena sah ihren Vater aus hasserfüllten Augen an. Sie kannte ihn und seinen Zorn. Die Gasse, aus der Stanis Osik emporstieg in die Sonne des Geldes, brach in solchen Stunden wieder durch.

Damals, vor 23 Jahren, war er ein arbeitsscheuer Kerl in Karlovac gewesen, bis sich seine Spuren verloren und er eines Tages auftauchte als Besitzer von zwei Betonmaschinen und einer eigenen Arbeitskolonne. Er baute einige Siedlungen, er bestach die verantwortlichen Inspekteure der Ministerien und erhielt Staatsaufträge zu großen Bauten, die ihn bald zu einem der wichtigsten Männer des jugoslawischen Bauplanes werden ließen. Seit diesen Tagen stand er mit allen maßgebenden Staatsbeamten auf freundschaftlichem Fuße und führte in Zagreb ein großes Haus.

Das Wertvollste dieses Hauses, der Glanzpunkt seines dunklen Lebens, die Erfüllung aller seiner Träume war Elena. An sie hängte er alles, was in seiner Jugend die großen Sehnsüchte seines Lebens waren, das Unerreichbare, das er erreichte und an seiner Tochter wie in einem Spiegel betrachtete.

Sein Zorn war echt. Elena empfand die Gefahr, die von ihm ausging, und schwieg. Mit verzerrtem Gesicht wandte sie sich ab und rannte auf ihr Zimmer. Auf dem Weg durch die Halle und die Treppe hinauf zerschlug sie einige Vasen und schloss sich dann ein, als sie Osik brüllend ihr nachrennen hörte.

»Ich werde sie an den Haaren nach Rom schleifen!!«, schrie er. »Diese läufige Katze, diese verfluchte!« Er schellte dem Hausmädchen – es kam nicht. Er brüllte nach dem Chauffeur – er war nicht zu finden. Sie waren aus dem Haus geflüchtet, als Osik zu schreien begann. In dem weiten Garten, der hinunter bis zu den flachen Ufern der Sava reichte, hielten sie sich verborgen und warteten über eine Stunde, ehe sie zurück ins Haus schlichen.

So gingen sechs Monate dahin.

Ein halbes Jahr, in dem der Bau von Zabari in den Himmel wuchs. Sechs Monate, in denen Elena in Zagreb blieb und nur durch das Zimmermädchen heimliche Briefe zu Meerholdt schmuggeln konnte, in denen sie ihre Klage niederschrieb und ihn anflehte, sie zu befreien aus dem goldenen Gefängnis von Zagreb.

Seine Antworten erreichten sie nie. Sie wusste nicht, ob er überhaupt antwortete oder ihre Briefe bekommen hatte. Von Stanis Osik erfuhr sie nichts. Er sprach mit ihr nicht mehr über den Bau von Zabari, er führte sie in die Oper oder in ein Konzert, sie besuchten in Belgrad einen Winterball der Regierung, und Osik gab sich alle Mühe, Elena in die diplomatischen Kreise einzuführen und die jungen Gesandtschaftsräte für sie zu interessieren. Eine Geschäftsreise entführte sie nach Wien … in der Wiener Burg sah sie die Größten der Schauspielkunst und hörte in der Oper die herrlichen Stimmen von Dermota und Welitsch.

Auch von Wien aus schrieb sie einen Brief an Meerholdt.

»Mein Liebster«, schrieb sie, »was ist Wien, was ist die Welt ohne dich? Sechs Monate haben wir uns nicht gesehen, nicht gesprochen – nicht eine einzige Zeile von dir liegt auf meinem Herzen und tröstet mich, wenn ich an dich denke. Ich weiß, dass deine Briefe mich nie erreichen, und deshalb sollst du wissen, dass jeder Tag, den man mich von dir trennt, mich stärker werden lässt für jenen Augenblick, in dem ich dich wieder in meinen Armen halten kann und unsere Welt nur noch besteht aus dem gemeinsamen Schlag unserer Herzen …«

In Zabari war der Winter längst hereingestürzt. Er war nicht gekommen wie in anderen Breiten unserer Erde, langsam, mit kalten Nächten und Frost, mit rieselndem Schnee und einem fahlen Himmel, dessen Wolken schwer zur Erde hingen. Er war wie eine Naturkatastrophe niedergebrochen, als sei er von den Felsen gestürzt wie eine alles vernichtende Lawine. Nach einem hellen Himmel erbebte der Wald in der Nacht unter einem heulenden Sturm … die Stämme brachen ächzend unter der Gewalt der Winde, die Tiere flüchteten aus dem Wald und suchten Schutz zwischen den Schluchten. Staub und Steine fegte der Sturm über das Tal, die Bauern saßen auf den Dächern ihrer Hütten und beschwerten sie mit dicken Felsbrocken, an den Baustellen kämpften die Arbeiter verzweifelt um die schwankenden Holzverschalungen, die im rasenden Wind schwankten wie Korn unter der Sense.

Gegen Morgen brach eine der Baracken zusammen. Ein Windstoß hatte sie aus den Verankerungen gerissen. Die Wände knickten ein wie ein Kartenhaus; Betten, Anzüge, Wäsche und Decken wirbelten durch das Lager.

Zum ersten Mal seit sieben Monaten gellten die Einsatzsirenen und Katastrophenhörner. Tausend Arbeiter und Soldaten, Bauern und Frauen kämpften gegen den Sturm um die Erhaltung des Werkes … mit Stahltrossen wurden die Wandverschalungen zusammengehalten, fahrbare Pfeiler stützten die Gussbrücken, ein Kommando der Italiener rückte in den Wald und riss und sprengte mitten im Sturm die angeknickten Bäume um, deren mächtige Stämme bei einem Fall die halb fertige Betonmauer verletzen konnten. Bonelli rannte um seine Kantine herum und schrie nach Hilfskräften. »Meine Kantine fliegt weg!«, jammerte er. »Hilfe! Hilfe! Hierhin!« Vier Soldaten blieben stehen und sahen ihn an.

»Los!«, schrie einer. »Zieh die Jacke an! Zum Damm! Sofort!«

»Meine Kantine!«, schrie Bonelli zurück.

»Deine Kantine kann uns …« Einer trat ihn in den Hintern, und Bonelli sauste durch die Dunkelheit dem Tal entgegen. Ehe er wusste, wie ihm geschah, hatte er ein Drahtseil zwischen den Händen und war dabei, einen Baumstamm den Hang hinabzuziehen: Raupenschlepper ratterten an ihm vorbei, Planierraupen schoben Erdwälle vor sich her, um einen Schutzwall gegen die den Berg hinabrollenden Stämme zu schaffen.

Bonelli ließ das Drahtseil fahren und begann zu zittern. Der Anblick des um ihn herum entfesselten Infernos ließ ihn vor Angst schlottern. »Lasst mich weg!«, schrie er grell. »Ich muss zu meiner Kantine! Ich bin Bonelli, der Kantinenwirt!« Er wollte den Hang hinablaufen, aber einige Fäuste hielten ihn fest, er fühlte wieder einen Tritt und stolperte vorwärts. »Anfassen!«, brüllte ihm einer ins Ohr. »Und wenn du der Kaiser von Siam bist – anfassen, du Rindvieh!«

Er zog wimmernd vor Angst die Baumstämme durch den Sturm, ein losgerissener Ast schlug gegen seinen Kopf und gegen das rechte Auge.

»Mein Auge!«, wimmerte Bonelli. »Oh, mein Auge!« Er drückte beide Hände gegen den Kopf und schwankte. Die Härte des Schicksals übermannte ihn. Nachdem er seine Augen vor der Faust Josefs gerettet hatte, war es ein Ast, der ihm das rechte blau schlug. Das erschütterte ihn maßlos ... er setzte sich mitten im Sturm auf die Erde und schrie eine Tirade bester und edelster neapolitanischer Flüche in die Nacht.

Ralf Meerholdt stand oben am Rand des Talkessels und leitete die Arbeiten. Die Flutlichtscheinwerfer schwankten im Sturm und beleuchteten grell das Gewimmel der Menschenleiber zwischen den Gerüsten, Maschinen und Kränen. Das Heulen des Sturmes wurde in dem engen Tal noch verstärkt. Es wirkte wie ein großer Trichter, der den Schall zu einem einzigen Aufschrei konzentrierte. Ein Aufschrei der Natur, die ihre Kräfte mit den Menschen maß.

Gegen Morgen warf der Wind eine Steinlawine auf das Dorf ... sie donnerte am Ausgang des Zabaritales herunter und versperrte die Straße nach Foca. Dann war es plötzlich still, ganz still ... so unheimlich lautlos, dass die tausend Menschen stehen blieben, wo sie waren, und verblüfft in den Himmel starrten. Jetzt kommt das Ende, empfanden sie. Jetzt folgt der Untergang der Welt in einem einzigen gewaltigen Aufschrei der Natur.

Und die Welt ging unter ... sie starb in herrlicher Schönheit.

Wie eine Schleuse bricht und Wassermassen das Land ertränken, so öffnete sich der Himmel, und lautlos, fast feierlich, fiel der Schnee auf das Tal.

Es schneite den ganzen Morgen hindurch ... den ganzen Tag, die Nacht ... und wieder den Tag ... Es schneite eine Woche lang, still, lautlos, mit dicken, flaumigen Flocken. Die Wälder wurden ein weißes Gebirge, aus dem die schwarzen Felsen hervorstachen über einer gestorbenen Landschaft. Die Hütten der Bauern versanken im Schnee ... wie in Russland verklebten sie die Fenster mit Papierstreifen und schliefen auf und um den gemauerten Ofen. Das Vieh in den Ställen kroch zusammen und wärmte sich. In den Nächten heulten die Hunde ... die ersten Wölfe umstrichen das Dorf, hungrig, noch scheu vor den Menschen ... aber am Morgen sah man ihre Spuren in der Nähe des Lagers und am Hang zum Wald hinauf.

Der Winter war nach Zabari gekommen ...

Pietro Bonelli hatte sich ein Gewehr besorgt. Die Wolfsfährten in der Nähe seiner Kantine waren ihm unheimlich. »Wenn die Wölfe kommen – ich bin wieder der Erste, den sie angreifen!«, erzählte er tagelang seinen Zuhörern. »Die Biester kommen dahin, wo es was zu fressen gibt! Und das ist die Kantine!«

Bonelli nahm sich das sehr zu Herzen. Er schlief mit dem Gewehr im Bett, und wenn draußen die Hunde heulten, fuhr er empor, legte das Gewehr an die Backe und zielte auf das Fenster, als könne ein Wolf in sein Zimmer springen.

Katja Dobor war zum größten Schmerz Bonellis nicht mehr in Zabari. Seit drei Monaten lebte sie in dem Außenlager Foca und packte mit drei anderen Mädchen die Lebensmittel für die Kantine ein, ehe sie auf Lastwagen nach Zabari geschafft wurden. Meerholdt hatte Katja für diesen Posten bestimmt, weil er einsah, dass Bonelli trotz seines Sieges über Josef Lukacz so lange nicht außer Gefahr war, wie Katja im Dorf oder sogar in der Kantine arbeitete. Die ersten Wochen hatte Bonelli gestreikt … er kochte nur Eintopf, er versalzte das Essen, aber nachdem man ihm einen ganzen Kessel Suppe in sein Zimmer geschüttet hatte, ergab er sich in sein Schicksal und verzehrte sich des Nachts vor Eifersucht und bei dem Gedanken, welchen Gefahren gerade ein so hübsches Mädchen wie Katja in einer Stadt ausgesetzt war.

Rosa hatte Jossip nach jener Nacht nicht wieder gesehen. Eine Art Gewohnheit war zwischen ihr und Ralf eingetreten. Sie sahen sich jeden Tag, jede Stunde … in den Nächten verkrochen sie sich jeder in sein Haus, als hätten sie Angst vor ihrer eigenen Liebe. Nur manchmal ging das Licht in der Nacht bei Meerholdt nicht aus … dann saß sie auf dem Sofa, das Ralf aus Foca mitgebracht hatte, und sah ihm zu, wie er an den Zeichenbrettern stand oder vor den Bauplänen hockte und rechnete, umzeichnete und verbesserte.

Sie hätte so Nacht um Nacht sitzen können, nichts anderes tuend, als ihn nur anzusehen. Sie war zufrieden, wenn er um sie war. Die Küsse und Zärtlichkeiten, die sie in ausbrechendem Taumel verschwendeten, waren nur Unterbrechungen der stillen Stunden, in denen sie spürte, wie nahe ihre Seele der seinen war und wie tief sein Wesen schon in sie gedrungen war. Ihre Gedanken waren seine Gedanken – sie bemerkte es mit seligem Erschrecken, wenn sie beide während einer Unterhaltung nach dem gleichen Gegenstand griffen oder nach einem längeren Schweigen mit dem gleichen Thema begannen.

»Wir könnten nie mehr auseinander gehen«, sagte sie einmal und strich mit den Fingerspitzen zart über sein Gesicht.

Er küsste ihre Hand und war glücklich.

Elena war in Wien. Ihr Brief hatte ihn erreicht – aber es waren Worte, die er las, nicht mehr als Worte. Ihren Aufschrei und ihre Sehnsucht nach Liebe empfand er fade, übertrieben und theatralisch. Er hatte ihr auf die Briefe – schon aus Zagreb – geantwortet; dass sie nie ankamen, erfüllte ihn mit der Befriedigung, die man empfindet, wenn man einer unangenehmen Sache reibungslos aus dem Weg gehen kann. Er war Stanis Osik dankbar, dass er seine Tochter von ihm fern hielt, auch wenn es ihn kränkte, denn die Haltung Osiks bewies, dass er in Ralf Meerholdt nicht einen Mann sah, der es wert war, seine Elena zu heiraten.

Schon damals, vor zwei Jahren, als er in dieses Land kam, wusste er, dass er immer ein Fremder bleiben würde. »Sie werden alle Freiheiten haben«, hatte man ihm versichert. »Wir freuen uns, einen Mann wie Sie für unsere Pläne gewonnen zu haben!« Aber dann begann schon von der Treppe des Ministeriums ab, die er hinunterging, das Misstrauen, das einem Fremden nachfliegt, wohin er auch kommt. Die Schwierigkeiten häuften sich … die Bauhandwerkergewerkschaft weigerte sich, ihre Mitglieder unter einem Deutschen arbeiten zu lassen! Die Lieferfirmen verhandelten über seinen Kopf hinweg mit Beamten in Belgrad. Zeichnungen, von denen keiner wusste, woher sie kamen und wer sie entworfen hatte, flatterten auf seinen Tisch mit dem Befehl: So und so soll gebaut werden! Er weigerte sich, er fuhr nach Belgrad, er kündigte seine Stellung, bis Stanis Osik kam, der dicke, fischgesichtige Direktor der staatlichen Bauten. Er lud Meerholdt in seine Villa nach Zagreb ein, er trank mit ihm eine ganze Nacht Krimsekt und öligen, rosa schimmenden Tokajer. »Sie bleiben, Meerholdt!«, hatte Osik in seiner bestimmten Art gesagt. »Und wenn das ganze Ministerium fliegt – Sie bleiben und bauen nach deutschem Muster unsere Stauanlagen! Ich habe die Möhnesperre gesehen, die Urfttalsperre, die Edersperre, ich war in Kaprun und habe Augen und Ohren aufgerissen! Was wissen die Idioten, wie es außerhalb Belgrads aussieht? Und außerdem habe ich den Marschall hinter mir ... das genügt.«

Nach diesem Abend blieb Meerholdt weiter in Jugoslawien und baute bei Banja Luka einen Damm. Und er lernte Elena kennen ... Elena, die ihn bei der ersten Begrüßung arrogant betrachtete, ihm die Fingerspitzen zum Gruße reichte und ihn stehen ließ, als andere Gäste ins Haus kamen.

Elena, die jetzt in Wien die Kissen umarmte und träumte, es sei Ralf Meerholdt ...

Der Schnee und der plötzliche Kälteeinbruch brachten es mit sich, dass der Konsum Bonellis an scharfen Schnäpsen und Grog rapide zunahm. Mit den scharfen Getränken aber kam auch ein schärferer Ton in die tausend Männer, die in die Einsamkeit verbannt waren und nur alle vier Wochen für zwei Tage nach Foca, Niksic oder Plewlja Urlaub bekamen. Tausend Männer in einem engen Tal inmitten von hohen Felsen, in einem grandiosen Gefängnis der Natur, in einem Dorf von hundert Seelen mit dreißig jungen Mädchen ... Ralf Meerholdt sah das Problem von der realen Seite und ließ den Hauptmann der Gebirgsjäger zu sich kommen.

»Es muss etwas geschehen, Herr Hauptmann«, stellte er fest und legte dem Offizier eine Liste auf den Tisch. »Innerhalb der letzten zwei Wochen haben wir elf Schlägereien, zwei Messerstechereien und eine Arbeitsverweigerung von einer ganzen Kolonne gehabt. 63 Mann, Herr Hauptmann! Die gesamte Betonmischerei an Sohle 3! Ich habe sie mir vorgenommen. Ihre Antworten waren alarmierend: Wir haben zu fressen und zu saufen, sagten sie. Wir haben ein Bett und wir haben Geld ... aber wir haben keine Weiber! Wir pfeifen auf die tausend Dinare, die wir verdienen, und auf das schönste Fressen, wenn keine Weiber hier sind!« Ralf Meerholdt hob die Schultern. »Was soll ich tun, Herr Hauptmann?«

Der Offizier nahm die Liste und las sie durch. »Ich könnte Ihnen mit einem einfachen Rat dienen, aber er ist undurchführbar. Sie können den Leuten nur mehr Urlaub geben … nicht alle vier Wochen, sondern jede zweite Woche einen Tag und eine Nacht.«

»Auch in Niksic hat es Schlägereien gegeben. Natürlich um Mädchen. Bonelli, dessen Katja ich nach Foca geschickt habe, hat einen Italiener halb lahm geschlagen, weil ein Fahrer ihm berichtete, er habe im Hauptmagazin Katja in den Hintern gekniffen!«

Meerholdt schlug mit der Faust auf den Tisch. »Mein Gott – das ist doch unmöglich! Wir haben der Natur standgehalten, wir haben dem Boden das Werk abgetrotzt, wir haben die Herzen der Bergbauern besiegt – sollen wir selbst, wir, die Erfolgreichen, an uns zugrunde gehen, an unserer menschlichen Unzulänglichkeit, an unseren Leidenschaften?!«

»Es scheint so, Herr Meerholdt.«

»Ich kann es nicht glauben.« Er schüttelte den Kopf und ging in dem großen Barackenraum hin und her. »Ich habe Sie zu mir gebeten, Herr Hauptmann, um mit Ihnen eine Aktion gegen diesen – sagen wir ehrlich – sexuellen Wahn zu besprechen. Ich bin nicht gewillt, und wenn ich sie mit der Waffe an die Arbeit treiben muss, mich der Zügellosigkeit dieser Leute zu beugen! Ich werde den Schnaps verbieten!«

»Dann wird man ihn aus Foca hereinschmuggeln.«

»Ich werde jeden Schmuggler und jeden Käufer mit Geldentzug bestrafen!«

Der Offizier hob die Schultern. »Man wird Sie eines Tages erschlagen in einem Winkel Ihres grandiosen Baues finden. Ein Unglücksfall, wird es heißen. Er ist den Hang hinabgestürzt … Herr Meerholdt, Sie kennen doch die Mentalität dieser Männer! Sie arbeiten doch nicht für das Geld … das Geld ist nur eine Zwischenstufe für die Güter, die sie erarbeiten wollen. Und was sind diese Güter? Fressen, Saufen und

Weiber! Der primitivste Ausdruck des Lebenswillens, die Erfüllung instinktmäßiger Triebe. Über diese drei Dinge hinaus kommen nur wenige ... aber diese Idealisten – wir wollen sie ruhig so nennen – sind nicht die Masse Ihrer Arbeiter! Sie haben ihnen Essen und Trinken gegeben ... aber die letzte Stufe ihres Lebensstandards beginnt erst nach jeweils vier Wochen in drei Städten. Es sind die gleichen ungewaschenen und geilen Mädchen, die einen Tag vorher der Kamerad des Nebenbettes ausführte ... glauben Sie, dass dies auf die Dauer gut geht?! Irgendwie verletzt Ihr Bau das Naturgesetz, das sogar ein Tier respektiert!«

Ralf Meerholdt blieb stehen und streckte die Hände vor. »Wir haben im Krieg auch wochen- und monatelang ohne eine Frau gelebt! Es musste einfach gehen!«

»Musste es wirklich?« Der Hauptmann lächelte entschuldigend. »Wie war es in der Etappe? Die Mädchen der besetzten Dörfer, die weiblichen Militärangehörigen, die Mädchen von der Bahn, der Post, den Lazaretten ...«

»Es lagen Monate dazwischen! Im Bunker oder in der Stellung kannten wir nur eine Sorge: Überleben! Wir dachten an die Frauen – aber wir entbehrten sie nicht, weil unsere Umgebung zu schrecklich war, um daran zu denken.«

»Das ist es!« Der Hauptmann trat an das Fenster und blickte hinaus auf den Hof. Die Mittagsschicht strömte in die Kantine, die Blechteller in der Hand. »Sehen Sie einmal aus dem Fenster, Herr Meerholdt. Da gehen die Jungen zum Essen! Was gibt es? Nicht Kapusta mit Wasser, nicht Dörrgemüse oder Trockenfisch, sondern Paprikagulasch mit Klößen! Für alle tausend Mann! Gepfeffertes Fleisch! Und morgen soll es Nudeln geben mit Bouillon. Sehr fetthaltig, sehr nahrhaft. Herr Meerholdt – die Leute platzen aus dem Anzug! Trotz der Arbeit! Trotz Kälte, trotz Schnee, trotz des Schweißes, den sie an der Staumauer vergießen!«

»Dann werde ich das Essen reduzieren.« Meerholdt sah über

die Schulter hinweg auf die Schlange, die sich in die große Essbaracke drängelte. »Man hat mir gesagt, die Italiener wollten aus Niksic mit Transportkisten heimlich Frauen ins Lager holen und verstecken. Das würde die ersten Morde bedeuten!«

Der Offizier nickte. »Darin bin ich mit Ihnen einer Meinung. Mit den Italienern fängt es an, und mit einer Schlacht um die Mädchen hört es auf.«

»Was soll ich also tun?«, sagte Meerholdt und hob die Arme.

Die Frage blieb offen. Doch die Sorge wuchs und wuchs, je stärker der Schnee fiel und das Tal fast von der Außenwelt abschnitt. Nur mit Kettenfahrzeugen konnte die einzige Straße nach Zabari befahren werden, es war wie der Durchbruch in eine verlorene Welt. Jede Nacht türmten sich die Schneeberge von neuem auf; sie mussten am Morgen mit schweren Räumern zur Seite in die Schluchten gedrückt werden.

In diesen Tagen gab es die ersten Toten. Ein Raupenschlepper kam auf der abschüssigen Straße ins Rutschen und stürzte vierzig Meter tief in eine Schlucht. Die vier Männer, die auf dem Weg saßen, fand man erst nach drei Tagen. Wie Granaten hatten sie sich in den tiefen Schnee gebohrt. Sie wurden am Fuße des Bergwaldes begraben. Bedrückt standen die tausend Männer um die offenen Gräber, als Ralf Meerholdt die letzten Worte des Abschieds sprach: »Wir alle stehen an einem Abgrund«, sagte er doppelsinnig. »Wir müssen unsere Herzen fest in die Hand nehmen, um unseren Damm nicht mit Blut zu bauen …«

Der Tod der vier Kameraden brachte für einige Tage Stille in die tausend Mann. Pietro Bonelli hatte seit einer Woche keine Nachricht von Katja bekommen und hasste die Welt und alles, was auf ihr herumlief. Er hatte die Transportkolonnen ausgefragt – sie hatten Katja Dobor nicht in Foca gesehen. Bonelli raufte sich die Haare und jammerte. Sie ist mit einem anderen Mann fortgegangen, sinnierte er. Sie ist bestimmt weg, denn wo sollte sie hin in Foca? O diese Weiber! Diese verdammten Weiber! Dieses Unglück unserer Erde! Er setzte sich hinter eine Flasche Chianti und starrte traurig in den rieselnden Schnee und auf die dunklen Felsen. Am Abend war er sinnlos betrunken und wurde von zwei Küchengehilfen ins Bett geworfen.

Am Bau wurde von Tag zu Tag weniger gearbeitet. Der Frost in den Nächten verhinderte alle Betongüsse ... stattdessen wurden Hindernisse gesprengt, Felsen, die im Wege standen. Das Bersten und Krachen des Gesteins zerriss die weiße Stille. In den Werkstätten wurden die Fahrzeuge und Maschinen überholt ... Motorsägen schnitten die eisenharten Stämme zu Rund- und Stützhölzern und zu Brennholz für die großen, runden, eisernen Barackenöfen. In der Schmiede entstanden neuartige Schneeräumer, die jedem Wagen vorgesetzt wurden, der über den steilen Weg hinaus in die Welt fuhr. So erreichte man, dass die Straße einen großen Teil der Tage schneefrei und befahrbar gehalten wurde und weitere Unglücke nicht stattfanden.

Aus Budapest war ein Brief gekommen. Elena war zu Besuch bei einer Tante. Stanis Osik hatte sie dort zurückgelassen und saß wieder in Zagreb in seiner prunkvollen Villa, von der aus er seine Staatsbauten leitete. Er hatte die Klagen Meerholdts genau mit Belgrad besprochen und reduzierte zunächst den Alkoholkonsum um die Hälfte. Dem Essen musste ab sofort ein bestimmter Prozentsatz Speisesoda zugesetzt werden – alle Randalierenden wurden unter Bewachung von Soldaten nach Foca und von dort nach Sarajewo gebracht, wo sie von einem Schnellrichter abgeurteilt wurden.

»Wer durch Arbeitsniederlegung oder Krawalle den Bau gefährdet, ist ein Saboteur!«, ließ Osik als ein Plakat an jeder Baracke anbringen. »Saboteure aber werden in der Volksdemokratischen Republik mit dem Tode bestraft!«

Verbissen, mit finsteren Gesichtern standen die Arbeiter zusammengerottet um die Plakate und lasen sie. Wird zum Tode verurteilt ... dieser Satz war eine massive Drohung. Man wusste, dass Belgrad keine Gnade kannte, dass es keine leere Redensart war, sondern blutige Wahrheit. Die ersten sechs Arbeiter, die um ein Mädchen eine Schlägerei begonnen hatten, waren in Sarajewo bereits zu zehn Jahren Zwangsarbeit verurteilt worden. Zehn Jahre ... das war schlimmer als der Tod! Das bedeutete zehn Jahre Arbeit unter Fußtritten und Schlägen, in eisigen Winterstürmen und glühenden Sommern, gefüttert nur mit einer dünnen Wassersuppe und klitschigem Maisbrot, das im Magen aufquoll und wie ein Stein auf die Gedärme drückte. Zehn Jahre Arbeit im Steinbruch, im Bergwerk, an den Küstenfelsen, in Marmorbrüchen ... zehn Jahre ein Tier unter Tieren ...

Die Arbeiter gingen stumm auseinander. Am Morgen waren Osiks Plakate zwar von unbekannter Hand von den Wänden gerissen, aber es blieb still im Lager. Die tausend Mann duckten sich, die Leidenschaften wurden in der Stille ausgetragen ... man erfuhr nicht mehr, wenn sich zwei schlugen oder ein Messer locker saß ... die anderen in der Baracke deckten sie, und die Verletzten bissen die Zähne zusammen, gingen zur Arbeit und vollendeten ihr Tagessoll, als sei nichts geschehen.

Der Einzige, der in diesen Wochen wieder Leben in das Grau des Winters brachte, war Pietro Bonelli. Er hatte von einem Fahrer des Nachschubs die Nachricht erhalten, dass Katja Dobor in Sarajewo im Krankenhaus lag.

»Mamma mia!«, schrie Bonelli. »Mein Täubchen ist krank?! Mein armes Vögelchen ...« Er rannte zu Ralf Meerholdt und bat um Urlaub wegen »Regelung dringender Familienangelegenheiten«. »Sie ist todkrank, meine Katja«, jammerte er. »Sie liegt im Sterben! Noch einen letzten Blick will sie auf ihren Pietro werfen! Haben Sie Erbarmen, Padrone ... lassen Sie mich für drei Tage nach Sarajewo.«

Ralf Meerholdt rief im Krankenhaus an und erkundigte

sich. Der Arzt, den er sprach, lachte laut, als er von den Sorgen Bonellis hörte. »Ihr fehlt gar nichts! Sie kam eines Tages zu uns und fragte, ob sie bei uns arbeiten könne. Sie wollte mehr Geld verdienen, denn sie habe einen Bräutigam, und wenn der Winter vorbei sei, wolle sie zurück in ihr Dorf und ihm zeigen, was sie alles in den Monaten verdient habe! Ich fand das sehr vernünftig und behielt sie hier. Sie arbeitet auf Station und ist sehr fleißig. Ein nettes Mädchen, Herr Meerholdt. Wollen Sie sie wiederhaben?«

»Aber nein. Wenn es so ist …«

»Uns fehlt Personal. Ich wäre Ihnen dankbar, wenn Katja hier bliebe.«

»Von mir aus.« Meerholdt sah zu Bonelli hinüber, der in dem Sessel kauerte und vor Aufregung schwitzte. »Bestellen Sie ihr einen schönen Gruß von uns, Herr Doktor.« Er legte den Hörer auf und wandte sich an Bonelli. »Da haben wir's«, meinte er geheimnisvoll.

Bonelli erbleichte. Er sank in sich zusammen und bebte.

»Ist … ist sie … sehr krank?«, stotterte er. »Lebt sie noch?!«

Meerholdt nickte ernst. »Was hast du mit ihr gemacht?!«, fragte er streng.

Bonelli schnellte aus seinem Sessel empor. »Ich?«, jammerte er. »Ich habe sie geküsst …«

»Und?«

»Und wieder geküsst …«

»Und?«

»Dann hat sie mein weiches Bett bewundert. Padrone – so etwas kannte sie nicht! Sie staunte so süß …«

»Und?«

Bonelli schluckte. »Ja … und … Na ja … und …« Er hob die Schultern. »Ich will sie ja heiraten, Padrone. Ich habe es ihr vorher schwören müssen.«

Meerholdt lächelte. »Jetzt haben wir die Bescherung …«, meinte er sarkastisch.

Bonelli war einen Augenblick starr, dann sprang er wie ein Gummiball in die Höhe und schrie. Er warf die Arme in die Luft, tanzte durch das Zimmer und verdrehte die Augen.

»Ein Bambino!«, brüllte er. »Ein Bambino! Ein Bambino!« Er rannte aus dem Zimmer über die Lagergasse und tanzte in seine Kantine. Vergeblich versuchte Meerholdt, ihn zurückzurufen, ihm den Irrtum klar zu machen ... vergeblich. Bonelli hüpfte herum und war für die Umwelt zunächst nicht mehr vorhanden.

Am Abend gab er ein rauschendes Spaghettiessen mit Chiantiwein, Slibowitz und Mandolinenmusik. Die Italiener, unter den Jugoslawen sowieso in der Minderzahl, feierten dieses Ereignis wie ein Volksfest. Aus buntem Papier hatten sie Lampions gebastelt und kreuz und quer durch die Kantine gespannt. Als die Mandolinen aufklangen und ein Quartett neapolitanische Lieder sang, traten Bonelli Tränen in die Augen.

»Freunde«, sagte er weinend. »Wenn das meine kleine Katja sehen könnte.«

Die Bauern standen glotzend an den Fenstern und starrten in den festlichen Saal. Die Mädchen von Zabari tanzten und kamen sich vor wie in einem Märchen. In der Nacht kam es wegen der Mädchen zu schweren Schlägereien zwischen den Italienern und einigen Zabarianern ... die Verletzten wurden in den Baracken verborgen, Freunde machten ihre Schichten mit. Keine Ausfälle, hieß es. Keine Sabotage! Stanis Osik stellt uns an die Wand, wenn ein Einziger der Mädchen wegen ausfällt!

Am zweiten Tag nach Pietro Bonellis Vaterfeier klärte sich der Irrtum auf. Bonelli versank in den Boden, er zertrümmerte einen Tisch und einen Stuhl, warf leere Flaschen auf jeden, der ihm zurief: »Wie geht es dem Bambino?«, und ließ sich vier Tage nicht mehr in der Kantine blicken.

Das Lager zehrte noch fünf Wochen von diesem Ereignis. In Zabari wurde es ein geflügeltes Wort: »Geh nach Sarajewo zu deinem Bambino!« Wenn Bonelli es hörte, wurde er weiß im Gesicht und blau in den Lippen.

So ging der Winter über Zabari hin … wochenlang versank es in einer weißen Wüste … Schnee … Schnee, nichts als Schnee … Die Wölfe umstrichen das Lager … die Soldaten schossen sieben Stück und ließen sie zur Abschreckung vor den Baracken liegen. Am nächsten Morgen waren sie aufgefressen … die abgenagten Knochen lagen im Schnee. Und in der Nacht heulten die anderen Wölfe und jagten die Hunde, die nicht schnell genug Schutz bei den Hütten suchten.

Drei … vier Monate … kurze Tage und lange Nächte … ein ewig trüber, grauer Himmel und nachts ein Frost, dass die Stämme der Bäume barsten und das Vieh in den Ställen schrie.

Mitte März riss der Himmel auf, ein blauer Fleck stand über Zabari, bestaunt von den Bauern und den tausend Arbeitern. Mit dem blauen Flecken kam ein warmer Wind … er wehte vom Meer her und suchte sich seinen Weg durch die einsamen Felsen. Mit ihm kam auch die Schneeschmelze nach Zabari … es war, als löse sich die Ordnung der Welt auf und ertränke in rinnenden Bächen, reißenden Bergflüssen und wasserbrodelnden Tälern.

Der Kampf gegen das Wasser begann. Es warf sich gegen den halb fertigen Damm, riss an den Verschalungen, unterspülte die Betonmauern.

Rettet den Damm! Die Natur rächt sich an uns!

Als die ersten Verschalungen brachen, stand Rosa neben dem starren Ralf Meerholdt am Rand des Tales und weinte.

In diesen Monaten des Winters war Jossip nicht einmal hinunter nach Zabari gekommen. Er lebte verborgen in seiner aus dicken Stämmen gezimmerten Hütte, schlief auf dem Ofen und lebte von Hammelfleisch, Milch, Käse, Butter und einem Brot, das er sich aus Mehl und zerriebenen Wurzeln buk. Seine Schafherde lag in einem mit Stroh gefüllten Schober und wartete den Schneefall ab. Auch als die Alarmsirenen von Zabari heraufgellten und die tausend Arbeiter und Bauern gegen den Sturm kämpften, blieb er auf seinen Felsen. Er stieg nur, wenn der Schnee etwas nachließ, auf sein Plateau und blickte hinunter auf die weiße Wüste zu seinen Füßen, aus der hier und da eine dünne Rauchfahne emporstieg. Ein Haus, dachte er dann. Das Haus von Dobor. Und dort die Rauchfahne, das ist Bossik. Und dort Semla, Korvicz, Simfecz und Slatina. Direkt unter dem Felsen, das ist Suhaja. Das ist das Feuer, an dem jetzt Rosa sitzt und sich wärmt. Vielleicht sitzt sie auch nicht vor der offenen Flamme, sondern lebt mit dem Fremden in der Baracke dort hinten am Tal. Dann wurde sein Gesicht hart, und er ging zurück zu seiner Hütte und grübelte.

Als der Schnee lag und der Frost die Bäume des Waldes spaltete, begann Jossips geheimnisvolle Suche. Er hatte beim Wasserholen eine Höhle bemerkt, aus deren unterem, zerklüftetem Gestein ein dünnes Wasserrinnsal lief. Es versiegte und vereiste auch nicht, als der Frost fast alle Quellen zufror und das Wasser nur mit Kraft nach außen dringen konnte. Gleichmäßig, dünn, aber stetig lief das klare Wasser aus der Felsspalte und versickerte nicht weit davon in dem zerrissenen Boden.

Jossip kannte seine Berge. Es gab keine Schlucht, die er nicht durchzogen hatte, kein Tal, in dem er nicht schon gerastet, keinen Felsen, auf dessen Spitze er noch nicht gestanden hatte. Auch die Quellen kannte er, die Bergbäche und reißenden Stürze, die bei der Schneeschmelze alles mit sich rissen und hinunter in die Schluchten spülten. Dieses kleine Rinnsal sah er zum ersten Mal. Er hatte die Spalte etwas erweitert und die Hand hineingesteckt … das Wasser lief einen kleinen Gang herab, der sich nach oben fortsetzte.

Nach oben?! Jossip sah den großen Felsen hinauf, den Felsen, der wie eine breite, ausgestreckte Hand das Dorf Zabari schützte. Das Wasser kam von oben?

Jossip kletterte zu dem Eingang der Höhle empor und kroch auf dem Bauch in den engen Eingang hinein. Finsternis umgab ihn ... ein mooriger Geruch stieg aus der Tiefe empor, Kälte überrieselte ihn ... größere Kälte, als sie draußen der Frost über das Land schickte. Er tastete mit den Händen vorwärts ... ein schmaler Gang, zerklüftet und feucht, führte ins Unbekannte. Jossip hielt den Atem an ... dann schrie er laut und lauschte. Sein Schrei flog weiter ... er pflanzte sich fort ... fern, ganz fern war es, als breche er gegen eine Wand, werde zurückgeworfen und verteile sich in einem riesigen, unterirdischen Gewölbe.

Jossip hielt den Atem an und kroch zurück in den Schnee. Dort saß er auf einem Stein, trotz der Kälte vor Erregung schwitzend, und wischte sich über die Augen.

Eine Riesenhöhle ... Sollte der ganze Berg hohl sein? Hohl wie ein alter Baum, morsch und brüchig, von innen zerfressen? Er sah an dem mächtigen Felsen empor und blickte hinunter auf Zabari, das sich in seinem Schutz duckte. In dem Schutz eines hohlen Felsen, der jeden Augenblick zusammenbrechen und ins Tal brechen konnte, das Dorf, die Menschen, die Tiere zermalmend.

Jossip rannte zu seiner Hütte, riss ein paar Späne vom Ofen und hetzte zur Höhle zurück. Er zögerte, noch einmal in den Eingang zu kriechen ... er hatte Angst vor der Wahrheit, die er im Schein der Fackeln sehen würde, Angst vor dem Tode, der über Zabari stand, groß, schwarz, in wundervoller Schönheit, von außen wie die Ewigkeit der göttlichen Gesetze aussehend. Er blickte noch einmal auf das Rinnsal, das unterhalb der Höhle aus dem Felsen trat. Da bezwang er seine Scheu und kroch wieder auf dem Bauch in die Höhle, die Fackeln vor sich herschiebend.

Der Gang war eng und niedrig. Der zuckende Feuerschein

leuchtete nicht weit … aber so weit er ging, war der Gang leicht ansteigend. Keuchend kroch Jossip weiter, die Kälte, die durch die Höhle wehte, ergriff ihn und schüttelte seinen Körper trotz der Wattejacke und Wattehose, die er angezogen hatte.

Nach vielen Metern wurde der Gang höher … Jossip konnte stehen und tastete sich an den feuchten Wänden entlang nach oben. Er kam in eine größere Ausbuchtung, von der aus der Gang, breit jetzt und hoch, wieder nach unten führte. Das Licht der Fackel flackerte, als träfe es ein Windzug, hier, unter der Erde! Jossip blieb stehen und lauschte. Er hörte ein Plätschern, ein leises Rauschen, ein Raunen, das durch den ganzen Berg ging.

Jossip wurde blass und lehnte sich gegen die kalte, feuchte Wand. Er wagte nicht, den Gang hinunter weiterzugehen – er ließ die eine Fackel ausbrennen und stand dann in der Dunkelheit und zitterte vor Kälte und Angst. Durch die völlige Finsternis hörte er es jetzt nahe und klar … ein Plätschern, ein Rauschen … und er roch es, wie ein Tier witterte er es … Wasser … viel Wasser … eine Welt voll Wasser …

Er überwand noch einmal seine Scheu und ging weiter. Die zweite Fackel loderte ihm voran … an ihr entzündete er eine dritte – in jeder Hand einen feurigen Stab, ging er Schritt für Schritt seiner schrecklichen Ahnung entgegen.

Der Gang wurde feuchter … breiter … einmal glitt er aus und fiel gegen die Wand. Dann öffnete sich vor ihm eine Halle, ein Riesenraum ohne Ende. Die Fackeln loderten … sie rissen nicht die Decke der Halle aus der Finsternis, sie reichten nicht hinüber bis zur anderen, in tiefer Schwärze liegenden Wand … so ungeheuer, so weit, so hoch war die Höhle. Aber es gab keinen Boden in diesem hohlen Felsen … dort, wo sonst das Gestein zerklüftet eine Sohle bildete, war Wasser. Ein gewaltiger See füllte die Halle aus … in dem spiegelklaren Wasser zuckten die Flammen der Fackeln und warfen das Bild des bleichen und zitternden Jossip zurück.

Ein See, ein hohler Felsen mit einem See … ein See, getrennt durch eine Steinwand von Zabari, das unter ihm lag … ein versunkenes Dorf schon …

Jossip hielt die Fackeln hoch … er schwenkte sie … ihr Schein erreichte nicht die gegenüberliegende Wand. Von ferne hörte er wieder das Rauschen und Plätschern … die Bäche und unterirdischen Flüsse, die den See speisten, die durch den Felsen rannen und ihn aushöhlten, zermürbten, zerfraßen.

Er bückte sich, ergriff einen Stein und warf ihn vor sich in das stille Wasser. Er beugte den Kopf vor und vernahm nicht den Aufschlag auf dem Grund des Sees. Erschüttert setzte sich Jossip auf den nassen Boden und starrte über den schweigsamen, unterirdischen Saal.

Eine Wassersäule von über 100 Metern, umklammert von einem Felsen, stand über Zabari. Es bedurfte nur eines Loches in der Felswand, nur einer Sprengung, und der riesige See würde über das Tal stürzen … alles Leben vernichtend, die Natur umgestaltend … ein jüngstes Gericht …

Entsetzt saß Jossip vor dem See und starrte auf das verzerrte Bild seines Gesichtes, das die Oberfläche des Wassers unter dem zuckenden Fackelschein zu ihm zurückwarf …

Mit dem Beginn des Frühjahrs und dem Abklingen der Schneeschmelze begannen wieder die Arbeiten am Damm. Was die Wassermassen weggerissen hatten, war nur gering im Vergleich zu dem, was halb fertig dem Ansturm standgehalten hatte. Neue Verschalungen wuchsen an den Talwänden empor, der Erdwall wurde verbreitert, der Betonkern verstärkt. Unmittelbar unter der emporwachsenden Sperrmauer wurde der Boden gesprengt, planiert und glatt gewalzt … breite Betonplatten mit Eisengeflecht wurden gegossen und in den Boden eingelassen … die Fundamente und Träger der Turbinen, die später in den Hallen des Kraftwerkes eingebaut werden sollten.

Neue Pläne waren in den stillen Monaten entstanden, Verbesserungen, die in Belgrad und Zagreb zur Genehmigung vorlagen. Außer der Ausnutzung des Wasserdruckes für den Antrieb der Turbinen zur Elektrizitätserzeugung hatte Ralf Meerholdt vorgeschlagen, die dicken Wasserstrahlen des abfließenden Wassers nicht einfach als einen kleinen Fluss in irgendeine Schlucht zu leiten und dort weiterzuführen bis zum Tara, sondern mit einem Rohrdrucksystem in jene Gebiete zu drücken, die heute noch unter der Wasserarmut brachlagen, versteppten oder sogar unbewohnt waren. So konnte der Staudamm von Zabari doppelt nützen und restlos ausgewertet werden.

Stanis Osik trug die Pläne wie kostbare Diamanten mit sich herum und schlief mit ihnen unter dem Kopfkissen. »Sie sind Millionen wert!«, sagte er zu Elena, die aus Budapest gekommen war und wieder in Zagreb lebte. »Dein süßer Ralf ist ein Genie!«

»Aber nicht wert, dein Schwiegersohn zu sein!«, antwortete Elena kampfeslustig.

»Genie und Schwiegersohn sind zwei verschiedene menschliche Begriffe, mein Täubchen! Ein Genie als Schwiegersohn ist das Schrecklichste, was einem Vater passieren kann. Es vernichtet ihn mehr als zehn Heuschreckenplagen! Was ich brauche, ist für mein Püppchen ein Mann, der gut aussieht, ein Diplomat ist, eine hohe gesellschaftliche Stellung bekleidet, einen großen Einfluss hat, keinerlei Ambitionen, wenig Geist, möglichst viel Geld und ein gutes Gemüt besitzt, und der im Übrigen so still ist, dass ich ihn nicht bemerke, es sei denn, er führt mir eure sieben Söhne vor …«

»Ist das alles?« Elena biss die Lippen aufeinander. »Vielleicht schielt er auch noch, hat eine Geliebte, die ihm den Eingang in die Ministerien öffnet –«

»Nicht schlecht«, nickte Osik.

»… ist ein Luder, das mich täglich schlägt und sich als Mohammedaner mit der Zeit vier andere Frauen anschafft und als Pascha auf den Kissen sitzt und sich kniend den Kaffee servieren lässt …«

Stanis Osik lächelte breit. »Ein wenig viel, Püppchen. Nicht ganz so schlimm soll man das Leben sehen.«

»Ich werde solch einen Idioten nie und nimmer heiraten!«, schrie Elena außer sich.

»Aber ein Genie! Ein wirkliches Genie mit Millionen im Kopf und zehn Dinaren in der Tasche! Einen Fremden! Und auch noch einen Deutschen! Meine Tochter mit einem Deutschen … die Tochter Stanis Osiks, der als Partisan gegen die Deutschen kämpfte, den Tito mit dem höchsten Orden auszeichnete, der bei Zagreb verwundet wurde von einer deutschen Kugel und der in Sarajewo sieben Wochen lang in einem stinkenden Loch von Gefängnis lag, zusammengeschlagen von der SS und zum Tode verurteilt als Partisan … dessen Elena soll einen Deutschen heiraten? Ich machte mich unmöglich!«

»Aber ihr macht euch nicht unmöglich, einen Deutschen, einen solchen schrecklichen Deutschen, als Leiter eurer Bauten einzusetzen, nach seinen Plänen zu bauen, von seinem Geist zu profitieren, mit seinem Wissen euer Land aufzubauen …«

»Es ist eine geistige Wiedergutmachung, wenn du es so willst. Sie haben uns ausgelaugt, die Deutschen, sie haben uns geknechtet, vergewaltigt … nun kommen sie und bauen wieder auf … für einige tausend Dinare im Monat, damit die Welt sieht, wie nobel wir sind, wie vergessend, wie großzügig und edel. Wir pumpen ihren Geist für uns aus, wir saugen ihr Genie weg wie ein Vampir das Blut aus dem Körper, wir finden mit ihnen den Anschluss an die Welt wieder, den wir durch sie verloren … sie werden unser Land groß und unabhängig machen – vom Westen und vom Osten!«

Elena sah ihren Vater mit einer Missachtung an, die Osik in diesem Augenblick zum ersten Mal fast körperlich fühlte.

»Wenn du die Deutschen so hasst, wenn du ihr Genie missbrauchst, so wäre es das Einfachste, Meerholdt mit mir zu verheiraten, um ihn für immer an dein Land zu binden.«

»Es ist auch dein Land, Elena.«

»Gut – dann an unser Land! Als mein Mann wird er für immer hier bleiben und euch seine Pläne geben.«

Stanis Osik hob die Hand. »Was liegt uns daran, Püppchen? Er baut den Damm von Zabari, er wird vielleicht noch drei oder vier andere Stauwerke bauen. Er wird Wasserleitungen entwerfen, Felderbewässerungen ... er trägt sich sogar mit dem Gedanken, den Tabak zu veredeln durch große Klimastrahler auf den Tabakfeldern. Eines Tages werden wir ihn ausgenommen haben, wird sein Geist erschlaffen, wird er ein Routinemensch werden, wenn wir alle seine Pläne ausgeführt haben und es nichts mehr gibt, was er verbessern kann. Dann wird er seinen Lohn bekommen: Eine Abfindung von 100 000 Dinaren und einen Tritt in den ausgemergelten Hintern!«

»Du bist ein Schwein!«, sagte Elena verächtlich.

»Die Politik ist immer eine Schweinerei!« Osik rauchte eine Zigarre an und betrachtete die kleine weiße Spitze. Er drehte die Zigarre ein wenig, damit sie gleichmäßig abbrannte. »Aber da die ganze Welt nur eine Suhle ist, dürfen die Schweine ja nicht fehlen ...« Er sah Elena an, die sprachlos am Fenster stand. »Verstehst du jetzt, warum du Ralf Meerholdt nie heiraten wirst? Sein Kopf ist ein Ei, ein rohes Ei, das ich so lange austrinke, wie etwas aus ihm herauskommt ... die Schale werfe ich weg. Willst du eine Schale heiraten?«

»Einen Menschen, einen wirklichen Menschen, den ich liebe!«

»Liebe!« Osik drehte die Zigarre, sie brannte schräg ab, eine Rippe zog sich unter dem Deckblatt hin. »Liebe ist ein dummer Ausdruck für das sexuelle Zueinanderstreben niedriger Kreise! Das gemeine Volk überdeckt damit den Trieb und will ihn in die höhere Sphäre seelischer, vielleicht auch noch göttlicher Gewalt heben. In unseren Kreisen, Püppchen, von einer bestimmten Höhe der gesellschaftlichen Stellung aus, heiratet man mit Vernunft, mit Überlegung, mit Berechnung, mit einer Differenzierung aller Begriffe, die mit Ehe und Moral zusammenhängen. Hier geht es um Posten und Einflüsse, die Ehe wird ein Sprungbrett nach oben, sie soll tragen, nicht hinabziehen ... sie soll den Glanz vermehren durch neue Diademe, nicht, indem man die alten mit Putzmitteln blank reibt. Das, was man Liebe nennt, das ergibt sich fast automatisch durch die anatomische Verschiedenheit der Partner ...«

Elena legte die Hände gegen die Ohren und wandte sich ab. »Bitte, hör auf!«, sagte sie. »Ich kann das nicht mehr ertragen!« Sie legte die Stirn gegen die kühle Scheibe des Fensters und schloss die Augen. »Ich habe nie geglaubt, meinen Vater einmal hassen zu können!«

»Weil du jung bist, eine kleine, dumme Gans, deren Gefühle sich regen und die keine Kontrolle über sich selbst gewonnen hat. Im Alter wirst du mir recht geben!«

»Was geht mich das Alter an?« Sie drehte sich herum und schrie: »Ich will eine Jugend haben! Ich will Liebe! Du willst mich um alles betrügen, was andere Mädchen glücklich werden lässt! Du willst mich in ein Glashaus setzen und herumzeigen wie eine Mumie. Seht, das ist meine Nofretete! Seht, nach ihr würde sich Amenophis die Hände geleckt haben! Aber sie ist unverkäuflich, unantastbar ... es sei denn, es käme einer, der mich Minister werden ließe und meine Tochter eine Gräfin! Gräfin Elena ... dafür öffne ich den Glaskasten, und die Meute kann herein! Wer ist ein Graf, wer kann mich zum Minister machen ... wer will ... wer will ...« Sie trommelte mit den Fäusten gegen ihre Brust. »Aber ich will nicht ... ich will nicht! Ich will Liebe ... Liebe.«

Stanis Osik nahm die Zigarre aus dem Mund und warf sie fort. »Geile Katze«, sagte er und verließ den Raum. –

Am nächsten Morgen war Elena aus dem Haus verschwunden.

Osik brüllte durch die Räume und den weiten Garten, er jagte die Hausmädchen herum, den Chauffeur, den Gärtner … niemand hatte Elena gesehen. Sie musste in der Nacht, unbemerkt von allen, das Haus und Zagreb verlassen haben.

Die Polizei, die Osik alarmierte, war ratlos. Ein junger Leutnant schüttelte den Kopf. »Mit drei Koffern ist sie weg?«, sagte er gedehnt. »Das sieht wie eine Flucht aus. Hatten Sie Streit miteinander?«

Stanis Osik warf die Polizisten aus dem Haus und telefonierte mit Foca.

»Wenn meine Tochter kommt, sofort festhalten, bis ich nachkomme!«, schrie er den Leiter des Nachschublagers von Foca an. Dann überwand er sich und rief Zabari an. Er verlangte Ralf Meerholdt und wartete, bis man ihn von der Baustelle holte.

»Hier Osik«, sagte er, sich mühsam beherrschend. »Wie geht's in Zabari?«

»Alles in Ordnung.« Ralf Meerholdt wischte sich den Schweiß von der Stirn. Er war gerannt und noch etwas außer Atem. »Was machen meine neuen Pläne?«

»Sie werden geprüft … sie sind ganz gut! Vielleicht kommen wir auf sie zurück.« Osik schluckte. »Ist Elena bei Ihnen?«, fragte er dann.

Meerholdt fuhr zusammen. »Elena?«, rief er verblüfft. »Nein – ich habe sie seit fast drei viertel Jahren nicht mehr gesehen!«

Osik stöhnte leise. »Dann wird sie morgen oder übermorgen zu Ihnen kommen! Sie ist auf dem Wege nach Zabari. Tun Sie mir den einen Gefallen und rufen Sie mich sofort an, wenn sie eintrifft! Ich reise heute noch nach Foca.«

»Selbstverständlich!« Meerholdt nagte an der Unterlippe. »Ich rufe sofort an, wenn sie kommt.«

Osik legte auf. Seine Stimme war nicht begeistert, grübelte er. Er war sofort bereit anzurufen. Sollte das alles nur ein Hirngespinst von Elena sein? Weiß am Ende Meerholdt gar nichts von ihrer Leidenschaft für ihn? Er rauchte wieder eine Zigarre an und versank in Grübeln. Wenn es wirklich so ist, dann wäre die Reise Elenas nach Zabari die beste Heilung! Die Kühle Meerholdts musste sie ernüchtern. Er rauchte mit halb geschlossenen Augen und versuchte, sein aufgeregtes Innere zu besänftigen. In diesem Augenblick glich er einem Orientalen, der im Angesicht eines großen Schicksals ruhig wird, lächelt und an die Allmacht Allahs glaubt …

Ralf Meerholdt hatte den Hörer noch immer in der Hand, als Osik schon längst aufgelegt hatte. Er sah aus dem Fenster hinaus über das Tal und den Weg, den Raupenschlepper von den letzten Steinsperren der Schneeschmelze säuberten.

Elena ist auf dem Weg nach Zabari. Das Schicksal macht nicht Halt … es hatte nur eine Pause den Winter über eingelegt. Mit der Sonne des Frühlings kam die Entscheidung zurück, der er ausweichen wollte, bis sich vielleicht alles von selbst in die Bahn lenkte, die eine Zukunft verhieß.

Elena, geflohen aus Zagreb, war auf dem Weg zu ihm. Vielleicht fuhr sie schon über die schlammige Bergstraße, kämpfte sich die Serpentinen empor, wich den letzten Steinschlägen an den Hängen aus.

Und nebenan, durch eine dünne Bretterwand getrennt, saß Rosa am Fenster in der Sonne und stopfte seine schadhafte Wäsche und kochte des Mittags die Gerichte ihrer Heimat und trug sie in sein Zimmer mit dem Lächeln seligen Glücks, ihm dienen zu dürfen. Bevor sie aßen, küssten sie sich, und nach dem Essen küssten sie sich wieder. In der Nacht begegneten sie sich, jeder auf dem Weg zu dem anderen. Sie sahen sich an, stumm, tief atmend, und er nahm sie auf seine Arme und trug sie in sein Zimmer. Als er zum Lichtschalter griff, nahm sie seine Hand und drückte sie zurück auf ihre Brust.

»Kein Licht«, flüsterte sie. »Die Dunkelheit ist so weich wie deine Hand.« Später drehte sie dann selbst das Licht an und beugte sich über ihn. »Ich muss dein Gesicht sehen«, sagte sie zärtlich. »Ich will sehen, wie es aussieht, wenn du glücklich bist ...«

Und er war glücklich, löschte das Licht und zog sie zu sich hinunter ...

Ralf Meerholdt schloss die Augen und legte den Hörer hin.

Elena kommt nach Zabari –

3

An einem Nachmittag, drei Tage nach dem Anruf Stanis Osiks, traf Elena in Zabari ein. Es waren drei Tage verzweifelten Wartens und Suchens. Osik in Foca rief jede Stunde an und raufte sich verzweifelt die Haare, als er immer die gleiche Antwort erhielt: Elena ist noch nicht hier. In Foca war sie auch nicht eingetroffen, auch aus Niksic und Plewlja kam die Nachricht, dass auf der Straße in die Berge keine junge Frau gesehen worden war. Osik brütete über der Karte des Gebietes und suchte einen anderen Weg, den Elena genommen haben konnte. Es gab nur eine Straße, die in die Nähe des Durmitor führte ... eine Felsenstraße von Goransko aus, ein elender Weg, der jetzt bei der Schneeschmelze gesperrt war und nur unter höchster Lebensgefahr begangen werden konnte. Diesen elenden, gefährlichen Weg konnte Elena von Sarajewo aus erreicht haben!

Osik brach der Schweiß aus bei dem Gedanken, dass Elena auf dieser Höhenstraße um ihr Leben kämpfte ... aus Trotz gegen ihren Vater, für eine Liebe, die sie sich einbildete. Am dritten Tage des Wartens schwor Osik sogar im Geheimen, dass er Ja zu einer Heirat mit Ralf Meerholdt sagen würde, wenn Elena nur lebend wieder auftauchte.

Am dritten Tag nachmittags fuhr Elena mit einem alten Jeep, den sie sich in Sarajewo gekauft hatte, in Zabari ein ... verschmutzt, zerrissen, mit verfilzten Haaren. Sie war von Goransko tatsächlich über die Berge gefahren, durch unwegsame Schluchten und wilde, fast immer im Schatten der Felsen liegende Täler ... sie war umhergeirrt in dem Labyrinth der Berge, sie hatte des Nachts im Jeep geschlafen, zugedeckt mit drei Wolldecken, den Kopf auf ein Bündel Kleider gelegt. Oft war sie unter den Decken hervorgekrochen, steif gefroren in der nächtlichen Kälte, und war um den Wagen herumgelaufen ... stampfend, mit den Armen um sich schlagend, hüpfend, um sich wieder warm zu machen und den Körper durchbluten zu lassen. Ich halte durch, hatte sie sich trotzig zugesprochen. Ich kehre nicht um, ich mache nicht schlapp ... ich will es ihm zeigen! Jetzt gerade! Und sie kroch wieder unter die feuchten Decken, zitternd und zähneklappernd, schlief eine Stunde und lief dann wieder um den Wagen ... drei Nächte lang, zäh, verbissen und getrieben von dem Willen, Stanis Osik ihre Liebe zu beweisen.

Nun fuhr sie ratternd und knatternd durch Zabari, bestaunt von den Bauern, angestarrt von den Arbeitern. Ralf Meerholdt lief ihr auf der Straße entgegen ... sie bremste scharf, sprang aus dem Wagen und fiel ihm mit ausgebreiteten Armen um den Hals. Vor allen Umstehenden küsste sie ihn wild und klammerte sich an ihn. Jetzt, am Ende ihrer Reise, in den Armen Ralfs, verließen sie alle Kräfte ... sie sank zusammen und weinte haltlos. Durch ein Spalier von Arbeitern trug er sie in seine Baracke.

Am Eingang der Kantine stand Rosa und blickte zu Boden. Sie begriff nicht, was sie gesehen hatte, sie konnte nicht verstehen, dass es ein anderes Mädchen gab, das ein Recht besaß, Ralf um den Hals zu fallen und zu küssen. Ein Mädchen, das plötzlich mit einem kleinen, offenen Auto aus den Felsen herausschoss und das Ralf auf den Armen in sein Haus trug.

Pietro Bonelli kratzte sich den Kopf. Er stand hinter Rosa und putzte ein Bierglas.

»So ist das, Mädchen«, sagte er und nickte weise dazu. »Das Leben ist eine verdammt schwere und verzwickte Angelegenheit.« Er dachte dabei an Katja Dobor, die noch immer im Krankenhaus von Sarajewo auf der Station arbeitete und ihm keine Nachricht gab, weil sie nicht schreiben konnte.

»Wer ist sie?«, fragte Rosa leise.

»Elena Osik, die Tochter von Direktor Osik, dem Chef von den staatlichen Bauten. Steinreich, Rosa. Osik könnte euer ganzes Dorf kaufen, und er merkte es noch nicht einmal auf seinem Bankkonto.«

»Und was will sie hier in Zabari?«

»Wahrscheinlich will sie zu Meerholdt. Der Padrone war mit ihr lange in Foca zusammen … sie war seine Sekretärin.« Bonelli lächelte hintergründig. »Man munkelt so allerlei bei uns … aber Genaues weiß ich auch nicht.«

»Liebt sie ihn?«

»Wie soll ich das wissen?«

»War sie seine Geliebte?«

»Kind, als wenn mich das etwas anginge! Geh doch hin und frage sie selbst …«

»Das werde ich auch tun …«

Entsetzt sah ihr Bonelli nach, wie sie durch die Barackengasse lief, dem Hause Meerholdts zu. »Madonna!«, stammelte er. »Das ist eine Tragödie …«

Er trat schnell zurück hinter seinen Schanktisch und spülte die Gläser weiter, aber es beruhigte ihn nicht, und er zerbrach zwei Stück zwischen den Händen.

Elena lag schlafend in Ralfs Bett. Er hatte ihr die schmutzige Jacke ausgezogen, Gesicht und Hände gewaschen … schon beim Waschen sank ihr Kopf vornüber, und sie schlief ein, an

Ralfs Arm festgeklammert. Er legte sie zurück auf das Bett und zögerte. Dann siegte die Notwendigkeit über seine Zurückhaltung, und er entkleidete Elena vollständig, zog dem weißen, schönen und vollendeten Körper seinen Schlafanzug über und deckte sie dann bis zum Hals mit seiner Steppdecke zu.

Sie lächelte im Schlaf.

Eine Weile saß er noch neben ihr auf der Bettkante und betrachtete sie. Ihre Augenlider zitterten. Der Mund war plötzlich trotzig zusammengezogen, ihr Gesicht hatte etwas Strenges und in der jetzigen Herbheit Berückendes an sich.

Drei Tage und Nächte durch die Berge ... eine große, eine überwältigende Leistung für eine so zarte und verwöhnte Frau wie Elena. Ein Martyrium, freiwillig erlitten, um zu ihm zu kommen. Eine Odyssee aus Liebe.

Er beugte sich über ihr schmales, bleiches Gesicht und küsste sie auf den zusammengepressten Mund. Ihre Lippen waren kalt und rau, aber sie zitterten, als er sie berührte ...

Während Elena schlief, rief Meerholdt in Foca Stanis Osik an.

Osik war der Verzweiflung nahe und soff ein Glas Slibowitz nach dem anderen. Er hatte sich eingeschlossen und brüllte jeden durch die Tür an, der ihn störte. So verkehrte man nur noch telefonisch mit ihm, denn das Telefon war das einzige Wesen, auf dessen Stimme er sofort reagierte. Aber alles, was nicht aus Zabari kam, wurde von ihm niedergeschrien und abgehängt.

Mit glasigen Augen starrte Osik auf die Tischplatte. Ich saufe mich zu Tode, grübelte er. Alkohol ist Gift für mein Herz. Ich habe die Angina pectoris ... ich weiß es. Aber ich pfeife darauf! Ich pfeife! Wenn Elena umgekommen ist, ist das Leben nichts mehr wert! Wofür arbeite ich denn? Wofür habe ich den Reichtum gescheffelt, die Leute betrogen, die Arbeiter ausgebeutet, Material verschoben und falsche Rechnungen buchen lassen? Für wen denn? Für mich? Für den dicken, alten Stanis Osik, dessen Herz in der Brust klappert wie ein ungeschmierter, ausgeleierter Motor? Für den? Er schüttelte den Kopf und goss sich noch ein Glas ein. Mit geschlossenen Augen, als tränke er Gift, stürzte er es ganz hinunter. Ich saufe mich zu Tode, Heilige Mutter von Sarajewo … gib mir Elena wieder …

Er schlief, als das Telefon neben seinem Ohr klingelte. Schlaftrunken fuhr er auf, wischte sich über das schweißige Gesicht und nahm den Hörer ab.

Zabari … Osik fuhr empor. Er schwankte betrunken, aber er verstand alles, was Meerholdt sagte. Und dann weinte Stanis Osik – es war möglich, dass aus seiner harten Seele noch ein Gefühl entsprang, das ihm die Tränen in die Augen trieb.

»Sie ist da«, stammelte er. »Sie ist bei Ihnen … gesund, ganz gesund, nur müde … und sie schläft … mein Täubchen, meine Elenaska … Meerholdt …« Er schluckte … »Ralf … pflege sie gut, hörst du … pflege sie wie eine Mutter … Ich komme sofort nach Zabari …«

Er legte den Hörer auf und schwankte. Sich an der Wand forttastend, torkelte er zu dem Sofa am Fenster und warf sich in die Kissen. Kaum, dass er lag, schlief er schon wieder, und er lächelte im Schlaf wie ein glückliches, beschertes Kind.

Bevor am nächsten Morgen Stanis Osik nach Zabari kam, standen sich in Ralfs Zimmer Rosa und Elena gegenüber.

Nicht feindlich … Rosa putzte den Boden, und Elena nahm keine Notiz von ihr und trank an einem kleinen Tisch mit Ralf Kaffee. Die durchschlafene Nacht in dem warmen Bett Meerholdts, das Bad am Morgen hatten sie wieder in die gepflegte Dame aus Zagreb verwandelt. Wer sie so sitzen sah in ihrem Pariser Frühjahrskleid, mit den hochhackigen Schuhen und den dünnen, nahtlosen Nylonstrümpfen, hielt es für undenkbar, dass diese gleiche Frau vor wenigen Stunden noch den

Felsriegel der schwarzen Berge durchbrochen hatte, eine Tat, deren jeder Mann sich stolz rühmen würde.

Während sie Kaffee tranken, sprachen sie kein Wort miteinander. Nur ab und zu legte Elena ihre Hand auf die Ralfs und streichelte sie leicht. Rosa sah es ... sie schielte während des Putzens zu dem Tisch hinüber und biss die Zähne aufeinander. Zwischen ihren schwarzen Augen stand eine tiefe Falte. Meerholdt gab sich jegliche Mühe, vor Rosa einen gewissen Abstand gegenüber Elena zu bewahren, aber die stille Zärtlichkeit, die von ihr ausstrahlte, das Glück, bei ihm zu sein, die Freude, Stanis Osik besiegt zu haben, waren so stark, dass Rosa fast körperlich die Gefahr spürte, die von dieser Frau ausging.

Sie beobachtete Elena, wie sie die Tasse hielt, wie sie das Brötchen brach, wie sie das Messer handhabte, als sie Butter und Honig auflegte ... sie machte sich in der Nähe des Tisches zu schaffen und betrachtete die schmalen, vorne spitz zulaufenden Schuhe, die dünnen Strümpfe und den seidigen Stoff des Kleides. Meerholdt legte das Messer weg ... ihm schmeckte der Kaffee bitter, als sei er mit Galle aufgeschüttet, jeder Bissen blieb ihm im Halse stecken, als habe er Widerhaken, die sich in seiner Speiseröhre festkrallten. Verstohlen sah er auf die Uhr. Kam Osik noch nicht? Er hatte ihn schon in der Nacht erwartet.

»Sascha«, unterbrach Elena seine Gedanken. »Es ist so schön, wieder bei dir zu sein.«

Rosa verließ das Zimmer. Draußen, im Flur, lehnte sie sich an die Wand und schloss die Augen. Sascha nennt sie ihn. Sascha! Sie war seine Geliebte ... jetzt wusste sie es. Niemand hatte sonst ein Recht, einen Menschen Sascha zu nennen. Ich werde sie fragen, dachte sie. Ich werde sie einfach fragen, ob sie ihn wirklich liebt, so liebt wie ich! Und wenn der Abend kommt, werden wir beide an Ralfs Tür stehen, und die Stärkere wird siegen! Ich habe das gleiche Recht wie sie!

Sie öffnete die Augen. Es war, als erwache sie aus einem Traum. Sie blickte an sich herunter … das alte, geflickte Kleid, die derben Holzschuhe, die handgestrickten dicken Schafwollstrümpfe. Alles war elend, plump und hässlich gegenüber Elena … nur ihr Haar, das lange schwarze, seidenglänzende Haar, das bis zur Hüfte herabfiel und wie ein Schleier um ihre Gestalt wehte, wenn der Bergwind es ergriff, dieses Haar war Elena überlegen. Das erfüllte sie mit Stolz und Hoffnung.

Bonelli fiel ihr ein. Er hatte für Katja Kleider aus Sarajewo kommen lassen; schöne, moderne Kleider, wie man sie in Zabari noch nicht gesehen hatte. Aber als die Pakete von Sarajewo in Zabari ankamen, war Katja in Sarajewo, und Bonelli fluchte und spielte mit den Paketen vor Wut Fußball. Seitdem lagen sie bei Bonelli in der Ecke des Zimmers, unausgepackt und unbeachtet, denn Bonelli wollte der Dummheit nicht die Krone aufsetzen und sie nach Sarajewo zurückschicken.

»Schicke ich sie weg und sie kommen in Sarajewo an, ist Katja dann gerade in Zabari! Ich bin doch kein Idiot!«, schimpfte Bonelli.

Und so warteten die Kleider auf die Wiederkehr Katja Dobors.

Rosa stellte den Eimer und den Schrubber in die Ecke des Ganges und rannte über den Platz zu der Kantine. Sie kam gerade herein, als Bonelli mit verträumtem Gesicht vor einem Blatt Papier saß. Ein Fahrer hatte es ihm mitgebracht aus Sarajewo. Schreiben konnte Katja nicht, aber malen. Und so hatte sie Pietro auf das Blatt Papier zwei Lippen gemalt, die sich küssten. Weiter nichts … zwei Lippen. Aber Bonellis Herz zuckte, und er war in Versuchung, wieder ein rauschendes Spaghettiessen zu geben mit viel Chianti und Musik.

»Sie liebt mich, Rosa«, sagte er versonnen, als sie zu ihm trat. »Meine Madonetta liebt mich …« Er zeigte ihr das Papier mit den Lippen und drückte es ans Herz. »Es ist das erste

Mal, dass sie es selbst sagt … O Rosa – ich könnte etwas ganz Dummes machen vor Freude!« Bonellis Augen flimmerten.

Er griff nach hinten und holte eine Flasche guten Wein aus dem Regal. Pfeifend goss er Rosa und sich ein Glas ein und hob es gegen die Sonnenstrahlen, die durch die Fenster in den Raum fielen. Der Wein funkelte golden.

»Auf mein Glück«, rief er laut.

Sie tranken das Glas. Rosa atmete schwer, es war das erste Glas Wein, das sie trank. Bonelli sah Rosa von der Seite an, als er das Glas absetzte.

»Kummer?«, fragte er.

Sie nickte. »Ja.«

»Mit dem Padrone und der Tochter des Direktors?«

»Ja.«

»Und du liebst ihn?«

»Ja – wie dich deine Katja …«

Bonelli biss sich auf die Lippen. Das durfte nicht kommen, das sprach sein weiches Herz an, das ließ ihn mitleiden. Er blinkerte mit den Augen und goss sich noch ein Glas Wein ein.

»Und ich soll dir helfen?«

»Ja.«

Bonelli hob beide Hände und schlug sie gegeneinander. »Womit, Rosa?«

Sie stockte und sah ihn aus ihren großen schwarzen Augen ängstlich und hilflos an. »Bist du auch nicht böse, wenn ich es sage?«

»Aber nein. Wie kann ich dir helfen?«

»Leih mir die Kleider von Katja«, sagte sie leise. Sie wagte nicht, Bonelli dabei anzusehen. Pietro schwieg eine Weile betroffen. Die Kleider Katjas? Die verfluchten Pakete, die bei ihm in der Ecke lagen und verstaubten? Er wusste selbst nicht, was sie alles enthielten … er hatte an ein Geschäft in Sarajewo geschrieben und eine vollkommene Frauenausstattung bestellt mit vier Kleidern und dem dazugehörenden »Unterzeug«, wie Bonelli respektlos die zarten weiblichen Dessous nannte. Ein wenig Neugier beschlich ihn doch, zumal er an Rosa sehen konnte, wie es bei Katja wirken würde.

»Komm mit!«, sagte er. »Aber verrate niemandem, von wem du die Sachen hast! Verstanden?«

Wie Verschwörer verschwanden sie in der Stube Bonellis und schlossen hinter sich die Tür ab. Dann knisterte Papier, und ein staunendes »Ah« drang durch die Tür …

Gegen Mittag traf auch Stanis Osik in Zabari ein. Er fuhr einen schweren Reisewagen und brauste durch die staubige Dorfstraße direkt auf das Barackenlager zu. Die Arbeiter, die ihm begegneten, zogen die Hüte und Mützen, die Bauern standen wie immer am Wege und bestaunten den großen, blitzenden Wagen.

Osik fuhr geradenwegs vor die große Baracke Meerholdts und sprang aus dem Wagen. Er rannte ins Haus und prallte auf einen der Techniker, der erschreckt zur Seite wich. »Wo ist Herr Meerholdt?«, keuchte Osik. »Wo ist meine Tochter?!«

»Der Herr Ingenieur und das gnädige Fräulein sind auf der Baustelle. Herr Meerholdt zeigt ihr das Werk.«

Stanis Osik wandte sich um und rannte zurück. Ein Lastwagen, der vorüberfuhr, bremste scharf, weil sich Osik mitten auf die Straße stellte. Der Fahrer schrie aus dem Fenster:

»Idiot! Aus dem Wege! Wer ist dieses Riesenrindvieh? Stellt sich mitten auf die Straße!«

Stanis Osik sprang auf das Trittbrett und schob mit seiner großen, fleischigen Hand den Kopf des Fahrers in das Führerhaus des Autos zurück.

»Fahr weiter!«, brüllte er den sprachlosen Mann an. »Zum Wall!«

»Aber ich muss doch zum Materiallager.«

»Zum Wall, du Hornochse – oder du fliegst sofort!«

Der Fahrer schaltete den Gang ein und brauste weiter, machte eine Kurve und ratterte auf das Tal zu. Osik hielt sich am Fensterrahmen und am Rückspiegel fest und sah das gigantische Bauwerk näher und näher kommen. Zum ersten Mal sah er selbst die Bauten, die er bisher nur von den Plänen und einigen Fotos her kannte. Die Größe, die gewaltigen Ausmaße, dieser stein- und eisengewordene Gedanke eines Genies erfasste auch ihn mit Bewunderung und einer ihm fremden Ergriffenheit. Er starrte ins Tal hinab, über die Steinmauer, die Verschalungen, die Betonplanierungen, die Hallen, die unten am Wall begannen, er erkannte die ungeheure Umwandlung der Natur nach dem Willen eines einzigen Menschen und wurde schweigsam.

Auf einer halb fertigen Brücke, die einen Teil des Tales überspannte, erkannte er Elena an der Seite Meerholdts und des Vorarbeiters Drago Sopje. Sie standen in schwindelnder Höhe an einem Eisengitter und blickten hinab in das geplante Staubecken. Osik ließ den Wagen halten. »Weißt du, wer ich bin?«, fragte er den Fahrer. Dieser schüttelte den Kopf.

»Nein. Auf jeden Fall ein Verrückter ...«

Ehe Osik etwas antworten konnte, hatte er den Wagen gedreht und ratterte in Richtung auf das Materiallager davon. Wütend stapfte Osik durch den aufgerissenen Boden, über Kalkgruben, Lehmhalden und Knüppeldämme der Brücke zu. Er betrat gerade das Eisengerüst, als Elena ihn bemerkte und Meerholdt am Arm herumriss.

»Mein Vater!«, schrie sie leise auf.

Meerholdt nickte. Eine schwere Last fiel von ihm ab. Wie einer Erlösung sah er Osik entgegen.

»Woher weiß er, dass ich hier bin?«, sagte Elena und umklammerte seinen Arm.

»Er hat es angenommen! Wohin solltest du schon geflüchtet sein?«

»Er kommt mich holen, Sascha. Er wird mich schlagen,

mich einsperren, mich wieder wegschicken in andere Länder. Schütze mich, Sascha … schütze mich.« Sie drängte sich an ihn und wandte den Kopf weg.

Stanis Osik schnaufte von der schnellen Fahrt und der ungewohnten Kletterei. Er hielt sich an dem eisernen Geländer fest und blieb stehen. Er wagte nicht, hinab in die Tiefe zu sehen. Er wurde schwindelig und hatte den wahnsinnigen Drang, sich mit dem Kopf zuerst in die Schlucht zu stürzen. Es war, als zöge ihn eine fremde, starke Macht hinab. Tief atmend sah er hinüber zu der kleinen Gruppe von drei Menschen, die allein auf der leicht schwankenden Brücke stand und ihm entgegensah. Er bemerkte, wie sich Elena an Meerholdt klammerte und den Kopf verbarg. Sie hat mich erkannt, dachte er grimmig. Sie fürchtet meinen Zorn. Das gab ihm Mut, weiterzugehen. Mit tastenden Schritten balancierte er über die schwankenden Bohlen.

Elena richtete sich plötzlich auf und riss sich von Meerholdt los. Ehe Ralf und Drago Sopje sie fassen konnten, rannte sie auf den Teil der Brücke zu, der nur provisorisch befestigt war und an einigen dünnen Stahlseilen hing, bis von unten her die Betonpfeiler emporwuchsen und ihr Halt geben würden.

»Elena!«, schrie Meerholdt. Entsetzen lähmte ihn, während Drago Sopje vorsichtig der Flüchtenden folgte. »Die Brücke hält das nicht aus! Du stürzt ab, Elena! Halt! Halt!«

Stanis Osik blieb stehen und warf die Arme in die Luft. »Elena!«, brüllte er grell. »Elena!«

Sie wandte sich um und umklammerte das Geländer der schwankenden Brücke. »Geh nicht weiter, Vater!«, schrie sie zurück. »Noch einen Schritt – und ich springe hinab!«

Osik blieb wie angewurzelt stehen. Meine Tochter, durchfuhr es ihn. Sie ist meine Tochter. Jetzt sehe ich es! Lieber den Tod als etwas gezwungen tun! Lieber sterben als nachgeben! Mit einem Dickkopf in das Grab … er wischte sich über das Gesicht. Kalter, klebriger Schweiß war an seinen Händen, als er sie wieder zurückzog … Angstschweiß, der seinen Körper wie mit Wasser durchtränkte. »Ich schlage dich nicht, Püppchen«, sagte er matt. »Komm zu mir …«

»Ich habe Angst vor dir.« Elenas Stimme war weit und kläglich.

»Ich verspreche dir alles … nur komm zurück von der Brücke.«

»Ich darf in Zabari bleiben?«

»Ja, ja … komm, Elena.«

»Du schwörst es?«

»Bei der Heiligen Mutter von Sarajewo! Komm jetzt, Elena.«

»Du wirst mir nichts tun? Du fährst morgen wieder weg nach Zagreb …«

»Alles, alles, was du willst! Nur komm herunter, mein Püppchen.«

Zögernd kam Elena zurück. Jetzt konnte sie Drago Sopje fassen … er zog sie schnell von den schwankenden Böden weg auf den festeren Teil, der schon auf einem Pfeiler auflag. Osik war jetzt bei Meerholdt angekommen und drückte ihm stumm die Hand. »Gehen wir«, sagte er stockend. »Sonst glaubt sie mir nicht, dass ich mein Wort halte. Ich werde bei Ihnen mit ihr genauer sprechen.«

Sie gingen zurück zur planierten Auffahrt am Rande des Tales, und Elena folgte ihnen mit Sopje, ungewiss, ob Osik seine Versprechungen halten würde …

Am nächsten Morgen schon hielt Stanis Osik sein Versprechen – er fuhr zurück nach Foca und von dort nach Zagreb. Ausschlaggebend waren nicht die Tränen und Anklagen Elenas, sondern eine halbstündige Aussprache mit Ralf Meerholdt unter vier Augen. Meerholdt hatte auf die direkte Frage Osiks ebenso klar geantwortet.

»Lieben Sie Elena?«, hatte Osik gefragt.

»Ich empfinde eine tiefe Zuneigung zu Ihrer Tochter, eine Zuneigung, die man einer so schönen Frau entgegenbringen muss. Ob es Liebe ist? Ich glaube es nicht …« Meerholdt hatte sich diesen Satz genau überlegt … er war klar und ließ für Osik alles offen, was zwischen ihm und Elena gewesen war.

Osik nickte verständig. Er hatte den Sinn der Worte verstanden.

»Sie wollen sie also nicht heiraten?«

»Nein.«

»Eine klare Antwort, Herr Meerholdt.« Osik war sehr zufrieden.

»Aber Elena meint, Sie seien der einzige Mann, der in ihr Leben passt. Sie will Sie heiraten!«

»Ich weiß es, Herr Direktor. Darum war ich Ihnen dankbar, dass Sie sofort nach Zabari kamen, um Elena abzuholen. Dass sie mit solch massiven Drohungen wie vorhin auffahren würde, habe ich nie und nimmer erwartet. Es wird schwer sein, sie zu überzeugen, dass meine Zuneigung eben nur ein Tribut an ihre Schönheit ist – aber nicht ausreicht, um daraus eine Ehe zu gestalten.« Meerholdt sah aus dem Fenster über das Lager. »Ich glaube jetzt fast, dass es wirklich die beste Lösung ist, Elena hier zu lassen. Sie wird hier eher als aus einiger Entfernung begreifen und vor allem sehen lernen, dass unsere Welten verschieden sind.«

»Das habe ich ihr auch schon gesagt.« Osik fasste es anders auf als Meerholdt und war verwundert über das »Fingerspitzengefühl«, wie er es nannte, das Meerholdt entwickelte. »Ich finde es sehr anerkennenswert von Ihnen, dass Sie es von selbst einsehen.« Osik griff wieder nach einer seiner dicken Zigarren. »Wenn Sie Elena von dem Gedanken der Heirat abbringen, Meerholdt, will ich in Belgrad für Sie sprechen. Die Entwicklungspläne unserer Regierung sind groß … Sie könnten eine goldene Zukunft haben …«

Meerholdt stutzte. Er sah Osik von der Seite an und erfasste plötzlich den Sinn der Betriebsamkeit des Direktors. Er lächelte über die Sorgen, die man in Zagreb seinetwegen hatte, und dachte an Rosa, die er den ganzen Tag über noch nicht gesehen hatte. »Ich hoffe, dass man in Belgrad meine geleistete Arbeit bewertet – wenn sie gut ist – und nicht irgendwelche Konzessionen persönlicher Art«, sagte er bestimmt. »Im Übrigen glaube ich, dass die Zuneigung Elenas zu mir mehr eine Laune ist, eine sehr rasch verflammende Leidenschaft, über die Sie sich keinerlei Sorgen zu machen brauchen. Ich werde sowieso eines Tages wieder nach Deutschland zurückkehren ... was soll Elena dann in einem Land, das sie nicht versteht und in dem sie immer eine Fremde bleiben wird?«

Während er es sagte, durchfuhr ihn der heiße Schrecken, dass die gleichen Worte auch Rosa gesagt werden mussten. Mehr noch als Elena würde sie unter der Fremdartigkeit der Menschen und des Landes leiden. Es war, als würde man eine seltene Pflanze in ein anderes Klima umpflanzen, in eine fremde Erde, ohne ein wenig Mutterboden mitzunehmen. Sie würde eingehen, trotz aller Pflege, trotz aller äußeren Umstände, die denen der Heimat glichen ... Gleichen! Das war es ... etwas Gleiches ist nicht das Naturgetreue, aus dem es gekommen ist. Der innere Kraftstrom der Seele fehlt, jenes Geheimnis Heimat, das geistig nicht zu erfassen ist, sondern das man fühlt, wenn man einsam in der Fremde ist und sich sehnt nach einem Baum, einem Strauch, einem Haus, einer Straße oder auch nur nach einer einzigen Blume, die man einmal zu Hause in der Hand hielt ... Das ist die Heimat, die Wiege der Seele ... Konnte Liebe sie ersetzen ...?

Stanis Osik war mit solchen Gedanken nicht belastet. Er drückte seine Zigarre aus und erhob sich schwer und massig.

»Belgrad weiß, was Sie leisten, Herr Meerholdt. Und wenn Sie von einer Rückkehr nach Deutschland sprechen, so hat dies so lange Zeit, bis alle Bauten, die wir gemeinsam planten, von Ihnen realisiert worden sind. Wir haben große Pläne ... und Sie haben eine große Zukunft!« Er reichte Meerholdt die schwammige Hand und drückte sie. »Schicken Sie mir Elena sofort zurück, wenn Sie merken, dass Ihre ›Umwelts-Therapie‹ von Erfolg ist. Lassen Sie nicht zu, dass neue Kleider, Schmucksachen, Schuhe und Strümpfe nach Zabari kommen. Lassen Sie Elena in den Bauernschuhen und Wollstrümpfen herumlaufen ... sie wird vor Freude weinen, wenn sie wieder in einem weichen Bett schlafen kann und zehn Paar neue Nylonstrümpfe auf ihrem Nachttisch liegen. Frauen hängen an solchen Kleinigkeiten des Lebens – sie sind ihnen der Inbegriff des Daseins überhaupt! Nimmt man ihnen den Rahmen des Lebens, dann ist ihnen das ganze Leben nichts mehr wert. Elena kennt das noch nicht ...« Osik lachte breit. »Sie werden es ihr beibringen, Meerholdt ...«

Nachdenklich sah ihm Ralf nach, als Osik in seinem breiten, chromblitzenden Auto wieder durch die Berge zurück nach Foca fuhr. Osik winkte noch einmal zurück, als er in die Kurve bog und hinter den Felsen verschwand ... vom Fenster aus sah es Elena und warf die Lippen etwas vor, trotzig, wie ein beleidigtes Kind. Hinter der Küchenbaracke stand Rosa und blickte dem Wagen nach. Er fuhr ohne die fremde Frau – das beunruhigte sie. Elena Osik würde also in Zabari bleiben, bei Ralf, immer in seiner Nähe, ihn morgens beim Kaffee streicheln, ihn nie aus den Augen lassend ... Sie biss die Lippen aufeinander und lehnte sich gegen die Holzwand der Baracke. Heute Abend würde sie Elena fragen, nahm sie sich vor. Heute Abend ... und sie würde die Kleider anziehen, die Pietro Bonelli für Katja Dobor gekauft hatte, die schönen, lustigen Kleider aus Sarajewo, in denen sie mit ihren langen Haaren aussah wie eine orientalische Prinzessin ...

Ralf Meerholdt ging in sein Zimmer zurück. Irgendwie hinkte die Theorie Osiks im Falle Elena gewaltig, empfand er. Elena hing nicht so sehr an den äußeren Dingen des Glanzes, wie es ihr Vater annahm ... sie war drei Tage und drei

Nächte lang durch die unwegsamsten Berge geirrt, die es in Europa gibt, völlig allein, über schwindelnde Felspfade fahrend, durch finstere Schluchten und flache Bergbäche, nur der Sonne nach, ohne Karte, ohne zu wissen, wo Zabari lag ... sie hatte in den eisigen Nächten nur mit drei dünnen Decken geschlafen und hatte sich jede Stunde um den Wagen herum warm gelaufen – drei Nächte lang, bis sie schmutzig, zerrissen, einem Vagabunden gleich, in Zabari ankam. Die elegante Elena, der niemand eine solche Tat zugetraut hätte.

Ob Zabari wirklich abschreckend wirkte? Ob die Einsamkeit und die Rauheit der Umgebung sie wirklich zurücktrieb in die Eleganz Zagrebs und die weiße Villa Osiks am Ufer der Sava? Meerholdt wagte es in diesem Augenblick zu bezweifeln. Er beschloss, alles dem Zufall zu überlassen, der Zeit, die mit ihm war, und den Umständen, die das Schicksal vielleicht zusammenkettete oder entflocht ...

Hinter ihm klappte die Tür. Er drehte sich nicht um, er wusste, wer ins Zimmer gekommen war.

»Er ist weg«, sagte Elena leise. »Wir sind endlich allein ...« Da er keine Antwort gab, kam sie näher und legte den Arm um seinen Hals. Sie drückte ihren Kopf an seine Wange und sah neben ihm aus dem Fenster. So bemerkte sie Rosa von der Ecke der Küchenbaracke aus und ballte die Hände zur Faust. »Freust du dich gar nicht, Sascha ...?«

»Doch, sehr ...« Er lächelte sie an, und in ihrem Glück sah sie nicht seine Lüge und hörte sie nicht den dumpfen Klang seiner Stimme.

»Hast du mit Vater gesprochen?«, fragte sie.

»Ja.«

»Über uns, Sascha ...«

»Auch. Aber meistens über technische Probleme.«

»Und was sagte er über uns?«

»Er will es der Zeit überlassen«, wich er aus. »Er will sehen, wie sich alles entwickelt. Erst der Bau – dann das Privatleben, hat er gesagt, und ich habe ihm diese Abstufung unseres Lebens in die Hand versprechen müssen«, log er geschickt.

Elena nickte. Dabei rieb ihre Wange an der seinen ... es war eine Liebkosung, die ihn wie ein Peitschenschlag durchzuckte. Er beugte sich zurück und trat vom Fenster weg. Unruhig ging er im Zimmer hin und her.

»Ich werde wenig Zeit für dich haben«, sagte er dabei und vermied es, sie anzusehen. »Bis zum Einbruch des neuen Winters wollen wir die Staumauer so weit fertig haben, dass wir die Schmelzwasser der kommenden Schneeschmelze bereits auffangen können und so das Becken schnell gefüllt bekommen. Das bedeutet Tag und Nacht Arbeit! Keine Ruhe, keine Ablenkung! Die Brücken über das Tal müssen gelegt werden, die Straße nach Foca muss ausgebaut werden, der Erdwall am anderen Talausgang muss erhöht und mit einem Betonkern ausgegossen werden, die Turbinenhäuser warten auf die Montage – wir bekommen sie in Bauelementen halbfertig aus Belgrad! Es wird eine schwere Zeit für dich sein, Elena.«

»Wenn sie nicht zu schwer für dich ist, werde ich sie auch ertragen können!« Sie ergriff eine Schachtel mit Zigaretten, die auf dem Tisch lag, und steckte sich eine an. Ihre Fingernägel waren wieder manikürt und leicht rot getönt, mit dem Perlmuttlack, den sie so liebte und der ihre Nägel schillern ließ, wenn die Sonne darauf fiel. Welcher Gegensatz zu Rosa! Welche Entfernung ihrer Welten ... es war, als läge das All mit sämtlichen Sternen zwischen ihnen, als seien sie Sterne, deren Licht sich im weiten Raum nie treffen konnte.

Ralf Meerholdt nahm einen Mantel vom Haken und warf ihn über die Schulter. Nachdem der Morgen sonnig begonnen hatte, stieg jetzt aus den Tälern Nebel die Felsen empor ... die nasse Erde dampfte unter den plötzlichen warmen Strahlen, der Bergwald wurde umgaukelt von weißen Wolken, die sich in der Sonne auflösten zu einem Flimmern, das im Blau des Himmels verschwand.

»Du willst zu den Baustellen?«, fragte sie. Sie drückte die eben angerauchte Zigarette aus.

»Ja. Meine Leute warten auf die neuen Detailpläne.«

»Ich gehe mit.«

»Das geht nicht!« Er nahm einen Stapel Papier und große zusammengerollte Lichtpausen vom Tisch und klemmte sie unter den Arm. »Ich muss zu den schmutzigsten Stellen – und außerdem ist es zu gefährlich für dich. Vor allem aber will ich nicht, dass die Arbeiter dich sehen ... sie leben seit fast einem Jahr allein und ohne Frauen in dieser Wildnis. Es wäre unfair ihnen gegenüber, auf die ich genauso angewiesen bin wie sie auf mich, wenn ich jetzt mit einer Frau erschiene und zeigte: Seht, mir geht es besser als euch! Ich habe ein Mädchen bei mir! Wir sind hier alle Kameraden, Elena, wirkliche Kameraden. Der eine geht für den anderen durchs Feuer! Keiner verrät den anderen! Soll ich der Erste sein, der diese Gemeinschaft stört? Ich, der sie leiten soll? Du musst das einsehen ... warte hier, bis ich wiederkomme!«

Elena senkte den Kopf. »Und was soll ich in der ganzen Zeit tun?«, maulte sie. »Gib mir etwas Arbeit, Ralf.«

»Die Arbeit hier machen zwei Techniker.« Meerholdt hatte die Tür geöffnet und drehte sich noch einmal um. »Suche dir ein schönes Buch aus und lies etwas«, sagte er. »In meinem Zimmer steht eine kleine Bibliothek ...«

Er sah nicht mehr, dass Elena enttäuscht die Nase kraus zog, als er die Tür schloss. Zufrieden mit dem Beginn seiner Therapie eilte er über den großen Barackenplatz zu den Baustellen. Langeweile wird sie töten, dachte er. Sie wird vor Langeweile unlustig werden und von selbst Zabari verlassen. Nichts ist schlimmer, als herumzusitzen ohne Aufgabe, ohne Arbeit, ohne Ablenkung ... ein Anhängsel des Lebens, ein Appendix der Umwelt. Zu viel Ruhe tötet die Nerven ... Elena würde es keine Woche ertragen können.

Ralf Meerholdt hatte bei diesen Überlegungen, die ihn geradezu beschwingten, nicht mit dem Wesen Elenas gerechnet. Sie war in Zabari geblieben, nicht allein, weil sie Ralf liebte, sondern weil sie Stanis Osik beweisen wollte, dass sie das Leben Meerholdts teilen konnte. Dieser Beweis war eine viel stärkere Kraft als die Liebe ... hier regierte nicht die empfindsame Seele, sondern der reale Geist, die Nüchternheit eines Charakters.

Was Meerholdt nie vermutet hatte, trat ein, als er noch keine halbe Stunde auf den Baustellen war – Elena begann, die Baracke Ralfs umzugestalten! Sie machte es gründlich ... sie verschwendete Fantasie und Energie dabei, sie entwickelte architektonische Fähigkeiten – sie verbiss sich in die Idee, Meerholdts Baracke zu einem Schmuckstück zu machen.

Dazu holte sie die Hilfe von vier Mädchen, die ihr Bonelli grinsend und mit zusammengekniffenen Augen herüberschickte.

Eines dieser Mädchen war Rosa Suhaja ...

Das Mittagessen nahm Meerholdt auf der Baustelle ein. Große Küchenwagen mit Thermoskesseln fuhren zu den einzelnen Kolonnen und ließen eine dumpfe Sirene über das Tal heulen. Dann warfen die Arbeiter die Spaten, Hacken und Hämmer fort und trotteten über die Knüppeldämme zu den Sammelplätzen. In langer Schlange stellten sie sich an und hoben ihre Blechschüsseln den Austeilern an den Kesseln entgegen. Auch Meerholdt stand in dieser Schlange, ein Arbeiter unter Arbeitern. Das Einzige, was ihn von den anderen unterschied, war, dass er keinen Blechteller dem Austeiler hinhielt, sondern ein altes deutsches Militärkochgeschirr. Es war verbeult, die Farbe war an vielen Stellen abgestoßen. Der Austeiler stutzte, als er das Kochgeschirr sah, und goss es dann mit zwei Kellen voll. Er war ein Italiener und grinste beim Zurückgeben.

»Deutsches Militär. Ich hatte auch eins ... drüben, bei

Tobruk und in der Cyrenaika. Gutes Geschirr, Herr Ingenieur.«

Meerholdt nickte und ging ein wenig abseits. Er setzte sich auf einen unbehauenen Kunststein und löffelte die Suppe aus dem Kochgeschirr. Es war in Frankreich dabei ... in Russland ... vor Berlin ... im Ruhrkessel ... überall, wo Ralf Meerholdt am Straßenrand stand oder saß, in einem Bunker, in einem Graben, in einem Busch oder einem Wald, in einer Ruine, einem Keller, überall, wo der Oberleutnant Meerholdt rastete und aß, war es dabei, verbeult, mit abgestoßener Farbe. Auch jetzt in Zabari, in den schwarzen Bergen Montenegros. Die halbe Welt kannte es, das Kochgeschirr ... ein Querschläger hatte es an der linken Seite fast zerrissen ... bei Troisdorf hatte er es verloren und suchte es sechs Stunden lang im Beschuss amerikanischer Panzer und Jagdbomber. Er fand es im Straßengraben, und es war merkwürdig – als er es wieder in den Händen hielt, hatte er keine Sorgen mehr, den Krieg nicht überleben zu können. Es wurde eine Art Talisman, dessen Verlust ihn kopflos gemacht hätte.

Während er aß, gesellte sich der Vorarbeiter Drago Sopje zu ihm. Drago hatte die Kolonnen der Waldarbeiter unter sich, die das Holz für die Verschalungen schlugen und vor allem die Brücken über die Seitentäler legten.

»Meine Leute sind unruhig«, sagte er und kaute an einem Stück Wurst, das er in der Suppe fand. »Oberhalb der Schneisen sei es nicht ganz geheuer, sagen sie.«

»Dummheit!« Ralf sah zu. »Eine neue Form von Koller?«

»Nein! Sie wollen Fackeln gesehen haben!«

»Fackeln?« Meerholdt schüttelte erstaunt den Kopf. »Wie sollen Fackeln in die Berge kommen? Hat eine andere Kolonne in der Nacht vielleicht etwas gesucht?«

»Eben nicht! Darum sagen sie, es sei unheimlich.«

»Haben die Bauern etwas gesucht? Ein entlaufenes Schaf oder eine Kuh?«

»Ich habe den Ältesten schon gefragt. Er sagt Nein! Ich wollte es Ihnen erst nicht sagen, Herr Ingenieur, weil es mir selbst zu dumm ist ... aber gestern war wieder Fackelschein in den Felsen ... zum vierten Mal schon!« Drago schluckte. »Ich habe es selbst gesehen ... und ich habe keinen Koller!«

Meerholdt stellte das Kochgeschirr vor sich in den Schmutz und blickte hinüber zu dem ansteigenden Wald und dem senkrechten Felsen. Der Steinwurf, durchfuhr es ihn. Am Rande dieses Waldes wollte mich ein Unbekannter töten. Er kam aus den Felsen heraus und flüchtete in ihre Unwegsamkeit zurück. Hundert Soldaten haben die ganze Umgebung von Zabari abgesucht ... sie haben nichts gefunden als einsame, karge Schafwiesen und einige Schäfer mit den Herden.

»Dort oben habt ihr die Fackeln gesehen?« Er zeigte zu dem Wald hinauf. Drago nickte eifrig.

»Ja. Gleich neben dem Felsen. Sie bewegten sich am Waldrand entlang und verschwanden dann in dem Geröll.«

»Und wie viel waren es?«

»Immer verschieden. Gestern Nacht waren es drei Fackeln. Ich habe es deutlich erkennen können. Sie waren nahe beieinander, so, als gingen die Träger eng zusammen – oder ein einzelner Mann trage die drei Fackeln auf einmal.«

Meerholdt schwieg. Ein einzelner Mann! Der Unbekannte mit dem Stein. Warum geisterte er mit Fackeln des Nachts durch die Felsen? Wollte er die Arbeiter erschrecken? Sollten sie durch einen Schrecken davongejagt werden? Gerade unter den serbischen Arbeitern gab es viele Abergläubische, die noch an die Wirksamkeit von Geistern glaubten und in ihren Dörfern Strohpuppen in den Ecken stehen hatten zur Austreibung böser Hausdämonen.

»Ich danke Ihnen, Drago«, sagte er. »Ich werde mich einmal um die merkwürdigen Fackeln kümmern.« Er sah, dass der Vorarbeiter seinen Teller Suppe schon leer gelöffelt hatte, und schüttete ihm den Inhalt seines Kochgeschirrs in die Blechschüssel. Dann erhob er sich und ging zum Lager zurück, während Drago Sopje mit schmatzenden Lippen den zweiten Teller Suppe schnell leer aß.

Meerholdt betrat seine Baracke gerade in dem Augenblick, in dem Elena in seinem Wohnzimmer durch zwei der Lagerschreiner eine Wand ausmessen ließ. Zwei Mädchen waren dabei, die Schränke umzustellen, während Rosa im Schlafzimmer auf den Knien lag und den Boden wischte.

»Was ist denn hier los?«, sagte er. Es sollte laut klingen, aber es klang grob. Elena fuhr herum und lächelte charmant.

»Ich mache deine Behausung ein wenig schöner, mein Liebling!«, sagte sie. »Die Schreiner werden so schnell wie möglich schöne Regale zimmern, die wir hier an die Wand stellen. Eine Bücherwand, mein Schatz. Ich werde mir aus Zagreb alle meine Bücher kommen lassen. Und eine richtige Couch mit drei Sesseln. Und einen Rauchtisch. Und eine Hausbar.«

»Hör auf! Hör bitte auf!« Meerholdt hob die Hand und sah die Schreiner an, die mit dem Messen aufgehört hatten. »Und ihr da – raus! Auch die Mädchen! Halt – Rosa nicht. Du bleibst.« Er winkte und sah Rosa an, die zögernd, vom Putzen ein wenig erhitzt, näher kam. Ihre langen Haare hingen ihr über das gerötete Gesicht. »Aus dem Regal wird nichts, macht weiter Tische für die Baracken!«, rief er den Schreinern nach.

Elena verzog den Mund. »Ich wollte dir eine Freude machen!«

»Indem du die Leute von den dringenden Arbeiten abhältst?«

»Dein Zimmer ist zu kahl, zu unfreundlich! Ich will etwas Leben in diese Räume bringen.«

»Ich habe mich bisher hier wohl gefühlt«, sagte er steif.

»Bisher – aber nun bin ich hier! Ich möchte es wohnlicher haben!«

»Aber nicht auf Kosten des Werkes! Erst kommen die Arbeiten für den Bau, dann für die Baracken, dann für die Ersatzteile … und dann kommen wir immer noch nicht! Wir kommen zuletzt, das musst du dir merken!«

Elena war rot geworden. Sie schäumte vor Wut, aber sie verbiss sich alle Bemerkungen. Mit einem Seitenblick streifte sie Rosa, die abseits stand.

»Du hast Recht«, sagte sie mühsam beherrscht. »Aber ich möchte dich bitten, das nicht alles vor diesem Trampel da zu besprechen.«

Meerholdt fühlte, wie es in seiner Schläfe zu klopfen begann. Er blickte kurz zu Rosa und sah, dass sie ungerührt in der Tür stand, so als habe sie die Worte nicht gehört. Ihre Augen sah er nicht, aber er ahnte, dass in ihnen Wut stand und ein unbändiger Hass gegen die fremde Frau.

»Rosa wird nicht mehr putzen«, sagte er laut und hart. »Darum steht sie hier! Die Arbeit für Rosa bestimme ich ganz allein …«

»Ach?« Elena war zusammengefahren wie unter einem Schlag. Mit dem Feingefühl der liebenden Frau empfand sie plötzlich die große Gefahr, die von diesem Mädchen ausging. Sie musterte Rosa mit flammenden Augen und erkannte die Schönheit, die unter den Lumpen verborgen war, mit dem sicheren Blick der Konkurrentin. Ein heißer Strom durchjagte ihren Körper und nahm ihr den Atem. Schwer atmend lehnte sie sich an die Wand. »Diese Rosa also ist es?«, sagte sie keuchend vor Erregung. »Eine kleine Berghure, die sich zu dir ins Bett legt …«

»Schweig, Elena!«, schrie er.

Sie schüttelte den Kopf. »Warum schweigen? Ist es nicht wahr? Während mein Vater mich in fremde Länder schleppt, damit ich dich vergesse, während ich vergehe vor Sehnsucht nach deinen Küssen, deinen Umarmungen und jede Nacht für dich gelitten habe, schläfst du mit einer Wildkatze im Arm …«

Meerholdt holte tief Luft. »Rosa, geh jetzt«, sagte er leise. »Wir sehen uns heute Abend.« Er trat etwas zurück. Rosa ging an ihm vorbei. Zitternd sah ihr Elena nach. In ihren Augen stand blanker Hass.

»Sie stinkt nach Stall!«, sagte sie gehässig, so laut noch, dass es Rosa hörte, als sie die Tür schloss.

»Deine Gemeinheit riecht übler«, warf Meerholdt zurück. Elena antwortete nicht. Jetzt, da sie allein mit Ralf war, da die Gegenwart des anderen Mädchens sie nicht mehr hemmte in der Vergabe ihres Stolzes, begann sie zu weinen.

Eine Frau, die weint, die bitterlich weint, kann man nicht anschreien. Elena wusste es, und sie weinte herzzerreißend und laut aufschluchzend wie unter einem Krampf, der ihren zarten Körper schüttelte.

Ärgerlich setzte sich Meerholdt und schob die Beine vor. Er betrachtete die tränenüberströmte Elena und kämpfte gegen das Mitleid an, das ihn bei diesem Anblick überkam.

»Hör bitte auf zu weinen«, sagte er zögernd. »Du hast dich furchtbar benommen … nicht wie eine Dame.«

»Ich habe den Kopf verloren.« Sie schluchzte auf, und plötzlich lief sie zu ihm hin, fiel auf die Knie und umklammerte ihn. »Ich liebe dich so, Sascha … ich liebe dich, dass es schon Wahnsinn ist! Ich werde dich nie, nie, nie mit einer anderen teilen! So lieb wie ich kann dich gar kein anderes Mädchen haben. Das gibt es nicht, Ralf.« Sie lehnte den tränennassen Kopf an seine Wange und streichelte seine Hände. »Wie der Wind über das Kornfeld weht oder der Fluss sich ins Meer stürzt, wie die Sonne dem Mond Licht schenkt, damit er leuchtet, und die Sterne glitzern über Millionen Kilometern, so unendlich, so groß, so unfassbar ist meine Liebe, Sascha …« Sie umklammerte seine Hände. »Sag, dass du mich auch liebst … Noch immer liebst … trotz dieser Rosa.« Sie rieb ihr tränennasses Gesicht an seiner Wange. »Sag es … Sascha.«

Meerholdt schloss die Augen. Feigling, dachte er. Erbärmlicher Feigling! Du bist nicht wert, dass man dich anspuckt. Und er sagte leise: »Ja … Elenascha …«

In ihrer kleinen Kammer hinter dem großen Raum der Hütte, mit dem Herd in der Mitte, stand Rosa und zog die Kleider Katjas über. Sie strich sie an sich herunter, sie färbte sich sogar die Lippen und hatte Mühe, sich in den hohen Schuhen gerade zu halten und nicht zu stolpern.

Mit wiegenden Hüften trat sie dann aus der Kammer und ging an Fedor vorbei.

»Heilige Mutter«, stammelte der Alte. »Beschütze unser Haus.« Und Marina in der Herdecke bekreuzigte sich.

Der Wind spielte in ihrem langen Haar, als Rosa aus der Tür trat und die Straße hinabging zum Lager …

Mit Jossip war eine Veränderung geschehen. Seitdem er den unterirdischen See entdeckt hatte, den riesigen See, der bei seiner Entfesselung aus dem Felsen die ganzen Täler überschwemmen konnte und die Welt in einer Flut kristallklaren Wassers ertränkte, fühlte er sich nicht mehr als der Verfolgte, der Geächtete und Vogelfreie, sondern als König der schwarzen Berge, als Herrscher über alle Menschen, die unter seinen Füßen durch das Tal und durch Zabari wimmelten und nicht ahnten, welche Macht er in seinen Händen hielt. Eine Macht, die sie alle vernichten konnte in Sekundenschnelle, wenn er den Felsen aufsprengte und den See wie eine Sintflut über die Täler kommen ließ.

Jossip berauschte an diesen Gedanken sein aufgewühltes Innere und steigerte seine Rache in die Bereiche göttlicher Vergeltung. Gott hat mir den See gezeigt, dachte er, um damit alle zu strafen, die mir Leid antaten. Aber bevor sie ertrinken, will ich Rosa retten. Rosa, den einzigen Menschen, den ich liebe und der mir gehört … versprochen in der Wiege von unseren Vätern.

Er saß jetzt öfter als sonst in den Schneisen des Waldes oder hinter hervorspringenden Felsnasen und blickte hinunter auf den Bau der Talsperre. Er lächelte über den Eifer der tausend Menschen. Wie schnell würde alles vernichtet werden, wenn er den Felsen öffnete. Wie einst die Posaunen von Jericho die Mauern umbliesen, so würde das Wasser seines Felsens auch diese starken Mauern aus Eisen und Beton zersplittern wie dünnes Reisig. Und nichts würde dann sein als ein riesiger See, über dem er allein der Herr war, ein König in einer gewaltigen Landschaft.

Nachts besuchte er nach der Schneeschmelze oft seinen eingeschlossenen See. Mit Fackeln in der Hand schlich er durch den Wald und verschwand in der kleinen Höhle, die sich erst langsam weitete, bis die riesige Halle mit dem See vor ihm lag. Aus Rinden und Hölzern hatte er sich am Rande des Sees, auf dem glitschigen Felsen, ein Boot gezimmert, überzogen und dicht gemacht mit geschälten Hammelhäuten, die er in flüssigen Tiertalg tauchte und dann trocknen ließ. Mit diesem Boot und einem geschnitzten Ruder fuhr er eines Nachts hinaus auf den See, die Fackel in der einen Hand, mit der anderen rudernd.

Das Wasser war wie Silber … er sah auf seiner Fläche seine Fackeln wieder, sein Gesicht, den Kiel des Bootes und den Stiel des Ruders. Er ruderte mit Schrecken im Herzen, denn noch immer reichte der Schein seiner Fackeln nicht bis zum anderen Ufer und der gegenüberliegenden Felswand. Auch die Höhe blieb dunkel und geheimnisvoll … sie war wie die riesige Kuppel eines Domes.

Ab und zu warf er große Steine in die Tiefe … er hörte ihren Aufschlag nicht, so lange er auch zählte. Da unterließ er, von Grauen gepackt, das Zählen und ruderte vorsichtig weiter. Immer geradeaus, der gegenüberliegenden Wand entgegen.

Nach vielen, vielen Ruderschlägen stieß er endlich am jenseitigen Ufer an … einer steilen Wand, die keinerlei Standmöglichkeit bot. Hier war auch das Rauschen stark wie bei einem Wasserfall. Jossip sah an der Oberfläche, dass in diesem Teil des Sees eine Strömung war … ein unsichtbarer Fluss musste sein Wasser in diese Riesenhöhle abgeben … wohin es wieder abfloss, wusste Jossip nicht … vielleicht in einen langen, unterirdischen Kanal, der irgendwo, kilometerweit entfernt, als starke Quelle zu Tage trat und einen oberirdischen Fluss gebar. Vielleicht die Piva oder die Tara?

Jossip ruderte an der Wand entlang, um den See herum, bis er wieder zu der Stelle kam, an der sein Rock, sein Handwerkszeug und neue Fackeln lagen. Die alten waren niedergebrannt – nur eine einzige leuchtete noch schwach. Mit ihr entzündete er die anderen und verbrannte dann das Boot am Ufer des unterirdischen Sees. Niemand sollte mehr über dieses Wasser fahren – er allein war sein Herr geworden, kannte sein Geheimnis und wusste um seine Größe.

In dieser Nacht schlief Jossip nicht … er starrte durch das Fenster hinaus auf die dunklen Felsen und den klaren Himmel, dem er so nah war wie keiner in Zabari. Das Ungeheure seiner Entdeckung warf auch ihn zu Boden. Er begriff, was es bedeutete, dieses Geheimnis als Einziger zu besitzen, ein Geheimnis über Leben und Tod einer ganzen Landschaft.

Das Eintreffen Elenas in Zabari und die Wegfahrt Osiks, allein und ohne die fremde Frau, wie Jossip beobachtete, musste eine Wendung herbeiführen. Jossip spürte es. Nie würde Rosas Ehre es ertragen, neben Elena zu leben … entweder ging die fremde Frau – oder Rosa ging. Und dann kam sie zu ihm, zu Jossip, dem Hirten, der eine Hütte für sie gebaut hatte und dreißig Schafe hatte, die sie ernähren konnten. Sie, Jossip und viele Kinder …

Am nächsten Abend stieg Jossip von seinen Felsen hinab nach Zabari. Er wollte in der Dunkelheit noch einmal zu der Hütte der Suhajas schleichen und Rosa sprechen. Er wollte ihr erzählen von der Größe seines geheimen Reiches und von dem Wohlstand, den sie beide haben würden, wenn er dieses Geheimnis verkaufte an die großen Herren aus Belgrad. Vielleicht kam sie dann mit ihm, nachdem sie gesehen hatte, dass Ralf Meerholdt eine andere Frau neben ihr hatte, vielleicht wartete sie sogar auf ihn, damit er Rache nehmen konnte für die verlorene Ehre Rosas.

Als die Nachtwolken sich über die Berge schoben und an den Baustellen die Tiefstrahler aufleuchteten, die Lampen der Barackenlagergasse brannten und die Bauern wie seit Jahrhunderten um das Feuer im Herd saßen und die Holzschüssel mit Schafsmilch und Mehl aßen, strich Jossip um das Haus Suhajas und wartete auf Rosa. Er wusste, dass sie jeden Abend noch einmal in den Garten ging, um nach den Tieren zu sehen, die vom Frühjahr ab in offenen Ställen schliefen. Sie schloss dann mit quer gelegten Balken die Ausläufe und schüttete noch etwas Wasser in die Futtertröge.

Aber heute wartete Jossip vergebens. Rosa kam nicht. Das Licht hinter dem Fenster erlosch ... die alten Suhajas waren in ihre Schlafkammer gegangen und hatten das Herdfeuer abgedeckt.

Misstrauisch und wieder von wilder Eifersucht überfallen, schlich Jossip durch die Gärten der Bauern dem Lager zu. In der Nähe der Küchenbaracke Bonellis versteckte er sich hinter einem Stapel Bauholz, der im Schatten einer halb fertigen Baracke lag. Von dort aus beobachtete er das Leben auf den Lagergassen und auch das lange Haus Ralf Meerholdts. Die Fenster waren erleuchtet, aber zugezogene Gardinen versperrten den Blick ins Innere.

Lastwagen und Schlepper kamen an seinem Versteck vorbei, eine Arbeitskolonne, die Ablösung der Spätschicht, trottete ins Lager, einige Bauern aus Zabari kamen aus Bonellis Kantine, unter dem Arm eine Flasche Slibowitz. Sie hatten mit einigen Pferden geholfen, Stämme den Hang hinabzuziehen ... nun versoffen sie den Lohn und priesen die Segnungen der plötzlichen Zivilisation.

Von Rosa bemerkte Jossip nichts. Aber er wartete weiter, geduldig und verbissen, denn wenn sie nicht in der elterlichen Hütte war, konnte sie nur bei dem Fremden sein.

Über zwei Stunden hockte er zwischen den Holzstapeln. Dann sah er, wie Rosa aus der Baracke trat und hinüber zu Bonelli ging. Verblüfft starrte ihr Jossip nach. Sie trug die Kleidung der Städter, und nur an ihrem langen Haar erkannte er sie. Kaum hatte Rosa die Kantine betreten, fiel wieder Lichtschein auf die Lagergasse. Die fremde Frau war aus dem Haus getreten und stand nun in der Dunkelheit an der Wand. Sie wartete. Sie zündete sich eine Zigarette an und rauchte sie in hastigen, nervösen Zügen. Als sich die Tür von Bonellis Baracke wieder öffnete und Rosa herauskam, warf sie die Zigarette weg und trat sie aus. Sie stand jetzt in der Dunkelheit wie ein gefährliches Tier, wie ein Raubtier, das die Beute beobachtet, ehe es sie anfällt.

Jossip drückte sich näher an das Holz und hielt den Atem an. Als Rosa aus der Kantine trat und sich wieder an die Dunkelheit gewöhnt hatte, sah sie den Schatten Elenas an der Hauswand. Sie hatte bei Bonelli eine Flasche Wein und eine schöne Wurst gekauft. Aus ihnen wollte sie Ralf ein gutes Abendessen bereiten, eine kleine Überraschung, wenn er von der Baustelle zurückkam und sich müde auf die Couch fallen ließ. Sie kannte diese Stunden der völligen Erschöpfung und wusste, wie dankbar er sein konnte, wenn sie dann um ihn war und ihn pflegte, als sei er krank und bedürfe ihrer Hilfe.

Elena hatte sie seit dem Auftritt am Mittag nicht mehr gesehen. Sie blieb in ihrem Zimmer hinter dem Zeichenraum und hatte sich eingeschlossen. Die Wandlung Rosas hatte sie vom Fenster aus bemerkt, als sie wütend und rachesinnend im Zimmer hin und her ging. Als sie Rosa in den schönen, neuen Kleidern sah, gefährlich hübsch und mit jenem Hauch

Exotik, der Männer fesselt, hatte sie sich in die geballte Faust gebissen und einen Schreikrampf unterdrückt. Rosa verlangsamte ihren Schritt, als sie vor Elena stand und ihre Gestalt in der Dunkelheit sah. Sie blieb stehen und blickte sie an.

»Warum gehst du nicht weiter?«, zischte Elena. Sie bebte am ganzen Körper vor Erregung. »Was willst du hier?«

»Das könnte ich dich auch fragen«, entgegnete Rosa.

Elena atmete schwer. »Du duzt mich?!« Sie trat einen Schritt vor; aber so plötzlich, wie es geschah, Rosa wich nicht zurück oder erschreckte sich. »Du Bauerntrampel wagst es, mich zu duzen?«

»Du tust es auch! Ich habe mit dir keine Freundschaft geschlossen!«

»Aber mit Ralf umso mehr, nicht wahr? An den Hals hast du dich ihm geworfen und glaubst, dass er dich heiratet?«

Sie lachte grell auf … es sollte höhnisch klingen, aber es war ein Verzweiflungsschrei. »Ein Bauernmädchen als Frau Ralf Meerholdts? Ein Mädchen mit Kuhgestank in den Villen von Zagreb oder Belgrad? Kannst du überhaupt tanzen? Weißt du, was ein Foxtrott ist? Ein Swing? Kannst du Hummer essen oder ein Chateaubriand? Weißt du, wie man ein Cocktailglas hält oder wie man die Hand hinstreckt zu einem Handkuss? Du bist ein dummes, blödes Frauenzimmer, das nichts hat als eine schöne Larve, einen Schwall von langen Haaren. Haare, wie der Schwanz eines Pferdes! Und unter diesen Haaren ist Stroh!« Elena zitterte, ihre Stimme brach nach jedem Satz vor Gift. »Hast du schon einmal eine Party mitgemacht? Wie nimmt man den Tee ein? Kannst du überhaupt mit Messer und Gabel essen?« Sie lachte höhnisch und spürte, dass ihr Herz frei wurde nach den galligen Worten.

Rosa schüttelte ruhig den Kopf. »Ich werde es lernen«, sagte sie still. »Ich werde alles lernen. Ich glaube nicht, dass die Liebe abhängt von Hummeressen und Foxtrotttanzen.«

»Liebe! Glaubst du wirklich, dass Ralf dich liebt?«

Rosa nickte. »Ja, das glaube ich.«

Elena Osik verkrampfte die Hände ineinander. Sie gesteht es. Sie sagt mir ins Gesicht, dass sie mit Ralf geschlafen hat. Mit meinem Sascha! Mit meiner großen Sehnsucht ... dieses Bauernmädchen.

»Mistvieh!«, sagte sie verächtlich. »Er hat dich genommen, weil du dich ihm dargeboten hast. Und er bezahlt dich dafür wie eine Hure. Mehr bist du nicht für ihn ... eine schöne Bauernhure, die er wegwirft, wenn er Zabari einmal verlässt.«

»Er liebt mich«, sagte Rosa leise.

»Gestern, heute und morgen, und weil ich nicht hier war, darum liebte er dich. Aber das ist jetzt anders! Ich werde ihn heiraten, und du lässt ihn in Ruhe, verstehst du?! Du gehst aus Zabari weg ...«

»Aus dem Dorf? Nie!«

»Du gehst in die Stadt und suchst dir eine Stelle! Ich gebe dir ein Schreiben mit – man wird dich sofort anstellen.« Elena nestelte in den Taschen ihres Kleides und schob dann Rosa ihre Hand hin. Zwischen den Fingern quollen Banknoten hervor, Hundert- und Tausend-Dinar-Scheine. »Hier hast du 5000 Dinare. Damit kommst du die ersten Monate weiter. Wenn du noch mehr Geld brauchst, gebe ich es dir. Du kannst 50 000 Dinare haben, wenn du Zabari und Ralf verlässt.«

Rosa drückte die Flasche Wein und die Wurst an sich. In ihren Augen glomm ein heller Funken empor. »Ich verkaufe meine Liebe nicht«, sagte sie laut. »Aber du willst sie von mir kaufen ... bist du nicht auch eine Hure?«

Einen Augenblick hielt Elena den Atem an. Vor ihren Augen flimmerte es grell ... es war, als gehe ein Gewitter nieder und die Blitze umzuckten sie und blendeten ihre Augen. Dann schlug sie zu, blindlings, in die Richtung, wo sie Rosa vermutete. Sie spürte Widerstand und schlug weiter, immer wieder ausholend und zuschlagend. Der Triumph, sie zu treffen, dieses schöne Gesicht mit den langen, wallenden Haaren zu zerstören, erfüllte sie ganz und ließ sie taumeln. »Du! Du!«, schrie sie bei jedem Schlag. »Du Aas! Du Spinne! Du geile Katze! Du Missgeburt! Du läufige Hündin!«

Als sie von Rosa abließ und sich zum Gehen wandte, sah sie, wie das Mädchen an der Wand stand, die Haare zerzaust und das Kleid zerrissen. Der Wein war zu Boden gefallen und die Flasche zerschellt. Die kostbare Flüssigkeit versickerte im Sand. Schwankend ging Elena ins Haus zurück und fühlte einen faden Geschmack im Mund. Sie hat sich nicht gewehrt, dachte sie. Sie hat die Schläge erduldet. Sie ist stärker als ich, stolzer, besser.

Sie warf sich auf das Bett, mit dem Gesicht in die Kissen, und weinte laut.

In seinem Versteck hatte sich Jossip die Lippen blutig gebissen. Er sah jeden Schlag, den Rosa bekam, und er zählte sie.

Für jeden Schlag würde Elena einmal vor Grauen schreien, schwor er sich. Für jedes Wort sollte sie um Gnade flehen. Er klammerte sich an den Holzstößen fest und zwang sich, nicht vorzustürzen und sie zu erwürgen. Einfach ihren Hals zu nehmen, den weißen, zarten Hals, aus dem so viel Gemeinheit und Hass sprudelten, und ihn zuzudrücken mit seinen großen, braunen Händen, so lange zuzudrücken, bis sie schlaff zusammenfiel und im Staub neben der zerbrochenen Flasche Wein lag.

Als Ralf Meerholdt in der Nacht zurückkam, schlief Elena und wälzte sich im Traum stöhnend von einer Seite zur anderen. Rosa hatte den Tisch gedeckt … ihr Gesicht war noch gerötet, doch Ralf sah es nicht. Er war müde, ausgemergelt und sehnte sich nach seinem Bett. Er aß schnell, trank eine Tasse Tee und küsste Rosa auf die Stirn.

»Gute Nacht, Liebes.« An der Tür drehte er sich noch einmal um. »Was macht Fräulein Osik?«

»Ich weiß nicht. Ich glaube aber, sie schläft.«

»Du hast sie heute nicht wieder gesprochen?«

»Nein.« Sie schüttelte den Kopf. »Ich habe sie den ganzen Tag nicht gesehen.«

Beruhigt ging Meerholdt schlafen.

Auch am nächsten Tag sprach keiner von dem Vorfall ... Elena ging Rosa aus dem Weg.

In der kommenden Nacht verschwand Elena Osik aus dem Lager. Als man am Morgen ihre Tür aufbrach, war das Zimmer durchwühlt, Kleider und Wäsche lagen verstreut auf dem Boden. Nahe dem Fenster war ein kleiner Flecken Blut an der Wand.

Grell zerrissen die Alarmsirenen die morgendliche Stille. Hauptmann Vrana von der Gebirgsjäger-Kompanie rannte zum Hause Meerholdts. In Zagreb fiel Stanis Osik in eine tiefe Ohnmacht, als man ihm telefonisch die Entführung mitteilte. Dann schrie er und war nicht zu beruhigen, bis ihm der Arzt eine Spritze gab. Suchkolonnen brachen in die Felsen auf, mit Spürhunden und Bergführern.

Elena Osik fand man nicht ...

4

Stanis Osik war in Zabari eingetroffen. Er war in diesen drei Tagen gealtert. Die dicken Augensäcke hingen wie Trauben auf seine Wangen herab. In seinen Augen stand eine Traurigkeit, deren Ausweglosigkeit erschütterte.

Mit Osik war ein Spezialkommando der Belgrader Geheimen Polizei mitgekommen, vier große, ernste Männer und ein Offizier, der zunächst nichts anderes tat, als über das Lager, die Bauplätze und die gesamte Umgebung eine strenge Quarantäne und ein Ausgehverbot zu verhängen. Ab 10 Uhr abends mussten alle arbeitsfreien Kolonnen im Lager sein. Die ausrückenden Gruppen wurden von Militärposten begleitet; es herrschte eine Art Standrecht über Zabari. Auf jeden, der sich ab 10 Uhr abends außerhalb des Lagers befand, in den Bergen, im Wald oder sogar auf der Dorfstraße, durfte ohne Anruf geschossen werden.

Das Zimmer Elenas war an dem Morgen noch, an dem der Überfall entdeckt worden war, versiegelt worden. Nun öffnete Hauptmann Vrana die Tür. Die Spezialbeamten aus Belgrad untersuchten jeden Zentimeter des Zimmers, Osik saß in Meerholdts Wohnung und jammerte. Das Ergebnis war mager ... es hatte ein Kampf stattgefunden zwischen Elena und dem Entführer, bei dem einer verletzt worden war. Das Blut an der Fensterwand bewies es. Dann war der Entführer mit dem anscheinend ohnmächtig gewordenen Mädchen aus dem Fenster gestiegen und in der Dunkelheit verschwunden. Von da ab verloren sich alle Spuren ... die Spürhunde hatten den Weg verfolgt ... bis zum Wald zogen sie an den langen Suchleinen, dann ging der Boden in Felsgeröll über und verwischte die Witterung der Hunde. In den Felsen versagte die beste Spürnase, und die Felsen reichten bis nach Zabari!

Auch die Verhöre ergaben nichts. Keiner hatte den Überfall gesehen, niemand hatte zwei Gestalten bemerkt, die in der Nacht zum Wald hinaufstiegen. Pietro Bonelli vielleicht war der Einzige, der etwas aussagen konnte: Er hatte in der Nacht einen Schrei gehört. Aber in Erinnerung an seine blauen Augen hatte er sich vorgenommen, sich niemals mehr in fremde Angelegenheiten zu mischen, und hatte sich auf die Seite gewälzt, um weiterzuschlafen. Dass er damit die Entführung möglich machte und sie nicht verhinderte, machte ihn verwirrt und innerlich zwiespältig. Er philosophierte über das Leben und dessen Dummheit – einmal wird man bestraft, weil man sich einmischt, einmal ist man schuldig, weil man sich nicht einmischt! Was soll man tun? Wie ist es richtig? Bonelli fand darauf keine Antwort und entdeckte, wie schwer die Philosophie ist.

Am vierten Tag nach der Entführung begann die große Suchaktion. Hundert Soldaten unter Leitung von Hauptmann Vrana, zweihundert Arbeiter unter Leitung der Spezialbeamten aus Belgrad durchkämmten systematisch die schwarzen Berge. Um alle Schluchten und Pässe, Täler und Winkel zu erfassen, hatte man aus Titograd einen Hubschrauber der Luftwaffe kommen lassen, der das Gebiet nach Planquadraten abflog und fotografierte. Nach diesen Fotos wurden die Suchkolonnen eingesetzt.

Das Wichtigste aber war, dass alle Bewohner von Zabari mithalfen. Sie kannten die Berge, sie kannten fast jeden Winkel der unerforschten Gegend. Vor allem aber sicherten sich die Spezialbeamten aus Belgrad einen Führer, der die ganze Suchaktion bestimmte und als der beste Kenner der Berge galt.

Es war der Schäfer Jossip Petaki.

Mit unendlichem Fleiß durchstöberte er die Schluchten, die bisher noch kein Fremder betreten hatte … er führte die Kolonnen in Gegenden, die einem Mondgebirge glichen, und in Täler, deren unberührte Schönheit selbst die alten Montenegriner staunen ließ. Immer aber führte er sie um ein kleines verstecktes und auf keiner Flugfotografie erkennbares Plateau herum, wo, an einen Felsen geklebt, seine Hütte stand, geschützt durch einen Felsenring, der diesen kleinen Flecken ebener Erde wie einen Wall umgab.

Hauptmann Vrana und Osik saßen vor den großen Karten, die nach den Fotos gezeichnet worden waren, und bestimmten die neuen Gebiete für den kommenden Tag. Ralf Meerholdt rauchte nervös eine Zigarette, während die Beamten aus Belgrad das saure Bier Bonellis tranken. Der Offizier der Geheimen Polizei war noch unterwegs … er ging einem unbestimmten Gefühl nach und überprüfte das Leben jedes Bauern und Hirten aus Zabari.

Jossip stand am Fenster und rauchte eine dicke, selbst geschnitzte Pfeife. Wortkarg wie immer, beobachtete er, wie Hauptmann Vrana die neuen Gebiete mit bunten Fähnchen absteckte. Sie lagen weitab seines Versteckes.

Jossip lächelte still.

»Wie weit kann man in einer Nacht kommen, Jossip?«, fragte Vrana und sah den Schäfer kurz an. Jossip wiegte den Kopf.

»Wenn man gut läuft, ein schönes Stück. Man muss allerdings die Berge kennen. Ein Fremder verirrt sich leicht und kommt nicht weit. Felsspalten sperren ihm den Weg, Bergwände oder steil abfallende Hänge.« Er stieß den Rauch aus seiner Pfeife in dicken Wolken aus. »Man muss die Berge kennen …«

Stanis Osik hüstelte. »Ein Kraut raucht der Kerl! Ob er Gras schneidet und trocknet? Es ist nicht zum Aushalten!«

Hauptmann Vrana kratzte sich den Kopf. »Am Tage kann er nicht flüchten?«, fragte er. Jossip hob die Schultern.

»Wenn er in der Nacht weit genug gekommen ist, hindert ihn niemand daran. In den Bergen begegnet ihm keiner.«

»Wir haben am Morgen nach der Entdeckung des Überfalls sofort den ganzen Umkreis abgesucht. Der Täter hatte einen Vorsprung von etwa acht Stunden!«

»Das ist viel«, sagte Jossip.

Vrana schüttelte den Kopf. »Mir will nicht einleuchten, dass er das Mädchen tagelang durch die rauen Felsen schleppt! Wozu? Wo will er hin? Alle Orte, alle Dörfer der Umgebung sind alarmiert. Es gibt keinen Bergbauern mehr, der nicht wachsam ist. Herr Osik hat die Belohnung auf 100 000 Dinare hinauf gesetzt … dafür verrät man unter Umständen seinen eigenen Bruder!«

»Bei uns nicht«, sagte Jossip gleichgültig. »Vielleicht sollten wir gar nicht mehr suchen … nach den Lebenden! Vielleicht sollte man nach einer Toten suchen?!«

Stanis Osik wurde bleich und setzte sich wieder. »Der Kerl raucht nicht nur Gift, er hat auch Gift im Gehirn«, stöhnte er. »Warum soll meine Tochter tot sein?«, schrie er Jossip an.

Jossip hob die breiten Schultern. »Weiß ich, warum sie geraubt wurde …?«

Osik stützte den schweren Kopf in die Hände. »Dieser Kerl bringt mich um den Verstand«, stöhnte er. »Ich werfe ihn gleich hinaus.«

Hauptmann Vrana hob begütigend seine Hände. »Wir brauchen ihn. Ohne seine Hilfe und Führung kommen wir trotz der Flugaufnahmen nie in die unwegsamen Schluchten. Wenn einer ihre Tochter finden kann, so ist es Jossip Petaki …«

Stanis Osik nickte und seufzte. Mit starrem Gesicht, wie mit einer Maske bekleidet, stand Jossip am Fenster und rauchte. Er hat Recht, dachte er triumphierend. Aber keiner wird sie finden, keiner …

Am fünften Tage wurde die Suche eingestellt. Stanis Osik brach zusammen und wurde mit einem Krankenwagen von Zabari weg nach Sarajewo gebracht. Dort legte er Trauerkleider an und floh weiter nach Zagreb. In seiner weißen Villa vergrub er sich, empfing niemanden, stellte das Telefon ab und saß stundenlang vor einem Bild Elenas, das sie in einem engen Reitdress zeigte, lachend, gesund und hübsch. Dann weinte der dicke Mann und büßte die Sünden, die er in seinem Leben angesammelt hatte.

Ralf Meerholdt schenkte Jossip für seine Hilfe bei der Suche einen guten Gummimantel, feste, derbe Gebirgsschuhe und 1000 Dinare. »Kauf dir davon, was du willst«, sagte er stockend. »Ich weiß, dass dir 100 000 lieber gewesen wären.«

Jossip dankte mit einem Brummen und verließ die Baracke. Auf der Lagergasse steckte er die 1000 Dinare ein und ging weiter. Vor Bonellis Kantine zögerte er, dann betrat er sie und ging an die Theke. Bonelli stand selbst dahinter und nickte Jossip zu.

»Suche aufgegeben?«, fragte er. »Ein Jammer um das Mädchen! Wenn man jemals den Kerl bekommt, der das getan hat – ich hänge ihn eigenhändig auf!«

Jossips Augen wurden starr. »Halt das Maul.« Er warf die 1000 Dinare auf den Tisch und wies auf die Regale. »Pack mir ein: Mehl, Zucker, Tee, Wurst, Salz, ein paar Büchsen mit Gemüse, eine Flasche Slibowitz.«

Bonelli blickte auf die 1000 Dinare und pfiff durch die Zähne. »Dein Führergeld?« Er schob es weg. »Spare es dir und verfriss es nicht sinnlos.«

Jossip beugte sich vor. »Pack ein, Idiot!«, schrie er.

Bonelli flog an das Regal und holte die Waren herab. Er packte sie in einen großen Sack, in dem er die Kartoffeln erhielt, und wuchtete ihn Jossip vor die Nase. »Da, du Rindvieh! Friss dich tot daran und krepier im Wald! Eher legt eine Kuh Eier, anstatt dass ihr Verstand bekommt!«

Jossip nahm den schweren Sack und warf ihn über die Schulter. Wortlos verließ er die Kantine und schritt dem Hang zu. Bonelli sah ihm aus dem Fenster nach, wie er die Rodung hinauftappte und dann im Wald verschwand.

»Ein komischer Kauz«, sagte er laut. »Dem fehlen auch ein paar Drähte im Gehirn …«

Als Jossip die Tür seiner Hütte aufschloss und sie aufstieß, kam ihm zunächst ein dickes Holzscheit entgegengeflogen, dem ein Schemel folgte. Jossip lächelte und benutzte die Tür als Deckung, indem er sie vor sich herschob und um die Ecke blickte.

Elena saß am Feuer, einen Stapel Holz neben sich, und wartete darauf, dass Jossip im Türrahmen erschien. Ihre Haare hingen ihr ungepflegt um den Kopf, das Gesicht war bleich und von Wut verzerrt.

»Komm rein, du Satan!«, schrie sie. »Ich bringe dich um.«

Mit einem Sprung war Jossip in der Hütte und hatte ihr das wurfbereite Holzscheit aus der Hand geschlagen. Sie wollte aufspringen, aber er schleuderte sie auf das Strohlager zurück und nahm von der Wand eine lange, aus Schafshaar geflochtene Peitsche.

»Du bleibst liegen!«, sagte er scharf. »Oder ich peitsche dich aus!«

Elena duckte sich und schwieg. Sie beobachtete, wie Jossip den Sack hereinholte und auf den roh gezimmerten Tisch legte. »Für dich!«, sagte er dabei. »Das beste Essen, das es unten im Lager gibt. Für 1000 Dinare.«

»Du lügst! Woher willst du 1000 Dinare haben!«

»Ich habe sie verdient. Ich habe die Kolonnen geführt, die dich suchen sollten.«

»Du bist der ekelhafteste Schuft, den ich kennen gelernt habe!« Sie richtete sich auf und kam näher. Jossip hob die Peitsche, aber er schlug nicht zu. »Warum hältst du mich hier fest?«

»Das hast du schon hundertmal gefragt! Du hast Rosa geschlagen! Du hast sie beleidigt ... ich werde dich dafür bestrafen!«

»Mit Wasser und Brot?«

»Mit dem Tod ...«

Jossip sagte es völlig ungerührt, aber Elena spürte, dass es ihm ernst war. Merkwürdigerweise empfand sie keine Angst, sondern eine Art Neugier, wie er es wohl anstellen wollte, sie zu töten. Zudem verstand sie nicht, warum er sie überhaupt mit in seine versteckte Hütte genommen hatte, anstatt sie in ihrem Zimmer einfach umzubringen.

»Zieh dich um!«, sagte Jossip plötzlich.

»Warum?«

»Zieh dich um!« Er hob die Peitsche und ließ sie leicht auf Elenas Schultern fallen. Es war nur ein streichelnder Schlag, aber sie wusste, dass der zweite fester sein würde und der dritte Striemen durch ihr Fleisch zog. Sie knöpfte ihr Kleid auf und sah Jossip dann an. Ihre Augen flatterten.

»Dreh dich rum, du Hund!«, zischte sie.

»Warum? Ich will den Körper sehen, ehe er verfault.«

»Scheusal!« Sie zog das Kleid über den Kopf und stand in der dünnen Unterwäsche vor Jossip. Er nahm das Kleid und nickte. »Das andere auch!«

»Was?«, fragte sie entsetzt. Plötzlich begann sie zu zittern.

»Das Seidenzeug!«

»Nein!«

Jossip hob wieder die Peitsche, aber Elena schüttelte wild den Kopf. »Und wenn du mich totschlägst ... ich ziehe es nicht aus! Hol es dir doch!« Sie sprang zum Herd und riss einen langen Holzkloben aus dem Stoß. Jossip lachte, seine Zähne leuchteten zwischen den schmalen Lippen.

»Ich fasse dich nicht an«, sagte er. »So schön du auch bist, ich nehme dich nicht!«

Er tappte zu einer Wand, schob einen Balken zur Seite und entnahm aus der Höhlung, die entstand, ein langes Messer und ein altes langläufiges Gewehr. Damit kam er zu Elena zurück und legte beides auf den Tisch.

»Ich würde mich schämen, dich zu lieben«, sagte er dumpf. »Ich würde Rosa verraten und könnte sie nie wieder ansehen. Dein Körper ist für die feinen Herren in den Städten ... ich will ihn nicht ...«

»Wie gnädig ...« Elena starrte auf das lange Messer. »Du willst mich töten?«

»Noch nicht, mein Schwan, noch nicht!« Er hob die Hand. »Zieh das Seidenzeug aus.«

Zögernd löste sie die Träger ... mit geschlossenen Augen zog sie sich aus und stand dann nackt vor dem grinsenden Jossip. Er nahm die dünne Wäsche, befühlte sie, dann ging er zu einem Nagel, an dem ein dicker Lammfellmantel hing, nahm den Mantel und warf ihn Elena zu.

»Zieh ihn an. Ich bringe dir morgen neue Kleider. Diese hier brauche ich.«

Während Elena in den dicken, weiten Mantel schlüpfte und sich an den Herd drückte, begann Jossip, das Kleid und die Seidenwäsche zu zerreißen. Er tat es mit genauem Nachdenken. Das Kleid riss er am Hals und am Rücken auf und zerfetzte den Rock ... die Unterwäsche zerriss er so, als habe man sie Elena gewaltsam vom Leibe gezerrt. Dann nahm er das Messer und trat zu Elena an den Herd.

»Gib mir deinen Arm«, sagte er.

Sie starrte ihn an ... das Grauen stand in ihrem Blick. Ihr Mund verzerrte sich in Todesangst, die in diesem Augenblick ihre gespielte Sicherheit zerriss. Jossip wartete nicht ab, bis sie den Arm gab ... er riss ihn zu sich heran und stampfte mit dem Fuße auf, als sie aufschrie und ihn zurückreißen wollte.

»Halt den Mund!«, knurrte er. »Ich tue dir nichts. Ich brauche nur etwas Blut von dir ...«

Ehe sie antworten konnte, hatte er mit dem Messer die Haut ihres Unterarmes aufgeschlitzt und presste die Unterwäsche und das Kleid auf das hervorsickernde Blut. Sie spürte keinen Schmerz, aber das Gespenstische der Handlung nahm ihr fast die Besinnung.

Jossip hielt die Wäsche hoch ... große Blutflecken hatten die Seide durchtränkt, das Kleid war übersät mit Blutspritzern. Es sah aus, als habe man die Trägerin dieser Kleidung bestialisch ermordet.

Zufrieden schob Jossip die Wäsche zur Seite und begann, den Sack mit den Lebensmitteln auszupacken.

»Mit diesen Kleidern werde ich sie alle vertreiben«, sagte er dabei. »Es wird keine Talsperre mehr geben ... wie Gehetzte werden sie alle aus den Bergen rennen. Dann ist das Tal wieder unser, dann ist wieder Ruhe in Zabari ... und ich werde Rosa in meine Hütte führen.«

»Und ich?«, fragte Elena.

»Dich werde ich vorher töten«, sagte er ungerührt.

Er packte die Lebensmittel Bonellis auf den Tisch … die Dosen mit Fleisch und Gemüse, die Würste, das Brot, das Mehl, den Zucker, das Salz, den Tee.

»Frierst du?«, fragte er.

»Warm ist es hier nicht.«

»Dann trink!« Er warf ihr die Flasche Slibowitz ins Stroh und packte weiter aus.

»Wie soll ich sie aufbekommen ohne Korkenzieher?«, fragte Elena.

»Schlag den Hals an der Herdkante ab.«

Sie tat es, setzte vorsichtig die Flasche an den Mund und trank einen kleinen Schluck. Wie Feuer rann der scharfe Schnaps durch ihre Kehle in den Körper. Aber er belebte, er gab Kraft, er machte mutig. Sie trank noch einmal, und ein drittes Mal. Dann suchte sie den abgeschlagenen Flaschenhals und verbarg ihn im Stroh. Ehe er mich tötet, dachte sie, schneide ich mir mit dem Glas die Pulsadern durch. Aber vorher betrinke ich mich … es stirbt sich leichter im Wahn …

Jossip warf den Sack in eine Ecke. »Kannst du kochen?«

»Glaubst du, ich wäre nur zum Schminken auf der Welt?«

»Hier ist Essen genug für dich! Für eine Woche und länger. Ich bringe dir morgen neue Kleider und lasse dich allein! Verhungern wirst du nicht!«

»Aber verdursten.«

»Ich hole dir zwei Eimer Wasser.«

»Wie einer Kuh.«

»Mehr bist du auch nicht!« Er erhob sich vom Tisch. »Eine Kuh ist mehr wert. Sie gibt Milch … sie ernährt uns. Du bist zu nichts auf der Welt … selbst Mist ist wertvoller, denn er düngt den Boden, der uns Frucht gibt. Du bist eine taube Nuss, die man wegwirft …«

Elena antwortete nicht darauf. Sie hatte einen Lappen um den Schnitt des Armes gewickelt und löste ihn jetzt. Er blutete noch immer. Jossip blickte herüber und ging zum Herd. Von einem Balken über dem Feuer nahm er ein paar große Blätter, tauchte sie in Wasser und begann, sie mit dem Messer zu zerhacken. Dann mengte er mit den Händen einen Brei daraus und schmierte ihn Elena auf die blutende Wunde.

»Lass es trocknen und drei Tage drauf!« Er richtete sich hoch und schüttelte den Kopf. »Eigentlich sollte man dich verbluten lassen.«

»Und warum tust du es nicht?«

»Ich habe noch vieles mit dir vor«, sagte er geheimnisvoll.

Als er die beiden Eimer Wasser geholt hatte, schloss er die Tür wieder ab. Dann stellte er sie an den Herd und nahm die blutige Kleidung an sich.

»Versuche nicht zu flüchten«, sagte er, ehe er die Hütte verließ. »Es führt nur ein Weg über die Felsspalten ins Tal … und den findest du nicht!« Er stockte und meinte dann: »Vielleicht bleibst du leben, wenn die Fremden vernünftig sind. Vielleicht … das Tier ist oft vernünftiger als der Mensch …«

Er schloss die Tür ab und wälzte einen großen Stein davor. Aufatmend stand er dann auf seinem Plateau und dehnte die Brust in der warmen Frühlingssonne. Von Foca her zogen Wolken über die Berge … über Zabari kreisten drei Adler, still, in weiten Kreisen, majestätisch mit ihren angespannten Flügeln und den eingezogenen Fängen. Aus der Ferne tönte Donner … dort wurden Felsen gesprengt und Straßen angelegt. Der Vormarsch der Unruhe, der Tod der herrlichen Einsamkeit kam näher.

Jossip drückte die blutige Wäsche an sich und stieg den verborgenen Pfad hinab ins Dorf. Ehe er aus den Felsen trat, verbarg er die Kleidung unter seinem weiten Umhang auf der Brust und grüßte wenig später freundlich die Arbeiter, die am Waldhang die gefällten Stämme an die Ketten banden, mit denen die Raupenschlepper sie ins Tal zogen.

Am Nachmittag des folgenden Tages wurde das erste Stück von Elenas Kleidung gefunden. Es war das seidene Unterkleid, blutig, zerrissen und verschmutzt. Es lag jenseits der Schlucht neben einem Baum … in einer völlig anderen Richtung, als man den Täter vermutet hatte.

Hauptmann Vrana und Ralf fuhren sofort mit einem Jeep zu der Fundstelle und riefen in Zagreb an. Die Spezialbeamten aus Belgrad mit ihrem forschen Hauptmann, der noch immer die Ausgangssperre verhängt hatte, packten Mikroskope und ein kleines Labor aus und begannen die Arbeit. Es stand außer Zweifel – das Blut an der Wand des Zimmers und das Blut in dem Unterkleid waren das gleiche. Es war das Blut Elena Osiks. Damit hatte man einen klaren Beweis, dass ein Verbrechen geschehen war.

»Ihre Unterwäsche sagt alles! Freiwillig hat sie sie bestimmt nicht ausgezogen … und das Blut daran!« Hauptmann Vrana hob die Schultern. »Wir müssen uns damit abfinden, dass Fräulein Osik einem Sexualverbrechen zum Opfer gefallen ist! Es heißt jetzt nur noch, ihre Leiche zu finden. Den Täter kann uns nur das Glück bringen. Ein unverschämtes Glück!«

Für den Offizier aus Belgrad war Glück ein zu vager Begriff. Er war ein Mann der Realität. Er sperrte sofort wieder das Lager und begann, die tausend Männer systematisch zu untersuchen.

»Ein Bauer aus Zabari war es nicht!«, sagte er bewusst. »In diesen Bergen kennt man keine Sexualmorde. Das ist eine Errungenschaft der Zivilisation! Also muss der Mörder unter den Arbeitern oder auch Soldaten zu finden sein! Und verlassen Sie sich darauf – ich bekomme ihn!«

Ralf erinnerte sich der Aussprache mit Vrana über das Problem des frauenlosen Lagers. Damals hatte er geglaubt, mit Alkoholverbot und der Androhung von Strafen eine straffe Ordnung in das Lager zu bekommen und die Auswüchse eines Lagerkollers zu verhindern. Zehn Arbeiter lagen in den Sarajewoer Gefängnissen in stinkenden Löchern und büßten für etwas, für das man eigentlich die Natur selbst verantwortlich machen sollte … eine ganze Kolonne von dreißig Arbeitern mit einem Truppführer hatte man nach Titograd zurückgeschickt, weil sie meuterten – ihr weiteres Schicksal war unbekannt.

Das schreckte ab … die nächsten Wochen waren ruhig. Bonelli merkte es am Umsatz und schimpfte auf die Moralität, von der er persönlich nicht viel hielt, bis auf eine Ausnahme, die Katja Dobor hieß.

Dann kam der Mord … ein Mord aus Motiven, gegen die Meerholdt vergeblich ankämpfte. Ein Mord, den er begünstigt hatte, indem er Elena in Zabari behielt und nicht Stanis Osik mitgab. Dieser Gedanke drückte auf ihn wie eine Zentnerlast, und sie wurde zu einem Niederschlag, als der Offizier aus Belgrad Rosa verhörte und die Auseinandersetzung erfuhr!

Einen Hinweis dafür hatte der Offizier von Bonelli erfahren. Bonelli erzählte harmlos, dass Rosa bei ihm eine Flasche Wein gekauft habe. Leider sei sie ihr zerbrochen … er hatte die Scherben am Morgen vor dem Hause des Ingenieurs gesehen.

»Die Flasche ist mir hingefallen«, sagte Rosa. »Sie ist mir aus der Hand gerutscht.«

Der Offizier antwortete nicht darauf. Er ging mit Rosa und Meerholdt an die Hausecke, eine Ecke, die dauernd im Schatten der anderen Baracken lag. Der Sand war getrocknet, aber er hatte durch die Nässe eine feste Schicht gebildet, und in dieser Schicht waren noch deutlich zwei Fußabdrücke zu erkennen … ein kleiner, flacher und ein ganz dünner, verwischter, punktmäßiger Abdruck.

»Hier haben zwei Personen gestanden«, sagte der Offizier und sah Rosa scharf dabei an. »Du … das ist der flache Abdruck … und da ist ein anderer, der einer Frau, die hochhackige Schuhe trug. Hier, siehst du den Abdruck des dünnen Absatzes? Diesen Punkt im Sand? Und wer trägt hier im Lager hochhackige Schuhe? Wer wohl? Na, sag es schon, Rosa …«

»Elena …« Sie sah Hilfe suchend zu Meerholdt, der bleich an der Hauswand stand.

»Das ist doch Dummheit, Herr Hauptmann! Sie wollen doch nicht etwa …« Er sprach nicht weiter, sondern legte den Arm um Rosas Schulter. Diese Geste sollte Schutz bedeuten, sie drückte aber auch die Verbundenheit aus, die Meerholdt mit Rosa verband.

Der Offizier wiegte den Kopf. »Keine Dummheit ist so dumm, dass sie nicht von Frauen verbrochen werden könnte. Und eine liebende, eine eifersüchtige Frau kann die Naturgesetze aus den Angeln heben! Mit der ersten eifersüchtigen Frau wurden auch die ersten Bestialitäten geboren«, sagte er sarkastisch.

»Sie müssen andere Frauen von Rosa unterscheiden lernen. Sie unterstellen hier etwas, ohne es beweisen zu können.«

»Sie haben mich in meiner Beweisführung eben unterbrochen. Es war ein psychologischer Fehler, Rosa das Rückgrat zu stärken. Ein Geständnis ist immer ein Zusammenbruch – ein physischer wie ein psychischer.«

»Sie hat nichts zu gestehen!«, rief Meerholdt laut.

Der Offizier nickte. »Natürlich nicht.« Er wandte sich wieder Rosa zu und fasste sie am Arm. »Du hast hier also Elena Osik getroffen? Ihr habt euch über Herrn Meerholdt unterhalten! Fräulein Osik beschimpfte dich, du beschimpftest Fräulein Osik, sie schlug dich, sie schlug dir die Flasche aus der Hand, die du für Herrn Meerholdt gekauft hattest!« Seine Stimme wurde lauter und lauter, am Ende brüllte er Rosa an, die am ganzen Körper zitterte. »Die Flasche lag im Sand … kaputt … der Wein floss in den Sand, Meerholdts Wein! Und sie schlug dich wieder ... da hast du sie genommen, zu Boden geworfen, hast sie erwürgt und dann ...«

»Nein!«, schrie Rosa auf. »Nein! Nein!« Sie klammerte sich an Meerholdt fest und versteckte ihr Gesicht an seiner Brust. »Sie hat mich geschlagen, immer wieder geschlagen, aber ich habe mich nicht gewehrt. Ich habe ihr nichts getan ... Ich schwöre es ... ich schwöre es ...«

Ihre Stimme brach.

Der Offizier sah Meerholdt groß an. In seinen Augen stand Misstrauen. »Ich muss sie mit nach Belgrad nehmen«, sagte er.

»Ich verbürge mich für Rosa!« Meerholdt umfasste sie und drückte sie schützend an sich. »Sie bleibt im Lager. Ihr so genanntes Verhör ist eine Schande. Sie legen dem Mädchen Dinge in den Mund, die sie gar nicht kennt. Die außerhalb ihrer Lebenssphäre liegen!«

»Im Zorn sind viele Menschen unberechenbar. Eine Frau, die hasst, ist schlimmer als hundert Tiger, sagt ein indisches Sprichwort. Und es war abgrundtiefer Hass zwischen den beiden Frauen! Hass Ihretwegen, Herr Meerholdt! Auch Sie trifft eine moralische Schuld an dem Tode Fräulein Osiks!«

Ralf Meerholdt sah an dem Offizier vorbei. Er überblickte die halb fertige Talsperre, die Arbeitskolonnen, die gefällten Wälder, die Geburt einer neuen Landschaft, erdacht von ihm und von ihm in die Tat umgesetzt. »Ich werde Zabari verlassen«, sagte er leise. »Ich werde auch Jugoslawien verlassen. Ich gehe zurück nach Deutschland.«

»Es wäre eine Flucht vor dem Gewissen.«

»Nennen Sie es eine Flucht vor der Erinnerung. Ich hatte eine Rechnung aufgestellt ... eine mathematische Gleichung mit drei Herzen und einem Unbekannten, das ich Schicksal nannte. Logisch musste diese Gleichung aufgehen – x, das Schicksal, war rechnerisch vorherbestimmt! Heute sehe ich den Fehler dieser Rechnung – der Mensch! Der Mensch ist keine Zahl, er ist außerhalb jedes logischen Prinzipes. Der Mensch ist trotz Medizin, Physik, Chemie, Psychologie und Philosophie ein ewiges Rätsel, eine Fleisch gewordene Mystik. Können Sie mit der Mystik mathematisch verfahren? Das war mein Fehler – und ich möchte nicht weiterleben in einer Umgebung, der mein persönlicher Fehler Unglück gebracht hat.« Er hob die Schultern und sah zurück auf den Offizier. »Ich weiß nicht, ob Sie mich verstehen. Aber ich gehe –«

Rosa blieb in Zabari, als der Offizier nach Titograd fuhr, um das gefundene Unterhemd mit einem genauen Bericht nach Belgrad zu schicken. Stanis Osik, dem man die Nachricht vom Tode, vom erwiesenen Tode seiner Tochter schonend mitteilte, saß apathisch auf der Terrasse seiner weißen Villa und starrte in die schmutzig grauen Fluten der Sava. Tot, empfand er. Tot! Was bedeutet tot? Kein Wiedersehen? Auslöschen, einfach auslöschen, so, wie man einen Bleistiftstrich vom Papier radiert und es bleibt nichts als wieder eine weiße Fläche?

Er hatte die Zimmer Elenas abschließen lassen, er betrat nicht mehr den Teil des Hauses, in dem sie wohnte. Die Rosen, die sie vor der Terrasse gepflanzt und gepflegt hatte, ließ er herausreißen, das Pony, auf dem sie als Kind ritt, verkaufte er und erschoss den Hund, der Elena immer in Zagreb begleitete. Nichts, gar nichts mehr wollte er sehen … keine Erinnerung sollte ihn quälen, kein Erkennen, keine Gedanken. Doch je mehr er gegen sein Schicksal kämpfte, umso tiefer sank das Bild Elenas in seine Seele. Er trank wieder; sinnlos betrunken schlug er in seiner Villa grölend die Möbel zusammen und bewarf sein Spiegelbild mit Gläsern. Dann saß er wieder apathisch im Sessel, starrte über die Sava und aß wie eine aufgedrehte, mechanische Puppe. Ab und zu schrie er, grell, tierisch, umklammerte seinen Kopf mit beiden Händen, als wolle er ein Auseinanderspringen verhindern. Er brüllte wie ein Stier und stampfte mit beiden Beinen auf die Erde.

»Osik ist wahnsinnig geworden«, hieß es in Belgrad. Man beurlaubte ihn und übertrug die noch auszuführenden Bauten einem Regierungsgremium, das als Leiter Ralf Meerholdt einsetzte. Nach der Fertigstellung der Zabarisperre sollte er von Belgrad aus die Bauten leiten. Eine besondere Ehrung für den Deutschen.

Zwei Tage nach dem Auffinden des blutigen Unterkleides entdeckte ein Transportarbeiter bei Räumungsarbeiten an der neuen Straße ein zusammengeknülltes, zerrissenes und blutbespritztes Kleid.

Wieder fuhren Hauptmann Vrana und Meerholdt zu der Stelle und fanden ihre Vermutung bestätigt: Es war Elenas Kleid, das sie zuletzt trug, ehe sie verschwand. Die Sonderbeamten aus Belgrad brauchten diesmal nur zehn Minuten zur Feststellung der Blutgleichheit. Sie stimmte.

»Das Kleid«, sagte Meerholdt sinnend, »und die Unterwäsche lagen in genau entgegengesetzter Richtung. Fällt Ihnen das nicht auf, Vrana?«

Hauptmann Vrana betrachtete das zerrissene Kleid. »Warum haben wir es nicht gefunden, als wir Elena suchten? Wir haben mit hunderten von Leuten jeden Meter abgesucht … auch die Stellen, an denen jetzt die Stücke lagen!«

Meerholdt durchzuckte es heiß. »Der Mörder lebt unter uns!«, sagte er heiser. »Er hat die blutigen Kleidungsstücke bei sich … und Stück für Stück versteckt er sie jetzt, um alle Spuren zu verwischen.«

»Verhängen Sie ab sofort eine neue Ausgangssperre für alle Personen im Lager. Auch für meine Soldaten werde ich das befehlen. Niemand verlässt die Baracken … eine Woche lang!«

»Ich werde es anordnen«, sagte Meerholdt dumpf.

Das Lager wurde gesperrt. Militärposten bewachten die Straßen und das Dorf. Als Jossip am Abend hinauf in die Berge stieg, grüßten sie ihn freundlich und riefen ihm Witze nach. Auch Meerholdt und Vrana sahen Jossip.

»Er hat seine Herde auf den Bergweiden«, sagte Ralf. Vrana nickte und rauchte eine türkische Zigarette, die ihm ein Freund aus Ankara schickte.

Am nächsten Morgen fand der Vorarbeiter Drago Sopje neben einer Betonmischmaschine das blutbefleckte Seidenhöschen Elena Osiks. An einer Betonmischmaschine, die am Abend noch in Betrieb gewesen war!

In dieser Nacht verzweifelte Ralf Meerholdt und suchte wie ein verstörtes Kind Zuflucht in den Armen Rosas.

Vor der großen »Chefbaracke« standen etwa dreihundert Arbeiter und sahen ernst und nachdenklich auf Ralf Meerholdt, als er am nächsten Morgen zu den Baustellen gehen wollte. Militär riegelte den Lagerplatz ab, Hauptmann Vrana schrie herum, Pietro Bonelli, mit einer weißen Schürze vor dem Bauch, rannte durch die Reihen der stummen Arbeiter und gestikulierte wie ein Wilder.

Verblüfft blieb Meerholdt auf der oberen Stufe des Eingangs stehen. Hauptmann Vrana drängte sich durch die Arbeiter. Er hatte eine entsicherte Pistole in der Hand.

»Eine Revolte!!«, schrie er. »Ein Aufstand! Die Kerle weigern sich, weiter in Zabari zu arbeiten! Sie wollen weg! Aber eher schieße ich sie alle nieder! Seht euch um!«, schrie er und zeigte nach rückwärts. Einige der Arbeiter drehten sich um, die Mehrzahl blieb stumm und verbissen stehen und sah auf Meerholdt. »Dort stehen drei Maschinengewehre. Mit durchgeladenen Gurten. Ein Wort nur, Kerls, und ihr seid ein Sieb! Los, nehmt die Klamotten und geht an die Arbeit! Los, sage ich!«

Die Arbeiter standen.

Hauptmann Vrana winkte. Die Gurte rasselten durch die Schlösser der Maschinengewehre. »Ich schieße!«, schrie er. »Geht auseinander!«

Drago Sopje, der alte Vorarbeiter, trat einen Schritt vor. Er nahm die Mütze ab und sah Ralf Meerholdt aus traurigen Augen an.

»Wir tun es nicht gern«, sagte er stockend. »Aber man hat schon wieder ein Stück Wäsche von Fräulein Osik gefunden und diesmal mit einem Zettel.« Er kam zu Meerholdt die drei Stufen hinauf und legte ihm einen Unterrock vor, an dem auf einem abgerissenen Papier in Druckbuchstaben etwas stand. Neugierig beugte sich Vrana vor.

»Geht nach Hause!«, las er laut. »Das war der Anfang – die Nächsten seid ihr …«

Die Arbeiter murmelten. Drago Sopje drehte die Mütze zwischen den Händen.

»Es ist ganz einfach, Herr Ingenieur. Wir haben Angst. Ein Mörder lebt unter uns, der einen nach dem anderen umbringen wird. Keiner will der Nächste sein – darum wollen wir gehen!«

»Ihr seid also alles Feiglinge?« Meerholdt blickte über die fast dreihundert Männer, die mit verbissenen Gesichtern vor seiner Baracke standen. »Kann nicht ich der Nächste sein? Darf ich meine Arbeit verlassen, aus Angst, aus ganz gemeiner Angst? Auf mich hat der Unbekannte einen großen Stein geschleudert, und nur durch ein Wunder entkam ich. Habe ich damals alles hingeworfen und mich verkrochen, wie ihr es wollt?!« Meerholdt hob die Hand. »Geht an die Arbeit, Leute. Wir werden den Mörder finden …«

Die Arbeiter standen. Stumm, mit gesenkten Köpfen. Auf der oberen Stufe des Barackeneingangs lag das blutverschmierte Kleidungsstück. Eine Anklage und eine Drohung.

Drago Sopje rührte sich nicht. »Wir möchten weg aus Zabari«, sagte er.

»Und der Bau? Was soll aus der Sperre werden?«

»Was geht uns der Bau an?«, schrie einer aus der Menge. »Wir haben die Nase voll!«

»Wir gehen!«

»Hätten wir vorher gewusst, wo der Bau liegt, wären wir gar nicht erst gekommen!«

Hauptmann Vrana ballte die Fäuste, er wollte den Befehl zum Schießen geben, aber Meerholdt legte ihm die Hand auf den Arm.

»Was hätten wir davon, Vrana? Wir können fünfzig … hundert Mann erschießen … dann laufen uns in der Nacht die anderen neunhundert weg. Sie werden einfach die Wagen stehlen und flüchten. Wer will sie aufhalten?«

»Ich sperre die Zufahrtsstraßen!«

»Sie werden überrannt und niedergewalzt werden. Ein Raupenschlepper ist ein halber Panzer! Wir müssen vernünftig sein.«

Ralf Meerholdt sah Drago Sopje an. Dieser senkte den Blick und biss sich auf die Lippen.

»Sie wollen es so«, sagte er stockend. »Wir möchten unseren Lohn haben …«

Meerholdt nickte. »Es ist gut. Ich spreche sofort mit Belgrad … das Geld wird morgen oder übermorgen hier sein.«

»Mit Belgrad?« Sopjes Kopf fuhr hoch. »Die schicken uns Panzer und Flugzeuge, aber kein Geld!«

»Das glaube ich auch!« Meerholdt hob die Schultern. »Aber in der Kasse ist nicht genug. Es könnten nur dreißig von euch den Lohn bekommen. Das Geld kommt jeden Monat direkt aus Belgrad mit dem Nachschub zu uns. Ihr wisst es ja alle! Ich muss also anrufen.«

»Die Hunde in Belgrad erschießen uns alle!«, schrie einer aus der Menge.

»Sie hängen uns auf!«

Meerholdt nickte. »Ihr wollt es nicht anders, Leute. Ihr habt Angst vor einem einzigen Mörder … aber wenn ihr weggeht und streikt, werdet ihr alle getötet! Ob der eine Unbekannte euch angreifen wird, weiß ich nicht, und ihr wisst es auch nicht … aber dass Belgrad euch angreifen wird, gleich, wo immer ihr euch versteckt, das ist sicher! Ihr habt zu wählen: das Vielleicht oder das Sichere!«

Drago Sopje setzte seine Mütze wieder auf. Sein Gesicht war gelblich und zerknittert. »Sind wir Verbrecher? Zwangsarbeiter?«

»Ihr seid freie Arbeiter, solange ihr eure Arbeit tut. Aber ihr werdet Zwangsarbeiter, wenn ihr streikt!« Meerholdt schüttelte den Kopf. »Ich kann nichts dafür, Leute. Ich habe die Gesetze nicht gemacht. Klagt die an, die unter Freiheit und Persönlichkeit die Kollektivierung der Massen und die Einheit der Gehirne verstehen. Was kann ich daran ändern? Ich bin wie ihr nur ein kleiner Mann, den man ebenso schnell an die Wand stellt, wenn ich Nein sage und anders denke und arbeite, als es der Befehl von oben will!«

Drago Sopje nickte. Er drehte sich um und ging mit langsamen, schweren Schritten durch die Reihen der stummen Arbeiter. Er nahm an der Barackenecke seinen Spaten auf, warf ihn über die Schulter und ging langsam der Baustelle zu.

Stumm standen die anderen und sahen ihm nach. Dann bröckelte es in den Reihen … einer … drei … fünf … zehn gingen vom Platz, nahmen ihr Arbeitszeug und stapften durch die weiche Erde dem Tal zu. Die letzten fünfzig standen noch immer unbewegt vor der großen Baracke, als Meerholdt an Vrana vorbei um die Maschinengewehre schritt und den Arbeitern zur Baustelle nachging. Er blickte sich nicht um, aber er hörte hinter sich Schritte, viele Schritte, wie den Marschtritt einer Kolonne. Hauptmann Vrana stand allein auf dem Platz und sah verblüfft in die Lagergasse. Hinter Meerholdt her marschierten die letzten fünfzig Rebellen zu der Baustelle, die Spaten und Hacken geschultert. Es fehlte nur noch, dass sie sangen …

»Abbauen!«, schrie Vrana seine Soldaten an und trat gegen den Lauf des einen Maschinengewehrs. »Der Dienst laut Dienstplan geht weiter!«

Wütend ging er in seine Wachbaracke und trank ein großes Glas Slibowitz.

Vom Fenster der Kantine Bonellis aus hatte Jossip die unblutige Niederschlagung der Revolte mit angesehen. Jetzt trank er mit bebenden Händen sein Glas Bier und verließ das Lager.

Er ist stärker als ich, dachte er hasserfüllt. Er hat mich geschlagen, dieser fremde Teufel, dieses Weißgesicht mit dem Madonnenblick! Sie arbeiten weiter ... und wenn ich zehn umbringen würde, sie arbeiten weiter!

Langsam ging er die Dorfstraße hinab, den Kopf gesenkt. Er dachte an seinen eingeschlossenen See, eine Waffe, die ihm niemand aus der Hand schlagen konnte. Auch Meerholdt nicht ...

In diesen aufregenden Tagen hatte Rosa eine Entdeckung gemacht. Der Verdacht, der auf ihr lastete, hatte sich als haltlos erwiesen, selbst das strenge Belgrad sah ein, dass ein Mädchen wie Rosa einer solchen Grausamkeit, wie sie Elena Osik zum Opfer gefallen sein musste, nicht fähig war. Doch das Verschwinden Elenas hatte einen seelischen Graben zwischen Ralf und Rosa ausgeworfen ... sie sahen sich jeden Tag, aber sie sprachen nur wenig miteinander, sie küssten sich flüchtig, und die träumerischen Nächte, in denen sie sich sonst in den Armen lagen und glaubten, dass Zabari das Paradies sei, waren Erinnerungen, von denen sie zehrten.

Der Schatten Elenas stand zwischen ihnen. Ihr furchtbares Schicksal bedrückte sie, sie wurden nicht glücklich, wenn sie sich liebten, denn immer meinten sie, aus dem Nebenzimmer, das sie bewohnt hatte, ihren Schrei zu hören. Den Schrei, den sie in jener Nacht überhörten, weil sie sich in den Armen lagen und die Nacht und die Welt untergingen in einem heißen Flüstern dummer und doch berauschender Liebesworte.

Ralf Meerholdt hatte sich mehr denn je in seine Arbeit gestürzt … Rosa holte sein Abendessen wie bisher, sie umsorgte ihn, als sei sie mit ihm schon jahrelang verheiratet – aber wenn die Nacht kam, ging sie. Stundenlang lag sie dann wach auf ihrem Graslager in der Hütte, starrte an die rohe Balkendecke und weinte in das zottelige Schafsfell hinein, mit dem sie sich zudeckte.

Nach der Arbeit bei Meerholdt hackte sie wieder Holz und begleitete den Vater in den Wald, wo sie die Reisigberge der gefällten Bäume zusammenbanden und mit einem Ochsenfuhrwerk nach Hause schleppten.

Fedor Suhaja und Marina sagten nichts zu der Liebe Rosas – sie nahmen sie hin wie ein Naturereignis, wie Schnee und Wind, Sonne und Nacht. Sie fürchteten nur die Rache Jossips – das getötete Lamm vor ihrer Tür war nicht vergessen, wenn sie sich auch sicherer fühlten, seitdem sie wussten, dass Jossip sogar in die Dienste Meerholdts getreten war, um Elena Osik zu suchen.

»Vielleicht hat er auf Rosa verzichtet«, sagte Fedor einmal zu Marina und schnitt sich Tabak für seine Pfeife. »Aber solange er nicht kommt und einen Hammel von mir holt, um den getöteten damit zurückzunehmen, habe ich keine Ruhe.«

Doch Jossip kam nicht.

Eines Abends, als Rosa im Bergwald Holz zusammenschichtete, sah sie, dass der Boden neben dem aufragenden Felsen feucht war und ein kleines Rinnsal zwischen dem zerklüfteten Plateau versickerte. Es war der gleiche kleine Bach, den Jossip entdeckt und der ihn zu dem eingeschlossenen See geführt hatte.

Verwundert ging Rosa dem Bache nach. Er war neu … das sah sie. Sie kannte jedes Wasser um Zabari herum, auch jene Bäche und Fälle, die in der Zeit der Schneeschmelze entstanden und im Frühjahr, wenn aller Schnee von den Felsen geflossen war, ebenso schnell wieder eine steinige Rinne wurden wie vordem. Doch dieser Bach lief … er hatte Wasser, immer neues Wasser, und längst war kein Schnee mehr auf den Bergen!

Am Fuße des großen Felsens, der Hand, die Zabari schützte, blieb sie stehen und sah dem dünnen Wasserfaden nach, der aus einer Spalte herausrann.

Eine neue Quelle ... neues Wasser für Zabari, für die Felder, die Wiesen, die Herden. Wasser – der Inbegriff allen Lebens ...

Als Rosa bei Meerholdt anklopfte, umfing er sie, glücklich, dass sie gekommen war. Er führte sie in sein Zimmer und drückte sie auf einen Stuhl.

»Es ist gut, dass du kommst«, sagte er. »Wir müssen miteinander sprechen ... In diesen Tagen hat sich so vieles geändert, so ungeheuer Schreckliches hat sich ereignet, dass ich Zabari verlassen werde ...«

Sie sah ihn an, mit großen, wehmutsvollen Augen. Aber sie sagte nichts. Sie sah ihn nur an wie ein schönes Bild, das weggetragen werden soll.

»Ich werde zuerst nach Belgrad gehen und dann zurück nach Deutschland. Ich kann hier nicht weiterleben.«

»Wegen Elena?«, fragte sie.

»Auch wegen Elena. Ich fühle mich mitschuldig an ihrem Tod.«

»Sie ist freiwillig nach Zabari gekommen, und sie ist freiwillig geblieben! Sie hat dich geliebt!« In ihren Augen blitzte es auf. »Oh – ich hasse sie ... ich gönne ihr den Tod!«

»Rosa!«, rief Meerholdt entsetzt.

Sie schüttelte wild die langen Haare. »Niemand liebt dich so wie ich! Niemand!« Sie sprang auf, warf sich an ihn und umklammerte seinen Hals. Ihr Körper drängte sich an ihn, sie war wie eine Katze und krallte sich an ihm fest. »Wenn du gehst, gehe ich mit! Es gibt keinen Ort auf dieser Welt, an dem ich nicht mit dir leben könnte! Sag, dass du mich mitnimmst. Sag, dass du nicht allein gehst ... Ich sterbe, wenn du fort bist. Du bist mein Atem, mein Blut, mein Herz … du bist alles … alles.«

Er drückte sie an sich, überwältigt von ihrem Ausbruch. Seit jenem Tage, an dem er wusste, dass er Rosa liebte, als er sich klar geworden war über seine Gefühle und sich nicht mehr wunderte, dass er bei allem Denken, bei aller Arbeit, bei jeder Handlung immer nur in der Mehrzahl dachte: Nützt es Rosa und mir … wird es Rosa Freude machen … was wird Rosa dazu sagen … ob es Rosa recht ist … immer Dinge, die eine tiefe Gemeinsamkeit besaßen … seit jenem Tage hatte er oft an die Zukunft gedacht und an die große Frage, ob Rosa wirklich ihr Land verlassen und mit ihm nach Deutschland gehen würde.

Man kann einen Baum umpflanzen, wenn er jung ist. Doch immer bleibt es ein Wagnis: Wächst er an oder geht er zugrunde am fremden Boden, an der fremden Luft, den fremden Winden und dem fremden Regen?! Und man hofft und ist glücklich, wenn die ersten jungen Triebe erscheinen und aus ihm die neue Heimat hervorbricht, der Lebenswille in der Fremde! Ein Mensch? Ist ein Mensch ein Baum, eine Pflanze, ein Tier, das man exportieren kann? Als in Deutschland die Landarbeiter knapp wurden, warb man Italiener an. Sie kamen auf die großen Höfe Niedersachsens und Westfalens … und sie vergingen vor Heimweh, lösten die Verträge und zogen zurück in das Elend ihrer Heimat. Lieber in Hütten leben, aber die Sonne Italiens sehen, den Wein an den Hängen, das blaue Meer mit den Delphinen, den Eselskarren, der knarrend über die staubige Straße holpert und das Obst aus den Gärten zu den Märkten bringt. Und Zeit haben, viel Zeit … Gott schuf die Welt, damit man sie erlebt, nicht, damit man sie durchrast. Und so kamen sie zurück aus dem kalten Deutschland und von den vollen Schüsseln mit Bratkartoffeln und Schinken und Quark … und sie aßen in der Heimat vor Glück weinend wieder ihre Hand voll Spaghetti mit der Tomatensoße oder dem zerriebenen Parmesan. Sie alle kamen zurück in das Elend, um zu Hause zu sein … die Ungarn, die Algerier, die Griechen, die Spanier, die Portugiesen und die Jugoslawen … Ein Mensch ist kein Baum, und das beste Wasser der Fremde ist nicht das schlechte Wasser der Heimat, der fruchtbarste Boden im Norden ist nicht der steinige der südlichen Berge … und auf dem selbst gerupften und getrockneten Gras unter einem Lammfell schläft es sich herrlicher als im weichsten Daunenbett unter dem Sternenhimmel des Nordens.

»Du wirst Heimweh haben«, sagte er leise.

»Du wirst es mir wegnehmen, wenn du mich küsst.«

»Du kennst unser Land nicht. Der Deutsche fühlt sich in der ganzen Welt wohl … aber nur wenige in Deutschland. Große Unruhe wird in dein Leben kommen.«

»Du wirst mir in deinen Armen Ruhe geben …«

Er nickte. Über ihren Kopf hinweg blickte er aus dem Fenster auf die Baustellen, auf das wimmelnde Leben, das seinem Befehle gehorchte. »Ich werde mit Fedor und Marina sprechen«, sagte er.

Mit einem glücklichen Lächeln küsste sie ihn …

Wenig später gingen sie den Berghang hinauf zu dem geheimnisvollen Bach, der aus dem Felsen kam. Rosa stieg voran … sie hatte den Rock gerafft und stützte sich auf einen dicken Stock. Meerholdt folgte ihr, eine Tasche mit Messinstrumenten und kleinen Behältern für Gesteinsproben in der Hand. Sie kletterten den Hang hinauf, ließen den Wald links liegen und wandten sich gleich dem Felsen zu, aus dem der Wasserlauf hervorsickerte.

Vom Felsen aus, hinter einem Stein liegend, beobachtete sie Jossip.

Er lag schon seit einer Stunde hinter dem Stein und hatte gesehen, dass Rosa zu Meerholdt ins Haus lief. Ein Sturm von Eifersucht und neuem Hass überwältigte ihn und machte ihn fast sinnlos vor Wut.

Dass sie zusammen in den Wald gingen, betäubte ihn. Er dachte wie ein Tier: Auch die Bären, die Katzen und die Hunde gehen in den Wald, sich zu paaren. Sie verkriechen sich in den Büschen und schreien vor Gier. Dass Meerholdt eine Tasche trug, sah er nicht in seiner seelischen Auflösung. Er sah sie nur in den Wald gehen, das letzte Stück sogar umschlungen und miteinander lachend. Ein glückliches Paar.

Sein Zorn gebar die grauenhaftesten Bilder. Nicht nur Meerholdt sollte sterben, auch Rosa, die läufige Hündin, auch Zabari, das Dorf, das durch die Fremden entehrte und zerstörte Dorf, auch Fedor und Marina, die Herden und die ganze Natur! Alles, alles sollte vernichtet werden! Er wollte seinen Gott befreien, seinen schrecklichen Rachegott, der geheimnisvoll in der Felswand verborgen lag. Mit Wasser wollte er seine Seele reinigen, mit einem Meer, das alle Ufer überspülte und alles mit sich wegriss in einen einzigen Untergang. Der Felsen sollte aufreißen … es würde ein Donnern geben, ein krachendes Bersten und ein Rauschen, als sei der Himmel auf die Erde gefallen. Ein Jüngstes Gericht von Jossip, dem Schäfer. Eine Rache, in der sich Mensch und Natur verbanden und ihre Gesichter umformten.

Er drückte die Stirn an den kalten Stein, verbarg das Gesicht an der Erde und weinte vor Wut. Er sah nicht mehr, dass Rosa und Ralf Meerholdt in einer Felsspalte verschwanden und an dem zerklüfteten Fuß des Berges standen, aus dem das Wasser hervorkam.

»Hier ist es«, sagte Rosa und bückte sich. »Ich weiß, dass es voriges Jahr noch nicht da war.«

Meerholdt steckte die Hand in den rissigen Felsen und fühlte, wie das Wasser eiskalt und kristallklar durch einen stetigen Druck nach außen gestoßen wurde.

»Irrst du dich auch nicht?«, fragte er zweifelnd.

»Nein. Ich kenne jeden Bach um Zabari herum.«

»Es ist keine Quelle.« Meerholdt erhob sich von den Knien

und begann mit einem spitzen Hammer den Felsriss zu vergrößern. »Eine Quelle kann doch nicht plötzlich entstehen … wenn das Wasser sich einen neuen Weg suchte, muss es vorher doch woanders zu Tage getreten sein.« Der Riss war jetzt etwas breiter, er konnte den Arm hineinstecken und spürte den ständigen Fluss des Rinnsals. »Es muss ein Bach sein, der irgendwo in den Felsen tritt und sich hier seinen Austritt suchte«, sagte er. »Ein kleiner Bach.«

Er wollte sich schon abwenden und wieder gehen, als er ein wenig weiter von der Felsspalte entfernt einige verkohlte Holzstücke sah. Sie lagen zwischen den Steinen und wären nicht aufgefallen, wenn nicht der Mondschein gerade diese Partie durch eine Waldlichtung beschienen und in helles Licht getaucht hätte.

Meerholdt hob die verkohlten Stücke auf und betrachtete sie genau. Sie sahen aus wie verbrannte Stiele … sie waren rund und genau so dick, dass man sie mit der Hand umfassen konnte.

Die Fackeln fielen ihm ein … die Fackeln, die Drago Sopje und andere Arbeiter des Nachts am Waldrand und in den Felsen gesehen hatten, die Fackeln, die die erste Unruhe unter die Leute brachten und die geistergläubigen Jugoslawen erregten.

Gespenster hinterlassen keine Spuren, am allerwenigsten verkohlte Fackelstiele. Ein Mensch geisterte hier also herum, und er musste einen tiefen Grund haben, gerade diese Gegend des Nachts zu besuchen.

Meerholdt kniff die Augen zusammen. Die Quelle? War es die Quelle? Verbarg sich mehr hinter ihr? Er steckte die verkohlten Stiele in die Aktentasche und ging zu der Felsspalte zurück.

Das Wasser rann … unaufhörlich … still … eiskalt und glasklar … so, als ränne aus einem Eimer durch ein winziges Loch ein dünner Wasserstrahl.

Aus einem Eimer … aus einem Felsen … aus einem riesigen Trichter … einem eingeschlossenen See.

Ralf Meerholdt fasste sich an die Stirn und lehnte sich gegen den Felsen. Mein Gott, durchfuhr es ihn, wenn dies wahr ist! Wenn dieser Felsen hohl ist und einen See verbirgt! Hier läge eine Kraft von mehreren Talsperren, hier könnte er Naturgewalten freimachen, die sich mit elektrischer Erzeugung bis Sarajewo bemerkbar machten! Hier könnte er Turbinen treiben lassen, die ganz Montenegro mit Strom versorgten … ein unerschöpfliches Reservoir, dessen Wasser dann weitergeleitet wurde in den Stausee unterhalb Zabaris.

Meerholdt schloss die Augen vor Erschütterung. Er sah schon die Wirklichkeit: riesige Rohrleitungen, die das Wasser aus den Felsen in die Turbinenhäuser leiteten, die den Wasserdruck noch mehr komprimierten und die Turbinen rotieren ließen. Turbinen, die dort auf dem Hang stehen würden … Haus an Haus … und von ihnen ausgehend die Stahltürme der Überlandleitungen, singend und brummend voll Strom … kilometerweit über Felsen und Schluchten, Berge und Ebenen … bis nach Sarajewo, Titograd und Novi Pazar. Von dem Hang aus, aus den Turbinen geschleudert, würde das Wasser dann in den Stausee laufen, in das bis zum Rand gefüllte Tal, und dort würde es wieder in die Turbinen stoßen, die unten, unterhalb der hohen Mauer und des Erdwalles auf der Betonsohle standen … Strom für Belgrad, Titovo Uzice und Mostar. Rohre, in der Sonne blinkend wie die Pipeline vom Persischen Golf nach Haifa; Rohre, die eine Welt veränderten und das Wasser, das Millionen Kilowatt in die Leitungen presste, auf die dürren Felder der armen Bauern leiteten und einen Garten entstehen ließen, wo vorher Stein und Sand das Gesicht der Landschaft bestimmten.

Die Hand Rosas, die sich auf seine Schulter legte, riss ihn aus seinen Träumen. Er wischte sich über die Augen und blickte auf den kleinen Wasserstrahl zu seinen Füßen.

»Wenn es wahr ist, Rosa«, sagte er stockend, »wenn ich Recht behalte mit meinen fantastischen Gedanken, dann hast du heute eine neue Welt entdeckt.«

Sie schüttelte den Kopf. »Ich verstehe dich nicht.«

Er nickte. »Wie kannst du das auch?« Er atmete tief auf. »Ich kann es ja selbst kaum verstehen. Ich kann es noch gar nicht glauben! Es ist zu fantastisch, um wahr zu sein. Die Vernunft sträubt sich dagegen, solche Träume als wahr anzusehen. Aber ist es wahr, gibt es wirklich das, was ich hier hinter dem Felsen vermute …«, er legte die Hände an den Felsen, … »umarme ich hier die Kraft, die noch kein Mensch gebändigt hat, dann wird man in zehn Jahren Montenegro nicht wiedererkennen.«

»Es ist mehr als eine Quelle?«

»Viel mehr, Rosa … ungeheuer viel mehr. Weißt du, was ein Ozean ist?«

»Nein.«

»Er ist ein großes Meer … ein Meer, größer als Länder und Kontinente … ein Meer, über das du wochenlang fährst, ohne ein Ufer zu sehen.« Er klopfte an den Felsen. »Hier drin, in dem Felsen, Rosa, liegt ein Ozean im Vergleich zu einer Quelle, wie wir dachten. Ein See, ein unterirdischer, eingeschlossener See.«

Rosas Gesicht wurde bleich. »Ein See über Zabari?«, sagte sie leise. Ihre Stimme schwankte. »Wenn der Felsen bricht, sind wir alle vernichtet …«

Einen Augenblick hielt Meerholdt den Atem an. Rosa sprach aus, was außerhalb seiner bisherigen Gedanken lag. Jetzt gewann es Gestalt, jetzt wurde es eine Gefahr, eine riesengroße, allmächtige, überwältigende Gefahr.

Die Fackeln! Der Mann mit den Fackeln kannte den See! Er hatte den Stein auf ihn geworfen, er hatte Elena getötet … er würde auch den Felsen sprengen und die Natur ersaufen lassen in einer neuen Sintflut! Die Natur, Zabari, das Bauwerk, die tausend Arbeiter, ihn und Rosa …

»Wir müssen sofort zurück!« Meerholdt nahm Rosas Hand und rannte mit ihr aus den Felsen dem Walde zu. Hier sah Jossip sie wieder … er sah sie den Hang hinablaufen, Hand in Hand, wie Kinder. Er ahnte nicht, welche schrecklichen Gedanken sie so beflügelten … er sah sie nur zusammen aus dem Wald kommen, zwei Menschen, die sich an ihm versündigten, an Jossip, der einen Anspruch auf Rosa hatte, weil sie ihm in der Wiege nach altem Gesetz versprochen war.

Er erhob sich und ballte die Faust. Drohend hob er sie und schwang sie durch die Nacht. »Ich vernichte euch!«, sagte er leise. »Ich ertränke euch wie die Ratten! Euch alle. Alle!«

Meerholdt und Rosa rannten in das Lager. Keuchend riss er die Tür seines Zimmers auf und stürzte auf das Telefon zu.

»Belgrad!«, schrie er. »Geben Sie mir sofort Belgrad. 56798. Blitzgespräch!«

Er sank auf einen Stuhl und wischte sich mit dem Ärmel den Schweiß von der Stirn. Sein Herz schlug wild gegen seine Rippen.

Eine Stimme schnarrte im Apparat, Meerholdt beugte sich vor. »Ich brauche den Minister!«, schrie er. »Sofort! Ob er schläft, ist mir ganz gleich. Wecken Sie ihn! Es ist dringend. Es geht um Millionen …«

Drei Minuten später sprach er mit dem Minister …

Pietro Bonelli hatte Urlaub bekommen.

Die Schweigsamkeit Katjas hatte an seinen Nerven gezerrt, und er war so lange jammernd um Meerholdt herumgestrichen und hatte des Abends traurige Lieder zur Laute gesungen, bis sich Ralf erweichen ließ und sagte: »Hau ab, du Jammerlappen! Aber wehe dir, wenn du Katja nicht heiratest.«

Nun war Bonelli in Sarajewo und ließ sich von einem Barbier rasieren und frisieren. Der Barbier hatte seinen »Salon« nahe dem Krankenhaus und war ein Orientale, ein Serbe mohammedanischen Glaubens.

Barbiere sind schwatzhaft. Das gehört zum Geschäft … ein stummer Barbier wäre wie Sekt ohne Perlen oder eine Frau ohne Raffinesse. Nachdem er mit Bonelli über das Wetter geplaudert hatte, über Sarajewo und den Mord an Erzherzog Ferdinand, von dem der Fremdenverkehr Sarajewos noch heute zehrt, über die neue Brücke, die man über die Bosna schlagen wollte, und über die Soldaten, die in Sarajewo alle Mädchen verrückt machten, sagte er etwas, was Bonelli fast aus dem Barbierstuhl trieb.

»Und nebenan, Herr … nebenan, im Krankenhaus … Oh!« Er verdrehte die Augen und schnalzte mit der Zunge.

»Da ist ein Mädchen … was sage ich, Mädchen … eine Wildkatze, eine Pantherin, eine Houri aus dem siebten Himmel Allahs! Sie putzt dort … ein schwarzer Teufel, Herr! Allah hat mir vier Frauen erlaubt … ich werde sparen, 10 000 Dinare und mehr, und mir dieses Kätzchen fangen!« Der Barbier schnalzte wieder mit der Zunge. »Katja heißt sie …«

»Ka… Katja … «, stöhnte Bonelli. Er wagte nicht, sich zu bewegen, denn der Barbier hatte seine Nase gefasst und rasierte ihn unter dem Kinn.

»Katja! Oh! Ich schlafe keine Nacht, seitdem ich sie gesehen habe! Ab und zu kauft sie bei mir ein … ein Fläschchen mit Riechwasser, Lippenstift, Puder, Creme … oh, ich könnte ihr die Füßchen küssen, wenn sie kommt. Ich bin ihr Sklave, ihr Hündchen, ihr Läuschen …«

Bonelli seufzte und schloss die Augen. »Und das Kätzchen liebt dich auch?«, fragte er mühsam.

Der Barbier stellte sich in Positur. Bonelli sah es im Spiegel … er zwirbelte seinen dicken Schnurrbart. »Kann man mir widerstehen?«, sagte er stolz. »Allah hat mir alle Männlichkeit gegeben, die er bei der Erschaffung der Welt zu verteilen hatte! Ich werde das Berglöwchen noch erobern …«

Bonelli litt Höllenqualen, ehe er den Salon verließ und Kenif – so hieß der feurige Barbier – sogar noch 20 Dinare Trinkgeld gab. »Auf Wiedersehen, Herr Graf!«, schrie ihm Kennif nach. »Allah halte schützend seine Hand über Euch!«

Katja, dachte Bonelli. Außerhalb der Rasiermesser Kennifs kehrte in ihm die Wut zurück. Katja, du Aas! Nach Sarajewo gehen und die Männer verrückt machen! Und der arme Pietro muss in der Wildnis leben, unter tausend weibertollen Arbeitern und einem Mörder, der nachts blutige Unterwäsche im Lager verteilt! Schöne Blicke nach den Soldaten werfen und mit dem Hintern wackeln, den Lidern klappern und mit dem rot gemalten Mäulchen plappern … Madonna mia – das hört auf! Das hat Pietro Bonelli nicht verdient. Der liebe, der treue Bonelli!

Er ging geradewegs zum Krankenhaus und wurde am Eingang vom Pförtner aufgehalten.

Pförtner sind in der ganzen Welt gleich. Sie sind berufsmäßig neugierig und, wenn sie alles wissen, abweisend. So wurde auch Bonelli von dem Pförtner angehalten und an der Tür festgenagelt.

»Wohin?«, fragte der lange, dürre Bosniake. Er hatte einen weißen Kittel an und wirkte wie ein Arzt. Darauf war er besonders stolz, vor allem, wenn Bauern kamen und ihn unwissend mit »Herr Doktor« anredeten. Ein Bauer, der ihn sogar »Herr Professor« nannte, bekam eine Zigarre von ihm … es war der bisherige Höhepunkt seines Lebens.

Umso mehr war er enttäuscht, entsetzt und wütend, dass der weltgewandte Bonelli in ihm den Portier erkannte und ihn anschrie: »Das geht dich einen Dreck an, du Idiot!«

Der Portier erstarrte: »Raus!«, sagte er laut.

Bonelli zog die Augenbrauen zusammen. »Ich bin der Verlobte von Katja Dobor«, meinte er etwas freundlicher.

Wieder musterte ihn der Pförtner, diesmal mit einem diskreten Kopfschütteln. »Du?«, sagte er gedehnt. »Ich hätte der Katja einen besseren Geschmack zugetraut.«

»Vielleicht so ein in der Mangel langgezogenes Handtuch

wie dich, was?« Bonelli schäumte. Erst der Barbier, jetzt der Idiot von Portier. O Katja, Katja … Bonelli seufzte und beherrschte sich. »Kann ich vorbei?«, fragte er. Seine Stimme war rau vor Erregung.

»Der Chefarzt wird dich hinauswerfen.«

»Ich werde ihn nicht stören … ich will zu Katja.«

»Eben deshalb.« Der Pförtner grinste. »Er liebt nämlich Katja …«

Bonelli schwankte. »Ich werde heimlich die Treppen hinaufsteigen, an seinem Zimmer vorbeirennen.«

»Dann trifft dich der Stationsarzt. Er stellt Katja seit zwei Monaten nach …«

Als ein gebrochener Mann schlich Bonelli wie ein Verbrecher ins Krankenhaus und suchte Katja auf Station III.

Vor einer Glastür blieb er stehen.

In Goldbuchstaben stand darauf: Station III.

Und darunter: Männer-Station.

Bonelli schluchzte und trat die Tür auf. Über den Gang kam ihm Katja entgegen … in einem weißen Kittel, auf den dauergewellten Locken ein weißes Häubchen, in seidenen Strümpfen und hohen Pumps, mit einem hellrot geschminkten Mündchen und ein wenig Rouge auf den braunen Wangen.

Carissima – welche Wonne, sie zu sehen. Bonelli hob beide Arme und schrie: »Madonna! Katja! Süßes! Pietro ist da!«

Was Katja in der Hand trug, sah Bonelli nicht. Er hörte es nur klirren, als es zu Boden fiel, und am Zerschellen vernahm er, dass es etwas Gläsernes gewesen sein musste. Dann lagen sie sich in den Armen, küssten sich, drückten sich und sagten so viel dumme Worte, dass keiner den anderen verstand und man sich nur einig war, wenn man sich küsste.

So traf sie der Stationsarzt. Er tippte Pietro auf die Schulter. Bonelli sah zur Seite, bemerkte einen weißen Kittel, dachte, es sei der Portier, und schrie: »Geh weg, du Missgeburt!«

Als er seinen Irrtum bemerkte, war es bereits zu spät. Zwei

stämmige Krankenwärter, wie Klötze aus Eichen geschnitzt, fassten ihn und warfen ihn auf die Treppe. Es ging schnell, als habe man es geübt.

»Heute Abend im Café Mostar!«, schrie Bonelli noch, dann rollte er glücklich die Treppe hinab, vor die Füße des Portiers.

»Chefarzt?«, fragte dieser voll Mitleid.

»Stationsarzt!« Bonelli erhob sich und rückte seinen Rock gerade. »Aber sie hat mich geküsst!«

»Katja?«

»Ja.«

»Dann sind Sie wirklich der richtige Bräutigam?«

»Ja.« Bonelli hob stolz die Brust. »Ich kann für mich in Anspruch nehmen, die schönste Frau Sarajewos zu besitzen.«

Mit stampfenden Schritten verließ er das Krankenhaus. Der Bosniake sah ihm lange nach, wie er durch den Staub der Straße marschierte, von Kennif, dem Barbier, ehrfürchtig gegrüßt wurde und dann im Gewimmel des Marktes und des Bazars verschwand.

»Die Katja«, sagte er. »Es ist doch merkwürdig, dass die schönsten Frauen die blödesten Männer haben!«

Womit er etwas aussprach, was täglich tausende von Männern denken …

Am Abend trafen sich Katja und Bonelli im Café Mostar. Katja Dobor hatte drei Koffer bei sich und sah sehr unglücklich aus.

»Sie haben mich rausgeworfen«, sagte sie. »Sie meinten, sie könnten kein Mädchen beschäftigen, das einen Flegel als Mann hat.«

Bonelli hatte drei Martell getrunken und war sehr mutig. »Ich breche den Ärzten die Knochen!«, sagte er selbstbewusst. »Und im Übrigen braucht meine zukünftige Frau nicht zu arbeiten! Bonelli hat Geld genug! Wir werden nach Capri ziehen und eine Cafeteria aufmachen. Mit Wein, Musik, Lampions,

Gondelfahrten und einer Küche ... Katja ... sie wird in einem Jahr in der ganzen Welt berühmt sein!«

Sie glaubte es ihm. Ihr Gesicht hellte sich wieder auf. »Wie lange bleibst du in Sarajewo?«, fragte sie, indem sie den Kaffee trank.

»Drei Tage nur, angelo mio ... dann fahren wir zurück nach Zabari.«

»Ich auch? Ich wollte mir hier eine neue Stelle suchen. Ich muss noch Geld verdienen für deine – wie hieß das?«

»Cafeteria! Aber das ist doch Dummheit, Katja. Wenn die Sperre in Zabari fertig ist, läuft mein Vertrag ab. Dann fahren wir in einem schönen Zug nach Triest, von Triest nach Rom, von Rom nach Capri. Du wirst sie alle übertreffen ... die Amerikanerinnen, die schlanken Engländerinnen, die schmalhüftigen Griechinnen, die grazilen Französinnen und die Deutschen, die gleich, wenn sie ins Lokal kommen, rufen: Herr Ober – ein Pils! Oder: Herr Ober – ein Schnitzel mit Bratkartoffeln! Katja – sie werden dich bewundern und dich umschwärmen wie die Motten das Licht. Und ich werde stolz sein und mich in deiner Schönheit sonnen.«

Was er sagte, glaubte er selbst nicht. Schon der Gedanke, dass die Gäste seines Lokals Katja ansahen, erzeugte in ihm die Übelkeit der Eifersucht. Aber er spielte den Großzügigen und glänzte vor Katja wie ein Pfau, der sein glitzerndes Rad schlägt und nach dem Weibchen gurrt.

Drei Tage wohnten sie in einem kleinen Hotel nahe der Bosna. Sie sahen aus dem Fenster auf den Fluss und die Bogenbrücken, auf die Moscheen des islamischen Teiles der Stadt und den Bazar mit den bunten Wimpeln. Unter ihrem Fenster, am Ufer der Bosna, knieten jeden Morgen die Waschfrauen und schlugen mit Holzklatschen den Schmutz aus der Wäsche, die sie nachher im fließenden Wasser spülten. Ein Limonadenverkäufer rief sein süßes Getränk aus ... Brezelbäcker und Silberhändler standen an den Ecken und stürzten sich auf die Fremden. Ein Bettler saß vom frühen Morgen bis zum späten Abend gegenüber dem Hotel auf der Erde und hatte seinen Mund weit offen. Man sah seinen zahnlosen Gaumen, besät mit Geschwüren. Wovon er lebte, wie er essen konnte, das wusste niemand und sah keiner. Aber er lebte und saß auf der Erde. Wie sagte doch Kennif? Allah ist groß! Nur der Mensch erkennt es nicht …

Es waren drei Tage aus dem Märchenbuch von 1001 Nacht.

Pietro Bonelli war nach diesen drei Tagen überzeugt, dass er ein Glückspilz sei und dass es überhaupt keinen Menschen auf der Welt gebe, der sich mit seinem Glück messen konnte.

»Onassis hat Millionen«, sagte er einmal zu Katja. »Rockefeller hat Milliarden, den Aga Khan beten einige Millionen als Halbgott an … sie alle sind arm gegen mich! Denn nur Pietro Bonelli hat das Glück, von dir geliebt zu werden …«

Am vierten Tag fuhren sie zurück nach Zabari … die elegante, kokett gewordene Katja Dobor und der vor Stolz wie ein englischer Kröpfer einherstolzierende Bonelli.

Ihr Einzug in das Dorf war überwältigend. Schon die Fahrer der Transportkolonne, mit der sie zurückfuhren, schnalzten mit der Zunge und sagten: »Na, Puppe!«, was Bonelli bereits sehr missfiel … im Dorf rotteten sich die Bauernburschen zusammen und stierten Katja wie einem Weltwunder nach, als sie trippelnd und hüftenschwenkend in Bonellis Küchenbaracke verschwand. Josef Lukacz kratzte sich den Kopf – es war das Pech Bonellis, dass er gerade aus Plewlja gekommen war, um einen defekten Betonmischer abzuholen.

»Katja«, sagte Lukacz entgeistert, »es ist, als ob der Mond plötzlich heller ist als die Sonne …«

Umso dunkler wurde es bei Pietro Bonelli. Während sich in seiner Kantine die Arbeiter stauten und die Theke belagerten, hinter der Katja bediente, während es unterirdische Tritte gegen Schienbeine gab und Kämpfe um den Platz vor Katjas

Ausschnitt (ein Kleid, das sie sich nach einem Pariser Modenblatt selbst genäht hatte), erlitt Bonelli einen Rückfall in die düstere Zeit der ersten Wochen von Zabari.

Er holte aus dem Magazin gerade einige Flaschen Slibowitz und einige Dosen Würstchen, als wieder aus der dunklen Ecke eine Faust hervorschnellte und Bonellis linkes Auge traf. Brüllend warf er die Flaschen und die Würstchendosen hin ... aber der Täter war schon in der Nacht verschwunden, schemenhaft und katzengleich.

Bonelli schrie und kreischte. Er tanzte wie ein Irrer auf dem Hof herum und brüllte Flüche, die auf keinem Index stehen, da sich der Index schämen würde, sie aufzunehmen.

Trotz sofortiger Kühlung mit Alkohol, trotz Borwasser und absoluter Ruhe ... das linke Auge wurde blau und bildete die freudige Sensation von Zabari. Selbst Meerholdt kam in das Zimmer Bonellis und drückte ihm sein Beileid aus. Katja saß neben ihm auf dem Bett und kühlte das Auge mit feuchter Watte.

»Es war wieder Josef!«, schrie Bonelli und war nur mit Mühe im Bett zu halten. »Ich kenne diesen Hieb! Morgen bringe ich ihn um ...«

Am nächsten Tag war Lukacz schon wieder in Plewlja und betrank sich vor Kummer und Wonne. Für Josef aber kamen andere Konkurrenten, diesmal sogar aus den Reihen von Bonellis Landsleuten. Sie brachten Katja ein Mandolinenständchen, und Mario, der singende Holzfäller, schluchzte eine Arie aus La Bohème und lockte damit Katja im Nachthemd an das Fenster.

Bonelli biss in die Kopfkissen und verfluchte den Einfall, Katja aus Sarajewo wieder nach Zabari gebracht zu haben. Dann fiel ihm der Chefarzt ein, der Stationsarzt, der Barbier Kennif, und er setzte sich seufzend ins Bett und kraulte sich den Kopf.

»Wen Gott strafen will, dem gibt er eine schöne Frau«, sagte er. Dann nahm er einen Eimer Wasser und schüttete ihn über den singenden Mario … kurz vor dem hohen C, das dadurch kläglich misslang. »Diabolo!«, schrie er aus dem Fenster. »Das nächste Mal schieße ich!«

Er riss Katja zurück und schloss das Fenster mit einem Knall. »Im Sommer heiraten wir!«, sagte er energisch. »Und dann kaufe ich mir ein Maschinengewehr und schieße auf jeden, der dich nur ansieht!«

Katja Dobor lächelte still.

»Er hat eine so schöne Stimme«, sagte sie.

»Wer?«

»Mario …«

Wie ein Irrer zertrümmerte Bonelli zwei Stühle, ehe er stöhnend ins Bett sank.

Wie sagen doch die Chinesen: Eine kleine hübsche Eselin ist teurer als ein starkes hässliches Kamel …

5

Aus Belgrad war eine kleine Studienkommission nach Zabari gekommen. Es waren drei Herren vom Staatlichen Geologischen Institut. Sie hatten die Aufgabe festzustellen, ob wirklich in dem großen Felsen über dem Dorf ein See eingeschlossen sei.

Hauptmann Vrana hatte neben dem Austritt des Wassers eine Gruppe Soldaten stationiert. In Zelten wohnten sie am Waldrand und bewachten Tag und Nacht die Umgebung des geheimnisvollen Baches. Niemand durfte sich dem Felsen nähern – in seiner rigorosen Art hatte Vrana befohlen, auf jeden zu schießen, der sich in der Umgebung der »Quelle« – wie er den Wasseraustritt nannte – bewegte. Nur Jossip machte eine

Ausnahme – er musste seine Herde in den Bergen hüten und konnte ungehindert in seinem Gebiet umherstreichen.

»Jossip ist ein guter Trottel«, sagte Vrana zu seinen Unteroffizieren. »Er kann jederzeit passieren. Aber bei jedem anderen dreimal Halt rufen und dann sofort schießen. Befehl aus Belgrad!«

So sah Jossip aus der Nähe, wie die drei Geologen aus Belgrad Gesteinsproben entnahmen, wie sie den Berg vermaßen und in den Felsen herumkletterten, um irgendwo einen Eingang zu dem unterirdischen See zu finden.

Sie suchten vergebens, denn Jossip hatte die Felsspalte, die in den Berg führte, mit dicken Steinen geschlossen. Sie sah genauso zerklüftet aus wie alle anderen Felspartien, und keiner ahnte, dass sich hinter ihr ein gewaltiges Reich der Natur öffnete, das bisher nur eines Menschen Fuß betreten hatte. Ein Mensch, der sein Geheimnis verteidigte, um schreckliche Rache an den Menschen zu nehmen.

Dass Rosa – ohne es zu wissen – den See, seinen See an Meerholdt verraten hatte, erschütterte Jossip mehr als alles andere. Die Geologen konnte er irreführen, auch Meerholdt suchte vergebens einen Zugang … Rosa konnte er nicht betrügen. Sie war ein Kind der Berge, sie würde die Spalte finden und mit ihr das letzte, das schreckliche Mittel seiner Rache an Meerholdt.

Jossip wusste, dass ihm nur wenig Zeit blieb, sein Dorf zu vernichten. Schon hatte man aus Belgrad Spezialbohrgeräte angefordert … große Lastwagen brachten stählerne Gerüste, die man am Fuße des Felsens aufbaute, Ölbohrtürmen gleich. Eine starke elektrische Leitung und ein dickes Rohr wurden vom Tal aus den Hang hinaufgelegt, ein Überlaufbecken aus Beton wurde gemauert, eine Baracke entstand am Waldrand.

Die Technik kam in sein Reich!

Jossip stand bei den Arbeitern, als sich die ersten Bohrer in das Gestein fraßen. Knirschend, durch fließendes Wasser gekühlt, drangen die armdicken Stahlstangen in das Innere des Berges vor.

Jossip lächelte. Sie bohrten an der falschen Stelle. Der See lag seitlicher, mehr zum Steilhang hin ... hier trennte ihn nur eine dünne Wand. Wenn man den Steilhang aufsprengte, würde der See mit einem einzigen Schrei ins Tal auf Zabari stürzen ... hier, wo sie bohrten, fraß sich das Metall tief in den Felsen hinein, unter dem See hindurch. Hier war nur Stein, jahrmillionenalter Stein.

»Geh weg, du Affe!«, schrie einer der Arbeiter. Er hockte auf dem Bohrturm, schwitzend und mit Fett beschmiert, und setzte mit drei anderen Arbeitern die Bohrverlängerungen an.

»Wie viel Meter?«, fragte Meerholdt. Er hatte eine Zeichnung in der Hand, die nach den Vermessungen der Geologen angefertigt war.

»Sechzehn Meter.« Der Geologe zuckte mit den Schultern. »Noch immer Gestein. Ich rechne mit mindestens vierzig Meter Wanddicke.«

Jossip nahm seinen Lammfellmantel und ging den Bergpfad hinauf, vorbei an den Soldaten und Hauptmann Vrana, der in der Sonne lag und sich bräunen ließ.

»Was sucht ihr hier?«, fragte er. Die Soldaten lachten.

»Einen dicken Stock, um dir den Arsch zu verhauen!«

Selbst Hauptmann Vrana lachte, als Jossip beleidigt weiterging.

Ich habe wenig Zeit, dachte Jossip bei jedem Schritt. Morgen bohren sie woanders ... dann um den Berg herum ... einmal werden sie an den Steilhang kommen und den See entdecken. Und Rosa wird ihnen helfen ... sie wird die Stelle finden, die in den Berg führt, sie wird sie wittern wie ein Wild, das sich die Höhlen sucht, um sich in ihnen vor der Kälte der Nacht zu verkriechen. Ich habe wirklich wenig Zeit ...

An diesem Abend saß Jossip im Garten der Suhajas unter einem Strauch und wartete auf Rosa.

Er kaute an einem Stück Maisfladen und dachte an Elena Osik. Sie lebte seit einigen Tagen völlig allein in der verborgenen Hütte … er hatte nie die Zeit gefunden, nach ihr zu sehen. Seitdem sie am Felsen bohrten, war es auch zu gefährlich geworden, denn wie leicht konnte ihn einer der Soldaten beobachten und den Weg zu dem versteckten Plateau finden.

Elena hatte genug zu essen. Auch Kleider hatte ihr Jossip besorgt, ihre eigenen Kleider. Er war in einer Nacht in die Baracke eingebrochen und hatte den Koffer geöffnet, der noch immer in der Ecke ihres Zimmers stand. Aus ihm nahm er alles mit, was nach seiner Ansicht für Elena wichtig war. Dann verschloss er den Koffer wieder und wartete tagelang darauf, dass man den Einbruch entdeckte. Aber niemand merkte es, keiner beachtete den Koffer mit den aufgebrochenen Schlössern.

»Sie sind dumm, deine Freunde«, sagte er zu Elena, als er ihr die Sachen auf den Tisch warf. »Sie haben dich schon vergessen …«

Elena musterte die Sachen, die Jossip mitgebracht hatte. Zwei Kleider, Unterwäsche, Strümpfe, zwei Paar Schuhe, einen dünnen Sommermantel.

»Wo ist der Hüfthalter?«, fragte sie.

»Was?«, fragte Jossip erstaunt zurück.

»Womit soll ich meine Strümpfe festhalten?«, sagte sie wütend. »Du bist doch ein Idiot!«

»Nimm zwei Nägel und nagele sie fest«, schrie Jossip. »Oder binde sie fest … wir haben Leinenband genug hier.«

Er aß aus einer aufgeschnittenen Büchse Cornedbeef mit dem Messer das Fleisch und schnalzte mit der Zunge.

»Es schmeckt besser als Hammelbraten«, stellte er fest. »Aber das ändert nicht, dass ich dich töten werde.«

Elena zog sich um … als sie ihr Kleid wieder übergeworfen hatte, trat sie an den Tisch heran.

»Was soll das alles, Jossip?«, sagte sie. »Wenn du mich töten wolltest, hättest du es längst getan. Stattdessen brichst du ein, holst meine Kleider, schleppst einen Sack Lebensmittel in die Berge und spielst hier nur mit dem Mund den wilden Mann. Was hast du vor?«

»Nichts«, antwortete Jossip langsam.

»Du hast eine Gemeinheit vor. Ich fühle es.«

»Dann frag nicht ...«

»Du willst Ralf unschädlich machen ...«

»Ich will ihn vernichten!«

»Indem du mich hier versteckst?«

Er schüttelte den Kopf. »Das war falsch. Ich gebe es zu. Ich hatte einen anderen Plan ... aber er hat ihn mir zerstört. Er war stärker als ich! Du könntest jetzt frei sein, wenn du nicht wüsstest, wer ich bin! Ich habe jetzt eine stärkere Waffe gegen ihn. Eine Waffe, die mir Gott selbst gegeben hat!«

»Du spinnst, Jossip!« Elena setzte sich auf die Tischkante und zog Jossip die Büchse mit dem Fleisch fort. »Lass uns vernünftig sprechen, du Scheusal! Lass mich raus aus deiner dreckigen Hütte, und ich verspreche dir, niemandem zu sagen, dass du es warst! Ich werde sagen, es war ein Unbekannter, den ich nie gesehen habe!«

Jossip schüttelte den Kopf. Er wischte sich den fettigen Mund mit dem Ärmel seiner Jacke ab. »Das Wort einer Frau ist hohl wie ein alter Baum ... der erste Sturm wirft ihn um!« Er sah sie groß an. »Sie werden dich verhören, Tag und Nacht, und du wirst die Wahrheit sagen. Nein – du wirst frei sein, wenn ich Rache genommen habe. Dann wirst du das letzte, große Grauen erleben, ehe du zurück nach Zagreb gehst. Du wirst die Welt nicht wiedererkennen ... du wirst um sie weinen ...«

»Die Welt! Weißt du überhaupt, was die Welt ist, Jossip?«

Er nickte. »Meine Berge – sonst nichts. Was hinter und vor ihnen liegt, sind Länder, Meere und Völker, die mir so fremd sind wie die Sterne, so gleichgültig wie das Gesicht des Mondes! Sie gehen mich nichts an, und sie kümmern sich nicht um mich. Aber meine Berge, meine Weiden, meine Täler und Schluchten … das ist eine Welt, die ich sehe, die ich kenne, die ich liebe, in der ich geboren bin und in der ich sterben werde! Und diese Welt werde ich vernichten …«

»Dann vernichtest du auch dich, Jossip!«

»Ich weiß. Aber es wird eine große Vernichtung werden. Eine herrliche Vernichtung. Es wird sich lohnen, mit ihr unterzugehen!« Seine Augen leuchteten auf … es war ein fast irres Feuer, das ihn ergriff. Er beugte sich über den Tisch vor und sah Elena ins Gesicht. Sein Mund war verzerrt. »Ich kann nicht leben ohne Rosa … und Rosa wird mit vernichtet werden. Auch dein Ralf … die tausend Arbeiter … das ganze Dorf … das ganze Vieh … die Wälder, die Berge, die Tiere …« Er keuchte vor Erregung. »Ich werde nichts zurücklassen. Nichts!«

Elena erhob sich vom Tisch. »Du bist wirklich verrückt«, sagte sie stockend. Sein flackernder Blick erzeugte Angst in ihr.

Er schloss die Augen und lehnte sich zurück.

»Sie haben mich dazu gemacht …«, sagte er leise. »Sie wollten es nicht anders … Sie haben mir Rosa genommen …« –

An dieses Gespräch dachte Jossip, als er im Garten der Suhajas saß und auf Rosa wartete. Als er sie kommen sah, erhob er sich und ging ihr entgegen. An den offenen Ställen für die Schafe trafen sie sich.

»Was willst du hier, Jossip?«, fragte sie. Sie ging an ihm vorbei, aber er hielt sie am Ärmel fest.

»Ich muss dir etwas zeigen, Rosa. Ich habe in den Bergen etwas entdeckt, etwas Wunderbares, Rosa. Ein Märchenreich … einen Palast der Feen und Kobolde …«

Rosa drehte sich um. »Du träumst, Jossip.«

»Nein, nein, Rosa! Gestern Nacht suchte ich ein Schaf. Es war ausgebrochen und irrte in den Felsen umher. Ich folgte ihm, und plötzlich stand ich vor einer Höhle. Es war, als habe sich der Felsen geöffnet, als habe eine Zauberhand den Berg geteilt. Zitternd stand das Schaf davor. Ich band es an und ging ganz langsam in die Höhle, Schritt für Schritt, mit den Händen mich an den Wänden vorwärts tastend. Und plötzlich öffnete sich der Gang zu einer weiten Halle, und es glitzerte in ihr wie von unzähligen Diamanten ... Dicke Säulen wuchsen vom Boden an die Decke, und von der Decke hingen breite Falten glitzernden Gesteins. Ich hatte eine Fackel mit und ließ den Schein kreisen ... da war es, als stünde ich in dem unterirdischen Palast eines Geisterkönigs: Die Decke war aus Diamanten, die Wände aus Kristall, und der Boden schimmerte wie Gold im Licht meiner Fackel. Und von weit her ... ganz leise, aber deutlich zu hören, rauschte es im Berg, als stürzte ein silbernes Wasser über viele, viele Treppen ...«

Rosa hatte mit staunenden Augen zugehört. Ihre Brust hob und senkte sich schneller, eine innere Erregung hatte sie erfasst.

»Ein unterirdisches Wasser?«, fragte sie leise. »Es rauschte in dem Felsen?«

»Und die Halle war wie voll Gold.« Er fasste wieder ihren Arm. »Komm, Rosa ... ich will sie dir zeigen ...«

»Es war wirklich Wasser?«

»Ich glaube es! Ein unterirdischer Fluss.«

Rosa erfüllte die Entdeckung Jossips mit Glück. Sie glaubte, es sei der unterirdische See, den Meerholdt seit Wochen suchte, nach dem sie seit Tagen bohrten und dessen kleinen Abfluss sie am Fuße des Felsens entdeckt hatte.

»Gehen wir sofort, Jossip!«, sagte sie eifrig.

Er nickte. »Am besten steigen wir durch den Wald ... ich will nicht, dass die Arbeiter am Berg uns sehen. Es soll ein Geheimnis bleiben, das nur du und ich kennen.«

Sie gingen durch die hereinbrechende Nacht aus dem hinteren Garten heraus und stiegen den steilen Felspfad empor, der um den Wald herumführte und dann durch diesen hindurch bis zu dem Berg, der über Zabari stand. Während des Aufstiegs sprachen sie nichts ... Jossip ging voran ... Rosa folgte ihm. Im Wald ließ Jossip sie vorgehen ... Während sie sich zwischen den Stämmen und Büschen hindurchwand, beobachtete er ihren Körper, ihre flinken Beine, die Schultern, den Hals und den Kopf mit den langen schwarzen Haaren. Ein heißes Rieseln durchströmte seinen Körper ... er atmete schwer und spürte, wie sein Kopf brannte und das Blut in seinen Schläfen klopfte.

In einer Lichtung hielt Jossip Rosa am Arm fest. Seine Augen brannten vor Leidenschaft.

»Ruh dich ein wenig aus«, sagte er heiser. »Du bist müde von dem schnellen Laufen.«

Sie schüttelte den Kopf. »Aber nein, Jossip!« Sie lachte leise. »Wie oft bin ich durch den Wald gelaufen.«

Er setzte sich auf den Boden und breitete seinen Mantel neben sich aus. »Komm – der Gang durch die große Höhle ist schwer. Ruhe dich aus ...«

Gehorsam setzte sie sich an seine Seite und schlang die Arme um die angezogenen Knie. Sie schaute empor ... durch die Wipfel der Bäume leuchteten die Sterne, der Mond stand am Rande des Felsens und beschien die Lichtung. Er machte Jossips Gesicht bleich und das Gras silbern.

»Wie ruhig es ist«, sagte sie.

»Sie arbeiten heute nicht im Tal.« Seine Stimme wurde dunkler. »Die Fremden werden uns alles nehmen ... sogar die Stille!«

»Aber sie geben uns Reichtum –«

»Und nehmen uns das Glück!«

Jossip betrachtete Rosa von der Seite. Ihre Lippen waren ein wenig geöffnet, das schmale Gesicht war gerötet. Wie ein Schleier umgab ihr langes Haar ihre Schultern und die vollen Brüste. Ihre Hüften waren schmal, und die Beine, die unter dem Kleid hervorsahen, waren braun und glänzten im Mondschein.

Eine Königin, dachte Jossip. Meine Königin ... Nur mein, mein ... mein.

Er spreizte die Finger und drückte sie an seine Seite. Dann schnellte er plötzlich vor, warf sich auf Rosa, schleuderte sie nach hinten auf den Boden und lag auf ihr, ein wildes, keuchendes Tier. Ihr Schrei gellte durch die Stille des Waldes ... da presste er seine Lippen auf ihren offenen Mund, spürte, dass sie ihn biss und dass sein Blut über seinen Hals lief. Das machte ihn irrsinnig, blind und taub ... er drückte den sich aufbäumenden Körper wieder auf den Boden und presste sie mit seinem Gewicht in das Gras ...

Ralf Meerholdt hatte einen kleinen Umweg gemacht, als er als Letzter die Bohrstelle am Felsen verließ. Die Arbeiter standen schon bei Bonellis Kantine an und holten sich ihr Abendessen, die Geologen und Techniker saßen in der großen »Chefbaracke«, nur die Soldaten unter Führung eines Unteroffiziers waren zur Wache aufgezogen und pendelten an dem Felsen hin und her.

Den Umweg hatte Meerholdt nur aus einer Laune heraus gemacht. Er wollte den großen Komplex des Baues noch einmal von oben ansehen, vom Hang des Berges aus. Ein gewisser Stolz trieb ihn dazu, ab und zu allein auf einer Höhe zu stehen und sein Werk zu überblicken, die wachsende Staumauer, die Brücken, das Turbinenhaus, die neue Straße nach Zabari, diese ganze Umwandlung eines Landstrichs nach seinen Plänen und seinem Willen.

Er war oberhalb der Schneise in den Wald gestiegen und war dabei, nach dem abgeholzten Hang hinabzugehen, als er zwei Menschen durch den Wald den Berg hinaufsteigen sah. Sie umgingen seitlich die Wachen Hauptmann Vranas und kletterten den Hang in einem Bogen hinan. Es waren ein

Mann und eine Frau. Meerholdt blieb stehen und stellte sich hinter einen Baum. Um diese Stunde durfte sich niemand in den Wald wagen. In ganz Zabari wusste man, dass die Wachen sofort schossen, wenn sie eine Bewegung in der Nähe des Felsens sahen. Umso unverständlicher war der Aufstieg der beiden Personen. Waren es Fremde, die nichts von den Ereignissen wussten? Fremde in Zabari? Das gab es nicht – hier wurde jeder gesehen, der über die Straße in das Dorf kam.

Meerholdt drückte sich an den Stamm und sah den beiden entgegen. Das Mondlicht brach jetzt durch den Wald, es versilberte das Gras und tauchte die beiden Gestalten in eine fahle Helle.

Lange Haare ... das war das Erste, was Meerholdt sah. Er wischte sich über die Augen, als könne es eine Vision sein, eine überhitzte Fantasie. Aber das Bild blieb: Rosa stieg in der Nacht den Bergwald hinauf, an der Seite eines Mannes!

Das Herz Meerholdts schlug wild. Er spürte plötzlich eine Übelkeit und ein Würgen im Hals. Dann sah er den Mann – sein Gesicht lag im Mondschein. Jossip! Der Schäfer Jossip. Was wollte Jossip mit Rosa in den Felsen?

Dass es Jossip war und kein anderer, beruhigte Meerholdt ein wenig. Vielleicht suchten sie ein Schaf, das Rosa entlaufen war? Es gab keinen anderen in Zabari, der besser die Tücken der Schluchten kannte als Jossip.

Auf der Lichtung blieb Jossip stehen ... zwanzig Meter von Meerholdts Versteck entfernt. Er setzte sich und breitete seinen Mantel auf dem Boden aus. Er sprach mit Rosa ... Meerholdt hörte den Klang seiner dunklen Stimme, aber er konnte die Worte nicht verstehen. Er sah, wie sich auch Rosa setzte und die Arme um die Knie schlang. Ihre langen Haare berührten jetzt fast die Erde. Ein Bild fiel ihm ein, das er als Kind in seinem Märchenbuch immer betrachtet hatte, weil es so voll Schönheit und Sanftheit war ... die Genoveva im Wald.

Sie besaß lange, bis auf den Boden reichende blonde Haare ... das hatte ihn damals als Kind begeistert, es war für ihn der Inbegriff des Schönen geworden. Und jetzt, dreißig Jahre später, saß dieses Wunderbild vor ihm, nur waren die Haare schwarz, und der Wald war dunkel und in seiner Schweigsamkeit feindlich.

Ein Schrei riss Meerholdt aus seinen Erinnerungen. Er sah, wie sich Jossip über Rosa warf, wie er sie auf den Boden presste und küsste. Er sah sie ringen ... Jossips Hand riss das Kleid Rosas über der Brust auf, wie ein Tier warf er sich immer wieder auf sie.

In Meerholdt brach ein Vulkan auf. Er stürzte über die Lichtung, er flog fast auf die Ringenden zu ... als er über eine hervorstehende Wurzel stolperte, schnellte er sich im Fallen noch vor und prallte auf Jossip, der sich herumdrehte. Er umklammerte mit vorzuckenden Händen seinen Hals, das Gewicht seines Körpers warf sie beide ins Gras, seitlich von Rosa, die sich mit einem lauten Schrei zur Seite wälzte.

»Du Hund!«, keuchte Meerholdt. »Du verfluchter, hinterlistiger Hund!« Er hob seine Faust und schlug in das braune Gesicht ... einmal ... zweimal ... dann trat ihn Jossip in den Bauch und warf ihn ab.

Fast gleichzeitig standen sie wieder ... nach vorn geduckt und bereit zum Sprung. Aus Jossips Nase und Mund lief Blut ... er leckte es mit der Zunge ab, und der Geschmack seines Blutes machte ihn irr.

Meerholdt spreizte die Finger. »Du hast also Elena getötet?!«, sagte er heiser. »Du hast den Stein auf mich geworfen!«

»Ja!« Jossip zitterte vor Wut. »Und ich werde dich jetzt töten! Wir sind allein ... und wenn du um Hilfe schreist – die Soldaten kommen zu spät!«

Er griff in den Rock und hatte plötzlich ein langes Schurmesser in der Hand, haarscharf und leicht gebogen. Mit ihm schnitt er die Wolle seiner Schafe ab und schabte die abgezogenen Felle sauber, ehe sie gegerbt wurden.

Rosa schrie auf und warf sich zwischen Meerholdt und Jossip, aber ein Fußtritt Jossips schleuderte sie zur Seite auf den Boden. Wimmernd blieb sie liegen und bedeckte die Augen mit den Händen.

»Du ekelhaftes Schwein!«, sagte Meerholdt keuchend. Er wusste, dass Jossip ihm das Messer in den Rücken stoßen würde, sekundenschnell, wenn er sich bückte, um Rosa zu helfen.

Er sah Jossip in die Augen. Ein alter Satz seines Judolehrers kam ihm in dieser Stunde höchster Gefahr in den Sinn: Sieh dem Gegner in die Augen. An ihnen kannst du ablesen, was er vorhat und wo er dich angreifen will.

Jossips Augen waren starr, fast leblos. Das Auge eines Bären, gleich bleibend, ausdruckslos. Und plötzlich schnellte Jossip vor, das Messer hoch erhoben, und warf sich auf Meerholdt. Im Niederschleudern hielt dieser den Arm mit dem Messer fest, mit der rechten Hand schlug er Jossip flach gegen den Hals, während er mit der linken den Arm mit dem Messer zur Seite riss und mit dem Knie den herumwirbelnden Körper zur Erde warf.

Das Messer flog Jossip aus der Hand, er stöhnte auf und sprang wieder auf die Beine. Meerholdt stand dicht vor ihm, jeder spürte den Atem des anderen auf seinem Gesicht.

»Jetzt sind wir gleich!«, sagte Meerholdt. »Wir haben nur unsere Hände …«

Rosa hatte sich aufgerichtet … sie sah das Messer auf der Erde liegen und kroch auf allen vieren zu ihm hin. Mit letzter Kraft warf sie es weit weg in den Wald hinein und sank dann wieder zusammen, sich die Seite haltend, in die Jossip sie getreten hatte.

Sie standen sich gegenüber und beobachteten sich. Sie wussten, dass es jetzt nicht mehr um dieses Mädchen ging … sie standen für zwei Welten, und es gab kein Zurück mehr, kein Ausweichen, keine Kompromisse. So, wie Völker und Weltanschauungen aufeinander prallten, wie Religionen sich über Jahrhunderte bekriegten, wie Kontinente sich aufrieben und die Götter der Technik sich gegenseitig vernichteten, wie Atome im All Welten schufen und in den Retorten gezüchtet wurden, Welten zu zerstören, der ewige Kampf der Natur um Dasein und Fortbestehen war in diesem Augenblick auf kleinstem Raum zusammengeballt – das Gegensätzliche zwischen Meerholdt und Jossip.

Es gab nur einen Überlebenden – sie wussten es! Und sie sahen sich an, mit starren, verschleierten Augen und sammelten die Kraft zum letzten Aufeinanderprall.

»Was hast du mit Elena gemacht?«, keuchte Meerholdt.

Über Jossips Gesicht zog ein Grinsen. »Ich habe sie getötet. Langsam, ganz langsam getötet. Aber vorher habe ich sie gehabt wie ein Bär die Bärin … zweimal – dreimal – eine ganze Nacht … und sie hat geschrien und um Gnade gefleht, und ich habe sie gequält und nach dem letzten Mal getötet. Ganz langsam … mit dem Messer … Ich hätte sie zerschneiden können … das schöne weiße Fleisch.«

»Du Bestie!« Vor Meerholdts Augen flimmerte es, das Entsetzen vor diesem Menschen nahm ihm fast den Atem. »Du Saustück!«

Er sprach deutsch, und Jossip verstand ihn nicht und grinste. Mit diesem Grinsen schnellte er vor und sprang Meerholdt wie ein Panther an. Sein ganzer Körper flog durch die Luft und krachte gegen den Deutschen.

Aber wo er hingriff, war die Faust Meerholdts. Sie hatten sich umklammert und rangen mit keuchenden Lungen. Sie rollten über den Boden den abschüssigen Hang hinab bis vor ein kleines Plateau, hinter dem der Wald zum Felsen hin steil abfiel und in einer kleinen Senke endete.

Jossip war stark, stärker als Meerholdt. Die Kraft der Natur war in ihm, die unverbrauchte Gewalt eines Menschen, der Jahr um Jahr gegen Schnee und Sonne kämpfte und nicht unterlegen war. Der die Berge besiegte und die Schluchten, den Hunger und den Durst. Ein Mann, der einen Stier an den Hörnern zu Boden riss und mit einem Hammerschlag ein Rind tötete.

Aber er war unbeweglicher, steifer, erdschwerer als Meerholdt. Er konnte den Judogriffen nicht ausweichen ... er lief in sie hinein und stöhnte und schrie vor Wut, wenn er wie ein Ball durch die Luft flog und auf den Boden krachte. Doch immer wieder stürmte er heran, den Kopf gesenkt wie ein angreifender Stier, und jeder Schlag, der Meerholdt traf, jede Umklammerung nahm dem Deutschen die Luft und machte ihn unterlegen.

Am Rande des steil abfallenden Hanges standen sie sich wieder gegenüber. Sie blickten in die Tiefe, und jeder wusste, was der andere dachte. Sie sprachen kein Wort mehr ... ihre schweißüberströmten Körper in den zerrissenen Kleidern bebten vor Anstrengung. Noch einmal stürzten sie aufeinander ... Jossips Hände griffen in die Luft, Meerholdt hatte ihn unterlaufen und schleuderte ihn jetzt mit letzter Kraft zur Seite über den Rand des Hanges hinaus.

Dann war Leere um Jossip ... er fiel, er spürte einen Aufprall, seine Hände krallten sich in den Boden, aber sein schwerer Körper rollte und wirbelte den steilen Hang hinab, eine Lawine von Steinen und Kies hinter sich herziehend. Staub nahm ihm den Atem und erstickte ihn fast ... immer und immer wieder griffen seine blutigen Hände um sich, krallten sich fest und wurden wieder losgerissen von dem eigenen Gewicht. Sein Körper wurde aufgeschlagen ... die Schulter klaffte und ... die Beine brannten ... da fanden seine Hände Halt an einem Busch, der auf dem Steilhang wuchs und seinen Sturz aufhielt. Er klammerte sich an den Zweigen fest, warf sich in das Gestrüpp und schloss die Augen.

So lag er, ein zerschellter Körper, die ganze Nacht hindurch und weinte vor Zorn …

Meerholdt hatte den Körper Jossips fallen sehen … er hörte, wie er hinabrollte, wie Steine und Sand ihm folgten und die Lawine sich entfernte. Es schauderte ihn, hinabzublicken und seinen Sieg zu betrachten. Schwankend ging er ein paar Schritte auf Rosa zu, die noch immer auf der Erde lag und sich die Seite hielt. Aber er erreichte sie nicht mehr … er sah erstaunt, wie seine Knie einknickten, wie die Beine einfach versagten und seinem Willen nicht mehr gehorchten. Mit einem Ächzen fiel er ins Gras und sah noch, wie eine Wolke sich über den Mond schob. Mit dieser Wolke verließen ihn die Sinne. Er lag im Gras wie ein Toter …

In der gleichen Nacht noch wurde Jossip gesucht. Hauptmann Vrana selbst leitete die Streifen … das gesamte Militär war aufgeboten und durchkämmte die Felsen und Schluchten.

Sie fanden Jossip nicht. Sie entdeckten auch nicht seine Hütte. Mit dem Augenblick, in dem ihn Meerholdt den Hang hinabwarf, war er verschwunden. Die besten Kletterer der Gebirgsjäger fanden zwar den Busch, an den er sich angeklammert hatte … die Steine waren um ihn herum mit Blut verschmiert, auch an dem Astwerk klebte Blut. Von da ab hörte jede Spur auf.

Rosa hatte man in Ralfs Haus getragen. Ein Arzt, der sofort aus Titograd geholt wurde und in der nächsten Nacht mit einem Sonderwagen eintraf, untersuchte sie eingehend.

Er blieb lange in dem Zimmer hinter dem Zeichenraum, das Meerholdt als Krankenstube eingerichtet hatte. Es roch nach Karbol und Äther, als sich die Tür öffnete und der weiße Kittel des Arztes im Licht der starken Lampen leuchtete.

Meerholdt hatte die ganze Zeit über in einem Sessel gehockt und auf die Uhr gesehen. Zehn Minuten … zwanzig … eine halbe Stunde … Die Angst schnürte ihm die Kehle zu. Durch die dünne Tür hörte er das Klappern von Instrumenten und das leise Stöhnen Rosas.

Hauptmann Vrana schob ihm einen Kognak zu, er schüttelte den Kopf und stützte ihn dann in die Hände.

Vierzig Minuten … Er erhob sich und wanderte unruhig in der großen Stube hin und her. Jossip hat sie zu Tode getreten, durchfuhr es ihn. Er hat sie innerlich so verletzt, dass sie stirbt … Er schloss die Augen und drückte die heiße Stirn gegen das kühle Fensterglas. Das Gefühl, ein Stück seines Lebens liege sterbend nebenan im Zimmer, überwältigte ihn. Wie tief ich ihr verbunden bin, dachte er glücklich. Wie gemeinsam wir schon empfinden, wie eng verwachsen unsere Seelen sind.

Jetzt öffnete sich die Tür, und der Arzt erschien. Meerholdt fuhr herum … in seinen Augen stand die große Frage. Doch über seine Lippen kam kein Ton … er spürte, wie die Angst vor einem Nein ihm die Kehle zuschnürte.

»Oberhalb des linken Beckens hat sie eine schwere Prellung.« Der Arzt zog sich einen Stuhl heran und setzte sich. »Ein Bluterguss hat sich gebildet, der sich nach innen fortsetzt. Wir müssen abwarten, wie er sich verhält. Schlimmer scheint mir, dass die beiden unteren Rippen angeknickt sind. Sie muss einen fürchterlichen Tritt bekommen haben.« Der Arzt nahm eine Zigarette, die Hauptmann Vrana ihm hinreichte, und rauchte sie mit hastigen Zügen an. »Außerdem hat sie einen Nervenschock bekommen … Ihre tiefe Ohnmacht wird noch anhalten.«

Meerholdt atmete auf. »Es besteht keine Lebensgefahr?«, fragte er leise.

Der Arzt schüttelte den Kopf. »Akute nicht. Noch wissen wir nicht, wie sich das Herz verhält, wenn die Ohnmacht länger dauert. Sie hat ein starkes Herz … aber gerade ein Herz ist unberechenbar! Wir werden ihr Kräftigungsmittel und Kreislaufanreger geben müssen.«

»Und die angeknickten Rippen?«

»Sie muss absolute Ruhe haben! Ich habe eine Bandage angelegt. Am besten wäre es, wenn sie nach dem Erwachen aus der Ohnmacht nach Titograd oder Sarajewo in eine Klinik käme, wo man sie durchleuchten kann.«

»Ich werde sofort einen Krankenwagen aus Sarajewo anfordern«, versicherte Hauptmann Vrana.

Der Arzt erhob sich. »Das ist im Augenblick alles, was ich tun kann. Haben Sie ein Mädchen, das die Patientin pflegen kann?«

»Ja.« Meerholdt dachte an Katja Dobor, die draußen vor dem Haus stand und weinte. Bonelli hatte sie umfasst und kämpfte ebenfalls mit den Tränen.

»Jossip«, sagte er und schüttelte wieder den Kopf. »Und Elena Osik hat er auch umgebracht! Mamma mia – die Welt ist nicht wert, dass die Sonne sie bescheint!«

Der Arzt kam mit Meerholdt und Vrana aus dem Haus. Katja und Bonelli schoben sich nach vorn.

»Wird sie weiterleben?«, stammelte Bonelli. Er versuchte, hart zu sein, aber beim Anblick des Arztes begann er zu schluchzen. Meerholdt legte den Arm um seine Schulter.

»Wir hoffen es, Pietro. Wir wollen Gott darum bitten. Katja soll sie pflegen.«

Katja Dobor ging weinend in das Haus. Der Arzt blieb noch ein paar Tage im Lager, er wollte den Abtransport Rosas überwachen. Hauptmann Vrana setzte seine Suche nach Jossip fort.

In seiner Hütte hockte Fedor Suhaja am Herd und schnitt den Blatt-Tabak zu langen, dünnen Streifen. Ein Tonbecher mit Schafsmilch stand neben ihm, denn das Schneiden des trockenen Tabaks dörrte die Kehle aus und kitzelte im Hals.

»Es war Jossip«, sagte er. »Er hat das fremde Mädchen getötet und wollte Rosa töten. Sein Fluch hängt noch über uns …«

Marina seufzte. »Wenn sie doch wegginge …«

»Wer?«

»Rosa! Mit dem Herrn! Sie gehört nicht mehr nach Zabari. Sie ist eine Fremde geworden ...«

»Dummheit!« Fedor legte das Messer hin. »Hast du Angst vor Jossip?«

Marina nickte. »Große Angst, Fedor.«

Der Alte erhob sich. Er nahm seinen Umhang von der Wand, steckte das Messer ein und nahm ein Beil aus der Ecke, wo das Brennholz gestapelt lag. Marina sah ihm mit weiten Augen zu.

»Wo willst du hin, Fedorjesch?«

»In den Wald!« Der Alte stopfte sich eine Hand voll Tabak in die Tasche und nahm seine Pfeife vom Tisch. »Ich werde Jossip finden!«

»Mit dem Beil?«

»Mit dem Beil, Marinja. Solange er lebt, werden wir Angst haben. Er hat mir das tote Schaf vor die Tür gelegt – es wird nicht Ruhe sein in Zabari, bis er daneben liegt!« Fedors Augen waren dunkel, als er die zitternde Marina ansah. »Er wollte Rosa töten ... meine Rosanja ... mein Mädchen ... Ich habe einen Grund, in die Berge zu gehen!«

Er ging durch den Garten davon. Ein großer, tappender Bär. Marina sah ihm nach, ihre Augen leuchteten. Fedorjesch ... dachte sie. Er ist wie früher. Er ist ein Held! Er fürchtet auch Jossip nicht! Gott schütze Fedorjesch.

Sie schlurfte in die Ecke und fiel vor einem alten Ikon auf die Knie. Ein Perlenkranz hing um das verstaubte Bild, eine ausgebrannte Öllampe davor.

Der alte Bär tappte durch den Wald.

Sein Umhang wehte im Nachtwind. Er stieg den Hang hinauf ... er umging den Felsen, er kletterte durch eine von der Schneeschmelze ausgewaschene Schlucht ... in der Hand blinkte das kurze Beil.

So erblickte ihn Jossip, der zwischen zerklüfteten Felsen lag. Würgende Angst sprang in ihm empor, als er den Alten sah.

Es war, als steige der Tod zu ihm empor. Da flüchtete er in panischer Furcht und rannte durch die Felsen und lief, vor Schmerzen leise wimmernd, tiefer in die unbekannten Schluchten, in denen die Schwärze der Nacht stand wie eine Wand, die nicht zu durchbrechen war.

Fedor folgte ihm. Langsam, tappend, das Beil in der Hand. Einmal blieb er stehen und zündete sich seine Pfeife an. Ganz ruhig, mit fast behutsamen Händen.

Von Grauen gepackt, rannte Jossip weiter in die Felsen …

Nach zwei Stunden löste Meerholdt Katja in der Nachtwache bei Rosa ab.

Er saß auf dem Stuhl neben dem Bett und hatte ihre schlaffe schmale Hand in die seine genommen. Ihr bleiches Gesicht, umrahmt von dem langen Haar, lag tief in den Kissen. Die Decke war von ihrer Brust geglitten … er zog sie höher und beugte sich dabei über sie und küsste sie zart auf die zusammengepressten Lippen.

Ihr Atem war leise, kaum vernehmbar. In langen Abständen kamen die Atemzüge. Auf dem Tischchen neben dem Bett lag die abgebrochene Ampulle der Spritze, die der Arzt ihr gegeben hatte. Ralf nahm das Glasröhrchen und las die Aufschrift. Es war ein ihm unbekanntes Medikament … ein russisches Herzmittel, wie er an den kyrillischen Buchstaben erkannte, die neben dem englischen Namen in das Glas gebrannt waren.

Die Tür öffnete sich leise. Hauptmann Vrana kam herein. Er ging auf Zehenspitzen und setzte sich neben Meerholdt.

»Nichts«, sagte er. »Gar nichts! Der Kerl ist wie vom Erdboden verschluckt. Aber wir bekommen ihn – der alte Suhaja jagt ihn wie ein Wild.«

»Fedor?« Meerholdt fasste sich an den Kopf. »Schicken Sie sofort ein paar Mann zu seinem Schutz los! Jossip erschlägt ihn mit einem einzigen Fausthieb!«

Vrana lächelte wissend. »Jeden von uns, Herr Meerholdt. Aber nicht den alten Fedor. Kennen Sie die Geschichte von den beiden Elefanten, den Einzelgängern, die sich in der Savanne trafen? Der uralte Riese sah den jungen, und sie stürzten aufeinander. Auch wenn der junge stärker war ... der Ruf des Alten lähmte ihn. Jeder kannte ihn in der Savanne, jeder fürchtete ihn. Und nun stand er da und griff an. Da flüchtete der junge Riese und kam nie wieder in die Nähe des greisen Herrschers.«

Meerholdt winkte ab. »Das sind Geschichten. Jagdgeschichten, die keiner beweisen kann. Ihr Vergleich ist treffend ... aber Jossip fürchtet niemanden ... am wenigsten den alten Fedor.«

»Warten wir es ab!« Vrana sah auf die schlafende Rosa und erhob sich. »Es ist besser, Fedor erschlägt ihn, als wenn ich Jossip in die Hände bekomme. Ich würde ihn aufhängen, an den nächsten Baum! Aber vorher würde er spüren müssen, was es heißt, Schmerzen zu erleiden.«

Meerholdt sah Vrana groß an. »Ihr seid grausam, ihr Slawen«, sagte er leise. Vrana hob entschuldigend die Schultern. »Der Mensch ist es, Herr Meerholdt. Der Mensch! Nur überdecken die einen es mit Bildung oder auch nur Zivilisation, die anderen leben nach dem Naturgesetz des ›Auge um Auge, Zahn um Zahn‹. Ich wage nicht, zu kritisieren und zu sagen, welche Methode die bessere ist – der höfliche Mord oder der einfache! Die gesetzlich verankerte Rache am Täter mit Gaskammern, elektrischem Stuhl, Fallbeil und Henken – oder die vogelfreie Gerechtigkeit, in der der Mensch die Außenseiter seines Geschlechtes ausmerzt wie ein Tierrudel seine Abtrünnigen. Im Grunde sind sie gleich, die Methoden der Strafe – sie dienen dem Frieden auf der Welt!«

Meerholdt sah auf Rosa. Sie hatte sich bewegt, aber es war nur eine Reflexbewegung. Sie erwachte nicht.

»Sie müssen es wissen, Vrana«, sagte er. »Ich werde es nie lernen, in eurer Mentalität zu denken.«

Leise verließ Hauptmann Vrana wieder das Zimmer und schloss hinter sich die Tür. Auf dem Flur traf er Bonelli, der Katja nicht allein ließ.

»Was macht sie?«, fragte er leise.

»Sie schläft!«

Bonelli wischte sich über die Stirn. »Ich werde den Ingenieur ablösen.«

»Tun Sie das nicht, Pietro.« Vrana grinste breit. »Wenn Rosa aufwacht und sieht als Erstes Ihr blaues Auge, bekommt sie einen Herzschlag.«

Beleidigt wandte sich Bonelli ab und ging in das Zimmer Katjas.

Am Morgen kam Fedor Suhaja nach Zabari zurück.

Er hängte seinen Umhang an den Nagel, warf das Beil in die Ecke neben das Holz, hockte sich an den Herd und setzte seine Arbeit, das Tabakschneiden, fort. Marina schlich um ihn herum und kochte erst eine Suppe und einen Kräutertee, ehe sie fragte.

»Ist er tot?«

»Nein.«

»Du hast ihn nicht gefunden?«

»Nein!«

Marina seufzte. »Dann geht die Angst weiter. Immer diese Angst. Ich werde nicht mehr schlafen können.«

Fedor legte das Messer hin, er stierte vor sich in das Feuer auf dem Herd.

»Ich werde diese Nacht wieder hinausgehen … jede Nacht, bis ich ihn finde! Am Tage verkriecht er sich, aber in der Nacht muss er hinaus. Wie der Bär ans Wasser, so wird er im Dunkeln sein Essen suchen. Dabei finde ich ihn … ich werde nicht müde werden, Marinja …«

Hauptmann Vrana hatte Fedor Suhaja zurückkommen sehen. An seiner Haltung las er, dass auch er vergeblich gesucht hatte. Er hielt eine Besprechung mit seinen Unteroffizieren ab und erklärte noch einmal die Karte der Umgebung, die man damals bei der Suche nach Elena Osik durch Hubschrauber angefertigt hatte.

»Irgendwo muss das Schwein liegen«, sagte er. »Er ist verwundet! Jemand, der den Steilhang hinabstürzt, kann nicht mehr kilometerweit laufen!! Er muss also hier in der nächsten Umgebung sein! Er hat einen Schlupfwinkel, den wir noch nicht kennen. Solange Jossip lebt, wird er eine ständige Gefahr für uns alle sein!«

»Es gibt kaum noch einen Stein, den wir nicht untersucht haben«, meinte einer der Unteroffiziere.

»Dann wart ihr Idioten und habt geschlafen!« Vrana stampfte wütend auf. »Vor unseren Augen hat er Elena umgebracht, und später haben wir ihn angestellt, damit er uns suchen hilft!«

Wenn Hauptmann Vrana an diese Tage dachte, wurde ihm immer schlecht. Das Spiel, das Jossip damals mit ihm getrieben hatte, die Lächerlichkeit, der er dann ausgesetzt war, die Blindheit, die damals alle erfasste und gerade dem vertrauen ließ, den sie suchten, erzeugte in ihm jenen geheimnisvollen Willen zur Grausamkeit, den Slawen und Asiaten gemeinsam haben.

»Er ist in unserer Nähe!«, brüllte er. »Ich spüre es … es ist, als stände er hinter mir, und ich fühle seinen Blick! Ist dieser Schäfer denn klüger und stärker als hundert Soldaten des Marschalls?! Ich lasse euch in ein Straflager versetzen, wenn ihr Jossip nicht findet!«

Die Unteroffiziere sahen zu Boden. Straflager … es gibt bei den östlichen Völkern kein Wort, das grausamer ist als Straflager. Baracken in einem Steinbruch … irgendwo an der dalmatinischen Küste, abgelegen von den Plätzen, an denen sich die Reichen der Welt sonnen und die weißen Segel über das tintenblaue Wasser schweben. Ein Steinbruch unter praller

Sonne ... Arbeiter mit nacktem Oberkörper, mit Spitzhacke und Schaufeln ... Vier Mann schieben eine Lore ... der Steinstaub hüllt sie ein ... Auf einem Platz stehen hundert Mann und zerstückeln den Stein mit schweren Hämmern. Krach! geht es. Krach! Krach! Mit hundert Hämmern immer nur krach! Zehntausendmal am Tag ... hunderttausendmal in der Woche ... von hundert Hämmern – krach! Und am Abend gibt es eine dünne Suppe und Maisbrot. Gelbes Brot, hart wie der Stein, den man zerklopft. Man muss es in die Suppe tunken, um es essen zu können. Und dann wird es weich, schwammig, klebrig wie Leim und füllt den Mund aus mit einer ekligen gelben Masse.

Straflager ...

Die Unteroffiziere grüßten stramm, als Hauptmann Vrana wegging. Sie sahen sich gegenseitig an und riefen dann ihre Gruppen zusammen.

»In drei Tagen habt ihr Jossip, ihr Rindviecher!«, schrien sie. »Ihr kommt alle ins Straflager, wenn ihr Jossip nicht findet!«

Auch hier verbreitete die Aussicht auf die Steinbrüche Entsetzen und Verzweiflung. Die Folge der Kopflosigkeit war, dass einer der Geologen, der am Tage den Felsen von der anderen Seite untersuchte, von einem der Soldaten als vermeintlicher Jossip angeschossen wurde.

Hauptmann Vrana tobte. »Bleiben Sie am besten gleich im Lager, Doktor«, sagte er zu dem Arzt, der in Meerholdts Zeichenraum auf einem der Tische die Kugel aus dem Oberschenkel des Geologen herausoperierte. »Wenn das so weitergeht, haben Sie bald alle Hände voll zu tun!«

»Ich würde Ihren Helden Platzpatronen geben«, meinte der Arzt sarkastisch.

Hauptmann Vrana winkte wütend ab. »In drei Tagen, wenn sie Jossip nicht gefunden haben, wird es ganz ohne Pulver knallen. Dann scheißen sich hundert Mann aus Angst in die Hosen ...«

Rosa war noch immer nicht erwacht. Sie blieb in ihrer tiefen Ohnmacht, auch am zweiten Tag, und bekam Vitamininjektionen und Kreislaufmittel verabreicht.

Abwechselnd wachten Meerholdt, Katja und auch Bonelli am Bett Rosas …

Zweimal waren Fedor und Marina, ihre Eltern, da, und Marina segnete Rosa und betete eine Stunde lang, auf den Knien liegend.

Der Bluterguss in der Hüfte schwoll an, das Hüftgelenk verdickte sich. Der Arzt wiegte den Kopf und kaute an der Unterlippe.

»Wir müssen sie bald nach Sarajewo bringen. Vielleicht müssen wir sie operieren, wenn sie kein steifes Bein behalten soll. Wir wissen ja noch nicht einmal, ob von dem Hüftknochen etwas abgesplittert ist.«

»Wir fahren sie in vier Tagen zum Röntgen fort.« Meerholdt sagte es so bestimmt, dass der Arzt erstaunt aufblickte.

»Auch dann, wenn sie noch ohne Besinnung ist?«

»Auch dann!«

Der Arzt zuckte mit den Schultern. »Es ist ein verdammt holpriger Weg! Ich würde es noch nicht wagen. Warten wir ab, was in vier Tagen ist …«

Der Bau an der Talsperre ging unterdessen mit der bisherigen Reibungslosigkeit weiter. Die beiden Techniker leiteten jetzt den Bau, der Vorarbeiter Drago Sopje war zum Bauführer befördert worden und hatte die Kolonnen unter sich. Die Brücken wuchsen weiter, die Straße wurde durch Felssprengungen verbreitert, im Tal, unterhalb der Staumauer, die immer mehr unter den Verschalungen hervorwuchs, wurde das Turbinenhaus errichtet … große Hallen mit gläsernen Wänden und dicken Betonböden, auf denen einmal die rauschenden, sich drehenden Ungetüme stehen würden.

Meerholdt ging nicht mehr aus seiner Konstruktionsbaracke hinaus. Er saß entweder bei Rosa am Bett oder schlief unruhig im Nebenzimmer, aß, was Bonelli ihm vorsetzte, und stärkte sich mit Tokajer und starkem Kaffee.

»Sie sind unvernünftig«, ermahnte ihn der Arzt. »Sie liegen garantiert unter der Erde, wenn Rosa geheilt entlassen wird! Was haben Sie damit gewonnen? Seien Sie doch vernünftig … Sie können das Schicksal nicht durch Asketentum und Drogenfresserei zwingen!«

Am dritten Tag, kurz vor Einbruch der Dunkelheit, erwachte Rosa aus ihrer tiefen Bewusstlosigkeit. Sie schlug die Augen auf und sah Katja, die neben ihr saß und an einer Decke stickte.

»Katjascha …«, sagte sie leise.

Katja ließ die Decke fallen und sank auf die Knie. Sie nahm die Hände Rosas und küsste sie. »Du bist wach«, stammelte sie. »Du bist zu uns zurückgekommen … O Rosanja … Gott ist doch gnädig …«

Meerholdt stürzte ins Zimmer. Ihm folgte Bonelli, sein Gesicht glänzte. »Mädchen!«, rief er laut. »Wir haben gesiegt! Du bist wach! Heute wird der Chianti über die Straßen fließen …«

Der Arzt kam und warf alle aus dem Zimmer. »Raus!«, schimpfte er. »Ihr macht sie verrückt mit eurem Geschrei! Still sollt ihr sein!!« Dann hörte er das Herz ab und nickte zufrieden. »Es geht ja wieder, Rosa«, sagte er erfreut. »In ein paar Tagen kommst du nach Sarajewo, und in drei Wochen merkst du nichts mehr von all dem.«

Rosa schloss die Augen. Sie atmete schneller und kratzte mit den Fingern nervös über die Decke.

»Was ist mit Jossip?«, fragte sie.

»Danach sollst du nicht fragen. Du sollst überhaupt nicht daran denken.« Der Arzt setzte sich auf das Bett und nahm ihre schlaffe Hand. »Du musst denken, dass alles ein Traum war, ein böser, wilder Traum. Und nun bist du erwacht, die Sonne scheint, die Blumen duften, von den Bergen stürzt das

Wasser ins Tal, die Schafe weiden auf den Wiesen, und alles riecht nach Wald und Erde. Das ist das Leben, Rosa … du siehst es jetzt. Warum an diesen Traum denken … Sieh doch aus dem Fenster. Dort, der Wald … wie wunderbar steigt er den Berg hinauf. Als Kind hast du oft hinter einem Stamm gesessen und hast drei kleine Bären belauscht, die in der Sonne spielten. Und im Winter hocktest du am Fenster der Hütte und sahst aus dem Wald die Wölfe kommen, hungrig, heulend, und dein Vater ging hinaus mit den anderen Bauern und tötete sie mit den Äxten und langen, spitzen Gabeln. Wie wunderbar ist doch das Leben …«

Rosa nickte schwach. Sie drückte die Hand des Arztes.

»Danke«, sagte sie leise. »Danke, Doktor …« Sie wandte den Kopf ab und seufzte. »Hat er ihn getötet …«

Der Arzt schob die Unterlippe vor. »Nein! Er lebt! Aber er wurde sehr verletzt. Wir suchen ihn seit Tagen.«

»Er hat eine Höhle, in der er sich versteckt.«

»Ich werde es sofort Herrn Meerholdt sagen.« Der Arzt erhob sich. »Und du musst ganz ruhig bleiben und ein wenig essen. Nach dem Essen schläfst du wieder ein bisschen.«

Er nahm aus seiner Tasche eine Spritze, setzte die Nadel ein und zog aus einer kleinen Flasche eine wasserhelle Flüssigkeit auf. Dann beugte er sich über sie, reinigte eine kleine Stelle des Unterarms mit einem Wattebausch und Alkohol und injizierte das Mittel. Rosa zuckte bei dem Einstich zusammen, aber als sie den Kopf umwandte, war die Nadel schon wieder heraus.

»Es beruhigt die Nerven«, sagte der Arzt. »Du musst ganz, ganz ruhig werden …«

Sie nickte und begann schon zu schlafen, als der Arzt das Zimmer verließ. Meerholdt, der an ihm vorbei zu Rosa wollte, hielt er fest.

»Bleiben Sie hier! Sie schläft jetzt … es ist keine Bewusstlosigkeit mehr, sondern eine Art Heilschlaf. Bei großen seelischen Schocks machen wir das jetzt öfter … eine Ausschaltung der Nerven bis auf ein Mindestmaß der Funktionen und damit eine vollkommene Beruhigung des Körpers und dessen, was der Laie Seele nennt. Stören Sie sie nicht.« Der Arzt sah sich um. »Wo kann ich Hauptmann Vrana erreichen?«

»Ich nehme an, bei der Wache am Berg.« Meerholdt musterte den Arzt. »Warum, Doktor?«

»Rosa hat verraten, dass er in einer Höhle lebt!«

»In einer Höhle?« Meerholdt fasste den Arzt am Arm. »Kommen Sie – ich gehe mit! Wenn es eine Höhle ist, dann kann es nur die sein, die wir suchen … die Höhle mit dem eingeschlossenen See!« Meerholdts Augen wurden starr. »Mein Gott«, stöhnte er. »Wenn Jossip die dünnste Stelle des Felsens weiß und sprengt sie auf … Wir würden alle in Sekundenschnelle ertrinken!«

Der Arzt erbleichte. »Sie malen den Teufel an die Wand.«

»Ich brauche ihn nicht zu malen! Er ist da! Kommen Sie schnell!«

Sie rannten aus dem Haus und durch das Lager. Am Ausgang zum Wald trafen sie Hauptmann Vrana. Er machte eine Art Strafexerzieren mit dem Soldaten, der den Geologen angeschossen hatte. Hin und her jagte er den Armen durch eine Zementgrube, bis die Uniform nur noch eine dicke, langsam erstarrende Zementschicht war. »In einer Stunde trittst du mit sauberer Uniform und gereinigten Waffen wieder an!«, brüllte er, als er die Männer auf sich zulaufen sah. »Hau ab, du Vollidiot!«

Der Soldat rannte zum Zeltlager, einen nassen Zementstreifen hinter sich herziehend.

Hauptmann Vrana war mit sich sehr zufrieden …

Jossip lag in seiner Hütte und stöhnte.

Er hatte sein Lager direkt an der Tür aufgeschlagen, die er mit zwei schräg gestellten Balken doppelt gesichert hatte. Neben ihm lagen eine Axt, ein langes Schurmesser, eine Peitsche und eine Mistgabel mit spitzen Zinken.

Elena Osik saß am Tisch und aß. Sie schielte auf den stöhnenden Jossip und schüttelte den Kopf.

»Was du machst, ist Wahnsinn, Jossip! Du verreckst hier wie ein Tier! Deine Wunden müssen verbunden werden! Du bekommst den Starrkrampf ... sie sind ja voller Schmutz! Du musst ins Tal zu einem Arzt!«

»Im Tal hängen sie mich auf!« Jossip richtete sich mit schmerzverzerrtem Gesicht empor. Er schob sich auf die Knie und lehnte den Kopf erschöpft gegen die Türbalken. »Fedor jagt mich wie einen wildernden Hund. Er hat ein Beil bei sich ... Ich habe Angst ...«

»Du hast Angst?« Elena erhob sich, aber Jossip ergriff die Peitsche und das Messer.

»Bleib sitzen! Erst, wenn ich tot bin, ist die Tür frei! Und ich sterbe so schnell nicht!«

»In spätestens zwei Tagen hast du den schönsten Wundbrand! Du bist irrsinnig in deiner Wut.«

»Sie sollen mich holen!« Jossip zog sich an den Querbalken empor ... schwankend stand er an der Tür.

Seine Schulterwunde war verharscht ... seine aufgeschlagenen Knie und der linke Oberschenkel waren große Wunden, aus denen Blutserum und Eiter floss. Mit Blättern und einem Wurzelbrei hatte er versucht, das Blut zu stillen, aber die Wunden waren zu groß und zu tief. Die Mittel der Natur versagten ... in Jossip brach auch diese Welt zusammen – selbst die Natur verließ ihn und stieß ihn zurück in das Elend. Die Natur, die er retten wollte – seine letzte, große Geliebte. »Ich warte, bis er kommt! Und er wird kommen ... ich weiß es ... Mit ihm zusammen gehe ich in die Hölle!«

Elena wusste, wen Jossip mit »er« meinte. Und sie wusste, dass Meerholdt mit seinen Leuten die Berge absuchte und einmal auch das Geheimnis Jossips entdecken würde. Dann gab es keine Gnade mehr, dann verhüllte Gott sein Haupt und weinte über die Menschen.

»Wenn du mich gehen lässt, will ich Ralf bitten, dich leben zu lassen. Du hast keinen Menschen getötet – warum sollten sie dich töten? Sie glauben, du habest mich umgebracht, aber wenn ich gesund zurückkomme, werden sie dir nichts tun!«

Jossip lächelte grausam. Er lehnte sich an die Tür und umklammerte Halt suchend die Balken. »Sie sollen mich nicht sehen«, sagte er leise. »Und ich werde auch dich nicht töten, nicht Meerholdt, nicht Rosa, nicht den Hund Vrana ... Ich werde sie alle töten! Alle!«, schrie er wild. »Ich habe eine Waffe, die sie nicht besiegen! Ich habe einen Gott in der Hand! Von einem Atemzug zum anderen werden sie sterben ... sie werden sehen, wie sich der Himmel verdunkelt, und ehe sie schreien können, sind sie vernichtet. Nur die Natur wird schreien, mein Gott wird schreien: Rache! Rache! Und ich werde lachen und meine Wunden in ihrem Untergang kühlen ...«

Elena starrte Jossip wie etwas Grauenerregendes an. Sie wich zu ihrem Lager zurück und setzte sich an den Ofen auf das Stroh.

»Warum willst du das?«, fragte sie stockend.

Jossip lehnte den Kopf an die Tür. »Sie haben mir die Heimat genommen, die Liebe, den Glauben, den Himmel und die Erde! Was bin ich denn noch? Bin ich noch Jossip, der Schäfer? Meine Weiden werden zu Äckern ... meine Täler werden Seen ... mein Dorf wird eine Stadt ... meine Berge werden zerstückelt ... meine Pfade auseinander gerissen zu Straßen. Mein Land blutet, und mein Herz blutet ... Ist das nicht genug, alles zu vernichten?! Wie schön war das Leben, bevor sie nach Zabari kamen. Die Zeit schreckte uns nicht ... wie Jahrhunderte vor uns weidete das Vieh in den Bergen. Ich hätte Rosa bekommen, und unsere Kinder hätten die Herden vermehrt und wären ausgezogen in andere Täler und hätten sich

Frauen genommen ... ein Geschlecht der Petaki! Was bin ich jetzt?« Er ballte die Fäuste. »Ich muss sie vernichten!«

Er stieß sich von der Tür ab und schwankte durch den Raum, das Messer und die Peitsche in den Händen. Misstrauisch sah er sich nach Elena um.

»Versuche nicht zu flüchten! Auch wenn ich lahm bin – meine Peitsche erreicht dich. Und auch das Messer!«

Er wankte zum Tisch, setzte sich und begann, seine eitrigen Wunden mit Wasser auszuwaschen. Dann legte er wieder einen Brei aus Blättern und Wurzeln auf seine Wunden und umwickelte sie mit Leinenstreifen. Dann wankte er wieder zur Tür zurück, legte sich auf das Stroh, das er davor geschüttet hatte.

»Ich hätte dich für vernünftiger gehalten, Jossip«, versuchte Elena noch einmal ein Gespräch.

Jossip antwortete nicht. Er nahm seine Peitsche und schlug zu ihr hin. Die Spitze der Lederschnur traf ihre Schulter ... sie zuckte zusammen und kroch weiter in die Ecke.

Du Satan, dachte sie. Man sollte kein Mitleid haben! Man sollte dich verrecken lassen. Aber sie schwieg.

Selbst als Jossip schlief, wagte sie nicht, aufzustehen und an ihn heranzutreten. Sie wusste, dass er wie ein Wild schlief, jeden Augenblick aufwachend und sich verteidigend.

In den Bergen suchten die Gebirgsjäger Hauptmann Vranas. Sie fanden die Hütte nicht, und die Unteroffiziere schrien und tobten.

Straflager ... Steinbruch und Hitze ... Hauptmann Vrana stellte bereits die Liste zusammen.

Am Abend saßen die Soldaten in ihren Zelten und weinten vor Angst.

Die Bohrarbeiten am Felsen waren an der ersten Stelle eingestellt worden. Nach zweihundertundzehn Metern hartem Gestein gaben die Geologen es auf, hier nach einem eingeschlossenen See zu suchen. Man verlegte die Bohrstelle auf die andere Seite des Felsens … hier war es noch sinnloser, denn der See lag oberhalb des Teiles, in den sich die Bohrstangen einfraßen. Sie unterbohrten den See und trafen nur auf Gestein. Dreißig … vierzig … siebzig Meter … Die Geologen verzweifelten. Selbst Meerholdt glaubte nicht mehr an seinen großen Gedanken, nur die Erzählung Rosas hielt ihn aufrecht, der Bericht von Jossips Höhle, mit dem er sie in den Wald gelockt hatte. Und das Rinnsal aus dem Felsen war ebenfalls nicht fortzudenken … als man an dieser Stelle bohrte, vergrößerte sich zwar der Wasserstrahl, aber man traf auf kein Becken, das das Wasser mit einem gewaltigen Strahl durch die Hohlbohrer drückte wie einen Geiser.

Eines Tages erschien völlig überraschend und unangemeldet ein großer, chromblitzender Wagen in Zabari: Stanis Osik.

Nach dem völligen Zusammenbruch und einer Zeit fast paranoischer Lethargie war in ihm wieder ein Funken Lebenswille erwacht. Die Geschäfte eines Leiters der staatlichen Bauten hatte er noch nicht wieder übernommen, aber nachdem man ihm mitgeteilt hatte, dass der Mörder Elenas bekannt sei, hielt es ihn nicht länger in seiner weißen Zagreber Villa.

»Ich werde Jossip eigenhändig erwürgen!«, hatte er zum Abschied zu seinem Chauffeur gesagt.

Es gab niemand, der an der Ausführung dieser Tat zweifelte.

Nun war er wieder in Zabari, etwas dünner geworden, weißer im Haar und herzkranker denn je. Er bezog Elenas Zimmer in Meerholdts Baracke, und er war es, der den aufgebrochenen Koffer entdeckte.

»Sie lebt!«, schrie er durch die Baracke. Er gebärdete sich wie ein Irrer … er schleppte den zerbrochenen Koffer herum, zeigte ihn Hauptmann Vrana, fiel Meerholdt weinend um den Hals und wurde von dem Arzt mit einer starken Dosis Herztropfen auf den Beinen gehalten.

Der Koffer wurde untersucht. Das Rätsel um Elena verstärkte sich. Stanis Osik war nicht abzubringen von seiner Theorie, die er sofort entwickelt hatte.

»Ein Toter braucht keine Kleider, keine Wäsche! Wenn sie ermordet wurde, warum hat der Mörder später ihre Kleider geholt?! Warum setzte er sich der großen Gefahr aus, die dieser Einbruch mit sich brachte? Nein, nein, meine Herren – Elena wird von Jossip irgendwo gefangen gehalten! Es zeugt von Ihrer Idiotie, dass Sie sie bisher noch nicht gefunden haben!« Dabei sah er Hauptmann Vrana an. Dieser wurde rot und verließ sofort das Zimmer.

»Aber das Blut!«, wandte Meerholdt ein. »Die blutige Wäsche. Die Laboruntersuchungen haben ergeben, dass es Elenas Blut war. Einwandfrei!«

»Jossip hat sie verletzt. Sie hat sich gewehrt, meine Elenaschka. Oh, sie ist ein tapferes Mädchen!« Osik atmete schwer. »Schlagen Sie Plakate an, Meerholdt. 100 000 Dinare Belohnung dem, der mir Elena oder Jossip findet!«

Hauptmann Vrana kam wieder herein, er hatte draußen seinen Unteroffizieren nur vier Worte gesagt. »Übermorgen geht es ab!« Das genügte. Er hörte noch den letzten Satz Osiks, als er eintrat.

»Für 100 000 Dinare bekommen Sie keine Röntgenaugen, Herr Osik! Wir haben nach den besten Karten die Berge durchgekämmt ... das Versteck Jossips haben wir nicht gefunden! Wissen Sie, was es heißt, diese Schluchten und Spalten, Zerklüftungen und Plateaus, diese Höhlen und ausgewaschenen Buchten zu untersuchen? Es ist ein Labyrinth, in dem sich keiner auskennt! Es wird nie möglich sein, die schwarzen Berge bis ins Einzelne zu erforschen! Es sei denn, man hat Jahre zur Verfügung ... nicht Tage oder sogar nur Stunden wie wir.«

Stanis Osik kaute an der Unterlippe. »Setzen Sie die Bauern ein, Vrana.«

»Seit dem Überfall auf Rosa durchzieht der alte Fedor Suhaja jede Nacht die Berge und sucht Jossip. Wenn er am Abend aufbricht, in seinem langen Umhang, das Beil in der Hand, denke ich immer an ein Bild aus irgendeiner griechischen Tragödie. Glauben Sie mir, dass der alte Suhaja die Berge kennt ... seit über sechzig Jahren durchstreift er sie. Auch er findet Jossip nicht.«

Stanis Osik rauchte eine seiner dicken Zigarren an. Der Arzt wollte sie ihm wegnehmen, aber Osik schlug ihm auf die Hand. »Lassen Sie das, Doktor. Ich weiß, dass ich ein Wrack bin ... aber das Wrack soll wenigstens noch qualmen, wenn es schon nicht mehr fahren kann! Wenigstens nach außen hin lassen Sie mich den starken Mann spielen!« Er lächelte und wandte sich dann wieder an Meerholdt und Hauptmann Vrana. »Machen wir es anders. Ich kann mich entsinnen, dass die Deutschen uns Partisanen in den Bergen nicht ausräuchern konnten ... sie fuhren deshalb mit großen Lautsprechern durchs Gebirge und forderten uns auf, uns freiwillig zu ergeben. Sie sicherten uns das Leben zu und volle Freiheit. Wäre das nicht ein Weg? Wir fahren mit drei Lautsprechern in die Felsen und bitten Jossip, Elena herauszugeben. Ich wäre sogar bereit, ihm die 100 000 Dinare zu geben!«

»Verrückt!« Vrana schüttelte wild den Kopf. »An einem Strick ziehe ich ihn hoch! 100 000 Dinare für einen Verbrecher und Saboteur!«

»Reden Sie bei mir nicht mit der Terminologie volkseigener Staaten! Ich will mein Kind wiederhaben, wenn es lebt! Dafür verspreche ich ihm 100 000 Dinare!«

»Und ich hänge ihn auf!«, sagte Vrana störrisch.

»Das werden Sie nicht! Wenn ich Jossip mein Wort gebe, müssen Sie mich schon neben ihm aufhängen! Was hat er denn gemacht? Meerholdt lebt, Rosa lebt, Elena wird auch leben!«

»Für Entführung gibt es in Amerika die Todesstrafe!«

»Amerika!« Osik lächelte breit. »Sie, Hauptmann Vrana, als Repräsentant einer sozialistischen Regierung, als Offizier eines ›freien Volkes‹, führen das Beispiel eines verruchten kapitalistischen Staates an?! Sie stellen ein System, das wir bisher immer verbrecherisch nannten, als Vorbild dar? Aber Herr Hauptmann – was soll ich von Ihrer Linientreue denken?!«

Vrana sah zu Boden. Er war blutrot geworden und zuckte mit den Augenlidern.

»Bieten Sie ihm das Drecksgeld«, sagte er wütend. »Und wenn er es genommen hat, werden wir ihn den ordentlichen Gerichten übergeben. Wegen Körperverletzung und versuchter Notzucht!«

»Das steht Ihnen frei! Aber Sie hängen ihn nicht auf!«

Vrana lächelte breit. »Es wäre besser, er hängt, Herr Osik. Wissen Sie, was drei Jahre Steinbruch bedeuten?«

Stanis Osik wandte sich ab. »Ich danke Gott, dass ich noch nicht so völlig materialisiert bin wie Sie. Meerholdt – gehen wir und montieren wir ein paar Lautsprecher ab.«

Am Abend fuhren drei Jeeps in die Schluchten, und vier Männer trugen Lautsprecher an den Rand des Waldes. Von allen Seiten schallte es bald durch den stillen Abend, immer und immer wieder … 100 000 Dinare … Straffreiheit … Für Elenas Rückgabe freies Geleit für Jossip Petaki.

Jossip lag an der Tür und hörte die Worte aus dem Lautsprecher. Auch Elena saß aufrecht an der Wand und lauschte auf die Sätze.

»Mein Vater sucht mich! Hörst du … dir wird nichts geschehen, wenn du mich freilässt!«

Jossip lehnte sich gegen die Tür. »Ich glaube es nicht.«

»Mein Vater hat noch nie sein Wort gebrochen!«

»Aber die anderen. Hauptmann Vrana …« Jossip nickte, er kannte seine Landsleute. »Und Fedor wird sich rächen … Jede Nacht streift er durch den Wald. Ich habe ihn gestern gesehen, als ich Wasser holte.«

»Mein Vater und auch ich werden mit Vrana und Fedor sprechen.« Elenas Stimme wurde eindringlich. »Wir werden dich in die Stadt schaffen zu einem Arzt … Du wirst ein reicher Mann sein, mit 100 000 Dinaren! Die ganze Welt steht dir offen, Jossip …«

»Meine Welt ist hier«, sagte er dumpf. »Ich will nicht hinaus aus den Bergen!«

»Du wirst elend sterben, Jossip! Deine Beine werden schon gelähmt … du hast den Wundbrand! Ein Arzt kann dich noch retten! Du bist ja wahnsinnig, dieses Angebot zurückzuweisen!«

Jossip schüttelte den Kopf. »Sie wollen mich töten! Sie locken mich heraus … und dann töten sie mich! Kein Tier, nichts auf der Welt ist gemeiner als der Mensch! Ein Löwe brüllt und peitscht mit dem Schwanz die Erde, und du weißt – jetzt springt er dich an! Ein Wolf heult und hetzt dich zu Tode … eine Schlange richtet sich auf, ihre Zunge züngelt, und sie stößt vor und schlägt ihren Giftzahn in dein Fleisch. Bei allen weißt du – jetzt tötet es dich! Jetzt gibt es kein Zurück … nur der Mensch lächelt, verspricht, gibt dir die Hand der Freundschaft, und mit dieser Hand zieht er dich zu sich heran und erwürgt dich! Mit einem Lächeln … mit einer Zufriedenheit, die keiner unter dem Himmel kennt … mit einer Selbstverständlichkeit, dass Gott tot sein muss, weil er zu allem schweigt!«

Die Lautsprecher tönten immer noch … einmal nah … dann wieder weiter … sie sprachen die halbe Nacht hindurch, und Jossip saß lauschend an der Tür und lächelte.

»Sie wollen mich überlisten«, sagte er störrisch. »Sie wollen mich hervorlocken!«

Elena war am Ende ihrer Kräfte. Die nahen Stimmen ihrer Befreiung und die Unmöglichkeit, sie in diesen Schlupfwinkel zu führen, brachten sie an den Rand ihrer Fassung, Jossip bemerkte es, und er legte sich die Peitsche und das lange Messer zurecht.

»Rühr dich nicht«, sagte er stöhnend vor Schmerzen. In seinen Beinen begann das Blut zu klopfen, die Knie waren dick angeschwollen und stachen wie mit tausend Nadeln. »Auch wenn du schreist, töte ich dich!«

So ging die Nacht herum mit hoffendem Wachen und einer immer größer werdenden und das Herz fast abschnürenden Enttäuschung. Die Lautsprecher entfernten sich immer mehr … die Stimmen, die durch die nächtlichen Berge dröhnten, wurden schwächer und waren später nur noch ein Echo von weit entfernten Tälern. Sie gingen unter in der Einsamkeit.

Jossip saß an der Tür und lachte. Er war zufrieden. Triumphierend sah er die weinende Elena an.

»Jossip ist nicht so dumm, wie es deine Freunde annehmen! Er ist nicht in die Falle gelaufen!«

»Sie haben es ehrlich gemeint!« Elena sank auf das Strohlager zurück und deckte sich mit den Fellen zu. »Wenn sie dich jetzt bekommen, kennen sie keine Gnade mehr!«

»Ich werde sie alle vernichten, bevor sie mich sehen!«, sagte er störrisch. »Nur ich weiß, wie man die Natur aus ihren Fesseln befreit!«

Elena drehte sich zu der rohen Holzwand. Zu oft hatte sie diese irren Reden gehört, um weiter darauf zu achten. Dass man sie suchte, beruhigte sie. Einmal würden sie auch diese verborgene Hütte entdecken … vielleicht konnte sie in ein paar Tagen selbst das Haus verlassen, über den ohnmächtigen Jossip steigend, den seine eiternden Wunden zersetzten.

Sie schielte zu ihm hinüber. Er lag an der Tür, gekrümmt, mit den Händen den Verband aus Blätter- und Wurzelbrei gegen die Knie drückend. Die große Wunde an der Schulter war gerötet und brandig … sie hatte es am Vormittag gesehen, als er sie auswusch. Nur ein paar Tage noch, dachte sie, und er wird zusammenbrechen. Auch seine Kraft ist einmal zu Ende, jeder Mensch hat eine Grenze, an der der Zusammenbruch erfolgt.

Gegen Morgen verließ Jossip die Hütte. Er schloss sie wieder ab und wälzte mit verzerrtem Gesicht und lautem Stöhnen die Steine vor die Tür. Durch die Ritzen an den Fensterläden sah Elena, wie er ins Tal hinabschwankte, sich an den Felsen vorwärts tastend, als sei er schon blind vor Schmerzen.

Aus dem Tal stieg der Frühnebel und ließ die Sonne in einem milchigen Brei schwimmen. Ein Adler kehrte aus dem Wald zurück, er schwebte lautlos durch die Nebelschwaden zu seinem Horst.

An einem Bach sank Jossip nieder und hielt die Knie in das kalte, fließende Wasser. Er wimmerte vor Schmerzen und starrte in die Sonne, als könnte sie ihm helfen.

Stanis Osik saß in der großen Konstruktionsbaracke und trank eine Tasse starken Tee. Hauptmann Vrana lehnte am Fenster und rauchte unruhig. Meerholdt ging im Zimmer auf und ab.

»Ein Fiasko«, sagte er erregt. »Ein völliges Fiasko! Unsere Lautsprecheraktion ist verpufft!«

»Ich habe es gleich gesagt! Mit solchen Dingen kann man Jossip nicht beikommen! Versprechungen und dergleichen ziehen nur bei zivilisierten Menschen – sie glauben das! Jossip ist ein Stück Wild – und Wild wittert immer die Gefahr!« Hauptmann Vrana lachte. »Das ist der Segen der Zivilisation – sie macht die Menschen zu gutgläubigen Trotteln und erstickt ihren Instinkt. Eine Zeitung schreibt was, ein Radio bellt etwas heraus, ein Staatsmann, ein Politiker, ein Redner, ein Philosoph sagt irgendetwas – und der gebildete Mensch glaubt es! Er zieht dem Wort nach wie einem Magnet ... der Fuchs aber zieht der Füchsin nur nach, wenn sie heiß ist – ich finde das natürlicher! Und Jossip ist ein Fuchs, für ihn sind Worte nur Schall. Er weiß, was ihn erwartet!«

»Ich habe ihm Straffreiheit zugesichert.«

Vrana hob beide Hände. »Zugesichert! Was ist eine Zusicherung? Er wird nicht von Staats wegen bestraft – aber wer kann verhindern, dass zweihundert Arbeiter Jossip aus Ihrem Zimmer herausreißen und einfach lynchen? Können Sie das verhindern?«

»Das ist doch Dummheit.« Osik schob die Teetasse fort. »Keiner hätte ihn gelyncht!«

»Wissen Sie das so genau?« Vrana lächelte hämisch.

Meerholdt fuhr herum. »Wenn Sie so reden, Herr Hauptmann, dann haben Sie hier Ihre Hand im Spiel. Dann haben Sie schon zweihundert Mann organisiert, welche die so genannte ›Volksmeinung‹ darstellen und einen legalisierten Mord begehen!«

»Mord? Mein bester Herr Meerholdt – Sie verkennen die Wut der Volksseele! Ich bin nur ihr Fürsprecher, weiter nichts.«

»Sie sind Soldat! Offizier!«

»Aber doch immerhin ein Kind dieses Volkes!«

Stanis Osik sprang auf. »Lassen Sie diese albernen Phrasen weg, Vrana! Sie haben einen Verrat geplant … fast kann man Jossip bewundern, dass er Sie so gut durchschaute und in seinem Fuchsbau blieb! Aber das Los meiner Tochter ist dadurch nicht gemildert worden, im Gegenteil – jetzt wird Jossip sie besonders scharf bewachen! Er weiß jetzt, dass wir nicht an ihren Tod glauben! Ein Toter ist eine reale Sache … er schweigt vor allem! Aber ein Entführter kann ausbrechen, er kann sich bemerkbar machen, er ist eine Gefahr! Glauben Sie, dass Elena zart behandelt wird? Ich nicht! Und darum ist Ihre Einstellung eine Gemeinheit!«

Er brüllte plötzlich. Hauptmann Vrana wurde blass.

»Ich verwahre mich dagegen! Ich bin Offizier!«

»Ein Dreckskerl sind Sie!«, schrie Osik. »Ein Misthund! Ein Scheißhaufen!«

»Herr Osik!« Vrana trat ein paar Schritte vor. »Ich werde das nach Belgrad melden! Ich werde um die Erlaubnis bitten, mich mit Ihnen duellieren zu dürfen!«

»Einen Scheißdreck dürfen Sie!« Osik hieb mit der Faust auf den Tisch. Die Teetasse sprang empor und klirrte zu Boden. Pietro Bonelli steckte den Kopf durch die Tür; als er sah, welche Luft im Zimmer herrschte, verzog er sich schnell. »Melden Sie es nach Belgrad! Ich werde auch etwas melden! Ich werde mit Marschall Tito selbst sprechen und vorschlagen, dass Ihnen eine ganze Kompanie in den Hintern tritt, ehe man Sie auf die Straße wirft!« Er schob Vrana, der etwas antworten wollte, mit einer Armbewegung zur Seite und trat an das Fenster. »Dort oben, in den Felsen, dort muss Jossip sein! Mein Gott – es sollte doch nicht so schwer sein, auf einem so kleinen Raum ein Versteck zu finden!«

»Die schwarzen Berge sind ein einziges Labyrinth.« Meerholdt beugte sich wieder über die Karte. »Sehen Sie bloß diese Luftaufnahmen an! Zerklüftet wie ein Mondgebirge! Wir brauchen Jahre, um einen Flecken von einem Quadratkilometer bis ins Einzelne zu untersuchen!«

Stanis Osik schnaufte. Er wischte sich mit seiner schwammigen Hand über die Augen. »Ich werde selbst mit Jossip reden!«

Vrana lächelte malizös. »Sie?«

»Ja. Ich. Ich werde allein mit einem Lautsprecher auf den Berg gehen und mit ihm reden! Und keiner folgt mir! Und wenn Sie, Vrana, eine Dummheit machen und Ihre Dreckskerle herumpostieren oder sogar selbst in die Nähe kommen, knalle ich Sie ab! Und ich werde es in Belgrad verantworten können!«

Hauptmann Vrana schwieg. Er kannte den langen Arm Osiks bei Marschall Tito, er wusste, dass Osik Recht bekam, wenn er wollte, er wusste, dass er nur ein Stück Dreck war, das in einer Hauptmannsuniform steckte und Befehle entgegennahm.

Ralf Meerholdt sah von der Karte auf.
»Darf ich Sie begleiten, Herr Osik?«
»Auch Sie nicht, Meerholdt! Keiner!«
»Jossip ist zu allem fähig. Er könnte Sie überwältigen.«
»Was hätte er davon?«
»Was hatte er davon, als er Elena entführte? Als er ihren Tod vortäuschte – wir wollen hoffen, dass er vorgetäuscht ist!«
»Das kann ich Ihnen sagen: Er wollte die Arbeit am Stauwerk stoppen! Er wollte Unruhe in die Leute bringen! Er wollte auf kalte Art sabotieren! Ist es ihm nicht gelungen?! Hatten Sie nicht einen Aufstand im Lager?! Stockte der Bau nicht fast zwei Wochen lang, bis auf die notwendigsten Arbeiten? Jetzt hat er sein Pulver verschossen – er weiß es! Sein Plan zieht nicht mehr – und er behält Elena nur zur eigenen Sicherheit. Sie soll ihn nicht verraten ... vor allem nicht seinen Schlupfwinkel! Kann man es ihm verübeln? Er misstraut allen!«
»Weil er selbst ein Schwein ist!« Vranas Stimme war heiser vor Wut.
»Weil er Sie kennt!« Osik wandte sich ab. »Heute Abend steige ich auf! Meerholdt, Sie fahren mir den Lautsprecher bis zum Waldrand und verschwinden dann. Und Ihre komischen Typen, Hauptmann Vrana, die Sie da oben zur Bewachung des Felsens und der dusseligen Quelle postiert haben, ziehen Sie zurück! Überhaupt das Bächlein ... Meerholdt, ich hätte nicht solch einen Wind darum gemacht! Die Bohrungen haben ergeben, dass sich unmöglich ein eingeschlossener See im Felsen befinden kann. Unmöglich! Überall nur Stein! Wer weiß, wo das Wässerlein herkommt ... ich ziehe auch die Bohrkolonnen heute noch zurück! Sie kosten nur ein Schweinegeld und nützen doch nichts! Ich kann sie für einen Tunnelbau bei Sjenica besser gebrauchen!«
»Wie Sie wollen, Herr Osik.« Ralf Meerholdt zuckte mit

den Schultern. »Ich könnte immer noch schwören, dass dieses Wasser nur ein Abfluss eines großen Sees ist! Trotz der misslungenen Bohrungen!«

»Schwören Sie nicht! Das klingt so bestimmt ... und dabei haben Sie nur eine Vermutung, die sich auf keinerlei Tatsachen stützt als auf ein dummes Gefühl! Wenn ich nach meinem Gefühl gegangen wäre, würde ich heute Besitzer eines Harems von 4000 Frauen sein, aber nicht einer Baufirma! Gefühle, die Geld kosten, sind Luxus!«

Ralf Meerholdt schwieg. Was sollte er auch dagegen sagen? Osik zu überzeugen von einer Sache, von der er von Beginn an nicht überzeugt war, schien aussichtslos. Er hatte das schon einmal erlebt, damals, in Zagreb, als er bei dem Bau einer Brücke behauptete, der Unterboden des einen Pfeilers sei Fließsand und werde in ein paar Jahren abrutschen und die Brücke auseinander reißen. Osik hatte gelacht und sich an die Stirn getippt! »Der Boden ist Fels, Meerholdt!« Die Brücke wurde gebaut ... und schon nach sechs Monaten rutschte der Pfeiler um zehn Zentimeter nach unten, und die Brücke stand schräg. Osik schrie damals und ließ sich dazu hinreißen, den Statiker, der die Berechnungen gemacht hatte, in den Hintern zu treten. Diese Art von Gefühlsausbruch ist in slawischen Ländern weit verbreitet, und man misst ihr nicht die hochbeleidigende Wirkung bei wie in unseren Gegenden. Er ist mehr der Ausdruck eines kräftigen Missfallens und eines Tadels, für den es noch keine Wortbezeichnung gibt als eben die Demonstrierung des Tritts. Damals hatte Meerholdt jedenfalls Recht behalten und stieg sehr im Ansehen Osiks.

War es heute anders? Osik verneinte den See ... Meerholdt spürte seine Anwesenheit fast körperlich. Aber er schwieg ... man soll nie zu viel sagen, auch, wenn es wahr ist, dachte er. Es gab ein chinesisches Sprichwort, das er nie vergessen hatte: Ein Esel schreit, ein Kamel brüllt ... aber der Tiger ist lautlos, wenn er seine Beute sieht ...

Stanis Osik stand noch immer am Fenster und schaute hinauf in den Bergwald und auf den großen Felsen. Seitdem es für ihn gewiss war, dass Elena noch lebte, hatte sich seine Lethargie in eine Betriebsamkeit verwandelt, die der Arzt verbrecherisch gegenüber dem kranken Herzen nannte. Es gab auf einmal nichts mehr, was Osik nicht in die Hand nahm … die Befreiung Elenas war nur eines der Dinge, um die er sich kümmerte. Er war auf den Bauten, er inspizierte die Lager, er kontrollierte die Materialnachschübe, er verglich die Arbeitsblätter der Kolonnen mit der Abrechnung, er sah sogar in Bonellis Kantine und Küche hinein und erlebte hier einen kleinen Schock.

Bonelli, kein Angestellter Osiks, sondern ein Kantinenpächter auf eigene Rechnung, betrachtete den schnüffelnden Osik mit schiefem Kopf. Er wurde unruhig, als Osik eine Flasche Slibowitz aus der Kühltheke nahm und sich ein großes Glas einschüttete.

Osik trank es in einem Zug leer, stutzte, nahm die Flasche wieder aus dem Kühlloch der Theke, las die Aufschrift, schüttelte den Kopf, goss sich noch ein Glas ein und trank es. Dann stellte er die Flasche mit einem Krach auf den Tisch.

»Was ist das?«, fragte er laut.

Bonelli schwitzte und kam langsam näher.

»Slibowitz.«

»Das hier?« Osik zeigte auf die Flasche.

»Ja. Es steht ja drauf!«

»Was draufsteht, braucht noch lange nicht das zu sein, was drin ist!«

Osik schnaufte wieder. »Und Slibowitz ist nicht drin!«

»Sie müssen's ja wissen.« Bonelli grinste frech. »Ich habe es als Slibowitz in Sarajewo selbst eingekauft.«

»Wo?«, wollte Osik wissen. Bonelli zuckte mit Armen, Schultern und Beinen.

»Den Laden kenne ich nicht mehr! Ich bin ja fremd in Sarajewo. Es war ein kleiner Laden …«

»Dann fahren wir zusammen nach Sarajewo, und du zeigst mir den Verbrecher! Das ist Wasser mit Alkoholgeschmack ...« Osik goss sich noch einmal ein Glas voll und kippte es hinunter. Er schüttelte sich. »Bei allen Ikonen – das ist eine Sauerei! Und du verkaufst es den Arbeitern als echten Slibowitz?!«

»Es steht ja auf der Flasche«, beharrte Bonelli eisern.

Er grinste frech, aber es war ihm nicht wohl in seiner Haut. Kommandieren konnte ihn Osik nicht ... dazu war er sein freier Mann. Aber er konnte den Arbeitern sagen: Trinkt keinen Tropfen mehr bei Bonelli! Der Kerl betrügt euch! Wen ich ab heute bei Bonelli sehe, dem kündige ich! Und dann war Bonellis Kantine nur noch einen Haufen Dreck wert, und er konnte Zabari auf dem schnellsten Wege verlassen, ehe man ihm beide Augen auf einmal blau schlug. Es war eine sehr dumme Situation für Bonelli.

Stanis Osik setzte sich vor die Theke.

»Was hast du außer Slibowitz?«, fragte er.

»Tiroler Wein ...«, stotterte Bonelli.

»Weiter!«

»Anisette ... Pfefferminz ... einen Anis ... Cinzano ... Aperitif ... Kognak ...« Bonelli schwitzte ehrlich und wischte sich mit dem Ärmel über die Stirn. »Und so weiter ...«

»Und alles ist so ein Mist wie dein Slibowitz?« Osik trommelte mit den dicken Fingern auf die Tischplatte. »Gib mir einen Kognak ...«

Bonelli seufzte. Er griff unter die Theke und goss seinen geliebten Napoléon ein ... den Privatkognak, der rein war wie kein anderer. Diesen brachte er Osik.

Stanis roch am Glas ... er sah Bonelli an ... er roch noch einmal und trank dann den Kognak mit kleinen, genießerischen Zügen.

»Hm!«, machte er. »Woher, du alter Gauner?«

»Direkt aus Frankreich!«

»Und was kostet ein Glas?«

Bonelli sah an die Decke. »Herr Osik – gibt es einen hier in Zabari, der einen solchen Tropfen zu würdigen weiß? Nur drei, Herr Osik! Sie, Herr Meerholdt und ich! Darum ist der Kognak unverkäuflich!«

»Und was kriegen meine Arbeiter?«

»Eine Spezialmarke! Wollen Sie sie probieren?«

»Der Himmel bewahre mich davor! Ich habe von deinem Spezial-Slibowitz genug!« Osik sah Bonelli aus seinen kleinen Augen an. »Wie viel Prozent Wasser setzt du zu?«

Bonelli kaute an der Oberlippe. »Ich verstehe nicht …«

»Wie viel Wasser?«, brüllte Osik.

»Auf sechs Flaschen eine ganze Flasche!«

Stanis Osik hieb sich auf die Schenkel. »Du Erzgauner! Du Höllenhund!«

Bonelli hob wieder die Hände. »Ich tue es nur aus gesundheitlichen Rücksichten. Alkohol in starkem Maße erregt die Sinne! Alkohol macht süchtig … Alkohol hebt den Drang nach den Frauen …«

»Halt's Maul«, sagte Osik grob.

»Und wir haben keine Frauen hier! Wir leben wie auf einer Insel. Darum dachte ich: Mische ein wenig Wasser in den scharfen Schnaps … das tut den Armen gut! Wasser schadet nicht, Wasser beruhigt. Ich habe es aus Menschenfreundlichkeit getan … aus purer Nächstenliebe! Ich habe mit ihnen gefühlt und kenne ihre Nöte! Glauben Sie mir …«

Stanis Osik erhob sich. Er betrachtete Bonelli wie ein ausgestelltes Gemälde. »So etwas wie dich müsste man in Spiritus legen und für alle Zeiten aufheben!«, sagte er. »Eine solche Ansammlung von Frechheit und Schlauheit haut einen glatt um!« Er fasste Bonelli an den Rockaufschlägen und zog ihn zu sich heran. »Ab morgen bekomme ich täglich eine Flasche Napoléon, verstanden?!«

»Sehr gut, Herr Osik!«

»Und deine Spezialmischungen behältst du bei!«

»Jawohl, Herr Osik!«, schrie Bonelli. Er strahlte.

»Aber –« Osik hob die Hand. »Du verkaufst sie ab heute zum halben Preis …«

Bonelli warf die Flasche Slibowitz gegen die Wand, als Osik die Kantine verlassen hatte, und fluchte wie ein piemontesischer Eseltreiber. Dann kletterte er auf einen Stuhl und änderte auf der Preistafel, die über der Theke hing, die Preise um. Und jedes Mal, wenn er einen alten Preis durchstrich und einen neuen dahinter setzte, seufzte er tief auf und bestätigte sich immer wieder, dass er ein schweres Schicksal habe.

Der Zustand Rosas besserte sich zusehends. Der Bluterguss war zurückgegangen, die Rippen schmerzten nicht mehr … der Arzt hielt es nicht für nötig, sie nach Sarajewo zu bringen und zu röntgen. »Wir haben es schlimmer gesehen, als es ist«, sagte er zu Meerholdt nach der letzten Untersuchung. »Es ist das alte Lied … Katzen sind zäh!« Dabei lächelte er zufrieden und zwinkerte Meerholdt zu. »In zwei Tagen darf sie sogar aufstehen … die frische Bergluft wird ihr gut tun und sie kräftigen. Nur –«, der Arzt hob den Zeigefinger wie ein Lehrer – »keine Aufregungen! Auch nicht –«, er hüstelte – »in der Liebe! Schonung, mein Bester. Vollkommene Schonung. Das muss man den Männern sagen, sonst vergessen sie, dass sie in erster Linie Beschützer und dann erst Liebhaber sein sollen! Ihre Seele ist kränker als ihr Körper … ihre Nerven haben einen Stoß bekommen, und nun schwingen sie noch nach. Erst, wenn sie ganz zur Ruhe gekommen sind, können Sie mit Rosa wieder Turteltäubchen spielen!«

Meerholdt fand die Ausdrucksweise des Arztes ein wenig zu krass, aber er lächelte und gab ihm die Hand.

»Ehrenwort, Sie Pillendreher – ich werde Rosa wie ein rohes Ei behandeln.«

»So wieder auch nicht! Gerade Liebe heilt die Nerven vorzüglich. Ein Küsschen, ein bisschen Streicheln, Schmusen – wie man so sagt –, das hilft ungemein! Gerade bei Frauen!«

Meerholdt nickte. »Auch das werde ich tun, Doktor. Darf ich ihr wenigstens sagen, dass ich sie heiraten will?«

»Selbst damit würde ich warten, Herr Meerholdt. Gerade diese Aussicht würde in ihr einen Sturm entfachen. Und alles, was stürmt, alles, was sie erregt – ob es das Schlechte oder das Schöne ist –, wollen wir vermeiden.« Der Arzt rollte seinen weißen Mantel zusammen und steckte ihn in die Aktentasche. »Ich würde vorschlagen, ein paar Wochen abzuwarten und dann mit Rosa an das Meer zu fahren. Nach Dubrovnik oder Split oder auf die Insel Hvar. Dort hat sie die kräftige, salzige Meerluft und wird völlig gesunden. Und dort – eigentlich sehr romantisch, Herr Meerholdt – unter Palmen, am weißen Strand und blauen Meer, können Sie ihr sagen, was Sie vorhaben.«

»In ein paar Wochen ...« Ralf Meerholdt sah zu Boden. »Wer weiß, was in wenigen Tagen ist ... was morgen ist! Ich habe ein ganz dummes Gefühl, Doktor! Ich habe das immer gehabt, wenn etwas in der Luft lag. Damals, im Krieg, träumte ich im Bunker – es war bei Orel –, dass ich eine Puppe sei und man meinen linken Arm abschraubt. Ein verrückter Traum. Drei Tage später wurde ich verwundet, als wir eine russische Stellung stürmten ... am linken Arm! Auch jetzt habe ich eine Unruhe in mir ... ich ahne eine Gefahr, ohne sagen zu können, was es ist und woher sie kommt!«

Der Arzt nickte. »Sie sind überreizt, Herr Meerholdt. Die letzten Wochen und Tage waren auch für Sie eine Nervenprobe! Das geht nicht spurlos vorbei. Man steigert sich dann in eine Psychose hinein und glaubt am Ende selbst daran. Auch Sie sollten so bald als möglich Urlaub machen ... an das Meer mit Rosa, wie ich schon sagte. Sie haben es beide nötig!«

Meerholdt nickte und lächelte schwach. »Wie schön ist es, Arzt zu sein! Man hat dann für alles eine medizinische Erklärung und eine Therapie bei der Hand. Psychose … Nervenknacks … neurovegetative Störungen … Therapie: viel Ruhe, keine Aufregung, gutes Essen, viel Gehirnnahrung … Medikamente mit Glutamin … Nein, nein, Doktor – so einfach ist das nicht in Zabari! Hier geht es um eine Naturauseinandersetzung, die man medizinisch nicht angehen kann. Vielleicht philosophisch … aber das wäre ein Gebiet, das jenseits aller Realität liegt! Hier aber ist Realität! Wenn Sie sich umblicken, Doktor, dann sehen Sie es plötzlich, vorausgesetzt, dass Sie einen Blick für diese Dinge haben: Die Felsen, der Wald, das Tal, die Schluchten, die Bäche, die Menschen, die Tiere, die Erde und der Himmel … alles, was Sie hier sehen, ist gegen uns feindlich eingestellt! Wir sind in eine jahrtausendealte Ordnung eingebrochen und wollen sie in zwei Jahren umstellen nach einem nüchternen Bauplan, der hier in meinem Gehirn entstanden ist. Im Gehirn eines einzigen Menschen! Wir werfen alles um, was Jahrtausende bestanden hat … wir lenken die Bäche neu, wir sprengen in die Felsen Straßen, wir leiten Wasser in unfruchtbare Gebiete, wir schaffen künstliche Seen und zwängen das Wasser ein, um mit seiner Kraft Strom zu erzeugen … Strom, der Werke speist, Licht gibt und Energie entlädt, die diese ganze Landschaft neu bildet und formt! Landschaft und Mensch! Wir nennen es in den Konstruktionsbüros ein ›Projekt‹ – es ist in Wahrheit ein unerbittlicher Kampf gegen die Natur.« Meerholdt atmete tief auf. »Und in diesem Kampf – das spüre ich – steht eine Wende bevor! Ich spüre es förmlich körperlich, Doktor.«

»Sprechen Sie mal mit Osik darüber«, sagte der Arzt beeindruckt.

»Osik!« Meerholdt winkte ab. »Ich habe es versucht. Er nennt es Hirngespinste! Er ist ein Rechner – aber er hat kein Gefühl für die Dinge, die ihn umgeben. Es heißt, jeder

Mensch ist ein Sender und Empfänger … er hat ein Strahlungsfeld, das ihn umgibt.« Meerholdt lachte gequält. »Um es banal zu sagen: Bisher habe ich gesendet … meinen Willen ausgesendet … jetzt empfange ich plötzlich, und es ist eine starke Strahlung, von der ich nur nicht weiß, woher sie kommt!«

Der Arzt sah Meerholdt eine Weile schweigend an. Dann gab er ihm die Hand. »Nehmen Sie es mir nicht übel, Herr Meerholdt, aber als Mediziner muss ich Ihnen sagen, dass dies Auswirkungen eines überbelasteten und nicht zur Ruhe gekommenen Nervensystems sind. Spannen Sie aus, erholen Sie sich … ich garantiere, dass Ihnen dann diese ›Gefahrstrahlen‹, um einmal im spiritistischen Jargon zu sprechen, nicht mehr zu nahe kommen.«

Nachdenklich sah Meerholdt auf die Tür, die sich hinter dem Arzt schloss. Ausspannen … am Meer liegen und den weißen, pulverfeinen Sand durch die Finger rinnen lassen … das Rauschen des Meeres um sich und das Fächeln der niedrigen Palmen im warmen Wind, der herüberkommt von der Küste Afrikas … der Wind der weiten Sahara.

Meerholdt schüttelte den Kopf. Unmöglich, das Werk zu verlassen! Noch ein Jahr – vielleicht noch ein halbes dazu … dann stand der Damm, dann donnerten die Turbinen, dann surrte der Strom von Zabari über das Land der schwarzen Berge. Vielleicht war dann etwas Zeit, sich auszuruhen und das Leben für ein paar Wochen zu genießen … ein paar Wochen nur, bis zur nächsten Einsamkeit, zum nächsten Bau. Dann würde Rosa seine Frau sein, er würde ein gemütliches Heim haben, und er würde wissen, wozu er sich in die Arbeit stürzte und für wen er das Geld auf der Bank von Belgrad deponierte.

Rosa … ein Haus … Kinder … ein Garten, in dem sie spielen konnten, ein Planschbecken … Er würde Rosen pflanzen und sich ein Gewächshaus anlegen … viel Rasen sollte um das Haus sein … viel Wiese, auf der man tollen konnte mit den Kindern …

Meerholdt lächelte verträumt. Wie weit das noch alles lag, wie phantastisch …

Er öffnete die Tür von Rosas Zimmer und ging hinein.

Die Einzelaktion Stanis Osiks in der Nacht war nur ein halber Erfolg. Immerhin – sie war ein Erfolg!

Osik hatte mit Jossip gesprochen!

Als Meerholdt das Mikrofon, die Kabel, den Verstärker und den Lautsprecher am Waldrand aufgebaut hatte und Osik verließ, wartete Stanis noch eine halbe Stunde, ehe er zu sprechen begann. Er hatte eine geladene Pistole neben sich liegen und beobachtete seine Umgebung mit einem starken Nachtglas.

Nichts rührte sich. Die vollkommene Stille umgab ihn. Nur der Mond zauberte Schatten und Lichtbündel zwischen die Bäume und verstärkte den Eindruck, dass die Berge Montenegros wirklich schwarz sind.

Stanis Osik zitterte ein wenig. Die Aufregung war stärker, als er sich eingestand. Er atmete hastig, ehe er das Mikrofon einschaltete und sich räusperte.

»Jossip!«, sagte er. Seine Stimme hallte durch den Lautsprecher weit in die Berge hinein. Stanis Osik lauschte ihr und dem Echo, das zweifach zurückgeworfen wurde, »Jossip Petaki … hier spricht Stanis Osik! Der Vater Elenas. Ich bin allein, ganz allein am Rande des Waldes! Ich gebe dir mein Wort, dass ich allein bin und dass keiner im Umkreis von 500 Metern bei mir ist. Ich möchte dich sprechen, Jossip – ohne Hinterlist, ohne dass dir etwas geschieht!«

Jossip lag wieder am Bach und kühlte seine Kniewunden, als er die Stimme Osiks hörte. Er zuckte auf, ergriff seine Axt und kroch dem Felswege zu, der den Wald von dem Berg trennte. Dort lag er zwischen den Steinen und lauschte. Er sah Osik am Waldrand sitzen, allein, vor sich den Lautsprecher, das Mikrofon in der Hand.

Jossip wartete.

In der Hütte erreichte die Stimme Osiks Elena, die am Herd stand und kochte. Sie zuckte zusammen, als sie die Worte hörte, und ließ den Topf fallen, den sie in der Hand hielt.

»Vater ...«, stammelte sie. »Vater ...« Dann schrie sie auf, stürzte auf die Tür zu, rüttelte an ihr und schrie, schrie ... »Vater! Hilf mir! Vater!! Hilfe!! Hilfe!!« Sie schlug mit beiden Fäusten gegen den Balken, sie trat dagegen, sie rannte in sinnloser Verzweiflung mit der Schulter gegen die dicken Bohlen, bis der ganze Körper schmerzte und sie wimmernd an der Tür auf die Knie fiel. »Mein Gott!«, stammelte sie. »Hilf mir doch! Mein Vater ist hier ... mein Vater!«

Jossip lag auf der Erde und lauschte.

Stanis Osik sprach weiter. »Ich habe dir gestern 100 000 Dinare geboten, wenn du Elena freigibst. Du sollst sie auch heute noch haben. Du brauchst sie nicht selbst zu bringen ... lass sie frei laufen, und sie wird nicht verraten, wo dein Versteck ist! Die 100 000 Dinare lege ich dir hier an den Waldrand hin ... du kannst sie nehmen und wegziehen und ein schönes Leben führen. Niemand wird dich suchen. Hörst du mich, Jossip?«

Jossip kniff die Augen zusammen. Er richtete sich hinter einem dicken Stein auf und lehnte sich dagegen. Stanis Osik hielt den Atem an ... er starrte in die Dunkelheit und die hellen Flecken, die der Mondschein auf den Boden zauberte. Sein Herz schlug wie eine Trommel ... er presste die Hand auf die Brust und ächzte.

Plötzlich fuhr er empor ... er umklammerte das Mikrofon und stieß mit dem Kopf nach vorn.

Eine Stimme ... eine Stimme aus den Felsen ... dünn, wie weit weg ... aber vernehmbar und deutlich.

»Ich brauche dein Geld nicht, Osik! Ich habe Elena nicht mitgenommen, um Geld zu bekommen!«

Osik spürte, wie kalter Schweiß über seinen Körper rann. Er stöhnte leise. »Aber sie lebt?«, fragte er durch das Mikrofon.

»Sie lebt, und es geht ihr gut.«

»Das ist schön, Jossip.« Stanis Osik traten die Tränen in die Augen. »Warum gibst du sie nicht heraus?«

»Ich habe meine Gründe, Osik. Ich hasse dich nicht ... ich hasse auch Elena nicht, obgleich sie Rosa schlug. Meine Rosa, Osik! Ich hätte sie töten müssen dieser Schläge wegen ...«

»Sie tat es aus Eifersucht, Jossip. Verstehst du das nicht? Gerade du nicht?«

Jossip schwieg. Er lehnte hinter seinem großen Stein und wischte sich über die Stirn. Gerade du ... sagte er. Gerade du ... Eifersucht ... sie macht wahnsinnig, sie macht toll, sie lässt den Menschen zum Mörder werden ... Jossip nickte.

»Geh weg aus Zabari, Osik«, rief er zurück. »Geh sofort weg! Es wird Schreckliches geschehen ... darum geh, Osik!«

»Nicht ohne Elena.«

»Ich verspreche dir, sie dir wiederzubringen! Sie und du und ich ... wir werden die Einzigen sein, die Zabari wiedersehen. Ich muss sie hier behalten, um ihr Leben zu retten ... geht sie mit dir nach Zabari, wird auch sie getötet werden ... Ich bringe dir Elena gesund nach Sarajewo! Warte dort auf mich!«

Stanis Osik erhob sich und wollte der Stimme entgegenkommen. Jossip sah es und schrie: »Bleib stehen, oder ich muss mich wehren!«

Osik blieb stehen, das Mikrofon in der Hand.

»Lass uns vernünftig sprechen, Jossip! Brauchst du etwas?«

»Verbandstoff und Mittel gegen Fieber und Wundbrand.«

Osik hob beide Hände. »Sei kein Idiot, Jossip! Das kannst

du nicht selber heilen! Wenn du verwundet bist, musst du zu einem Arzt!«

»In Zabari hängen sie mich auf! Lieber sterbe ich in meinen Bergen wie ein Stück Wild.«

»Ich werde dir die Sachen bringen.« Osik ging zurück zu seinem Klappstuhl und setzte sich. »Ich lege dir alles auf den Weg dort. Noch etwas?«

»Ja.« Jossips Augen leuchteten. Verbände, dachte er. Fiebermittel, Kühlung des Wundbrandes! Ich bin gerettet ... ich habe mein Leben wieder ... Eine tiefe, fast hündische Dankbarkeit Osik gegenüber stieg in ihm empor. »Verlass sofort Zabari, Stanis. Ich bitte dich darum. Hörst du ... ich bitte dich! Ich schwöre dir bei Gott, dass Elena nichts geschieht!«

»Dann lass sie frei!«

»Sie würde mich verraten!«

»Nein. Wir werden morgen früh abreisen, wenn du Elena freigibst.«

Jossip schwieg. Er zögerte. Osik zitterte, wie ein Schüttelfrost überkam es ihn. Jetzt entscheidet er sich ... jetzt wird er antworten ... Osik drückte die Hand gegen das Herz. Er glaubte zu ersticken.

Jossip schüttelte langsam den Kopf.

»Es geht nicht, Stanis. Ich habe Angst vor der Schwäche der Menschen.«

Stanis Osik hörte, wie Steine zu Tal rollten, wie in der Ferne ein Schritt durch die stille Nacht knirschte. Jossip ging. »Bleib!«, schrie Osik grell. »Führ mich zu Elena ... lass sie mich sehen ... nur einmal sehen ... einmal sprechen! Ich verrate dich nicht ...«

Seine Stimme verlor sich in den Bergen ... das Echo warf seine Stimme zurück ... sie überschlug sich ein paarmal.

Er lauschte. Die vollkommene Stille war wieder um ihn. Der Mond wanderte ... die hellen Flecken auf dem Boden verschoben sich.

Jossip schwieg.

Da klappte Osik weinend seinen Stuhl zusammen und stieg hinunter ins Tal.

Dort, wo die Lichtung begann, wo die Holzfällerkommandos der Bautrupps das Bauholz schlugen, erwarteten ihn Meerholdt, der Arzt und Hauptmann Vrana.

Vrana rannte unruhig hin und her. Er stürzte auf Osik zu, als er aus der Dunkelheit des Waldes hervortrat, und fuchtelte mit beiden Armen durch die Luft.

»Haben Sie ihn erreicht?«

Osik nickte. »Ich habe ihn gesprochen.«

»Was?« Ralf Meerholdt fuhr sich mit dem Finger in den Kragen, als sei er plötzlich zu eng geworden. »Sie haben ihn gesprochen?«

»Ja.«

»Und Elena?«

»Sie lebt ...«

»Sie lebt!« Hauptmann Vrana tobte. »Und Sie sind noch immer dafür, dass man diesen Kerl leben lässt und nicht ausräuchert?!«

»Ja. Er hat versprochen, Elena gesund zurückzubringen, wenn –«, er stockte und sah die drei groß und mit entsetzten Augen an – »wenn Sie und alle hier, alle in Zabari getötet sind!«

Hauptmann Vrana biss sich auf die Lippen. »Er ist verrückt geworden.«

Osik wandte sich an den Arzt. Er sah ihm ins bleiche Gesicht und zuckte mit den Schultern. »Ich weiß nicht, was er vorhat! Aber es muss Irrsinn sein, denn solch ein Plan ist undurchführbar. Aber ich brauche Medikamente, Doktor ... ich brauche einige Binden, Schmerztabletten, Penicillinsalben, Wunddesinfektionsmittel ...«

»Und Zyankali!«, sagte Vrana giftig.

»Ich habe Jossip versprochen, es ihm hinaufzuschicken.«

Vrana schlug sich an die Stirn. »Versprochen! Einem Verbrecher versprochen! Krepieren soll er wie ein toller Hund! Doktor, wenn Sie die Mittel herausgeben, legen Sie ein paar Pillen Gift bei! Schreiben Sie drauf: zum Schlafen! Es ist keine Lüge … er wird danach schlafen!«

Stanis Osik sah Meerholdt Hilfe suchend an. Die Unterredung mit Jossip hatte in ihm allen Widerstand gebrochen.

»Sorgen Sie dafür, Meerholdt, dass die Dinge an den Waldrand kommen, heute Nacht noch! Er soll sehen, dass ich mein Wort halte. Dann wird er auch seines halten.«

»Die Spekulation auf die Verbrecherehre!« Hauptmann Vrana lachte höhnisch.

»Sie werden es hinauftragen, Meerholdt?« Osik beachtete Vrana nicht.

»Ja.« Meerholdt zögerte, aber dann sagte er es doch. »Ich hätte auch noch eine Bitte, Herr Osik.«

»Ja – und?«

»Lassen Sie ab morgen wieder den Felsen bewachen … ich ahne, was Jossip vorhat!«

»Wie Sie wollen – mir ist alles gleichgültig! Elena lebt … das ist mir mehr wert als hundert Staatsbauten.« –

Als Jossip in seine verborgene Hütte zurückkam, unter dem Arm ein Paket mit Verbandszeug und Medikamenten, fand er Elena ohnmächtig an der Tür liegen. Sie hielt ein kleines Beil in der Hand, mit dem sie versucht hatte, die Tür aufzuschlagen. Er schüttelte den Kopf, nahm den schmalen Körper wie ein Kind auf die Arme und trug sie zurück zu dem Strohlager. Dann wickelte er das Paket aus, schluckte zwei Schmerztabletten und wusch seine Kniewunden und die Schulter mit Watte und einer Desinfektionslösung aus. Darauf legte er die Verbände an, nachdem er Penicillinpuder in die Wunden gestreut hatte. Die Knie verband er gut … aber bei der großen Schulterwunde stöhnte er oft und hielt die Verbandrolle mit den Zähnen fest, um die Mullstreifen fest um den Körper ziehen zu können.

Zwei Tage später durfte Rosa zum ersten Mal aufstehen. Am Arm Meerholdts ging sie in die Sonne und wanderte ganz langsam über die Dorfstraße zu ihrem Haus. Fedor und Marina kamen ihr entgegen … der Alte küsste sie auf die Stirn, und Marina weinte vor Freude und machte vor Meerholdt einen tiefen Knicks.

»Nur eine halbe Stunde«, hatte der Arzt gesagt. Meerholdt hielt sich streng daran und führte Rosa nach Ablauf der Zeit wieder zurück. Er schob ihr einen Sessel in die Sonne am Fenster, umwickelte ihre Beine mit einer Decke und setzte sich zu ihr. Bonelli und Katja brachten Früchte und Obstsaft und erzählten, dass sie bald heiraten wollten. Sobald die Mauer stand und ein großer Teil der Arbeiter wegzog, wollte auch Pietro Bonelli zurück nach Italien und Katja mitnehmen. Die Kolonnen, die später das Turbinenhaus ausbauten, kamen mit einer kleinen Kantine aus, deren Führung unter der Würde Bonellis war.

»Ich habe schon einmal Könige bedient!«, renommierte er. »In Griechenland habe ich die Majestäten bewirtet, als wir einen Kanal bauten. Kinder – diesen Tag vergesse ich nie. ›Bonelli‹, sagte die Königin Friederike zu mir, ›Bonelli, Ihr Steak ist ein Gedicht!‹ – ›Majestät‹, habe ich da geantwortet, ›das ist nur der Prolog … wenn Sie den kommenden Braten probieren, wird es wie eine Hymne sein!‹«

Katja war stolz auf ihren Pietro und himmelte ihn an. Josef Lukacz hatte sie seit dem letzten blauen Auge Bonellis nur einmal wieder gesprochen. Sie war am nächsten Morgen zum Materiallager gegangen, hatte sich Lukacz vor die Tür holen lassen, und dort, vor allen Leuten, vor den sich biegenden Arbeitern, hatte sie sich auf die Zehenspitzen gestellt und Josef vier kräftige Ohrfeigen gegeben. Lukacz ließ es mit sich geschehen ... wie ein geprügelter Hund schlich er in die Materialhalle zurück und fuhr am Mittag mit dem nächsten Wagen nach Plewlja. Er kam von da ab nicht wieder, sondern fuhr die Kolonne zwischen Plewlja und Niksic.

Rosa saß in der Sonne und war glücklich. Sie hielt die Hand Ralfs fest und hatte den Kopf an seine Schulter gelehnt. Ihre langen Haare hingen über die Sessellehne bis fast auf den Boden.

»Bald ist es Sommer«, sagte sie. »Nun bist du schon ein Jahr bei uns. Ein ganzes Jahr ... Es ist so schnell vergangen.«

Er legte den Arm um ihre Schulter und drückte sie an sich. »Weißt du noch, wie ich zum ersten Mal nach Zabari kam? Mit dem zerbrochenen Wagen, den sie später abschleppten und reparierten?«

»Du kamst damals in das Zimmer und hast mich nicht gesehen«, sagte sie. Sie lächelte vor sich hin. »Ich stand am Herd, und du warst so müde. Oh, ich weiß es noch ganz genau. Du hattest keinen Hut und keine Mütze auf ... deine blonden Haare leuchteten im Schein des Feuers. Und am anderen Morgen hast du dich draußen am Brunnen gewaschen ... und wieder leuchteten deine Haare wie Gold in der Sonne. Schon damals habe ich dich geliebt ...«

Sie drehte den Kopf zu ihm und strich mit den Fingerspitzen zärtlich über seine Augen.

»Sag ... wann hast du gemerkt, dass du mich liebst?«

Ralf zögerte. Wann war das?, fragte er sich. Als er das zweite Mal nach Zabari kam, dachte er, mit dem Willen, Elena zu lieben, bis er Rosa am Wege stehen sah, mit dem großen Strauß Blumen am Arm, hinter dem sie ihr Gesicht verbarg. Damals küsste er sie ... doch wusste er damals schon, dass er sie so lieben würde, wie es heute selbstverständlich war?

»Ich weiß es nicht«, sagte er ehrlich. »Es war plötzlich da ... Ich spürte, dass deine Nähe mich glücklich machte, dass deine Stimme, deine Augen, deine Haare, dein Körper, dass alles an dir und aus dir mir fehlte, wenn ich es einen Tag entbehren musste. Vielleicht war es da, Rosa.«

Sie nickte. »Wie lange bleibst du?«, fragte sie leise. Er sah erstaunt auf.

»Warum fragst du? Bestimmt noch ein Jahr ...«

»Ein Jahr noch ...« Sie schloss die Augen. »Ich will dieses Jahr erleben wie keines vor ihm. Es wird das letzte glückliche Jahr sein ...«

Er schüttelte den Kopf und drückte sie wieder an sich. »Es werden viele Jahre kommen, Rosa. Viele, viele Jahre des Glücks. Wir werden heiraten ...«

Da weinte sie vor Freude wie ein Kind ...

6

Einen Tag später – am frühen Morgen – entdeckte der Vorarbeiter und Schichtführer Drago Sopje einen Einbruch.

Die Hinterwand des Magazins war aufgesägt worden, ein paar Bretter waren gelöst, und der Dieb war in das Lager eingestiegen. Keiner hatte ihn gesehen, niemand hatte etwas gehört ... der Einbruch musste in den frühen Morgenstunden geschehen sein, als die Nachtschicht noch draußen arbeitete und die Frühschicht noch selig schlief.

Ralf Meerholdt und Stanis Osik besichtigten die Einbruchstelle und das Magazin.

»Es ist nichts gestohlen worden«, sagte Drago achselzuckend. »Die wertvollsten Sachen sind noch da. Nur drei dumme Sprengladungen fehlen und zweihundert Meter Zündschnur.«

»Was?!«, schrie Meerholdt. »Zündschnur und Sprengladungen?!« Sein Gesicht war vor Entsetzen verzerrt, verständnislos sah ihn Osik an.

»Da will einer ein Feuerwerk machen ...«, sagte er. Weiter kam er nicht, denn Meerholdt rannte aus dem Magazin und stürzte in die Konstruktionsbaracke.

Sekunden später heulten die Alarmsirenen über Zabari. Aber nicht nur sie ... auch die Katastrophenhörner gellten durch das Land, auf- und abschwellend, die Luft mit schauerlichem Geheul erfüllend.

Räumung der Bauten!, hieß das. Sofortige Arbeitsniederlegung. Räumung des Dorfes ... des Tales ... alle Menschen weg aus Zabari ...

Stanis Osik kam in das Zimmer. Er schwitzte und war ebenfalls bleich geworden.

»Sind Sie wahnsinnig geworden, Meerholdt?!«, schrie er. »Was soll der Unsinn?! Die Bauten werden ja geräumt!«

Von draußen hörte man das Trappeln von Füßen ... die Arbeiter liefen zu ihren Baracken und rissen das Wertvollste aus den Spinden. Der Katastrophentrupp versammelte sich auf dem Lagerplatz ... im Dorf wurde das Vieh aus den Ställen auf die Dorfstraße getrieben.

»Retten Sie alles, was Sie können, Osik!«, schrie Meerholdt den Direktor an. »Organisieren Sie den Abzug der Bauern! Lassen Sie sofort das Zeltlager der Soldaten räumen ... sie sollen den Abtransport des Viehs und der Bevölkerung leiten! Alle Arbeiter sofort auf die umgrenzenden Höhen! In spätestens einer Stunde darf kein Mensch, kein Tier mehr im Tal von Zabari sein!«

Osik fuhr sich mit beiden Händen an den Kopf. »Sie sind irr, Meerholdt!«, brüllte er. »Was soll das?!«

»Retten Sie Ihr Leben! Ich habe keine Zeit zum Reden!«

Er stieß Osik zur Seite und rannte hinaus. Im Laufen nahm er seinen Revolver aus der Tasche, entsicherte ihn und keuchte den Berg hinauf, dem Wald entgegen.

Bauern kamen ihm entgegen, schnatternd … eine Schafherde wurde in die Berge getrieben … vierhundert Arbeiter auf Lastwagen fuhren bereits in die Felsenstraße hinein, während Vrana mit seiner Truppe den Ordnungsdienst aufrecht hielt. Keiner fragte mehr … noch immer gellten die Sirenen … es war, als habe sich ein Schrei gelöst, der in tausend Kehlen schlief …

Bonelli rannte jammernd herum und verlud Schnaps und Esswaren auf ein kleines Auto. Katja schleppte Kisten herbei und stapelte die Waren auf dem Wagen.

»Was ist los?«, schrie Bonelli. »Was soll das denn?! Wer weiß denn, was los ist?«

Keiner wusste es … aber alle liefen aus dem Tal … ein schwarzer Strom von Menschen drängte zu der einzigen Straße hin und wälzte sich in die Berge hinein. Menschen, Tiere und Maschinen. Der Katastrophentrupp besetzte die Staumauer und die fertige Brücke … Hauptmann Vrana suchte Meerholdt, um Auskunft zu bekommen. Stanis Osik stand auf einem Lastwagen und dirigierte den Strom der Flüchtenden.

»Was ist denn los?«, schrie Vrana. Osik zuckte mit den Schultern. Die Sirenen verstummten … das Schreien der Bauern, die ihre Herden antrieben, erfüllte das Tal, durchsetzt von dem Geheul der Motoren und Autos.

Meerholdt hatte unterdessen den Waldrand erreicht. Außer Atem lehnte er sich schweißüberströmt gegen einen Baum und wischte sich über die Augen. Unten im Tal war die Hölle los – hunderte von Rindern drängten zur Straße hin … die Schafe rannten wirr durcheinander, Bauern brüllten, die schweren Traktoren und Raupenschlepper fuhren rücksichtslos in die Tiere hinein.

Meerholdt sah sich um, ehe er weiterrannte, dem Felsen zu, der dunkel, steil aufgerichtet in den blauen Himmel stieß.

Plötzlich blieb er stehen. Vor Grauen weiteten sich seine Augen.

An der Steilwand des Felsens hing ein Mensch!

Allein, winzig, klebte er auf halber Höhe an der senkrechten Seite, die über Zabari stand.

»Jossip!«, schrie Meerholdt grell. »Jossip! Das ist doch Wahnsinn!!!«

Er rannte weiter und stand vor dem Felsen. Nur ein schmaler Pfad führte in schwindelnder Höhe um den Felsen herum, ein Pfad, auf dem zwei Menschen nicht nebeneinander gehen konnten.

Meerholdt kletterte weiter ... er riss sich die Hände an den spitzen Steinen blutig, er schürfte seine Knie auf ... die Hose zerriss, als er abrutschte und sich an einem vorspringenden Stein festhielt. Dann war er auf dem Pfad und rannte ihn entlang, bis er unter Jossip stand, der langsam herunterkletterte.

Zwischen den Zähnen hielt er die Zündschnüre, während er abstieg ... über ihm, in den Felsen gehauen, waren die Sprenglöcher, die er schon in der Nacht geschlagen hatte, bevor er das Dynamit aus dem Lager stahl. Um seine Knie und seine Schultern leuchtete es weiß ... die Verbände, die ihm Osik geschickt hatte ... die Verbände, die es ihm ermöglichten, diese grausige Tat zu vollbringen.

Meerholdt riss den Revolver empor. Er schoss ... er wusste keinen anderen Weg mehr ... er schoss zweimal, dreimal ... das ganze Magazin leer. Aber die Schüsse prallten seitlich von Jossip an dem Felsen ab ... Meerholdt zitterte so sehr vom Lauf und der Erregung, dass er nicht ruhig zielen konnte.

Jossip hörte die Schüsse und sah es neben sich im Gestein splittern. Er schaute hinab und sah Meerholdt stehen, den Revolver in der Hand. Ein grausames Lächeln verzog sein Gesicht ... er kletterte seitlich weiter, die Zündschnüre durch den Mund abspulend. Mit einem Sprung stand er dann auf dem Pfad, rannte ein Stück zurück und nahm einen dicken Knüppel vom Boden auf. Mit ihm rannte er zurück und stellte sich vor die herabhängende Schnur, bevor Meerholdt sie erreichte. Mit einem Streichholz, das er auch gestohlen hatte, entfachte er die Schnur und sah, wie die kleine blaue Flamme mit rasender Geschwindigkeit die Schnur entlanglief und den Felsen höher und höher kletterte … den Sprenglöchern entgegen … dem Tod des ganzen Landes …

Auch Meerholdt sah die kleine Flamme den Berg hinaufzischen … er schrie noch einmal auf und stürzte vorwärts.

Jossip stand mit dem Rücken an den Felsen gelehnt und ließ den großen Knüppel kreisen … immer um sich herum, wie einen großen Kreis der Vernichtung. Meerholdt stand vor ihm, zerrissen, blutend … auf die kleine blaue Flamme starrend.

»Jossip! Das ist Irrsinn!«, keuchte er. »Reiß die Schnur ab! Du weißt nicht, was du tust!«

»Ich weiß es!«, schrie Jossip zurück. »In drei Minuten seid ihr alle ersäufte Ratten!« Er lachte grell und hieb um sich, als sich Meerholdt auf ihn stürzen wollte.

»Was haben dir die tausend Arbeiter getan?«, brüllte Meerholdt. »Was haben dir die Bauern getan … deine Freunde, deine Brüder, das Vieh … du wirst sie alle vernichten! Reiß die Schnur ab …«

»Die Welt soll untergehen!« Jossips Gesicht war nicht mehr menschlich … er grinste und hieb um sich. Den Schweiß, der über sein Gesicht und seinen Mund lief, leckte er auf … ein Untier war er in diesem Augenblick seines höchsten Triumphes, ein Körper ohne Seele, ohne Gedanken, ohne Empfinden, ohne Gehör und Gesicht. Er schwankte vor Wonne und schrie dazu mit einer Stimme, die Meerholdt frieren ließ.

»Du sollst alles bekommen, Jossip.« Meerholdt stand machtlos vor dem Irren und seinem kreisenden Knüppel. »Du sollst die 100 000 Dinare bekommen, die Freiheit, keine Strafe … du sollst alles haben … nur lösch die Schnur aus! Du weißt nicht, was du tust …«

»Gib mir Rosa!«, schrie Jossip zurück.

Meerholdt schloss die Augen. Vor seinen Lidern flimmerte es. In wenigen Minuten wird der Felsen aufreißen … der eingeschlossene See wird hervorstürzen, er wird das Tal ersaufen mit allem, was in ihm ist … tausend Arbeiter … die Soldaten … die Herden … die Bauern … die Häuser … den Staudamm … das Turbinenhaus … das Lager … die Wagen, das Material, Millionenwerte … alles, alles wird vernichtet sein … wegen Rosa …

Meerholdt ballte die Fäuste … seine Fingernägel rissen die Handflächen auf.

»Ich gebe dir auch Rosa!«, schrie er grell. »Nur reiß die Schnur ab …«

Jossip blickte sich um … auf halber Höhe zischte die Flamme empor … noch drei Minuten, und der Felsen riss auseinander. Da sah er über dem Berg eine dichte Rauchwolke aufsteigen … kerzengerade stand der Rauch über dem Plateau, hinter dem seine Hütte verborgen war.

Jossip umklammerte seinen Knüppel. Die Hütte … Elena … sie hat die Hütte in Brand gesteckt … sie ist frei … meine Hütte brennt … die Hütte für mich und Rosa … »Sterben sollt ihr alle!«, schrie er mit sich überschlagender Stimme. Er weinte plötzlich, und vor Wut weinend, schlug er auf Meerholdt ein und trieb ihn vor sich her, weg von der Schnur, die den Tod bedeutete.

Im Tal sah Hauptmann Vrana den Feuerschein in den Bergen und die dichte Qualmwolke. Er zeigte hinauf und rannte zu seinen Soldaten. »Sieben Mann mit mir!«, kommandierte er. »Wenn etwas brennt, dann kann es nur Jossips Hütte sein! Wir haben ihn! Jungs – wir haben ihn!«

Die acht Mann kletterten den Hang hinauf.

Noch immer wälzte sich der Strom der Flüchtenden aus Zabari hinaus. Die letzten Herden wurden weggetrieben, die Arbeiter am Wall räumten die Maschinen weg … Stanis Osik stand auf einem Seitenhügel und sah hinüber zu dem Rauch, der aus den Felsen stieg.

Elena, dachte er. Elenanja ... Wenn sie dich retten, stifte ich eine Million für eine neue Kirche in Zagreb!

Ralf Meerholdt hatte sich gebückt ... mit Steinen bewarf er Jossip, der noch immer den großen Knüppel kreisen ließ.

In diesem Augenblick berührte jemand Ralfs Arm. Er fuhr herum und ließ die Steine, die er eben aufgenommen hatte, fallen. Rosa stand hinter ihm, bleich und schmal, mit großen, brennenden Augen.

»Rette dich!«, schrie er grell. »Mein Gott ... rette dich! Gleich ist es vorbei!«

Sie ging an Meerholdt vorüber, auf Jossip zu. Wie wild schlug Jossip um sich, als er sie kommen sah.

»Fort, du Hure!«, kreischte er. »Fort! Fort!«

»Ich will bei dir bleiben, Jossip.« Rosa hob beide Hände, flehend, mit einer kindlichen, fast betenden Gebärde. »Ich will deine Frau werden ... nur tu es nicht ...«

Mit einem Aufschrei stürzte Jossip auf die Schnur. Er erreichte sie ... er wollte sie herunterreißen ... da sprang die blaue Flamme in das Bohrloch und verschwand. Einen Augenblick nur ergriff entsetzte Erstarrung die drei Menschen ... dann krachte es in dem Felsen ... die Wand riss auf ... ein unheimlicher, dicker Wasserstrahl schoss aus ihr hervor ... Steine, Felsbrocken, Kies schleuderte er vor sich her wie ein Katapult ... der Fels brach auseinander ... das befreite Wasser zerriss die Wand ... mit einem unbeschreiblichen Krachen zerbarst der Berg und stürzte hinab ins Tal. Und mit ihm der See ... die Sintflut ... die Vernichtung allen Lebens ... Der Himmel wurde dunkel ... die Luft war nicht mehr da ... nur ein Brausen, Krachen, Gurgeln und Aufschreien der Natur, ein Zusammenbrechen von Bäumen und Häusern, eine Lawine aus Wasser und Erde und Steinen ... Es gab keine Sonne mehr ... es war nur ein Donnern auf der Welt, ein Donnern des Jüngsten Gerichtes.

Als der Felsen aufriss, warf sich Rosa auf Meerholdt zurück. Sie flog an ihn heran, und von ihrem Aufprall verlor er den Halt und stürzte seitwärts den Hang hinab, rollte, sie umklammernd, zur anderen Seite des Tales und blieb im Wurzelwerk eines Baumes liegen. Bewusstlos, eng aneinander gepresst, lagen sie so auf halber Höhe und sahen nicht mehr den Untergang Zabaris.

Der See stürzte mit einem einzigen Aufschrei zu Tal. Er riss Jossip mit, den weinenden Jossip, der den Knüppel noch einmal hob, ehe ihn die grauenhafte Woge erfasste. Dann prallte die Flut und mit ihr der ganze Felsen auf die Häuser, das Leben zermalmend, das Tal füllend, auf die Sperrwand zulaufend und sie in einem Anlauf zerbrechend wie ein Gebilde aus Streichhölzern. Die Brücke wurde weggerissen, das Turbinenhaus versank in einer einzigen Flut, das Lager, die Zelte, die Wege wurden in Sekunden überspült. – Hauptmann Vrana und seine sieben Mann wurden vom Hang weggefegt und wirbelten mit den Wassermassen schreiend ins Tal ... die Bauern, die noch ihre Herden holten, verschwanden in den Strudeln ... und immer noch, unaufhaltsam, unerschöpflich brach aus dem aufgerissenen Felsen das Wasser hervor und stürzte ins Tal ... kristallklares Wasser, das in der Sonne schimmerte wie flüssiges Silber ...

Stanis Osik stand auf einer Insel inmitten der Vernichtung. Mit Augen, die alles noch nicht begriffen, sah er die Welt um sich herum untergehen ... es gab kein Tal mehr, nur noch einen See ... es gab keine Sperrmauer mehr ... nur noch Wasser ... kein Turbinenhaus ... kein Lager ... keine Häuser ... keinen Wald ... keine Menschen ... Wasser ... gurgelndes, schreiendes, brausendes Wasser, das aus einer riesigen Wunde der Erde hervorstürzte und immer weiter und weiter lief, als habe man eine Arterie der Erde aufgesprengt ...

Die Wasserflut erreichte wie eine hohe Wand die Flüchtenden auf der Bergstraße. Bonelli sah sie kommen ... er riss Katja zu sich auf die Arme und rannte den Pfad weiter, höher, immer höher ... Dann brauste es unter ihm heran, fegte die Wagen in den Abgrund, stieß die schreienden Menschen in die Tiefe ... die Köpfe von schwimmenden Rindern und Schafen tauchten sekundenschnell auf ... dann donnerten die Steine mit der Flut heran und erschlugen sie.

Über die Höhenstraße rannten die Menschen in blinder Panik. Die Arbeiter waren bis auf den Katastrophentrupp, der an der Staumauer in zwei Sekunden vernichtet wurde, in Sicherheit ... aber unter den Bauern ergriff die Flut die meisten und wirbelte sie in die Unendlichkeit. Fedor und Marina standen nicht weit von Bonelli auf dem Berg und beteten. Sie knieten nieder, und während unter ihnen die Wassermassen die Welt vernichteten, sangen sie die alten Lieder ihrer Heimat und beteten die alten Gebete ihrer Ahnen.

Über die Felsstege, die sonst nur die mutigsten Tiere nahmen, hetzten die Menschen. Unter ihnen, vor Angst brüllend, kletterte ein Bär hinauf. Kreischend kreisten die Adler über dem versunkenen Land. Und noch immer spie der Fels die Fluten aus ... unersättlich in seiner Vernichtung, die Seitentäler füllend und aus den engen Schluchten ein Bett reißender Flüsse machend.

Stanis Osik stand allein inmitten des Wassers und starrte an dem aufgerissenen Felsen empor. Meerholdts Ahnung – hier war sie wieder Wirklichkeit geworden. Wirklichkeit, die hunderte Menschen das Leben kostete, tausende Tiere ... und auch das Leben des bisher geschaffenen Werkes. Die Staumauer war zusammengebrochen ... aus dem sich verlaufenden Wasser ragte das Dach des Turbinenhauses hervor ... die Brücke lag als ein Gewirr von verbogenem Stahl und zerknickten Hölzern in der Flut. Wo der Felsen herabgestürzt war, über dem Wald, war das Land öde ... die Stämme waren mitgerissen worden, nur die Stümpfe ragten aus der Erde – ein Bild wie nach einer großen Schlacht, von der sich der Boden noch nach Jahrzehnten nicht erholt.

Osik senkte den Kopf. Er hatte Meerholdt ausgelacht, er hatte die Bohrversuche abgebrochen, er hatte Jossip Verbände und Medikamente gebracht und ihm somit die Kraft wiedergegeben, dieses einmalige, schaurige Werk der Vernichtung auszuführen. Er dachte an die Worte Jossips: Geh aus Zabari weg! Sofort! Nichts wird mehr leben! Aber du wirst leben und auch Elena … Und Elena lebte … sie musste ihm gegenüber in den Felsen sein und wie er hinabblicken auf eine Welt, die keiner mehr erkannte.

Da fiel der große, starke Stanis Osik auf die Knie, schlug die Hände vor die Augen und bettelte zu Gott um Gnade für seinen Irrtum …

Drei Tage dauerte der Fluss aus dem Felsen … dann hatte sich das Wasser beruhigt … es floss ab in andere Täler und rauschte durch unbewohnte Gebiete, bis es sich fern aller Siedlungen aus einer Schlucht in die Tara ergoss. Aus dem Felsen quoll jetzt nur noch in starkem Strahl ein mächtiger Bach, der in herrlichen Kaskaden den zerklüfteten Berg hinabstürzte und im See unterging, im See, der einmal das Dorf Zabari war.

Meerholdt und Rosa waren von Suchtrupps gefunden worden, die drei Stunden nach der Katastrophe die umliegenden Gegenden absuchten und auch Stanis Osik von seiner Insel holten. Elena fanden sie ohnmächtig vor der verbrannten Hütte, deren noch immer aufsteigender, beißender Rauch ihnen den Weg wies. Sie hatte in letzter Verzweiflung, als Jossip sie am Tage verließ und ihr höhnisch sagte, dass er jetzt Zabari vernichten wolle, die Tür mit Feuer aufgebrannt und war dann aus dem brennenden Haus geflüchtet, ehe die Balken des Daches einstürzten. Vom Plateau aus sah sie den Untergang Zabaris, und sie war zusammengebrochen vor Grauen und dem Gedanken, dass auch ihr Vater und Ralf Meerholdt von der Woge der Vernichtung zermalmt worden waren.

Bonelli saß bereits wieder in einem gefundenen Zelt und rechnete auf einem Blatt Papier aus, was er verloren hatte. Er war empört und wehrte sich mit Händen und Füßen, als man sein Zelt, eines der wenigen, die man rettete, für ein Notlazarett beschlagnahmte, das der Arzt einrichtete. Osik brüllte ihn an und warf ihn hinaus, als er sich beschwerte ... resignierend saß er dann wieder mit seiner Katja auf einem Grasplatz und haderte mit der Welt. Aus Belgrad kam mit dem Flugzeug eine Abteilung Regierungsbeamte nach Niksic und landete mit Hubschraubern auf der Felsenstraße. Sie besichtigte die Katastrophengebiete und versprach den Bauern Entschädigungen und neues Land.

Ralf Meerholdt saß in einem der Lazarettzelte, eingewickelt in Mullbinden, und zeichnete schon wieder. Rosa hatte von dem Sturz weniger körperlichen Schaden erlitten, aber ihre Nerven waren wieder zerrissen ... sie hatte drei Tage lang geweint, Tag und Nacht, bis man sie nach Sarajewo in die staatliche Klinik brachte und in einen Heilschlaf versetzte. Jeden Tag rief Meerholdt an und erkundigte sich. »Sie schläft – nichts Neues«, hieß es immer. »Lassen Sie sie schlafen, sie stand am Rande eines völligen Zusammenbruchs.«

Jetzt zeichnete und rechnete er wieder. Osik saß bei ihm am Bett, die Beamten aus Belgrad, die beiden Techniker, die den Untergang überlebt hatten, er zeigte ihnen seine Pläne und war selbst erstaunt, woher ihm seine Gedanken kamen.

»Jossips Rache öffnet für uns ein ungeahntes Kraftfeld«, sagte er. »Wir werden den Strom, der aus dem Felsen kommt, durch große Beton- und Stahlrohre leiten ... wir werden den Felsenmund vermauern und das Wasser gleich vor dem Austritt auffangen und durch die Rohre zu Turbinen leiten, die auf dem Hang stehen, wo ehemals der Wald wuchs. Von dort leiten wir es ebenfalls durch ein Röhrensystem zu dem Staudamm, wo es wiederum durch die unteren Turbinen läuft, um dann als Fluss durch verschiedene Gräben und Kanäle in Gebiete geleitet zu werden, wo es die unfruchtbaren Böden bewässert. So kann uns der freigewordene Fluss dreimal nutzen!«

»Genial!«, sagte Osik ehrlich. »Einfach genial! Der Kerl macht aus einem Unglück einen Gewinn! Aus der Verwüstung schafft er Neues!«

Er klopfte Meerholdt vorsichtig auf die Schulter. »Ihr Deutschen seid ein Teufelsvolk!«

Meerholdt lächelte schwach. »Wer hatte damals Recht, Osik?«

Stanis winkte ab. Er wurde verlegen. »Fangen Sie nicht wieder von dieser alten Sache an! Ich habe alles nach Belgrad gemeldet. Marschall Tito wird Sie – sobald Sie gesund sind – selbst empfangen. Er wird aus Ihnen einen der berühmtesten Männer Jugoslawiens machen!«

Meerholdt schüttelte den Kopf. »Sie verstehen mich nicht, Osik. Ich will keinen Ruhm … ich will wieder nach Hause.«

»Nach Zagreb? Mit Rosa, was? Sollen Sie, Meerholdt. Ich richte Ihnen eine wundervolle Villa ein!«

»Ich will nach Deutschland, Osik.«

»Nach –? Aber Meerholdt!« Osik setzte sich schwer.

»Meine Verträge mit Ihrer Regierung laufen in zwei Jahren ab. Ich möchte sie nicht erneuern. Ich hinterlasse Ihnen die Pläne, bis in die kleinste Einzelheit ausgeführt. Sie brauchen nur nach ihnen zu bauen.«

»Nur! Nur! Mir fehlt Ihr Geist! Ihre Hand! Ihre Umsicht! Mir fehlt alles, wenn Sie gehen!« Osik raufte sich die Haare. »Bleiben Sie doch, Meerholdt! Wir bieten Ihnen so viel, wie Sie in der ganzen Welt nicht bekommen! Selbst nicht in den USA!«

»Geld!« Meerholdt schüttelte den Kopf. »Darum geht es

nicht. Es geht um die Seele, Osik. Um das Heimweh, das ich habe. Um die Heimat, in die ich gehöre. Ich habe damals vor vier Jahren Ihren Vertrag angenommen, weil ich ein kleiner, unbedeutender Ingenieur war und man in Deutschland die Sucht hat, nur die großen Namen anzuhören und dem Nachwuchs von Beginn an jede Begabung abzusprechen! Es hat gar keinen Zweck in Deutschland, als Unbekannter mit neuen Ideen zu kommen, mit großen Plänen! Wirrsinn, sagen sie dann. Unausgegorenes Zeug! Fantastereien! Jugendideen, die keine Tiefe haben! Erst wenn man dann im Ausland einen Namen bekommen hat, wenn Deutschland sieht, dass der Unausgegorene doch ein guter Wein geworden ist, werden wir wieder importiert und mit Zucker eingestäubt! Das ist die Schattenseite meiner Heimat … aber sie wiegt nicht auf, dass es dort einen Rhein gibt, die Weinberge, Dome, einen Bodensee und Deiche, die kilometerweit an der See entlangführen und auf deren Krone man stehen kann, den Wind im Haar, und hinüberblickt auf die Schiffe, die in die Welt fahren. Es gibt auch Schnee dort …«

»Den haben wir auch.« Osik lächelte schwach.

»Ja, den habt ihr auch. Aber wie in Russland ist auch bei euch der Schnee grausam, eine Faust der Natur gegen den Menschen. Bei uns … o Osik … hätten Sie jemals erlebt, wie die Tannen aussehen, wenn es schneit … ein verschneiter Wald im Schwarzwald … im Sauerland … die Sprungschanzen, von denen die Skispringer durch den Himmel fliegen … die Kinder mit den Schlitten … die hingeduckten Häuser im Allgäu, wenn nur der Rauch anzeigt, wo Menschen wohnen … Es ist wie ein Märchen … eine Winternacht in Deutschland, zu Weihnachten, wenn die Tannenbäume brennen und die Lieder der Kinder durch die Luft klingen und die Glocken läuten und die Menschen in der Christmesse beten, kniend unter dem Orgelklang, der weit ins Land tönt … Osik, das kann mir kein Geld ersetzen, keine fremde

Schönheit, kein Mensch auf dieser Welt. Und darum will ich zurück nach Deutschland …«

Osik schwieg. Er verstand Meerholdt. Traurig blickte er auf die Zeichnungen, die um das Bett herum auf der Erde lagen.

»Und wir werden dann Ihr Werk bauen! Kommen Sie wenigstens zur Einweihung zu uns?«

»Bestimmt, Osik.« Meerholdt lachte und klopfte dem Direktor auf den Arm. »Nun weinen Sie nicht – zwei Jahre werden wir ja noch zusammenarbeiten müssen! Zwei lange Jahre. Vielleicht sind Sie dann froh, wenn Sie mich loswerden.«

Acht Tage später fuhr Meerholdt, noch immer verbunden und von dem Arzt begleitet, nach Sarajewo.

In der staatlichen Klinik, einem Neubau mit weiten Glasflächen, Terrassen und Liegehallen, der man die Hand eines amerikanisch beeinflussten Architekten ansah, wurde er sofort von dem Chefarzt empfangen und in das Privatbüro geführt.

»Fräulein Suhaja geht es gut«, sagte der Chefarzt, ein alter Serbe mit einem weißen Spitzbart und einer goldeingefassten Brille. »Wir haben sie gründlich untersucht und durchleuchtet … es ist nichts, was zu Besorgnis Anlass gibt. Noch etwa zwei Wochen, und wir können sie entlassen. Nur –«, der Chefarzt wiegte den dicken Kopf – »ich würde es nicht empfehlen, nach Zabari zurückzufahren! Noch nicht, Herr Meerholdt! Ich habe gehört, dass das Dorf völlig vernichtet ist.«

»Wo das Dorf war, ist heute nur noch ein See. Aber wir werden in Kürze das Tal wieder freibekommen und das Wasser bändigen können. Dann kann Zabari neu entstehen, und schöner, als es war! Wir werden neben dem Staudamm und unter dem Felsenfluss eine moderne Stadt erbauen!«

Der alte Serbe nickte weise. »Die Jugend! Der Geist des Fortschritts! Wenn früher über die Bosna eine neue Brücke gebaut wurde, eine kleine, runde Brücke aus Steinen und Flechtwerk, dann war es das Werk von zwei oder drei Generationen. Heute wird ein Landstrich vernichtet ... und schon rechnet man aus, dass in drei oder vier Jahren aus dieser Vernichtung etwas noch Schöneres entstehen wird. Als ob es keine Zeit mehr gäbe. Wir Menschen wachsen über uns hinaus, Herr Meerholdt ... ich habe manchmal Angst davor.«

Ralf Meerholdt sah zu Boden und faltete die Hände. »Wir resignieren nicht mehr vor dem Schicksal, wie es unsere Vorväter taten ... wir kämpfen gegen es an und bezwingen es, wenn wir es können. Das ist alles. Der Mensch hat einen Einbruch in die Sphäre dessen getan, was man vor hundert Jahren noch Gottes Wille nannte!«

»Und Sie finden das gut?«

»Gut ...? Es ist nützlich! Das ist alles. Oder wollen Sie sagen, dass die Wiedergeburt Zabaris nicht gut sei?«

»Richtig – Zabari!« Der Chefarzt lächelte verzeihend. »Wir kamen vom Thema ab und wurden weltschmerzlich! Das ist Unsinn ... wir Alten kommen nur nicht mehr mit! Zabari! Das wollte ich ihnen noch sagen: Lassen Sie Fräulein Suhaja hier oder woanders ... aber holen Sie sie erst in die Berge zurück, wenn das neue Dorf – oder die Stadt, wie Sie sagen – fertig ist! Ersparen Sie ihr den Anblick der zerstörten Heimat. Sie weiß, dass ihre Eltern leben, sie weiß, dass man ihnen alles wiedergeben wird ... wie es richtig aussieht in Zabari, das hat sie gar nicht wahrgenommen!« Der Chefarzt schüttelte den Kopf. »Man sollte meinen, sie habe die raue und derbe Natur einer Bergkatze ... und dabei hat sie eine so zarte Seele.« Er lächelte und legte Meerholdt die Hand auf die Schulter. »Und sie liebt Sie. Es gibt eigentlich für sie nichts anderes auf der Welt als Sie. Sie sollen verdammt sein, wenn Sie jemals dieses Mädchen im Leben enttäuschen ...!«

Später gingen sie durch die langen, weiß gestrichenen Gänge der Klinik. Die Schwestern in großen, wehenden weißen Hauben knicksten vor ihnen, die jungen, schwarzlockigen Ärzte in den weißen Mänteln standen stramm und traten an die Seite, wenn sie ihnen begegneten. Der Chefarzt grinste.

»Junge Militärärzte, die hier ein wenig Klinikluft atmen. Sie sollen hier lernen, dass der Patient nicht ein Stück Fleisch ist, sondern ein Mensch!« Er lachte. »War das nicht bei Ihnen so, in Deutschland? Zwei Standard-Medikamente: Rizinus und Aspirin?«

Meerholdt winkte ab. »Erinnern Sie mich nicht daran. Mein Stabsarzt in Russland sagte immer, wenn einer der Verwundeten vor Schmerzen schrie: ›Kerl, ein Landser kann ohne Kopf herumlaufen – dann singt er noch die Wacht am Rhein ... aber er schreit nicht!‹«

Der Chefarzt lächelte und nickte.

Vor einer Tür hielten sie. Sie lag am Ende des Ganges. Der alte Serbe blieb stehen. »Hier ist es.«

Meerholdt drückte ihm die Hand. »Ich bin Ihnen so dankbar.«

»Seien Sie still ...« Der Chefarzt öffnete leise die Tür. Er schob sie auf und blickte hinein. »Sie schläft. Nur einen Blick ... dann Schluss.«

Auf Zehenspitzen trat Meerholdt in das helle, sonnige Zimmer. Rosa lag in den Kissen ... ihr blasses, schmales Gesicht war von innerem Frieden überstrahlt. Ihr langes schwarzes Haar lag auf der Bettdecke wie eine ausgebreitete Stola. Sie atmete ruhig.

Meerholdt betrachtete sie. Er spürte sein Herz zucken, ein Strom von Liebe und Glück durchrann ihn heiß. Rosa, dachte er. Ich will dem Schicksal alles verzeihen für die eine Stunde, in der ich dich sah.

Leise legte er den Blumenstrauß, den er mitgebracht hatte, auf ihr Bett und verließ auf Zehenspitzen wieder das Zimmer. Vorsichtig, damit sie nicht knarrte, zog er hinter sich die Tür zu.

Der Chefarzt fasste ihn unter ... sie gingen die langen

Gänge bis zum Ausgang wieder zurück. Vorbei an den knicksenden Schwestern und den jungen, strammstehenden Ärzten.

»In vierzehn Tagen«, sagte der alte Serbe, als Meerholdt wieder im Wagen neben dem Arzt aus Zabari saß. »Und suchen Sie einen schönen Ort aus, wohin Sie sie bringen können. Am besten ans Meer …«

Sie fuhren ab. Lange blickte Meerholdt durch das Rückfenster des Wagens auf das weiße, große Haus, ehe es hinter anderen Häusern und einer Moschee verschwand.

»Ein fabelhafter Mensch, dieser Chefarzt«, sagte er zu dem Arzt, der den Wagen lenkte.

»Das ist er!« Der Arzt sah starr gerade aus. »Hat er Ihnen nichts erzählt?«

»Nein. Was?« Meerholdt sah erstaunt herum.

»Seinen einzigen Sohn hat eine deutsche Kompanie bei Mostar erschossen. Sie fanden bei ihm versteckt eine Maschinenpistole. Seine Frau starb zehn Tage später … sie nahm sich vor Gram das Leben. Sie erhängte sich im Keller des Hauses, wo man die Waffe gefunden hatte.«

»Mein Gott!« Meerholdt sah auf seine Hände. »Und er weiß, dass ich Deutscher bin.«

»Er ist ein fabelhafter Kerl … Sie sagten es schon. Er erkennt die Erschießung seines Sohnes an. Es war bei Todesstrafe verboten, Waffen zu verstecken. Wir alle wussten es, und wir alle hatten Waffen! Den Jungen erwischte es … es war Schicksal! So sieht er es, und er trägt es nach außen mit Fassung.«

Sie sprachen kein Wort mehr, bis sie nach Zabari kamen.

Pietro Bonelli hatte den größten Kampf seines Lebens gewonnen … den Kampf gegen sich selbst. Nachdem die Katastrophe ihm die Hälfte seiner Kantine vernichtet hatte und das, was er und Katja retten konnten, gerade noch ausreichte, die Flüchtenden zu versorgen und eine Art »Nothilfe« einzurichten, beschloss er, Jugoslawien zu verlassen und seinem Plane näher zu treten, zuerst in Sorrent und später auf Capri eine Cafeteria aufzumachen. Er hatte per Post schon Zusagen von Grundstücksbesitzern erhalten und einen Anwalt damit betraut, sich die Objekte einmal anzusehen, als Katja Dobor ihm einen dicken Strich durch alle Pläne machte.

»Ich bleibe hier!«, sagte sie, als Bonelli ihr den Fortschritt seiner Bemühungen erzählte.

Pietro raufte sich die Haare. »Was willst du? Hier bleiben? Hier?! Mamma mia ... ich werde verrückt! In drei Monaten beginne ich in Sorrent zu bauen!«

»Du ja – aber nicht ich!!« Katja sah hinüber zu dem überfluteten Zabari. Der Fluss, der aus dem aufgerissenen Felsen quoll, war bereits gebändigt ... eine provisorische Leitung aus Holz und Blech lenkte das Wasser seitlich ab. Langsam sank dadurch der Spiegel des Sees ... Die Dächer der Hütten, soweit sie noch standen, ragten bereits einzeln aus dem Wasser. Als der Wald aus dem Wasser auftauchte, fand man in dem Gewirr des Astwerkes auch Hauptmann Vrana und seine sieben Männer. Sie hatten noch die Waffen in den verkrampften Fäusten. In ihren Augen stand das Entsetzen der Sekunde, in der sie von der riesigen Woge überrollt wurden. »Wir haben alles verloren, Pietro«, sagte Katja leise. »Ich muss bei meinen Eltern bleiben und ihnen helfen, wieder aufzubauen. Sie brauchen mich. Sie sind alt, die Eltern, sie können es nicht mehr ... Ich kann nicht mit ...«

Bonelli rannte herum, als habe man seinen Hosenboden angezündet. Er schrie, er jammerte, er flehte alle Heiligen an ... Katja blieb ungerührt. Schließlich setzte sich Bonelli an den Weg und starrte trübsinnig auf das überschwemmte Tal.

»Addio Sorrent und Capri«, sagte er wehmütig. »Ich bin der unglücklichste Mensch der Welt! Jetzt muss ich mein Leben in diesem Saunest verbringen.«

»Du kannst doch fahren, Pietro.«

Bonelli fuhr herum. »Ohne dich – nie!«

Katja streichelte ihm über das krause schwarze Haar. Ihre Stimme zitterte. »So lieb hast du mich …«

»Leider!« Bonelli stöhnte laut. »Der Himmel vergeb es mir … ich bin ein Riesenkamel.«

Katja hob die Schultern. »Was ist ein Kamel …?«

»Ein Kamel ist …« Bonelli winkte ab. »Nichts … das ist ein Ausdruck für einen Mann, der glaubt, es gebe nur eine Frau auf der Welt, und zwar dich!«

Dann küssten sie sich, und Bonelli blieb in Zabari. Er zahlte dem Anwalt seine Gebühren, er verzichtete auf den Kauf der Grundstücke … er fuhr stattdessen nach Sarajewo und kaufte für die neue Kantine Waren ein, Möbel für das zukünftige Haus und vorausschauend drei Kinderbetten in verschiedenen Größen. »Der kluge Mann rechnet mit allem!«, sagte er zu Katja, die kopfschüttelnd zusah. »Unter drei Bambinos brauchst du Pietro gar nicht zu kommen!« –

Das Wasser verlief sich … an den Talrändern standen riesige Motorpumpen und pumpten das Tal leer. Die ersten Röhren wurden in den Felsmund eingemauert … auf Betonpfeilern schwangen sie sich wie eine riesige, weiß glänzende Schlange ins Tal. Auf dem Boden des abgerissenen Waldes entstanden die ersten Planierböden … Fundamente wurden gegraben, Betonmischer donnerten Tag und Nacht. Die zerstörte Brücke wurde an großen Flaschenzügen und mächtigen Stahlkränen emporgezogen und neu befestigt … die eingesunkene Staumauer wuchs wieder empor … durch die Verschalungen rieselte der Beton. Die Stahlgeflechte wurden zurechtgebogen – als das Dorf auftauchte und das Wasser versickerte, sieben Wochen nach dem Untergang, fuhren die ersten Raupenschlepper durch den Schlamm und zogen an Stahlseilen hunderte von Kühen, Schafen und Schweinen in die Schluchten, bargen die Toten in den Häusern und säuberten das Tal, indem sie alles niederwalzten, was noch an Hütten und Ställen stehen geblieben war.

Ralf Meerholdt und Stanis Osik wohnten wieder in einer Baracke nahe der Staumauer. Tag und Nacht gingen die Detailpläne an die Kolonnenführer ... die Techniker – aus Belgrad und Mostar waren noch siebzehn gekommen – zeichneten und planten in drei Schichten ... Landmesser kamen aus Titograd und vermaßen das Tal neu ... auf den großen Bogen Detailpapier und den riesigen Transparentblättern der Architekten entstand das neue Zabari ... eine Stadt mit Läden, Straßen, einem Kino, einer Kirche, einer kleinen Moschee, einem Krankenhaus, einem Parteihaus, einem Strandbad am Stausee und einem Rathaus, in dem der Bürgermeister wohnen sollte. Aus den Bauern sollten Städter werden ... Händler, Handwerker, Arbeiter. Ihre Wohnungen waren luftig, sonnig, modern. Um die reißenden Schmelzwasser im Frühjahr nicht in die Stadt laufen zu lassen, hatte man ein raffiniertes Grabensystem erfunden, das die Wasser in den Bergen abfing und ableitete.

Eine Stadt auf dem Papier ... ein fantastischer Plan, ein Triumph menschlichen Willens.

Stanis Osik sah Meerholdt zufrieden an. »Marschall Tito hat Ihnen eine Pension ausgesetzt«, sagte er und bot Meerholdt eine Zigarre an. »Monatlich 4000 Dinare – bis zu Ihrem Lebensende und – verzeihen Sie, aber ich muss es sagen – auch für Ihre Witwe! Ich gratuliere.« Er streckte Meerholdt die Hand hin. »Es gibt für Sie keine Zukunft mehr – Sie werden bis zu Ihrem Tode immer in der Gegenwart leben!«

»Ich danke Ihnen sehr, Herr Osik.« Er drückte die angebotene Hand. »Wie geht es Elena?«, fragte er dann zögernd.

»Sie ist noch in Zagreb!« Osik winkte ab. »Zuerst hat sie noch ein wenig getobt ... dann war sie in Sarajewo bei Rosa ...«

»Was?!« Meerholdt war entsetzt. »Wer hat sie vorgelassen? Ich hätte das auf jeden Fall verhindert.«

»Es war auch Rosas Wunsch, Meerholdt.« Osik räusperte

sich. »Sie haben sich ausgesprochen, die beiden. Es war gut so, glauben Sie es mir. Besser, als wenn Sie wieder durch Rücksichtnahme gegeneinander die Lage in der Schwebe gehalten hätten. Elena hat euch alles Glück auf Erden gewünscht und ist von Sarajewo gleich weiter nach Zagreb gefahren. Ich soll Sie grüßen, Meerholdt, wenn Sie einmal nach ihr fragen sollten. Ich tue es hiermit. Und ich soll Ihnen sagen, dass sie darum keinen Abschied von Ihnen genommen hat, weil sie trotz des Verzichtes nicht anders empfindet als vorher. Es wäre ein schrecklicher Abschied geworden!«

»Sie tut mir Leid«, sagte Meerholdt leise. Er schämte sich vor Osik.

»Sie wird andere Männer finden und lieben lernen.« Osik steckte seine Zigarre an. »Im Winter wollen wir nach Ägypten fahren ... nächstes Frühjahr nach Cannes und Nizza. Elena wird vergessen, wenn sie den gewohnten Luxus wieder um sich hat. Und bilden Sie sich bloß nicht ein, der einzige Mann auf der Welt zu sein, der Elena imponiert!«

Lachend gingen sie in den Nebenraum.

An zehn Zeichenbrettern standen die Techniker und zeichneten die Details der Pläne.

»Darf ich zurückfragen?«, meinte Osik. »Was macht Rosa?«

»Sie ist in Dubrovnik. Es geht ihr gut.« Meerholdt sah aus dem Fenster hinaus auf die Baustellen und das Tal, in dem die ersten Bauten emporwuchsen ... das neue Zabari. »Ich werde nächste Woche zu ihr fahren und ihr sagen, dass ich –«, er zögerte und drehte sich von Osik weg, damit er nicht seine Erschütterung sah – »dass ich in Jugoslawien bleibe ... in Zabari ...«

»Meerholdt!« Osik riss ihn an der Schulter herum und drückte ihn an sich. »Kerl ... ist das wahr?!«

Und Stanis Osik küsste ihn stürmisch und benahm sich wie ein kleiner, beschenkter Junge.

Rosa lag am Strand in einem Liegestuhl, als Ralf in Dubrovnik ankam. Ein großer runder Sonnenschirm schützte sie vor den starken Strahlen. Neben sich, auf einem kleinen Tisch, der in den pulverfeinen weißen Sand gerammt war, stand ein Eissifon mit Orangeade. Sie trug einen einteiligen goldgelben Badeanzug, über den ihr schwarzes Haar floss.

Ralf Meerholdt betrachtete sie von weitem, ehe er näher trat. Sie war etwas schmaler geworden in den Wochen der Aufregungen und Sorgen, aber noch immer war ihr Körper von jener faszinierenden Proportion, die die Männer am Strande von Dubrovnik zu balzenden Auerhähnen werden ließ. Meerholdt beobachtete es mit einem Schmunzeln und einem gewissen Besitzerstolz, wie drei muskulöse Herren vor den Augen Rosas am Strand mit einem Medizinball spielten, ihn hochwarfen, auffingen, sich damit jagten und das Spiel ihrer Muskeln priesen. Ab und zu sahen sie zu Rosa hinüber und waren enttäuscht, dass sie die Augen geschlossen hielt und sie gar nicht bemerkte. Da zogen sie nahe an ihrem Liegestuhl vorbei und sangen, um ihre Aufmerksamkeit zu erregen.

Meerholdt lachte vor sich hin. »Eine geile Bande!«, sagte er. Er machte dem Zauber ein Ende, indem er leise an Rosa herantrat und sie unter den entsetzten Augen der anderen Männer auf den Mund küsste. Sie fuhr empor, ihre Hand zuckte vor … die Männer grinsten bereits schadenfroh … da sah sie Ralfs Augen, sie jauchzte auf und fiel ihm um den Hals. Sie küsste ihn stürmisch vor allen Leuten und zog ihn zu sich, sodass er auf die Knie fiel und neben ihrem Liegestuhl hockte.

»Du bist hier …«, sagte sie glücklich. »Endlich … endlich bist du hier …« Sie fuhr mit ihren schmalen Händen durch seine blonden Haare und wuschelte sie durcheinander. Beleidigt gingen die anderen Männer fort und suchten den Strand nach anderen schönen Mädchen ab.

»Ich wollte dir sagen, dass wir bald zurück nach Zabari gehen.« Er richtete sich auf und setzte sich auf die Lehne des Stuhles. »Du wirst es nicht wiedererkennen.«

»So schön ist es geworden?«

»Das weiß ich nicht. Aber anders ist es ... ganz anders. Es gibt keine Ställe mehr ...«

Rosa riss die Augen auf. »Keine Herden?«

»Nein.«

»Keine Brunnen und eine hölzerne Viehtränke?«

»Nein.«

»Keinen Wald mehr, aus dem wir das Winterholz holen?«

»Nein.« Er umfasste ihre schmale Schulter. »Das Fleisch kaufst du in einem Geschäft ... das Wasser kommt aus der Leitung, die in jedes Haus führt ... du brauchst nur einen Hahn aufzudrehen, wie hier in Dubrovnik. Und Holz für den Winter? In allen Häusern werden Öfen stehen, die man elektrisch beheizt. Zabari hat Strom genug ... für alle Ewigkeiten, solange Wasser von seinen Bergen kommt!«

»Es ist ein Märchen, Ralf ...«

»Ein Märchen? Ich weiß nicht. Es ist der Fortschritt, die Zivilisation in konzentrierter Form. Es wird dir vieles fremd sein.«

»Nicht, wenn du bei mir bist.«

Sie sah über das strahlend blaue Meer auf die weißen Segel, die wie zarte Wolken über das Wasser schwebten. Motorboote knatterten durch die Klippen und zogen Wellenreiter hinter sich her. Hochauf spritzte das Wasser, wenn sie stürzten und sich schwimmend zu einem der Felsen retteten. Ein weißes Bäderschiff mit niedrigem Schornstein und bunt überdachten Sonnendecks fuhr langsam durch die Bucht von Dubrovnik ... Musik tönte herüber ... man sah sie tanzen in ihren weißen Hosen und Hemden und den bunten, leichten Kleidern. Es war für Rosa eine neue Welt.

»Wann holst du mich?«, fragte sie und lehnte sich zurück.

»Bald. So schön wie hier wird es nicht sein.«

»Es ist nirgendwo schön, wo du nicht bist. Ich bin hier so einsam, Ralf. Ich bin so ganz allein mit meiner Sehnsucht. Wenn es Abend wird und das Meer leuchtet golden und rot, dann sitze ich am Fenster und könnte weinen. Allein, immer allein ... Tage, Wochen, Monate ... jede Nacht ... Ach Ralf, warum liebe ich dich so ...«

Sie kuschelte sich in seinen Arm und ließ den salzigen Seewind über ihr Gesicht streichen. So saßen sie bis zum Abend und waren glücklich, dass sie sich fühlten, dass jeder den Atem des anderen hörte und dass ihre Herzen klopften, schneller, immer schneller, je weiter die Sonne am Horizont in das Meer versank ...

7

Ein Jahr nach der Zerstörung Zabaris wehten rund um das Tal die Fahnen Jugoslawiens, waren die Straßen geschmückt, spannten sich Blumengirlanden über weite Plätze und war die Mauer des Staudammes mit Tannengrün verziert. Auf der Höhe, neben dem Röhrenwerk des eingedämmten Felsenflusses, stand eine hundert Mann starke Militärkapelle aus Titograd ... auf dem Platz, wo früher das Barackenlager stand, tanzten hunderte fröhlicher Menschen in den bunten Trachten ihrer montenegrinischen Heimat. Pietro Bonellis neue Wirtschaft, halb fertig und mit einem mächtigen Hotelanbau, war überfüllt ... mit zwanzig Kellnern und Kellnerinnen bediente er die lauten und lustigen Gäste. Frau Katja Bonelli kommandierte bereits nach Bonelli-Art in der Küche ... ab und zu rannte sie in einen Nebenraum und sah nach dem kleinen, kaum zwei Monate alten Jungen, der schwarzlockig in seinem Körbchen lag und schlief. Mario Bonelli hieß er. Und einer seiner Paten war Josef Lukacz. »Wenn ihn später eine so starke Hand beschützt, habe ich keine Angst um ihn«, sagte Bonelli, als er Josef um die Patenschaft bat.

Auf einer Plattform vor der hohen Staumauer stand Stanis Osik. Er blickte über den Stausee, der sich langsam füllte, er sah hinüber auf die wachsende Stadt, auf die halb fertigen oder schon bezogenen Häuser, auf die Straßen, die die Stadtviertel umgrenzten, auf die Kirche, deren Turm noch unter einem Gerüst verborgen war, und die Kuppel der Moschee, an der in einigen Wochen ein schlankes Minarett emporwachsen würde. Überall Betonmischmaschinen, Gerüste, Steinhaufen, Sand und Kies, Kalk und Dachpfannen, wimmelndes Leben. Eine Sturmflut von Kraft und Wollen, wo vor einem Jahr noch das Wasser alles Irdische zerstörte.

Stanis Osik wandte sich um. Die Vertreter der Regierung standen an der Brüstung der Plattform … ein General mit ordengeschmückter Uniform, drei Minister, ein Heer von Presseleuten, die Wochenschau aller Länder, der Rundfunk von Belgrad. Neben Meerholdt stand Rosa Suhaja. In ihrem weißen Kleid verfing sich der Wind, er bauschte den Schleier auf und ließ ihn flattern wie eine Fahne. Auch die Frackschöße von Ralfs Frack pendelten im Wind … ein warmer Wind, der durch die Berge rauschte und den heißen Sommer aus dem Inneren brachte.

Stanis Osik wischte sich über die Augen. Die Hochzeit Meerholdts zusammen mit der Einweihung des Dammes, mit der Geburt der neuen Stadt Zabari … man musste sein Herz festhalten, um nicht weich zu werden.

»Die Liebe hat dieses Werk begonnen«, sagte Osik stockend. Seine Stimme wurde übertragen in alle Welt, sie würde widertönen von der Leinwand der Filmtheater. »Die Liebe allein hat alle Schwierigkeiten überwunden, alle Not, alle Sorgen, alle Gefahren. Und nur die Liebe hat dieses Werk vor der völligen Vernichtung gerettet! Wenn wir heute hier stehen und auf ein Land blicken, das emporsteigt wie einst der Phönix aus der Asche, so ist dies allein eine Tat zweier Liebender, die das Schicksal überwanden und das Leben in ihre Hände nahmen, weil sie an sich und ihre Liebe glaubten. So mag dieses Werk auch für alle Zeiten den Namen tragen, der ihm gebührt ... den Namen einer Frau, deren Liebe ein Sieg über das Leben war für das ewige Leben, das sie heute taufen wird.«

Osik schwieg. Seine Stimme gluckste ... die Rührung überkam den dicken Mann. Er trat zu Rosa hin, nahm ihre kleine bebende Hand und drückte ihr eine Flasche Sekt hinein, die an einer langen Schnur hing.

Langsam trat Rosa vor. Ihr weißer Hochzeitsschleier blähte sich im Wind ... sie sah sich um und lächelte unter Tränen. Ralf Meerholdt trat an ihre Seite, er nahm ihre Hand, hob sie mit der Sektflasche hoch und schleuderte sie nach vorn.

»Ich taufe dich ›Rosa-Werk‹, sagte er laut.

Dann klatschte die Flasche gegen die Staumauer, zerschellte, und der Sekt lief schäumend und zischend die Mauer hinab.

Die tausende von Menschen jubelten, die Musik auf der Höhe spielte einen Marsch ... der General, die Minister küssten Rosa die Hand. Sie sah dies alles wie durch einen Nebel, sie hörte die Stimmen, die Musik, den Jubel wie hinter einer dicken Tür ... die Fahnen, die Wimpel, die Blumengirlanden verschwammen vor ihren Augen ... »Ralf«, sagte sie leise. »O Ralf.«

Sie lehnte sich Schutz suchend an ihn, und er umfing sie und küsste sie vor allen Leuten unter dem Jubel der Musik.

Vor seiner Wirtschaft stand Bonelli neben Katja und sah hinauf zu der Tribüne. Er verzog den Mund und schüttelte den Kopf.

»Von uns sagen sie nichts«, maulte er. »Ich finde das ungerecht! Aber was die da oben können, das können wir auch!«

Er nahm eine große Flasche Chiantiwein und schmetterte sie gegen die Hauswand des halb fertigen Hotels.

«Ich taufe dich ›Katja-Hotel‹!«, schrie er laut. »Und so wahr ich Bonelli bin – es wird nie anders heißen!«

Über Zabari klangen die Glocken der halb fertigen Kirche. Sie schwangen in einem hölzernen Turm neben dem hohen Schiff. Ein langer Hochzeitszug bewegte sich von der Tribüne zur Kirche … hinter Rosa und Ralf schritten der General, die drei Minister und Stanis Osik.

Bonelli nickte weise und kassierte das Geld von den Kellnern.

Wie märchenhaft das Leben doch ist, dachte er. Vor zwei Jahren sang man Serenaden unter den blinden Fenstern der alten Hütten, und heute scheint die Sonne in die blanken Scheiben einer neuen Stadt … Man soll nie sagen, das Leben sei ungerecht. Solange der Mensch an sich glaubt, ist es schön. Er schaute hinüber zu Katja, die den kleinen Mario auf dem Arm trug und ihm zulachte.

»Mein Gott«, sagte er da laut. »Wie glücklich sind wir …«

Und er meinte damit alle, die in Zabari waren …

Ein einziger Augenblick kann ein Leben zerstören

David Baldacci
IM BRUCHTEIL
DER SEKUNDEN
Roman
512 Seiten
ISBN-13: 978-3-404-15500-2
ISBN-10: 3-404-15500-9

Sean King ist Agent des Secret Service. Sein Auftrag: Schutz eines Präsidentschaftskandidaten. Sein Fehler: Für den Bruchteil einer Sekunde lässt er sich ablenken, und die Kugel des Mörders findet ihr Ziel.
Acht Jahre später. Ein neuer Wahlkampf. Eine junge Agentin. Auch sie begeht einen Fehler, und der Mann, den sie schützen soll, wird vor ihren Augen entführt. Michelle Maxwells einzige Chance, einen zweiten Mord zu verhindern, liegt in dem ungelösten Fall von damals – und der Antwort auf die entscheidende Frage: Was hat Sean King in jenem Augenblick gesehen?

Bastei Lübbe Taschenbuch

»Ich liebe diesen Roman: Er ist frisch, sehr witzig, unterhaltsam und intelligent. Ein großartiger Roman – absolut frei von Kitsch.«

MARIAN KEYES

Liane Moriarty
DREI WÜNSCHE FREI
Roman
464 Seiten
ISBN-13: 978-3-404-15509-5
ISBN-10: 3-404-15509-2

Manchmal spielt man unfreiwillig die Hauptrolle in einer kleinen öffentlichen Show: in seiner ganz persönlichen Komödie oder Tragödie. So ergeht es jedenfalls den drei Kettle-Schwestern am Abend ihres vierunddreißigsten Geburtstages. Als Drillinge sind sie daran gewöhnt, Aufsehen zu erregen, aber dieses Geburtstagsessen verläuft besonders spektakulär und dramatisch. Gemeinsam lesen sie zwanzig Jahre alte Briefe, in denen sie als Teenager festgehalten haben, was sie sich von ihrem Leben erhoffen. Während sie darüber sinnieren, ob sich ihre Wünsche erfüllt haben, kommt es zum Eklat ...

Bastei Lübbe Taschenbuch